KB031973

리오우

다카무라 가오루高村 薫 지음

김소연 옮김

손안의책

일러두기
1. 외래어의 표기는 국립국어원의 외래어표기법과 용례집을 원칙으로 했다.
단, 일부 인명과 지명은 통용되는 음으로 표기하기도 했다.
2. 중국어의 경우, 한글로 읽는 대신 간자체 그대로 표기했으며 그 뜻은 한글로
따로 나타냈다. 원서에서 발음만을 표기한 경우는 이 책에서도 그에 따랐다.
3. 한자는 최초 1회 한글과 병기를 원칙으로 했으나 필요할 경우 다시 표기했다.
4. 본문의 주는 옮긴이 주이다.

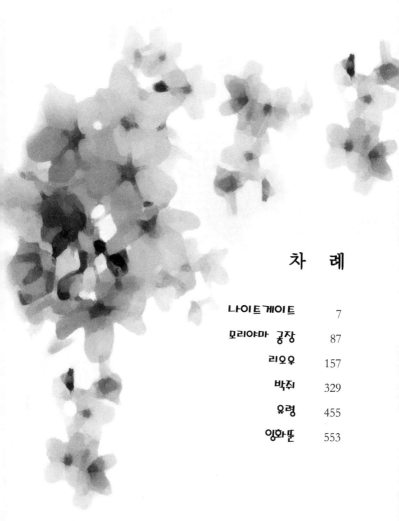

차 례

나이트게이트

"그 히메사토의 모리야마 궁장에서 놀던 애는 정말 귀여웠는데. 이런 곳까지 와 버린 거냐, 너는…….."

매일 아침, 존재하는 것이라곤 중력뿐이다. 요시다 가즈아키는 한동안 잠에서 깨었다는 감각도 없이, 이불 위에 힘없이 뻗어 있는 자신의 몸에 가해지는 중력을 느끼고 있었다.

아직 4월초인데도 땀에 젖은 몸은, 그날 아침에도 손발이 붙어 있는지 어떤지 알 수 없을 정도로 생기가 없고 나른했다. 몸과 목으로 이어져 있는 머리 쪽은 거의 지구에 파묻혀 있었다.

오늘은 무슨 요일인가. 수업은 몇 시부터인가. 동아리 약속은. 아르바이트는.

아침에 잠이 깰 때마다 그날의 일정을 떠올리는 데에 시간이 걸리고, 게다가 그런 일정들이 자신의 것이라고 인식하는 데에 또 좀더 시간이 걸린다. 시험이 있는 날도, 누구를 만나는 날도, 이사하는 날도, 언제나 그랬다. 하룻밤 사이에 중요한 것이나 그렇지 않은 것들이 모두 중력 때문에 가라앉기라도 한 것처럼 머리 어딘가에 파묻히고, 다음날 아침에는 형태도 없다.

가즈아키는 진흙을 떠내듯이 아르바이트하는 곳의 남자 얼굴을 하나 떠올리고, 아파트의 붙박이장을 열어 자전거를 수리할 때나 쓰는 스패너를 찾아 그것을 배낭에 넣었다.

그 몇 분 동안, 지금은 봄방학이라는 것과 오늘은 오전 중에 도와야 할 실험은 없지만 대신 어제 담당조교가 지적한 해석 프로그램의 기술적인 실수를 고칠 예정이었다는 것을 떠올리고, 어젯밤 조금이라도 봐 둘 생각이었지만 결국 아무것도 하지 못한 컴퓨터 용지 묶음도 배낭에 밀어 넣었다. 조교의 얼굴이 떠오른 김에 졸업논문의 주제 제출이 늦었다는 것, 대학원에 진학할지 말지 빨리 결정하라는 재촉을 받았다는 것도, 머리에 가라앉은 진흙의 아주 작은 흔들림처럼 스쳐 갔다. 이어서 오후와 밤에 있는 두 개의 아르바이트를 떠올리고 나니, 그 후에는 이제 아무것도 없었다.

오전 9시가 지나서 아파트에서 가까운 오사카 대학 공학부 기계과 건물까지 자전거를 달리는 10분 동안, 가즈아키는 평소처럼 뚜렷한 목표도 없이 말을 찾았다. 그날 아침 자신의 기분, 또는 자전거를 몰고 있는 자신의 몸을 어떠한 말로 표현함으로써, 잠에서 막 깨어나 중력밖에 없는 무명無名의 상태에서 벗어나 최소한의 일상을 되찾기 위해서다. 그렇게라도 해야 대학과 아르바이트 밖에 없는 인생의 하루를 시작할 수 있기 때문이었지만, 페달을 밟으며 떠오르는 어휘는 언제나 비슷하게 빈약했다.

공허. 무위無爲. 무명無明. 나른함.

대개 그 이상은 나오지 않고, 대신 별 뜻도 없는 콧노래를 불러 보거나 하는 사이에 '이번 달에도 돈이 모자란다' '배고프다' '리포트 어떻게 하지?' 등과 같은 생각들이 산만하게 떠오른다. 그러나 4월초인 이 계절에는 센리 구릉에 흐드러지게 핀 벚꽃의 엷은 분홍색이 언제나 제일 먼저 가즈아키의 노력을 압도했다. 그날 아침에도 아파트 옆 주택에서 뻗어 나와 있는 커다란 벚나무를 본 순간, 망막에 스며든 분홍색이 순식간에 몸 전체로 퍼지기 시작하고, 학교 건물에 도착할 무렵에는 무엇하나 정리된 말을 떠올리지 못한 채, 봄빛깔로 한껏 물든 뇌수가 발광發狂하려 하고 있었다.

가즈아키가 소속된 세미나는 용광로 공장을 움직이는 전산기 계측 제어 시스템을 다루고 있다. 봄방학 동안 다치바나라는 만년 조교의 지도로, 실제 쓰이는 용광로를 모델로 시뮬레이션 계산을 해서 시스템을 평가하는 프로그램을 만들고 있는 중이었다. 이제 4학년이 되는 가즈아키는 세미나 학생 몇 명과 함께 봄방학에도 연구실에 다니고 있지만, 아르바이트 때문에 오전에만 돕고 있었다. 세미나 동료들은 모두가 대학원에 진학하기로 결정하고 각자 졸업논문을 위한 연구 주제 준비를 시작했지만, 가즈아키는 그것도 하지 않았다.

그렇게 자신이 눈에 띄게 주위보다 늦어지고 있다는 사실을 가즈아키는 또렷하게 인식했지만 대처를 게을리하고 있었고, 그것 역시 알면서도 계속 방치하고 있었다. 세미나에서 자신의 입장이나 임박한 진로 선택 외에 매일 아침 엄습하는 뇌수의 착란도, 아무리 변통해도 충분하지 못한 생활비도, 파탄 일보직전까지 와 있는 자신의 인생도, 몇 명인가 있는 여자 친구들에 대해서도, 전부 대처하지 않고 내버려두었다.

가즈아키는 오전 동안 연구실 구석에 있는 단말기 앞에 주저앉아, 두 시간 반에 걸쳐 화면을 스크롤하면서 자신이 짠 프로그램에서 실수를 두 개 찾았다. 실수가 두 개 있었다면 그 외에도 있을 수 있다는 뜻이다. 일단 프로그램을 실행해 보니 아니나 다를까 작동하지 않았다. 이미 정오를 지난 손목시계를 노려보면서 서둘러 파일을 저장하고 일어서자, 슬슬 올 거라고 예상하던 대로 다치바나 조교가 "요시다" 하고 말을 걸었다.

국립대학 연구실은 어디나 그렇지만, 다치바나 조교는 40세가 넘었는데도 아직 조교수 자리조차 나지 않는 상황을 도대체 어떻게 생각하고 있는 것인지, 가즈아키가 대학에 들어갔을 때부터 똑같은 방에 똑같은 얼굴과 똑같은 풍채로 존재하고 있었다. 출세를 위한 야심과는 인연이 없는 듯, 열심히 연구한다든지 열의 있게 지도한다는 평가도 초월하고, 이미 곰팡이 냄새조차 초월한 공학부의 주인, 또는 원령怨靈이었다. 게다가 가부키 배우라고 해도 통할 것 같을 정도로 꽤나 괜찮은 얼굴을 하고 있기 때문에 더욱 기분 나쁘게 보였다.

　"자네, 대학원에 갈 마음은 있는 건가?"

　연구실 밖 복도에서, 다치바나 조교는 가즈아키의 눈을 들여다보듯 하며 한 마디로 물었다. 가즈아키가 눈을 내리깔자, "그럴 생각 없는 거지?" 하고 말을 이었다.

　"연구도 인생이고, 취직해서 뭔가를 만드는 현장을 담당하는 것도 인생이라고 생각하긴 하지만, 자네는 혹시 어느 쪽에도 관심이 없는 거 아닌가?"

　그의 말이 '맞다'고는 생각했지만, 사실은 맞는지 어떤지도 관심이 없다. 연구에도 취직에도 관심이 없다는 사태 그 자체조차도 관심이 없다고 하는 편이 보다 정확할 거라고 생각하면서, 가즈아키는 아무 대답도 하지 않았다.

　다치바나 조교는 "유감스럽구만"이라는 한 마디를 토

하고는 가 버렸다. 가즈아키는 그 자리에서 조금 집요하게 다치바나의 말을 반추하고, 곧 무엇이 유감스럽다는 것인지 애매한 말이라는 결론을 내렸다. 그러나 굳이 그런 한 마디를 하고 간 남자의 진의를 알 수 없었던 데다가 마지막에는 벚꽃빛으로 침투당한 뇌수가 생리적인 거부반응을 나타내어 몸 구석구석이 불쾌해졌다.

그 불쾌함이 사라지기도 전에, 이번에는 건물 현관에서 점심을 먹으러 가던 세미나 동료에게 붙잡혔다. 이제 곧 들어올 3학년들을 위한 환영회 회비를 내라며 5천 엔을 빼앗아 갔다. 동료는 돈만 받으면 너 따위는 오든 말든 상관없다는 표정이었다.

그렇게 건물을 나와 자전거 주차장으로 향하는 동안, 가즈아키는 불쾌함도 겹쳐지면 우스워진다는 것을 발견하고 어느새 혼자서 싱글거렸다. 그것도 대개는 계절 탓이었다. 봄이 되면 가즈아키의 자율신경은 미치기 시작해, 웃으면 내장 근육이 느슨해지고, 혈관이 확장되어 피가 잘 돌게 되자마자 장소도 가리지 않고 발정한다. 욕정의 꽃가루가 확 흩어지고 나면, 생각보다 몸이 먼저 움직이는 것이다.

가즈아키는 방금 다치바나 조교의 얼굴을 보았다는 이유만으로 그 얼굴과 겹쳐지는 여자의 얼굴 하나를 뇌리에 떠올리고는, 리포트를 내던지듯이 재빨리 앞일에 대한 계산을 포기하고 자전거 페달을 밟기 시작했다.

여자의 축축하게 식은 진한 물엿 같은 느낌이 드는
⋯, 반 시간쯤 느슨해지지도 않고 계속해서 가즈아키
⋯흥분시켰고, 세 번이나 사정한 후에도 흠칫거리는 듯
⋯오장육부의 술렁거림이 남았다.
⋯오늘 아르바이트는?"
⋯이제 가야지."
⋯지각이네."
⋯괜찮아."
⋯점심 먹을 시간 없지? 샌드위치 만들어 줄게."
⋯쓰코는 욕의를 걸치고 부엌에 서서, 가즈아키가 샤
⋯를 하는 동안에 오이와 토마토가 들어간 샌드위치를
⋯들었다.
⋯쓰코는 가끔 그렇게 가즈아키를 위해 먹을 것을 준
⋯곤 했다. 예쁘게 싼 도시락 꾸러미를 건네받을 때면
⋯즈아키는 늘 차분하지 못한 애매한 기분이 들었는데,
⋯분 전까지 자기 앞에서 다리를 벌리고 있던 여자가
⋯기 나이를 먹고 어머니처럼 보이게 되어 조금 고역
⋯다는 생각을 했다. 처음부터 알고 있던 일이지만,
⋯쓰코는 이목구비가 어머니의 옛날 사진과 닮았기 때
⋯다.
⋯쓰코는 샌드위치와 함께 당시唐詩 칠언가행七言歌行 하
⋯를 타이핑한 종이를 가즈아키에게 건넸다. 〈음중팔선
⋯中八仙歌〉라고 되어 있었다.

구릉에 펼쳐져 있는 아파트 단지의 한 건물까지는, 교
양과정 때부터 한 달에 한두 번은 다녔던 길이다. 여자
가 사는 동 근처에 자전거를 세워 두고 4층까지 뛰어올
라가는 동안, 가즈아키는 발정한 남자의 머리로 떠올릴
수 있는 최소한의 것을 생각했다. 여자의 일과 생활 패
턴으로 보아 봄방학 중의 오후 시간에 여자는 반드시
집에 있다는 것. 지난달 만났을 때 들은 바로는 지금 현
재는 일이 한가하다는 것. 때나 장소를 가리지 않는 여
자라는 것, 등등.

그리고 숨을 헐떡이며 '다치바나'라는 문패가 걸린 문
의 초인종을 눌렀을 때 가즈아키는 잠깐 조교의 얼굴을
떠올렸지만, 이어서 찾아온 것은 양심의 가책이 아니라
지금 여기에서 그 존재를 생각나게 하는 상대에 대한
단순한 불쾌감이었다.

문을 연 다치바나 아쓰코는 "올 줄은 몰랐어"라며 가
즈아키를 머리끝에서 발끝까지 그 눈으로 한번 훑고는,
몸이 먼저 반응해 버렸다는 듯이 장난스러운 웃음을 흘
렸다. 가즈아키도 따라서 수줍은 웃음을 되돌렸다.
"갑자기 보고 싶어졌어."
"하긴, 봄이지."
"벌레도 풀도, 분명히 이런 기분일 거야."
"나는 벌레보다도 못해. 아직 겨울잠을 자고 있었거

든.”

　아쓰코는 4월인데도 검은 스웨터와 검은 바지에, 맨발이었다. 부부 2인분의 서적이나 자료로 발 디딜 곳도 없는 거실 한가운데에 그런 차림으로 우뚝 서서 젖은 걸레를 손에 들고, 갑작스런 남자의 방문에 당황한 기색도 없이, 분명히 아쓰코에게는 지나치게 밝을 센리 구릉의 햇살로 가득찬 방에서, 동면에서 깨어나지 못한 작고 호리호리한 벌레가 햇살의 유혹에 느릿느릿 둥지를 정리하기 시작한 듯한 풍정風情이었다. 요전에 만났을 때 아쓰코가 어땠는지는 생각도 나지 않았지만, 가즈아키는 걸레를 한 손에 들고 멍하니 서 있는 한 여자에게 새삼 욕정을 느꼈다.

　아쓰코도 아마 머리보다 먼저 몸이 갑자기 꿈틀거리기 시작한 듯, 그리 표정이 나타나기도 전에 걸레를 내던지고, 스웨터를 벗어던지고, 속옷을 입지 않아 드러난 젖가슴의 두 개의 둥근 산을 떨었다. 그것을 보면서 가즈아키도 자신의 옷을 벗어던지고, 젊음만이 장점인 몸을 아쓰코를 위해 드러냈다.

　가즈아키가 대학에 들어가던 해에 아쓰코는 남편보다 한발 먼저 오사카 대학 문학부 조교수가 되었고, 그런 아쓰코와의 관계는 가즈아키가 교양과정이었던 한시漢詩 수업을 들은 것이 시작이었다. 수업을 들은 지 얼마 되지 않아 아쓰코가 중국어 동아리에 들지 않겠느냐고 권

했을 때, 가즈아키는 차린 밥상은 먹○
기분으로 30대 여자와의 정교에 빠졌
면 스스로를 냉정한 눈으로 바라보는
난 덕분에 지난 2년간은 양심의 가책
다. 양쪽 다 충분히 음란하고 대담무○
이다.

　거실 한가운데에 있는, 중고가구전
소파가 늘 두 사람의 침대였다. 먼저
의 몸이 온실처럼 반투명한 햇살에 ○
쓰코의 몸에 가로막혀 그늘지고, 싸늘
얽혀 왔다.

　언제나 가즈아키는 아쓰코의 몸에
가운 지방에 촉발된다. 아쓰코는 사
거기에서 분비되는 체액도 차가워서,
체온 그대로 반쯤 졸면서, 반쯤은 꿈
자의 몸을 정신없이 더듬어 가며 조○
는 듯했다.

　한편, 가즈아키는 여자가 잠에서 끼
어 오로지 애무를 되돌리면서, 타액○
체를 얽혔다. “아직 나와, 아직 나와
는 계속 속삭이고, 가즈아키는 그 용
만지작거리는 대로 방출하고, 아쓰코
고, 크게 벌려진 그 다리 어딘가에 ○

인
몸○
를
한

“
“
“
“
“

○
워○
만○

○
비○
가
몇
갑○
스○
아○
문○

○
나○
가○

"모처럼 읽을 수 있게 되었는데, 공부하지 않으면 잊어버리니까."

"可不是吗, 谢谢(그렇군, 고마워)."

그렇게 중국어로 짧은 인사를 남기고 아파트를 나온 것은, 오후 1시 30분의 일이었다.

기타센리 역까지 자전거를 달리는 동안 가즈아키 안에는 아쓰코의 몸의 감촉이 계속 남아 있었다. 하지만 며칠이나 잊고 있다가 불현듯 간헐천처럼 뿜어져 나와서는 그때만은 유일하고도 절대적인 것처럼 생각되는 것은 여자 친구들 전부가 그랬다. 그래도 아쓰코가 다른 여자와는 조금 다르게 남는 것은, 연상이기 때문일까. 가즈아키는 아침부터 무엇 하나 단어가 떠오르지 않는 머리로 또 자신의 기분을 표현할 말을 찾다가, 역에 도착하고 말았다.

시발역에서 출발한 전철은 비어 있어서, 가즈아키는 햇빛이 드는 자리에 앉아 샌드위치를 먹고 아쓰코가 건네준 당시 하나를 읽었다. '여양삼두시조천汝陽三斗始朝天 도봉국차구수연道逢麯車口垂涎'[+][++]이라는 두 줄에서 이것은 주정뱅이의 노래라는 것을 알고, 조금 웃었다. 그 앞에 나온 '지장기마사승선知章騎馬似乘船'[+++]이라는 구절은 '지장

[+] 여양왕은 술 서 말을 마시고 천자의 조회에 나가고, 길에서 누룩 수레를 보면 군침을 흘린다.

知章'을 「나我」로, '말馬'을 전철로 바꾸어 '아좌전차사승선我坐電車似乘船'으로 해보니, 이어지는 '안화락정수저면眼花落井水底眠'과 잘 어울렸다.

그렇게 각 역에 정차하는 전철에 흔들리며 밤의 세계로 실려 가는 동안, 가즈아키는 '안화眼花'라기보다 무위의 우물로 떨어져 가는 허탈감을 느끼면서 꾸벅꾸벅 졸기 시작했다. 우메다 터미널까지 가는 반 시간 동안, 그 손은 가즈아키 자신도 모르는 사이에 아침 일찍 배낭에 넣어 온 스패너 한 자루를 움켜쥐고 있었다.

그날 첫 번째 일터의 명칭은 오사카 운송창고 주식회사 후쿠시마 영업소다. 그곳은 한신 전철 노다 역 북쪽에서 요도가와 강까지 600미터에 걸쳐 펼쳐져 있는 제약·가전·화학·인쇄·유리 등의 공장, 창고 밀집지대의 한가운데에 있었다. 요도가와 강 맞은편은 니시요도가와 콤비나트이고, 강 건너 콤비나트의 연기가 그대로 흘러오는 후쿠시마 일대는 번화한 우메다 터미널이 가깝지만 계절이 없는 회색 일색의 거리였다. 노다 역에서 200미터 떨어진 창고회사로 향하는 동안, 센리의 봄안개는 이미 가즈아키의 망막에는 조금도 남아 있지 않았다.

정해진 아르바이트 시간을 훌쩍 넘긴 오후 2시 20분,

---

†† (앞쪽)지장은 말에 오르면 마치 배를 탄 듯 흔들린다.

† 눈앞이 어지러워 우물에 떨어져도 물속에서 잠잔다.

가즈아키는 영업소 사무실로 뛰어 들어가 타임카드를 찍고 라커룸에서 작업복으로 갈아입었다. "늦었어!" 하고, 몇 번 누군가가 고함쳤다. "나고야 행 화물, 아직 덜 실었나!" 하는 재촉의 목소리도 들렸다.

가즈아키는 서둘러 작업복 단추를 잠그면서, '나가타'라는 이름의 입고담당자의 모습을 찾아 집하장을 둘러보았다. 평소에는 집하장 밖에서 출입하는 트럭을 정리하는 그 남자는, 가즈아키가 게이트에 들어섰을 때에는 모습이 보였지만 지금은 사라져 보이지 않고, 대신 다른 남자가 트럭을 유도하고 있었다.

나가타는 트럭 운전사들 사이에서 매매되는 각성제의 상용범으로, 돈이 곤란해지면 종종 가즈아키를 노리곤 했다. 지금까지 두 번 지갑을 도둑맞았고, 어제도 만 엔을 빌려달라고 집요하게 달라붙으며 목을 조르려고 했다. 돈을 요구하는 것뿐이라면 참을 수도 있었지만, 나가타는 어제는 한술 더 떠 가즈아키의 또 하나의 일터인 나이트클럽의 이름을 들먹이며 대학에 통보하겠다는 말을 꺼냈다. 가즈아키는 대학에 알려지는 것은 상관없었지만, 그것보다 각성제 중독으로 사람 하나 제대로 미행하지 못할 남자가 어디에서 나이트클럽의 이름을 알아냈는지 수상하게 생각하고, 직관적으로 경계심이 움직였다. 남자의 입을 봉할 필요가 있다고 생각한 것은 그 때문이었다. 가즈아키는 아파트에서 가져온 스패너

를 재빨리 작업복 바지 벨트 안쪽에 숨기고, 라커 문을
닫았다.

　나가타의 모습을 눈으로 찾으면서, 가즈아키는 출하
장에 있는 리프트 운전대에 올라가 익숙한 핸들 조작으
로 팔레트에 산더미처럼 쌓인 화물을 정리하기 시작했
다. 봄인 4월에는, 3월말에 재고정리를 끝낸 사업소들이
제품을 일제히 움직이기 때문에 화물 취급량이 급격히
늘어난다. 집하장에는 거래처에서 집배된 잡다한 화물
이 쌓여 있고 그것들을 목적지별로 분류한 팔레트가 있
는데, 그것을 이번에는 트럭 짐받이로 직접 연결되는 출
하장 벨트 컨베이어까지 이동시킨다. 가즈아키가 운반
하는 것은 그 분류된 화물의 팔레트였다.

　가즈아키는 이 영업소에서 일한 지 4년째가 되는데,
처음 2년은 분류 작업을 했고, 3년째에 보통 면허와 리
프트 면허를 따서 조금 편한 지금의 작업으로 옮겼다.
시급이라면 가정교사라도 하는 편이 훨씬 높지만, 근무
시간에 제법 융통성이 있기 때문에 계속해 왔다. 그러나
좀더 정확하게는, 리프트나 벨트 컨베이어가 내는 굉음
이나 요도가와 강의 바람, 콤비나트의 하늘과 같은 지방
색이야말로 자신을 이곳에 붙들어 온 요소들이라는 것
을, 가즈아키는 알고 있었다. 어릴 때 가정 사정으로 1
년쯤 강 건너 히메사토라는 지역에서 산 적이 있다는
것뿐이었지만, 가즈아키에게는 여러 가지 이유로 운명

그 자체처럼 느껴지는 땅이자 공기였다.

팔레트를 이동시키는 벨트 컨베이어 앞에는 트럭 야드가 펼쳐져 있고, 오가는 트럭의 엔진 소리나 쌓여 있는 화물이 서로 부딪치는 소리, 유도하는 호루라기나 고함 소리, 그리고 자신이 운전하는 리프트의 부저 소리 등이 끊임없이 소용돌이치고 있었다. 그 한가운데에 있으면 어느새 자신의 몸 전부가 거대한 창고의 어슴푸레한 공간과 하나가 되고, 무수한 소리가 자신의 몸 안에서 울리는 것처럼 느껴진다. 동시에 뇌수에서는 아직 조금은 형태를 지키고 있던 인생의 걱정거리가 하나하나 빠져나가고, 단어의 올바른 의미들이 흐릿하게 고여 있는 웅덩이로 떨어져 간다.

끊임없이 리프트를 움직이는 가즈아키는, 틈틈이 트럭 야드를 둘러보며 입고담당자 나가타의 모습을 찾았다.

가즈아키가 작업을 시작한 지 얼마 되지 않아 나가타는 집하장으로 돌아왔지만, 그는 자신의 일인 트럭 유도는 제쳐 둔 채 그저 담배나 계속 피울 뿐이었다. 모습을 감추고 있던 동안 나가타는 판매원인 세차담당자에게 각성제를 얻으러 간 게 분명했지만, 그게 잘되지 않은 듯했다. 가즈아키는 어느 모로 보나 약이 떨어져서 침착성을 잃은 듯한 남자의 모습을 먼눈으로 살피면서, 이대로라면 저녁이 되기 전 틀림없이 시비를 걸어오리라 생각했다.

실제로 집하장 쪽에서 나가타는 몇 번인가 가즈아키 쪽을 쳐다보았고, 가즈아키가 계속 무시하자 곧 인내의 한계에 달한 듯한 그는 출하장에 있는 가즈아키의 리프트까지 발을 옮겨, "만 엔만 빌려줘. 만 엔이면 되니까"라고 말을 꺼냈다.

어제도 마찬가지였다. 처음에는 얌전한 태도로 매달리지만 상대하지 않으면 거칠어지기 시작한다.

가즈아키는 리프트 위에서 처자식이 딸린 40대 남자의, 쥐색으로 흐려진 얼굴을 내려다보았다. 미리 주의 깊게 자신의 가슴속을 살피면서 예상한 것이었지만, 어제까지의 혐오나 모멸 같은 감정은 흐려지고, 피가 역류할 듯한 흥분도 찾아오지 않았다. 대신, 어젯밤에 결정한 순서에 따라 시간의 차편이 잔혹할 정도로 담담하게 자신을 계획으로 옮겨 가고 있음을 느꼈다.

"물건이라면 있어"라고 가즈아키는 대답했다. 어떤 어조와 표정인지, 약물중독인 상대는 읽어낼 만한 여유가 없었다. 적당한 대답이면 충분했다.

"들었나? 물건이라면 있어. 갖고 싶어?"

"돈 나중에 줘도 돼? 응? 나중에 줘도 돼? 부탁이야, 응······?"

나가타는 초점이 맞지 않는 눈을 적신 채, 비지땀으로 젖은 얼굴을 일그러뜨리며 리프트로 뛰어올라 가즈아키에게 매달렸다. 가즈아키는 그런 그를 도로 밀어내고,

"화장실에서 기다려. 손이 비면 갈 테니까"라고 말한 뒤 다시 리프트 조작으로 돌아가면서, 나가타가 화장실 방향으로 가는 것을 힐끗 눈으로 확인했다.

일단 뭔가 마음을 정하면, 그것을 위한 냉정한 계산 이외에는 일의 시비是非나 득실의 판단이나 감정 등이 일체 사라져 버린다. 자신이 그런 놈이라는 것을 깨달은 것은, 쫓아다니던 동급생 여학생의 집에 2층 창문을 통해 들어가 결국 경찰이 출동하는 소동을 일으킨 열여섯 살 때였는데, 그때도 실은 그 여학생에게 진심으로 반했던 것은 아니었다.

그 이후, 자신이 하려고 한 일에는 언제나 스스로도 설명할 수 없는 공백이 따른다는 것을 자각하고 있었고, 바로 지금도 비슷한 느낌이었다. 가즈아키는 아침에 잠에서 깨었을 때와 똑같이 중력밖에 없는 누군가였고, 전혀 흥분하지 않았고, 냉정했던 것이다.

나가타가 떠난 후, 가즈아키는 나고야 행 화물의 상태를 눈으로 확인하면서 자리를 떠날 기회를 살폈다. 10분쯤 기다렸다가, 몇 미터 앞에서 리프트를 움직이고 있는 동료에게 "화장실!" 하고 말을 걸고 자리를 떴다.

가즈아키가 종업원용 화장실에 들어갔을 때, 나가타는 화장실 바닥을 숑초투싱이로 헤 놓고 세면대 옆에 서 있었다. 옆구리에는 각성제를 녹이기 위한 용기와 주사기 등이 든, 늘 갖고 다니는 작은 주머니를 꼭 끼고 있었다.

"물건은 어디 있지? 얼른 내놔" 하고 침을 뚝뚝 흘리며 덤벼든 남자에게, 가즈아키는 면장갑을 낀 손으로 크라프트 지紙로 싼 0.1그램의 각성제를 한 포 건넸다. 어젯밤, 또 하나의 아르바이트 장소인 나이트클럽에서 하룻밤어치의 임금을 지불하고 남자 매니저에게서 산 것이다. 나가타는 조금 전과는 다른 목소리로 "고마워, 고마워"를 연발하고는, 가즈아키의 얼굴을 제대로 보지도 않고 꾸러미를 끌어당기자마자 세면대에 서서, 주머니에서 꺼낸 작은 그릇에 각성제 한 포를 풀었다.

나가타는 이미 아무도 눈에 들어오지 않는 듯, 각성제를 풀은 그릇에 소량의 물을 붓고 라이터 불에 쪼인 주사기로 각성제 용액을 빨아들여, 그것을 손에 들고 화장실 개인실로 들어갔다. 지금까지 몇 번이나 본 광경이었다. 화장실 문이 닫힌 후, 가즈아키는 남자가 안에서 작업복 소매를 걷어올리고 팔에 주사를 다 놓을 10초 정도의 시간을, 자신의 손목시계 초침으로 침착하게 확인했다. 실제로 얼마만큼 시간이 걸리는지 알고 있던 것은 아니었기 때문에 그냥 상상으로 잰 시간이었지만, 머리 어딘가에서 '몇 초든 몇 분이든 큰 차이는 없지'라고 중얼거리는 자신의 목소리가 들렸다. 냉정하다고 해도 언제나 그 정도의 냉정이었고 몇 분의 일인가는 항상 건성이었다. 마치 대지에 고정된 풍선처럼.

가즈아키는 벨트 안쪽에 끼워 두었던 스패너를 손에 들고 화장실 문을 열었다. 반사적으로 얼굴을 돌린 나가타는, 단순히 이물異物에 반응했을 뿐인 듯한 몽롱한 눈을 하고 가즈아키를 보았다. 드러난 자신의 왼팔을 앞으로 내밀고, 오른손에는 아직 주사기를 든 채 화장실 벽을 등지고 서 있는 남자의 눈이 초점이 맞지 않는다는 것을 확인한 순간, 가즈아키는 남자의 머리카락을 정면에서 끌어당겨 그를 앞으로 힘껏 쓰러뜨렸다. 지난 1년간, 아르바이트를 해 온 나이트클럽이 있는 기타신치†에서 무수하게 보아 온 실랑이들에서 배운 단순한 기본 동작이었다. 그리고 나서 아주 간단히 이쪽으로 쓰러진 남자의 배를 무릎으로 차올리고, 다시 한 번 쓰러진 남자의 목덜미에 스패너로 일격을 가하자, 남자의 몸은 변기를 덮듯이 무너져 움직이지 않게 되었다.

가즈아키는 바닥에 쓰러진 남자의 작은 주머니에 어제 손에 넣은 각성제를 한 포 더 찔러 넣은 후, 남자를 그대로 둔 채 문을 닫고 화장실을 나왔다. 자기 자리로 돌아왔을 때에는 자리를 뜬 지 5분도 지나지 않았고, 벨트 컨베이어로 화물을 나르는 동료들의 리프트에서 가벼운 일별一瞥이 날아왔을 뿐이었다. 가즈아키는 그렇게

---

† 우메다 및 그 주변 일대를 포함하는 오사카 유수의 환락가. 에도시대에는 유곽으로 유명했음.

원래의 작업으로 돌아갔다.

늘 제대로 일을 하지 않는 나가타였기 때문에, 그 모습이 보이지 않게 된 후 입고 트럭에서 불평의 목소리가 들리기까지 반 시간쯤 걸렸다. 게다가 나가타를 부르는 영업소 계장의 목소리가 집하장 쪽에서 들려온 것은 해가 기울기 시작한 오후 4시가 지나서였다. 이윽고 가즈아키가 있는 출하장에 "경찰이 와 있어"라는 속삭임이 들렸다. 나가타가 최종적으로 어떤 형태로 발견되었든, 가즈아키가 마지막에 남자의 주머니에 넣은 0.1그램의 각성제 한 포에 의해 각성제 소지 현행범으로 체포될 것은 틀림없었다. 나가타가 물건의 출처에 대해 가즈아키의 이름을 댈지 어떨지는 반반의 확률이었지만, 가령 이름이 나오더라도 화장실이나 약봉지에서 지문이 나오지 않는다면 가즈아키의 승리였다.

잠시 후 출하장에 나타난 사복형사들은 화장실에서 나가타를 본 사람이 없는지 묻고 다녔지만, 다른 남자들처럼 가즈아키는 고개를 한 번 저어 보지 못했다고 대답했다. 그 이상은 아무 일도 일어나지 않았다. 나가타는 수갑을 차고 경찰차에 실려 갔다고 했다.

영업소에서 가즈아키의 아르바이트는 오후 7시에 끝났다. 그 후 2번가의 아르바이트를 위해 세면실에서 시간을 들여 세수를 했다. 얼굴 다음에는 손톱과 손을 씻고, 양말을 벗어 발도 씻었다. 계속해서 이를 닦고, 짧

28

게 자른 머리카락에 꼼꼼하게 빗질도 했다. 그 동안 거울 속에서 가즈아키는 막 스물두 살이 된 싱싱한 표피를 뒤집어쓴 누군가로 돌아와, 아침에 일어났을 때와 똑같이 중력만 있을 뿐인 무명無明한 팔다리를 뻗고 막대처럼 서서 숨을 쉬고 있었다.

　오후 7시 반, 가즈아키는 우메다 터미널을 나와 바로 맞은편에 펼쳐져 있는 환락가로 걸어 나갔다. 원색의 네온사인과 간판의 바다에 파친코 가게며 주크박스며 혼잡한 소음이 소용돌이치는 무수한 골목길은, 아직 보지 못한 대륙의 외잡猥雜한 열기를 가즈아키에게 전했다. 여섯 살 때 살았던 히메사토라는 곳도 근처에 주소+三 환락가가 있었고, 거기에 가득 차 있던 색깔과 형태와 소리가 복잡한 한 덩어리의 열기가 되어 어린 심신에 스며들었다. 당시 히메사토에는 작은 공장이 있었는데, 그곳에서 일하던 몇몇 외국인 노동자들의 중국어나 한국어 이야기 소리의 시끌벅적한 음조가 공작기계 소리와 함께 세계의 리듬처럼 어린 귀에 스며든 것과도 같았다.
　오사카 대학에 입학하여 11년 만에 오사카 땅을 밟았을 때, 가즈아키는 곧 거의 빨려들듯이 기타신치에 발을 들여놓았다. 그리고 옛날 자신의 심신에 스며들었던 열 덩어리가 여전히 숯물처럼 남아 있다는 것을 확인했지만, 동시에 그 열에 동반된 훨씬 옛날의 시간도 함께 쏟아져 나오는 것을 막을 수 없었다.

가즈아키는 도쿄에서 태어났지만, 여섯 살 때 어머니가 이혼한 후 야반도주하듯이 어머니와 함께 오사카로 왔다. 병원 조리사가 된 어머니와 살은 곳은 니시요도가와의 히메사토에 있는 작은 아파트였고, 그 아파트 바로 뒤에 있던 공장 뜰과 그 공장 옆에 있는 성당이 가즈아키의 놀이터였다. 어린아이에게는 즐거운 매일이었지만 다음해 봄, 어머니는 공장에 있던 외국인 중 한 명과 달아났고, 그렇게 히메사토의 생활은 끝났다. 그러나 어머니가 없어질 때까지의 시간 동안에는 공장에도 어머니 주변에도 뭔가 이상한 공기가 떠돌고 있었고, 무슨 일이 일어난 건지 알지도 못한 채 그 공기는 주소의 네온과 외국어 울림과 떼어 놓기 힘들 정도로 일체가 되어, 가즈아키의 뼛속까지 스며들었던 것이다. 따라서 열여덟 살 봄에 오사카 기타신치의 네온사인 아래에서 발견한 타다 남은 열덩어리는, 단순한 그리움과는 꽤 다른 것이었다.

그리고 일단 뭔가 마음을 정하면 앞뒤 판단을 잃는 본래의 성격 때문에, 가즈아키는 갑자기 히메사토의 공장에 있던 일곱 명의 외국인 노동자를 찾기 시작했다.

최초의 단서는 예전에 어린 가즈아키에게 "큰어머니가 소네자키에서 불고기집을 하고 있다"고 말했던 남자였다. 십몇 년이나 옛날에 들은 정확하지 않은 이야기였지만, 가즈아키는 두 달쯤 소네자키 일대를 돌아다니며 그 큰어머니라는 사람이 소네자키 공설시장 뒤에 있는 빌딩에서 열었던 스낵집을 찾아냈다. 그곳에서 당사자인 남자는 1970년 여름에 북한으로 건너간 후 소식이 없다는 얘기를 들었다.

그리고 나서는, 그의 누나에게서 전해 들은 소식에 의지해 두 번째 남자를 찾기 시작했다. 이번 장소는 기타신치와는 완전히 방향이 다른 미나미오사카의 이쿠노 구區 다쓰미였다. 긴테쓰나라 선線 쓰루하시 역 이남에 펼쳐져 있는 한국·조선인 거리에서 공장을 하나하나 찾아다니다가, 드디어 남자를 발견했을 때에는 1년이 지나 있었다.

게다가 그 남자에게서 세 번째 남자는 몇 년 전에 사고로 죽었고, 네 번째 남자는 벌써 몇 년 전에 가족과 함께 니가타로 이사했으며, 다섯 번째 남자는 기타신치에서 사채업을 하고 있다는 이야기를 들었다. 그리고 사람을 찾기 시작한 지 14개월째에 가즈아키는 다시 기타신치로 돌아오게 되었다.

그 다섯 번째 남자는 곧 찾을 수 있었다. 그 남자는 여섯 번째 남자가 1980년대에 타이베이에서 행방불명되었다는 것을 알고 있었지만, 마지막 일곱 번째 남자에 대해서는 다섯 번째 남자 자신도 찾고 있는 중이라고 했다.

결국 지난 3년간 가즈아키가 찾아낸 사람은 두 명이었다. 두 번째 남자와 다섯 번째 남자 모두 성인이 된 가즈아키를 알아보지 못했지만, 가즈아키가 1960년에 히메사토의 공장에서 놀던 아이라는 것을 알자 다쓰미의 남자는 활짝 웃으며 기뻐해 주었고, 기타신치의 사채업자는 조금 당혹스러운 얼굴을 보였다.

첫 번째 남자는 김金이라고 했다. 두 번째 남자는 정鄭. 세 번째는 박朴. 네 번째는 양梁. 정과 양은 재일한국인이고 김과 박은 한국인이라고 들었다. 가즈아키의 기억으로 김은 일본어를 조금밖에 못했고, 박은 전혀 못했다. 그리고 사채업을 하는 다섯 번째 남자는 중국인으로 랴오廖. 타이베이에서 사라졌다는 여섯 번째 남자는 같은 중국인으로 왕汪. 그리고 소식불명인 일곱 번째 남자도 중국인으로 이름은 자오趙라고 했다. 가즈아키의 어머니와 함께 달아난 자는 이 '자오'였다. 정확하게는 '자오원리趙文禮'라고 한다.

사실은 그 외에 또 한 사람 여덟 번째 남자가 있었지만, 황黃이라는 이름의 그 중국인은 어머니와 자오가 실종되기 며칠 전에 무슨 사건에 휘말려 고베 항에서 시체로 발견되었다.

그 황이나 어머니와 함께 모습을 감춘 자오, 일본어를 할 줄 몰랐던 박이나 김, 그리고 지금은 이탈리아제 양복으로 몸을 감싸고 있지만 사채업 간판은 이름뿐이고 진짜 생업은 상상이 가지 않는 랴오, 이들이 적어도 당시에는 여느 평범한 노동자가 아니었다는 것을, 가즈아키는 확실히 인식할 수 있는 나이가 되었다. 그에 따라, 어머니는 대체 누구와 도망친 것인지, 살아는 있는지, 살아 있다면 지금은 무슨 생각을 하고 있는지 등 궁금한 마음이 점점 커지지 않았다고 한다면 그것은 거짓말이다.

그러나 그 때문에 1년 이상이나 오사카 거리를 돌아다닌 것은 아니었으며, 그것은 가즈아키가 오사카에 온 뒤 3년 동안 히메사토의 공장에 한 번도 발길을 향하지 않았던 사실이 이야기해 준다. 전화번호부에서 확인한 바로는 공장은 지금도 그곳에 있지만, 가즈아키는 15년 전의 사건을 누구보다도 잘 알고 있을 공장주를 한 번도 찾아간 적이 없었고, 찾아가고자 한 적도 없었던 것이다.

가즈아키를 몰아세우고 있었던 것은 오직 열아홉 살 봄에 재회한 오사카의 냄새였고, 옛날에 히메사토의 공장이나 주소의 환락가에서 어린 심신이 호흡했던 대륙의 열기, 그것뿐이었다. 그렇게 자신 안에 스며든 것이 지금은 이 심신 어디에, 어떻게 가라앉아 있을지 생각해 보지만, 그때마다 텅 빈 위가 쑤시는 듯한 기괴한 흥분이 첫아올 뿐이었다.

사채업자 랴오를 만난 지 3개월 후, 가즈아키는 랴오

에게서, 마지막까지 소식을 알 수 없었던 자오원리인 듯한 인물이 '천하오陳浩'라는 이름으로 기타신치의 클럽에 출입하고 있다는 이야기를 들었다. '천하오'는 타이베이에서 귀금속점을 경영하는 비즈니스맨이라고 한다. 가즈아키는 우메다 신미치 사거리에서 서쪽으로 네 번째 골목으로 들어간 곳에 있는 그 회원제 나이트클럽의 이름을 알아냈고, 2개월 후에는 그 클럽이 종업원 구인광고를 내자마자 지원해 아르바이트로 채용되었다.

오후 8시부터 오전 0시까지, 시급 800엔을 받으며 일하는 '보이'가 된 지 벌써 1년이 지났다. 자오원리인 듯한 남자는 아직 모습을 보이지 않았지만, 가즈아키에게는 초조해할 이유도, 실망할 이유도 없었다. 가령 자오를 만난다 해도 어떻게 할 것인가. 고작해야 어머니는 잘 지내냐고 묻는 정도일까. 하지만 그 다음에 자신은 대체 무엇을 하고 싶은 것일까. 그쯤에서 가즈아키의 자문은 언제나 막혔고, 대학에서의 학업과 똑같이 문제를 방치함으로써 그저 밤 시간을 때웠을 뿐인 1년이었다. 매일 밤 호스티스들의 은밀한 교성과 화장품 냄새와 술냄새 나는 숨결에 둘러싸여 있으면, 처음에 있었던 대륙의 열기조차도 애매해졌다.

그러나 그런 나날도 어쩌면 곧 끝날지도 몰랐다. 4월 들어 클럽에는 그런 쪽의 간부가 전보다 더 빈번하게 모습을 보였고, 그에 발맞추듯이 경찰의 탐문도 빈도를 더하고 있는 것. 결국 최근, 몇 명 있던 한국인이나 중국인 호스티스가 해고되고 일본인으로 바뀐 것. 클럽 주변에 조직원의 감시가 붙은 것. 홀의 감시 카메라 수가 늘어난 것. 그리고 보이의 감이 뭔가 일어날 것 같다고 알리고 있었다.

기타신치 1번가의 회원제 고급 클럽 '나이트게이트'는 사장이 소유하고 있는 빌딩의 2층을 차지하고 있다. 빌딩의 입구는 유리가 쳐진 멋진 나선계단으로 도로와 통해 있는데, 그 계단을 빼면 외관은 기타신치에서는 보기 드물게 현대적인 사무용 빌딩이었다. 음식점이나 유흥업소 간판이 줄줄이 늘어서 있는 주위 빌딩들과는 완전히 격이 달랐다.

유리 계단을 올라가면 클럽 입구가 있고, 그 입구는 영업 중에도 양쪽으로 여는 철문으로 닫혀 있는데 그 문에는 작게, 'NIGHT GATE'라는 금색 문자와 밖을 내다볼 수 있는 구멍이 있다. 문은 안에서 손님의 얼굴을 확인한 도어맨이 그때마다 자물쇠를 열어 개폐한다. 들어가면 접수계와 귀중품 보관소가 있는 호화로운 현관 홀이 나오는데, 그 앞은 대리석과 오크재로 꾸며진 별세계였다.

플로어에는 박스식 열다섯 곳과 바 카운터가 있고, 생음악을 연주하는 밴드가 오르는 무대 앞에는 댄스 플로어도 있다. 스무 명 전후인 호스티스는 전원이 검은 롱드레스를 착용하고, 보이와 웨이터는 나비넥타이와 드레스 셔츠에 검은 상하의. 트리오가 연주하는 세련된 재즈가 흐르는 그곳에서 호스티스를 대동하고 한 병에 수만 엔 하는 위스키를 비우는 것은, 돈 많은 기업경영자나 자산가, 의사, 변호사류로 정해져 있었지만, 그런 손님들과는 달리 다른 자리에서는 보이지 않도록 배치되어 있는 안쪽 박스석 두 곳에는 매일 밤 그런 쪽 사람들이 찾아온다. 그들은 다른 손님들과 현관홀에서 마주치지 않는 이른 시각이나 늦은 시각에 나타나는 경우가 많은데, 그들이 출입할 때마다 호스티스나 보이에게 날아오는 매니저의 눈짓과 함께, 미리 정해진 호스티스와 보이가 접객을 담당하도록 재빨리 배치가 바뀐다. 그리고 안쪽 자리에 다다른 남자들은 서류나 도면을 교환하고, 억 단위의 숫자를 손가락 몇 개라는 식으로 제시하고, 거래가 성립되면 악수를 나누고 서둘러 물러난다.

'나이트게이트'는 또, 한 달에 한두 번은 귀중한 단골들만 모아서 스트립쇼를 하거나 반라의 외국인 댄서에게 삼바를 추게 했고, 나아가 일부의 손님에게는 콜걸을 알선하고, 바카라나 포커와 같은 도박을 열고, 손님이 필요하다고 하면 각성제도 준비하는 세계였다. 그런 줄모르는 일반 부자 손님들을, 가즈아키와 같은 보이들은 매일 밤 상큼한 미소와 45도 각도의 경례로 맞이하고,

물수건이나 술을 나르고, 재떨이를 갈고, 그들의 코트나 상의에 솔질을 하고, 돌아갈 때는 아래층까지 배웅해서 고급 승용차에 태운다. 가즈아키는 눈치가 빠르고 얼굴도 잘생겼다고 해서, 손님들이나 호스티스의 평판도 좋았다.

가즈아키는 오후 7시 40분에 종업원용 뒷문으로 들어간 후, 평소처럼 사무실과 주방에 인사를 하고 나서 대마 냄새가 나는 탈의실에서 5분 만에 옷을 갈아입었다. 나비넥타이나 상의 소매를 점검하고 머리에 다시 빗질을 하고 나면, 거기에는 이미 요시다 가즈아키가 아닌 '가즈'라고 불리는 누군가가 있었다.

그날 밤에는 가즈아키가 플로어에 나간 지 얼마 되지 않아 접수계와 플로어를 나누는 유리문 너머에서 매니저 가와시마가 눈짓을 하자, 대기하고 있던 전속 보이 두 명이 손님을 맞으러 재빨리 입구로 이동했다. 동시에 박스석에 들어가 있던 호스티스들의 배치도 바뀌었다. 박스석 중 하나에 술을 나르고 있던 가즈아키의 눈에 언뜻 들어온 손님은 세 명으로, 한 사람은 가끔 모습을 보이는 광역 조직폭력단 직속의 기업을 경영하는 사장. 다른 한 사람은 단골손님인 사사쿠라라는 이름의 무역상. 하지만 나머지 한 사람은 처음 보는 남자였다.

그때 가즈아키가 세 사람에게 시선을 멈춘 것은 무역상 사사쿠라 때문이었다. 언제나 낡은 양복에 노타이 차림을 하고, 역 대합실이나 고급 클럽이나 마찬가지가 아닌가 생각되는 무심한 모습으로, 앉는 것만으로도 5만 엔이 날아가는 박스석에 곰상스럽게 앉아 론 카터Ron Carter를 좋아한다며 재즈 라이브연주를 들으면서 맥주를 한두 잔 비우고는, 호스티스에게 1만 엔의 팁을 불쑥 건네고 표표히 돌아간다. 보이들 사이에서는 가장 '이상한' 손님으로 통했지만, 가즈아키의 눈에는 고작해야 담배 가게 아저씨쯤으로 보이는 그 궁색한 풍채보다, 표정을 전혀 알 수 없는 작고 가느다란 눈의 바늘 같은 날카로움이 더 인상적이었다. 그는, 실제로 이렇게 그런 유의 사람들과 나란히 안쪽 박스석으로 들어가는 일도 많은 이상, 장사 내용도 포함해서 가장 위험한 부류에 드는 손님 중 하나라는 것이 가즈아키의 인상이었다.

그러나 세 사람이 안쪽 박스석으로 사라진 후, 가즈아키는 잠시 동안 그 손님들을 잊었다. "가즈", "가즈" 하고 불리며 플로어를 바쁘게 돌아다녔기 때문이다. 두 번째로 잠깐 발을 멈춘 것은 나전螺鈿으로 장식된 동양풍 칸막이 너머로, 안쪽 박스석에서 웃는 사사쿠라의 목소리가 들렸을 때였다. 자신의 위치나 안쪽에서 이야기하는 사람의 위치 때문에 그곳의 이야기 소리는 가끔 바람처럼 새어 나오는데, 그때도 그랬다.

사사쿠라는 중국어를 하고 있었고, 가즈아키는 그때 "陈先生, 过两天, 听我的信儿(천 선생, 이틀 안에 알려 드리겠습니다"라는 한 마디를 언뜻 알아들었다. 동남아시아에서 목재를 수입하는 사사쿠라의 입에서 나오는 영어·광둥어·타갈로그 어 등을 들은 적은 있었지만, 그의 베이징어를 들은 것은 처음이었다. 가즈아키의 귀는 우선 그 발음에 흠칫 반응하고, 이어서 '천'이라는 이름에 반응하고, 아주 잠깐 동안, 이것은 사채업자 랴오에게서 들은 자오윈리의 가명인 '천하오'가 아닐까 생각했다.

알 수 없었다. 방금 들은 사사쿠라의 한 마디는 지금 있는 세 남자 중 낯선 한 사람이 '천'이라는 뜻이 되지만, 처음 본 그 얼굴은 가즈아키의 기억에 있는 16년 전의 자오윈리의 얼굴과는 겹쳐지지 않았다. 그보다 생각지도 못한 형태로 갑자기 자신의 기억 자체가 이미 모호해졌다는 것을 깨닫고 동요하다가, '천'이라면 세상에 5만 개는 있는 이름이지 않느냐고 생각을 고쳤다.

그리고 가즈아키는 1, 2초 정도 그 자리에 발을 멈췄을 뿐 이내 일로 돌아갔지만, 그 직후 현관홀에 손님을 배웅하러 가는 가와시마 매니저와 눈이 마주쳤다. '보고 있었구나' 하고 생각했다. 유리문 너머로 힐끗 눈짓을 한 가와시마의 모습은 귀중품 보관소 쪽으로 슬쩍 사라졌다.

가즈아키는 나르고 있던 산더미 같은 재떨이를 바 카운터에 놓고 현관홀로 나갔다. 귀중품 보관소 안에 있는 옷걸이 사이에서 뻗어 온 가와시마의 손이 이쪽으로 오라고 손짓을 하고, 그 손에 손목을 붙잡혀 안으로 들어가자 각성제가 들어간 남자의, 마치 부패 직전의 감을 생각나게 하는 탁한 붉은 눈과 10센티미터 거리에서 대면하게 되었다.

"교육이 부족했던 걸까……? 버릇없는 짓 하지 마."

가와시마는 혀에 말이 달라붙는 듯한 나른한 말투로 차가운 금속 냄새가 나는 숨을 내쉬었다. 그대로 그 얇은 입술이 달라붙어 왔기 때문에 가즈아키는 어쩔 수 없이 입술을 벌렸다.

"여기서만 하는 얘기야. 응……? 저 손님 말이야, 경찰이 감시를 하고 있어. 가까이 가지 말란 소리야. 알았지……?"

흐음, 이 녀석은 경찰의 개인가?

그 순간, 가즈아키는 냉정하게 판단 하나를 내렸지만, 의외라는 느낌도 없이 내장 밑바닥에서 둔한 비애 같은 것이 밀려 올라왔을 뿐이었다. 가즈아키는 "알았어요" 하고 속삭이고, 남자의 손가락이 몸을 쓸어 올리자 의사와는 상관없이 가벼운 헐떡임을 흘렸다.

"너는 나쁜 놈이야, 이것 봐……. 좋아, 오늘밤은 봐주지. 나중에 사무실로 와. 좋은 걸 보여줄 테니."

"뭘?"

"물건. 신품이야."

충혈된 붉은 눈이 끈끈하게 웃는 것을 바라보면서, 가

즈아키는 가와시마의 손에서 몸을 뗐다. 약물 때문에 정상적인 신경은 먼 옛날에 죽어 버린 남자가 무슨 말을 하든, 가즈아키의 머리 본체는 거의 반응도 하지 않았다. 별다른 감정도 관심도 없이, 가즈아키는 "나중에 갈게요"라고 대답했다.

그리고 빠른 걸음으로 귀중품 보관소를 나가다가, 현관홀로 나오는 안쪽의 세 손님과 부딪쳤다. 가즈아키의 등은 자동적으로 곧게 펴졌고, 한 걸음 물러나서 45도로 인사를 했다. 이어서 눈이 마주친 사사쿠라가 "아아, 가즈 군. 이제 봄이지요?" 하고 느긋하게 말을 걸었다.

"오가와 강의 벚꽃이 활짝 피었다는군요. 젊은 사람도 가끔은 꽃구경 정도는 가도록 하세요."

그의 생업과 풍채를 우선 접어두고라도, 실로 봄이 아니면 볼 수 없는 오가와 강가를 물들이는 벚꽃 안개처럼 우아한 울림이었다.

사사쿠라를 따라서 사장인 남자도 "아아, 저도 모르게 들뜨게 되는 계절이지요" 하고 생각난 듯 웃었다. 다른 한 명인 '천' 아무개만은 일본어를 모르는 것인지 잡담에 응하지 않았다. 그는 조금 건성이고 차분하지 못한 모습이었다. 그 순간 가즈아키는 '아니야, 역시 자오원리의 얼굴과는 달라' 하고 두 번째로 확인한 후, 클럽의 보이답게 선명한 웃음으로 세 사람을 배웅하면서 다시 45도 각도로 인사를 했다. 세 사람은 전속 보이 두 명과 함께 맞은편 현관문으로 사라졌다. 가와시마는 귀중품 보관소 안에 침몰해 있는지, 모습을 보이지 않았다.

평소 같으면 가게는 오전 0시에 닫고, 그와 동시에 호스티스들은 썰물처럼 탈의실로 물러나며, 일부는 돌아갈 택시를 잡으러 달려가고, 일부는 새벽의 기타신치로 나가고, 일부는 손님과 약속한 호텔로 발길을 서두른다. 보이들은 도박이 시작되는 안쪽 박스석만 빼고 플로어의 잔이나 재떨이를 재빨리 정리해서 주방 싱크대에 넣고 물러난다. 도박에 함께 어울리는 딜러나 호스트는 폐점하기 몇 분 전에 보이들과 교대한 아르바이트로, 도박판이 벌어질 무렵에는 클럽 정면 현관의 불이 꺼지고 도어맨도 없어진다.

한편 사무실에서는 언제나 폐점 30분 전에 나타나는 경리책임자와 가와시마 매니저가 함께 약 한 시간 동안 그날의 매상을 계산하고 장부에 기록한다. 경리책임자는 특별한 일이 없는 한 계산을 끝내는 오전 0시 30분에는 돌아간다. 가즈아키는 이미 대부분의 보이들도 모습을 감추어 버리는 이 시각까지 탈의실에서 맥주 한 캔을 비우며 시간을 보낸 뒤, 그 곳을 나와 사무실 문을 두드렸다.

가와시마는 와이셔츠 앞을 풀어 헤친 모습으로 지저분한 사무실 구석의 소파에 앉아, 가게에서 파는 위스키를 비우고 있는 중이었다. 가즈아키가 방으로 들어가자 가와시마는 제일 먼저 "열쇠"라고 한 마디 했고, 그의 말에 가즈아키는 방금 들어선 문의 열쇠를 잠갔다.

"벚꽃이 피는 계절에는 매상이 떨어진단 말이야. 지금부터 연휴 때까지는 손님이 더 없겠지……."

누구에게 들려주는 것도 아닌 혼잣말을 중얼거린 가와시마는, 위스키를 한 모금 더 마신 뒤 무엇이 생각났는지 갑자기 "뭐 재미있는 것 좀 보여 줘 봐" 하고 말했다.

가즈아키는 오른손을 머리에 얹고 왼손을 엉덩이에 대고 "꼬꼬댁 꼭꼭꼭꼭" 하고 소리를 내며 펄쩍펄쩍 뛰었다. 하지만 가와시마가 아무 반응도 하지 않자, 가즈아키는 이내 닭 흉내를 멈추었다. 가즈아키는 벌써 몇 년이나 시간이 멈춰 있는 지하실에 떨어진 듯한 기분으로 흐트러진 사무용 책상이나 서류 선반을 바라보고 나서, "물건은?" 하고 물었다.

가와시마는 위스키 병을 내려놓고 테이블 위에 있던 자신의 검은 파우치를 들고는, 안에서 아무렇게나 끄집어낸 수건 꾸러미 속의 쇳덩어리를 테이블 위에 놓았다. 덜컹 하는 소리가 났다.

가와시마는 나른하게 "자" 하고 턱짓을 했다.

가즈아키는 그가 권하는 대로 테이블로 다가가, 남자 옆에 앉아서 자동권총 한 자루를 자신의 손에 쥐었다.

광택을 없앤 검은 철로 만든 그것은, 그립에 별 마크가 있고 총신 왼쪽에는 네 자리 수의 각인이 있었다. 상처도 없고 화약 냄새도 나지 않는 신품이었다.

가즈아키는 자신의 손에 얹혀 있는 물체의 1킬로그램쯤 되는 중량이나 싸늘한 강철의 감촉에 집중했고, 나아가 눈앞의 형상 하나하나에 집중했다. 가즈아키의 눈 속에 있는 그것은 권총이 아니라 어떤 특정한 모양을 한 물체일 뿐이었다. 그 형상, 중량, 색깔, 질감 등의 전부가 모래에 물이 스며들듯 자신의 몸이나 신경이나 손가락에 스며드는 것을 느끼면서, 그렇게 가즈아키는 쇳덩어리를 손에 들고 있었다.

가즈아키는 거꾸로 쥔 권총의 총구를 불빛 쪽으로 내밀었다. 총구 안쪽의 어두운 구멍에서 내벽에 새겨져 있는 나선무늬가 떠오르자, 가즈아키의 머리에는 '6조우선'이라는 나선의 형상을 나타내는 단어가 떠오르고, 그것을 깎을 수 있는 브로치broach의 절삭공구가 스쳤다.

또, 슬라이드를 당기면 나타나는 총신의 원통 끝 절개면이나 매끄러운 금속 표면에 저도 모르게 손가락을 미끄러뜨렸다.

"진짜라구" 하고 가와시마는 속삭이고, 가즈아키에게 권총 한 자루를 쥐어준 채 "흥분되지?" 하고 또 속삭인 후, 혼자 숨을 거칠게 쉬기 시작하면서 웃었다. "좋지……? 자, 실컷 만져 봐……."

가즈아키는 슬라이드를 도로 돌려놓은 권총에서 빈 탄창을 빼고, 그것을 테이블에 올려놓았다. 손가락은 탄창을 빼기 위한 버튼으로 자연스럽게 움직였다. 가와시마가 일순 약간 몸을 굳히는 것을 알 수 있었다.

가즈아키의 손가락은 계속 움직여, 거꾸로 고쳐 쥔 권총 끝의 총구 밑에 있는 둥근 플러그로 이동했다. 그 까끌까끌한 플러그를 집게손가락 끝으로 밀어 넣고 그대로 시계방향으로 힘껏 비틀자, 통모양의 플러그와 그 끝에 붙어 있는 스프링이 툭 튀어나왔다. 그것을 꺼내 테이블에 놓고, 이번에는 총구 끝에 붙어 있는 얇은 판 모양의 부품을 반시계방향으로 돌려, 슬라이드 안에서 길이 1센티미터 정도의 통 모양을 한 그것을 꺼냈다. 그 작은 통모양의 부품을 놓고, 가즈아키의 손은 다음으로 슬라이드를 빼내 그것을 고정시킨 후, 프레임 안쪽의 작은 버튼을 손끝으로 눌러 슬라이드를 고정시키는 작은 막대도 빼냈다.

가와시마의 눈이 물끄러미 주시하고 있었다.

가즈아키는 슬라이드와 프레임을 앞뒤로 흔들어 두 개를 떼어 냈다. 그리고 드러난 총신의 밑 부분에 붙어 있는 얇은 레버 같은 부품을 밀고, 슬라이드에서 총신을 분리했다. 거기까지 1분도 채 걸리지 않았다. 동시에 "만져본 적 있군" 하고, 가와시미가 흥이 깨진 듯 중얼거렸다.

가즈아키는 방금 분해한 니켈로 도금된 총신을 손에
들고, 기계로 연마했다는 것을 한눈에 알 수 있는 그 금
속덩어리를 응시했다. 단순한 원통이 아니라, 격침擊針이
나 격침을 움직이는 스프링이 들어 있는 부분은 조금
굵어지면서 슬라이드와 맞물리는 홈이 있는, 그 복잡하
게 깎여 있는 길이 10센티미터 정도의 물체는, 겨우 몇
초 사이에 가즈아키의 눈과 손 안에서 지금은 없는 날
들의 숨 막히는 그리움과 하나가 되었다. 지금처럼 텅
비지 않은, 확실하게 형태가 있던 나날을 채우고 있던
시간이 갑자기 되살아났든가, 아니면 그런 환상이 스쳐
갔기 때문이다.
　"파이어 버드의 총신이야. 그걸로 9밀리 파라블럼 탄
을 쏠 수 있어. 최고급품이라구."
　가와시마는 조바심을 내며 가즈아키의 손에서 총신을
빼앗더니 갑자기 폭발했다. 가즈아키는 이번에는 주먹
으로 얻어맞고 밑에 깔리면서, 잠시 동안 가와시마의 장
난과 원맨쇼에 어울려야만 했다.
　"애송이 주제에 태연한 얼굴이나 하고. 자, 말해 봐.
어디서 총을 만져본 거냐, 응……?"
　"옛날에, 아는 사람 집에서."
　"그걸로 느꼈다는 거야, 응……? 느꼈는지 어떤지 말
해, 말해 보라구……!"
　"아아, 느꼈어."

"그래, 그래. 그럼 말해줄 테니까 귀 좀 빌려 줘. 이건 프로가 다루는 물건이야. 여기 주방의 스테인리스 싱크대에 100자루나 되는 토카레프를 늘어놓고 검품을 하는 거야. 지금 네가 한 것처럼 한 자루씩 해체해서 말이지. 그걸 또 다시 싸서 운반해. 100자루면 1억이야. 그 물건이 어디에서 오는 것 같아……?"

가즈아키에게는 하나도 흥미 없는 이야기였다. 술을 너무 많이 마신 가와시마의 혀도 점차 꼬이기 시작했다. 대량의 권총은 동남아시아에서 오는 원목이나 목재에 숨겨져 마이즈루 항港에 들어오고, 넘겨받을 때까지는 그 근처 저목장貯木場에 떠 있는 상태라는 이야기를 들으면서, 가즈아키는 이 가와시마라는 남자는 혹시 죽고 싶어하는 건지도 모른다고 생각했다.

"그 사사쿠라 말이야, 그 영감이 하는 일이야……."

"여러 가지를 아시는군요."

"장소를 제공하고 있으니 당연하지."

"흐음……."

"이 태연한 얼굴이라니, 쳇……."

"피곤해요. 이제 돌아갈래."

가즈아키는 마지막에는 그렇게 애원하고, 소파에서 도망쳐 방을 나갔다.

방을 나온 가즈아키는 다시 그 쇳덩어리의 감촉을 불러일으키려는 듯이 통로에서 혼자 자신의 손가락을 움켜쥐어 봤지만, 평소와는 달리 머리 한가운데가 흥분하고 있는 듯한, 그리고 몸이 어딘가를 부유하고 있는 듯한 느낌을 확인할 수 있을 뿐이었다. 그 질감이나, 곡면이나 평면이나 모서리의 형상은 아직 손가락에 남아 있지만, 그래서 어떻다기보다 먼저 나는 아직 살아 있는지, 나는 아직 괜찮은지, 중력은 있는지를 무의식중에 확인하고 있었다. 거의 매일 밤마다 텅 빈 구멍으로 떨어져 가는 듯한 감각이 찾아오는 가운데, 스스로에게 그렇게 묻는 것이 가즈아키의 일과였다.

그리고 뒷문을 나온 가즈아키는, 그날 밤 또 하나의 쓸데없는 존재와 만났다. 골목길로 통하는 비상계단 밑에 서 있던 그것은, 밤눈으로는 색깔도 알 수 없는 검은 스웨터에 검은 청바지 차림을 한 젊은 남자였다.

남자는 골목길 쪽을 향하고 있었지만, 뒷문이 여닫히는 소리에 고개를 돌려 가즈아키를 올려보았다. 남자는 곧 다시 눈을 피했지만 처음부터 가볍게 허공에 들려 있던 오른팔은 그대로였고, 게다가 그 오른팔은 어깻죽지에서 손목 끝의 손가락까지 한 번도 정지하지 않고 춤추듯이 계속 움직이고 있었다. 가즈아키가 무심코 시선을 멈춘 것은 그 팔 하나 때문이었다.

가즈아키가 보고 있는 사이에 그 팔은 손가락 끝까지 일직선이 되어 허공에 멈추나 했더니, 이내 하늘을 향한

다섯 개의 손가락이 천천히 흩어졌다. 그 하나하나가 생물처럼 휘어지고 흔들리면서 호를 그리고 서로 얽히자, 거기에는 어떤 음조와 리듬이 흐르기 시작하고, 그것이 손목으로 팔꿈치로 어깨로 전해진다. 어둠 속을 헤엄치는 하얀 손가락과 검은 팔, 그 움직임만으로도 숨을 삼킬 정도로 아름다웠다.

가즈아키는 계단을 내려가는 것도 잊고 위에서 그 모습을 보고 있다가, 갑자기 남자가 다시 한 바퀴 빙글 돌아보는 바람에 흠칫 놀랐다. 잘 울리는 목소리가 아래에서 올라왔다.

"가와시마는 안에 있나?"

가즈아키는 냉수를 뒤집어쓴 듯한 기분으로 간신히 '있어'라는 대답을 삼키고, 계단으로 발을 내딛었다.

남자는 내려오는 가즈아키를 몇 초간 보고 있었다. 그리고 가즈아키가 노려보기도 전에, 그 눈은 갑자기 잘 드는 얇은 칼날로 회를 베듯이 강렬하게 가즈아키를 스치고 지나갔다. 그와 동시에 남자의 두 다리는 골목길로 미끄러져 나가고, 방금 전의 팔 하나와 똑같은 움직임이 그 전신으로 옮겨가, 두 팔과 다리가 천지사방으로 너울거리기 시작했다.

기타신치 뒷골목에서 혼자 춤추기 시작한 남자 주위에는, 가즈아키 외에는 아무노 없있다. 기즈아키는 자신이 환혹되고 있다는 사실에 경직하면서도 눈을 빼앗기고 숨을 삼켰다. 남자의 팔과 다리는 마치 살아 있는 뱀 같았다. 우아하면서도 날카롭게, 가벼우면서도 강하게, 허공을 차례차례 도려내고는 변환한다. 그것이 하늘을 찌르는 창으로 변하고, 파도치는 번개로, 호수면의 잔물결로 옮아간다.

가즈아키는 아쓰코와 함께 몇 번 보러 간 적이 있는 경극 무용의 움직임과 비슷하다고 멍하니 생각했지만, 그런 생각을 했다는 것도 의식 밖으로 날아가 있었다. 그것보다도 이 녀석은 주위에 온통 보이지 않는 자력선을 쏟아 내어, 보는 사람을 미치게 하려는 건가 생각하고, 그러다가 자신의 눈앞에서 선명하게 꿈틀거리는 몸 저편에 갑자기 광대한 공간이 펼쳐지는 것을 보고, 그곳을 불어 지나가는 대륙의 바람을 본 듯한 기분에 사로잡혀 남몰래 넋을 잃었다.

그러나 그런 것들은 실은 겨우 1분 정도의 일이었다. 남자는 갑자기 움직임을 멈추고 가즈아키를 돌아보고는, 방금 전까지 춤추던 것과는 다른 사람의 몸으로 돌아와 "가와시마와 약속이 있어" 하고 두 번째로 입을 열었다.

가즈아키는 계단 아래까지 내려갔다. 1미터 정도의 거리에서 다시 마주본 것은, 나이로는 가즈아키와 별로 차이가 없는 20세 전후의 남자였다. 좀처럼 볼 수 없는 단정한 얼굴을 하고 있었고, 그중에서도 눈은 새삼 가즈

아키의 눈을 끌었다. 남자의 눈은 흑요석 같은 광택을
내는 검은 눈동자와 백자 같은 흰자가 길쭉하고 선명한
테두리 안에 들어 있고, 천천히 떨어지는 눈꺼풀 밑에서
그 흑요석 같은 검은 눈동자가 스윽 움직인다. 이어서
눈꺼풀이 올라가면 다시 나타나는 또렷한 흰자와 검은
눈동자는, 이번에는 너무 눈부셔서 폭발할 것 같은 느낌
이 든다.

그리고 그 눈을 포함해서 그때 가즈아키가 제일 먼저
빨려든 것은, 자신과는 전혀 다른 공기를 호흡하고 전혀
다른 것을 보고 있는 생물이라는 위화감이었고, 어디에
서 오는 것인지 알 수 없는 투명한 대륙의 공기에 대한
환상이었고, 또한 스스로도 이해할 수 없는 희미한 흥분
이었다.

"누구지, 당신?" 하고, 가즈아키는 물었다.

즉시, "갱"이라는 한 마디가 돌아왔다.

가즈아키는 가슴 어딘가가 크게 흔들리는 것을 느꼈
다. 갑자기 이유도 없이 즐거운 듯한, 가슴이 설레는 듯
한, 지리멸렬한 기분이 스쳐 지나가, 자기도 모르게 웃
었다. 남자도 갑자기 좌우로 벌어진 입술 사이로 새하얀
이를 보였다가, 곧 다시 표정을 지웠다.

"가와시마는 안에 있나?"

"말할 수 없어."

"날 고용하기로 약속했는데."

"내일, 가게가 열려 있는 시간에 다시 와."

"언제나 내일이라는 게 있는 사람은 행복하지."

남자는 갑자기 그런 말을 내뱉고는, 가즈아키를 외면한 채 계단에 걸터앉았다. 거리의 교성이 새어 나오는 아무도 없는 골목길로 향한 그 옆모습은, 의외로 조용하고 가냘픈 느낌이 들었다. 게다가 병을 앓고 일어났나 싶게 창백하고, 혈관이 투명하게 비칠 정도로 야위었다.

가즈아키는 왠지 모르게 마음이 움직였지만, 정체를 알 수 없는 사람을 가게에 들일 수는 없었다.

"가와시마는 곧 나올 거야."

그렇게 말하고, 가즈아키는 골목길로 걸어 나갔다. 몇 초 후, 뒤에서 남자의 명랑한 목소리가 날아왔다.

"헤이! 당신이 마음에 들었어."

"나도 그래."

가즈아키는 돌아보며 대답하고, 왠지 기묘하게 마음이 두근거린다고 생각하면서 골목길을 뒤로 했다. 하지만 겨우 열 걸음 정도 걸어 국도로 나왔을 무렵에는 방금 만난 것이 누구였는지, 자신의 심신 어디가 흥분해 있었는지 전혀 알 수 없게 되었고, 대신 권총 한 자루의 감촉이 다시 손가락에 조금 돌아왔다.

클럽 아르바이트비의 대부분을 택시비로 쓰며, 가즈아키는 오전 3시 전에 이바라키 시市 도요카와의 전답

속에 서 있는 아파트로 돌아갔다. 거의 잠만 잘 뿐 아무 것도 없는 세 평짜리 방에서 가즈아키를 기다리고 있는 것은 아침에 개고 간 이불의 작은 산과 책상, 그리고 스탠드 하나가 전부였다. 새벽어둠 속 여기저기에서 풍기는 벚꽃이나 연꽃 냄새가 그것들을 폭 감싸고 있었다.

처음부터 부엌은 사용하지 않았다. 그곳에서는 컵라면 하나도 끓이지 않는다. 머리에는 아무것도 바르지 않고, 담배도 피우지 않는 방에 계절마다 바깥 공기가 그대로 배어들어 온다. 어머니와 살았던 히메사토의 아파트가 그랬다. 어머니는 거의 화장을 하지 않았고, 아파트에는 아침저녁의 간소한 된장국이나 밥 냄새와, 목욕 후의 비누 냄새밖에 없었다. 어머니가 없는 낮 시간 동안에 그 히메사토의 작은 세 평짜리 방을 채우고 있던 것이 여러 가지 바깥공기의 냄새였음을, 가즈아키는 매일 밤 아파트에 돌아올 때마다 잠시 떠올리곤 했는데, 꽃나무가 향기를 피우는 이 계절에는 특히 더 그랬다.

목욕탕에서 얼굴과 손발을 씻은 후 이불을 깔았지만, 가즈아키는 눕기 전에 택시 안에서 곰곰이 생각한 대로 벽장에서 골판지 상자 하나를 꺼냈다. 테이프를 떼어 낸 후 뚜껑을 열고, 우선은 셀로판지 두 장 사이에 끼워 둔 낡은 신문조각 한 장을 손에 들었다. 신문조각에는 어머니가 자오원리와 달아나던 날의 이틀 뒤에 해당하는, 1961년 4월 7일이라는 날짜가 붙어 있다. 당시 신문의 한자는 아직 다 읽을 수 없었던 여섯 살 난 아이가 도쿄의 외조부모님 댁에 맡겨진 후 곧, 알고 있는 한자와 날짜만을 의지해 지난 신문 속에서 찾아내 오려둔 것이다.

사회면 한쪽 구석에 있던 그 기사는, 오사카의 공장에서 몇 명의 불법체류 외국인을 불법으로 고용한 공장주가, 4월 6일, 입관난민법 위반 혐의로 오사카 경찰에 체포되었다는 사실을 전하고 있을 뿐이었다. 가즈아키는 그날인 6일에도 전날인 5일에도 바로 그 공장 뜰에 있었고, 그래서 경찰의 가택수색이나 모리야마 고조라는 공장주가 경찰차에 실려 가는 것을 직접 보고 있었기 때문에, 나중에 그 기사를 다시 읽었을 때에는 적혀 있지 않은 사실이 너무 많다는 것에 놀랐다. 첫째로, 당시 공장에 있던 외국인들의 이름. 둘째로, 3월 말에 그 외국인 중 한 명인 황요우파黃友法가 고베 항에서 살해된 다음날, 남아 있던 다른 외국인들도 모습을 감추었다는 것. 셋째로, 공장주인 모리야마 고조가 외국인들을 고용해 준 것이라는 점.

그 세 가지는 여섯 살 난 아이가 직접 그 눈으로 보거나, 또는 희미하게 윤곽을 느끼고 있던 것이었는데, 그 후 일체의 정보도 없이 사건이 사람들의 기억에서 사라져 간 것과는 반대로, 가즈아키의 마음속에서는 계속 살아 있었다. 사건을 잊는 것은 어머니를 잊는 거라고 생각하던 어린 시절에는 그 때문에 오래된 신문조각 한 장을 버리지 못했고, 오사카로 오고 나서 3년 동안은 사건을 잊지 않은 자신의 세월에 대한 회의 같은 것 때문에, 마찬가지로 버리지 못했던 것이다.

마지막으로 골판지 상자를 연 것은 재작년, 사채업자 라오에게서 자오원리의 정보를 들었을 때였다. 그때도 뭔가 자문할 것이 있어서 낡은 종잇조각 한 장을 손에 들었지만, 오늘밤에도 가즈아키에게는 오랜만에 골판지 상자를 연 이유가 있었다.

가즈아키는 신문조각을 놓고 이번에는 골판지 상자 안에서 완전히 누렇게 바랜 신문지로 싸인, 찌그러진 모양을 한 꾸러미를 하나 꺼냈다. 골판지 상자에는 비슷한 꾸러미가 그것 말고도 아홉 개가 더 들어 있었다. 꾸러미를 열자, 틀림없는 전자동식 권총 모양을 한 쇳덩어리가 하나 나왔다. 열 살 때 자신의 손으로 조립한 그것은, 부족한 부품이 있어서 방아쇠를 당겨도 공이치기가 움직이지 않고, 슬라이드는 잘 미끄러지지 않으며, 안전장치 레버 역시 움직이지 않지만, 장난감은 아니었다. 이것은 바로 1960년 당시, 히메사토의 공장에서 몰래 만들어지던 밀조권총 중 한 자루였다.

그 4월 6일, 경찰이 들이닥치기 직전에 공장주가 권총 열 자루분의 부품 꾸러미를 몰래 성당 뒤뜰에 버리는 것을 본 가즈아키는, 나중에 그것을 아무도 모르게 가지고 나와 숨겼다. 도쿄로 돌아간 후에도 꾸러미는 계속 자신의 벽장 안에 있었다. 열 살이 되었을 때 부품을 만지작거려 결국 한 자루를 조립했는데, 오늘밤 클럽에서 가와시마가 토카레프 한 자루를 쥐어 주었을 때 자연스럽게 움직이던 손가락은 그때의 일을 기억하고 있다는 뜻이었다.

벌써 10년도 넘게 만지지 않은 반半제품 권총 한 자루를 손에 들고, 가즈아키는 잠시 동안 충분히 연마되지 않은 쇠의 조잡한 표면을 손가락으로 어루만지고 있다. 여섯 살이나 열 살 때의 자신이 대체 무엇을 생각하면서 권총 부품을 바라보고 손으로 만졌는지, 떠올리려고 했지만 알 수 없었다. 예전에 곳곳에서 호흡했던 대륙의 냄새와 이 강철덩어리는 분명히 다른 것이었다. 그러나 오늘밤 새 권총 한 자루를 쥐었을 때도 그 모양이나 질감 전부에 위화감이 없었을 뿐 아니라, 아주 빠르게 자신의 심신에 스며드는 것을 느꼈다. 가즈아키는 그런 느낌이 과연 옛날에도 있었을까를 계속 생각하다가, 결국 '느낌은 있었다'는 결론을 내렸다.

열 살 때의 자신은 권총 부품을 만지면서 뭔가를 생각하고 있었던 것이 아니라, 오늘밤처럼 아무 이유 없이 심신을 통해 그저 받아들였음이 틀림없었다. 파브르는 우연히 쇠똥구리를 관찰했고, 자신은 쇠 부품을 관찰했다는 얘기다. 크게 진전되었다고는 할 수 없었지만 그쯤에서 우선 자신을 이해시키고, 가즈아키는 권총과 골판지 상자를 정리하고 자리에 누웠다.

새벽이 가까운 미명의 한때, 잠에 빠져드는 동안에도, 클럽에서 손에 들었던 권총 한 자루의 중력은 지상의 모든 공기 밑에 짓눌린 자신의 몸보다도 더욱 무겁게 그 주변을 누르고 있었다. 차가운 쇠의 감촉은 아직 손바닥에 있었고, 권총 한 자루를 자동적으로 분해하던 열 개의 손가락은 아직도 곡면이나 평면이나 모서리의 미세한 형상을 맛보고 있는 듯했다. 몇 시간 전에 그런 감각들이 불러일으킨 지난날들은 이미 형체도 없이 사라졌지만, 쇳덩어리 하나의 중력 밑에서 지금까지의 자신의 인생이 갑자기 방향을 바꾸는 듯한 느낌을 받고, '아아, 인생이 변한다, 본 적 없는 문이 열린다'는 갑작스런 예감에 사로잡히면서, 꿈의 입구에서 가즈아키는 몸부림쳤다.

서로 겨우 한 시간 남짓을 비울 수 있느냐 없느냐가 문제였다. 새 학기가 시작된 후의 아쓰코는 바빠서 낮에 집에 있는 경우는 좀처럼 없었고, 가즈아키도 수업으로 바빠졌기 때문이다. 그러나 만날 수 있는 기회가 한정되니 충동은 더욱 쌓여서, 만나는 것이 더욱 자극적으로 느껴지게 된 것은 아마 아쓰코도 마찬가지였을 것이다.

스물두 살의 남자의 시간과 서른다섯 살 여자의 그것이 똑같이 흐를 리는 없는데도, 어떻게든 시간을 내서 가즈아키가 "언제 나올 수 있어?" 하고 전화를 하면, 아 쓰코는 "6시"라든지 "6시 반"이라고 대답한다. 그것이 4 월에는 거의 1주일에 한 번 꼴이 되었다.

정오가 되기 전에, 가즈아키는 학생식당의 공중전화 로 "언제 나올 수 있어?" 하고 전화를 걸었다.

"6시 반. 늦더라도 기다려"라는 아쓰코의 목소리가 들렸다.

아쓰코가 있는 문학부는 공학부 캠퍼스와는 멀리 떨 어진 도요나카 시市 마치카네야마에 있었고, 두 사람이 만나는 장소는 각자가 이용하는 한큐 전철의 센리야마 선線과 다카라즈카 선이 만나는 주소 역이 되는 경우가 많았다.

"괜찮아?"

"괜찮지는 않지만, 보고 싶어."

그렇게 5월 연휴를 앞둔 4월 말, 가즈아키의 인생의 본체는 전혀 바뀌지 않았다. 세미나의 4학년들에게는 그룹 단위로 실험 과제가 주어졌기 때문에 개인적인 사 정으로 땡땡이를 칠 수는 없었다. 물론 딱히 땡땡이를 칠 만한 적극적인 의사도, 물리적인 사정도 없었다. 그 렇게 대학에는 변함없이 계속 다니고 있었지만, 그날, 단 하나 결말을 지은 것은 앞으로의 진로 문제였다.

세미나의 다치바나 조교에게 대학원에는 진학하지 않 겠다고 말하자, 다치바나는 "졸업논문 주제는?" 하고 한 마디 되물었을 뿐이다.

가즈아키는 연휴가 끝나면 대답하겠다고 말했다. 다치바나가 물끄러미 눈을 들여다보았기 때문에 가즈아키는 일순 아쓰코와의 관계가 들킨 게 아닌가 생각했지만, 이어서 다치바나의 입에서 나온 것은 "나는 자네가 뭘 생각하고 있는지 모르겠어"라는 온화한 한 마디였다. 가즈아키는 '당신이 어떻게 알겠느냐'고 생각하면서, "연휴가 끝나면 꼭 주제를 제출하겠습니다"라고 되풀이한 뒤 물러났다. 그 길로 교무과로 가 취업상담을 등록하고 게시판에 붙은 기업의 구인공고 몇 개를 메모했지만, 그 후 메모한 수첩을 다시 펼쳐 본 것도 아니었다.

가즈아키는 학생식당에서 우동 한 그릇을 뚝딱 해치운 뒤, 자전거를 달려 기타센리 역에서 전철을 탔다. 후쿠시마의 운송창고에 도착한 때는 오후 1시쯤이었다.

새 학기가 시작되면서 창고 아르바이트는 주 4일로 줄었지만, 아쓰코를 만나는 날은 평소보다 일찍 출근했다가 일찍 퇴근하는 변칙적인 근무가 되기 때문에, 가즈아키는 그만큼 일에 성의를 보이고 있었다. 실제로 약물 중독인 입고담당자가 없어지고 보니 이렇게 쾌적한 직장이었던가 싶을 정도였다. 연휴를 앞두고 물량도 크게 줄어든 출하장에서 시난 녀칠은 휘파람을 불면서 리프트를 움직이는 동안에 자연스럽게 팔레트의 화물이 정리되는 행복한 상황이었다.

그리고 오늘도 역시, 특별한 일이 없겠다고 생각하면서 오후 3시를 넘길 무렵, 가즈아키는 갑자기 "손님이 왔어!" 하고 부르는 소리를 들었다. 리프트를 떠나 사무실로 가자, 거기에 있는 것은 사채업자인 랴오다이주廖大聚의 얼굴이었다.

랴오는 늘 그렇듯이 바느질이 잘된 양복으로 몸을 감싸고, 소네자키에 있는 회사 사무실에 앉아 있을 때와 똑같이 접대성 웃음을 지으며 "전화 통화가 되지 않기에 혹시 병이라도 난 게 아닌가 싶어서 와 봤는데. 아아, 잘 지내는 것 같군. 다행이야, 다행이야" 하고 밑도 끝도 없이 말을 시작했다. 게다가 "취직이 결정됐으면 인사 정도는 하러 가야지. 그쪽도 괜찮을까 하기에, 괜찮다고, 내가 보증한다고 말해 뒀어"라는 말을 꺼냈다. 가즈아키는 각오를 하고 "10분 후에 돌아오겠습니다"라고 사무실에 말해 두고, 랴오와 함께 밖으로 나갔다.

랴오는 곧 "할 얘기가 있어" 하고 어조를 바꾸었다.

"그런 연극은 하시지 않아도 될 텐데" 하고 가즈아키는 대답했다.

"연극 같은 생활은 자네가 하고 있잖나."

랴오는 곧 환갑을 맞는 나이의 여유를 보이며 온화하게 속삭이고, 나아가 16년 전의 밀입국자의 편린을 언뜻 엿보이며 은밀하게 웃었다. 제1라운드부터 가즈아키의 패배였다.

랴오는 영업소 바깥 통로에 세워둔 벤츠 뒷좌석에 가즈아키를 태웠다. 거기에는 먼저 온 손님이 있어서, 가즈아키는 남자들 사이에 끼는 꼴이 되었다.

"우리 단골이야" 하고 랴오가 소개한 남자는, 낡은 양복이나 촌스러운 구두와 차가운 눈초리가 이상한 분위기를 자아내고 있었고, 손님을 분간하는 데에 뛰어난 클럽 보이의 눈으로도 정체는 짐작이 가지 않았다. 그 남자의 손이 우선 사진 한 장을 가즈아키에게 들이밀었다.

"이게 자오원리야. 두 번쯤, 사사쿠라 분지라는 남자와 함께 자네가 일하는 클럽에 왔을 거야. 몇 번이나 성형수술을 되풀이해서 지금은 그 얼굴로 천하오라는 이름을 쓰고 있지."

사진에는 4월에 두 번 모습을 보인 '천 선생'의 얼굴이 있었다. 하지만 두 번 모두, 가즈아키로서는 그자가 자신이 찾던 자오원리라는 것을 확인하지 못한 얼굴이었다.

"천하오는 오늘밤에 사사쿠라와 클럽에 갈 거야. 자네가 바란다면, 천하오와 둘이서 이야기할 수 있도록 우리들이 손을 좀 써 주겠네만."

"용건을 말씀해 주십시오."

"오늘밤, 클럽에 있는 친히오 앞으로 외부에서 중국어 전화가 온다. 그 전화는 우선 중국어를 할 줄 아는 자네에게 돌려질 거야. 그렇지?"

"예."

"자네는 전화를 받고, 천하오를 부르러 가서 그를 접수계에 있는 전화로 안내한다. 제일 가까운 전화가 아니라, 반드시 현관 접수계에 있는 전화로 안내해야 해. 할 수 있겠나?"

"어째서 접수계에 있는 전화입니까?"

"쓸데없는 사망자를 내고 싶지 않아."

그렇게 대답하고 나서, 남자는 랴오를 향해 "这小伙儿成(이 젊은이, 대단하군)" 하고 중국어로 말을 했다. 랴오는 뭔가 짧게 대꾸했지만, 그 말은 알아들을 수 없었다.

가즈아키가 들은 것은 오늘밤 클럽에 나타날 천하오, 다시 말해 자오원리를 죽인다는 이야기였다. 그러나 평생 이 귀로 듣게 될 거라고는 생각하지 않았던 종류의 이야기를 들었지만 가즈아키의 머리는 둔하게 움직이고 있었을 뿐이었다. 처음에 멍하니 생각한 것은 옛날 고베 항에서 죽은 황요우파 때도 누군가는 어딘가에서 이런 이야기를 했으리라는 것이었고, 이어서 자기 양옆에 있는 것은 누구일까 하는 생각, 나아가 자신은 놀림을 받고 있는 게 아닐까 생각하고, 마지막으로 애매한 혐오감을 느꼈다. 확실한 공포나 동요는 한 번도 찾아오지 않았다.

"자오원리를 만나도 할 얘기는 없어요. 상관하고 싶

지 않아"라고 가즈아키는 대답했다.

"자네가 상관하고 싶지 않아도 전화는 올 거야. 자네는 천하오에게 전화를 연결하라고. 알겠지? 이건 자네를 위한 제안이야. 경찰의 개인 자네 애인은, 오늘밤으로 끝장이니까."

이런 때에 겨우 '애인'이라는 한 마디에 가즈아키의 몸은 비참하게 반응하고, 반발했다. 그리고 무심코 남자의 옆모습을 봄과 동시에, 랴오의 손에 의해 말없는 제지를 받으며 가즈아키는 말을 잃었다. 몇 초 뒤에, '가와시마 매니저도 죽는 거구나' 하고 멍하니 생각했다.

"자, 얘기는 끝났어."

"자오원리와 함께 사는 여자를 모르십니까?"

"여자는 몇 명이나 있어"라는 짧은 대답이 돌아왔다. 그리고 이번에는 '몇 명이나 있다'는 그 말에 가벼운 충격을 받으면서, 가즈아키는 랴오의 재촉을 받아 차에서 내렸다.

"말한 대로 전화를 연결해 주면, 그 뒤의 일은 자네와는 상관없어. 알겠지? 그 히메사토 공장에서 매일 우리 찻잔에 차를 따라 주던 아이와 이런 식으로 만나는 건 이게 마지막이었으면 좋겠네."

랴오는 그런 말을 속삭이며 차로 돌아갔지만 그 동안 한 번도 가즈아키의 눈을 보려고 하지 않았고, 가즈아키도 랴오의 얼굴은 보지 않았다. 새삼 떠올릴 것까지도 없이 사채업자 랴오다이주는 처음부터 보통 사람이 아니었고, 자오원리도 마찬가지였다. 그런 자오원리를 계속 찾아다닌 자기 자신도 마찬가지다. 죽은 황요우파도 마찬가지. 1960년부터 1961년에 걸쳐 히메사토 공장에 있던 사람들 모두가 마찬가지. 그곳에 떨어져 내린 살인 이야기는, 가즈아키에게 시비 판단 훨씬 이전의 장소에 머물러 있을 뿐이었다. 하지만 인생이 바뀌어 간다는 예감은 이런 것이었나 생각하니, 조금 실망을 느끼기는 했다. 어머니가 함께 달아나기까지 했던 남자의 죽음을 어떻게 생각하면 좋을 것인가는, 솔직히 알 수 없었다. 가와시마 매니저에 대해서도, 알 수가 없었다.

그 후 가즈아키는 출하장 작업으로 돌아가 오후 6시까지 리프트를 움직이고, 6시 15분에는 영업소를 나와 역으로 달려갔다. 거기에서 택시를 잡아 아쓰코와 만나기로 한 주소 역 앞으로 향했지만, 역시 여자를 안을 기분은 시들어 있었다.

오후 6시 반, 가즈아키는 주소 역 동쪽 출구 밖에 서 있던 아쓰코와 만났다. 아쓰코는 평소처럼 서류가방에 가까운 커다란 핸드백을 들고, 시원해 보이는 하얀 블라우스와 면바지에 선글라스를 쓴 차림이었다. 호텔가街와도 가까운 변두리 골목길에 그렇게 단정하게 서서 록히드 사건의 국회심의 등을 전하는 경제신문 석간을 펼치고 있는 모습은 몇 번을 보아도 신기한 느낌이 들어서, 가즈아키는 매번 신선한 두근거림을 맛보곤 했다. 그날 밤에도 가즈아키는 일순 그런 기분이 되어, 갑자기 '오늘밤에는 클럽을 쉴까?' 하고 생각했다. 하지만, 곧 다른 목소리가 '어차피 마찬가지야'라고 반론했다.

"오늘은 좀 이상해 보이네" 하고, 아쓰코는 가즈아키를 보자마자 말했다.

"빈혈인가 봐. 몸 상태가 좋지 않아."

"그럼 오늘은 식사를 해야겠네. 피가 될 만한 걸 사줄게."

"그것보다, 강가로 가자."

식욕도 없다고 했더니, 아쓰코가 신경을 쓴다. 순간적으로 떠올린 변명을 아쓰코가 이상하게 생각할까 두려워하면서, 가즈아키는 서둘러 아쓰코의 팔을 잡아당겼다. 네온사인이 넘치는 거리를 등지고 300미터쯤 선로를 따라 가자, 곧 요도가와 강이 나왔다. 제방의 계단을 올라가 새까만 초원과 수면 위를 건너는 바람에 감싸이면서, 아쓰코와 함께 걸터앉았다.

"호텔로 가지 않아서 실망했어?"

"가끔은 이런 것도 좋아."

"진심이면 좋겠군."

"진심이야."

가즈아키는 반쯤은 아쓰코가 추울지도 모른다는 생각

에, 또 반쯤은 왠지 그렇게 하고 싶다는 자신의 마음 때문에, 아쓰코의 등을 안아 자기 쪽으로 끌어당겼다. 아쓰코는 쑥스럽다며 웃었지만 저항은 하지 않았다.

엎어지면 코 닿을 거리에 걸려 있는 철교를, 한큐 전철이 빛의 띠가 되어 지나갔다. 전철이 빨려 들어가는 강 맞은편에는 칠흑 같은 거리가 누워 있고, 그 맞은편에 우메다 터미널의 불빛이 흐릿한 후광처럼 걸려 있었다. 그 후광 근처에 '나이트게이트'가 있고, 오늘밤 그곳에서는 사람이 죽는다. 후쿠시마의 운송창고가 있는 것은 철교 저쪽 편 강가의 어둠 속이고, 히메사토도 그 강을 건너가는 바람 끝에 있다. '나'라는 별 볼일 없는 남자의 영혼 하나와, 그 껍데기인 몸이 몇 년이나 헤매어 온 요도가와 강 부근 위로, 아무것도 모르는 선량한 사람들을 태운 빛의 전철이 건너간다.

충분히 식어 있던 몸 안에서 조금 안타까운 듯한, 열을 띤 듯한 초조감 덩어리가 꿈틀거리고 있음을 느끼면서, 가즈아키는 팔 안의 아쓰코를 꽉 껴안았다. 아쓰코도 평소와는 조금 느낌이 다른, 온화하고 깊은 숨소리를 흘리고 있었다. 그 숨결을 빨아들이려고 가즈아키의 콧구멍과 입술도 저도 모르는 사이에 벌어지고, 그것이 또 내장의 열을 휘젓는 듯한 느낌이 들어서 더욱 안타까워졌다.

"아쓰코 씨. 좋아해⋯⋯."

"갑작스럽긴 하지만, 나는 사랑을 하고 있어. 당신은 어때……?"

"그런지도 몰라."

정말로 갑작스러웠다. 이것은 사랑일지도 모른다고 가즈아키는 멍하니 생각했고, 아닐지도 모른다고 곧 의문부호를 찍었다. 지금 있는 것이 하반신의 충동과는 다른 무언가라는 것은 확실했지만, 어차피 이제부터 살인에 가담해야 하는 이런 때에, 찾아온 기분이었다. 만일 무의식중에 어머니의 품을 찾고 있던 것이라면 더욱 허무했으리라. 어쨌든 마지막에는 아쓰코에게 미안한 짓을 하고 있다는 생각이 앞섰다.

"농담이야"라고 아쓰코는 속삭이며 허무하게 웃고, "농담이라도, 진짜였으면 좋겠다"라고 대답하며 가즈아키도 웃어 보였다.

반대 방향의 전철이 또 철교를 지나갔다. 가즈아키는 아쓰코와 함께 새까만 강물을 건너는 빛의 띠를 바라보다가, 문득 오늘밤은 몇 개나 되는 인생의 오르골 드럼이 갑자기 일제히 돌기 시작한 것처럼 소란스럽다고 생각했다. 그리고 자신의 인생이 허무할 정도로 잔인하게 느껴졌다.

주소 역에서 헤어질 때, 다음에는 언제 만날까 하는 말은 누구의 입에서도 나오지 않았다. 평소와 다른 해후였기 때문에, 각자 미묘한 감정을 정리하지 못한 채 짧은 시간이 지나가 버린 것이었다. 다만 가즈아키는 서른 다섯 살인 여자와의 앞날을 생각하기 전에, 내일이라도 경찰에 붙잡힐지도 모르는 곳에 자신이 서 있다는 의식 이 더 큰 방해가 되고 있었다.

'나이트게이트'는 연휴를 앞두고 손님수가 줄어서 이 전보다도 더 평온하고 조용한 밤이 이어지고 있었지만, 작은 변화라면 몇 가지 있었다.

하나는 4월 들어서 단골손님을 초대하는 스트립쇼가 없었던 점이다. 지금까지 한 달에 한 번은 있던 특별 서 비스가 없어진 이유는 명확하지 않았다. 어쩌면 경찰의 단속이 있었던 건지도 몰랐다. 또 종업원이 출입하는 출 입구 안에 그런 쪽 남자들이 서 있게 된 것도 변화 중 하나였다. 이전부터 조직원의 순회는 있었지만, 남자들 이 요즘 들어 가게에 수상한 사람이 침입하지 못하도록 경계하기 시작한 것은 분명했고, 겉으로 보이는 평온함 과는 반대로 무슨 예감이라도 한 것처럼 보이나 호스티 스 몇 명이 그만뒀다.

한편 새로 들어온 사람도 있었는데, 4월 초 뒷골목에 서 춤을 추던 남자도 그중 한 사람이었다. 그날부터 1주 일쯤 뒤, 남자는 폐점 후에 열리는 카지노의 딜러로 모 습을 나타냈고, 처음 스쳐 지나갔을 때 그쪽에서 먼저 "헤이" 하고 말을 걸더니 자신은 '스즈키'라고 이름을 댔다. 나비넥타이에 검은 정장 차림으로 변신한 남자는 가즈아키의 눈이 저절로 박힐 뻔했을 정도로 눈부신 느낌이 들었다. 가즈아키는 뭔가 굉장한 놈이 들어왔다고 생각했지만, 보이인 그와는 가게에 있는 시간대가 다르기 때문에 실제로 얼굴을 마주칠 일은 거의 없었다. 다만 다른 보이나 딜러의 입을 통해 도박에 상당히 능숙한 프로라든지, 가와시마 매니저가 침을 흘리고 있다는 이야기는 가끔 들었다.

오후 7시 30분에 가즈아키는 우메다 터미널에서 기타신치로 걸어 나가, 평소처럼 40분에 클럽 출입구로 들어섰다. 안쪽 통로에서 다리를 흔들고 있던 조직원 두 명의 눈이 지루한 듯 움직이고, 가즈아키는 그들에게 "안녕하십니까" 하고 평범한 인사를 되돌렸다. 오늘밤은 특히 평정을 가장해야만 한다. 낯익은 손님은 물론, 동료인 보이나 호스티스들이 평소와 낌새가 다르다고 생각하면 곤란하다. 그렇게 생각하고 실행할 만한 용의주도한 머리가 있는 한편, 가즈아키는 자신이 왜 클럽에 나온 것인지, 왜 쉬지 않은 것인지, 스스로도 자신을 알수가 없다고 느끼고 있었다. 그리고 아직 공포다운 공포가 찾아오지 않는 이유도 알 수 없었다.

가즈아키는 오후 8시에 플로어로 나갔다. 박스석의 다섯 테이블에 단골손님이 들어가 있었지만 칸막이 안쪽의 박스석은 비어 있었다. 재즈 트리오의 지루한 연주도 평소대로였다. 바 카운터에 쌓인 재떨이가 그다지 줄어들지 않은 것으로 보아 그동안 손님도 별로 많지 않았음을 알 수 있었다. 그 카운터 안에서는 한가한 바텐더가 잔을 닦고 있었고, 보이들은 플로어 구석에 선 채 나른한 눈으로 이쪽을 봤다가 저쪽을 봤다 하고 있었다. 가즈아키도 곧 그 근처에 서게 되었다.

순간, "가즈, 올봄 경마 어떻게 할래?" 하고 옆에서 속삭이는 목소리가 났다. "투장鬪將보이가 나오면, 단승에 1만 걸까?" 하고 적당히 대답했다. 옆에 있던 보이는 코웃음을 쳤다.

유리문 너머 현관홀에는 뒷짐을 지고 지루한 듯 서 있는 가와시마의 모습이 있어서, 가즈아키는 무의식중에 눈을 피했다. 낮에 랴오와 동행했던 남자가 지시한 접수계 전화가 있는 곳은, 홀에 서 있는 가와시마의 바로 맞은편이었다.

오후 9시 넘어서까지 손님은 겨우 한 팀이 바뀌었을 뿐이었다. 가즈아키는 얼음을 한 번 테이블로 나르고 재떨이를 네 번 교환한 것 외에는 플로어 구석에 계속 서 있었다. 그 동안 가까스로 한 가지, 이 시간까지 나타나지 않은 '천하오'와 사사쿠라 일행이, 만일 나타난다면 제법 늦은 시각이 되겠다는 결론을 내렸다.

랴오와 동행했던 남자가 말한 내용으로 보아 '천하오'의 습격은 접수계 전화가 있는 현관홀 부근에서 일어날 것으로 생각했지만, 습격할 사람은 대체 어디에서 가게 안으로 들어오는 것일까? 만일 현관으로 들어온다면, 그것은 도어맨이 얼굴을 알고 있는 단골손님일까? 아니면 습격자들은 현관문을 부수고 들어올까? 밖에 있는 조직원들은 어떻게 할 것인가 등등, 이것저것 생각해 봐도 알 수 없었고, 상상을 초월한, 결국은 있을 법하지도 않은 이야기라는 것이 두 번째 결론이었다.

그리고 잊을 만하면 한 번씩 손님의 출입이 되풀이되었고, 가즈아키는 잠시 소란스러워진 플로어를 돌아다녔다. 오후 10시를 넘어서까지 4, 50분 동안 바 카운터의 재떨이가 순식간에 줄어들고, 잠이 좀 깼다는 듯이 재즈 트리오의 연주에도 열기가 담겼다. 그 동안 가즈아키는 세 테이블의 손님들을 바깥까지 배웅해 고급 승용차에 태웠다.

그 후 또다시 손님의 발길은 조금 뜸해지고, 테이블을 정리하는 가즈아키의 손에도 여유가 생겼을 때였다. 바 카운터 구석에서 바텐더가 전화 수화기를 놓고 가까이 있던 보이에게 뭔가 말하자, 보이는 플로어를 가로질러 현관홀로 나가서는 가와시마에게 뭔가 알렸다. 가와시마는 아무렇지도 않은 얼굴로 플로어에 들어와, 보이들에게 "5번 테이블의 꽃을 갈아" "3번 테이블 밑에 쓰레기" "다쓰오, 넥타이가 비뚤어졌다" 등의 지시를 내린 후, 자신은 그대로 사무실 쪽으로 사라져 버렸다.

처음에 전화를 받은 바텐더가 몰래 입술을 핥으며 웃었다. 영업시간 중에 가와시마가 개인적인 용무로 모습을 감추는 것은 드문 일이 아니었지만, 가즈아키는 그때 오늘밤 중요한 손님이 온다는 것을 가와시마는 모르든가, 아니면 알면서 일부러 물러간 거라고 생각했다.

가즈아키는 시계를 보았다. 시각은 이미 오후 10시 45분이었다. 플로어의 손님은 네 테이블. 그중 한 테이블은 시내에 있는 병원 경영자의 일행으로 잔뜩 술에 취해, 호스티스들에게 끊임없이 블루스를 추자고 졸라 대고 있었다. 가즈아키와 같은 보이들은 잠깐 그쪽으로 시선을 주었다. 손님들의 행동이 도를 넘으면 은근슬쩍 말리러 가야만 하기 때문이었다.

'천하오'와 사사쿠라 일행은 갑자기 찾아왔다. 가와시마가 모습을 감춘 지 10분도 지나지 않은 오후 11시 직전이었다. 가와시마 대신 치프인 보이가 신호를 보내고, 전속 보이 두 명과 호스티스 두 명이 재빨리 맞으러 나갔다.

가즈아키와 보이들은 각자 일행의 통로를 비워 주기 위해 한 걸음 물러나 45도 각도의 인사를 했다. 그 다음에 얼굴을 들었을 때, 가즈아키는 플로어를 지나가는 일행의 뒷모습을 코앞에서 보았다. 늘 오는 폭력단 기업 사장을 선두로 '천하오'라는 이름을 쓰고 있는 자오원리와 사사쿠라 분지가 뒤를 따르고, 한 걸음 뒤에 또 한 명, 처음 보는 남자가 있었다. 가즈아키는 순간, 그 네 번째 남자의 뒷모습을 다시 바라보았다. 남자가 사사쿠라처럼 낡은 상의와 바지 차림이었기 때문은 아니다. 가즈아키가 바라본 것은 그 커다란 뒷모습의 약간 굽어진 듯한 등이나, 햇볕에 탄 강인해 보이는 목덜미 선이나, 백발이 섞인 상고머리였다. 그것을 본 순간, 갑자기 심장이 조여들었다.

가즈아키의 다리는 자기도 모르는 사이에 움직여, 칸막이 안으로 들어간 일행의 모습이 보이는 위치로 이동했다.

박스석 깊숙이 도착한 사사쿠라 일행들은, 호스티스에게 물수건을 건네받고 편안한 자세로 앉아 있었다. 그들과는 달리, 또 한 명의 남자는 어색하게 주위를 둘러보며 "이런 가게라니, 저 같은 사람은 앉은 것만으로도 엉덩이가 붓겠습니다그려" 하고 중얼거리고 있었다. 낮고 걸걸한 그 목소리를 듣고, 깊은 주름이 새겨진 남자의 옆모습을 눈에 담은 후, 가즈아키는 재빨리 그 자리를 떠났다.

지금 안쪽에 앉아 있는 사람은 히메사토의 공장주, 모리야마 고조였다. 오사카에서 어머니와 살던 시절의 기억에 떼어 내기 힘들 정도로 달라붙어 있던 그 얼굴과 목소리는, 15년의 세월을 단숨에 뛰어넘어 버릴 정도로 선명했다. 그렇다, 자신은 지난 3년간, 이 모리야마 고조에게서 도망치고 있었던 건지도 모른다. 가즈아키는 갑자기 그런 생각에 이르며, 그렇다고 해도 자신의 심장이 이렇게 조여드는 것은 왜일까 하고 계속 자문했다. 공포도 혐오도 아니고, 15년이라는 시간이 한 냄비에서 끓고 있는 듯한, 혼돈스러운 숨막힘이었다.

그리고 15분도 채 지나지 않아 모리야마는 다른 세 명을 남겨두고 자리에서 일어나, 보이의 배웅도 거절하고 혼자 가게를 나가 버렸다. 그것과 함께 가즈아키의 마음도 조금 진정되었지만, 모리야마는 처음부터 오래 있을 예정은 아니었던 건지, 아니면 모리야마도 '천하오'가 습격을 받을 것을 알고 일부러 모습을 감춘 건지 생각하지 않을 수 없었다.

'천하오' 일행이 안쪽 박스석으로 들어간 지 10분. 늘 빈틈없는 사사쿠라의 웃음소리가 가끔 플로어로 새어 나왔다. 플로어의 손님은 역시 네 테이블이었다. 병원 경영자 일행은 호스티스를 안고 춤추고 있었고, 다른 자리에서는 손님과 시시덕거리는 호스티스들이 꺄악꺄악 소리를 지르며 웃고 있었다. 가와시마는 여전히 모습을 감춘 채였다.

그때, 가즈아키는 바 카운터 쪽에서 "가즈" 하고 부르는 소리를 들었다. 카운터 구석에서 수화기를 한 손에 들고 바텐더가 손짓을 했다. '왔다'고 생각한 순간, 가즈아키는 막이 올라가 버린 무대에 서 있었다. 다리가 붕 떠가는 듯한 느낌이었다.

"중국어야. 좀 받아 줘."

바텐더는 수화기를 밀어붙였고, 가즈아키는 전화를 받았다.

"要么帮你忙(무슨 일이십니까)?"

"낮에는 고마웠네" 하고 일본어로 대답한 목소리는, 낮에 만난 랴오와 함께 있던 남자였다.

"그럼, 천하오를 접수계로 불러 주게. 이렇게 말하면 돼. '吳惠安先生从台北来电话，好象有急事(타이베이의 우후이안 씨에게서 전화가 왔습니다, 급한 일이랍니다).' 알겠나? 吳是陈浩的助理. OK, 拉他来门房儿(우는 천하오의 오른팔이야. 그를 접수계로 데려와)."

"请等一会儿(잠시만 기다려 주십시오)."

가즈아키는 전화를 대기 상태로 한 뒤 수화기를 놓았다. 자신의 것이라는 감각도 없는 몸을 안쪽 박스석으로 가져가, "是陈先生(천 선생님이십니까)?" 하고 말을 걸고 있었다. "吳惠安先生从台北来电话，好象有急事."

천하오, 아니 자오원리의 눈이 천천히 돌아보았다. 자오원리는 가즈아키의 얼굴을 잠시 응시하고는, 갑자기 입술을 경련시키듯이 짧게 웃고 "吳惠安昨天死了(우후이안은 어제 죽었다)"고 말했다.

폭력단 기업 사장인 남자가 "啊，这可怪了(이 녀석 이상하군)" 하고 중얼거리고, 사사쿠라 분지의 시선이 차갑게 변모하여 가즈아키를 향했다.

"죽은 사람의 전화는 받을 수 없어."

그 직후, 세 남자들이 재빨리 자리에서 일어선 그때였다. 세 사람이 일제히 플로어 방향을 향해 눈을 크게 뜬 것을 보았다고 생각한 순간, 가즈아키는 뒤에서 부딪쳐 온 무언가에 튕겨 날아갔다. 그리고 비틀거리면서, 가즈아키는 낮게 웅얼거리는 둔한 소리를 들음과 동시에 코앞에 있던 자오원리의 상반신이 한 줄기 선혈을 뿜으며 뒤로 날아가는 것을 보았고, 이어서 폭력단 기업의 사장도 허공으로 튕겨 날아가는 것을 보았다.

두 개의 몸이 바닥에 내동댕이쳐지는 쿵 하는 소리가 났을 뿐이었다. 가즈아키는 엉덩방아를 찧은 채, 간발의 차도 두지 않고 자신의 눈앞으로 걸어온 검은 바지를 입은 다리를 보았다. 머리 위에서 낮은 권총의 발사음이 두 번 더 들린 후, 바지를 입은 다리는 재빨리 발길을 돌렸다.

바닥에 바싹 엎드려 있는 사사쿠라가 보였다. 팔걸이 의자 맞은편에 뻗어 있는 남자의 다리가 보였다. 화약과 피 냄새가 났다. 그러고 나서야 간신히, 소파 한쪽 구석에서 몸을 움츠리고 있던 호스티스의 절규가 울렸다.

가즈아키는 정신없이 바닥에서 몸을 일으키면서, 플로어로 나간 남자의 뒷모습을 눈으로 쫓았다. 보이의 검

76

은 정장을 입은 남자는 뛰어나가려고도 하지 않았다. 오른손에 쥔 소음기가 장착된 검은 권총을 아래로 늘어뜨린 채, 일순 시간이 멈춘 듯한 플로어를 큰 걸음으로 가로질러 현관홀로 나간 남자는, 기계장치처럼 성큼성큼 현관문으로 다가가 전자자물쇠를 권총으로 뚫어 버리자마자, 그 권총을 휙 집어던지고 문 건너로 사라졌다.

거의 동시에, 플로어 쪽에서는 무슨 일이 일어난 것인지 모르는 손님들이 앞 다투어 자리에서 일어서기 시작하고, 경찰이며 구급차를 부르는 목소리가 여기저기에서 겹쳤다. 가즈아키는 그 동안에도 그저 현관문으로 나간 검은 정장을 입은 남자의 잔상을 계속 바라보고 있었기 때문에, 누군가가 팔을 끌어 일으킨 것도 기억나지 않았다. 그 후 어딘가에 앉혀진 가즈아키는, 이번에는 한 남자가 그 팔이며 다리에 밤의 장막을 늘어뜨리고 유유히 지나가는 그림자를 올려다보며 한 잔의 물을 마셨고, 뭔가 말을 걸어온 경관에게는 "괜찮습니다"라고 대답했다.

가즈아키는 처음에는 다른 보이들과 함께 니시텐마서※ 2층에 있는 회의실 같은 방에 들여보내졌다. 그곳에서 신원 확인이나 간단한 사정청취를 받은 뒤, 이어서 다른 방으로 혼자 옮겨졌다. 다시 마주한 수사원들의 표정과 어조는 완전히 바뀌어 엄격해졌다. 수상한 중국어 전화를 피해자에게 연결한 것은 가즈아키였고, 그 자리에서 피해자들이 나눈 중국어 대화를 알아들은 가게 측 사람도 가즈아키밖에 없었기 때문이다.

그리고 가즈아키는 둔하게 가라앉은 머리를 천천히 움직이면서 신중하게 '작문'을 해야 했다. 가령 처음에 전화를 받았을 때에 상대가 한 말은 "거기 '나이트게이트'입니까? 저는 타이베이에 있는 천하오 씨의 비서 우후이안입니다. 천하오 씨가 와 있을 겁니다. 급한 볼일이 있으니 불러 주십시오"라고 지어내고, 중국어 한자를 하나하나 종이에 적고 거기에 일본말로 뜻을 썼다. '우후이안'에 해당하는 한자만은, 귀로 들은 '우후이안'이라는 발음에 맞는 한자를 대충 썼다고 양해를 구했다.

수사원들은 몇 번이나 이게 틀림없냐고 확인했다.

"틀림없습니다" 하고 가즈아키가 대답하자, 수사원은 그때까지 가즈아키가 한 진술을 하나하나 되짚기 시작했다.

"그래서, 그 다음에 자네는 '잠시 기다려 주십시오'라고 했다……. 이 부분은 이것 외에 나눈 말은 없는 거지?"

"없습니다."

"그리고 자네는 피해자의 자리로 가서 '천 선생님이십니까?' 하고 말을 걸었다. 그런 거지?"

"네."

"그렇다면 자네는 이전부터 천하오의 이름을 알고 있었나?"

"아뇨"라고 대답하자 즉시 "그거 이상하지 않나" 하고 수사원은 말했다. "전화로 한 말이 자네가 진술한 대로라면, 상대는 자네가 천하오를 알고 있는 자라고 생각하고 이야기했어. 자네도 천하오가 누구냐고 되묻지 않았고."

가즈아키는 냉정하게 발뺌할 말을 찾았다.

"그때 가게에는 중국어를 하는 손님은 그 외에 없었고, 안쪽 자리에 있던 세 명 중 두 명은 이름을 알고 있었기 때문에, 다른 한 사람이 천하오라고 생각했습니다."

수사원들은 납득했다고도 의심하고 있다고도 할 수 없는 딱딱한 표정을 무너뜨리지 않았고 가즈아키의 얼굴에서 한시도 눈을 떼지 않았다.

"그런데, 전화 상대는 어디 발음이었나?"

"베이징 발음이었던 것 같습니다."

"타이베이 사람이 베이징 말을 했다는 건가?"

"네."

"천하오의 '우후이안은 어제 죽었다'는 말은?"

"베이징 어였습니다."

가즈아키는 경찰의 관심의 중심이 어디쯤을 맴돌고 있는지를 추측하기보다, 자신의 진술에 모순이 생기지 않도록 세심한 주의를 기울였다. 특별히 의식한 게 아니라 자연스럽게 그런 방법을 선택한 것이지만, 실제로 자신이 가담했음은 틀림없는 범행 자체에도, 그 결과에도, 가즈아키는 거의 실감을 하지 못하고 있었던 것이다.

경찰서에 들어온 후에 수사원에게서 들은 얘기지만, 클럽에서는 플로어에서 사살당한 천하오와 폭력단 기업 사장 외에 출입구 통로에서 조직원 두 명이, 사무실 안에서 가와시마 매니저가 똑같이 총에 맞은 시체로 발견되었다. 전원이 배와 머리를 정확하게 한 발씩 맞았고, 회수된 탄피도 전부 동일한 것으로, 어느 것이나 범인이 접수계에 버리고 간, 소음기를 장착한 권총 '월서 PPK'에서 발사되었다는 것이었다. 범인은 출입구로 들어와 조직원 두 명을 사살한 후, 바닥에 튄 혈흔을 밟은 구두로 곧바로 사무실로 이동해 안으로 세 걸음 들어간 뒤 가와시마를 쏴 죽이고는, 그대로 오른쪽으로 돌아 플로어로 나갔다. 프로 킬러의 짓인 것만은 틀림없다고 수사원은 말했다.

"그런데 자네는 천하오를 부르러 가기 전에 전화를 대기 상태로 했을 때, 접수계 전화의 내선번호를 눌러 전화를 돌렸을 거야" 하고, 수사원은 다시 말을 꺼냈다.

"네."

"왜 처음에 말하지 않았지?"

"잊고 있었습니다."

"접수계는 내선 램프가 켜 있는 것을 알아차리고 수화기를 들었더니 외국어가 들려왔기 때문에, 금세 다시 수화기를 놓았다고 하더군. 바 카운터에서 받은 전화를, 자네가 그때 일부러 접수계로 돌린 이유는?"

"플로어는 밴드 연주로 시끄러웠기 때문입니다."

"다른 보이들의 이야기로는 클럽에서는 보통 그렇게는 하지 않는다던데."

"사사쿠라 씨와 관련된 손님이라서, 불편함이 없도록 신경을 썼습니다."

"자네는 1년 이상 일했다고 하니까 클럽 안의 일에 대해서는 잘 알고 있겠지. 접수계의 이야기로는, 내선을 받았더니 외국어가 들리기에 당황해서 수화기를 놓았는데, 실은 그때 대기로 하는 것을 잊어버려서 전화가 끊어졌다고 했어. 자네는 신경을 썼다고 하지만, 결과적으로는 신경을 쓴 게 되지 않았어."

"그런 건 몰랐습니다……."

"자네, 뭔가 딴 생각이라도 하고 있었나?" 하고 갑자기 또 질문의 흐름이 바뀐다.

가즈아키는 고개를 가로저었고, 수사원의 눈은 조금씩 조금씩 더 파고들었다.

"자네는 눈치가 빠른 우수한 보이라면서? 어째서 오늘밤에는 손님의 전화를 접수계로 돌린 건지, 이유를 설명해 주지 않겠나?"

"밴드의 연주가 시끄러워서, 저 자신도 전화 목소리를 듣기 힘들었기 때문일 겁니다. 그 외의 이유는 없습니다."

"이봐, 잘 듣게. 천하오의 귀금속점 그룹에는 분명히 우후이안이라는 이름의 넘버 투가 있어. 그런 우후이안에게서 전화가 왔다는 말을 듣고, 천하오는 보이인 자네에게 '우후이안은 어제 죽었다'고 말했지. 그때 천하오가, 지금 온 전화는 수상하다고 판단했다는 것은 이해할 수 있어. 하지만 왜 보이인 자네에게 일부러 '우후이안은 죽었다'고 알려준 걸까? 게다가 사사쿠라 분지도 자네에게 '죽은 사람의 전화는 받을 수 없어'라고 말했지. 이것은, 전화를 돌렸을 뿐인 보이를 향해 할 말이 아니라고."

"저는 그 말을 들었을 때, 분명히 제가 사람 이름을 잘못 전한 거라고 생각했습니다. 전화로 들은 이름을 잘못 알아들은 거라고……."

수사원들은 여전히 변함없이 동의도 부정도 나타내지 않았다.

"천하오에게 온 전화는, 우후이안이 죽은 사실을 모르고 그 이름을 도용한 누군가의 짓이었어. 하지만 만일 우후이안이 죽지 않았다면, 천하오는 당연히 넘버 투가 한 급한 전화니 받았겠지. 단, 천하오가 전화를 받은 시점에서 상대의 목소리가 우후이안의 것이 아니라는 사실은 금방 알았을 거야. ······자네가 돌린 것은, 그런 이상한 전화였네."

"저는, 온 전화를 돌렸을 뿐입니다."

"우후이안을 가장한 전화 상대의 목적이 천하오와 이야기를 하는 것이었다고는 생각할 수 없어. 좀더 말하자면, 보이나 호스티스에게서 천하오를 떼어 놓기 위해 한 전화였을 가능성도 있지. 그래서 이렇게 자네에게 자세히 묻고 있는 거네만."

"저는 전화를 돌렸을 뿐입니다" 하고 가즈아키는 되풀이했다.

"전화를 돌렸을 뿐이라는 것은 정확하지 않잖아."

그 목소리는 조금 전에 방에 들어와, 테이블 끝에 선 채 진술조서를 팔랑팔랑 넘기고 있던 남자 쪽에서 났다. 남자는 지금까지 청취를 담당하고 있던 수사원 두 명에게 턱짓을 해 한 명을 일으켜 세우고, 대신 빈 의자에 걸터앉았다. 이후 가즈아키의 정면에서 그의 눈을 들여다본 자는 40세 정도의 연령으로 보이는, 이목구비 어디에도 느슨한 데가 없어서 딱딱해진 고무 가면이 아닌가 생각되는 얼굴을 한 남자였다.

"전화를 연결했을 뿐이라는 건 거짓말이야."

두 번째로 입을 연 남자는, 갑자기 그렇게 말했다. 거만하고 억양이 없는 그 목소리는 고무 가면의 훨씬 안쪽에서 재판관의 한 마디처럼 울려 가즈아키의 신경을

곤두세우고, 나아가 보이지 않는 여운으로 가즈아키의
목을 조였다.

"자네, 천하오와 면식은 없다고 했지. 천하오는 몰라
도, 자오원리라면 알고 있겠지. 자네가 그 클럽에 고용
된 것은 천하오, 즉 자오원리가 처음 오사카에 모습을
나타낸 지 2개월 후야. 그 이전에 자네는 소네자키에 있
는 랴오다이주의 사무실에 출입했어. 랴오다이주는 자
오원리의 옛 동료야. 자네는 잘 알고 있을 텐데."

가즈아키의 눈 속에서 남자의 얼굴에 안개가 끼기 시
작함과 동시에, 몸에 남아 있던 약간의 이성이 그 안개
에 빨려드는 것을 느꼈다. 모리야마 고조의 모습을 목격
했을 때에 15년의 세월이 단숨에 좁혀 들어 온 것과 마
찬가지로, 눈앞에 있는 남자의 얼굴도 자신을 15년 전으
로 되돌아가게 하는 무언가라는 것을 알아차렸다.

"꼬마야" 하고 남자는 말했다. 랴오다이주나 다쓰미
에서 재회한 재일조선인 정종헌이 입에 담았던 말과 같
은 '꼬마야'였다.

"꼬마야. 내 얼굴, 기억 안 나니? 나는 너를 잘 기억
하고 있는데."

"시골 풍보……"라는 한 마디가, 갑자기 가즈아키의
입에서 튀어나왔다.

"그래, 시골 풍보다" 하고 남자는 고개를 끄덕였다.
그리고 고무 가면 안에서는 어둡고 우울한 음색의 중얼

거림이 새어 나와 가즈아키의 귀에 스며들었다.

　"그 히메사토의 모리야마 공장에서 놀던 애는 정말 귀여웠는데. 이런 곳까지 와 버린 거냐, 너는……."

모리야마 궁장

"지금부터 나쁜 아이가 될 거예요" 라고 대답하고,

가즈아키는 테이블에서 일어났다.

어머니는 그날, 저녁 준비를 하지 않았다. 근처 공원에서 어두워질 때까지 놀다가 집에 돌아왔을 때, 불이 꺼진 부엌을 보고 가즈아키는 가슴이 조이는 듯한 절망을 느꼈지만, 그것은 무슨 일이 있어도 밤에는 부엌에 불이 켜지고, 식사 준비를 하는 어머니가 있던 생활의 '끝'을 느꼈기 때문은 아니었다. 여러 가지 사정이 있어서 부엌에 설 수 없게 된 어머니의 비애가 옮겨 온 것이다.

어머니는 커다란 가방을 양옆에 놓고 거실에 앉아 있었다. "엄마랑 같이 새로운 곳으로 갈까?"라고 어머니는 물었고, 가즈아키는 물론 가겠다고 대답했다. 그리고 곧 공원에서 더러워진 손발을 씻고, 한 벌밖에 없는 외출용 바지와 셔츠를 입고 신발을 신었다. 어머니는 연두색 원피스를 입고 있었다. 허리가 꽉 조인 원피스는 키가 크고 날씬한 어머니의 체형에 잘 어울렸다.

가즈아키와 어머니는 1960년 3월에 그렇게 세타가야의 공무원 주택을 떠났다. 어머니는 아끼던 전동 재봉틀과 오르골을 집에 두고 나왔다.

아버지는 대장성의 관리였지만, 도쿄대 출신의 엘리트가 고졸의 봉제공장 여직원과 결혼한 것이 잘못의 시작이었다. 가즈아키가 철이 들 무렵에는, 어머니를 보는 아버지의 얼굴에는 최대한의 우울과 무관심이 겹쳐 있었다. 가즈아키는 그런 아버지에게 한 번도 친밀감을 느끼지 못했고, 조금 자라고 나서는 혐오하게 되었다. 나중에 외조부모에게서, 그 무렵 어머니는 옛날에 일하던 공장에서 알고 지내던 남자와 몰래 만나고 있다는 얘기를 들었지만, 그것을 알고도 가즈아키는 어머니의 '소행'을 냉정하게 받아들였다. 옛날에 세타가야의 아파트에 가득 차 있던 살얼음을 밟는 듯한 공기나, 거기에서 울고 있던 어머니의 모습이, 가즈아키 자신도 진저리를 칠 만큼 어린 가슴에 새겨져 있었기 때문이다.

어머니와 둘이서 집을 나온 날, 도쿄 역 지하도에서 국수를 먹고 야간열차를 탔다. 침대차가 아니라 보통 좌석이었다. 어머니는 계속 멍하니 있었다. 가즈아키는 그 옆에서 밤새도록 철로 소리를 들었다. 이제부터 어디로 갈 것인지, 새로운 생활은 어떨지, 돈은 있는지 산만하게 생각하기는 했지만, 어린 머리에 구체적인 불안이 있을 리는 없었다. 가즈아키는 어머니가 아버지와 헤어지는 것만으로도 좋았고, 새로운 생활이 지금보다 나빠질 리는 없을 거라는 기분이 들어서 오히려 희미한 기대나 흥분이 뒤섞여 있었다고 하는 편이 옳았다.

이른 아침에 '교토'라는 열차 안내방송이 들렸을 때, 어머니는 밋밋하고 완만한 지붕이 이어져 있는 풍경을 바라보며 "내릴까?" 하고 중얼거렸지만, 결국 교토에서는 내리지 않았다. 다음에 '오사카'라는 안내방송이 나왔을 때, 어머니는 "큰 도시지. 여기가 좋겠어"라고 말하며 일어섰다. 오사카 역을 향하는 열차 창으로 보인 거리는 신주쿠와 우에노를 합쳐서 둘로 나눈 것처럼 복잡한, 짙은 회색 빌딩의 바다였다.

나중에 생각하면, 그때의 어머니는 아마 아무런 계획도 없이 막무가내로 떠났을 뿐이었던 것 같다. 오사카 역에서 열차를 내린 후 터미널 식당에서 아침을 먹고, 그 후 백화점으로 가서 어머니는 자신과 가즈아키의 옷을 사고 백화점 건물의 옥상에 있는 정원으로 갔다. 사방에서 귀에 들어오는 관서 사투리가 외국어 같았고, "멋지네" 하고 어머니는 활기차게 웃어 보였다. 가즈아키는 오랜만에 어머니가 예쁘다고 생각했다.

어머니는 가즈아키에게 옥상에서 기다리고 있으라는 말을 남기고 모습을 감추었다가, 해가 기울 무렵에 겨우 돌아와 아무렇지도 않은 얼굴로 "그럼, 가자" 하고 말했다. 그리고 이번에는 한큐 전철을 타고 요도가와 강을 건너 주소라는 역에 내려서, 또 잠시 동안 낯선 거리를 걸은 후에 도착한 곳은 모자母子 기숙사였다. 하지만 당시의 가즈아키는 유치원처럼 슬리퍼가 줄줄이 놓여 있는 현관이나 낯선 사람들의 목소리가 울리는 복도를 바라보며, 여기는 여관이 아니라고 생각했을 뿐이었다.

그날 밤, 그곳 식당에서 먹은 것은 연한 노란색 달걀이 얹혀 있는 닭고기덮밥이었다. 그리고 세 평짜리 단칸방에서 어머니와 한 이불에 들어가 푹 잔 다음날, 가즈아키는 이미 모자 기숙사의 아이들과 놀고 있었다.

모자 기숙사가 있는 곳은 요도가와 강을 가로지르는 도카이도 본선本線의 철교가 바로 옆을 지나가고, 트럭이 오가는 버스길 한쪽이 니시요도가와의 콤비나트, 다른 한쪽이 주소의 환락가로 연결된 곳이었다. 콤비나트가 있는 쪽 하늘은 언제나 매연으로 흐릿했고, 밤에는 화학 공장의 굴뚝이 토하는 연기가 연지색이나 녹색의 기괴한 색깔을 발하고 있었다. 낮에 밖에서 놀고 있노라면, 그곳 공기에 익숙하지 않은 가즈아키는 곧 눈이나 목이 아팠다.

그 모자 기숙사에는 보름쯤 있었다. 그 동안 어머니는 일을 찾기 위해 주소의 직업소개소에 다니는 한편, 가끔 가즈아키를 데리고 주소의 상점가나 음식점 골목에 갔다. 가메이도의 서민동네에서 태어나고 자란 어머니에게는 세타가야의 주택가보다, 요도가와 강 일대의 복잡다단한 색깔이나 냄새나 소리가 더 성정에 맞았던 것은 확실해서, 어머니는 도쿄에 있을 때보다 훨씬 활기에 넘쳤다. 그뿐 아니라, 어머니와 함께 상점가를 걷노라면 길 가던 사람들이 모두 어머니를 돌아보았다. 어머니는 분명히 그만큼 세련되고 멋있었다. 돈이 없는 것이 분명했지만 그런 기색은 조금도 보이지 않고 언제나 경쾌하게 스커트 자락을 펄럭이며 걸어가는 모습은 마치 여배우 같았다.

그리고 얼마 안 되어, 어머니는 가즈아키를 데리고 모자 기숙사를 나왔다. 어머니는 주소 병원의 조리사 일을 얻게 되어, 얼마 안 되는 돈을 쏟아 부어 생활에 필요한 최소한의 가재도구를 사고, 아파트를 빌린 것이다. 마침 벚꽃이 피기 시작했을 무렵이었다. 아파트는 모자 기숙사에서 버스로 10분 정도 되는 거리에 있는, 히메사토라는 곳에 있었다. 그 거리만큼 니시요도가와의 콤비나트에 가까워졌다는 뜻이었다. 목조 모르타르로 된 2층의 조잡한 아파트를 오사카에서는 '문화주택文化住宅'이라고 했는데, 그 이름이 어지간히 웃겼는지, 어머니는 자신의 손으로 빌리고도 "대단한 문화네" 하고 웃었다. 그러나 세 평짜리 단칸방에 다다미 한 장 넓이의 작은 개수대와 목욕탕과 화장실이 딸린 그 새집이야말로, 가즈아키에게는 천국의 입구가 되었다.

창문을 열면 우선 울창한 협죽도 덤불이 있고, 그 맞은편에는 공장의 녹슨 함석지붕이 한쪽으로 기울어져 있고, 그 함석지붕 위로는 오른쪽에 있는 성당 부지에 서 있는 커다란 벚나무가 가지를 뻗고 있었다. 이사한 날, 그 벚나무는 어느 곳보다도 빨리 활짝 피어 있어, 하늘의 절반이 옅은 꽃 색깔이었다. 창문에서 비스듬히 정면에 보이는 것은 그 벚꽃 안개 속에 서 있는 성당의 첨탑으로, 그 옆에는 사제관 지붕이나 부속 유치원의 지붕이 있고, 작은 운동장이 펼쳐져 있었다.

잡다한 공장이나 창고나 아파트가 들어서 있는 사이를 지나 일방통행 골목길이 기어가고, 버스가 다니는 길에서 얼마 떨어져 있지 않은데도 골목길을 몇 개나 꺾어 들어가지 않으면 도착할 수 없는 그곳은, 아이의 눈에는 거의 유원지 같은 나라였다. 중심에는 벚꽃을 비롯해 협죽도나 떡갈나무, 층층나무, 등나무, 매화, 산딸나무 등의 나무들 속에서, 하늘을 향해 솟은 성당의 첨탑도 있었다. 또 성당의 삼면을 둘러싸고 몇 겹으로 겹쳐 있는 공장 지붕들 밑에서는 들은 적도 없는 이상한 기계의 소음이 쿵쿵쿵, 끼잉, 철컥, 철컥, 캉캉캉 하고 제각기 울려 퍼져 소란스러웠다.

가즈아키는 이사 온 그날부터 근처를 탐색하러 나갔다. 판금이나 프레스나 금형 공장들을 차례차례 들여다보고, 빵집, 막과자 가게, 우유 가게, 잡화점 등의 가게를 점검하고, 철조망 너머로 유치원을 관찰하고, 가지를 뻗은 벚나무 지붕을 지나 아무도 없는 성당에도 들어갔다. 어두컴컴한 석조 공간은 마치 성 같아서, 가즈아키는 곧 그곳을 첫 번째 은거지로 결정했다.

그렇다고는 해도, 숨기에는 아직 조금 빠르다. 가즈아키는 이번에는 예배당 안에 울려 퍼지는 옆 공장의 기계음에 이끌려 밖으로 나가, 공장 부지와 성당 부지를 가로지르고 있는 널빤지 틈으로 공장 쪽을 들여다보았다. 틈이라고 해도 아이가 지날 수 있을 만한 커다란 구멍이었다.

눈앞에, 우선은 벚꽃잎이 끊임없이 떨어지는 콘크리트의 넓은 마당이 있고, 그 안쪽에 작업장 건물이 있었다. 아파트 창문 정면에 보이는, 한쪽으로 기울어진 함석지붕은 그 건물의 것이었다. 건물 정면은 크게 열려 있고, 그 안쪽에서는 몇 개나 되는 기계가 흐느껴 우는 듯한 소리나, 바람을 가르는 듯한 소리나, 으르렁거리는 듯한 소리를 내며 움직이고 있고, 기계를 움직이고 있는 남자들은 다 깎은 작은 금속덩어리를 차례차례로 한곳에 던졌다. 그 소리가 또, 철컹철컹 하고 튀어 오르듯 겹쳐져 기계 소리와 섞여, 건물 전체가 춤추고 있는 듯했다.

그러다가 한 남자가 마당 쪽을 놀아보고, 널빤시 十넝

으로 엿보고 있는 얼굴을 보았다. 가즈아키는 얼굴을 약간 움츠렸다. 남자는 목에 두른 수건으로 땀을 닦고 다시 기계를 움직이기 시작했고, 가즈아키도 다시 바라보기 시작했다.

이윽고, 그 남자는 기계를 멈추고 "휴식!" 하고 고함쳤다. 남자는 수건으로 땀을 한 번 닦고, 다시 널빤지 쪽을 돌아보았다. 가즈아키가 얼굴을 움츠리기 전에 남자는 "들어오렴" 하고 말하면서 널빤지 쪽으로 다가왔다. 나이는 40대로 키가 크고, 커다란 어깨를 한 남자였다. 볕에 탄 얼굴의 깊은 안구 속에서 엿보이는 눈은, 무서운 눈은 아니었다.

"못 보던 얼굴인데. 어느 집에 사는 애냐?" 하고 남자는 물었다.

"뒤에 있는 아파트요" 하고 가즈아키는 대답했다.

"너는 몇 살이지?"

"여섯 살."

"기계, 좋아하니?"

"좋아해요."

"좋아, 들어와. 기계를 보여 주지."

그렇게 말하고, 남자는 기계기름투성이의 손으로 가즈아키의 손을 잡고 공장 마당으로 이끌었다.

남자는 모리야마 고조라고 했다. 모리야마는 짧게 깎

96

은 머리에 언제나 수건을 꼬아 만든 띠를 두르고, 목에 수건을 늘어뜨린 회색 작업복 차림으로 아침 일찍부터 해가 질 때까지 문을 활짝 열어둔 작업장에서 거의 하루 종일 선반을 움직이고 있었다.

오른손으로 절단기용 받침대를 누르고, 왼손으로 클러치 레버를 조작하면서 약간 등을 웅크리고 머리를 늘어뜨린 모리야마의 눈은, 심압대와 주축대의 면판面板으로 고정되어 매끄럽게 회전하는 철재를 노려보고 있고, 스위치를 끄고 기계를 세우면, 2분 전까지 단순한 원통이었던 것에 나선으로 홈이 몇 개나 달리고 있다. 모리야마는 그것을 선반에서 꺼내 발밑에 있는 바구니에 휙 던져 넣고, 금세 또다시 새것을 하나 집어 들어 선반에 고정한다. 부품 한 개를 완성하는 데에 몇 가지 공정이 있지만 어느 공정이나 기계 한 대당 1분 정도여서, 보고 있으면 순식간에 바구니가 가득해진다. 그러면 그 바구니는 다음 공정의 기계 앞으로 운반되고, 대신 새로운 반제품이 들어 있는 바구니가 돌아오는 것이었다.

공장은 그런 기어 부품이나 특수한 톱니바퀴 등의 작은 물건 외에, 플라스틱 제품의 금형도 단발성으로 수주하고 있었다. 작업장 옆에 있는 작은 사무실에는 제도대가 놓여 있고, 공장주 모리야마는 작업 사이의 휴식시간이나 작업이 끝난 한밤중에 거기에서 혼자 금형 제도를 한다. 다음날, 도면을 손에 든 모리야마는 조금 흥분한 듯이 작업장에 나타나서는, 선반에서 꺼낸 검은 쇳덩어리를 소중한 듯이 작업 책상에 놓고 그것에 연필과 자로 선을 그은 후, 드디어 절삭 작업을 시작한다. 그럴 때는 쉬지도 않고 몇 시간이나 기계 위에 몸을 구부리고 있었다.

그래도 대부분의 날에는, 기어 부품이나 톱니바퀴를 묵묵히 깎아 바구니에 던져 넣는 작업의 반복이었다. 우선 오전 7시에는 작업장의 철문이 드르륵 열리는 소리가 가즈아키네 아파트까지 울렸다. 곧 공장 앞뜰에 원재료를 쌓은 트럭이 들어오고, 덜컹덜컹 하며 쇠가 든 케이스를 내리는 소리가 나고, 곧 공작기계가 신음하기 시작했다. 그 소리는 움직였다 멈췄다를 되풀이하며 열 시간 동안 이어지고, 저녁에는 제품을 실어 내는 트럭이 들어왔다. 그리고 오후 8시가 넘으면 다시 드르륵 하는 소리를 내며 작업장의 철문이 닫혔다. 그런 모리야마 공장의 하루 리듬이 가즈아키의 하루 리듬이 되는 데에는, 거의 시간이 걸리지 않았다.

주소 병원의 조리사가 된 어머니는, 오전 5시에 아파트를 나갔다가 오후 5시에 돌아오는 생활을 했다. 가즈아키는 어머니가 나갈 때에는 아직 자고 있다가, 오전 7시 자명종 시계가 울리면 일어나 혼자 이불을 개고 혼자 옷을 갈아입고, 새벽에 어머니가 만들어 둔 된장국과 밥을 혼자 먹고, 밥그릇이나 냄비를 개수대의 설거지통에 넣고, 그 후에는 어머니가 매일 도서관에서 빌려오는 그림책을 두 권 읽었다. 그것이 끝나면 직접 끓인 보리차를 물통에 넣고, 어머니가 매일 아침 만들어 두는 주먹밥과 계란 프라이 도시락을 들고 밖으로 놀러 나갔다.

처음 한 달 정도는 근처를 어슬렁거린 후에 유치원을 들여다보고, 성당을 들여다보고, 모리야마 공장을 들여다보고, 버스가 다니는 길을 건너 요도가와 강가로 나가기도 해보았지만, 철쭉이 필 무렵에는 점차 모리야마 공장과 그 옆의 성당에서 보내는 시간이 길어졌다. 실제로 산업도로에 둘러싸인 좁은 지역의 탐색에는 곧 질렸지만, 모리야마 공장 옆의 성당 부지에 우거져 있는 잡목은 차례차례로 꽃을 피우거나 열매를 맺거나 하며 모습을 바꾸었기 때문이다. 그중에서도 부풀기 시작한 매실이나, 아무도 살지 않는 사제관 창문으로 매일 10센티미터씩 숨어들어 가는 등나무 덩굴에서는 눈을 뗄 수가 없었다.

그리고 성당으로 발이 향하면, 이번에는 옆에서 울리는 기계의 신음소리에 이끌려 널빤지 틈으로 모리야마 공장의 마당에 숨어들었다.

작업 중일 때의 공장은 네 대의 공작기계가 찢어지는 금속음을 내며, 구동장치의 벨트나 전동기 모터가 윙윙거리며 회전하고, 때로는 옆에 있는 안채 뒷문에서 모리야마의 아내가 돌리는 세탁기 소리도 함께 드르룽드르릉 울려 퍼지고 있었다. 그런 공기의 진동에 감싸여, 마당에 있는 가즈아키의 몸도 자연히 부르릉부르릉 움직이기 시작하면, 작업장에서 보고 있던 직원들이 "꼬마가 춤추고 있어" 하며 웃는 것이었다.

모리야마 공장에서는, 가즈아키는 기계가 움직이는 동안에는 작업장 바깥에서, 그리고 기계가 멈추면 안에 들어가도 좋다는 규칙을 스스로 만들고 지켰다. 공장의 작업은 실제로 쉴 새도 없을 정도로 바쁘고 살기가 넘치고 있었기 때문이지만, 몇 시간이나 작업을 계속 바라보는 동안에 자신의 손으로 기계를 만지고 싶다는 욕망은 매일 멈출 수도 없이 찾아왔다. 그러다가 "휴식!" 하는 모리야마의 한 마디로 작업이 멈추면, 마당에 나가 차를 마시는 직원들과 교대하듯이, 가즈아키는 슬쩍 안으로 발을 들여 기계로 다가갔다. 모리야마는 "레버를 만지면 안 돼"라고 말할 뿐, 말리지는 않았다.

공장에는 네 대의 기계가 있었는데, 각각 모양이 달랐다. 그것들에는 모두 굵은 벨트가 걸린 변속용 단차段車가 붙어 있고, 벨트는 천장에 설치된 다른 단차를 지나 중간축이나 주축으로 연결되고, 그것들을 움직이는 커다란 전동기가 공장의 구석에 있다.

모리야마가 언제나 움직이는 것은, 구조가 단순한 만큼 숙련이 필요한 보통선반이었다. 단차가 달린 주축대는 외조부모님 댁에 있던 낡은 재봉틀의 몸체와 꼭 닮은 표주박 모양을 하고 있고, 그 주축대에는 공작물을 고정하기 위한 갈고리가 달린 면판이 있다. 같은 갈고리는 심압대에도 붙어 있어서, 그 두 개의 갈고리 사이에 끼여 고정된 공작물은 단차와 함께 회전했다. 그리고 기계 위를 앞뒤로 움직이는 절단대의 바이트$_{bite}$가 회전하는 공작물에 닿는 구조였다. 실제로 움직일 때에는 기어의 변속 레버나 절단대의 핸들, 심압대의 축 핸들 등, 많은 레버나 핸들을 조작해야만 한다. 작업 중에 모리야마의 손이 그것들 사이를 교묘하게 왕복하는 것은, 언제 보아도 멋진 모습이었다.

방금 전까지 움직이던 선반은 만지면 아직 따뜻했다. 가즈아키는 기계를 어루만지고, 레버의 둥근 손잡이를 쓰다듬고, 팬벨트를 만지고, 절단대 끝에 장치되어 있는 절삭용 바이트를 손끝으로 정성껏 더듬어 보았다. 동시에 눈을 접시만 하게 뜨고 하나하나의 모양을 바라보고, 집중했다.

선반에는 지금 길이 10센티미터, 직경 5센티미터 정도 되는 원기둥 모양의 쇠를 완만한 원추형으로 가공하기 위한 테이퍼$_{taper}$ 장치가 붙어 있었다. 20도 정도의 각도를 갖게 한 안내판과 절단대가 연결되어 있고, 바이트는 그 안내판의 경사를 따라 앞뒤로 움직이면서 공작물을 원추형으로 깎는데, 가즈아키를 흥분시키는 것은 그러한 기계의 물리적인 운동의 구조가 아니라, 자신의 손가락이나 손바닥에 닿는 쇠의 표면이었고, 미묘한 돌기나 움푹 팬 부분이나 평면, 곡면으로 구성된 물건의 형태였다. 고작해야 정육면체, 원추, 각추, 구체 정도밖에 없는 '블록쌓기' 완구보다도, 어머니의 재봉상자나 도구상자 속에 들어 있는 것들에게 끌리는 것과 같은 이유로, 쇳덩어리가 바이트에 깎여 순식간에 모양을 바꾸는 운동보다는 완성되는 모양 그 자체에 흥분했다. 그리고 그러한 형태를 깎는 기계의 모양 그 자체에 흥분했다.

그런 의미로는, 공작기계라는 것은 실로 다양한 모양의 보고였다. 보통선반 옆에는 심압대 대신, 여섯 종류의 서로 다른 바이트를 장치한 육각형의 회전절단대가 달린 선반이 있었다. 보통선반에서 테이퍼에 깎인 기어 부품은, 다음으로 그 육각 터릿turret선반에 걸리게 되고, 보링머신boring machine이라는 바이트로 한가운데에 뚫려 있는 구멍이 다듬어진다. 거기에서는 각각 말로 표현할 수 없는 미묘한 형태를 가진 여섯 개의 바이트가 특히 가즈아키의 눈을 끌었다. 보링머신용 바이트의, 기묘한 갈고리가 달린 모양. 그것과는 조금 형태가 다른 갈고리를 가진, 암나사 홈을 깎는 바이트 모양. 탭으로 나사의 날을 깎는 바이트 모양. 드릴용 바이트 모양 등이, 가즈아키의 눈을 한없이 미세한 조형의 세계로 이끌었다.

또 프레이즈반fraise盤(밀링머신)이라는 기계가 있었는데, 그것은 커다란 팔로 고정된 절삭용 프레이즈가 회전하며, 그 밑에 있는 베드 위를 움직여 가는 공작물을 깎는 것이었다. 테이퍼에 깎인 원통은 한가운데에 뚫려 있는 구멍을 완성시킨 후에, 그 기계에 걸려 표면에 복잡한 톱니바퀴 홈이 깎인다. 프레이즈반 자체는 가장 정교하고 새로운 대형 기계였지만, 형태라는 의미로는 둔중한 조각 같아서, 가즈아키는 별로 마음이 움직이지 않았다. 가즈아키가 프레이즈반으로 다가가 바라보는 것은, 용도에 따라 바꿔 끼워지는 프레이즈의, 복잡하게 비틀린 나선홈 모양 쪽이었다. 그야말로, 뼈가 발라진 흰살 생선이 끓는 물에 데쳐져 국그릇 속에서 펄쩍 뛸 듯이 웅크리고 있는, 그런 모양의 프레이즈도 있었다. 원반형의 얇은 프레이즈에는 대일여래가 앉아 있는 연꽃방석과 꼭 닮은 이가 새겨진 것도 있었다.

그리고 또 한 대는, 특대 현미경 같은 모양의 직립 드릴링머신upright drilling machine이었다. 이것도 단차가 달려 있어서, 테이블에 공작물을 놓으면 위에서 회전하는 송곳 모양의 드릴이 내려온다. 지금 만들고 있는 기어 부품에는 한가운데에 샤프트를 꿰는 구멍이 뚫려 있는데, 공정 과정에서 가장 처음에 쇠로 된 원기둥에 구멍을 뚫는 것은 이 직립 드릴링머신이었다. 그 기계의 드릴 역시 멋지고 아름다운 나선을 그리며 비틀려 있었고, 깊이 새겨진 홈의 날카로운 산과 계곡의 형상은 가즈아키의 눈을 최고로 매혹시켰다. 가즈아키에게 나선은 평

소 생활에는 없는, 주변에는 존재하지 않는 특별한 조
형의 대표였다.

15분 정도 되는 휴식시간에 가즈아키가 그렇게 기계
구석구석을 열심히 바라보자, 공장주 모리야마는 곧 직
접 가즈아키의 손을 끌고 기계 하나하나를 안내하며,
"이건 인벌류트 프레이즈. 이걸로 깎는 걸 '호브'라고
하는데, 이건 톱니바퀴의 이를 말하는 거란다" 하며 이
것저것을 가르쳐 주었다.

또, 만들다 실패한 부품이나 갖가지 모양의 쇠의 절단
조각을 던져 넣어 둔 양동이 안에서, 마음에 드는 것을
가져도 좋다는 허락도 해 주었다. 그래서 가즈아키는 공
장 앞뜰에 쇳덩어리를 늘어놓고 하루 종일 놀 수 있게
되었고, 낡은 줄을 받아다가 쇠를 가는 법도 배웠다. 눈
동냥으로, 쇠망치와 징을 사용해 쪼거나 깎는 작업도 익
혔다.

한편 모리야마에게는 소학교에 들어간 열 살쯤 되는
딸이 하나 있었는데, 매일 학교에서 돌아온 딸이 안채로
뛰어 들어가면, 잠시 후에 안채 2층에서 피아노 소리가
들렸다. "7월에 발표회가 있대"라고 모리야마는 말했다.

딸은 처음에는 공장에 오는 가즈아키를 멀리서 보고
있을 뿐이었지만, 어느 날 학교에서 돌아왔을 때 공장
앞뜰까지 와서, 급식 때 나온 푸딩 남은 것을 주었다.
그리고 "내 피아노, 좋아?" 하고 묻기에 가즈아키가 고

개를 가로젓자, 딸은 안타깝다는 듯이 온몸으로 한숨을 쉬고 달려갔다. 그리고 곧 다시 안채 2층에서는 피아노 소리가 울리기 시작하고, "틀렸어!" "거기, 아니라고 했잖니!" 하는 어머니의 목소리도 함께 들렸다. 공장 앞뜰에서 보내는 시간에는 그러한 안채 생활의 소리도 달라붙어 있었는데 그것도 모리야마 공장에 흐르고 있는 리듬의 일부였다.

모리야마의 부인은 가즈아키의 어머니보다 훨씬 연상으로, 꼭 잡아맨 머리에 수수한 옷차림을 하고 있는 사람이었다. 매일 아침 앞치마 소매를 걷어올리고 대빗자루로 앞뜰을 사락사락 쓸고, 세탁기를 돌리고, 샌들을 소리내 끌며 장을 보러 가고, 점심때와 세 시에는 공장에 차를 가져다준다.

부인은 처음에는 "얘야, 유치원에는 안 가니?" "아버지는 계셔?" "엄마는 뭐 하시니?" 하고 가즈아키에게 말을 걸었다. 하지만 물어볼 만큼 물어본 후에는 건성으로 가즈아키를 대하게 되었고, 그것도 얼마 지나지 않아 이제 가즈아키는 부인의 눈에 들어오지도 않는 존재가 되었다. 마찬가지로 남편인 모리야마도, 공장도, 공장 직원들도, 성당 부지에서 가지를 내뻗고 공장 마당에 벌레를 떨어뜨리고 있는 벚나무도, 부인의 눈에는 들어오지 않는 것처럼 보였다. 딸에게만은 엄격했고, 이것저것 보살펴 주다가는 히스테리를 일으키곤 했지만, 신경이

곤두서 있다기보다는 어딘가 불안해 보이는 사람이라는
것이 가즈아키의 인상이었다.

그렇게 해서, 여름이 되었을 때는 가즈아키는 완전히
모리야마 공장의 아이가 되었지만, 가즈아키를 공장에
붙들어 둔 것은 기계만은 아니었다. 공장에는 네 명의
직원이 있었고, 모리야마가 부르는 남자들의 이름은 각
각 '양' '정' '김' '박'이었다. 처음으로 공장을 들여다보
았을 때부터 그 가락은 가즈아키의 귀를 사로잡았지만,
남자들이 이야기하는 소리를 직접 들은 뒤에는, 더욱 귀
가 곤두섰다. 양과 정은 일본어도 할 줄 알았지만, 김의
일본어는 서툴렀고 박은 전혀 일본어를 하지 않았기 때
문에, 네 명이 이야기하기 시작하면 순간 들은 적이 없
는 말이 튀어나오는 것이었다.
　양과 정은 전쟁 전부터 오사카에 살던 재일한국인 숙
련공으로, 선반이나 프레이즈반을 움직이는 일을 했다.
보르반boor盤(드릴링머신)을 담당하는 김은 서툰 일본어로
자신은 '전라남도'의 '광주'라는 곳에서 왔다고 했다. 무
슨 일을 했냐고 물으니 양이 '깡패'라고 속삭이며 웃었
다. 나중에 정이 '깡패는 야쿠자'라고 가르쳐 주었다. 또
한 사람 박은 '경상남도'의 '부산' 출신으로, 고향에서는
생선을 팔았지만 노름 때문에 가게를 말아먹고, 먼 친척
을 의지해 일본에 왔다고 했다. 박은 공작기계는 다루지

못하고, 금속가루를 청소하거나 부품 바구니를 나르는 허드렛일을 했다.

네 명 모두 목소리가 높고, 게다가 큰 소리에 빠른 어조로 말하기 때문에, 그들이 이야기를 시작하면 마치 소란스러운 닭장 같았다. 이야기를 하고 있지 않을 때는, 목소리가 좋은 박이 작업장 바닥을 청소하면서 일본 민요의 선율과 비슷한 '판소리'를 부르기 시작한다. 그러면 다른 세 명이 기계를 쿵! 쿵! 하고 손으로 두드려 박자를 맞춘다.

양은 본가가 반찬 가게라서 종종 세숫대야 가득 김치를 가져왔다. 그러면 정이 안채에서 화로와 냄비를 빌려 공장 앞뜰에서 불을 피우기 시작한다. 냄비에 물이 끓으면 거기에 돼지고기와 두부와 파를 넣고, 국물이 새빨개질 정도로 김치를 집어넣은 뒤, 국물이 졸면 다 같이 도시락통에 든 밥에 국물째 끼얹어서 먹었다. 그 자리에는 모리야마와 부인도 어울렸고, 가즈아키도 함께 먹었다. 학교가 오전 중에 끝나는 토요일에는, 모리야마의 딸인 사키코도 왔다. 아이에게는 너무 매워서, 가즈아키와 사키코는 날달걀을 받아 그것을 섞어서 먹었다. 생각해 보면 그런 때도, 모리야마의 부인만은 조금 건성이었다.

그렇게 1개월이나 지나자, 가즈아키는 '**아이구**'라는 전지전능한 한국말을 배웠고, '**안녕하시므니까**' 하고 인사를 하고, 젊은 김을 '**형님**'이라고 부르고, 태권도라는 무술을 하는 박과 함께 주먹을 쉭 소리가 나도록 찌르는 흉내를 내고, 남자들이 모리야마의 부인을 몰래 '**아줌마**'라든가 '**엄마**'라고 부르는 것을 알아들을 수 있게 되었다. 어느 것이나 정확한 뜻은 몰랐지만, 아이가 몸으로 이해한 의미는 '아줌마'라든지 모리야마의 '엄마'라는 것이었다.

그리고 가즈아키는 '양' '정' '김' '박'에 해당하는 한자도 배웠다. 남자들에게 배운 '梁' '鄭' '金' '朴'의 네 자를, 공장의 콘크리트 마당 가득히 분필로 쓰고, 그 다음에는 공장 문에 걸려 있는 간판의 '모리야마 제작소[守山製作所]'라는 다섯 자의 한자를 똑같이 되풀이해서 썼다. "봐, 잘 쓰게 됐어, 이렇게 쓰는 거야, 엄마 봐, 이런 글자야" 하고 가즈아키는 매일 어머니에게 보고했고, 배운 한자를 적어 보였다.

어머니는 언제나 방긋방긋 웃으면서 가즈아키의 이야기를 듣고 있었다. "대단하구나, 너는 착한 아이야" 하고 칭찬하고, "토요일에 엄마도 갈게. 이번에는 수박이라도 사 갈까? 아니면 아이스크림이 좋을까?" 하고 묻기도 했다.

어머니는 병원 근무가 반나절이면 끝나는 토요일마다, 뭔가를 들고 모리야마 공장에 인사하러 왔다. 언제나 점심시간이 지나서 나타나는 어머니는 그전에 아파트에 들러서 직접 만든 원피스로 갈아입고, 양산을 쓰고, 주소의 신발 가게에서 산 여름 샌들을 신고 온다. 어머니가 공장 문 맞은편에서 "안녕하세요!" 하고 말을 걸면, 모리야마와 공장 직원들의 눈빛이 확 바뀌는 것은 재미있었다. 남자들은 입버릇처럼 "꼬마의 어머니는 굉장한 미인이구나"라고 말했는데, 가즈아키도 나쁜 기분은 들지 않았다.

어머니는 본래 느긋하고 대범한 성격이었고, 자잘한 것에 신경 쓰지 않았음은 확실했다. 재일한국인인 양이나 정은 물론, 일본어를 못하는 김이나 박을 대할 때도 그런 태도는 변하지 않았고, 세숫대야 가득한 김치를 넣은 김치찌개도 언제나 맛있게 먹곤 했다.

"요전에 주소에서 한복 입은 사람을 봤어요. 한복이 너무 예뻐서, 모르는 사람이었는데 저도 모르게 말을 걸어봤더니, 천이 순견純絹이라 하더라구요. '아아 좋네요, 부러워라, 저도 만들 수 있을까요?' 하고 말씀을 드렸지요."

어머니가 태평하게 그런 이야기를 하자 명랑하고 눈치 빠른 양이, 자기가 사는 이쿠노 구區 모모다니에서 한복을 만드는 여자를 알고 있으니 소개해 주겠다고 말했고, 그 말에 "꼭 부탁드려요"라고 대답한 어머니는, 실제로 얼마 동안 그 여자에게 가서 천 끊는 법을 배워 오기도 했다.

어머니는 결국 한복을 만들지는 않았지만, 대신 모리

야마의 딸 사키코가 피아노 발표회 때 입을 옷을 만들었다. 어머니는 공장 남자들과 한바탕 이야기를 한 후에는 꼭 안채 안쪽으로 인사하러 갔고, 안채 부엌에서 여자끼리 오늘은 어디가 뭘 싸게 판다든지, 한큐 백화점 지하식품매장은 생선이 싸다는 등의 잡담을 했는데, 그런 날이면 어머니는 안채 2층에서 어두워질 때까지 재봉틀을 밟았고, 이윽고 완성된 옷을 입은 사키코가 공장까지 선을 보이러 뛰어왔다. 몸통 부분에 커다란 새틴 리본을 묶은, 옅은 분홍색의 시폰 원피스였다.

그리고 그것을 본 가즈아키는, 어머니가 자신의 셔츠나 바지를 만들면서 "네가 여자애였다면, 귀여운 옷을 잔뜩 만들어 줄 수 있을 텐데"라고 말하던 것을 떠올리고 내심 복잡해져서, 그날 밤에는 "나도 갖고 싶어"라고 말했다가 어머니를 기막히고 곤란하게 만들기도 했다.

여름 동안에 어머니는 아버지와 정식으로 헤어졌고, 가즈아키의 성은 어머니의 성인 요시다로 바뀌었다.

그해 여름이 끝날 무렵, 박과 김이 없어졌다. 무단결근이라고 들은 가즈아키는 그 말의 정확한 뜻을 알 수는 없었지만, '형님'이라고 부르던 김이 없어지고 박의 판소리가 울리지 않게 된 공장은, 동시에 한국말도 끊겨 갑자기 조용해졌다. 그래도 공장 일에는 변화가 없어서, 양은 변함없이 김치를 가져왔고, 정도 두 번째 아이가 생긴다며 들떠 있었다. 가즈아키도 박 대신 바닥 청소를 하거나 반제품 바구니를 이동시키는 일을 할 수 있게 되어 좀더 공장 안으로 들어가는 결과가 되었기 때문에, 약간의 위화감도 일단은 엷어졌다.

그러나 공장주인 모리야마의 기색은 좀 달랐다. 박과 김이 모습을 감춘 지 1주일 정도 지났을 무렵, 공장에는 험악한 눈을 한 두 명의 남자가 찾아왔다. 얼마 지나지 않아 그 두 사람의 정체는 형사라는 것을 알았다. 두 사람은 3일이 멀다 하고 나타났는데, 그때마다 모리야마는 우울한 듯 미간에 주름을 짓고, 기계를 세우고 작업장을 나갔다. 모리야마와 두 남자가 옆 사무실에서 이야기를 하고 있는 동안, 정과 양은 사무실 쪽을 쳐다보거나 얼굴을 마주보다가, 가즈아키의 시선을 눈치 채면 아무렇지도 않은 얼굴로 작업으로 돌아간다. 가끔 정과 양도 한 명씩 불려가 남자들과 이야기를 하고, 돌아오면 또 둘이서 얼굴을 마주본다. 가즈아키는 뭔가 이상하다고 느꼈지만 그 무엇이 여섯 살 난 아이로서는 이해가 미치지 않는 일이었기 때문에, 언제나 이상하다고 느끼는 한편 그 감각 자체가 애매해져서, 결국은 구체적인 형태가 되질 않았다.

모리야마는 두 형사들 중 한 명을 '시골 뚱보'라고 불렀다. 두 사람의 모습이 공장 문밖에 나타나면, 모리야마는 "시골 뚱보가 왔군" "아아, 시골 뚱보인가?" 하고 혼잣말을 했고, 그 내뱉는 듯한 중얼거림과는 반대로 얼굴은 순식간에 그늘졌다. '시골 뚱보'는 30세도 되지 않은 젊은 남자였지만, 표정이 없는 그 얼굴은 마치 고무가면을 쓰고 있는 듯한 느낌이 들었고, 가즈아키의 눈에도 일행인 나이 많은 남자보다 훨씬 강한 인상을 남겼다. 남자는 가끔 가즈아키를 보았는데, 몇 번째인가부터 가즈아키는 그럴 때마다 메롱 하고 혀를 내밀어 보였다.

그리고 남자들이 돌아가면 모리야마는 평소대로 일로 돌아갔지만, 가즈아키가 공장 마당에 나가 있을 때는 가끔 정이나 양과 이야기를 했다. 사장님, 알고 계셨지요? 저희들도 눈치는 채고 있었어요. 말이 전라남도 쪽 사투리하고는 달랐거든요. 그렇지만 뭐 사정도 있을 테고, 그런 미묘한 것은 상대에게 말할 수 없잖아요…… 정과 양은 그런 말을 했고, 가즈아키는 어렴풋이, 사라진 박과 김의 이야기라고 이해했다. 김이 깡패였다든지, 박이 생선 가게를 했다는 말은 거짓말이었다고 느꼈지만, 그 이상의 관심은 가질 수 없었다.

그러나 모리야마는 그러다가 조금씩 표정을 바꾸었고, 기계를 움직이면서 뭔가 생각에 잠겨 있는 일이 많아졌다. 그것은 양동이에 던져 넣는 불량 부품이 늘어난 것을 보고 가즈아키도 알 수 있었지만, 어차피 여섯 살짜리 아이에게는 자신과 상관이 있는 것 같기도 하고, 없는 것 같기도 한 불투명한 기분이 있었을 뿐이었지,

불편을 느낄 정도의 공기는 아니었다. 여전히 모리야마는 가즈아키에게는 상냥했고, 가끔 기계에서 얼굴을 들고 평소대로 가즈아키가 있는지 어떤지, 그리고 위험한 놀이를 하고 있지는 않은지 확인하는 것도 게을리하지 않았다. 돌아갈 때에는 "내일 또 와라" 하며 손도 흔들어 주었다.

그러나 공장의 모습이 정말로 변하기 시작한 것은 그 후의 일이었다. 우선, 춘분 무렵이 되어 학교의 신학기가 시작된 지 얼마 되지도 않았는데, 모리야마의 부인과 딸의 모습이 보이지 않게 되었다. 방학이 끝난 날, 아침부터 세탁기 소리도 나지 않고 안채의 덧문도 닫혀 있다고 생각했는데, 다음날부터 계속 그런 상태가 되었던 것이다. 얼마 지나지 않아 가즈아키는 정과 양에게서 "친정에 돌아간 것 같아"라는 귀띔을 받고, "사장님한테 말하면 안 된다"라는 다짐을 받았다.

가즈아키는 그때, 춘분 전 사키코에게서 "이거 줄게"라는 한 마디와 함께 건네받은 귤 박스 가득 든 책이 무슨 의미였는지를 이해했다. 그 책들은 취학 전의 아이에게는 너무 어려웠지만, 어머니가 읽어준 것은 ≪플루타르크 영웅전≫이나 ≪로도스도 전기≫나 ≪파브르 곤충기≫를 어린이가 읽기 쉽게 평이하게 고쳐 쓴 것으로, 사키코가 자신의 책 중에서 남자아이에게 맞는 책을 골랐다는 것은 틀림없었다. 가즈아키가 그 책들을 스스로 읽은 것은 초등학교에 입학한 후의 일이었다.

혼자 살게 된 모리야마는 가끔 술 냄새를 풍기곤 했지만, 공장 일은 10월 내내 순조롭게 이어졌다. '시골 똥보' 일행도 더는 모습을 보이지 않았다. 어머니는 김과 박이 사라진 뒤 나름대로 배려를 해서, 토요일마다 공장에 얼굴을 내미는 일 대신 가즈아키에게 과일이나 과자를 들려 보내곤 했지만, 부인과 딸이 사라지고 나서는 매일 오후 6시쯤에 가즈아키를 데리러 오면서, 안채 부엌에 1인분의 간단한 반찬이나 생선조림을 두고 가게 되었다. 모리야마는 문에 보자기를 든 어머니가 나타나면 작업장 쪽에서 가볍게 머리를 숙이고, 본채로 사라지는 어머니를 잠시 눈으로 쫓는다. 그것을 보면서, 가즈아키는 그 무렵 어머니와 모리야마가 결혼하면 좋을 텐데 하고, 밑도 끝도 없는 것을 진지하게 생각했다.

11월 초, 공장에는 새로운 얼굴이 두 명 들어왔다. 이번에는 이름을 '랴오'와 '왕'이라고 했다. 가즈아키는 특이한 이름에는 이제 놀라지 않았지만, 양이나 정과는 꽤 분위기가 다르다는 것이 가즈아키의 인상이었다. 하지만 단순히 먹는 것이 다르고, 체취가 다르고, 얼굴 생김새가 다른 것 이상의, 무엇이 어떻다는 구체적인 것은 아니었다. 두 사람 모두 동부 오사카의 금형공장에서 오랜 동안 일했다고 했고 공작기계 취급에는 익숙한 숙련공이었지만, 기계를 움직이는 리듬이나 작업 진행방식이 정들과는 조금씩 달랐기에 호흡이 맞지 않는 정과 양은 처음부터, 불편해 보이는 얼굴을 하고 있었다. 한편, 새로 온 두 사람은 호흡 따위는 신경도 쓰지 않는 페이스여서, 작업장의 공기는 가즈아키의 눈으로 보아도 조금은 어색해졌다. 그리고 모리야마도 여름까지의 태연한 모습은 잃은 채, 선반을 움직이면서 시종 사무실에서 울리는 전화를 신경 쓰거나, 아무도 없는 공장 밖 도로를 쳐다보거나 했다. 양동이에 던져 넣는 불량 부품은 줄지 않았고, 작업 페이스도 분명히 떨어져 있었다.

같은 무렵, 모리야마는 "새로 들어온 직원이 밥도 지어 주고 있어서요"라며, 어머니가 매일 밤 두고 가는 반찬도 거절했다. 어머니는, "어머, 그래요? 하지만 필요하면 언제든지 말씀해 주세요"라고 웃으며 대답했지만, 나중에 "그러고 보니, 부엌이 기름 냄새로 가득했어"라고 가즈아키에게 속삭이고, 다시 생각난 듯이 웃었다. 그때 어머니와 모리야마의 이야기 모두를 가즈아키가 이해할 수 없었던 것은, 안채에서 밥을 짓는 건 누구일까 생각했기 때문이었다. 새로 들어온 랴오나 왕은 밥을 짓지 않았기 때문이다.

그 수수께끼가 풀리는 날은 며칠 후에 찾아왔다. 마침 공장 마당으로 뻗어 나온 벚나무에 올라가 놀고 있을 때, 잎을 떨어뜨리기 시작한 가지 사이로 우연히 안채 2

층을 바라볼 수 있었다. 조금 열린 안채 2층의 덧문을 통해 사람의 얼굴이 보였나 싶더니 덧문은 곧 다시 닫혔다. 모리야마와 네 남자는 모두 작업장에 모여 있었기 때문에, 아무도 없을 안채에 보인 얼굴은 순간 가즈아키의 눈을 못 박히게 했고, 가즈아키는 그대로 나무에서 내려와 안채로 발을 옮겼다.

뒷문을 통해 부엌으로 들어가자, 그곳에서는 어머니가 말한 것처럼 기름 냄새가 났다. 2층에서는 희미하게 텔레비전 소리가 들리고 있었다. 계단을 올라간 가즈아키는 거기에서, 덧문을 꼭 닫은 방에 깔려 있는 이불과, 그 위에 앉아 있는 두 남자를 발견했다.

두 사람은 경직된 듯이 눈을 크게 뜨고 가즈아키를 보고 있었다. 두 사람 다 스웨터와 바지 차림이었고 맨발이었다. 한 사람은 신문을 손에 들고 있고, 한 사람은 옆에 재봉상자를 놓고 셔츠 단추를 달고 있었다. 두 사람 뒤에 텔레비전이 켜져 있고, 열려 있는 장지문 맞은편에는 피아노와 책장이 보였다. 먼저 신문을 읽고 있던 남자 쪽이 "꼬마야" 하고 불렀다.

"벚나무 위에 있는 꼬마를 봤어."

남자는 그렇게 말하고, 덧문 쪽을 가볍게 손가락으로 가리키면서 반응을 살피는 듯한 날카로운 눈으로 가즈아키의 얼굴을 바라보았다. 그는 30세 정도로 보이는, 배우를 해도 좋을 정도로 단정하고 남자다운 얼굴을 한 사람이었다. 힘이 세 보였지만 그 손가락은 하얗고 예뻐서, 이 사람은 선반공은 아니라고 가즈아키는 멍하니 생각했다. 남자는 손가락을 덧문 아래쪽으로 향하며, "여자를 매일 봐"라고 말했다. 가즈아키는 "우리 엄마야"라고 대답했다.

그러자 남자는 "퍄오퍄오량량아……" 하고 달콤한 주문처럼 중얼거리고, 다른 한 남자가 "니 셔머" 하고 작게 소리를 내며 웃었다.

가즈아키는 뜻을 알 수 없는 말을 자동적으로 귀에 새기면서, 문지방에 선 채 두 남자를 계속 바라보았다. 그 자리에서 빨아들인 것은 공장 남자들과는 또 조금 다른 냄새였고, 한국어와는 전혀 다른 음조가 나르는 공기였고, 나아가 자신은 왠지 아주 기묘한 곳에 있다는 돌연한 감개였다. 자신을 감싸고 있는 것의 정체를 파악하지 못한 채 두 남자의 얼굴을 번갈아 바라보고 있자, 재봉을 하고 있던 남자가 한 손을 내밀며 "니구오라이"라고 말했다. 그것도 하얀 손이었다.

가즈아키는 두 걸음쯤 이불로 다가갔다. 20대로 보이는 상냥한 얼굴을 한 남자는, 한 손을 자신의 가슴에 대고 천천히 "워쓰, 황요우파"라고 말했다. 이어서 같은 손을 또 한 사람의 남자 쪽으로 향하며, "나거, 자오원리"라고 말하고, 이번에는 그 손을 가즈아키 쪽으로 향하며, 또박또박 "니, 쟈오, 셔머, 밍아"라고 말했다. 일본어를 조금 아는 것 같은 또 한 명의 남자는, 무슨 몽상에 잠긴 듯한 나른한 얼굴을 하고 이미 다른 방향을 바라보고 있었다.

가즈아키는 아마 이름을 묻고 있는 걸 거라고 짐작하고 "요시다 가즈아키"라고 대답했다. 그러자 젊은 남자는 하얀 이를 드러내며 "니하오!" 하고 웃었다.

계단에서 모리야마가 뛰어올라 온 것은 그때였다. 모습이 보이지 않게 된 가즈아키를 찾으러 온 모리야마는, 들어오자마자 가즈아키를 안아 올리고 두 남자 쪽으로 뭐라 말할 수 없는 시선을 던지고는, 아무 말도 하지 않고 그대로 밑으로 내려갔다. 그리고 뒷문 뒤에서 모리야마는 다시 가즈아키의 얼굴을 들여다보았다.

"저 두 사람, 꼬마한테 뭐라고 하든?"

"퍄오퍄오량량아."

"무슨 뜻인지 아니?"

"몰라요."

모리야마는 얼굴을 흐리고 작게 한숨을 쉬며 "예쁘다는 뜻이야"라고 중얼거렸다. 그렇다면 남자들은 어머니에 대해서 말한 걸 거라고 가즈아키는 생각했지만, 모리야마가 미간을 찌푸린 이유는 확실하지 않았다.

"꼬마야. 저 두 사람은 바다 건너에서 도망쳐 왔어. 지금은 갈 데가 없단다. 발견되면 경찰이 올 거야. 알겠니?"

"박 씨랑 김 씨처럼?"

"아아, 그래. 그러니까 저 두 사람에 대해서는 절대 아무한테도 말하지 마. 공장 사람들한테도, 어머니한테 도 말하면 안 돼. 꼬마야, 약속할 수 있겠니?"

"할 수 있어요."

그리고 나서 모리야마는 "차를 마시자"라고 말하고, 가즈아키의 손을 끌고 같이 공장으로 돌아갔다.

11월 중반이 되자, 공장은 갑자기 일의 양이 줄어들었 다. 거래처 업자의 출입이 뜸해지고 아침저녁으로 반입 과 반출 트럭의 적하가 적어졌을 뿐 아니라, 작업장 건 물에 울리는 기계나 모터나 단차의 소리도 활기를 잃어, 11월 그 무렵에는, 공장은 약해진 여름벌레가 가끔 날개 를 파닥이는 듯한 느낌으로 움직이고 있었다.

동시에 모리야마는 작업장에 있는 시간보다 사무실에 서 전화를 거는 시간이 많아졌는데, 책상에 앉아 수화기 를 쥐고 있는 모리야마의 옆얼굴에는 분격憤激이나 불신 이나 망설임이 실컷 나타났다 사라졌다 한 후, 멍한 표 정이 찾아옴을 알 수 있었다. 오랫동안 같이 있던 정과 양은 가끔 작업장에서 그 모습을 들여다본 뒤 서로 얼 굴을 마주보곤 했다. 신참인 랴오와 왕은 묵묵히 손을 움직일 뿐이었지만, 여장자인 랴오는 힐끗 고참 두 명의 얼굴을 살필 때도 있었다.

정과 양의 이야기로는, 오랜 단골처에서 주문이 점점 줄어들고 있다고 했다. 모리야마 제작소의 절삭기술은 일류이고, 납기나 불량품의 문제도 없다. 발주처의 경영이 부진한 것도 아니다. 보다 싼 가격으로 청부하는 경쟁상대가 나타난 것도 아니다. 도대체 어떻게 된 건지 모르겠지만, 어쩌면 김과 박 때문에 경찰이 오가는 사태가 벌어진 탓일지도 모른다. 두 사람은 점심시간에 그런 이야기를 하고 있었고, 가즈아키는 반 년 동안에 귀로 배운 여러 가지 업계 용어를 연결해, 여섯 살 아이의 머리 나름으로 대체적인 상황을 이해했다. 그리고 '아아, 돈이 없는 거구나' 하고 생각했다.

가즈아키는 공장이 힘들다는 얘기를 어머니에게는 하지 않았다. 그 무렵 어머니도 병원의 일손이 줄어서 일은 자연스레 많아지고 힘들어져서 평소보다 피곤한 것처럼 보였기 때문이었다. 어머니에게는 "매일 즐거워, 일도 잘 돕고 있어, 도시락도 맛있었어"라는 이야기를 할 뿐이었다.

어머니도 "다행이구나"라고 말할 뿐, 매일 저녁 데리러 올 때에 작업장의 모습을 보는 건지 그렇지 않은 건지, 가즈아키는 가끔 당혹스러울 때도 있었다.

11월 후반, 모리야마는 점심때 밖으로 나가면 저녁이 될 때까지는 공장에 없었다. 저녁에 돌아오면 작업장에도 얼굴을 내밀지 않고 사무실 의자에 앉아 있는 경우가 많았는데, 그럴 때의 모리야마는 정말로 지친 얼굴을 하고 있었다. 가즈아키는 안채로 달려가 부엌에서 물을 끓여다가, 작업장의 보온병 물을 새로 채워 모리야마에게 뜨거운 차를 끓여 주는 것이 일과였다. 그리고 모리야마는 그 차를 홀짝이며 가즈아키를 옆에 앉히고, "오늘은 어음 한 장이 결제되지 않았어"라든지 "이자가 비싼 돈을 빌려 버렸어"라는 이야기를 하고는 "나 바보지?" 하고 웃거나, "공장 닫을까?" 하고 혼잣말을 했다.

한편 가즈아키는 넋두리를 늘어놓는 모리야마 옆에서 전표 뒷면에 그림을 그리거나, 제도용의 구름모양 자나 컴퍼스를 갖고 놀았고, 마음에 드는 도형이 생기면 "보세요" 하며 모리야마에게 보여주곤 했다. 생각해 보면 세타가야에 있는 집에서 언제 끝이 올지를 생각하던 나날 속에는 끊임없이 심신을 옭매는 안타까움과 도망칠 길 없는 절망감이 가득 차 있었지만, 남의 안색을 살피면서 무너져 가는 것들 속에서 가만히 숨을 죽이고 있는 것은, 가즈아키에게는 오히려 익숙한 것이었다. 가즈아키는 여름까지의 나날들은 특별했다고 생각했고, 그때그때 주위 상황에 맞춰서 자신의 만족의 기준을 자유자재로 끌어내린 결과, 그래도 대체로 행복하다고 느끼고 있었다. 자신을 둘러싼 상황에는 숨이 막혔지만, 모리야마 옆에 있을 수 있다는 안도감이 그것을 메워 주고 있었음은 확실했다.

전표 뒷면에 그림을 그리면서 가즈아키가 입버릇이
된 '퍄오퍄오량량아'의 주문을 중얼거리고 있자니, 모리
야마는 전표 뒷면에 커다란 글씨로 '표표량량飄飄亮亮'이
라고 써 보이고, "이게 퍄오퍄오량량. 뒤에 있는 '아'는,
이런 느낌을 나타내는 말에 붙는 거란다. 중국말이야"
라고 말했다. 덧붙여 '퍄오퍄오량량'의 뜻은, 그냥 예쁘
다는 것이 아니라 깜짝 놀랄 정도로 아름답다는 느낌이
라는 것도 가르쳐 주었다. 어머니에 대해 생각하고 조금
흥분하면서, 그 두 개의 한자도 가즈아키는 금세 외워
버렸다.

그리고 월말에는, 조만간 그날이 올 거라고 가즈아키
가 예상한 대로, 정과 양이 공장을 떠났다. 정은 가즈아
키의 어머니에게 주라며 저고리로 만들 붉은 비단천을
주었고, 양은 양동이 가득 김치를 두고 갔다. 김치는 찌
개는 되지 못하고, 부모님이 고베에 있는 난킨마치의 요
리사라는 왕이, 돼지고기와 두부를 넣은 볶음이나 볶음
밥으로 만들었다. 찌개 대신 공장에 찾아온 새로운 맛이
었다.

공장은 또다시 수주가 조금 회복되었고, 모리야마가
밖에 나가는 횟수도 줄었다. 하루에 깎는 제품은 여름의
절반 정도 양이었지만, 종업원의 머릿수가 줄었으니 그
것은 또 그것대로 어떻게든 굴러가고 있다는 뜻이라고

가즈아키는 이해했다. 그러나 한편으로, 공장은 건물 셔터를 내린 후에도 심야까지 선반 소리가 들리게 되었고, 그 희미한 금속음은 가즈아키네 아파트에도 울렸다. 베갯맡에서 그 소리를 들으면서 어머니는 생각난 듯이 "공장이 힘든가 보구나"라고 말했지만, 공장의 변한 모습을 얼마나 알고 어머니가 그렇게 말한 것인지, 가즈아키는 정확하게 알 수 없었다. 정에게 받은 비단천도 서랍에 들어가 있을 뿐이었다. 그러니까, 공장이 변한 것처럼 어머니도 조금 변한 것이다.

물론 그것은 어디가 어떻다고 가즈아키가 구체적으로 파악할 수 있을 만한 변화는 아니었다. 그러나 어머니는 분명히 이전의 어머니가 아니었고, 그런 애매한 직감이 이따금 가즈아키의 신경을 자극하면, 상황에 맞춰 만족의 기준을 올렸다 내렸다 하는 기능이 따라가지 못하게 되어 밤사이에 형태 없는 불안이 몽실몽실 퍼져 가는 것이었다. 그것은 가끔 가즈아키를 잠들지 못하게 할 때가 있었고, 가즈아키는 종종 이불에서 빠져나와 약간 열린 창 사이로 새까만 협죽도 덤불 너머 보이는 공장의 함석지붕을 몇 시간이나 바라보곤 했다.

그럴 때마다 가즈아키는, 심야의 모리야마 공장에 가끔 사람이 출입한다는 것 이외에, 안채 2층에 있는 두 남자가 밖에 나가거나, 또는 어디에선가 돌아오는 것을 보곤 했다. 가즈아키는 낮에는 안채에 숨어 있다가 밤이 되면 움직이기 시작하는 남자들의 정체에 대해서는 무엇 하나 상상할 수 없었지만, 어쨌든 가즈아키가 모르는 공장의 밤의 얼굴은 낮의 얼굴과는 전혀 다른, 살금살금 걷는 소리나 귓속말이나 소리 죽인 속삭임으로 가득 찬 수수께끼의 세계였다. 그것은 선악의 판단 이전에 여섯 살 난 어린아이의 눈을 무조건 끌어당기기에 충분한 광경이었지만, 가즈아키의 마음속에서는 어쩔 수 없이, 박이나 김이 사라진 후의 경찰 출입이나, 안채 2층에 있는 남자들의 얼굴이나, 그 입에서 나오던 이상한 말, 또는 그 남자들에 대해서 '아무에게도 말하지 말아 달라'고 했던 모리야마의 목소리와 연결되었다.

게다가 그것은 '퍄오퍄오량량아'라는 은밀하고 부드러운 발음의 억양이나, 또는 그것과는 대조적으로 튀어오를 듯이 울리던 '니하오!'라는 한 마디 등과 연결되어 가즈아키를 보이지 않는 저편으로 이끌고, 자신은 뭔가 기묘한 세계에 있다는, 위화감이라고도 흥분이라고도 할 수 없는 수상한 떨림까지 불러일으켰다.

그러나 아침이면 가즈아키는 밤사이 생각한 것을 전부 잊어버리고 기분 좋게 공장에 나가는 매일을 되풀이하면서, 어느 샌가 공장 안쪽에 숨어 있는 세계에도 발을 들여놓고 있었던 것이다.

12월 동안, 어머니는 병원 일이 바쁘다며 일요일에도

나가느라, 가즈아키를 백화점이나 유원지에 데려가지 않게 되었다. 여기에 공장까지 닫혔으면 가즈아키에게는 너무나 따분한 매일이 될 참이었지만, 12월의 모리야마 공장은 완전히 닫히는 날이 없었다. 작업장 셔터가 바닥에서 10센티미터 올라가 있던 첫 번째 일요일, 밖에서 안을 들여다보니 안채 2층에 있는 두 남자 중 젊은 남자와 모리야마가 있었다.

남자는 안쪽 작업 책상 위에 몸을 굽히고, 바이스로 고정시킨 쇳덩어리를 줄로 갈고 있는 중이었고, 모리야마는 그 옆에 서서 남자의 팔꿈치 각도를 고쳐 주거나 다리 위치를 고쳐 주면서 가끔 한쪽 손에 든 위스키 병을 기울이고 있었다. 그러다가 모리야마는 셔터 밑에서 들여다보고 있는 얼굴을 알아보고, "들어와" 하고 말했다. 그러자 남자도 돌아보고, 그 입가가 활짝 웃으며 "니하오!" 하는 한 마디가 날아왔다.

모리야마는 가즈아키의 어머니가 일을 나가고 없다는 말을 듣자 "그래? 오늘은 쓸쓸하겠구나"라고 말하고, 또 한 모금의 위스키를 마시고는 "나도 오늘은 쓸쓸해서, 이 녀석에게 공작의 기본이라도 가르쳐 줄까 했는데"라고 말하며 웃었다. "이렇게 손재주가 없는 놈은 본 적이 없어. 이봐, 황. 니뿌청후아. 쇼우타이주오."

모리야마가 그렇게 말하자, 황이라고 불린 남자는 하하 하고 웃으며 "부야오칭. 셩라이더주오"라고 대답했다. 모리야마는 헷 하고 코웃음을 치며 다시 위스키를 들이키고, "꼬마야, 이리 와. 글씨를 가르쳐 주마" 하고 가즈아키에게 손짓을 했다. 모리야마는 이미 충분히 취해 있었다.

모리야마는 작업용 책상에 연필로 '不成'이라고 썼다. "뿌청. 제대로 못 한다는 뜻이야."

이어서 '手太拙'이라 썼다. "쇼우타이주오. 손재주가 없다는 뜻이야. 내가 그렇게 말했더니, 이번에는 이 황 바보가 이렇게 말했지." 모리야마는 또 '生來的拙'이라고 쓰고, "셩라이더주오. 손재주가 없는 건 타고난 거래."

모리야마가 또 위스키를 홀짝이기 시작하자, 황이 대신 연필을 잡고 책상에 '黃友法'이라고 쓰고, "황요우파, 워밍아"라고 말했다. 이번에는 가즈아키가 자신의 이름인 '吉田一彰'을 쓰자, 황은 "워! 니시에더즈타이하오" 하고 가즈아키에게 웃음을 짓고, 다시 '你写的字太好'라고 썼다. 위스키를 손에 들고 모리야마가 "꼬마가 글씨를 잘 쓴대. 자, 이번에는 꼬마가 고맙다고 말할 차례야. 고맙습니다. 셰셰. 말해 봐"라고 말했다. 가즈아키가 "셰셰"라고 따라하자 황은 "하오슈오"라고 대꾸하고, 가즈아키와 악수를 했다.

그런 짧은 대화만으로, 가즈아키는 완전히 새로운 말과 황의 소탈하게 웃는 얼굴의 포로가 되었다. 한국어는 입 안이 항상 좁아져서 발음이 코에 걸렸지만, 중국어는 목 안쪽까지 뻥 뚫려 있어서 모음이 바깥을 향해 튀어나가는 것이 명랑한 느낌이었다. 정이나 양도 밝았지만 황은 뒤에 아무것도 없는 산꼭대기만큼이나 밝았고, 이런 남자가 어디서에서 도망쳐 왔다면, 분명히 구름 위에서 떨어진 걸 거라고 가즈아키는 생각했다.

가즈아키는 그렇게 하루 동안 황 옆에서 같이 줄을 갈며 놀았다. 바이스를 고정하기에는 여섯 살 난 가즈아키에게 작업대가 너무 높기 때문에, 가즈아키는 책상에 있는 작은 쇠와 작은 줄을 썼다. 황은 분명 손재주가 없는 듯했다. 줄에 체중을 실어 앞으로 밀어내는 기본동작이 어느새 보트를 젓는 자세가 되는 것이다. 그러다가 콧노래가 함께 새어 나와 춤추는 것처럼 보였나 싶으면, 줄을 손에 들고 "아이야!" 하고 한 번 소리를 질러 기합을 넣는 것은 좋았지만, 중요한 줄을 들고 있는 손이나 팔꿈치의 높이가 일정하지 않아, 갈아 낼 공작물 표면에 줄이 균일하게 닿지 않는 것은, 가즈아키의 눈에도 분명했다.

가즈아키는 방금 배운 '뿌청'과 '쇼우타이주오'를 연발하며 웃어 댔다. 황은 얼굴을 찌푸리거나, 웃거나, 소탈한 갖가지 얼굴을 짓고 응하면서, 어느새 또 "자이나, 야오유앙티, 티팡, 요우웨이, 하오쿠냥" 하고 노래를 하기 시작했고, 가즈아키는 그것도 금세 귀로 배웠다. 느린 4분의 4박자는 줄의 움직임에 딱 맞는 리듬이었고, 간단한 멜로디는 어린아이의 귀에도 쉬웠다.

그동안 모리야마는 조금 떨어진 곳에서 작업장 한쪽 구석에 놓여 있는 플라스틱 바구니에 걸터앉은 채, 작업용 책상 쪽은 보지도 않고 위스키 병을 기울이고 있었다. 가즈아키는 한쪽 눈으로 그것을 보고 있었지만, 똑같이 모리야마에게 신경 쓰고 있었음이 틀림없는 황의 손이 불쑥 뻗어와 가즈아키를 작업용 책상으로 도로 돌려놓음과 동시에 내버려 두라는 듯한 눈짓이 날아들었다.

저녁때, 또 한 명의 중국인 남자가 그때까지 어디에 있었는지, 사무실 쪽 출입구로 모습을 나타냈다. 이전에 안채 2층에서 가즈아키의 어머니를 보고 '퍄오퍄오량량아'라고 말한 남자였다. 남자는 점퍼와 바지 차림에 가죽구두를 신고 있는 걸로 보아, 밖에서 돌아온 것은 분명했다. 모리야마는 위스키 병을 손에 든 채 얼굴을 들고 남자를 보았다. 남자도 모리야마를 바라보았다.

"밖에서 뭘 하는지는 모르겠지만, 마음대로 돌아다닐 수 있다면 딴 데로 가 줘."

모리야마의 목소리는 너무 취해서 웅얼거렸고, 그 얼굴에도 방금 전까지 황과 웃고 있었을 때와는 다른 우울한 그림자가 내려와 있었다. 남자는 금방 대답하지는 않고, 점성이 있는 꿀 같은 눈을 나른한 듯이 오른쪽으로 왼쪽으로 천천히 흘리면서 담배에 불을 붙였다. 남자는 일본어는 틀림없이 아는 것 같았지만, 곧 그 모양 좋은 입술이 열리고 새어 나온 것은, "쩌부스, 흔바[左不是混吧]"라는, 내뱉는 듯한 느낌이 드는 한 마디였다. '퍄오퍄오량량아'와 마찬가지로, 낮고 느릿한 진폭이 있는 말투였다.

이번에는 모리야마 쪽이 어두운 눈길을 되돌렸을 뿐 아무 말도 하지 않았다.

모리야마는 그 남자에게 어떤 불신을 품고 있고, 그러면서도 하고 싶은 말은 하지 못하는 사이라고 가즈아키는 느꼈다. 남자는 작업용 책상에 있는 황과 가즈아키를 바라보다가 다시 나가 버렸다. 가즈아키는 그것을 지켜보던 황이 일순 날카롭게 눈을 번쩍이는 것을 보았다. 남자가 사라진 후 황은 다시 콧노래를 부르기 시작했지만 그것은 약간 동요했다는 증거처럼 불안정한 선율이었다.

그리고 가즈아키는, 평소에는 잊고 있는 공장의 밤의 얼굴을 아주 조금 떠올리면서 작업용 책상 한쪽 구석에서 계속해서 줄을 움직여, 손에 있는 작은 쇳덩어리를 완성시키는 데에 집중했다. 그렇게 함으로써 나름대로 자신이 있을 곳을 손으로 더듬어 확인하고 스스로 자신을 납득시키는 것밖에, 가즈아키에게는 오늘이라는 날을 보낼 방법이 없었던 것이다. 자신이 뭔가 정체를 알 수 없는 장소에 있는 것은 막연하게 알고 있었지만 실제로 밖으로 나가도 갈 곳이 없다는 현실적인 판단 쪽이 이겼고, 어머니가 변했다는, 그야말로 막연한 당혹이나 불안을 가져갈 곳도 없이, 어쨌든 자신의 일은 스스로 하기로 결심한 결과 공장에 다니고 있었다. 그리고 스스로 결정한 것에 대해서는 이것저것 고민하지 않는 것이 가즈아키이기도 했다.

어머니는 밤에 돌아왔지만, 피곤해서 장을 보지 못했다면서 저녁밥을 짓지 않았다. 대신 가게에서 먹은 닭고기덮밥은 오사카에 왔던 날 처음으로 먹었던 맛과는 꽤 다른 것처럼 ― 폭신폭신한 노란 달걀은 마찬가지였지만 ― 느껴졌다. 어머니는 생각에 잠겨, 목욕물을 끓이거나 빨래를 개는 사이에도 별로 말을 하지 않았다. 가즈아키는 자신이 어머니의 눈에 들어가 있지 않다는 것을 느꼈지만, 가즈아키 자신도 '오늘은 새 친구가 생겼어, 오늘도 즐거웠어'라는 이야기 외에, 어머니의 흥미를 끌 만한 화제가 있었던 것은 아니었다.

먼저 혼자 자리에 눕자, 공장 쪽에서 희미하게 선반 소리가 들려왔다. '낮 동안 뒤집어쓸 정도로 위스키를 마시던 모리야마는 술이 깬 걸까. 낮에 공장에서 본 바구니에는 만들다 만 부품은 들어 있지 않았는데, 지금은 무엇을 깎고 있는 것일까' 하고 생각했다.

어머니는 그날 밤, 밥상 위에 팔꿈치를 괴고 가느다란

등을 웅크리고, 늦게까지 좀처럼 마시지 않는 술을 마시고 있었다. 가즈아키는 갑자기, 그런 어머니의 등을 꼭 끌어안고 싶다, 유방에 덤벼들고 싶다고 생각했다. 아이는 이리저리 뒤척이며 잠들지 못했고, '아아, 괴로워, 머리가 이상해질 것 같아' 하고 자신에게 중얼거렸다.

12월의 모리야마 공장은, 밤사이에 살짝 갈라진 벽에 낮 동안 기계의 진동으로 균열이 커지고, 밤에는 또 더욱 갈라져 가는 것 같은 느낌이었다.

가즈아키는 어느 날 랴오가 점심시간에 안채에 들어가는 것을 보았는데, 그 후 랴오는 자주 안채에 가게 되었다. 모리야마는 그것을 보고도 아무 말도 하지 않았다. 랴오는 곧 돌아와 아무렇지도 않은 얼굴로 일을 시작했지만, 안채 안에 있는 두 남자와 랴오가 동료라는 것도, 그것을 모리야마가 알고 있다는 것도 가즈아키에게는 위화감이 컸다.

밤에 공장에서 들려오는 선반 소리는 그치지 않았다. 얼마 후, 가즈아키는 밤에 모리야마가 깎는 것은 낮에 보는 기계부품과는 다르다고 생각할 수 있었지만, 자신은 볼 수 없는 물건이라는 점에서, 그 사실도 또한 가즈아키의 마음에 작은 고통의 구멍을 뚫었다.

그리고 랴오와 왕이 없는 일요일에는, 이번에는 셔터를 10센티미터 올린 작업장 안에서 황이 줄질을 하거나

징 작업을 연습했다. 그 옆에서 모리야마는 날마다 위스키를 들이키거나 자고 있었다. 거기에는, 이미 어린아이의 머리로 판단할 수 있는 범위를 벗어난 누군가가 있었다. 그렇게 따지면 황의 정체도 알 수 없었지만, 적어도 황은 취해 있지는 않았고, 가즈아키를 "이이장, 이이장" 하고 부르며, 책상에 여러 가지 한자를 써 주었다. 두 번째 일요일, 가즈아키가 열이 난다는 것을 눈치 챈 것도 모리야마가 아니라 황이었다. 황이 안채에서 가즈아키를 따뜻하게 할 전기스토브와 이불을 가져오고 나서야 가즈아키가 감기에 걸린 것을 안 모리야마는 "이제 돌아가렴" 하고 한 마디 했을 뿐, 위스키를 들이키는 손을 멈추지도 않았다. 한편 '퍄오퍄오량량아'의 남자는 한 번 모리야마와 심하게 말다툼을 한 후, 안채를 나가 다시는 돌아오지 않았다.

12월 중순, 가즈아키는 스스로 원해서 공장에 다니고 있었다기보다 스스로도 알 수 없는 혼란스러운 기분에 떠밀려, 정신이 들어 보니 공장에 있었다고 하는 편이 보다 정확했다. 마찬가지로, 정신이 들어 보니 공장을 빠져나와 있었고, 한 시간 동안 걸어서 주소 병원에 어머니를 찾으러 가는 것이 일과가 된 것도 그 무렵이었다. 처음에 그렇게 공장을 빠져나온 날에는, 가즈아키가 병원에 도착하기 전에 뒤에서 차로 쫓아온 모리야마에게 발견되어, 말도 없이 나가다니 무슨 짓이냐고 야단을 맞았지만, 다음날부터는 가즈아키가 공장을 나가는 것을 모리야마는 묵묵히 눈으로 쫓게 되었고, 가끔 생각난 듯이 "차 조심해라!" 하는 고함 소리만이 날아왔다.

　어머니와는, 만날 수 있을 때와 없을 때가 있었다. 처음으로 병원에 간 날은 점심 휴식시간이어서 주방은 텅 비어 있었다. 오후 1시까지 기다려 어머니의 모습을 발견했을 때, 어머니는 조금 슬픈 듯이 웃으며 가즈아키를 안아 올리고, 다른 아주머니들에게 "얘는 내 아들 가즈아키야. 내년에 학교에 올라가지" 하고 소개해 주었지만, 돌아올 때 어머니는 "병원에는 아픈 사람들이 많이 오니까, 이제 오면 안 돼. 절대로 안 돼" 하고 말했다. 그래서 다음날부터는 저녁 준비가 시작되는 오후 1시 이후에 병원에 갔지만, 어머니를 언제나 볼 수 있지는 않았다.

　병원 주방은 가마솥만 한 크기의 냄비가 몇 개나 나란히 김을 뿜고, 사람 키만큼 높은 선반이 달린 왜건이 식기를 싣고 오른쪽으로 왼쪽으로 오가고, 몇 명이나 되는 조리원이 일렬로 서서 야채를 썰고, 한 아름이나 되는 바구니에 방금 썬 재료가 옮겨지고, 그것이 차례차례 냄비로 비워져 가는 곳이었다. 어머니는 거기에서 허리에 커다랗고 검은 고무 앞치마를 두르고 장화를 신고, 시칼을 기관총 같은 속두루 두드려 야채를 썰거나, 풀장 같은 개수대 가득히 떠 있는 양배추를 씻고 있었다. 가즈아키는 그 모습을 먼발치에서 바라보는 것만으로도 안심해서, 다시 한 시간을 걸어 기분 좋게 공장으로 돌아가는 것이었다.

한편 어머니는 3일에 한 번꼴로 주방에 없었다. 잠시 기다려도 어머니는 나타나지 않았고, 그럴 때 마다 가즈아키는, 오늘은 일찍 퇴근한 걸 거라고 생각하고 아파트로 돌아가면 어머니는 돌아와 있지 않아서, 뭔가 볼일이 있어서 어딘가 외출했나 보다고 다시 생각하다가, 결국 공장으로 돌아간다. 어쨌든 마지막에는 그렇게 공장으로 돌아가고, 오후 6시쯤에는 무슨 볼일이 있었든지 어머니가 데리러 왔다. 오늘 하루 동안 자신은 무엇을 하고, 무엇에 안심하고, 무엇을 불안하게 생각했는지, 어머니의 얼굴을 볼 때면 정리가 되지 않았다. 다만 오늘 하루도 나쁜 일은 일어나지 않았다는 작은 안도가 찾아왔다. 연말을 앞둔 그 무렵, 가즈아키의 만족의 기준은 그 정도까지 끌어내려져 있었다.

그래도 어머니는 크리스마스에는 일을 쉬었고, 가즈아키는 아침부터 어머니에게 이끌려 덴노지 동물원에 간 적도 있었다. 연말의 동물원에는 사람도 없고, 동물들과 겨울을 맞아 시든 나무들도 쓸쓸해 보였지만, 연지색의 세련된 코트를 입은 어머니와 선명한 감색 더플코트를 입은 작은 아이 한 쌍이 걸어가면, 그 연지색과 감

134

색의 화려한 색깔 조합에 놀란 듯이 우리 속의 동물들이 갑자기 웅성거리기 시작했다. 여름 이후, 가즈아키가 좋아하는 것은 아름다운 가죽에 싸인 아나콘다였지만, 뱀을 싫어하는 어머니는 우리에 가까이 가길 싫어했다.

동물원에서 돌아오는 길에는 한큐 백화점에도 갔다. "계속 집만 보게 했으니까, 뭐든지 사 줄게"라고 어머니는 말했고, 가즈아키는 망설임 없이 오르골을 골랐다. 세타가야의 집에 있던 어머니의 오르골이 그리웠다기보다, 보기에 정교한 톱니바퀴나 나사에 이끌려 한 번은 분해해 보고 싶었기 때문이었다. 그래서 가즈아키는 싼 거면 된다고 했지만, 어머니는 인심 좋게 5천 엔을 내고 구노의 〈아베마리아〉를 연주하는 오르골을 샀다.

그리고 섣달 그믐날에서 1월 4일까지 어머니는 또 휴가를 받아, 가즈아키에게는 평온한 신년이 되었다. 공장은 30일부터 완전히 닫히고, 셔터가 10센티미터 정도 올라가 있는 일도 없었으며, 선반 소리도 끊겼다. 공장 정문에는 금줄이 쳐져 있었지만 모리야마와 황의 모습은 한 번도 보이지 않았고, 설날에 어머니와 가즈아키가 인사하러 갔을 때도 초인종에 응답은 없었다.

어머니는 5일부터 다시 일하러 갔다. 공장도 그날 열었다. 멈춰 있던 시간이 갑자기 움직이기 시작한 것이다. 그뿐 아니라 벌써 3개월 이상 닫혀 있던 안채의 덧문도 전부 열려 있어서, 무슨 일인가 하고 눈을 크게 뜨면서 공장 마당에 서 있던 가즈아키를 향해, 모리야마는 "꼬마야! 정월 잘 지냈니?" 하고 새해 들어 첫 번째 인사를 건넸다.

그것은 결국, 새해가 밝으니 안채에 몰래 숨어 있던 황이 사라졌다는 것을 의미했다. 가즈아키에게는 '안녕'이라는 말도 할 수 없었다는 아쉬움은 있었지만, 순조롭게 움직이기 시작한 공장의 리듬은 그 이상으로 가즈아키의 새해를 밝게 만들어 주었다.

가즈아키는 아직 기름 냄새가 조금 남아 있는 안채 부엌에서 물을 끓이고, 새로 끓인 물을 담은 포트를 작업장에 갖다 놓고, 공장 마당을 청소한 후 사무실 책상을 빌려 염원하던 오르골 분해를 시작했다. 사무실 책상 서랍에는 드라이버나 핀셋이나 확대경 같은 도구가 갖추어져 있고, 리벳을 분리하는 공구나, 용접부분을 절단하기 위한 줄도 있었다. 나중에 조립할 수 있도록 하나하나 떼어 낸 순서대로 분해도를 그리면서, 거의 10일이 걸려 오르골 하나를 완전히 분해한 후에는, 이번에는 부품 하나하나의 정밀한 세공을 확대경으로 관찰했다.

모리야마는 가끔 그런 모습을 살피러 와서, 지름이 2밀리미터 정도 되는 샤프트 끝의 미세한 나사홈이나 1엔짜리 동전보다 작은 톱니바퀴의 톱니를 가즈아키와 함께 쳐다본 뒤, "좀 재 볼까?" 하고는 톱니바퀴 사이사이의 거리를 마이크로미터로 재는 방법을 가르쳐 주곤 했다. 모리야마는 또, 톱니바퀴의 회전을 일정하게 유지하는 용수철 장치가 굉장하다고 말했지만, 용수철은 태엽 모양이든 판 모양이든 특수한 열을 반복해 가하면서 가공하기 때문에, 모리야마 공장에서는 만들 수 없는 것 중 하나였다.

그런 공장에서의 시간과는 별도로, 가즈아키는 매일 점심시간이 지나면 공장을 빠져나와 주소 병원에 다니는 것을 멈추지 않았다.

어머니는 역시, 있을 때와 없을 때가 있었다. 어머니의 모습이 병원 주방에 없는 날은, 12월에는 3일에 한 번 정도였지만, 해가 바뀐 1월부터 2월에는 없는 날이 더 많아졌고, 3월이 되자 이번에는 그 반대가 되었다. 어머니의 모습이 보이지 않는 것에 대한 걱정은 그렇게 부풀었다 오그라들었다를 되풀이하면서, 3월에는 새로운 생활의 리듬에 휩쓸리게 되었다. 4월에 일곱 살 생일을 맞는 가즈아키에게, 초등학교 입학 안내가 왔기 때문이다.

3월이 되자 곧 어머니는 까만 책가방과 문구를 갖추어 주고, 일요일에는 모리야마의 안채 재봉틀을 빌려서 입학식 날에 입을 상의와 바지를 만들기 시작했다. 밤에는 책가방이나 필통이나 책받침 같은 것들에 '요시다 가즈아키'라는 명찰을 달고, 달력에 머리 깎는 날, 보호자 설명회 날, 입학식 날 등을 적었다.

"너는 착한 애니까, 학교에 가도 잘할 수 있을 거야" "친구들 많이 만들어야 한다" "싸움을 해도 좋으니까, 네가 옳다고 생각한 일을 하면 돼" "공부 많이 해라"라고 어머니는 말했다. 아직 입학도 하지 않았는데, 이제 초등학생이라면서 가즈아키를 '가즈아키 씨'라고 부르기 시작한 것은, 아무리 뭐라 해도 우스웠다.

3월은 아직 쌀쌀한 날도 많았지만, 활짝 열린 공장 마당의 햇살은 날이면 날마다 조금씩 따뜻해졌고, 성당 부지에서 가지를 뻗고 있는 벚나무의 꽃봉오리도 점점 부풀었다. 여섯 살짜리 아이에게는 오사카에 온 지 1년이 지났다는 세월의 감각은 없었지만, 몸의 리듬이 단순히 되돌아온 봄을 느끼고 있었음은 틀림없었다.

따뜻한 날, 가즈아키의 일터는 마당 한가운데에 끄집어낸 귤상자가 되었고, 가즈아키는 거기에서 공장에서 나오는 톱니바퀴 불량품이나 폐자재를 이용해서, 손으로 돌리는 드럼의 돌기가 날개를 튕기는 장치를 만들기 시작했다. 오르골에서 배운 기계 구조를, 이번에는 스스로 만들어 보려는 생각이 들어서 시작한 공작이었다. 거의 3월 내내, 가즈아키가 그렇게 공작에 열중하고 있는 동안 공장에는 소리 높이 돌아가는 기계음과 벚꽃을 바라보며 "이제 얼마 안 남았네요" "앞으로 며칠이지?" 하는 남자들의 느긋한 목소리가 들리고 있었다.

그리고 머리 위의 벚꽃 봉오리가 당장이라도 터질 것 같아진 어느 날 오후, 공장 마당에 갑자기 시골 뜨내기가 나타난 것이었다. 다마루라는 이름을 가진 그 남자는, 일행과 둘이서 서둘러 마당에 들어오자마자 턱짓 한 번으로 모리야마를 부르고, 이어서 가즈아키에게 시선을 주면서 "꼬마야, 집에 돌아가라"고 말했다.

모리야마는 약간 당황한 듯한 눈으로 가즈아키를 바라보고, "내일 또 오렴" 하는 말을 남기고 두 남자와 함께 사무실로 들어갔다. 기계를 멈추고 그것을 지켜보고 있던 랴오와 왕도, "꼬마야, 얼른 돌아가. 이건 어른들 얘기니까" 하고 재촉하고, 자신들은 소곤소곤 이야기를 시작했다.

가즈아키는 마당에 늘어놓아 둔 자신의 공작물과 도구들을 정리하고, 말없이 담장에 난 구멍을 통해 밖으로 나갔다. 가즈아키를 그렇게 만든 것은, 무엇보다도 다마루의 눈의 위력이었다. 경찰이 온 이상 뭔가 일이 있다는 뜻이지만, 이번 일은 김과 박 때와 비교가 되지 않는 절박한 무언가라고 다마루의 눈은 말하고 있었다.

가즈아키는 특별히 할 일도 없이, 불안을 잊기 위해 결국 한 시간을 걸어 병원으로 가서, 주방에서 일하는 어머니의 모습을 잠시 바라보았다. 그런 뒤 어머니의 일이 끝날 때까지 기다릴 생각으로 대합실에 가서 텔레비전 앞에 앉았더니, 방금 전까지 공장에 있던 다마루 2인조가 눈앞을 가로질러 갔다. 가즈아키는 생각도 하기 전에 두 사람의 뒤를 쫓았다. 두 사람이 병원 통로를 성큼성큼 걸어가, 주방까지 가서 문 안으로 머리를 넣자, 얼마 안 있어 얼굴을 내민 것은 어머니였다.

어머니는 우선 두 형사의 어깨 너머로 10미터쯤 뒤에 있던 가즈아키의 모습을 보고 "가즈아키!" 하고 소리를 질렀다. 동시에 남자들도 돌아보았지만, 이내 가즈아키는 상관하지 않고 통로에 선 채 어머니와 뭔가 이야기를 시작했다. 어머니의 얼굴은 잘 보이지 않았고, 목소리도 들리지 않았다. 곧 어머니는 다시 한 번 "가즈아키!" 하고 불렀다. 어머니는 앞치마 주머니에서 지갑을 꺼내 10엔짜리 동전을 가즈아키의 손에 쥐어주고는 "아이스크림이라도 사서, 대합실에서 기다리고 있어"라고 말했다. 어머니는 이상할 정도로 침착한 얼굴을 하고 있었지만, 돈을 건넬 때에 다가온 어머니의 눈은 가즈아키의 얼굴에 멈추지 않고 곧 지나쳤고, 어머니는 그 자리에 가즈아키를 남겨둔 채 형사 두 명과 함께 어딘가로 가 버렸다. 활짝 열린 주방 문으로 조리사들이 모두 내다보고 있었다.

어머니는 한 시간쯤 지나 대합실에 나타나, 가즈아키를 데리고 병원을 나섰다. 어머니는 아무 말도 하지 않고 상점가까지 걸어가서 빠른 걸음으로 간단히 장을 본 후, 버스를 타고 아파트로 돌아왔다. 어머니는 평소의 어머니이면서도 평소의 어머니가 아니었다. 부지런히 밥을 짓고, 빨래를 개고, 밥이 다 되자 평소보다 이른 저녁을 먹었다. 가즈아키와 어머니는 묵묵히 밥을 먹었다. 해가 지는 창밖에서는 공장의 기계 소리가 울리고 있었다. 그 소리를 처음으로 깨달았다는 듯이, 어머니는 겁먹은 얼굴을 들었다가 다시 고개를 숙였다.

어머니는 결국 직접 조린 고등어 토막에 젓가락도 대지 않고, 공기의 밥도 남겼다. "엄마, 오늘 병원을 그만뒀단다. 새 일을 찾을 거야." 어머니는 그렇게밖에 말하지 않았다. 다음날 아침, 어머니는 가즈아키와 함께 일어나 함께 아침밥을 먹고 핸드백 하나를 손에 들고 나갔다. 또 혼자 남겨진 가즈아키는 공장으로 갔다. 공장은 열려 있었지만, 랴오와 왕의 모습은 없었다. 모리야마는 마당에 나타난 가즈아키를 보자 "아아, 왔니?"라고 한 마디 하고, 조금 건성인 것 같은 느낌이 드는 웃음을 보였다.

모리야마는 수주분량만은 완성시켜야 한다며, 혼자 선반 두 대와 보르반과 프레이즈반 사이를 돌아다녔다. 가즈아키도 만들다 만 기계장치를 완성해야 한다는 생각에, 마당에 귤상자를 끌어냈다. 그러나 모리야마의 손은 가끔 생각난 듯이 멈춰 있었고, 그것을 보고 있던 가즈아키의 손도 똑같이 자꾸만 멈추었다. 드럼의 회전을 일정하게 유지하기 위해 조립한 톱니바퀴의 이음새가 헐거워서, 샤프트를 다시 접속해야 한다는 것은 알고 있었지만, 볼트를 고정시킬 구멍을 보르반으로 다시 벌려 달라는 말 한 마디를 할 수가 없었다. 그래서 드럼으로 바꾼 폐품 프레이즈의, 돌기 대신인 톱니 홈을 줄로 갈거나, 그 돌기를 튕겨 내는 얇은 금속조각의 날개를 망치로 쳐서 평평하게 만들면서 시간을 때웠던 것이다.

곧 근처 공장의 소음이 멎고, 유치원 마당에 아이들의 목소리가 넘쳐나, 가즈아키는 이제 점심시간이라는 것을 깨달았지만, 어머니는 도시락을 만드는 것을 잊어버리고 나갔고, 배도 고프지 않았기 때문에 가즈아키는 그대로 작업을 계속했다. 주변의 소음이 귀에 들어오지 않는 듯한 모리야마도, 작업을 멈출 기색은 없었다. 그러던 중 근처 공장은 다시 움직이기 시작했고, 모리야마 공장의 선반도 계속해서 움직였다. 그리고 얼마 지나지 않아 "아아, 점심때가 지나 버렸네" 하고 모리야마는 얼빠진 목소리로 말하고, 기계를 세우면서 "꼬마야, 점심 먹자" 하고 불렀다. 가즈아키는, 오늘은 먹고 싶지 않다고 대답했다.

모리야마도 평소처럼 배달 도시락을 먹은 것은 아니었다. 모리야마는 마당에 놓인 바구니에 걸터앉아 안채에서 가져온 반 홉짜리 소주병을 홀짝였고, 그 옆에서 가즈아키는 차를 홀짝였다. 두 사람 다 오랫동안 침묵하고 있었다. 곧 모리야마는 "황이 죽었어"라고 말했다.

"어제 신문에 났더라. 황의 시체가 고베 항에 떠 있었대. 황은 살해당한 거야."

"여기에서 나가는 바람에 들킨 거예요."

"그래, 그럴지도 모르지."

가즈아키에게 죽음은 아직 막연한 무언가에 지나지 않았고, 고작해야 어머니가 읽어준 ≪플루타르크 영웅전≫에 나오는 알렉산더 대왕의 죽음이나, 한니발의 죽음에 겹쳐볼 수 있는 정도였다. 그러나 '살해당했다' '고베 항에 떠 있었다'는 말은, 애매하면서도 불온한 공기를 가져오기에는 충분했고, 어제 본 '시골 뚱보'의 눈을 떠올리고는 '아아, 그랬구나' 하고 납득도 했던 것이다. 그리고 나서, 12월에는 일요일마다 만났던 황의 얼굴이나 '아이야!' 하는 목소리가 되살아나, 이제 만날 수 없는 거라고 생각하니 그제야 슬픈 기분이 찾아왔다.

그러나 그것도 애매한 기분으로 끝난 것은, 어제 다마루 2인조가 어머니가 일하는 병원에까지 쳐들어와서 어머니와 이야기하던 것이 겹쳐 떠올랐기 때문이었다. 다마루들과 어머니의 모습으로 보아 처음으로 만난 것 같지는 않았지만, 그 이유를 가즈아키는 전혀 알 수 없었다. 나아가 어머니가 어제는 저녁밥을 남긴 것이나, 갑자기 일을 그만둔 것이나, 오늘은 도시락을 만드는 것도 잊어버리고 나간 것 등이 차례차례 겹쳐지던 중, 가즈아키는 그 자리에서 생각난 "뿌청[不成], 성라이더주오[生來的

"라는 말을 저도 모르게 입 속으로 늘어놓고 있었다.

"그랬지. 정말, 솜씨 없는 놈이었어"라고 말하고, 모리야마는 멍한 웃음을 지으며 계속 소주를 홀짝였다. 그리고 그 코에서 황이 언제나 불렀던 노랫가락이 새어나오고, 가즈아키는 함께 "자이나, 야오유앙티, 티팡, 요우웨이……" 하고 노래했다. 모리야마는 "멀고 먼 지방에, 아름다운 아가씨가 있었지. 모두들 그 아가씨의 집으로 몰려가, 뒤에서 한숨을 쉰다네"라고 노래의 뜻을 가르쳐 주었다.

그리고 갑자기 모리야마는 "아아, 이거 봐라"라고 말하며, 마당의 벚꽃을 올려다보았다. 가즈아키도 아아 하고 소리를 냈다. 어제 터질 듯이 부풀어 있던 봉오리 몇 개가 벌어지고, 가지마다 옅은 분홍색 얼룩을 흩뜨려놓은 것처럼 되어 있었다.

가즈아키의 기계장치가 완성된 것은 4월 5일이었다. 핸들을 손으로 돌리면 세 개의 톱니바퀴가 차례차례 맞물리면서 돌아가고, 마지막 톱니와 연결된 드럼의 샤프트가 돌아가, 금속 날개가 돌기를 차례차례 튕겨 소리를 낸다. 핸들을 빠르게 돌리면 낑낑낑 하고, 천천히 돌리면 끼잉, 끼잉 하고 소리 높이 울린다.

그것뿐이었지만, 가즈아키는 그날 마당에서 반나절 가까이 핸들을 빙글빙글 돌리며, 낑낑낑, 끼잉, 끼잉, 낑낑낑낑 하고 계속 소리를 냈다. 거기에 작업장에서 모리야마가 돌리는 선반 소리가 겹치면서, 마치 '모리야마 공장의 음악' 같았다. 머리 위의 벚꽃은 활짝 피어서 끊임없이 꽃잎을 떨어뜨리고, 마당에 울리는 음악과 함께 팔랑팔랑, 흔들흔들 떨면서 가즈아키의 눈에 분홍색 얼룩을 만들었다.

이윽고, 기계를 세우고 마당으로 나온 모리야마가 "꼬마야, 왜 그러니?" 하고 말을 걸었을 때, 가즈아키는 "아무것도 아니에요. 내가 만든 오르골을 울리고 있는 거예요"라고 대답했다. 모리야마는 아무 말도 하지 않고 작업장으로 돌아가 다시 기계를 움직이기 시작했지만, 가끔 손을 멈추고 가즈아키를 보곤 했다.

그날, 가즈아키에게는 더 생각할 일은 정말로 아무것도 없었던 것이다. 4월에 들어서자 달력에는 입학식 전의 보호자 설명회나, 머리 깎기나, 교과서 구입일 등이 표시가 되어 있었지만, 어머니는 표시대로 학교에 가지도 않았고, 가즈아키도 머리를 깎으러 가지는 않았다. 가즈아키 자신은 학교에 가고 싶은 것도 같았고 가고 싶지 않은 것도 같았기 때문에, 그 사실에 대해서는 특별히 실망도 없어서, 어머니에게는 아무 말도 하지 않았다. 한편 어릴 때부터 피부에 밴 감각으로, 지금 어떤 것이 사라지고, 그 끝이 다가오고 있다는 것을 계속 느끼고는 있었다. 결국 그날 아침 어머니는 "내일 가메이도의 외할아버지가 오실 거야. 인사 잘 해야 한다"라고 말했다.

어머니는 싱크대에 1천 엔짜리 지폐 세 장을 놓고, 세타가야의 집을 나오던 날 입었던 연두색 원피스를 입고, 오전 8시가 지나서 몸을 피하듯이 아파트에서 나갔다. 가즈아키는 여러 가지를 직감하고, 한 마디도 하지 않은 채 그것을 지켜보았다. 1년 전에 세타가야의 집을 나오던 날 같은 비애는 찾아오지 않았고, 왠지 어머니는 모르는 사람 같다는 것이 마지막 인상이었다.

옛날 세타가야의 집에서 가슴이 조여들 정도로 슬프다고 느꼈던 그때의 어머니가 나간 거라면, 가즈아키는 이미 비애를 느낄 상대 그 자체를 잃었다는 뜻이었다. 앞으로 자기 자신이 갈 곳에 대해서도, 가메이도에 있는 외조부모 댁으로 가는 것 이외의 선택지는 없다고 납득한 후에는, 더 생각할 것은 아무것도 없었다. 어머니는 벌써 꽤 오래전부터 공장에도, 공장에서 매일을 보내고 있는 자신의 아들에게도 눈을 돌릴 여유가 없어졌기 때문에, 거의 한 달이 걸려서 만든 오르골 기계도 어머니와는 상관없는, 자신만을 위한 것이라고 가즈아키는 납득하고 있었다. 그것이 이렇게 완성되어 핸들을 돌리면 낑낑낑, 끼잉, 끼잉 울린다.

가즈아키는 계속 핸들을 돌리며 회전하는 드럼이나 톱니바퀴의 모양을 바라보는 데에 집중했고, 눈이 아파지면 머리 위를 올려다보며 활짝 핀 벚꽃의, 구름이나 안개 같은 분홍색을 바라보았다. 그러다가 "어이, 휴식이다!" 하는 모리야마의 목소리가 들려서 돌아보니, 모리야마는 늘 머리에 감고 있는 수건을 풀고 문 쪽에서 손짓을 하고 있었다. 가즈아키는 모리야마에게 끌려 버스가 다니는 길로 나가, 작은 찻집에 들어가서 핫케이크를 먹고 크림소다를 마셨다. 모리야마가 먹은 것은 샌드위치와 커피였다. 그것이 그날 두 사람의 점심식사였다.

"꼬마야, 오늘은 어른 같은 얼굴을 하고 있구나" 하고 모리야마는 말했다.

모리야마는 샌드위치를 재빨리 먹어치우고, 커피를 홀짝이며 담배에 불을 붙였다. 가즈아키는 메이플 시럽과 버터로 끈적끈적해진 핫케이크를 조금씩, 하지만 한 조각도 남기지 않고 모두 먹었고, 크림소다도 얼음이 녹은 몫까지 한 방울도 남기지 않았다. 이런 날도 오늘로 끝이라든지, 어머니가 점심 도시락을 만들고 가지 않았다는 것 등을 생각하기보다, 달콤한 핫케이크나 크림이 그저 맛있을 뿐이었다.

"꼬마야, 너는 착한 아이구나." 모리야마는 이번에는 그런 말을 했다.

"지금부터 나쁜 아이가 될 거예요"라고 대답하고, 가즈아키는 테이블에서 일어났다.

"이째서?"라고 모리야마는 물었지만, 가즈아키는 들리지 않은 척하고 가게 앞에서 한쪽 다리로 깡충깡충 뛰어, 차도 한가운데에 폴짝 착지했다. 그러자 순식간에 모리야마의 팔에 안아 올려져 다리가 허공에 뜨고, 가즈아키는 그대로 커다란 가슴 위에 올라가 있었다. 싫어 싫어 하고 웃으면서 날뛰다가 죽은 척을 하고, 모리야마의 턱에 난 까끌까끌한 수염이 아프다고 생각하면서, 공장까지 안겨서 돌아갔다.

그리고 가즈아키는 잠시 더 자신의 기계장치를 돌려 끼끼끼 소리를 낸 후, 망치를 꺼내 우선 톱니바퀴를 때려 부쉈다. 이어서 드럼을 튕기는 날개를 부수고, 프레이즈의 드럼이나 샤프트는 스패너로 볼트를 풀어 조각조각으로 만들었다. 모리야마는 작업장에서 그것을 보고 있었지만, 아무 말도 하지 않았다. 장치는 꽤 튼튼하게 만들어져 있었기 때문에, 전부 분해하는 데에는 한 시간 정도 걸렸다. 그 후, 부품을 전부 작업장의 양동이에 던져 넣고 망치와 스패너를 공구를 두는 선반에 돌려놓고 나자, 가즈아키의 일은 끝이었다. "오늘은 돌아갈게요" 하고 모리야마에게 말을 걸고, 가즈아키는 마당의 널빤지 구멍을 통해 밖으로 나갔다.

가즈아키는 그 길로 주소의 상점가로 가 어슬렁거리다가, 오후 8시가 지나서 순찰을 돌던 경관의 보호를 받으며 파출소로 끌려갔다. 거기에 나타난 것은 시골 똥보였다. 가즈아키는 "엄마 어디 가셨니?"라는 질문을 받았지만, 대답하지 않았다. 다마루는 어머니가 몇 시에 집을 나갔는지, 어떤 복장이었는지, 무슨 말을 남기고 갔는지 차례차례 물었다. 그 목소리는 전부 들렸지만, 가즈아키의 머리는 이미 질문의 뜻을 이해하는 것을 거부하고, 입을 벌리는 것을 거부하며 움직이지 않았다.

다마루는 한 장의 사진을 보여 주었지만, 가즈아키는 거기에 찍혀 있던 '퍄오퍄오량량아' 남자의 얼굴을, 역시 물끄러미 바라보았을 뿐이었다. 다마루는 크게 한숨을 쉬고, 질문을 멈추고 고개를 가로저었다.

마지막에 가즈아키는 "내일 가메이도의 외할아버지가 올 거니까, 나 돌아갈래요"라고 말했다. 그러나 다마루가 순찰차에 태워 데려간 곳은 히메사토가 아니라 요도가와 경찰서였다. 2층의 더러운 책상이 늘어서 있는 방에서 가즈아키가 닭고기덮밥을 먹는 동안, 누군가가 소파에 모포를 깔아 주었다. 가메이도의 외할머니와 연락이 되어, 외할아버지는 오늘밤 야간열차를 타고 오사카로 향했다는 말을 들었다. 다마루는 내일 데리러 오겠다고 말하며 사라졌고, 모르는 남자들이 있는 방에 남겨진 가즈아키는 피곤했기 때문에 곧 잠이 들었다.

다음날 아침, 오전 7시가 지나서 다마루는 과자빵과 우유를 들고 나타났다. 가즈아키가 그것을 먹고, 다시 순찰차를 타고 히메사토의 아파트로 돌아오자, 문밖에 외할아버지가 서 있었다. 외할아버지는 가즈아키에게 말을 걸기도 전에, 다마루를 향해 허리가 꺾일 정도로 깊이 하얀 머리를 숙였다. 외할아버지는 "딸이 엄청난 짓을 저질러서, 뭐라 사과드릴 말씀도 없습니다, 죄송합니다, 죄송합니다" 하고 꺼질 듯한 목소리로 되풀이하고, 마치 손자의 얼굴을 보는 것도 망설여진다는 듯이 가즈아키에게서 눈을 피하며, "죄송합니다, 죄송합니다" 하고 계속해서 머리를 숙였다.

아파트 앞에는 다른 순찰차도 왔는데, 남자 세 명이 내리자 다마루와 남자들은 외할아버지와 함께 아파트 방으로 들어갔다. 가즈아키는 잊혀진 존재가 된 것 같아서 불편했고, 아파트의 다른 집 주민들도 내다보고 있었기 때문에 그 자리에서 도망쳐, 결국 뒤에 있는 성당으로 달려갔다. 그리고 활짝 열려 있는 문 앞까지 왔을 때, 우연히 성당 옆 풀숲에 허리를 굽히고 있는 모리야마의 모습을 보았다.

그것은 옆에 있는 모리야마 공장의 부지와 성당 부지를 가로막고 있는 널빤지 옆의, 폭 50센티미터 정도의 좁은 공터에 무성하게 자란 큰기린초 덤불 속이었다. 가즈아키는 말을 걸지 않고, 문에 숨어서 모리야마의 모습을 지켜보았다. 모리야마는 곧 다시 일어서서 울타리에 손을 짚어 그것을 뛰어넘고, 공장 건물 맞은편에 있는 안채로 들어갔다.

울타리 구멍으로 들여다본 공장 건물은 셔터가 닫혀

있고, 안채의 덧문도 닫혀 있었다. 아침에 아무도 쓸지 않은 마당은 온통 분홍색으로 물들고, 꽃잎은 끊임없이 계속 떨어지고 있었다. 가즈아키는 성당 옆 수풀에 들어가, 모리야마가 서 있던 장소에 한 아름 정도 되는 크기의 보자기가 풀에 파묻히듯이 놓여 있는 것을 확인했다. 손으로 만져 보니, 신문지 같은 것으로 싸인 덩어리가 몇 개 들어 있는 것을 알 수 있었다. 들어 보니 쉽게 들어 올릴 수는 없을 정도로 무거웠다. 보자기의 크기와 그 중량으로 보아, 가즈아키는 내용물이 쇠라고 생각했다. 그 직후, 바깥 도로에는 순찰차 여러 대가 와서 공장 앞에 차례차례 멈췄다. 거기에서 내려선 여러 명의 남자들은 가즈아키의 아파트에서와 똑같이 모리야마 공장에 들어갔다.

가즈아키는 보자기를 풀로 도로 덮어 감춘 후, 잠시 울타리 구멍을 통해 공장을 바라보았다. 건물 셔터 안에서는 몇 명의 사람들이 움직이는 기척이 나고, 안채와 이어져 있는 사무실 창 안에도 남자들의 모습이 보였다. 곧 안채에서 남자 두 명 사이에 끼어 나온 모리야마는, 물이 고일 것 같을 정도로 깊이 파인 뺨을 하고 머리를 숙이고, 한 번도 얼굴을 들지 않고 순찰차에 태워져 사라졌다. 마지막으로 본 모리야마의 얼굴도, 어머니와 똑같이 다른 사람인 것 같았다.

아파트와 공장에 밀어닥친 경찰차는, 그날 오전에 전부 없어졌다. 외할아버지는 그 후 이틀 동안 아파트에 머물면서 방 정리를 하고, 구청에 가거나 이삿짐센터를 수배했다. 이웃 사람들을 만날 때마다, 외할아버지는 야윈 등을 웅크리고 허리를 굽히며 "죄송합니다, 죄송합니다" 하고 머리를 숙이곤 했다.

그 이틀 동안, 가즈아키는 외할아버지와 함께 밥을 먹고 같이 이불을 깔고 잤지만, 외할아버지는 역시 가즈아키의 얼굴을 볼 수 없다는 듯이 고개를 숙이고 있었다. 40년 동안 구청에 근무하다가 3년 전에 퇴직한 후에는 조용하고 근근하게 연금 생활을 하고 있던 외할아버지가, 왠지 몸 둘 바를 모르겠다는 듯이 등을 웅크리고 있는 모습은 가즈아키의 눈에도 불쌍하게 보였고, 동시에 어머니는 도대체 무슨 짓을 한 것인가 하는 의심이 깊어졌다. 하지만 외할아버지에게는 어머니에 대해서 한 번도 묻지 않았다.

외할아버지가 집을 비운 사이에, 가즈아키는 성당 풀 숲에 있던 보자기를 아파트로 가지고 돌아와 내용물을 확인했다. 두꺼운 신문지로 싼 열 개의 꾸러미에는 각각 50개 정도 되는 크고 작은 쇠 부품이 들어 있었다. 첫눈에 알아볼 수 있는 것은 몇 개의 나사와 두 개의 용수철뿐이었고, 나머지는 복잡하게 깎인 갖가지 모양의 것들이었는데, 그것들이 한 세트가 되어서 열 개의 꾸러

미 하나하나에 들어 있는 것을 본 가즈아키는, 우선 이
것은 같은 모양을 한 열 개의 물체의 부품을 한 세트씩
나누어 싼 거라는 결론을 내렸다.

어느 것이나 선반으로 정밀하게 깎았지만 숫돌로 갈
지는 않은 미완성품으로, 지난 1년간 모리야마 공장에
서 매일 보던 것과 똑같이 희미하게 파도 모양이 남아
있는, 깎은 지 얼마 안 된 절삭면이었다. 그러나 공장에
서 깎던 기어 부품과는 다른 물건이어서, 모리야마가 한
밤중에 선반을 움직여 깎고 있던 것은 이것이었는지도
모른다고, 가즈아키는 두 번째 결론에 도달했다.

이어서 가즈아키는 열 개의 꾸러미에 한 개씩 들어
있는 길쭉한 원통을 주목했다. 길이가 11, 2센티미터,
지름이 1센티미터 정도인 그것은, 단순한 원통이 아니
라 한쪽이 부풀어 있고, 그 부푼 부분에는 뭔가와 끼워
맞추기 위한 레일 같은 홈이 파여 있었다. 또, 그 부푼
부분 밑에는 다른 뭔가와 접속하기 위한 작은 고리가
붙어 있는데, 그것들 모두는 용접이 아니라 한 개의 둥
근 쇳덩어리로 깎아 만든 것이었다.

게다가 그 복잡한 모양을 한 원통의 안쪽은 일정한
곡면으로 되어 있지 않고, 구멍을 빛에 비추어 보면 여
섯 개의 균등한 홈이 커다란 나선을 그리며 새겨져 있
음을 알 수 있었다. 가즈아키는 열 개의 원통을 하나씩
점검하고, 모든 원통 안쪽에 나선홈이 새겨져 있다는

것, 단 홈은 다섯 개인 것과 여섯 개인 것이 있고, 다섯 개에는 오른쪽으로 회전하는 것과 왼쪽으로 회전하는 나선이 있다는 것을 확인하고, 조금 정신이 아득해지는 듯한 기분과 함께 한숨을 쉬었다.

그것은 지난 1년간 공장 기계를 그렇게 많이 보아왔을 텐데도, 자신은 원통 안쪽에 그런 나선홈을 새기는 방법조차 모른다는 한숨이었다. 또 보르반의 드릴과는 비교가 되지 않는 이 은밀한 나선의 모양에 감탄한 한숨이기도 했다. 그리고 또, '난 그런 게 좋아. 이 나선도, 이 깎여진 지 얼마 되지 않는 쇠의 감촉도 너무 좋아'라고 생각한 것을 마지막으로, 자신이 행복한 건지 괴로운 건지 알 수 없는 혼란에 빠져, 가즈아키는 조금 기묘한 황홀의 눈물을 흘렸다.

그 후 한 세트 한 세트의 부품을 다시 바라보고, 이것은 권총 모양이 되겠다는 상상을 했지만, 그 상상이 여섯 살의 머리에서 구체적인 모양이 될 리도 없었다. 가즈아키는 열 개의 신문지 꾸러미 중 다섯 개를 새 책가방에 집어넣고, 나머지 다섯 개는 모리야마의 딸 사키코에게서 받은 귤상자에 가득한 책 밑에 숨겼다.

히메사토를 떠나던 날, 모리야마는 경찰서에 간 채 돌아오지 않았고, 아무도 없는 공장 마당에는 지기 시작한 벚꽃이 소용돌이를 그리며 쏟아져 내리고 있었다. 이른 아침, 마지막으로 성당 널빤지 구멍을 통해 그 마당을 바라보았을 때, 가즈아키는 자신이 꿈을 꾸고 있었던 것 같은 기분이 들었다. 분명 그곳은 쭉 시간이 멈춘 채 벚꽃이 계속 내리고 있던 것뿐이다. 선반을 움직이던 남자들도, 안채 안에서 세탁기를 돌리고 있던 아주머니도, 토요일마다 양산을 쓰고 찾아오던 어머니도, 목에 건 수건으로 이마의 땀을 닦으면서 어머니를 맞이하던 모리야마 고조도, 어쩌면 마당 한가운데에 귤상자를 놓고 공작을 하고 있던 자기 자신도, 사실은 아무도 없었던 거라고 가즈아키는 납득하고, '아아, 그렇구나. 나는 이 벚꽃에 홀렸던 거구나' 하고 생각했다.

그 해 겨울, 가즈아키는 어머니가 자오원리라는 이름의 중국인과 함께 타이베이에 있다는 이야기를 외조부모에게서 들었다. 가즈아키는 아아, '퍄오퍄오량량아' 남자구나 하고 생각했지만, 그의 얼굴도 어머니의 얼굴도 모두 흐릿해서 역시 꿈같은 인상밖에 없었다.

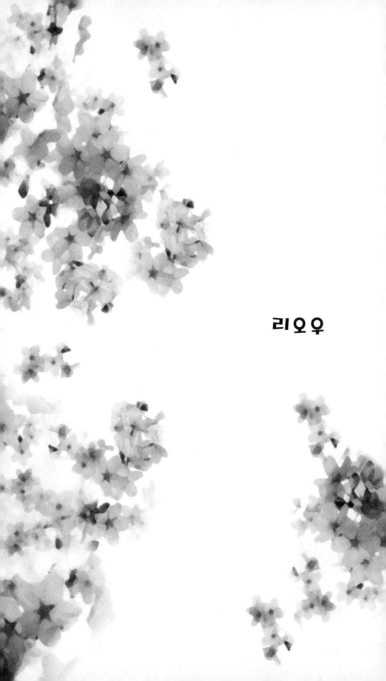

리오우

옛날에 여섯 살이었던 자신이 내뱉었다는 말은
기억에 없었지만, 마지막 날 모리야마가 안아 준 것은
또렷하게 기억하고 있었던 것이다.

"저는 랴오다이주와는 몇 번 만났지만, 자오원리 이야기를 한 적은 없습니다. 자오원리가 천하오라는 것은 몰랐습니다. 모리야마 고조는 오늘밤에 처음으로 봤습니다. 모리야마라는 것을 곧 알아보았지만, 말은 걸지 않았습니다. 얼굴을 마주할 필요는 없다고 생각했습니다."

"자네는 랴오다이주와는 만나면서, 랴오보다 더 인연이 있는 모리야마 고조와는 만나고 싶지 않았나?"

"네."

"자네는 아직 어렸으니까, 15년 전에 모리야마 공장에서 무슨 일이 있었는지 정확하게는 모를 거라고 생각하는데, 성인이 된 지금 모리야마의 얼굴을 보고 싶지 않다고 생각한 이유는?"

"특별히 이유는 없습니다."

가즈아키는 한껏 무뚝뚝한 대답을 되풀이했고, 다마루도 여전히 고무처럼 무표정했다. 그 얼굴을 앞에 두고 가즈아키는 자신이 범죄자라는 것을 점차 깨닫게 되었지만, 그렇게 되자 이번에는 자신의 심신이 더욱더 주도하게 닫혀 가는 것도 느꼈다. 가즈아키는 더욱 냉정해졌고, 자신의 수문은 절대로 파괴되지 않는다는 자신감이 있었다.

"너는 계속 어머니를 찾고 있었겠지……."

다마루는 가즈아키에게 가장 미묘한 점을 치고 들어왔다. '과연, 이 자는 방법을 바꾸었군' 하고 판단하면서, 가즈아키는 고개를 가로저었다.

"어머니가 사라진 경위는, 언젠가 자네에게 이야기하고 싶다고 생각했어. 그건 반은 내 실수였지. 어때, 들어 보겠나?"

"들려주십시오."

"우선 모리야마 고조의 이야기를 하지. 그의 부친은 만주철도의 기술자로, 모리야마는 만주에서 태어나고 자랐기 때문에 중국어를 할 줄 알아. 자네도 옛날에 그 공장에서 모리야마가 중국어로 이야기하는 것을 들은 적이 있을 거야."

"기억나지 않습니다"라고 가즈아키는 대답했지만, 다마루는 상관하지 않고 이야기를 계속했다.

"태평양 전쟁이 시작되기 전에 아버지가 그곳에서 사망하자, 그는 어머니와 함께 오사카로 돌아왔어. 전쟁이 시작되자 오사카에서 소집에 응해 인도네시아로 갔어. 전쟁의 끝은 인도네시아 포로수용소에서 맞이했고, 귀환한 후에는 아버지의 본가에서 그 히메사토의 공장을 물려받았지. 그것뿐이라면 좋았을 텐데, 그 남자가 경찰의 감시 대상이었던 이유는, 만주에 있을 때 알게 된 그쪽의 인맥을 계속 유지하고 있었기 때문이야. 자네도 대학생이라면 알겠지만, 전쟁이 끝난 4년 후에는 공산 중국이 생겼지. 그 다음해에는 한국전쟁이 시작되었어. 같은 무렵, 라오스도 캄보디아도 필리핀도 말레이시아도 베트남도, 전부 식민지 해방운동을 하고 있었지. 전쟁 후 아시아는 계속 동서냉전의 최전선이었고, 20년이 지난 지금도 같은 상황이 이어지고 있어. 자네가 모리야마 공장에 있던 것은 한창 그런 시절일 때야. 쿠바 사태가 일어나기 1년 전이었지. 기억나지? 카스트로나 케네디의 얼굴."

가즈아키는 고개를 끄덕였다. 가즈아키가 도쿄로 이사한 후, 외조부모는 손자를 위해 얼마 안 되는 저금을 털어 텔레비전을 샀다. 어느 날 학교에서 돌아와 보니 그 텔레비전이 전쟁이 시작될지도 모른다고 전하고 있던 것은 선명하게 기억하고 있었다.

"모리야마의 공장에는 그 무렵, 옛날의 인맥이 여러

사람들을 보내고 있었어. 모리야마 자신은 이데올로기의 '이' 자도 모르는 남자였지만, 결과적으로 그 공장은 반공이나 친공 스파이들의 둥지가 되었던 거야. 자네는 김정의나 박화선이라는 이름을 기억하고 있나? 1960년 가을에 공장에서 모습을 감춘 놈들인데."

가즈아키는 선명하게 기억하고 있었지만, 고개를 가로저었다.

"그 두 사람은 북쪽에서 동해를 건너온 녀석들이었어. 그 후, 공장에는 중국인들이 왔지. 랴오다이주, 왕우자오, 황요우파, 자오원리 네 명이었어. 랴오와 왕은 본명이지만, 황과 자오의 본명은 아직도 확실하지 않아. 랴오는 베이징과 연결되어 있었고, 61년 봄에 황요우파 살해를 준비했다는 게 밝혀졌어. 황과 자오는 중국에 침투해 있던 CIA의 스파이였다고들 하지만, 그것도 확실하지 않아. 어때, 머리가 혼란스러워지지?"

"네."

"그런 얘기는 보통은 민간인에게는 하지 않지만, 자네는 특별이야." 다마루는 그렇게 말을 이었다.

"60년 가을쯤, 자네의 어머니는 가끔 일하던 병원에서 빠져나와서 자오원리와 만나곤 했어. 상대가 자오원리가 아니었다면 단순한 데이트로 끝날 얘기였지만, 경찰로서는 자네 어머니에게 사정을 묻지 않을 수 없었지. 자네 어머니는 자오에게 부탁받아서 사람을 만나기도

했으니까 말이야. 그리고 해가 바뀌자 본격적으로 사정
청취를 시작했는데, 경찰의 방식에는 부주의한 부분도
있었어. 자네 어머니는 체포될 거라 생각하고 도망친 것
같아."

"모리야마는 어머니와 자오원리의 사이를 알고 있었
습니까?"

"아니. 어머니가 실종된 날 밤, 모리야마에게도 사정
을 물었지만 그때 처음으로 안 것 같았어. 그때까지의
인맥을 전부 자백하고 자신을 체포해 달라고 말한 것은,
자네의 어머니 얘기를 들은 후였어."

이미 옅어진 기억 속에서, 가즈아키는 심야에 아파트
싱크대에 팔꿈치를 짚고 혼자서 술을 마시고 있던 어머
니의 모습이나, 안채 2층에서 '퍄오퍄오량량아'라고 중얼
거리던 남자의 얼굴을 끄집어내고, 그것들을 한데 뭉쳐
구기며 '어머니가 남자를 좋아하는 것은 타고난 거다, 덕
분에 그 피를 이은 자신도 음란한 거다'라고 생각했다.

"그런데, 랴오다이주에게서 어머니의 소식은 들었
나?"

"아뇨."

"물어 봤나?"

"아뇨. 랴오가 어머니의 소식을 알고 있으리라고는
생각하지 않았습니다."

"1970년 2월에, 어머니는 타이베이의 병원에서 위암으

로 돌아가셨어. 자오가 귀금속상으로 성공했기 때문에, 생활은 유복했다고 들었네."

다마루는 어머니의 이야기를 해서 가즈아키의 마음을 흔들려고 했는지도 모르지만, 가즈아키는 어차피 무리라고 말하고 싶었다. 외국에서 유복하게 살다가 6년 전에 병으로 죽은 것은, 먼 옛날에 어머니가 아니게 된 누군가이고, 이걸로 겨우 자신도 해방되었다는 희미한 감개를 느낀 것이 고작이었다. 가즈아키로서는 오히려 수문이 깨져 주기를 바랐지만 어머니가 나가던 날과 똑같이, 자신의 마음의 수문은 반대로 견고해진 것 같은 기분이 들었다.

"다시 원래 얘기로 돌아가지. 자네는 랴오다이주에게서 자오원리의 이야기는 들은 적이 없다, 천하오의 이름도 들은 적 없다, 어젯밤에는 클럽에 걸려온 전화를 연결해 주었을 뿐이라고 했지?"

"그렇습니다."

"그 일은, 사사쿠라 분지와 모리야마 고조의 청취가 끝난 시점에서 다시 묻기로 하지. 벌써 2시지만, 아직 물어볼 게 있으니까 조금만 더 참아."

그렇게 말하며 다마루는 자리에서 일어나고, 대신 조금 전까지 청취를 담당하던 형사가 다시 앉았다. 다마루는 회색이 조금 섞인 뒷머리를 보이며 방에서 나갔다.

또 새로운 질문이 시작되었다.

"자네가 현장에서 본 살인청부업자는 자네가 아는 사람이랑 닮았나?"

"스즈키라는 아르바이트 딜러입니다."

"자네는 스즈키와 말을 한 적이 있나?"

"인사 정도입니다."

"다른 보이들 말로는, 스즈키는 자네에게만 친하게 말을 걸곤 했다고 하던데."

"인사 정도입니다. 스즈키가 클럽에 들어오기 1주일쯤 전에, 뒷문 밖에서 우연히 스즈키를 만났거든요. 그때 스즈키가 가와시마 매니저와 약속이 있다, 가와시마는 안에 있느냐고 묻기에, 저는 영업시간 중에 다시 오라고 했습니다. 그런 면식이 있어서, 클럽에 오고 나서 인사를 하게 된 거라고 생각합니다. 제 쪽에서 말을 건 적은 없습니다."

처음 만났을 때 한 대화의 내용을 정확하게 진술하라는 요구에 가즈아키는 성실히 답했지만, 스즈키가 마지막에 "당신이 마음에 들었어"라고 했다는 것은 이야기하지 않았다. 물론 그런 한 마디를 빼 봐야, 자신이 중국어를 아는 유일한 보이였다는 사실이나, 피해자와의 과거의 경위, 그리고 정체를 알 수 없는 살인청부업자와 사전에 면식이 있었다는 상황이 바뀌는 것은 아니었다.

"자네는 스즈키가 가와시마의 맨션에 살고 있었다는

건 알고 있나?"

"아뇨."

"가와시마에게서 스즈키 얘기를 들은 적은 있나?"

"아뇨."

"스즈키가 클럽에 오고 나서, 자네와 가와시마 사이에는 아무 일도 없었나?"

"아무 일도 없었습니다."

"스즈키가 나타나기 전에, 자네는 가와시마와 특별한 관계였다는 얘기가 있는데."

"근무시간을 좀 줄여 주거나, 손님의 팁을 나눠 주거나 하면서 특별히 보살펴 주었습니다."

"일을 그만두려는 생각은 안 했나?"

"시급이 높았으니까요. 생활을 위해서였습니다."

형사들은 상대하는 사람이 슬슬 괴로워질 만큼 무표정한 얼굴을 무너뜨리지 않았다. 가즈아키에게는, 여기에서 사실을 말하면 형무소행이라는 자각은 이상하게 없었다. 단순히, 스스로도 뜻대로 되지 않았던 22년의 인생을 타인이나 경찰 앞에서 자문自問하고 싶지는 않다는 의지가 무엇보다도 앞섰을 뿐이었다.

"그 스즈키 말인데, 나이는 어느 정도로 보였지?"

"20세 정도입니다."

"말에 억양은 있었나?"

"표준어였습니다."

166

"학생인 것 같았나, 직장인인 것 같았나, 백수인 것 같았나?"

"모르겠습니다."

"자네와 동년배인 남자라고. 자신과 비교해서 학생 같다든지, 속세와 좀 동떨어졌다든지, 자네 나름의 인상은 있을 거 아냐."

"학생으로는 보이지 않았습니다."

"20세 정도의 나이로 보였다는 건 틀림없나? 나이에 대해서는 보이들의 증언도 제각각인데."

"처음 만났을 때 그렇게 생각했지만, 자신은 없습니다."

"외국인이라고 느낀 적은 없나?"

가즈아키는 '외국인'이라는 생각지도 못한 한 마디에 약간 뇌수가 휘저어지는 기분이 들었지만, 남자의 얼굴을 떠올리려고 해도 선명한 길쭉한 눈에 가냘픈 옆얼굴이 겹쳐질 뿐이었다.

"20세쯤 되는 나이에 딜러 실력은 프로급이고, 십 몇 분 사이에 다섯 명의 남자를 정확하게 사살한 후, 뛰지도 않고 유유히 정면 현관으로 나갈 만한 일본인은 도저히 생각할 수 없어. 설령 나이가 서른이라도 상상하기 힘들어"라고 형사는 말했다.

"저는 모르겠습니다"라고 가즈아키는 대답할 수밖에 없었다. 설령 그 남자가 외국인이었다 해도, 자신과는 상관없는 일이라고도 생각했다.

"스즈키가 클럽에서 일할 때 쓴 이력서의 내용은 전부 가짜야. 사진도 없고. 이름은 가명. 가와시마의 특별한 성벽性癖을 사전에 파악하고 계획적으로 클럽에 들어와서, 천하오가 클럽에 나타나기 전날 밤에 미리 계획한 순서에 따라 그날 천하오 살해를 실행했어. 자네가 클럽 뒷문에서 만난 건 그런 놈이야."

"저는 우연히 만났을 뿐입니다."

"우연히 클럽에서 일하고, 우연히 살인청부업자를 만나고, 우연히 수상한 전화를 연결하고, 살해당한 남자는 우연히 옛날부터 아는 사람이었다고 한다면, 그 하나하나가 우연이었다는 것을 입증할 필요가 있어. 자네는 무엇 하나 입증하지 못했지. 그래서 여기에 있는 거라고. 내일은 오전 8시부터 청취를 계속하겠다. 오늘은 돌아가도 좋아."

니시텐마 서署를 나왔을 때는 이미 오전 3시가 다 되었다. 기타센리에 있는 아파트까지 비싼 택시비를 내고 돌아갈 마음도 없어서, 가즈아키는 나카노시마 공원까지 걸어갔다.

미명의 공기 아래에서 땅바닥에 가까운 벤치 위에 드러눕자, 지난 반나절 동안 자신이 어디에서 무엇을 하고 있었는지도 알 수 없게 되었고, 동시에 반나절 전까지 있었던 자신은 이미 그림자도 형체도 없다는 것을 느꼈다. 사라져 버린 것은 오사카에 온 후의 3년여의 세월뿐 아니라, 오사카에서 어머니와 살던 시절부터 오늘까지의 일체였다. 그러나 옛날에 모리야마 공장으로 발을 옮긴 것이 자신의 의사였던 것처럼, 가즈아키는 자신의 의사로 여기까지 온 거라고 생각했고, 게다가 올 데까지 와 버린 바로 그날, 동시에 어머니의 죽음도 확인했다는 것은 우연치고는 굉장히 멋진 타이밍이었음이 분명했다.

위에는 별도 없는 흐린 하늘이 있고, 아래에는 하수구 악취가 약간 떠도는 도사보리 강의 물소리와 땅바닥의 흙냄새가 있었다. 그 중간의 아무것도 없는 허공에 가즈아키의 몸은 떠 있었다. 여전히 중력은 있었지만 지금까지 그랬던 것보다 훨씬 가벼워졌다고 느끼던 끝에, 예전부터의 예감대로 드디어 자신의 인생은 변한 거라는 막연한 실감도 찾아왔다. 하기야 그 전기轉機는 자신의 발밑에 구르던 다섯 구의 시체와 뗄 수 없고, 밝은 앞날이라고는 편린도 보이지 않았지만, 그래도 여전히 이렇게 중력이 가볍다는 것은 얼마쯤 감동적이었다. 가즈아키는 그 사실에 그저 단순히 위로를 받으며, 공포도 불안도 어딘가에서 막혀 버렸기 때문에 아주 냉정해질 수도 있었던 것이다.

가즈아키는 자신이 체포될 확률은 반반이라고 생각했지만 체포되면 그 후에는 어떻게 될지, 또는 체포를 면

하면 그 후에는 어떻게 할지, 원래부터 생각할 마음도 들지 않는 인생이라는 결론을 내렸다. 그리고 가즈아키는 이미 실체를 잃은 나날이 자신의 몸에서 떠나 점점 멀어져 가는 것을 지켜보다가, 결국 그 모습이 보이지 않게 되었을 무렵에 겨우 잠이 들었다.

　사건은, 신문에서는 〈오사카에서 폭력단 싸움으로 다섯 명 사망〉이라는 제목을 달고 꽤 크게 보도되었다. 그 보도에서, 자오원리는 귀금속상 겸 금융업자로 대만 국적을 가진 '천하오'로 기재되고, 오사카에 주재하는 광역폭력단 계열의 기업과 공동출자로 1년 전부터 타이베이에 호텔을 건설하는 사업을 추진 중이었다고 했다. 범인을 비롯해 사건의 배후관계는 일절 알려지지 않았다고 보도하는 한편, 기사는 외국의 지하회사와 일본 폭력단의 교류 실태가 분명해진 충격적인 사건이라고 써대며, 식자識者들은 소리 높여 일본 회사 안전의 앞날을 걱정하거나, 배후에는 광역폭력단끼리의 세력다툼이 얽혀 있다든지, 앞으로 대규모 다툼으로 발전할 가능성이 있다며 사회불안을 부추기고 있었다.
　사건이 있던 날 밤에 피해자들과 같이 있던 사사쿠라 분지나 모리야마 고조의 이름이 기사에는 나오지 않았지만, 그날 밤 '천하오'의 용건이 호텔 건설 이야기였다면, 그런 자리에 모리야마 고조가 있던 것은 아무래도

170

부자연스러웠다. 가즈아키가 상대했던 경찰의 분위기도 신문이 보도하고 있는 내용과 같은 것은 아니었고, 그런 이유로 가즈아키는 신문의 보도는 거짓말투성이라고 느꼈지만, 한편으로 이것은 요컨대 몇 개의 사실이 봉인된 것임을 이해했다. 덮어진 사실 중에는 '천하오'가 가명이라는 것이나, 가즈아키가 처음에 다마루에게서 들은 아시아를 둘러싼 공산 스파이 이야기가 있었다. 또, 신문 속보에서도 그리고 가즈아키에 대한 경찰의 청취에서도 권총 이야기는 한 마디도 나오지 않았지만, 60년 당시 모리야마 공장을 감시하던 경찰이 그곳에서 무엇이 만들어지고 있었는지를 몰랐을 리가 없다.

결국 일련의 보도는, 이 세상에는 무참히 사살된 시체가 다섯 구나 굴러다녀도 세상에 공표되는 일 없이 의도적으로 봉인되는 세계가 있다는 사실을, 새삼 가즈아키에게 알려 준 셈이 되었다. 15년 전에 황요우파가 살해된 사건 때도 한없이 이와 비슷한 상황이었다.

한편, 정확한 진술을 거부한 대가는 커서 가즈아키에 대한 경찰의 청취는 5월 연휴가 끝난 후에도 이어졌다. 그때 가즈아키는 되풀이된 우연 하나하나를 입증할 수 없었지만, 경찰도 그것이 우연이 아니었다는 반증을 끌어낸 것은 아니었고, 사건에 관여되었다는 것을 뒷받침할 증거가 있는 것처럼 보이지도 않았다. 가즈아키에게 자오원리 살해 계획에 가담하도록 부추긴 랴오다이주본인은 사건 당일 오후에 후쿠시마의 창고에서 가즈아키와 만난 그 길로 귀국했고, 피해자와 함께 있던 사사쿠라 분지와 모리야마 고조도 가즈아키에 대해서는 아무것도 모른다고 진술한 것 같았다. 그리고 5월 8일, 가즈아키는 참고인 진술조서에 지장을 찍고 방면되었다. 밖에서는 탐험가 우에무라 나오미가 북극권 12,000킬로미터를 개썰매로 답파踏破했다는 뉴스가 떠들썩하게 흘러나오고 있었다. 오사카의 네온사인 아래에서 다섯 명이 총으로 살해되었을 때, 북극에서는 일본인 중 누군가가 개썰매를 달리고 있었다는 소리였다.

그날 밤이 되자 갑자기 막혀 있던 어떤 감정이 넘쳐나, 가즈아키는 잠들 수가 없었다. 가즈아키는 진통제를 열 알이나 먹고 다음날은 하루 종일 이불 속에서 위통으로 괴로워했다.

5월 10일, 가즈아키는 오전 중에 대학 교무과에 가서 퇴학신청서를 제출했다. 어차피 경찰의 문의로 사정은 다들 알게 되었음이 틀림없다고 예감하고, 세미나 교실에는 들르지 않았다. 그대로 재빨리 교정을 떠날 때에도, 3년간 다니던 대학을 버렸다는 감개는 한 번도 찾아오지 않았다. 가즈아키에게 학업은 진지하게 임할 만한 의사도 실천도 없는, 인생의 몇 개나 되는 부실不實 중 하나에 불과했다. 그렇다고 그 부실 중 하나를 겨우 놓았다는 의식도 없었다. 있는 것은 그저 자신이 몹시 잘

못된 곳에 있다는, 스스로도 무심코 발이 움직이지 않게 되었을 정도의 위화감뿐이었고, 그것은 대학 구내에 발을 들인 순간 잔물결처럼 가즈아키를 감쌌다가, 다시 밀려났다. 클럽에서 보낸 밤의 생활과 그곳에서 일어난 사건이, 자신이 모르는 사이에 어느새 낮의 세계까지 짓눌러 버렸다는 느낌이었다.

그리고 익숙한 캠퍼스에서 떨려난 가즈아키는 다음으로, 반쯤 다리가 멋대로 움직이는 대로 자전거를 밟아 기타센리 역으로 가서, 전철을 타고 아르바이트를 하던 후쿠시마의 운송창고로 향했다. 거기에도 대학과 똑같이 경찰의 문의가 간 것은 틀림없으니 앞으로도 일할 수 있을지 어떨지는 매우 의심스러웠지만, 새 직장을 찾는 것도 귀찮았고 가능하면 지금까지 하던 대로 일하고 싶었기 때문이다.

결과는 곧 나왔다. 가즈아키는 창고 사무실에서 몇몇 당혹스러운 얼굴의 마중을 받고, 서무과장에게 불려가 "인원이 꽉 찼다네"라는 한 마디를 들었다. 순간 실감도 나지 않았을 정도로 온화하고, 아무렇지도 않은 어조였다. 그래서 가즈아키도 "네"라고 한 마디로 대답하고 "오랫동안 신세 많이 졌습니다" 하며 머리를 한 번 숙인 후 3년 동안 일했던 창고를 뒤로 했다.

처음에는 가능하면 일을 계속 하고 싶다는 생각이 있었지만, 거부당한 후에 별다른 실망도 낙담도 찾아오지 않았던 것은 어린 시절에 몸에 익힌 처세술 가운데 하나였다. 항상 그때의 상황에 맞추어 자신의 만족의 기준을 끌어내리고, 나름대로 겉으로는 납득하고, 받아들인다. 자신이라는 인간은 언제나 그렇게 주위의 힘으로 변형되는 것을 최소한으로 억누르기 때문에, 결과적으로는 요시다 가즈아키라는 완고한 고체에는 아무런 전환도 없고, 개선도 없다. 과연, 자신은 옛날부터 늘 그랬다고 납득하면서, 가즈아키는 후쿠시마 역 앞에서 우동을 먹고 기타센리에 있는 아파트로 돌아갔다.

그 후 1주일 동안 가즈아키는 이불도 깔지 않고, 밥도 먹지 않고, 수염도 깎지 않고, 목욕도 하지 않은 채, 덧문을 꼭 닫은 아파트 방에 누워서 보냈다. 이제 대학도 아르바이트도 없는 아침, 아무런 할 일도 없이 중력에 몸을 맡긴 것을 끝으로 일어날 수 없게 된 것이었다. 가즈아키는 지구 반대편까지 가라앉아 가는 듯한 질량을 느끼면서, 가끔 바깥의 소리를 듣고 있는 자신의 귀도, 그럭저럭 사물을 보고 있는 자신의 반쯤 뜬 눈도, 얼마 동안 기아를 호소하던 위장도 그저 방치하고, 우선 숨만 쉬고 있는 상태를 계속했다.

그러나 일단 잠에 빠지면 그것은 숙면과는 거리가 먼 뒤숭숭한 것이었고, 뭔가 격렬한 꿈이 덮친 듯한 기분이 계속되었다. 각성했을 때에는 이미 꿈은 기억나지 않고, 진흙에 묻혀 있는 것 같은 공기의 압력 밑에서 가즈아키는 땀을 흘리면서 일순 번민한다. 그리고 다시 느릿느릿 중력 아래로 가라앉아 숨만 쉬면서, 갑자기 흙주머니 같은 요시다 가즈아키의 혼을 느끼기 시작하곤 했다.

그럴 때 가즈아키는 종종 자신이 목격한 죽음을 떠올렸지만, 숨만을 쉬면서 바라보는 죽음은 더욱더 비현실적인 시간을 만들 뿐이었다. 총에 맞은 남자들의 몸에서 뿜어져 나온 한 줄기 피는 수돗가의 작은 노즐에서 나오는 분수 같았다. 몇 번 뇌리에 떠올려 보아도 남자들은 그렇게 피를 뿜으면서 생과 사의 경계에 여전히 정지화면처럼 떠 있었다. 한 컷 되감으면 살아 있고, 한 컷을 재생하면 죽어 있는 것이다.

한편, 그 죽음을 도왔다는 사실도 애매하기는 마찬가지였다. 가즈아키는 인간에게 마음의 아픔이란 자명한 이치가 아니라고 멍하니 생각하고, 그렇다면 대체 자신은 어디까지 가면 후회할 것인지를 생각해 보곤 했지만, 그렇게 자신에 대해서 생각하는 것 자체에 막연히 실망하고, 흥미를 잃는 형태로 생각을 멈추었다. 대신 여전히 숨만 계속 쉬면서, 나른하게 누운 몸뚱이 하나의 시큼한 땀 냄새가 몹시 생생하다고 느끼면서 어느새 또 잠이 들고, 어떤 꿈을 꾸다가 발버둥치듯이 잠에서 깨면 흐릿한 중력의 안개가 끼어 있다. 그렇게 지낸 시간 동안 가즈아키를 감동시킨 것은 단 하나, 먹을 것이 떨어져서 연동운동을 멈춘 위장이 놀랄 만큼 조용하다는 것

뿐이었다.

7일째가 되던 날, 일어난 가즈아키는 우선 컵에 물을 한 잔 따라 마셨다. 그 물이 식도를 타고 위로 흘러 떨어지자, 1주일 동안 쇠약해진 몸 구석구석이 중력에 저항하듯 약하게 부르르 떨었다. 목 윗부분이 누구든, 그 아래에 있는 장기와 뼈와 근육은, 어쨌든 바보 같을 정도로 엄숙했다. 가즈아키는 여전히 어떠한 윤곽이 있고 질량이 있는 것은, 분명히 이 위장이나 아픈 등뼈 쪽일 거라고 생각하고, 우선 자신의 이 몸뚱이라는 것만은 인정해 줘도 좋겠다고 생각했다.

가즈아키가 당장 일을 찾기 시작한 것은 아니었다. 칩거에서 빠져나온 후 이틀 동안은 방 정리를 하고, 보름 전까지 사용하던 서적이나 노트를 전부 버렸다. 이불과 책상과 약간의 생활도구만 남은 방은, 그렇게 놀랄 정도로 빠르게 대학 생활의 흔적을 잃었다.

그 다음날인 5월 19일에는, 중견 기계 제작회사 세 곳의 회사 안내를 동봉한 다치바나 조교의 편지가 도착했다. 편지는 딱 두 줄,

취직할 곳이 아직 정해지지 않았다면, 저와 친분이 있는 회사를 소개합니다.

인생은 기니까 숙고하는 것도 좋고, 10엔짜리 동전을

던져서 당장의 방향을 결정하는 것도 좋겠지요.

라고 쓰여 있었다. 그 글자 너머로 오로지 다치바나 아쓰코의 얼굴을 떠올리면서, 가즈아키는 회사 안내를 펴 보지도 않은 채 봉투째 쓰레기통에 넣고, 엽서 한 장으로 시치미를 뚝 떼고 답장을 보냈다.

개인적인 사정으로 인사도 드리지 못하고 퇴학해서 죄송합니다. 마음 써 주셔서 감사합니다만, 도쿄로 돌아갈 예정입니다.

다음날인 20일, 그 엽서를 우체통에 넣음과 동시에 이번에는 아쓰코의 편지가 왔다. 아쓰코의 편지에는 남편보다 짧게,

나한테 질린 거야? 만일 그렇지 않다면 전화해 줘.
你是我的心肝肉儿(당신은 나의 사랑스런 사람).

이라고 적혀 있었다.

가즈아키는 반나절 동안 그 편지 한 장을 계속 손에 들고 있다가, 해가 질 무렵에야 겨우 가스레인지의 불로 태워 버렸다. 다치바나 조교나 아쓰코나, 원래 세상의 상식과는 꽤 다른 차원에서 사물을 생각하는 사람들이

었지만, 아쓰코에 대해서는 새삼 스물두 살인 자신이 받아들일 수 있는 사고방식이 아니라고 생각한 끝에 내린 결론이었다. 아쓰코에게 살인자의 공범과 관련을 갖게 해서는 안 된다는 양심이 아니라, 남자에게 경찰 관련 사태가 벌어져도 욕정은 다르다는 듯이 '心肝肉儿(사랑스런 사람)'이라고 적어 보내는 여자에게서 느낀 막연한 공포 때문이었다. 게다가 뻔뻔스럽게 '질린 거야?'라고 말하는 아쓰코가 더욱더 어머니의 얼굴과 겹쳐 보여, 실제로는 본 적 없는 어머니의 정교情交가 지금 당장이라도 뇌리에서 형태를 갖출 것 같아진 순간, 이것만은 안 된다고 생각한 것이었다.

그래서 가즈아키는 발작적으로 아쓰코의 편지를 태워 버린 후, 아파트에서 나와 오랜만에 자전거를 달려, 기타센리 역으로 가 전철을 탔다. 우메다 터미널에서, 자주 다니던 기타신치로는 가지 않고 지하철 미도스지 선線으로 갈아타고, 난바 역에서 내렸다.

미도스지 선은 옛날에 어머니와 함께 덴노지 동물원에 갈 때 탔던 노선으로, 동물원 조금 앞의 '난바'나 '신사이바시'라는 역 이름에 달라붙어 있던 특별히 화려한 공기는, 어린아이의 기억에도 강하게 남았다. 전철이 그 역들을 지날 때마다 어머니는 조금 안타까운 듯이 전철 안에서 역의 홈을 바라보았는데, 역시 신사이바시 쪽에는 주소의 상점가와는 비교도 되지 않을 정도로 세련된 양장점이 예나 지금이나 줄줄이 늘어서 있다. 그리고 골목길로 한 발짝만 들어가면 그곳은 비즈니스맨들이 모여드는 기타신치와는 전혀 취향이 다른, '미나미'라고 불리는 한도 끝도 없는 네온사인의 거리였다.

난바 역에서 지상으로 나가자, 주소와 비슷한 추잡한 색채와 소란이 꿈틀거리는 무수한 골목들이 여기저기에서 탐욕스럽게 어두운 입을 벌리고 있었다. 어느 골목이나 명랑함을 초월해 폭력적이기까지 한 전구장식을 깜박거리고 있어서, 마치 남자의 눈앞에서 여자가 다리를 벌리고 있는 것처럼 보였다. 대학과 아르바이트만을 왕복하던 3년간, 가즈아키는 실제로는 밤거리를 놀러 다닌 적은 한 번도 없었고, 나이트게이트에서 1년쯤 보이로 일했다고 해도 랴오다이주가 적절하게 묘사했듯이, 어차피 '연극 같은 생활'이었다. 지금 연극이 아닌 자신의 몸뚱이 하나로 밤의 골목길에 서니, 눈앞의 선명한 간판 하나하나, 손님을 끄는 남자들의 목소리 하나하나, 가게 앞에서 어느 모로 보나 외설적인 사지를 드러내고 있는 여자들 한 명 한 명에게, 우선은 몸이 더 위화감을 호소했다. 왠지 처음으로 세상이 색깔을 띠고 모습을 나타낸 듯한, 긴 꿈에서 방금 깨어나서 눈의 초점이 맞지 않는 듯한, 그런 느낌이었다.

그러나 잠시 동안 응시한 후, 가즈아키는 모든 것이 자신의 어머니만큼 음란하지는 않다는 결론을 내렸다.

그리고 재빨리 다시 중력 바닥으로 가라앉듯이 골목길에 자신의 몸을 맡긴 가즈아키는, 골목에서 골목으로 걸으면서 가게 입구 같은 곳에 나붙은 종업원 모집광고를 보고 다녔다. 시급이나 직종은 아무래도 좋았고, 우선 자신이 숨을 쉴 수 있는 곳을 찾고 싶다는 막연한 생각이 있었을 뿐이었다. 돈도 없는 젊은 남자가 걸어 다니자, 금세 호스트가 되지 않겠느냐는 말들을 걸어 와, 가즈아키는 고개를 가로저었다. 어디든지 좋다고 해도, 업무량을 책임져야 하는 빡빡한 일은 사양이었다. 이어서 우리 가게에서 일하지 않겠느냐고 연달아 두 남자가 말을 걸었지만, 둘 다 남자들이 엉덩이를 만져 대는 가게였다. 이어서 "돈 벌 생각 없어?"라고 속삭이며 다가온 남자는, 여성 전용 사우나라고 쓰인 가게 명함을 보여주었다. 자신의 경우는 경찰의 끄나풀이 있을지도 모르는 그런 가게는 안 된다는 냉정한 결단을 내리고, 그것도 거절했다.

가즈아키는 약 한 시간 동안, 지나는 길에 있는 스낵이나 바를 네 군데 들여다보았다. 사카이스지[†]를 따라서 있는 빌딩 지하에 있던 네 번째 바는, 밖에 붙은 모집광고에 '여성들이 모이는 조용한 가게'라고 적혀 있다. 열 개의 카운터석밖에 없는 가게로, 가즈아키가 들여다보았을 때는 사장인 여자 한 명이 카운터에 들어가

---

† 오사카 시 중심부를 남북으로 가로지르는 큰길.

있고, 재즈가 흐르고, 30대 여자 손님이 한 쌍, 중년 남녀 손님이 한 쌍 있었다. 사장인 여자는 40대로, 표정이 별로 없는 창백한 얼굴을 하고 있었다. 처음으로 눈이 마주친 순간 가즈아키는 여자의 나른한 눈이 자신에게 얽히는 것을 느꼈다. 가즈아키는 그 자리에서 약물을 하고 있는 눈이라는 것을 알아보았다.

"당신, 몇 살?"

"스물둘입니다."

"밤장사 경험은 있어?"

"기타에 있는 클럽에서 1년 동안 보이를 했습니다."

"시급은 밖에 적혀 있는 대로고, 저녁 6시부터 새벽 1시까지. 일요일 휴일. 그걸로 좋다면."

"괜찮습니다."

"오늘부터 할 수 있어?"

"할 수 있습니다."

겨우 그 정도 대화만을 나눈 후, 가즈아키는 건네받은 와이셔츠로 갈아입고 나비넥타이를 매고, 카운터 안에 서 있었다. 잔이나 얼음이나 기본안주가 있는 곳을 대충 확인하고 나면, 그 외에는 이미 익숙한 세계였다. 여자는 재빨리 카운터에 있는 손님들에게 "오늘부터 들어온 애야" 하고 가즈아키를 소개했고, 가즈아키는 나이트게이트에서 교육받은 대로 상쾌하게 웃으며 목례를 했다 그것만으로, 신입 종업원으로서는 충분했다. 여자는 벌써 잔을 닦기 시작한 가즈아키의 허리를 카운터 밑에서 뻗은 손으로 더듬고, 그 손으로 담배에 불을 붙였다.

여자는 후사코라고 했다. 오전 1시에 폐점한 후, 뒷정리를 하고 있을 때 여자는 그렇게 이름을 말하며, "우리 집에 들렀다 가" 하고 유혹했다. 가즈아키는 가게에서 도보로 10분 정도 거리에 있는 사무실 빌딩으로 따라가, 여자의 소유라는 그 빌딩 안의 살림집으로 올라갔다. 그곳은 의류나 가방 등이 흩어져 있어서 발 디딜 곳도 없는 곳에 화장품 냄새가 가득한 방이었지만, 하룻밤의 정사에 방 따위는 아무래도 좋았다. 여자에게서도 처음 만난 남자에 대한 기대나 부담 따위는 조금도 엿보이지 않았다. 재빨리 입고 있던 블라우스와 스커트를 벗어던지고 속옷 한 장 차림이 되자마자, 가즈아키의 눈앞에서 자신의 허벅지에 각성제 주사를 한 대 놓은 뒤, 가즈아키를 침대로 불렀다.

반 시간 정도, 가즈아키도 여자도 한 마디 말도 없이 몸을 섞었다. 마흔 살이 넘은 여자의 몸은, 가즈아키에게는 어디를 만져도 으깨진 젤리처럼 생각될 정도로 반응이 없었고, 나름대로 외설적인 느낌은 있었지만 젊기만 한 가즈아키의 몸은 충분한 흥분을 찾을 수 없었다. 여자는 가즈아키를 배 위에서 내려놓고는 담배를 피우며 가즈아키의 머리카락을 쓰다듬었다. 가즈아키는 몸 전체에서 채워지지 않는 욕정이 꼬리를 끌고 있는 것을 느끼면서, 딱히 할 일도 없이 여자와 자신 사이에서 식어 가는 체액을 수건으로 닦았다. 돌아갈 때 가즈아키가 "오늘밤에는 감사했습니다"라고 말하자, 여자는 내려가기 시작한 눈꺼풀을 들고 귀찮은 듯 가즈아키를 바라본 후, 지갑에서 꺼낸 5천 엔을 아무렇게나 가즈아키의 손에 쥐어주고 "택시비로 써"라고 말했다. 그곳을 나섰을 때, 가즈아키는 될 것도 없고 안될 것도 없다고 멍하니 생각했을 뿐이었다.

가즈아키는 택시를 타지 않고, 방금 받은 돈을 손에 들고 네온이 끊이지 않는 소에몬초 거리의 골목길로 돌아가, 길가에 있던 '24시간 영업 디스코텍'에 들어갔다. 그곳에서 좀처럼 마시지 않는 위스키를 마시고, 어두워서 얼굴도 알아볼 수 없는 플로어에서 몇 명의 여자들과 춤을 추고, 마지막에는 모르는 여자의 아파트에서 눈을 떴다.

가즈아키는 곧 후사코의 바에 익숙해졌다. 사카이스지 외곽에 있는 빌딩을 몇 갠가 갖고 있는 듯한 여자에게, 작은 바 하나는 언제 닫아도 괜찮은 정도의 물건이었고, 가즈아키에게는 얼마 안 되는 단골손님만 상대하면 되는 한가한 일터였다. 개점하기 전의 가게에는 백화점 외판부 남자가 자주 찾아왔고, 후사코는 벨벳 케이스 안에 가득 늘어선 귀금속을 이것저것 고르곤 했다. 프레타포르테 가을 카탈로그에서 한 벌에 몇 십만 엔이나 하는 슈트를 고르고, 그 자리에서 치수를 재게 할 때도 있었다. 그리고 매일 옷을 바꾸고 향수를 바꾸며 가게에 들어왔다가, 종종 친한 손님들과 근처 클럽이나 카지노에 몰려가 가게를 비우고, 폐점 가까이 되어 돌아오면 귀걸이나 팔찌 등을 풀어 카운터에 집어던지고 담배를 피운다. 그날 매상이 얼마나 있었는지 묻는 일도 없고, 가즈아키에게 뒷정리를 시킨 후, 그것이 끝나면 "나 간다" 하고 가즈아키를 부른다.

가즈아키는 처음 2주일 만에 벌써 몸이 질려 버렸지만, 후사코의 집에는 매일 밤 계속 다녔다. 후사코는 그날의 기분에 따라 가즈아키에게 마사지를 시키거나 목욕탕에서 몸을 씻게 했고, 각성제를 맞고 잠시 동안 생기를 되찾게 되면 가즈아키를 안고 싶어했다. 심야방송을 내보내는 텔레비전 옆에서, 가즈아키는 후사코를 기쁘게 하기 위해 후사코가 바라보는 가운데 숨을 거칠게 하며, 후사코의 유방에 얼굴을 묻고 후사코의 손에 내보내고, 나아가 애무를 받거나 꼬집히거나 하며 아프다고 과장된 소리를 지른다. 그것이 여자의 놀이였다. 그것은 나름대로 가즈아키에게 비뚤어진 흥분을 맛보게 했지만, 가끔 어디에선가 아쓰코의 싸늘한 배의 감촉이 되살아나서 안타까웠다. 그럴 때면 가즈아키는, 몸은 이미 충분할 정도로 지쳤는데도 후사코의 빌딩을 나선 후에

디스코텍으로 춤을 추러 갔고, 그때마다 매번 다른 여자 옆에서 잠을 깨는 짓을 되풀이했다.

그렇게 모르는 여자의 집에서 바로 출근한 어느 날, 가즈아키는 셔츠에 립스틱을 묻히고 갔다가 후사코에게 느닷없이 가게 빗자루로 얻어맞았다. 가즈아키는 변덕스러운 질투를 불태우는 후사코에게 약간 마음이 움직이는 것을 느끼고 정情 같은 것을 느꼈지만, 그렇다고 밤놀이를 그만둔 것은 아니었고, 후사코는 후사코대로 변함없이 놀러 다녔으며, 바에서의 시간도 그 후의 시간도 무엇 하나 변화는 없었다. 매일 밤 제대로 말도 나누지 않고 모래시계를 뒤집고 또 뒤집듯이 한 방에서 지내고, 가즈아키가 택시비를 받고 그곳에서 나서면 후사코는 수면제를 먹는다.

6월 중순쯤, 후사코는 친구들과 하와이에 놀러 간다면서 1주일 동안 가게를 비웠고, 돌아왔을 때는 그곳에서 택시 사고를 당했다나 하면서 깁스를 한 한쪽 다리쪽에 목발을 짚고 있었다. 이후, 가즈아키는 다시 후사코와 보내는 시간이 조금 길어지고, 후사코를 업고 빌딩 계단을 오르내리면서, 아마 이것도 아쓰코와 똑같이 자신의 인생 어딘가에 남아 있는 여자일 거라는 생각을 했다.

그해 장마는 비가 적었고, 무더위만이 계속되는 가운

데 정신이 들어 보니 7월이었다. 칠석날도 지나, 가즈아 키는 가게문을 열기 전에 카운터에 꽃집에서 사 온 작은 조릿대를 장식했다. 같이 산 색지와 반지半紙로 길쭉한 종이와 종이끈을 만들고 조릿대에 늘어뜨려 칠석 장식답게 만든 후, 자택으로 후사코를 데리러 갔다.

후사코는 목발을 사용하면 어떻게든 걸을 수 있는 상태였지만, 다리가 불편해진 것을 계기로 대낮부터 각성제를 하게 되었고, 그날 기분에 따라 가게에는 나왔다 안 나왔다 했다. 가즈아키가 도착했을 때, 후사코는 텔레비전 소리밖에 나지 않는 어두컴컴한 방 소파에, 언제부터 그러고 있었는지 알 수 없는 모습으로 침몰해 있었다. 가즈아키가 "후사코 씨, 시간 됐어요" 하고 말을 걸자, 후사코는 흐릿하게 젖은 눈을 들었다. "후사코 씨, 시간 됐어. 가게에 나가요" 하고 한 번 더 말을 걸자, 뜸을 들인 후 돌아온 것은 "졸려"라는 혀 풀린 한 마디였다.

만약을 위해 화장대 서랍을 열어 의사가 처방해 준 수면제 알약 수를 세어보고, 그 김에 어젯밤에는 세 봉지였던 각성제가 두 봉지로 줄어 있는 것만 확인한 가즈아키는 후사코를 두고 가게로 돌아갔다. 혼자 가게를 열고, 레코드를 걸고 첫 번째 손님을 기다리면서, 평소처럼 멋대로 손이 움직여 스테인리스 싱크대를 닦기 시작했을 때였다. 문이 열리는 기척이 남과 동시에 자동적으로 "어서 오십시오" 하는 목소리가 나온다. 얼굴을 들자, 문 쪽에 있던 것은 사사쿠라 분지의 얼굴이었다.

"손님이 들어오기 전에 얘기하려고 왔는데. 아아, 가즈 군. 건강해 보여서 무엇보다 다행입니다."

사사쿠라는 나이트게이트에 출입하던 시절과 별반 다르지 않은 풍채와 말씨로 거기에 서 있을 뿐이었지만, 가즈아키 쪽은 일순 경직하며 현기증에 가까운 곤혹에 사로잡혔다. 사사쿠라 본인이 어떻다기보다, 나이트게이트에 있었던 시절과 똑같이, 지난 2개월 남짓 동안에도 역시 자신은 어떤 꿈을 꾸고 있었고 지금은 다시 그 꿈에서 깬 듯한, 그런 느낌이 들었던 것이다.

"위스키라도 한 잔 줄래요?"

그렇게 말하며 스툴에 걸터앉은 사사쿠라를, 새삼 1미터도 채 되지 않는 거리에서 마주하고 보니, 보이로서 보았던 것과는 다른 사람이라고 해도 좋을 정도로 차가웠다. 담배 가게 아저씨가 고작이라고 생각했던 풍모도, 불빛 아래에서 보니 구석구석까지 냉혹한 느낌이 들고, 독살스러웠다. 가즈아키는 그의 손가에 물수건을 갖다 놓고, 나이트게이트에서 사사쿠라가 마시던 것과 같은 분량의 물 탄 위스키를 만들어 내주었다.

"여기 사장이 우리 회사와 같은 세무사 사무실을 쓰고 있어서 말이에요. 하와이에서 다쳤다고 들었는데, 그 너는 어떻게 지냅니까?"

"사장님이 아실 줄은 몰랐습니다. 저희 사장님은 아직 요양 중이십니다."

"그러고 보니 나이트게이트에서 가즈 군은 자주 위스키에 물을 타 주었죠. 이 맛입니다, 이 맛." 사사쿠라는 나이트게이트의 박스석에서 그랬던 것과 같은 손놀림으로 잔을 기울여 한 모금 마셨다.

"사건 덕분에 저도 엄청난 일을 당했지만, 가즈 군도 대학을 그만뒀다면서요?"

"저를 찾고 계셨습니까?"

"아니, 가즈 군이 여기에 있다는 건 사람을 통해 들었어요. 여기 사장, 그걸 하고 있잖아요? 물건을 살 만한 곳이라면 그 바닥에서도 얼마 안 되니까요. 그녀의 바에 가즈라는 이름의 젊은 애가 들어왔다는 얘기를 듣고 아아, 그렇구나 하고 생각한 것이 5월 초쯤이었던가?"

꿈에서 깨어 다시 다른 꿈으로 빠져들어 가는 듯한 기분으로, 가즈아키는 사사쿠라의 얼굴을 바라보고 있었다. 누가 누구를 노린 건지도 정확하지 않은 폭력단 다툼의, 적어도 당사자 중 한 명임이 틀림없는 남자가 지금, 눈앞에 모습을 나타내고 물을 탄 위스키를 홀짝이며 가즈아키 자신의 이야기를 하고 있는 것이었다.

"저한테 무슨 용무라도?"

"단도직입적으로 말해서, 부탁하고 싶은 일이 있습니다. 뭐, 간단한 일이에요."

사사쿠라는 그 가느다란 눈 사이로 파충류의 혀를 연상시키는 안광을 번쩍이며 가즈아키의 눈을 들여다보았다. 많은 폭력단 관련회사 사장들을 상대로도 한 걸음도 물러나지 않는 남자의 진정한 모습이었다.

"가즈 군, 스즈키라는 남자에 대해서 경찰이 여러 가지를 물었죠? 그 스즈키가 지금 모리야마 공장에 있는데, 스즈키와 모리야마 고조에게 전언을 전달하고, 각자의 대답을 받아 주지 않겠어요?"

가즈아키는 자신의 귀를 의심하면서, 순간적으로 사사쿠라의 말을 반추했다. 다섯 명을 사살한 살인청부업자와 모리야마 공장의 조합은 상상도 가지 않았지만, 적어도 두 사람에게 전언 운운하는 것을 보면, 이 사사쿠라도 모리야마 고조도, 자오원리 살해를 획책한 측이었다는 뜻이었다.

아무 말도 못 하고 있는 가즈아키의 혼란을 즉시 꿰뚫어보고, 사사쿠라는 말을 이었다.

"전화는 경찰이 도청하고 있고, 우편도 봉쇄당했기 때문에 연락이 전혀 안 되고 있거든요. 모리야마도 용의주도한 사람이어서 낯선 사람을 공장에 접근시키지는 않고, 스즈키도 그렇습니다. 다행히 가즈 군은 양쪽 모두 면식이 있고, 모리야마도 스즈키도 가즈 군이라면 만나줄 가능성이 있어요."

"제가 모리야마 공장에 있었던 것은 벌써 15년이나

지난 옛날 일인데요."

"그때 모리야마가 형무소에 간 것은 가즈 군에게 보상할 생각이었기 때문이고, 그는 지금도 가즈 군이 마음에 걸려서 견딜 수가 없다고 했습니다. 저는 몇 번이나 들었는데요."

"모리야마 씨와는 옛날부터 아는 사이십니까……?"

"공장 마당에서 노는 가즈 군을 본 적이 있다고 한다면, 깜짝 놀라겠죠?"라고 말하고, 사사쿠라는 가느다란 눈 안쪽으로 웃어 보였다. 그러나 입가는 누그러뜨리지 않아서, 정말로 웃은 건지 어떤지 가즈아키는 알 수 없었다.

"제가 본 가즈 군은, 파란 반바지와 하늘색 체크무늬 반팔셔츠를 입고 밀짚모자를 쓰고 있었지요……. 그 마당의 벚나무 아래에 작은 아이가 앉아서, 제법 그럴듯하게 망치랑 징을 사용해서 쇳덩어리를 두드리고 있는 모습이 인상적이었기 때문에, 잘 기억하고 있습니다. 저 애는 어느 집 애냐고 모리야마에게 물었더니, 뒤에 있는 아파트에 사는 앤데 어머니가 굉장한 미인이라고, 모리야마는 기쁜 듯이 말했었지요. 아아, 똑똑히 기억납니다. 뭐, 저는 당시부터 모리야마 공장에 설비투자 자금을 융자해 주고 있었기 때문에, 모리야마하고는 벌써 20년 가까이 알고 지내는 사이니까요."

가즈아키는 세 번째로 꿈의 세계에 끌려들어 가는 기

분을 느끼며 사사쿠라의 이야기를 듣고 있었다. 자기 자신에게는 이미 사라진 기억을 새빨간 타인이 어제 일처럼 이야기하는 것을 듣는 것은, 내장이 들뜨는 듯한 도착적인 도취감을 느끼게 했기 때문이다.

한편, 가까스로 움직이고 있던 이성은 옛날 한밤중의 모리야마 공장에 울리던 공작기계 소리를 떠올렸고, 그 후 성당 뒤뜰에서 주운 권총 열 자루분의 부품의 감촉을 다시 한 번 불러일으켰다. 또, 언젠가 가와시마 매니저가 나이트게이트 주방에서 검품하고 있다는 밀수품 토카레프를 가즈아키에게 보여 주며, 이것은 사사쿠라의 비즈니스라는 말을 흘렸던 것도 떠올렸다.

이제 와서 생각해 보면, 1960년 당시 공장에 있던 기계 중에서 최신식 프레이즈반이나 육각터릿 같은 특수한 선반은, 공장에서 주로 하는 일의 내용을 생각하면 필요하지 않은 고가 투자였음이 분명했다. 지금 이렇게, 모리야마 공장에 권총 부품을 깎을 수 있는 기계가 들어가 있었던 것과 사사쿠라의 돈이 얽히고 보니, 이번에는 그런 기계를 다룰 줄 아는 랴오다이주나 왕우자오 같은 중국인의 얼굴이 겹쳐졌다. 게다가 기계는 쓸 줄 몰라도 공장 안채에 출입하던 황요우파나 자오원리의 중국어와, 나이트게이트에서 가끔 들던 사사쿠라의 능숙한 중국어가 불가피하게 겹쳐지자, 자신이 지금 상대하고 있는 존재는 실로 사람의 모습을 한 '운명'이라는 기분이 들었다. 사람은 사람이라도, 천칭을 손에 든 미녀가 아니라 권총을 손에 든 추악한 60대 악당이 그 모습이었다.

"정말 세상은 좁군요. 가즈 군이 그때의 꼬마였다니"라고 사사쿠라는 느긋하게 말하고, 묽어져 가는 위스키 잔을 흔들었다. "경찰에서 그 얘기를 듣고, 저도 여러 가지로 생각하는 게 있었습니다. 가즈 군은 계속 자오원리를 찾고 있었던 건가요?"

"아뇨. 저는 우연히 그 클럽에서 일하고 있었을 뿐입니다."

"그래요, 그게 좋지요. 본심이라는 것은 남에게 밝혀서는 안 됩니다. 그런데 모리야마 공장에는 가 주실 거죠?"

사사쿠라의 단도직입적인 말은 공범 상대를 대하는 그것이었다. 자오원리 살해에 관련된 한 사람으로서, 거절할 방법이 없다는 것은 가즈아키도 알고 있었지만, 오늘밤 갑자기 그런 말을 들어도 모리야마를 만날 수 있을 만큼 마음이 정리되지는 않았고, 그것은 스즈키인지에 대해서도 마찬가지였다.

"가긴 가겠지만, 시간을 좀 주세요"라고 가즈아키는 대답했다.

"급한 일이라서요. 내일 저녁때는 스즈키와 모리야마의 대답을 들었으면 해요. 우선, 모리야마에게 전할 말은 '루트는 확보했다', 그것뿐입니다. 그렇게 말하면 모리야마는 알 테니까, 가즈 군은 예스나 노의 대답만 가지고 와 주면 돼요. 다음으로 스즈키에게 전할 말은 '돈은 받았다', 그것뿐입니다. 모리야마와 스즈키에게는 따로따로 전언을 전할 것. 알겠지요? 내일 다시 여기에 들를 테니까요."

"두 사람이 저를 만나지 않는다면……."

"대답은 '노'라는 거로군요, 라고. 모리야마에게 그렇게 말해 주십시오. 이것이 마지막 기회라고. 그럼, 잘 부탁합니다."

사사쿠라가 재킷 안주머니에서 지갑을 꺼냈기 때문에, 가즈아키는 "계산은 됐습니다" 하고 거절했지만 이것은 심부름값이라며, 사사쿠라는 5만 엔을 카운터에 놓고 나갔다.

가즈아키는 손에 남은 지폐를 오랫동안 바라보았다. 그 동안 사사쿠라가 남긴 말을 조목조목 검증해 보았는데, 그 정도 일을 할 수 있을 정도로는 냉정했다. 사사쿠라와 모리야마가 자오윈리를 살해한 쪽 사람들이라면, 그 실행범인 살인청부업자가 모리야마 공장에 숨어 있었다 해도 분명 부자연스럽다고는 할 수 없었지만, 사사쿠라 본인이 직접 수배를 했음이 틀림없는 은거지와 연락이 제대로 되지 않는다는 것은 무슨 소리일까. 또, 15년 전의 경위를 생각하면 무슨 일이 일어났을 때 제일 먼저 경찰의 눈을 끌게 될 모리야마 공장에 살인범을 감춘다는 것은 무슨 소리일까. 그렇게 생각하면 모리야마 공장에 스즈키가 있다는 이야기 자체를, 우선은 의심할 수밖에 없었다.

게다가 가명이라는 것이 알려진 '스즈키'라는 이름을 여전히 사용하면서 전언이니 대답이니 하는 것도 사람을 우습게 보는 이야기였고, '루트는 확보했다', '돈은 받았다'라는 전언 자체도 마찬가지였다. 공범자 사이에서, 각자에게 전언을 개별적으로 전하라는 것도 마찬가지. 사사쿠라라면 얼마든지 사람이 있을 텐데, 틀림없이 경찰의 주목을 받고 있을 가즈아키를 일부러 끄집어내는 걸 보면, 꿍꿍이가 분명히 있을 것이다.

그러나 사사쿠라가 이 연극에서 무엇을 꾸미고 있는지는 모른다 해도, 공범자 중 한 명인 자신에게 선택의 여지가 없다는 것도 사실이어서, 최종적으로는 실컷 이용당할 수밖에 없다고, 가즈아키는 순당한 결론을 내렸다. 그 심부름값이라는 5만 엔을 주머니에 넣으면서, '돈은 받았다'라는 전언에서 '돈'은 살인청부업자에게 줄 보수를 말하는 건가 생각했지만, 공범자 사이에서 '돈은 받았다'라는 말은 아무래도 사연이 있는 것 같았다. 살인에 대한 보수를 어딘가에서 '받았다'고 한다면, 자오원리 살해의 배후에는 사사쿠라가 아닌 누군가의 힘이 또 다른 곳에서 움직이고 있었다는 뜻이 된다.

그래도 가즈아키는 그 이상을 캐 본 것은 아니었고, 특별히 고민하지도 않았으며, 지금까지의 인생에서 빼도 박도 못할 문제에 직면할 때마다 남의 일처럼 바라보며 방치해 온 것과 같은 방식으로 문제를 방치했을 뿐이었다. 가즈아키는 특별히 할 일도 없고 해서 직접 만든 작은 칠석 장식을 바라보다가, 후사코의 얼굴을 떠올려 보았다. 만일 후사코가 가게에 나오면 덴진天神 축제에는 좀 이르지만, 일찌감치 가게를 닫고 후사코에게 유카타를 입혀 칠석 장식물을 들고 도사보리 강이나 오가와 강변에 기분전환도 할 겸 산책을 나가자고 권해 볼까 하던, 그런 소소한 생각은 이미 사라지고 없었다. 사사쿠라 분지의 방문으로 후사코와의 생활도 이 바도, 단숨에 실감을 잃어버린 것처럼 느껴졌다. 그러나 어차피 잠시 쉬어가려던 곳이었다고 생각하니 그것도 또 아무렇지도 않았다.

가즈아키는 그날 밤 마지막 여성 손님에게 직접 만든 칠석 장식물을 선물하고, 일찌감치 가게를 닫은 후 10만 엔이 좀 못 되는 매상금을 들고 후사코의 자택에 들렀다. 후사코는 심야 텔레비전 프로를 켜 둔 채 수면제를 먹고 잠들어 버린 것 같았다. 가즈아키는 돈을 사이드 테이블에 놓고, 아무 짓도 하지 않고 곧바로 그곳을 나와 택시를 타고 기타센리로 돌아갔다.

그날 밤, 이대로는 잠들 수 없을 것 같아서 자판기에

서 산 캔맥주와 팩에 든 술을 마구 들이켜고 자리에 누웠을 때, 가즈아키의 심신은 술기운도 있어서 약간 흥분해 있었다. 자신이라는 남자는 정말 기괴하게 만들어졌다고 생각하면서, 가즈아키는 자신이 오랫동안 도망쳐온 인물과 만나는 곤혹 자체를 가지고 놀며, 정체를 알 수 없는 싸움의 틈바구니에 목을 들이미는 자학적인 행위를 기뻐하고 있음을 발견했기 때문이다. 자신이라는 남자는 또, 그 일의 중대성 따위는 일찌감치 의식 밖으로 밀어내고, 클럽 뒷문에서 처음 만났던 스즈키인지 하는 녀석의 기괴하게 아름다운 춤이나, 자신에게 던져진 시선 등을 차례차례 떠올리며, 더욱 정체를 알 수 없는 형태로 가슴을 두근거리기도 했다.

아마 여섯 살을 경계로 자신은 사람이 사람이기 위한 중요한 마음의 움직임 중 일부분이 이상해졌으리라는 것이, 가즈아키의 정직한 자기분석이었지만, 그런 분석을 기다릴 것까지도 없이 오늘밤의 자신은 충분히 비인간적이라고 가즈아키는 생각했고, 마지막에는 몸을 떨면서, 자신의 운명의 모습이라고 느꼈던 추악한 사사쿠라 분지의 얼굴을 떠올렸다.

다음날인 8일 아침 일찍, 가즈아키는 15년 만에 히메사토의 골목에 섰다. 버스가 다니는 길가에 있던 건물이나 상점은 완전히 모습을 바꾸고, 아마 이 근처였을 거라는 어렴풋한 기억을 의지해 골목에 들어서자, 그곳도 대부분이 새로 지어진 건물이라서, 거의 모르는 곳에 온 듯한 기분이 들었다. 어느 공장이나 아직 업무가 시작되기 전이었고, 옛날에 들었던 소란스러운 소리도 없었다. 그래도 조금 걸어가니 차고나 작은 공장의 지붕이 나란히 줄지어 있는 맞은편에, 눈에 익은 성당의 첨탑과 커다란 벚나무의 그림자가 보여서, 가즈아키의 발걸음은 자신도 모르게 느려졌다. 모리야마 공장을 찾아오는 일에 망설임은 없다고 생각했지만, 이성과는 다른 감정이 이미 바싹 말라 비틀어졌을 마음을 다시금 흔들기 시작한 것에는 질려 버렸다.

점점 가까이 가자 성당 벚나무는 더욱더 넓게 하늘을 가리고, 이윽고 모리야마 공장의 부지가 보이기 시작했다. 함석으로 된 울타리와 철문은 새것으로 바뀌었지만, 그 안쪽에 있는 건물과 옆에 있는 안채는 옛날과 똑같은 모습을 하고 있었다. 셔터를 내린 건물 안에서 사람이 움직이는 기척이 났다.

이제는 지붕의 절반이 벚나무 가지에 덮인 그 건물 맞은편에는, 옛날의 목조 아파트 대신 3층짜리 콘크리트 아파트가 서 있고, 베란다에는 화려한 빨래들이 널려 있었다. 한편, 옆에 있는 성당은 황폐해질 대로 황폐해지고 사제관도 이무도 없는 폐가 같았지만, 그 안쪽에 보이는 유치원 뜰은 옛날 그대로였고, 미끄럼틀이나 그

네 등의 놀이기구는 요즘 식으로 다양하고 화려한 색깔로 칠해져 있었다.

가즈아키는 모리야마 공장 문 앞에 서서, 다른 생각 없이 초인종을 눌렀다. 잠시 동안 계속 누르자, 건물 사무실 쪽의 유리창 안쪽에 모리야마의 얼굴이 나타났다. 더러워지고 흐려진 유리 너머라서 일순, 15년 전의 모리야마가 불쑥 얼굴을 내민 것처럼 보였다. 이어서 사무실 출입구 쪽에서 모습을 나타낸 모리야마는 나이트게이트에서 본 대로 예순을 넘은 나이에 어울리는 풍모였지만, 체격은 변하지 않았기 때문에 정말로 세월이 지났다는 실감은 옅었다. 가즈아키는 자신이 여섯 살인지 스물두 살인지 갑자기 혼란스러워졌을 정도였다.

가즈아키는 가까이 다가오는 모리야마를 향해, 우선 "요시다 가즈아키입니다" 하고 이름을 댔다. 모리야마는 그저 "알고 있어"라고 한 마디 대답을 하고, 문을 열었다. 가즈아키를 안에 들이자, 모리야마는 다시 문을 닫고 앞장서서 사무실로 들어갔다. 가즈아키는 그 뒤를 따랐다. 만나줄지 어떨지 모르겠다고 생각한 것은, 우선 기우로 끝났다.

사무실은 옛날과 똑같은 책상, 똑같은 서류 선반, 똑같은 제도대가 똑같은 배치로 놓여 있었고, 어질러진 모습도 변함이 없었다. 거기에 서니, 옅어져 가던 기억이 서서히 떠올라 몸 전체를 채우면서 넓어져 가는 것을 느꼈다. 그것만으로도 충분히 숨이 막혔다. 가장 중요한 모리야마도 그리움 같은 것은 뛰어넘은 표정으로, 어두운 모기장 너머로 가즈아키를 찬찬히 살피고 있었다.

"이렇게 너를 만나게 될 거라고는 생각하지 않았어. 너한테는 먼저 어머니 일을 사과하고 싶구나. 정말 미안하게 생각한다."

모리야마는 우선 그렇게 말했다. 그 목소리는 가즈아키의 기억에 있던 목소리보다 낮고 부드럽고, 목에서 나온 순간 땅바닥에 가라앉을 것처럼 무거웠다.

"어머니는 타이베이에서 자오원리 덕분에 좋은 생활을 보냈다면서요. 6년 전에 돌아가셨다고 하고, 어머니 일은 이제 됐습니다"라고 가즈아키는 대답했다.

"요즘, 나는 계속 너에 대해서 생각하고 있었어. 옛날에 마지막으로 네가 나에게 한 말, 기억하고 있니? 너는 옛날에 이렇게 말했지. '나는 이제부터 나쁜 아이가 될 거야'라고."

"기억나지 않아요."

"그 클럽에 있을 줄은 몰랐지만, 경찰서에서 네 이름을 들었을 때, 나는 15년 전의 그 말이 갑자기 생각나더구나." 그렇게 말하고, 모리야마는 가즈아키의 얼굴을 들여다보며 혼잣말처럼 입 속으로 중얼거렸다. "꼬마는, 자기 말대로 나쁜 아이가 된 건가,……"

"당신에게 그런 말은 듣고 싶지 않아요. 게다가 저는

이제 어른입니다. 스물두 살이 되었죠."

"나는 환갑이야."

15년 만에 대면한 한 남자 앞에서 가즈아키는 어젯밤 이불 속에서 맛보았던 것과는 또 다른, 생각도 하지 못했던 감정의 파도에 휩쓸리면서, 자신의 발치가 몹시 약하고 불확실해져 가는 것을 느끼고 있었다. 오사카에 온 이래 자신이 굳이 공장으로 발길을 향하지 않았던 이유는, 이렇게 될 것을 예감했기 때문일까. 지난 15년 동안 증오라고 믿었던 것은, 대면한 순간 혼돈스러운 감정의 도가니가 될 만큼 애매한 것이었던가. 가즈아키는 그 자리에서 자신의 감정에 이름을 붙일 여유도 없이, 그저 당장이라도 감정이 격해져 울음을 터뜨릴 듯한 자신에게 놀라고, 기가 막혔다. 옛날에 여섯 살이었던 자신이 내뱉었다는 말은 기억에 없었지만, 마지막 날 모리야마가 안아 준 것은 또렷하게 기억하고 있었던 것이다.

그러나 3년 전이라면 어떻게 되었을지 모르겠지만, 성인이 된 가즈아키는 지금 감정이 밀려 올라오는 대로 울 수 있을 정도로 순수하지도 못했다. 한편에서는 가즈아키에게 일어나는 변화를 흥이 깨진 이성이 냉정하게 바라보며, 말만 그럴싸한 놈이라고 비웃고 있었다.

"공장을 열어야 하니까, 볼일이 있다면 짧게 끝내 다오."

그렇게 말하며, 모리야마는 작업장 쪽으로 갔다.

그 뒤를 따라 작업장 입구에 선 가즈아키는, 어차피 느끼게 될 거라고 어딘가에서 예상했던 그리움에 가슴이 메었다. 그곳은, 기계는 전부 새것으로 바뀌었지만, 예전에 가즈아키가 시간을 보냈던 바로 그 공간에 피워 올린 기름과 금속 냄새로, 순식간에 가즈아키를 감쌌던 것이다. 질서정연하게 정리된 콘크리트 바닥에는 옛날과는 종류가 다른 단차가 담긴 플라스틱 바구니가 쌓여 있었고, 그것을 본 것만으로도 가즈아키는 먼저 조건반사처럼 안도를 느꼈다. 공장주가 복역하느라 몇 년 동안 폐쇄되었을 공장이 남의 손에 넘어가지도 않고 재건되어 오늘에 이르고, 오일쇼크의 불황 속에서도 어떻게든 조업을 멈추지 않고 해내고 있다는 사실만 해도 몹시 마음이 놓였다. 무의식중에 그런 생각을 한 가즈아키의 심신은 그때, 순간적으로 여섯 살 난 어린아이로 돌아가 있었다. 일이 없는 공장의 힘든 처지에 가슴아파하면서, 하루하루 숨을 죽이듯이 이 작업장에서 지낸 시간을, 심신 어딘가에서 아직도 기억하고 있다는 의미였다.

모리야마는 옛날에도 그랬듯이, 절삭이 끝나지 않은 반제품이 든 바구니를 공정별로 각각의 기계 옆으로 나르고 있었다. 가즈아키 역시 옛날과 똑같이, 우선은 공작기계 쪽으로 발을 내딛는 것을 멈출 수 없었다.

새 기계에서는 난사를 들리는 팬벨트가 사라지고, 전부 톱니바퀴의 맞물림으로 변속하는 구동장치가 각각의 주축대에 붙어 있고, 베드 밑에는 각각 전동기가 붙어 있었다. 기계의 모습도 바뀌어서 옛날에 보았던 커다란 프레이즈반은 이제 없고, 대신 톱니절삭용 호브를 단 호브반hobbing machine이 들어 있었다. 인벌류트 프레이즈로 톱니를 깎던 시대는 지나고, 지금은 전용 호브반으로 깎는 것이다.

보통선반도 터릿반도 새로워졌고, 보르반은 세 개의 드릴이 늘어선 다축형多軸型으로 바뀌었다. 가즈아키의 눈은 옛날에는 없었던 새 기계에도 머물렀다. 모양은 보통선반과 비슷해서 공작물을 끼워 넣는 심압대와 주축대가 있고, 절삭공구의 바이트 대신 짙은 초록색을 한 숫돌이 붙어 있는 연삭반研削盤이었다. 가즈아키는 자기도 모르게 다가가 그것을 바라보고, 자신의 손으로 만지면서 각각의 정교한 조형과 구조를 하나하나 확인했다.

숫돌은 상하좌우로 움직일 뿐 아니라, 그 밑에 붙어 있는 대가 아무래도 수평방향으로 선회할 수도 있는 것 같다는 것을 알아보자마자, 자동적으로 눈은 더욱더 기계에 빨려들어 갔다. 공작물을 고정하는 주축대나 심압대도 자유자재로 각도를 바꿀 수 있고, 게다가 테이블도 앞뒤로 미끄러질 뿐 아니라 원하는 각도로 기울이거나 선회시킬 수 있는 듯했다. 이것이 있으면 복잡한 모양을 한 호브를 비롯해, 어떤 모양의 공구나 공작물이라도 연삭할 수 있겠다고 생각하다가, 문득 정신을 차리고 얼굴을 들자 모리야마가 자신을 보고 있었다.

"지금은 톱니를 깎고 다듬는 데까지 해야만 일이 들어오는 불황이라, 그런 기계도 필요하단다. 다듬는 데까지 해도 가공비는 똑같지만 말이야"라고 모리야마는 말했다. 가공비가 같고 공정이 하나 늘어나면, 일은 상당히 빡빡해진다. '아아, 힘들겠구나' 하고, 여전히 여섯 살 아이로 돌아간 채 사정을 이해한 가즈아키는, 그저 말없이 고개를 끄덕였다.

그러나 그러는 한편, 스물두 살의 머리는 다른 것도 생각했다. 살아남느라 필사적인 작은 공장의 주인이, 정체를 알 수 없는 싸움의 세계에 한쪽 발을 담그고 있다는 것은 분명히 상식을 초월한 이야기였고, 그런 남자의 입에서 가공비 운운하는 이야기를 들어도 우습다고밖에 말할 수 없었다. 그러나 또 그렇게 생각하는 한편으로, 이렇게 15년 만에 공장을 찾아온 자기 자신은 그렇다 치고 예순이 되었다는 모리야마의 현재도, 그런 모리야마의 체구가 짊어지고 있는 현실이라는 것도, 모든 것이 어딘가 이상하다는 생각도 밀려와서, 마지막에는 결국 애매한 기분에 빠졌다.

모리야마는 "시간이 없으니까 용건을 말해 다오"라고 말하고, 가즈아키도 간신히 현실로 돌아와서, "사사쿠라 씨에게서 선년을 부탁받았습니다" 하고 말을 꺼냈다. "어제 사사쿠라 씨가 갑자기 찾아오셔서, 모리야마 씨에게 말을 전해 달라고 하셨으니 일단 전해 드리겠습니다. 루트는 확보했다, 그것뿐입니다. 루트는 확보되었다고."

모리야마는 바구니를 나르던 손을 멈추고 가즈아키를 보고 있었지만, 대답은 하지 않았다.

"모리야마 씨에게, 예스인지 노인지 대답을 들어오라고 말씀하셨습니다" 하고 가즈아키는 말을 이었다.

"예스인지 노인지, 대답을 주십시오. 모리야마 씨의 회답이 없는 경우에는 노라는 뜻으로 받아들이겠다고, 사사쿠라 씨가 말했습니다. 이게 마지막 기회라고요."

"루트를 확보했다는 것이 무슨 얘기인지, 너는 알고 있니?"

모리야마는 겨우 입을 열고, 그렇게 말했다. 방금 전까지 가즈아키의 얼굴을 들여다보고 있던 것과 똑같이 어두컴컴한 곳에서 사물을 응시하는 듯한 어두운 눈이었다.

"저는 들은 대로 전해 드릴 뿐입니다. 사정을 알고 싶다는 생각은 하지도 않습니다."

"그래? 자오원리 살해 때도, 너는 그렇게 랴오다이주의 지시대로 움직였지……."

"저는 누구의 지시도 받지 않았어요. 우연히 그때의 보이였을 뿐입니다. 예스인지 노인지, 대답을 주십시오."

"꼬마야, 너는 자오를 죽이고 싶었니?"

"당신이 그런 말을 할 이유가 없어요. 대답을 주시죠"
하고 가즈아키는 되풀이했다.

그에 대답하는 대신, 모리야마는 모기장 안쪽에 있는
사람 그림자를 드디어 확인했다는 듯한 눈빛으로 가즈
아키를 응시하고 있었다. 자신을 경멸하고 있는지, 아니
면 혐오하고 있는 거라고 가즈아키는 어렴풋이 느꼈지
만, 혐오라면 가즈아키도 마찬가지였다. 그리고 모리야
마는 "사정도 모르는 심부름꾼 상대로, 예스고 노고 없
다. 사사쿠라한테 직접 오라고 전해 줘"라고 대답하더
니, 등을 돌리고 다시 바구니를 나르기 시작했다.

"사사쿠라 씨는 당신과 연락을 취하기 어려운 상황이
기 때문에 저에게 전언을 부탁하는 거라고 했습니다. 예
스인지 노인지, 대답을 해 주세요."

가즈아키는 그렇게 말했지만, 돌아온 것은 반제품이
담긴 바구니가 바닥에 놓이면서 나는 철그렁, 철그렁 하
는 소리뿐이었다. 이어서 모리야마는 작업장 셔터 네 개
를 차례차례 밀어올리기 시작했고, 그 틈 사이로 이미
여름을 느끼게 하는 오전 8시 이후의 햇살이 단숨에 비
쳐 들어왔다. 기계며 철재며, 모리야마의 백발이 섞인
머리며 작업복을 입은 모습 등이 일제히 밝게 빛나기
시작함과 동시에, 방금 선까지의 은밀한 이야기는 순식
간에 빛을 잃고, 가즈아키는 어색한 기분에 사로잡혔다.

"이제 곧 종업원이 올 테니 이만 가 봐라" 하고 모리야마는 말했다.

"스즈키라는 남자에게도, 사사쿠라 씨가 전언을 부탁하셨습니다." 가즈아키가 간신히 그렇게 말한 순간, "종업원이 올 거니까 돌아가 달라고 했잖아!" 하는 모리야마의 고함 소리가 날아왔다. 그때 갑자기 "헤이" 하는 다른 목소리가 나서 가즈아키는 뒤를 돌아보았다.

사무실 문 앞에 언더셔츠와 청바지에 맨발로, 스즈키가 서 있었다. "사람 목소리가 나서 잠이 깼어" 하고 남자는 말했고, 그 말대로 온화하고 느긋한, 잠에서 막 깬 얼굴을 한 채 햇빛이 눈부시다는 듯 눈을 가늘게 뜨고, 창백한 벗은 팔 한쪽을 들어 졸린 듯 기지개를 켰다. 다른 한쪽 손에는 검은 자동식권총이 아무렇게나 쥐어져 있고, 총구가 아래를 향하고 있었다.

"종업원이 왔어."

모리야마는 불쾌한 듯 한 마디 중얼거리고, 마당으로 나가 버렸다. 함석울타리 너머로 문밖에 있는 종업원인 듯한 세 남자의 모습이 보였다. "오늘도 덥네요, 낮에는 30도를 넘겠죠?" "진짜, 비가 한바탕 왔으면 좋겠어" "농사짓는 사람들은 힘들겠어요" 하는 마당의 목소리를 들으면서, 스즈키라는 남자는 갑자기 등을 돌려 먼저 사무실을 나갔고, 가즈아키는 그 뒤를 따랐다. 안채 뒷문까지 가는 약 열 몇 걸음 동안, 눈앞에 있는 셔츠 한 장을 걸친 등은 자신과 똑같이 그저 젊고 유연할 뿐이었고, 살인청부업자와 같이 있다는 긴장은 한 번도 찾아오지 않았다.

뒷문으로 들어서자, 그곳은 옛날과 완전히 똑같은 모습을 한 낡은 부엌이었다. 남자는 권총을 싱크대에 놓고 우선은 수돗물로 얼굴을 씻었다. 풍로에 냄비가 얹혀 있고, 된장국 냄새가 났다. 비닐로 된 테이블보가 덮여 있는 작은 식탁에는 1인분의 나물무침과 계란 프라이, 쌀겨된장에 절인 듯한 옅은 초록색의 오이와, 밥이 들어 있는 밥통이 놓여 있었다. 먼저 일어난 모리야마가 자신과 살인청부업자를 위해 2인분의 아침식사 준비를 한 후, 자신은 먼저 먹고 작업장으로 나간 것 같았다. 그리고 나중에 일어난 무위도식의 살인청부업자는 가즈아키를 두고 유유히 얼굴을 씻고, 수건으로 얼굴을 닦고는, 옅은 수염이 자라기 시작한 자신의 턱을 가볍게 어루만지며 돌연 "这胡碴儿怎么办哪(이 수염, 어떻게 할까)……"하고, 대담하고 느긋하게 중얼거렸다.

가즈아키의 귀는 어쩔 수 없이 곤두섰다. 한두 마디쯤 뭔가 더 들려오지 않을까 하고 온몸을 곤두세웠지만, 수건을 내려놓은 남자가 다음으로 한 말은 전혀 사투리가 없는 순수한 일본어였다. 남자는 청바지 뒷주머니에서 뭔가를 끄집어내, 그것을 손에 들고 가즈아키 쪽을 돌아보았다.

"봄에, 후쿠이에 있는 낚시촌에서 만난 여자한테 받은 거야."

남자가 손끝으로 집어 들어 보인 것은 작은 립스틱 용기였다. "여자 냄새가 나." 그렇게 말하고 남자는 용기 뚜껑을 열더니, 빨간색의 내용물을 꺼내 가볍게 냄새를 맡는 시늉을 했다. 그러다 그가 고개를 들자, 가즈아키는 순식간에 밤낮의 구별도 없이 요기妖氣를 뿜기 시작하는 눈에 사로잡혔다. 그리고 그대로 다가온 남자의 손이 갑자기 턱을 움켜쥐었다고 생각한 순간, 그 손은 가즈아키의 입술에 립스틱을 바르고 있었다.

어딘가의 여자 것이었다는 립스틱은 절반 정도로 줄어 있었고, 그 둥글어진 끝이 가즈아키의 입술 구석구석을 부드럽게 누르면서 왕복했다. 가즈아키가 가만히 있었기 때문에, 남자는 타인의 입술에 립스틱을 바르는 데에 집중했다. 반쯤 내리깐 눈꺼풀 밑에 있는 흑요석 같은 까만 눈은 그 동안 상대에게 일격을 당할 위험조차 완전히 무시하고 있는 것처럼 보였다. 가즈아키는 오직 그 사실에 놀라, 꼼짝도 하지 않고 있었다.

이윽고 남자는 숨을 멈추고, 페인트공이 칠 상태를 바라보듯이 약간 몸을 떼고 방금 바른 타인의 입술을 바라보다가, 모처럼 붉게 칠한 입술도 남자의 얼굴에는 어울리지 않는다는 듯이 한숨을 쉬었다. 자기가 멋대로 해놓은 주제에 헛수고였다고 말하고 싶은 듯 나른한 그

표정도, 아무것도 눈에 들어오지 않는 것처럼 주위를 떠도는 눈빛도, 스윽 어루만지듯이 움직이는 안구도, 모든 것이 정교하게 만들진 것이 아닐까 생각될 정도로 요염했다.

그리고 남자는 이번에는 자신의 손가락으로 방금 바른 립스틱을 닦기 시작해, 가즈아키의 얇은 입술을 다시 오른쪽으로 왼쪽으로 문질렀다.

"已经我在这家儿住了两个月晰, 我可不能玩儿女孩儿, 多么要命呀(벌써 두 달이나 이 집에 있었어, 여자를 끌어들이지도 못하고, 참을 수가 없다구)." 남자가 혼자 중얼거리는 말은 순수한 베이징 어에 특유의 노래하는 듯한 억양이 붙어, '왕아[玩儿]' '뉘이하이아[女孩儿]'같은 음운은 부드럽고, '자[晰]' '야[呀]'같은 어미의 울림도 폭신한 깃털 같았다. 귓가에서 이렇게 관능적으로 이야기하니 남자라도 소름이 돋는다고 생각하면서, 가즈아키는 점점 요술에라도 걸린 듯한 기분이 들기 시작했다.

"那么, 你有事儿哪(그런데, 무슨 볼일이라도)?"라고 남자는 말했고, 가즈아키도 간신히 "你算哪角儿(당신은 누구지)?" 하고 되물었다.

"갱이라고 했잖아. 하지만 지위는 시원찮아."

남자는 재미도 없다는 표정으로 가즈아키를 놓아준 뒤, 립스틱으로 더러워진 자신의 손가락을 수건으로 닦고는, 냄비에 있는 된장국을 다시 데우기 위해 풍로의 불을 켰다. 그러더니 남자는 식탁에 있는 나물무침이며 계란 프라이와 밥통의 밥을 냄비에 한데 집어넣고 냄비를 휘젓기 시작했다. 그 뒷모습을 향해, 가즈아키는 "사사쿠라 분지에게서, 당신에게 전언을 하나 부탁받고 왔어" 하고 말을 걸었다. 남자는 힐끗 돌아보았지만 표정에는 전혀 반응이 없었다.

"전언은, 돈은 받았다. 그것뿐이야."

가즈아키는 그렇게 말을 이었지만, 반응은 똑같았다. 남자는 끓기 시작한 냄비에서 빈 그릇 두 개에 내용물을 담아, 그것을 식탁에 놓고 "你先坐吧(자, 앉아)"라고 말하더니 먼저 먹기 시작했다. 김이 오르는 그릇의 내용물은 야채의 파란색이며 붉은색과 계란의 노란색, 밥알의 흰색, 된장의 갈색 등이 뒤섞인 돼지죽이었다. 그 그릇 하나와 권총 한 자루를 가까이 두고, 남자는 느린 손놀림으로 숟가락을 입으로 가져갔다. 상황상 어쩔 수 없이 가즈아키도 젓가락을 댔는데, 야채된장죽 같은 그것은 보기보다는 먹을 만했다.

상대가 너무 깨작깨작 먹기에, "식욕이 없어?"라고 묻자, 남자는 "된장국을 별로 안 좋아하거든. 하지만 안 먹으면 모리야마에게 미안하니까"라는, 아주 고지식한 대답을 했다.

"일본인처럼 남에게 신경을 쓰는군" 하고 가즈아키는 정직하게 느낌을 말했다. "여기는 일본이니까"라고, 남자는 선뜻 대꾸했다.

황요우파나 자오원리가 그랬던 것처럼, 남자의 손가락은 노동과는 인연이 없는 하얀색이었다. 이것은 대체 어떤 사람의 손일까 생각하면서, 가즈아키는 몇 번이나 마주앉아 있는 남자 쪽을 살폈고, 이 설명하기 힘든 상황에 이르게 된 경위를 나름대로 더듬어 보기도 했지만, 정작 중요한 상대방은 장대하다고도 할 수 있는 무신경한 태도로, 좋아하지 않는다는 된장국을 위장에 흘려 넣는 것에만 정신이 팔려 있는 것 같았다.

남자의 손가에 놓인 진짜 브라우닝 같은 권총 한 자루도 그렇게 식탁에 있으니 장난감 같아서, 당연한 듯이 그 권총을 들고 사람을 죽이는 것을 생업으로 삼고 있는 듯한 남자와 함께 가즈아키의 눈 속에서 점점 실감을 잃어가고 있었다.

"당신, 이름은?" 하고 가즈아키는 물어보았다. 남자는 얼굴을 들고 숟가락을 쥔 손을 멈춘 순간, 일변하여 요염한 웃음을 띠며 "반했어?"라고 나왔다.

누구냐고 물으니 갱이라고 하고, 이름을 물으니 반했냐고 나온다. 거의 제트코스터 같은 이 어법은 도대체 타고난 것일까, 계산한 것일까 의아해하면서, 가즈아키는 고개를 가로저었다.

"이름을 물었을 뿐이야."

"재미없는 대답이군. 반했으니까 이름을 가르쳐 달라

고 해. 그럼 가르쳐 주지."

"당신의 말에는 현기증이 나."

"피차일반이야. 국립대학 학생과 이런 내가 만날 만한 나라가 이 지구상에 있었다니, 상상도 하지 못했어."

"대학은 그만뒀어. 그러니까 내가 학생이었다는 건 잊어 줬으면 해."

"그럼 내가 나이트게이트에 있었던 것도 잊어 줘."

"이름 정도는 말해줘도 되잖아."

"先说你迷恋我吧(반했다고 말해)."

남자의 아름다운 베이징 어는 십중팔구 중앙의 엘리트 계급층에서 자랐다는 증거였고, 처음 만났을 때 왠지 모르게 대륙의 냄새를 느꼈던 대로 이 녀석은 중국인이라는 것을 가즈아키는 우선 확인했다. 그리고 남자가 중국인이라면 하나부터 열까지 감각이 다른 것이 당연했지만, 이렇게나 눈이 핑핑 돌 정도로 표정이 바뀌고 말투가 바뀌면 감각이고 뭐고 없다. 이 녀석은 육신 위에 또 한 장의 화려한 색깔의 막을 덮고 있음이 틀림없다고 생각하면서, 가즈아키는 눈앞의 한 남자에게 눈을 빼앗기고, 그리고 그렇게 눈을 빼앗긴 자신에게 위화감을 느끼고 있었다. 갑자기 타인의 입술로 뻗어오는 남자의 손도, 이렇게 들려오는 목소리도, 대체 이것은 인간의 손인가, 인간의 목소리인가 의심해 보았지만, 더는 꼼짝도 할 수 없다. 말도 나오지 않는다. 시선을 빼앗기고,

눈을 크게 뜬 채 그저 상대를 응시하고 있는 자신에게 놀라고 있었다.

"그래, 반했어. 반했으니까 이름 정도는 가르쳐 줘"라고 가즈아키는 말해 보았다.

그러자 남자는 이번에는 단숨에 흥이 식었다는 눈을 하고 이렇게 대답했다. "당신, 이게 거래라는 건 알고 있겠지"라고.

가즈아키는 고개를 가로저었다.

"이 바닥에서, 타인의 입으로부터 몸을 지키는 방법은 두 가지가 있어. 하나는 죽이는 것. 또 하나는 상호 공존이야. 나는 당신에게 이름을 가르쳐 줌으로써 나름대로 대가를 치르지. 당신도 내 이름을 아는 것으로 인해 응분의 대가를 치르게 돼. 그런 거야"라고 남자는 말했다.

남자의 입에서 새어 나오는 말 한 마디 한 마디가 실감이 부족했지만, 가즈아키는 일단 꺼낸 말을 주워 담을 수는 없다는 단순한 이유만으로, "바로 내가 알고 싶은 거야. 당신의 이유는 아무래도 좋아"라고 대답했다.

"그게 진심이라면 멋지군"이라는 것이 남자의 대답이었다. "하지만 거짓말이라면 거짓말인 대로, 그 거짓말, 끝까지 고집해 줘. 좋아, 친구가 되자."

어째서 그런 설문이 되는 기냐고 말해 봤자 소용없을 것이다. 남자가 내민 손을 그대로 마주잡았을 때, 그것은 일순 유연하고 강하게 얽혀들어 떨어지지 않는 일종의 육감을 불러일으켰고, 가즈아키는 또다시 자신의 의사와는 다른 위화감에 잠시 사로잡혔다.

남자는 아까 그 립스틱으로 식탁에 한자로 '이구李歐(리오우)'라 썼다. 덧붙여서, 거기에는 "그 외에도 많은 이름이 있지만, 태어났을 때에는 이런 이름이었어"라는 요령 좋은 주석을 달았다.

황요우파나 자오원리 같은 남자들의 이름이 가명이었던 것처럼, 이 남자도 몇 개의 이름을 상황에 따라 번갈아 쓸 거라는 것은 처음부터 예상했던 일이었다.

가즈아키는 립스틱으로 쓴 이름을 바라보며, 남자의 풍모에 어울리는 우아한 글자라고 생각했다. 가령, 여러 가지 사정에 의해 지금은 이미 개별적인 누군가를 특정하지도 못하고, 어떠한 계보와 연결될 일도 없는 단순한 한자 두 글자의 '李歐'라고 해도, 스즈키라는 적당한 가명보다는 훨씬 좋다고 생각했다.

그리고 그 리오우는, 방금 자신의 이름을 썼나 싶더니 순식간에 가즈아키의 감상 따위는 받아들이지 않는 종잡을 수 없이 제멋대인 모습을 보이며, "어이" 하고 몸을 내밀었다. 그 눈은 맛없다는 듯이 야채된장죽을 입으로 가져가던 남자의 것에서 일변하여, 물을 만난 물고기처럼 생생했다. 그리고 한다는 말이, "그런데, 돈 되는 일을 하나 해 보지 않을래?"였다.

가즈아키는, 이번에는 거의 공중제비를 넘을 뻔했고, 벌어진 입에서는 목소리도 나오지 않았다.

"사사쿠라의 물건을 실례하는 거야. 두 사람이 있으면 할 수 있어. 당신이 차량과 자재를 조달해 주면, 훔치는 건 내가 하지. 어때?"

"밀수 권총?"

"알고 있다면 얘기는 빠르겠군."

"그런 걸 훔쳐서 어쩔 거야……."

"팔아넘겨서 돈으로 바꾸지. 뻔하잖아. 돈은 반으로 나누자."

리오우는 멋대로 이야기했고, 가즈아키에게는 예스나 노라는 대답을 원하지도 않았다. 상대의 얼굴을 그저 바라보며, 이 녀석은 누구를 향해 얘기하고 있는 걸까 생각했다.

"이 바닥은 어느 쪽이 먼저 앞지르느냐 하는 것뿐이야. 이번에는 사사쿠라에게 당했으니까 되갚아 주겠어. 당신, 사사쿠라와 접촉했지? 그런 당신이 여기에 왔다는 건 경찰을 끌고 온 거나 마찬가지니까 말이야."

그 말을 듣고 가즈아키의 놀라움은 한 번 더 회전했지만, 생각도 하지 않았던 자신의 실수에 당황한 것은 작은 일이었다. 지금은 또다시 앞지른다느니, 되갚아 준다느니 하는 차원으로 비약한 이야기에 귀를 빼앗겼고, 다음에는 무슨 말을 꺼낼까 하고 기다리고 있자니 리오우는 이렇게 말했다.

"괜찮아, 당신이 사사쿠라와 공모했다고는 생각하지 않아. 친구가 됐으니까, 원망은 하지 않겠어. 그보다 한 탕 하자구."

대답할 말을 찾지 못한 채, 가즈아키는 돌연 컵의 물이 넘치듯이 감탄을 느꼈다. 웃을 수밖에 없었다. 이치도 이유도 없었고, 자신이 무엇에 감탄한 건지도 알 수 없었다.

리오우도 씩 하고 마주 웃었다. 여전히 만들어진 것처럼 요염한 웃음이었지만, 그것은 그것대로 가즈아키의 컵에서는 감탄이 계속해서 넘쳐 멈추지 않았다.

리오우는 먹다 남은 그릇을 놓고, 권총 한 자루를 손에 든 채 일단 2층으로 올라갔다. 그리고 1분 정도 후에 다시 내려왔을 때에는 긴소매 셔츠와 야구모자와 선글라스를 쓴 차림이 되어 있었고, 배낭 하나를 손에 들고 그대로 뒷문에서 운동화를 신기 시작했다.

"경찰은 당신이 밖으로 나가면 몰려오겠지. 도망칠 시간을 벌고 싶으니까, 앞으로 30분 정도는 여기에 있어 줘. 2, 3일이면 돌아올 거야. 모리야마에게는 걱정 말라고 전해 둬."

리오우는 이미 일어서서 뒷문을 통해 밖을 살피고 있었다.

"알겠지? 사사쿠라의 물건 얘기, 모리야마에게는 말

하지 마. 최소한 4, 5천만은 되는 얘기니까. 가까운 시일 내에 자세히 얘기하자구."

마지막으로 그런 말을 남기자마자, 리오우는 나갔다. 가즈아키가 서둘러 뒷문으로 내다보았을 때 그 모습은 벌써 안채 뒷담을 뛰어넘고 있었고, 순식간에 담 너머로 사라졌다.

원래는 사사쿠라의 전언을 전하러 왔을 뿐이었는데, 지금은 또 상상도 하지 못했던 곳으로 자신은 옮겨가고 있다. 뭐가 뭔지 영문도 모르면서 감탄이 멈추지 않는다. 아아, 부처님, 하는 상태였다.

혼자 남겨진 가즈아키는 할 일도 없이 부엌을 둘러보고 식탁 의자에 다시 앉았다가, 도대체 자신은 지금 정확하게 어디에 있는 걸까를 자문해 보았다. 이번에야말로 진정한 악의 입구에 있는 것일까, 아주 약간의 선의와 호기심 사이에 있는 것일까. 아니면, 태어나서 처음 생긴 친구라는 어린애 같은 당혹 속에 있는 것일까. 그도 아니면, 지금까지 몰랐던 어떤 욕망의 입구에 있는 것일까, 하고.

한편으로는 여전히 감탄이 멈추지 않은 채, 막대기 같았던 자신의 몸뚱이에 파도가 밀려오듯이 열이 충만해 가는 것을 느끼고, 미쳐 발정하고 있는 것 같다고 생각했다. 격정도 흥분도 아닌, 은밀한 불꽃놀이의 수많은 무리 같은 열기가 타닥타닥, 타닥타닥 장기臟器를 태우면서 퍼져 가고, 얼마 남지 않은 자신의 의사나 이성이 차례차례 타서 떨어져 나갈 때마다 이름을 붙일 수 없는 희열이나 흥분의 떨림이 달린다. 그러면서도 가슴은 조여들어서, 기쁜 건지 안타까운 건지는 스스로도 알 수가 없었다.

그리고, 어쨌든 이 앞에 있는 것은 파탄밖에 없을 거라는 마지막 이성의 목소리를 들으면서, 가즈아키는 여전히 종잡을 수 없는 열기에 휩쓸린 후, 자신이 지금 서 있는 것은 아마 환희라는 것의 입구일 거라고 생각했다.

리오우라는 환희. 폭력이나 욕망의 환희. 친구라는 환희. 상식을 벗어나는 환희.

가즈아키는 테이블에 립스틱으로 남겨져 있던 '李歐'라는 두 글자를 손가락으로 지우고, 그 손가락에 묻은 립스틱을 자신의 손등에 바르며 '퍄오퍄오량량아'라고 중얼거려 보았다. 예전에 자오원리가 어머니에 대해서 그렇게 말했지만, 밝은 립스틱 같은 환희를 느끼게 하는 그 화려한 한 마디를 지금 리오우 위에 떨어뜨려 보니 잘 어울렸다.

가즈아키는 더는 깊이 생각하는 것을 포기했는데, 그것은 어차피 이성으로 파악할 수 없는 돌발적인 환희의 발열이라고 생각했기 때문이었다. 단순한 열인 이상 곧 식을 테고, 열이 내리지 않으면 죽을 뿐이었다.

그 후, 가즈아키는 리오우가 먹다 남긴 야채된장죽을 정리하고, 식기며 냄비를 씻으려고 일어섰다. 경찰이 들이닥쳤을 때 밥통이나 밥그릇이 두 벌씩 있어서는 곤란했기 때문에, 우선은 씻어 식기대에 정리한 후 행주로 식탁을 닦았다. 집안 전체에 묻어 있을 지문을 닦는 것은 무리였지만, 일단 2층에도 올라가 보니 그곳은 덧문을 꼭 닫은 어두운 다다미방에, 작은 텔레비전 한 대와 방석이 한 장 놓여 있을 뿐이었다. 옛날에 있던 피아노나 책장이나 재봉틀의 모습은 없고, 상인방에서 상인방으로 쳐진 빨랫줄에 모리야마의 작업복 상의가 늘어져 있었다.

가즈아키는 옛날에 거기에 앉아 있던 황요우파와 자오원리의 모습이나 그 뒤에 켜 있던 텔레비전 소리 등을 언뜻 떠올렸지만, 덧문을 열자 순식간에 그것도 사라지고, 더운 여름 햇살과 공장의 기계 소리가 흘러들어 왔다. 2층 창문에서 바라보니 성당 마당에서 튀어나와 있는 벚나무 가지는 이제 하늘을 덮을 듯이 뻗어 있고, 가즈아키는 저도 모르게 옛날에 자신이 올라가곤 했던 것은 어디쯤일까 하고 자세히 쳐다보았다. 그리고 아주 잠깐 동안 넋을 잃고 있었는데, 그 증거로 모리야마의 기계기름 냄새가 계단을 올라온 것도 눈치 채지 못했다.

"그 녀석, 나갔어?"라고 모리야마는 한 마디 했을 뿐이었다. 처음부터 사태는 눈치 채고 있었음이 틀림없는 상대를 앞에 두고, 가즈아키는 우선 "제 부주의로 폐를 끼쳤습니다" 하고 사과했다.

모리야마는 "경찰이 오기 전에 얼른 돌아가"라고만 대답했다.

"스즈키는 2, 3일이면 돌아올 테니까, 모리야마 씨에게 걱정하지 마시라는 말을 전해 달라고 하고 갔습니다."

모리야마는 아무 대답도 하지 않고, 가즈아키와 상대하는 것이 고통스럽다는 듯이 "일하는 중이라서"라고만 중얼거리고 계단을 내려가 버렸다.

남겨진 가즈아키는 다시 창밖의 벚나무를 바라보고, 눈 밑에 있는 콘크리트 마당을 내려다보고, 잠시 중단된 몽상으로 돌아갔다. 옛날에 자신이 올랐던 것은 저 가지의 어디쯤이었을까. 저 나무 밑에 주저앉아서 망치로 징을 두드리고 있었다는 사사쿠라의 이야기는 기억에 없었지만, 공장의 폐품을 사용해 커다란 오르골 장치를 만든 기억은 있다. 그것은 어떤 모양을 하고 있었을까. 저 마당에서 자신은 틀림없이 그것을 울려 보았을 텐데, 대체 어떤 소리였을까.

자세히 떠올리지는 못한 채, 가즈아키는 성인이 된 이후 처음으로 자신의 근원으로 되돌아온 듯한 단순한 감동을 느끼고, 어째서 오사카에 온 후 곧바로 찾아오지 않았던 걸까 하는 생각조차 했다. 물론 자오원리는 죽고, 어머니도 이미 죽었다는 사실 때문에 지금 같은 심경이 되었다는 것은 알고 있었지만, 그렇게 찾아온 모리야마 공장은 벌써 환갑이라는 모리야마 고조도 포함해서, 분명히 자신의 고향이라는 기분도 들었던 것이다. 가령, 좀더 다른 방향으로 생각해 보아도, 여섯 살의 인생이 환희에서 시작되어 절망으로 닫힌 것과도 같은 이 공장에서, 스물두 살의 인생이 다시 환희로 시작된다는 것은 꽤 나쁘지 않다는 기분이 들었다.

가즈아키는 곧 올지도 모르는 경찰의 가택수색에도, 한발 먼저 도망친 리오우의 안부에도 큰 불안은 느끼지 않았다. 쫓는 것도 쫓기는 것도, 죽이는 것도 죽는 것도, 게임에 가까운 무기적無機的인 전말이라는 지난 두 달간의 학습효과도 있었지만, 아무렇지도 않게 "2, 3일이면 돌아올 거야"라는 리오우가 남긴 말 한 마디가 그만큼 위력을 갖고 있었기 때문이다. 리오우는 그 말대로 며칠 후면 모리야마 공장에 돌아올 테고, 그때에는 자신은 한 탕 할 계획을 리오우에게서 듣고 있을 것이 틀림없다고 가즈아키는 생각했다. 한탕? 그런 것은 아무래도 좋았다. 감탄과 환희만 계속 넘친다면.

그래서 가즈아키는, 반쯤 마른 모리야마의 작업복을 창 밖에 있는 건조대에 다시 널고, 안채와 공장을 뒤로 했다. 7월, 뜨서운 여름 하늘 아래의 골목길은 여기저기에 있는 공장의 소음이 산만하게 울려올 뿐 아주 조용했고, 근처에 있을지도 모르는 경찰의 기적은 알 수 없었다. 일순, 꿈을 꾸고 있었던 듯한 기분이 들어 뒤를 돌아보니, 보이는 것은 햇살에 반짝이는 함석지붕과 벚나무 그림자뿐이었다.

공장을 나선 가즈아키는 에어컨이 켜진 도서관 신문 열람실에서 시간을 때우다가, 오후 4시가 지나서 후사코의 집에 얼굴을 내밀었다. 같이 하와이에 갔던 여자친구들 세 명이 병문안이라면서 와 있었고, 배달시킨 생선초밥통이며 캔맥주를 흩어 놓고 넷이서 마작 테이블을 둘러싸고 앉아 있는 참이었다. "가즈 군, 자기 생선초밥도 있어, 가게에 나가기 전에 먹고 가." 아, 언제나 감사합니다. "25일에 있는 덴진 축제, 우리 배에 태워줄 테니까 기대해. 여자애들, 단골에 대한 서비스도 있고, 올해에는 유카타가 아니라 비키니니까." 흐음, 굉장하네요. "안돼, 가즈 군이랑 후사코는 나가호리 상점회의 배를 탄다고 요전에 말했잖아." "상점회 따윈 내버려 둬. 우리 배의 서비스가 훨씬 좋다구." 여자들의 그런 시끄러운 목소리가 오가는 가운데 후사코는 조금 서먹서먹한 얼굴을 하고 있었고, 가즈아키는 어젯밤에 가게 매상만 두고 말도 걸지 않고 돌아간 것 때문에 화가 난 거라고 짐작했다.

그런 여자의 자잘한 안색 하나에도 돌연 귀찮음을 느

끼면서, 가즈아키는 재빨리 흐트러진 초밥통을 정리하고, "가게 열러 갈게요"라고 말을 건 후 그곳을 나섰다. 그때 특별히 근거도 없이, 덴진 축제가 열릴 무렵에는 자신은 이미 가게에는 없을 거라고 가즈아키는 생각했지만, 그렇게 구체적인 기한을 떠올림으로써 갑자기 기분이 가벼워진 듯한 기분이 들었다.

가지째 꺾은 풋콩과 생화를 사들인 후 바가 있는 빌딩에 도착했을 때, 거기에는 벌써 다마루가 서 있었다. 니시텐마 서의 취조실에서 10일 동안 계속 보았던 것과 똑같은 양복, 똑같은 넥타이, 똑같이 표정 없는 얼굴이었다. 그것은 돌연, 그의 몸 주위에서 시간은 멈춰 있다는 것을 가즈아키로 하여금 발견하게 했지만, 다마루가 나타난 것 자체는 처음부터 사사쿠라 분지나 경찰 중 어느 쪽인가가 나타날 거라고 예상하고 있었기 때문에, 특별히 놀라지는 않았다.

가즈아키는 가볍게 머리를 숙였고, 다마루는 "덥네" 하고 첫 번째 말을 던졌다.

"개점 준비를 해야 되지? 안에서 얘기하자"라는 다마루의 말에, 가즈아키는 앞장서서 지층으로 내려가 바의 열쇠를 열었다. 가게는 언제나 전날 밤 폐점 후에 환풍기를 돌려 정리를 하고 음식물 쓰레기를 내놓고 돌아가기 때문에, 다음날 문을 열었을 때 전날의 냄새가 남아있지 않다는 것이 가즈아키의 자그마한 긍지였다. 가즈아키는 불을 켜고 에어컨 스위치를 넣은 후, 우선은 물고 있는 담배 끝에서 재가 떨어질 것 같은 다마루를 위해 재떨이를 내놓았다. 재를 털은 다마루는, 쓸데없는 얘기는 한 마디도 하지 않고 카운터에 걸터앉았다.

"어제, 사사쿠라 분지가 무슨 말을 하러 왔지?" 하고, 다마루는 대뜸 물었다.

"여기 사장과 같은 세무사 사무실을 쓴다고 하시더군요. 사장이 하와이에서 교통사고를 당했다는 얘기를 듣고, 안부를 물으러 잠깐 들렀다고 했습니다."

"오늘 모리야마 공장에 간 이유는?"

"특별한 이유는 없습니다. 오늘 아침에 그냥 생각이 나서 가 봤을 뿐입니다."

가즈아키가 카운터 안에서 와이셔츠와 바지로 갈아입는 동안, 다마루는 두 번째 담배에 불을 붙이고 있었다. "맥주 한 잔에 얼마야?"라고 하기에 "천 엔입니다"라고 가즈아키는 대답했다. 다마루는 1천 엔짜리 지폐 한 장을 카운터에 놓았다.

가즈아키는 차가운 병맥주 하나를 꺼내 잔에 따랐다. 거품이 너무 많이 나지 않도록 잠시 손에 집중하고 있자니, "그 스즈키의 신원이 밝혀졌어"라는 다마루의 한 마디가 들렸다. 가즈아키가 자기도 모르게 얼굴을 들었다가 다마루의 쏘는 듯한 시선에 다시 얼굴을 떨어뜨렸더니, 카운터에 수배서가 한 장 내밀어졌다.

"살해당한 가와시마 하루오의 맨션에서 채취한 지문이 일치했어. 홍콩 경찰에서 ICPO(국제형사경찰기구, 인터폴)를 통해 국제지명수배가 되어 있더군. 그쪽에서도 두 명을 죽였다고 해."

수배서는 선명하지 못한 흑백 얼굴사진에, 수배내용의 간략한 영문이 딸린 간결한 것이었다. 국적, 생년월일은 미상이고, 이름은 'Known as Ang Lei(晏磊), alias Fang Feiyao(範飛耀)'라고 되어 있지만, 이것 역시 확실하지 않은 것이었다. '몸의 특징은 머리카락이 검고 안구가 검음. 신장 183센티미터 정도. 광둥 어, 베이징 어, 영어, 일본어, 한국어, 러시아 어를 할 줄 알고, 몇 종류의 위조여권을 사용하고 있다'고 되어 있었다. 사진은 전혀 닮지 않았다.

"자네가 나이트게이트에서 만난 남자는 이런 놈이야. 자네, 모리야마 공장에서 오늘 이 남자와 만나지 않았나?"

"저는 모리야마 고조를 만났을 뿐입니다. 어째서 공장에서 그 남자를 만납니까?"

"5월부터 계속, 그 공장에 이 앙레이인가 하는 놈이 있다는 것은 알고 있으니까."

"그렇다면 어째서 체포하지 않으시죠……?"

"지금 체포하면 이 녀석을 그냥 홍콩에 인도하는 걸로 끝이고, 그렇게 되면 진상은 알 수 없게 돼. 그걸 바라는 녀석들이 있다는 건 알고 있으니까, 그 속셈에는 넘어가지 않아. 이봐, 요시다. 경찰이 움직이지 않으니까, 초조해진 사사쿠라가 자네에게 나타난 거야. 자네를 모리야마 공장에 보내면, 앙레이인가 하는 살인청부업자는 바보가 아닌 한 조심스럽게 공장을 나가겠지. 공장을 나가면 목숨을 노릴 수 있어. 홍콩에서 살해하든지, 일본에서 살해하든지. 이게 녀석들이 노리는 바야."

"녀석들이라는 것은 사사쿠라 말입니까……?"

"표면적으로는, 일본 진출을 시도하고 있는 홍콩과 대만의 범죄조직이 구역싸움을 한 것처럼 꾸미면서, 실상은 정치적인 암살을 은폐한 녀석들. 사사쿠라는 그쪽의 앞잡이에 지나지 않아. 요시다, 이게 나이트게이트 사건이야. 자오원리 이외의 네 명은 은폐를 위해 덤으로 살해당했어. 앙레이인가 하는 남자도 표면상으로는 홍콩 신디케이트의 보디가드인 것 같지만, 진짜 정체는 고의로 지워져 있지. 만일 본업이 살인청부업자라면 성공 보수를 받고 재빨리 사라졌을 테지만, 그 놈은 탈출할 길이 끊겨서 모리야마 공장에 있는 거야. 이 사실만으로도 그렇게 간단히 홍콩에 인도할 수는 없다는 건 알겠지. 요시다, 나는 지금 자네가 대체 무슨 일에 머리를 들이밀고 있는지 가르쳐 주고 있는 거야. 알겠나?"

사사쿠라가 모리야마에게 전해 달라던 '루트는 확보했다'라는 전언은 어쩌면 탈출 루트를 말하는 것이었을까. 갑자기 그런 생각을 하면서, 가즈아키는 고개를 가로저었다. "그런 얘기는, 저는 모르겠습니다"라고 말하자 다마루는 즉시 "모르겠으면 질문을 해!"라고 엄하게 대답했다.

"무엇을 질문하라는 겁니까……."

"자네, 오늘 모리야마를 만났지? 모리야마가 나이트게이트와 관련이 있는지 없는지, 자네는 흥미가 없나?"

"없습니다. 체포당하지 않았으니 관련이 없는 걸 거라고 생각하고 있었어요."

"사사쿠라도 모리야마도, 증거가 없어서 체포하지 못했을 뿐이야. 자네도 마찬가지지. 그래서 지금 가르쳐 줬잖아. 이건, 살인청부업자조차 상황에 따라서는 탈출로가 끊기는 세계의 얘기야. 양쪽 녀석들의 상황판단에 따라서는 랴오타이주나, 사사쿠라가 체포될 수도 있어. 그때는 자네도 같이 체포된다고."

"그렇게 말씀하셔도, 저는 어쩔 수 없습니다."

가즈아키는 분명히 흥이 식어 있었다. 다마루의 말에 따르면 지난 번 청취 때도 들은 것처럼, 예전에 중국 본토에 침투해 있던 서방 스파이인 자오원리를 암살한 것이 나이트게이트 사건이라는 소리고, 암살을 실행한 사사쿠라는 중국의 앞잡이. 살인청부업자인 리오우도 정치적인 배경이 있다고 한다. 그러니 가즈아키 본인은, 그런 '저쪽' '이쪽'이라는 정치체제에는 전혀 흥미가 없

었고, 자신이 그런 세계에 가담했다는 실감도 없는 것이
당연했다. 실제 리오우가 한 말은 "우선은 한탕 하자"라
는 한 마디였고, 가즈아키가 친구의 악수를 나눈 것도
자신을 갱이라고 자칭하는 리오우였지, 그 이외의 직책
을 가진 누군가가 아니었다. 하물며, 잘 이해도 할 수
없는 사정으로 어쩌면 같이 체포될지도 모른다는 말
을 들어도, 구체적인 상상조차 되지 않았다.

그러나 다른 한편으로는, 지금까지 생각해 본 적도 없
었던 세계에 대한 이야기를 듣고, 무관심하기는커녕 스
스로도 온몸의 신경을 모두 동원해서 귀를 곤두세우고,
빈곤한 역사적 지식을 풀회전시키고 있기는 했다. 일본
의 패전으로 해방된 한반도나 중국, 동남아시아가 그 후
계속 민족독립이라는 대의명분 아래 동서냉전의 싸움터
였다는 사실은, 가즈아키에게는 단순한 지식이나 정보
가 아닌 살아 있는 인간의 이야기였다. 16년 전, 모리야
마 공장에서 목청을 울리며 판소리를 부르고 태권도를
가르쳐 준 김정의나 박화선 같은 남자들의 이야기였고,
한때 공장 안채 2층에 있던 황요우파나 자오원리 같은
남자들의 이야기였다.

가즈아키는 또다시 안채 2층에서 셔츠 단추를 달고
있던 황요우파가 '니하오[你好]'라고 말하며 작은 아이에
게 손을 내밀던 그 모습을 똑똑히 떠올렸다. 그 옆에서
'퍄오퍄오량량아'라고 속삭이던 자오원리의, 녹을 듯이

부드러운 어조도 귀에 되살아났다. 그 자오원리도 당시에는 아마 탈출로가 끊긴 상황이었음이 틀림없지만, 그런 가운데 때마침 만난 일본인 여자와 한때의 관계를 맺었던 것만은 아닌지도 모른다. 여자는 아이를 버리고 떠났고, 남자는 타이베이로 여자를 데려가 마지막까지 유복한 생활을 하게 해 주었다고 한다면, 남자와 여자는 죽느냐 사느냐 하는 세계에서 끝까지 사랑을 했다는 뜻이었다. 가즈아키는 지금 돌연 그런 생각도 했다. 어머니와 자오원리는 분명히 사랑을 한 거라고.

이 동아시아가 공산주의와 민주주의의 바보 같은 진영 싸움의 최전선만 아니었다면, 자신은 지금쯤 자오원리의 아들이 되어 있었을 가능성도 있다. 거기에 생각이 미친 순간, 가즈아키는 자신의 눈앞에서 총을 맞고 피보라를 뿜던 '천하오'의 모습에 처음으로 순간적인 격통을 느꼈다. 하지만 가즈아키는 그때 등을 돌리고 오마루 백화점에서 사 온 생화를 싱크대에서 씻고 있는 중이었기 때문에, 가까스로 자신의 동요를 다마루에게 들키지 않았다고 생각했다.

"그거, 무슨 꽃이야?"라는 다마루의 목소리가 났다. 들여다보고 싶지도 않은 현세를 들여다봤다는 듯한, 지금까지와는 다른 사람처럼 생기가 사라진 목소리였다.

"붉은 것이 앤슈리엄, 히얀 것이 덴드로븀입니다. 어름에 오래 가는 꽃이라고 꽃집 사람이 골라 주더군요."

꽃의 이름을 물어봐 놓고, 다마루는 망령이 아닌가 생각될 정도로 무관심한 눈길을 보내며 카운터의 수배서류를 품에 넣고는, 이미 거품이 사라진 맥주를 겨우 한 모금 홀짝였다. 예전에 '시골 뚱보'라고 불렸을 무렵의 이 남자가 어떤 느낌이었는지 가즈아키는 확실히 기억하지는 못했지만, 나이트게이트 사건 이후 보아 온 남자는 고무 가면처럼 무표정한가 하면, 시간이 멈춘 세계의 중심에 오직 혼자서 앉아 있는 망령이나, 귀신에 들린 연령미상의 영매처럼 보일 때도 있었다. 오사카 경찰본부의 공안 형사라고 해도, 두려움보다 어떤 저항하기 힘든 인력이 느껴지는 것은 그 때문이었다. 또, 다마루의 눈 속에서는 어딘가 모리야마와 통하는 진흙 같은 어두움도 느껴졌고, 그곳을 지나쳐 오는 시선을 받는 것은 모리야마와 상대하고 있을 때와 똑같이 숨 막히는 일이기도 했다.

다마루는 천천히 맥주를 마시면서, 풋콩의 꼬투리를 까고 있는 가즈아키를 보고 있었다. 그러다가 무엇을 생각했는지 "자네의 인생은 수은등 같은 운명이로군"이라고 말했다. "서 있는 것만으로도 여자들이 다가와. 남자도 다가오지. 범죄도 다가오고."

수은등이라는 말이 묘하게 들어맞는다고 생각하고, 가즈아키는 반론도 하지 않았다.

"나는 형사니까 알 수 있어. 자네라는 남자는, 온몸이 두드리면 소리가 나는 공동空洞이야. 눈앞에서 사람이 죽어도 공포도 없고, 선악의 판단도 없고, 사람으로서의 자연스러운 감정도 없어. 아마 죽는 것도 무섭다고 생각하지 않겠지. 그런 인간이 갈 곳은 자살 아니면 범죄야."

어제까지의 자신이라면 그것도 어느 정도 맞았겠지만, 지금은 다르다. 공동은 공동이라도 수많은 불꽃들이 활기차게 타오르는 공동이다. 가즈아키는 꼬투리에서 꺼낸 풋콩을 씻으면서 속으로 반론했다. 감정이 없는 것도 아니다. 선악의 판단도 할 수 있다. 악이라는 것을 알면서도 가담했을 뿐이라고.

"왜 웃는 거지?"

"그냥 웃겨서요."

"지금부터는 웃고 끝낼 얘기가 아니야. 사사쿠라 분지라는 남자는, 한쪽 세력의 앞잡이라고 했지만 실체는 어느 쪽이라고도 할 수 없는 카멜레온이야. 황요우파 때도, 탈출 공작을 추진한 것은 사사쿠라였지만 결과적으로 황요우파는 살해당했어. 이번에도 그 남자는 살인청부업자의 탈출 루트를 확보했겠지만, 그 진실은 이렇게 어젯밤 자네와 접촉한 것만 봐도 아주 의심스러워. 대만 관련으로 중국과 미국 양쪽의 눈이 빛나고 있을 때 나온 얘기니까 왕레이 본인도 그렇게 쉽게 제거당하지는 않을 것 같지만, 그렇다면 근일 중에 사사쿠라는 다시 자네에게 접촉해 올 가능성이 높아."

"미국……?"

"이건 그런 정치적인 얘기라고 했잖아. 경찰이, 사사쿠라가 무슨 장사를 하고 있는지 모르는 게 아니면서도 일부러 적발하지 않았던 것은 그런 이유야."

"그 살인청부업자는 중국 정부와 관련이 있다는 건가요?"

"적어도 고용은 돼 있어. 이봐 요시다, 뭐가 그렇게 웃겨……?"

"분명히 사람을 잘못 보신 겁니다. 사람을 잘못 본 게 아니라면, 세상이 미친 거지요."

"아아, 미쳤고말고. 나는 15년 동안 그 미친 세계와 어울려 왔어." 그렇게 대답한 다마루의 얼굴은, 어느새 두터운 고무 가면으로 돌아가 있었다. 가즈아키는 이번에야말로 흥미를 잃으면서 시선을 돌리고, 물이 끓고 있는 냄비에 콩을 던져 넣었다.

"사사쿠라가 접촉해 오면, 자네는 얼른 그 내용을 내게 보고해 줘. 정보 한 건에 5천 엔을 내지."

다마루는 수첩의 페이지 한 장을 찢어 전화번호를 적고, 가즈아키에게 미끄러뜨렸다. 가즈아키가 그것을 도로 밀자, 다마루는 갑자기 고무 가면 안쪽에서 달라붙는 듯한 웃음을 띠고 "자네는 그 살인청부업자를 돕고 싶은 거지?" 하고 속삭였다. "나는 자네의 두 배 정도는 살았어. 자네가 그 남자에게 집착한다는 건 눈을 보면 알 수 있지. 그래서 선악의 판단이 없다고 말한 거야."

"다마루 씨가 성실한 사람이라고 생각한 것은 철회하겠습니다."

"나도 자네에게 감정이 없다고 말한 건 철회하지. 나는 처음에 자네는 숨은 좌익이 아닐까도 생각했는데, 아니야. 자네는 한편으로는 선악의 판단도 못 할 정도로 감정덩어리야. 자네가 살인청부업자에게 집착하는 이유는 조만간 천천히 듣도록 하겠지만, 우선 그 녀석을 죽게 하고 싶지 않다면, 경찰에 협력해. 이게 지금의 자네에게 남겨진 마지막 도피처야."

다마루는 메모를 카운터에 남기고 가게를 나갔다. 가즈아키는 끓는 물속에서 춤추기 시작한 파란 콩을 소쿠리에 받치고, 다마루가 남기고 간 맥주와 잔을 정리했다. 필스너 잔을 닦으면서 왠지 모르게 그 곡선을 손가락으로 더듬다 보니, 아침에 공장에서 본 선반의 모습이 떠올랐다. 이어서 가즈아키의 눈에는 한 개의 둥근 쇳덩어리가 떠오르고, 선반에 붙이는 절삭공구들이 떠올랐으며, 쇳덩어리를 어떤 순서로 깎아 나가면 이 곡선이 만들어질지를 생각하기 시작했더니, 자기도 모르는 사이에 시름을 잊고 있었다.

그리고 평소처럼 업자가 물수건과 얼음을 배달하러

온 후, 그날 첫 번째 여자 손님이 "덥네! 맥주 좀 줘" 하
고 모습을 나타내면서, 가즈아키의 밤은 시작되었다. 불
황이라 저렴한 맥주집이 번성하는 반면, 후사코의 바는
변함없이 한가했다.

오전 1시에 가게를 닫고 뒷정리를 한 후 후사코의 빌
딩으로 돌아갔을 때, 5층에 있는 집 안에서 도둑이 집을
뒤지는 듯한 소리가 들려와서 가즈아키는 놀랐다. 현관
문을 열자 문 앞까지 쓰레기봉투가 산더미처럼 쌓여 있
고, 그 맞은편에서 옷장이며 장롱 안에 있던 것들을 모
조리 끄집어낸 채 바닥에 주저앉은 후사코가, 값비싼 정
장이며 핸드백 등을 아무렇게나 쓰레기봉투에 쑤셔 넣
고 있는 참이었다.

"보면 알잖아. 홀가분해지기로 했어"라고 말하는 후
사코는 손을 멈추려고 하지 않았다. 가즈아키는 그 손을
붙잡고 바닥에서 끌어 일으켜 침대에 앉힌 후, 우선 "그
만둬요"라고 한 마디 했다. 후사코는 드물게도 각성제
기운이 떨어져 있어서 창백해진 얼굴 가득 식은땀을 흘
리고 입술을 떨며 초점이 맞지 않는 탁한 안구를 이리
저리 움직이고 있을 뿐이었다.

"기분 어때요? 괜찮아?"

그렇게 말을 걸고 나서, 가즈아키는 후사코가 쓰레기
봉투에 쑤셔 넣으려고 하던 샤넬 정장을 주워들어 소파

에 놓았다. 바로 얼마 전에 도착한 가을옷으로, 가즈아키가 보는 앞에서 후사코가 특별히 마음에 들어 하며 백화점 외판원에게서 산 것이었다.

"왜 그런지 모르겠는데, 엄청 쓸쓸했어. 그것뿐이야 ……."

후사코는 덜덜 떨리는 입 속으로 그렇게 중얼거리고, 가즈아키가 건넨 컵에 든 물을 마시면서, "가끔 이런 기분이 들어. 어쩔 줄 모르게 되어 버리는 거야"라고 거친 숨을 쉬며 되풀이했다. 후사코가 어떤 마음으로 무슨 말을 했는지, 가즈아키로서는 알 길도 없었고, 우연히 곁에 있었다는 이유만으로 그저 얘기를 들으면서, 어떻게 할까 생각했을 뿐이었다.

"후사코 씨, 괴로워지면 의사를 부를 테니까 말해 줘요." 가즈아키가 그렇게 말하자, 후사코는 "인생이 재미없다고, 의사한테 말하라고? 바보 같아……!" 하며 격하게 대답하고, 이어서, "그래, 스마에 가자. 바다라도 보면 상쾌해질 거야. 차 좀 꺼내 줘"라는 말을 꺼냈다.

"후사코 씨, 우선 수영복을 찾고, 옷을 입고, 화장을 하고, 그리고 나서 가요."

"수영복 같은 건 가서 사면 되니까, 바다에 가자. 응? 바다에 가자……."

"좋아, 알았어요. 아침이 되면 가요."

뭔지는 모르겠지만 약물을 투여하지 않은 결과 찾아온

일시적인 착란이라면, 그렇게 걱정할 것은 없었다. 만약 발작할 경우를 대비해서 하룻밤은 눈을 뗄 수 없겠다는 판단을 내리고, 가즈아키는 후사코를 눕히고 팔베개를 해 준 후, 다른 한쪽 팔로 그 어깨를 끌어안았다.

지난 2, 3주 동안 그랬던 것처럼, 팔 안의 후사코는 다른 누구도 아닌 후사코였다. 운동 부족으로 조금 늘어지기 시작한 창백한 맨살이 축축하게 달라붙는 느낌에도, 머리카락이나 화장품 냄새에도, 가즈아키는 평소처럼 감개와 동시에 흥이 깨는 기분을 맛보았지만, 그런 한편으로는 위로삼아 아쓰코의 얼굴을 떠올리다가, '아니, 분명히 똑같을 거야'라고 생각했다. 아쓰코에게도 후사코에게도, 아마 다른 여자에게도, 자신은 조금씩 반하고, 조금씩 정을 주고, 조금씩 흥미를 잃고, 조금씩 자신 안에 남겨 두는 것이라고. 그리고 자신이라는 인간이 그렇게 만들어져 있다면, 음란하다 해도 뻔했다. 어떤 만남도 성애性愛도 지금은 욕망의 입구에 침전될 뿐이고, 자신은 그 다음을 아직 본 적이 없다.

후사코의 땀이 밴 몸과 맞닿은 가즈아키의 몸에는 순식간에 땀이 배기 시작해, 방울이 되어 어깨에서 옆구리로 흘러 떨어졌다. 활짝 열어둔 창문으로 들어오는 미풍이 그것을 어루만지면, 더운데도 소름이 돋아서 피부가 오싹오싹했다. 그것은 수많은 불꽃놀이의 행렬 같은 열기를 또다시 가즈아키에게 잠시 떠오르게 했다. 후사코는 "안아 줘, 안아 줘" 하고 속삭였고, 가즈아키는 그 목소리를 아득하게 들으면서, 자신이 아직 본 적 없는 욕망은 어떤 모습을 하고 있을까 몽상했다. 구체적인 모습은 알 수 없었지만, 가령 후쿠시마의 창고에서 입고담당자를 때려눕혔던 것과 같은 폭력성은 숨을 죽이고 나갈 차례를 기다리고 있는 듯한 기분이 들었고, 억제할수 없는 타고난 충동은 나이트게이트에서 일선을 넘어, 급기야는 권총도 살인청부업자도 망설임 없이 받아들이게 된 신경은, 대체 어디까지 미친 건지 스스로도 알 수가 없었다.

'한탕 하는 거야' 하며 웃는 리오우의 목소리를 귓가에서 들으면서, 가즈아키는 몸을 달구는 열기에 들뜬 듯이 후사코가 아닌 누군가를 껴안고, 머리를 쓸어 올리고 "안아 줘"라고 속삭이는 입술에 키스를 했다. 눈을 감자, 자신은 지금 돼지죽을 먹으면서 돈벌이 얘기를 하는 남자의 생심장을 안고 있다, 그것에 키스하고 있다, 하나가 되어 있다는 상상이 달렸다. 그리고 오랜만의 충혈이 맹렬하게 찾아온 순간, 그것은 격렬한 흥분의 경련이 되어 후사코에게 비명을 지르게 했고, 가즈아키 자신도 정신없이 소리를 지른 것이었다.

다음날인 9일 아침, 후사코는 가즈아키를 흔들어 깨우며 "날씨가 좋아, 스마에 가자" 하고 재촉했다. 후사코가 그럭저럭 안색이 괜찮아 보여서, 가즈아키는 약속대로 빌딩 주차장에서 후사코의 벤츠를 꺼내 스마 해안까지 드라이브를 했다. 리본이 달린 커다란 모자와 선글라스를 쓴 후사코는 왠지 브리지트 바르도 같은 느낌이었고, 여름 햇살 아래에서는 나쁜 안색도 날아가, 하얀 피부와 염색한 머리카락 색깔이 잘 어울렸다. "후사코 씨, 오늘 멋져"라고 가즈아키가 말하자, 후사코는 "여자를 꾀려면 10년은 더 있다가 해" 하며 웃었다. 해변에서는 목발을 손에 들고, 샌들을 벗어던지고 파도로 발을 씻으며 어린아이처럼 떠들어 댔다. 즐거운 것 같았다.

덴진 축제의 후나토교[船渡御]†에서는, 마을 자치단체의 배는 타기 싫어. 유카타를 입고, 부채를 한 손에 들고 강가를 한 번 걸어보고 싶어. 있지, 가즈, 같이 가자. 유카타랑 게다는 내가 준비해 줄게. 가즈, 기모노가 분명히 잘 어울릴 거야.

후사코 씨, 이제 약 안 할 거예요?

내 인생이니까 내 맘대로 할 거야. 아아, 바다는 기분 좋구나……!

서로 뻔히 알고 있는 떠들썩한 연극 같은 반나절을 스마 해안에서 보내고 오사카로 돌아온 후, 가즈아키는

---

† 7월 24일부터 25일에 걸쳐 벌어지는 오사카의 덴진 축제 때, 100여 척의 대선단이 오사카의 중앙부를 흐르는 오가와 강을 항행하는 행사로, 덴진 축제의 절정을 이룬다.

바의 개점 준비에 들어갔고, 후사코는 역시 가게에는 나오지 않았다. 바다에 간 것은 긁어 부스럼이었고, 낮이 지나면 밤이 오듯이 변덕스런 심경의 후사코는, 분명히 또 각성제 파는 놈에게 전화를 걸고 있을 거라고 가즈아키는 생각했지만, 굳이 자택에 전화를 하지는 않았다.

날짜가 바뀐 10일 새벽, 가즈아키가 가게 매상을 들고 후사코의 자택으로 갔을 때, 후사코는 한눈에 각성제를 맞았음을 알 수 있는 눈빛을 하고 침대에 누워 있었다. 가즈아키는 잠시 곁에 있다가, 어젯밤 후사코가 쓰레기봉투에 처넣은 의류를 옷장에 정돈했다. 그리고 장롱 서랍에 들어 있는 많은 수의 주사기와 새 각성제 봉투 세 개를 음식물 쓰레기봉투 속에 감춘 뒤, 그것을 빌딩 뒤 쓰레기장에 버렸다. 그 후, 후사코의 파자마와 세면도구를 찾아 지갑이며 보험증과 함께 배낭에 넣고, 택시를 불렀다.

"병원에 가요"라고 가즈아키가 말하자, 후사코는 "가게는 어떡할 거야……"라고 한 마디 했다. 가즈아키는 "후사코 씨가 건강해질 때까지 닫아요"라고 대답했고, 후사코는 더는 아무 말도 하지 않았다.

후사코는 공립병원에 입원했고, 가즈아키는 그날 중에 가게의 냉장고를 정리하고, 생화를 치운 후 휴업안내문을 붙이고 가게를 뒤로 했다. 열쇠를 돌려주려고 병원에 들렀을 때, 검사 중인가 해서 후사코는 만나지 못하고 그대로 기타센리에 있는 아파트로 돌아갔다.

가즈아키는 오후 7시쯤 다시 아파트를 나와 전철을 타고, 주소 역에서 노선버스를 타고 노자토에서 내려, 곧바로 모리야마 공장으로 향했다. 2, 3일이면 돌아온다는 말을 남기고 떠난 리오우가 돌아왔을지도 모른다는 생각도 있었지만, 가즈아키의 그날 밤의 목적은 모리야마 고조였다.

문밖에서 들여다본 건물에서는, 내려진 셔터 밑으로 불빛이 새어 나오고 있었고, 기계가 한 대 움직이고 있는 소리가 들렸다. 초인종을 누르자, 꽤 시간이 지난 후에 사무실의 유리창 너머로 모리야마의 얼굴이 나타나 밖으로 나왔다.

"사사쿠라의 전언이라면……"이라고 말하려던 모리야마를, 가즈아키는 "오늘은 제 용무입니다. 잠시 이야기를 들어 주세요" 하고 가로막았다. 모리야마는 이틀 전과 똑같이 가즈아키의 눈을 피하며, 문을 열어 가즈아키를 안으로 들이고는 다시 문에 열쇠를 잠갔다.

앞장서서 작업장으로 돌아간 모리야마는 가즈아키에게 뭔가 말을 걸지도 않고, 세워 두었던 만능연삭반의 스위치를 넣고 중단했던 작업으로 돌아갔다. 고회전 모터의 가늘고 높은 울림은, 이야기를 할 수 없을 정도로 시끄럽지는 않았다. 이틀 전에 본 새 기계가 눈앞에서 움직이기 시작하자, 가즈아키도 자연스럽게 목을 뻗고 자기도 모르는 사이에 모리야마의 손을 들여다보고 있었다.

모리야마의 손은 옛날과 똑같이 매끄럽게 움직여 전후좌우로 이동하는 테이블의 레버를 조작했고, 지금 거기에 고정되어 다듬어지고 있는 것은 길이가 20센티미터, 지름 1센티미터 정도의 가늘고 긴 리머†였다. 각종 리머 중에서도, 그것은 축방향에 비스듬하게 칼날의 홈이 들어가 있는 꼬인 칼날로, 모리야마는 끝부분의 칼날에 있는 미세한 홈 하나에 회전하는 숫돌을 대고 있는 참이었다.

손가로 시선을 떨어뜨리고 연삭에 집중하고 있는 남자는 옛날을 방불케 하는 숙련공의 얼굴을 하고 있었지만, 체구는 아직 커다랗고 당당하다고는 해도, 갓 없는 전구 밑에서 가까이 보니 얇아진 근육이나 푹 패고 튀어나온 뼈가 틀림없이 나이를 느끼게 했다. 레버를 조작하는 가무잡잡한 손도 살이 빠져서, 기계기름이 뼈까지 배어든 것처럼 보였다.

"용무라니, 뭐냐?" 얼굴도 들지 않고 모리야마는 입을 열었다.

"저를 견습공으로 써 주십시오."

가즈아키가 그렇게 말하자, 모리야마는 흠칫 놀란 듯이

---

† 길이가 긴 구멍의 내부를 원, 또는 직선으로 다듬는 절삭공구.

이 얼굴을 들고, 그 손은 자동적으로 기계를 세웠다.

"일하고 싶다는 거냐……?"

"그렇습니다. 여기서 일하게 해 주세요."

모리야마는 잠시 눈을 피하는 것도 잊어버린 듯이 뚫어져라 가즈아키의 얼굴을 바라보다가, 어깨로 크고 깊은 한숨을 내쉬었다.

"무슨 생각을 하는지 모르겠지만……, 이 불황에 견습을 고용할 여유는 없어."

"3개월은 월급이 없어도 괜찮습니다. 뭐든지 할게요."

가즈아키가 그렇게 조르자, 모리야마는 잘 이해가 가지 않았는지 당혹스러운 듯이 고개를 가로젓고, "정말 여유가 없어. 공장이라면 다른 곳을 소개해 줄 테니까……"라고 대답하고, 다시 기계의 스위치를 넣으려고 했다. 가즈아키는 그 손을 갑자기 움켜잡았고, 그 순간 모리야마는 감전이라도 당한 듯한 얼굴이 되었다. 가즈아키는 자신이 무엇을 말하고, 무슨 짓을 하고 있는지는 자각하고 있었지만, 벌써 어디에서 배어 나오는 건지 알 수 없는 격정에 휩쓸려 자제를 할 수 없게 되었다는 것이 솔직한 상황이었다.

"모리야마 씨는 요전에 제게 미안한 짓을 했다고 하셨죠. 그게 거짓말이 아니라면, 제게 보상을 해 주셨으면 합니다. 어머니를 돌려달라고는 하지 않겠어요. 이 공장에서 기계와 함께 있었던 시간을 돌려주세요. 다른

242

공장이 아닌, 이 공장 말입니다."

가즈아키는 환갑의 모리야마와 당당히 대치한 채 절반은 감정대로 그런 말을 토하면서, 가즈아키는 한편으로는 이것이 자신의 본심인지 아닌지를 계속 자문하고 있었다. 이틀 전에 공장을 찾아왔을 때 우연찮게 마음속에서 기계에 대한 집착을 재발견한 것은 사실이었지만, 공장에서 일한다는 것은 어제 바 안에 서 있다가 문득 찾아온 생각이었고, 보상 운운에 이르러서는 방금 멋대로 입에서 나온 논리에 지나지 않았기 때문이다.

아니, 아니다. 자신은 기계를 좋아할 뿐이라고 말해 보았지만 그것도 사실과는 조금 다른 듯한 기분이 들었고, 갑자기 보상 운운하는 말이 자신의 입에서 나온 이유도 알 수 없었다. 여섯 살의 자신이 많은 것을 빼앗긴 것은 사실이지만, 실제로는 지난 15년간 빼앗겼다는 인식을 가진 적은 한 번도 없었기 때문이다. 이틀 전에 모리야마와 재회했을 때 북받쳐 오른 감정을 돌이켜보아도, 거기에는 적어도 '어머니를 돌려달라'는 통한이 없었다는 것은 분명했다. 그렇게 자신의 마음속을 더듬어 보니, 나는 지금 꽤 되는 대로 말을 늘어놓고 있다고 생각했지만, 말을 꺼낸 이상 도로 주워 담을 수도 없었다.

한편 모리야마는 아까와는 선혀 디른 슬픈 얼굴이 되었나 싶더니, 기계를 떠나 작업용 책상 쪽으로 가서 거기에 있는 둥근 의자에 걸터앉았다. 전구 밑의 책상에는 반 홉짜리 소주병과 찻잔이 놓여 있었다. 모리야마는 찻잔에 따른 소주 한 잔을 마시고, 어깨를 축 늘어뜨리며 책상에 팔꿈치를 짚고 머리를 숙였다.

"몇 년 후의 이야기니까, 그냥 마음에만 두고 계세요"라고 가즈아키는 말을 걸었다.

모리야마는 무거운 듯이 머리를 들고, 다시 의아한 얼굴을 했다.

"몇 년 후라니, 무슨 뜻이지……?"

"아마 몇 년 후일 거예요. 지금 그렇게 생각했을 뿐입니다. 오늘내일 중에 당장 그렇게 해 달라는 얘기가 아니라요. 언젠가는 여기에서 일하게 해 주셨으면 좋겠다는 것뿐입니다."

분명히, 방금 생각한 일이었다. 모리야마 공장의 견습공이 된다 해도, 지금 당장은 아니다. 사사쿠라의 밀수품을 가로챘다는 리오우의 이야기와는 상관없이 좀더 앞날을 바라보았을 때, 아직 계단은 몇 걸음이나 남아 있다. 갑자기 그런 기분이 든 이유는 그러나, 가즈아키 자신도 알 수 없었다.

한편 모리야마는 처음엔 한 대 얻어맞은 듯한 얼굴이 되더니, 지금은 다시 소주를 홀짝이면서 이틀 전과 똑같이 어두운 눈을 크게 뜨고 있었다. "그런데, 스즈키는……?" 하고 가즈아키가 묻자, "오늘 아침 일찍 돌아왔어" 하고 모리야마는 건성으로 대답했다.

가즈아키는 배낭에 넣어 온 낡은 신문지 꾸러미 하나를 작업용 책상에 놓았다. 모리야마는 그것을 쳐다본 후 가즈아키를 쳐다보고, 다시 한 번 크게 한숨을 쉬었다. 놀랐다기보다, 어딘가에서 예측하고 있었던 일이 현실이 되었다는 듯한 한숨이었다.

가즈아키는 모리야마가 15년 전에 이 공장에서 안고 있던 비밀을 자신도 15년 동안 품어 왔다고 말할 생각으로 지참하고 온 것이었지만, 여기에 오고 나서 그런 생각은 솔직히 사라져 버렸다. 모리야마의 눈앞에, 밀조권총을 옛 범죄의 증거로 들이밀 생각도 아니었다. 직후에 이런 것은 영원히 감추어 두는 게 좋았을지 모른다고도 생각했다. 그럴 수 없었던 것은 자신의 마음속에 어떤 원한이 여전히 남아 있다는 증거였고, 또한 그것이 당연하다고 가즈아키는 냉정하게 생각했다.

"나머지 꾸러미 아홉 개는, 무거워서 가져올 수 없었어요. 조만간 돌려드리죠. 스즈키는 안채에 있나요? 잠깐 만나고 오겠습니다."

가즈아키는 그런 말을 남기고 작업장을 뒤로 했다. 안채 뒷문을 들어설 때, 갑자기 머리가 날아가지 않도록 어두운 부엌을 향해 "요시다야, 맥주를 사 왔어!" 하고 말을 걸고, 2층으로 올라갔다.

리오우는 덧문을 10센티미터 열어둔 채, 어두운 방에

서 반으로 접은 방석을 베개 삼아 다다미에 큰대자로 누워 있었다. 언더셔츠와 반바지를 입은 차림으로 보아 목욕을 마치고 나온 후인 것 같았다. 비누 냄새가 약간 나고, 유연한 팔다리도 졸린 듯한 얼굴도, 이틀 전과는 또 다르게 온화했다. 가즈아키가 옆에 앉자 리오우는 몇 번인가 눈을 가늘게 뜨고, 다시 감고, 기분 좋은 듯이 베개 위의 머리를 천천히 좌우로 움직였다.

"일어나"라고 가즈아키는 말을 걸고, 들리지 않는 척 하는 남자의 입술을 자신이 당한 것과 똑같이 손끝으로 가볍게 눌렀다. 그러자 이윽고 그 입술은 좌우로 벌어지고, 남자는 부드럽게 웃음을 지으며 겨우 몸을 일으키자 마자, "맥주라고 했지?"라고 나왔다.

가즈아키는 근처 자판기에서 사 온 캔맥주를 배낭에서 꺼내, 한 캔을 건넸다.

"아아, 셰셰[謝謝]!" 리오우는 재빨리 캔을 딴 다음, 단숨에 절반 정도를 마셨다. 그리고 한숨 돌리듯이 황홀한 웃음을 지었나 싶자, 갑자기 '차신성복취此身醒復醉, 승흥즉위가乘興即爲家……'를 아름다운 베이징 어로 들려줬다.

"이거, 알아?"

가즈아키는 갑자기 아쓰코의 얼굴을 떠올리면서, 감탄의 한숨으로 대답했다. 두보의 〈춘귀春歸(봄에 돌아오면)〉 중 한 구절로, '취했다가는 깨고, 다시 취하고, 흥이 나면 집에 돌아간다'는 뜻이었다.

246

"엄청난 조합이군. 두보에, 무용에, 갱에⋯⋯."

"돈벌이에." 리오우는 그렇게 덧붙이고, 남은 맥주를 맛있게 다 마시고는 "이틀 동안 불침번을 서고 왔어"라고 말하며 진지한 얼굴이 되었다.

"사사쿠라의 물건⋯⋯?"

"그래. 히라바야시 저목장이야. 어제, 그러니까 금요일 밤에 물건이 회수되는 걸 봤어. 지금까지 두 번 확인했지만, 다시 실려 나가는 건 금요일 밤이야. 다음 입하는 니시마이즈루에 있는 화물선 입항일을 감시하면 알 수 있어. 선체에 키릴 문자가 들어 있고, 원목을 싣고 있어."

"알았어. 언제부터 감시하면 되지?"

"한 달에 한 번, 20일 무렵이라고 가와시마가 그랬으니까, 그 전후겠지."

"가와시마 매니저? 나도 물건 얘기는 그 녀석한테 들었어."

"그날 밤에, 좋은 걸 보여줄 테니까 저 쪽 보고 있으라고 했어⋯⋯. 그 녀석, 순순히 뒤로 돌더군⋯⋯." 리오우는 그렇게 혼잣말을 하고, 갑자기 소리도 없이 허공을 향해 웃었다. 아아, 가와시마를 사살했을 때의 얘기인가 하고 가즈아키가 이해한 것은, 몇 초나 지나고 나서의 일이었다. 몇 명이나 되는 사람을 죽여 온 것 같은 이 남자도 어쩌다 하나하나의 살인을 떠올릴 때도 있는 건지, 아니면 우연히 인상적이었던 건지, 가즈아키는 생각도 할 수 없었고 여전히 실감도 나지 않았다.

　이러고 있는 동안에도 리오우의 느긋한 몸놀림은 여전히 바닥을 알 수 없는 자력선을 내뿜고 있어서, 그 곁에서는 선후 판단도 손해득실 계산도, 이성도 감정도 전부 지워지고, 자신이 어디에 있는지 알 수 없게 되는 거라고 가즈아키는 생각했다. 대신 이유도 없이 가슴 뛰는 흥분이 부풀어 가고, 더욱더 뭐가 뭔지 알 수 없게 된다. 정말 요술妖術이라고 생각하면서도 이미 평생에 한 번 있는 욕망이 어디까지 가는지 보겠다고 결심한 가즈아키는, 지금도 그저 만족스럽고 행복한 기분이었다.

　그리고 가즈아키가 안고 있던 자신의 무릎에 머리를 기댄 짧은 시간 동안에 갑자기 "헤이" 하는 리오우의 목소리가 나고, 얼굴을 들자 눈앞에 브라우닝 총구가 있었다. 리오우는 흑백의 대비가 선명한 눈에 끈끈한 빛을 담고 가즈아키를 한번 쳐다본 후, 씩 웃으며 "친구라도 긴장을 풀지 마" 하고 말했다.

　가즈아키는 이상하게 여유가 있었고, 스스로도 어째서 그랬는지 알 수 없을 정도로 냉정하게 눈앞의 쇳덩어리를 바라본 후, "안전장치가 걸려 있어" 하고 받아넘겼다. 이어서 냉정한 한편으로 분노가 폭발해, 역시 이것이 자신의 본성이라고 생각하면서 "두 번 다시 하지 마"라고 내뱉었다. 리오우는 그날 밤 처음으로 솔직한 웃음을 보이며 "약속할게"라고 대답하고, 권총을 방석 밑에 넣었다.

그리고 나서 리오우는, 대접을 받으면 다시 대접하는 중국식으로, 부엌 냉장고에서 가져온 워커를 가즈아키에게 대접했다. 가즈아키는 이런 걸 마셨다가는 쓰러질지도 모른다고 생각했지만, 작은 잔에 한 잔씩 들이키고 나니 조금 더 유대감이 생긴 것 같은 기분이 들었다.

한 잔의 워커가 입을 가볍게 만들어, 가즈아키는 경찰이 국제지명수배서를 보여준 것이며, 거기에 리오우의 이름이 '앙레이暴磊'나 '팡페이야오範飛耀'로 되어 있었다는 사실을 이야기했다.

"아아, 그런 이름도 있었지"라고 리오우는 말했다.

일본에 온 보수는 대체 얼마였냐고 물어보니, 여러 가지 사정이 있어서 일본 돈으로 20만 엔 정도라는 것이었다. 가즈아키는 잘못 들은 줄 알았다.

"바보 같아……"라고 가즈아키가 말하자, 리오우는 아무렇지도 않다는 듯이 "앙레이의 목숨값이 20만이라는 뜻이야"라고 대답한 후, "하지만 리오우는 그렇게 싸지 않다고. 이제부터 시작이야. 10년 후에 두고 봐. 연봉 1억 달러의 비즈니스를 해 줄 테니까"라고 즉시 덧붙였다.

어떤 비즈니스를 할 거냐고 물으니, 리오우는 "그런 건 이제부터 생각해야지"라고 일축하면서, 태연하게 웃었다.

당장 일본을 탈출할 수 있을지 어떨지 알 수 없는 상황도, 사사쿠라의 밀수품을 빼돌리는 얘기도, 리오우 앞에서는 불가능이 불가능이지 않게 되는 것 같은 느낌이 들었다. 아무 근거도 없는데도 가즈아키는 불안도 의심도 일어나지 않았고, 듣고 있으면 왠지 즐거워지고, 한 조각의 어두움도 없는 장대한 천진난만함에 이끌려 가슴이 뛰었다.

"당신은 앞으로 뭘 할 거야?"라는 질문에, 가즈아키는 잠시 생각했다.

"기계를 좋아해. 그러니까 장래에는, 아마 어딘가에서 선반을 움직이고 있을 거야. ……그렇군, 살아 있는 동안에 한 번은 중국대륙을 보고 싶어. 공안이 노려보고 있으니까 당분간은 여권을 받을 수 없겠지만."

"대항해시대에 바다에 배를 몰고 나간 선인들을 생각해봐. 대륙에 가고 싶어지면, 내가 언제든지 데려가 주지. 양쯔 강에서 티베트까지, 몇 만 킬로미터라도 함께 해 줄게. 잊지 마, 이건 내 약속이야. ……조건은, 心和肝(심장과 간)."

가즈아키의 귀는 마지막 말에서 '和'[†]라는 한 단어를 거의 알아듣지 못했고, 그 말을 순간 '心肝'으로 들었다. 아쓰코가 편지에 쓴 '你是我的心肝肉儿(당신은 나의 사랑스런

[†] '~와'를 나타내는 접속사.

사람'의 '心肝'이었다. 그러나 리오우가 말한 그 두 글자는 여자가 써 보낸 그것과는 또 조금 달라서, '심장과 간'이라는 글자 뜻 그대로의 의미가 갖는 생생한 육감과, 거기에서 파생된 '인간이라는 것'이라는 심오한 의미와, 나아가 남들 앞에서는 말할 수 없는 '특별한 사람'이라는 뜻을 각각 포함한 채, 가즈아키의 귀에 닿았다.

"心, 肝."

가즈아키가 그렇게 고쳐 말하자, 리오우는 입술을 천천히 좌우로 벌리며 미소를 짓고, "좋은 말이지?"라고 했다.

리오우의 말을 듣고 있으면, 언젠가 정말로 그런 날이 올 것 같은 기분이 든다. '있을 수 없다'고 비웃는 이성의 목소리를 누르고, 어쨌든 그런 꿈만 같은 날을 기대하는 것이, 가즈아키의 틀림없는 본심이었다.

그날 밤, 리오우는 마지막에 "우선은 사사쿠라의 물건이야"라며, 20일 전후의 물건 입하일에 대비해 가즈아키가 준비해야 할 물건을 늘어놓았다. 밀수품 권총은 수십 자루씩 한 꾸러미가 되어, 히라바야시 저목장의 바다에 가라앉아 있는 것 같다. 그런 말을 들어도 가즈아키는 상상도 가지 않았지만, 리오우의 지시대로 우선 10미터 정도 되는 등산용 자일 세 개. 튼튼한 튜브 한 개. 무크기 정도 되는 나뭇조각 한 개. 水중안경. 슈뇌르켈".

---

† 가장 친근한 사람, 가장 사랑스러운 사람이라는 의미.

커다란 커터나이프. 비닐시트. 렌터카.

가즈아키는 그것을 메모했다.

그런 뒤 둘이 부엌에 내려가, 뒷문으로 나갔다. 맞은편에 있는 공장 사무실의 유리문 너머로, 작업용 책상에서 반 홉짜리 소주병을 한 손에 들고 머리를 축 늘어뜨리고 있는 모리야마의 모습이 보였다. 리오우는 익숙하게 "목욕물 다 식는다!" 하고 밝게 한 마디 던지며 사무실로 들어갔고, 가즈아키는 모리야마와 얼굴을 마주하지 않으려고 재빨리 공장을 뒤로 했다. 뒤를 쫓아오는 것은 무더운 밤바람에 우는 벚나무 잎 스치는 소리뿐이어서, 다마루도 사사쿠라도, 대체 어디에서 숨을 죽이고 있는 걸까 생각했다.

다음날인 7월 11일 일요일, 가즈아키는 후사코의 상태를 보기 위해 병원에 들렀다. 후사코의 병실에는 늘 모이는 소란스러운 여자 친구들이 와 있었기 때문에, 가즈아키는 병실 입구에서 아주 잠깐 얼굴만 보이고 곧바로 물러나 그 길로 신칸센을 타고 도쿄의 외조부모님 댁으로 돌아갔다. 대학에 진학한 이후 도쿄에 돌아가는 것은 정월 휴가 때뿐이었기 때문에, 정월에 왔던 손자가 여름에도 얼굴을 보이자 늙은 외조부모님은 손자에게 무슨 일이 있었던 게 아닌가 하고 당황한 얼굴을 했다.

---

†† (앞쪽)잠수부가 사용하는 호흡 보조 기구로 'J' 자 모양으로 굽은 관이다.

가즈아키는 대학을 그만둔 사실을 말하고, 취직할 곳은 얼마든지 있으니까 걱정하지 말라고 외조부모님을 안심시킨 다음, 담장과 홈통을 수리하거나 상태가 나쁜 전기제품을 고치고, 그들의 손이 닿지 않는 천장 청소를 하면서 3일쯤 지냈다. 그 후, 외조부모님과 함께 이즈에 2박 3일간의 여행을 하느라 가즈아키는 저금의 대부분을 써 버렸지만, 자신이 신세를 진 외조부모님에게 아주 약간이나마 효도를 했다는 생각은 전혀 없었다. 오사카의 대학에 가겠다, 대학이 오사카면 취직도 오사카에서 하겠다고 결정했을 때부터 가즈아키는 외조부모님을 버렸고, 그들 역시 손자를 포기한 지 이미 오래였다. 정월에 작은 선물을 들고 돌아올 때마다 외조부모님은 불평도 하지 않고 "얼굴을 보여주는 것만으로도 됐다"고 했고, 가즈아키는 자신을 사람도 아니라고 인정하면서도, 지금까지는 어딘가에 그들의 딸이 자신을 버린 거라는 면죄부도 있어서, 이걸로 됐다고 납득해 왔다. 그 상황을 바꿀 방법은 지금도 가즈아키에게는 없었다.

잠시 동안 돌아오지 못한다는 말을 남기고 힘차게 손을 흔들며 외조부모님 댁을 뒤로 한 것은, 7월 17일 아침이었다. 오사카에 돌아가, 그날은 스포츠용품점에서 자일과 튜브 등을 사고, 서점에서 마이즈루 관광지도를 산 후, 다음날인 18일에는 니시마이즈루로 갔다. 청바지에 티셔츠라는 가벼운 차림으로 배낭 하나를 짊어지고 나니 어느 모로 보나 무전여행을 떠나는 학생의 모습이었다. 대학에 들어가고 나서 계속 아르바이트에 쫓겨 여행 한 번 한 적이 없던 가즈아키에게, 외조부모님과 이즈에 갔던 것을 빼면 첫 번째의 여행다운 여행이었다.

슬슬 해수욕객으로 붐비기 시작한 여름의 해변마을을 걷고 있자니, 특별히 뭔가 하는 게 아닌데도 그저 즐거웠다. 역 앞에서 조금 벗어나니 바다 냄새가 나는 낡은 집들이 나타나고, 트럭이 오가는 국도로 나가면 한산한 항만시설 맞은편에는 바다가 있었다. 처음으로 보는 동해는 깊은 만에 둘러싸여 호수처럼 조용했고, 네 개의 부두에는 크레인이 보였지만 배의 모습도, 사람 그림자도 없어서, 여름 햇살 아래에서 항구 전체가 낮잠을 자고 있는 것 같았다. 가즈아키는 아무도 없는 부두에 서서 이즈의 바다와는 또 다른 바다의 향기를 콧구멍 가득 들이마시고, 녹슨 부두 크레인을 올려다보면서, 그러고 보니 오사카 항에도 많이 있는데 가까이서 본 것은 처음이라고 감동했다. 아무것도 없는 부두에 오도카니 서 있는 크레인은 몹시 크고, 늠름해 보였다.

그 후 가즈아키는 관광지도를 따라 시에서 운영하는 버스를 타고, 고로다케 전망대에 올라갔다. 마이즈루 만灣과 니시마이즈루 시내가 한눈에 내려다보이는 그곳은, 일몰이 가까울 시간이었기 때문에 관광객의 모습은 이미 드물었다. 가즈아키는 이때다 싶어 난간에서 몸을 내밀고 조망을 즐겼다. 여름의 저녁해를 받은 해안선도 바다도 시내도, 경계도 없이 붉게 타오르고 있었고, 반도 끝에 펼쳐진 바다는 온통 금색이었으며, 그곳에는 점점이 배의 검은 그림자가 떠 있었다. 공기空氣와 반도의 산, 바다의 잔물결 하나하나가 전부 찬연하고 요란하게 빛을 내며 여행자를 맞고 있는 듯한 느낌이었다. 요도가와 강에 내리쬐는 저녁해와 어디가 특별히 다른 것도 아니었지만, 그것을 바라보는 사람 자체가 얼마쯤 변해서인지, 눈앞의 풍경 구석구석까지 아무리 바라보아도 질리지 않아서, 가즈아키는 완전히 시간을 잊었다.

가끔 지도와 비교하면서 깊이 파인 만의 해안선 곡선을 바라보고, 몇 시간 전에 자신이 서 있던 부두나 국도는 어디쯤일까 찾아보면서, 눈을 먼 바다 쪽으로 옮기니 화물선으로 보이는 몇 천 톤급의 배 그림자 위치가 조금 더 이동해 있었다. 그렇게 바라보는 동안에도 해는 시시각각 기울어 갔고, 반도의 산들이 검붉게 가라앉아 가자 먼 바다의 금빛은 더욱 눈부셔졌고, 한편 이번에는 어두워진 시가지에 가로등이 켜지기 시작했다. 정신을 차려 보니 더위가 누그러지고 미풍이 피부를 어루만지기 시작해, 가즈아키는 땀이 식어 가는 기분 좋은 느낌속에서 더욱 눈 밑의 선방을 즐겼다.

야경도 도심과는 또 달라서, 해안선을 따라 달리는 도

로가의 가로등 하나하나를 알아볼 수 있었고, 그 빈곤한 깜박임 하나하나가 친밀하고, 의미심장하고, 상냥하게 느껴졌다. 수평선도 사라진 칠흑 같은 바다에, 이번에는 오징어잡이배의 불빛이 점점이 켜지고, 각각의 불빛이 또 조금씩 위치를 옮겨 갔다. 가즈아키는 혼자 감탄의 한숨을 쉬면서 시내에서 사 온 과자빵을 먹고, 그 후에도 몇 시간이나 계속해서 바라보았다. 그날 밤에는 전망대 벤치에서 배낭을 베개 삼아 잤는데, 눈을 감으면 망막에 야경의 가로등이 깜박이고, 눈을 뜨면 오사카에서는 볼 수 없는 수많은 별들이 쏟아져 내렸다. 그것을 몇 번 되풀이하자 무중력의 천공天空에 별과 함께 떠 있는 것 같은 기분이 들었고, 어느새 빠져든 잠도 편안하기 그지없는 것이었다.

다음날 아침에는 새벽의 온화한 냉기로 잠이 깨었다. 화장실의 수돗물로 세수를 한 후 다시 잠시 전망대에 서자, 눈 밑은 온통 울창한 안개의 바다였다. 반도의 산들의 능선이 희미하게 보이는 것 외에는 먼 바다까지 바다와 하늘의 경계도 없어서, 돌연 구름 위에 혼자 남겨진 듯한 기분이 덮쳐와, 가즈아키는 재빨리 도보로 산을 내려왔다.

약 한 시간 걸려서 이른 아침의 시가지에 도착하자, 가즈아키는 그 길로 부두에 가서 배가 없는 텅 빈 제방에 섰다. 해면에 달라붙듯이 늘어져 있는 안개 속에, 옆

어항 부두에서는 다랑어상자를 나르는 리프트며 장사치들이 돌아다니는 모습이 희미하게 보이고, 어묵공장인 듯한 건물 굴뚝에서는 연기가 오르고 있었다. 그 소리까지는 가즈아키가 있는 부두에 닿지 않았고, 들리는 것은 국도를 오가는 트럭 소리뿐이었다.

가즈아키는 시내 식당에서 간단한 식사를 하고, 히가시마이즈루로 발길을 옮겼다. 기타스이라는 지역에서 옛 해군의 벽돌창고를 보며 돌아다니고, 해안 절벽에 계류된 해상자위대의 호위함이나 소해정掃海艇 등의 모습을 바라본 후, 오후 내내 인양기념관에서 전시사진을 한 장 한 장 보며 시간을 보냈다.

전쟁 중이나 전후 시절의 한순간 한순간, 무명의 일본인 한 명 한 명의 모습을 찍은 사진은, 지금까지 맥락도 없이 가즈아키의 인생 속에 흩어져 있던 기억의 단편을 서로 연결시켜 주는 것이었다. 어릴 때 도쿄 거리에서 본 하얀 상복을 입은 상이군인들의 모습. 도서관의 책에서 본 중일전쟁이나 태평양전쟁의 사진 몇 장. 인양선이 들어오던 날, 마중하러 나간 가족들의 기쁨을 전하던 라디오 뉴스의 요란스런 목소리. 다큐멘터리에서 본, 북한으로 가는 귀국선을 전송하는 화려한 종이테이프와 만세의 목소리. 모리야마 공장에서 함께 지낸 김정의나 박화선 같은 남자들의 얼굴 등이었다. 또, 자신의 어머니나 모리야마 고조가 자신의 나이 때

보았던 시대의 풍경은 이런 것이었을까 하는 막연한 감
개도 있었다.

가즈아키는 기념관 밖에 있는 공원에서 '두 장에 500
엔'이라 선전을 하고 있는 사진사에게 기념사진을 찍었
다. 그 자리에서 완성된 폴라로이드 사진에는, 청바지에
배낭을 멘 가벼운 차림의 젊은 남자가 한 손으로 피스
사인을 만들고, 입을 크게 벌리며 싱긋 웃고 있는 모습
이 찍혀 있었다. 찍은 본인의 얼굴이 빨개질 정도로, 장
소에 어울리지 않는 밝은 스냅 사진이었다.

저녁때 니시마이즈루에 돌아가 부두에 배가 들어왔는
지를 확인한 후, 국도변에 있는 작은 여관에서 그날 밤
을 보냈다. 인양기념관에서 본 사진을 뇌리에 떠올리면
서, 어젯밤과는 또 조금 다른, 희미한 진동을 동반한 잠
에 빠져들었다.

다음날인 20일 이른 아침, 가즈아키가 일찌감치 여관
에서 나와 항구로 나가자, 짙은 안개 바다에 터그보트에
예인되는 검은 화물선의 모습이 있었다. 가즈아키가 부
두에서 바라보는 동안, 반 시간쯤 걸려서 배는 천천히
다가왔다. 이윽고 갑판에까지 산더미처럼 쌓인 원목이
보였고 이어서 배 선체의 하얀 키릴 문자가 보였다. 밀
수품이 쌓여 있다는 것도 잊고, 가즈아키는 먼 대륙 어
딘가의 항구에서 동해를 건너온 한 척의 배에 마음을
빼앗겨, '아아, 대륙에 가고 싶다'는 생각에 가슴이 설레

었다.

가즈아키는 배가 부두 끝에 다가올 때까지 계속 바라보다가 그 자리를 떠났다. 그 길로 니시마이즈루 역으로 가서, 교토 행 열차를 타고 오사카로 돌아간 때는 정오 전이었다.

가즈아키는 일단 기타센리에 있는 아파트로 돌아가 배낭을 내려놓고, 저녁 무렵 모리야마 공장으로 갔다. 공장은 10일 만이었다. 공장 일이 끝나는 오후 5시 이후까지 기다렸다가 가 보니, 그날은 휴업이었는지 건물 셔터는 내려져 있고, 서녘해가 비치는 앞마당을 대빗자루로 쓸고 있는 청바지 차림의 젊은 여자가 있었다. 가즈아키는 놀라서 여자를 보고, 여자도 가즈아키를 보았다.

문을 사이에 두고, 먼저 "가즈……?" 하고 말한 것은 여자 쪽이었다. 가즈아키는 햇볕에 탄 갈색 피부에 단호한 두 눈동자가 빛나고 있는 여자의 얼굴을 바라보고, 조금 뒤늦게 그 계란형 얼굴을 본 적이 있다는 것을 깨달았다.

"사키코 씨……?" 가즈아키가 그렇게 묻자, 여자는 하얀 이를 드러내고 웃으면서 빗자루를 손에 든 채 다가왔다. "우와아, 몇 년만이야……! 정말 키가 커져서, 누군가 했어. 모리야마 공장에 이직도 와 주고 있을 줄은, 나 전혀 몰랐는데……. 지금 뭐 하고 지내?"

가즈아키는 "아르바이트요" 하고 순간 얼버무리면서, 그리움보다도 우선은 20대 중반일 사키코의 상쾌한 짧은 커트 머리나, 건강해 보이는 성숙한 몸에 압도당했다. 이어서 자신과는 전혀 다른 세계의 사람이라고 느끼고, 희미한 불편함도 찾아왔다.

"사키코 씨, 가끔 오고 계시나요……?"

"나도 일이 있어서 가끔밖에 안 와. 호적은 분리됐어도 아버지는 아버지고. 오늘도 오랜만에 와 봤더니 공장은 닫혀 있지, 빚쟁이들은 와 있지. 아하하, 이런 얘기는 가즈에게밖에 못 할 거야, 정말……." 그런 말을 하며, 사키코는 깔깔 웃었다. 16년 만에 만났는데도, 가즈아키가 예전의 모리야마의 경찰사태를 알고 있는 사람이라서 그런지 꾸밈없고 친밀하게 대해서, 가즈아키는 반대로 숨이 막혔다.

"빚쟁이라니, 혹시 사사쿠라라는 사람?"

"어머, 가즈도 알고 있었어……? 아, 안에도 들이지 않고 미안해." 사키코는 그렇게 말하면서 재빨리 문을 열었고, 가즈아키는 안채 2층에 있는 활짝 열린 창문이나 건조대에 널려 있는 빨래를 보며, 리오우는 분명히 또 모습을 감춘 걸 거라고 생각했다.

"그러니까, 오늘은 아버지는 못 만날 것 같은데."

"사사쿠라는 아직 있어요?"

"분명히 밤까지 버티고 있지 않을까? 오늘은 무슨 일

이 있어도 결말을 짓겠다고 했으니. 나는 이제 돌아가야
하는데, 가즈는 어떻게 할래?"

"잠깐 기다리고 있어도 될까요?"

"그럼, 안채에서 기다리도록 해. 보리차도 식혀 뒀거
든."

사키코는 앞장서서 안채 부엌으로 가즈아키를 불러들
였다. 지금껏 쭉 왕래가 있었던 사이라도 되는 것처럼
가즈아키를 안에 들인 후 컵에 보리차를 따랐다. 가즈아
키는 왠지 진짜 친척과 대면하고 있는 것 같은 기분이
들기 시작했고, 가슴이 조금 더 아파졌다.

"어머니는 건강하세요?"

"엄마? 2년 전에 돌아가셨어. 세탁소를 직접 열어서,
그게 지금은 큰 가게가 되었는데 말이야. 가즈 어머니
는?"

"저희 어머니도 6년 전에 돌아가셨어요."

"그래……. 예쁜 분이셨지, 똑똑히 기억나. 맞다, 나,
어머님이 만들어 주신 피아노 발표회 옷, 지금도 가지고
있어. 분홍색 시폰 드레스. 너무 예뻐서 버리기가 아까
웠거든. 아이가 생기면 조만간 입힐 수 있을지도 모르
고."

"사키코 씨, 결혼하셨어요……?"

"그야, 나도 벌써 스물여섯인걸. 가즈는 스물……둘?
지금도 기계를 좋아해?"

"예, 뭐."

"그래……. 아버지는 아무 말도 안 해 주신다니까. 가끔 참는 데도 한계가 있다고 말씀드리지만, 죽을 때까지 그 제멋대로인 병은 낫지 않을 거야."

사키코는 바쁜 듯이 손목시계를 들여다보고, 식탁에 놓여 있던 마직麻織 가방을 들면서 "나 이만 가 볼게. 가즈를 다 만나다니, 오늘 오길 잘했네. 다음에 뭐 맛있는 거라도 먹으러 안 갈래?"라는 말을 남기고 나갔다. 마지막에는 사키코도 조금 불편한 것처럼 보였지만, 그 미묘한 반응의 이유는 가즈아키로서는 짐작할 수 없었다.

가즈아키에게 16년 만에 만난 사키코는 거의 처음 만나는 사람이나 마찬가지였고, 어디에서 무엇을 하는 여자인지도 몰랐고, 가까운 시일 안에 다시 만날 기회가 있을 거라는 예측도 없었다. 갑자기 부풀어 올랐던 어떤 그리움의 풍선은 재빨리 시들어 갔다. 굳이 말하자면 잠시 여름의 회오리바람을 만난 듯한, 그런 기분이었다. 특별히 미인도 아니고 남자를 돋우는 냄새도 없었는데, 그 회오리바람이 떠나는 것을 아주 잠깐이나마 아쉽게 여기는 기분이 들었던 이유는 그저, 연상의 여자라는 것 이외에는 생각할 수 없었다.

사키코가 정문을 나가는 소리를 들은 후, 가즈아키는 뒷문을 나섰다. 사무실 유리문 너머로, 안쪽 작업장 책상을 마주하고 앉아 있는 모리야마와 사사쿠라의 모습이 보였다. 모리야마는 변함없이 반 홉짜리 소주병을 책상에 놓고 있었고, 사사쿠라는 폴로셔츠에 샌들을 신은 평범한 차림으로, 그들 사이에서는 다급한 고함 소리 하나 들려오지 않았다.

먼저 사사쿠라의 눈이 돌아보았고, 가즈아키의 모습을 본 사사쿠라는 특별히 당황하지도 않고 다시 시선을 되돌렸다. 사사쿠라는, 모리야마에게 한 마디 했을지도 모른다. 이번에는 모리야마의 얼굴이 돌아보았지만 그 눈도 곧 시선을 피했다. 오기가 생긴 가즈아키는 사무실 문으로 들어서서 작업장에 발을 들여놓았다.

사사쿠라가 즉시 무표정한 눈으로 다시 돌아보며 "무슨 볼일이라도 있습니까?" 하고 말했다.

"그쪽이야말로, 여기에는 가까이 올 수 없다고 하지 않으셨나요?"라고 가즈아키가 말하자, 돌아온 것은 "상황이 바뀌었거든요"라는 매몰찬 한 마디였다. 이어서 사사쿠라는 가느다란 눈 안쪽에서 안구를 움직이며, "오늘은 다른 사람 같군요" 하고 웃었다.

한편 모리야마 쪽에서는, "꼬마도 어른이니까, 얘기를 듣도록 해. 그리고 이 공장에서 일하겠다는 얘기, 없었던 걸로 해 줬으면 좋겠다"라고 말했다. "역시 그랬습니까? 당신과 가즈 군은 결탁하고 있었군요"라고 사사쿠라는 말했지만, 그 표정은 거의 아무 관심도 나타내지 않았다.

"가즈 군, 이 모리야마는 여기 있는 기계를 포기하고 공장을 닫고 싶다고 하는데, 여기 기계는 전부 장기임대 계약이라서 포기하려면 나머지 5년 치 임대비용을 지불해야 합니다. 전액은 약 4천만. 모리야마는 땅을 담보로 신용금고에서 빌리겠다고 하지만, 그런 돈을 누가 빌려주겠습니까?"라고 사사쿠라는 말했다. "어차피 5년간은 조업을 계속해서 임대료를 지불하든지, 정산할 생각이라면 토지째 매각하든지, 방법은 둘 중 하나죠. 확실하죠?"

"그 전에, 사사쿠라 씨가 기계를 장기임대까지 해 주시면서 이 공장에 집착하신 이유는 뭐죠? 이 밑에 금화라도 묻혀 있습니까?"

가즈아키의 한 마디에 사사쿠라는 아주 잠깐 동안 얼굴을 굳히고, 이어서 폭발하듯 웃기 시작했다. 동시에 모리야마도 웃기 시작했고, 두 남자의 기괴한 웃음은 잠시 이어졌다.

"사사쿠라. 이 꼬마는 여기가 권총제조공장이었다는 걸 15년 전부터 알고 있었어. 아마 당신이 하는 장사도 눈치 챘을 거야. 황요우파나 자오원리 살해 경위도 대강은 알고 있으면서, 이 애는 여기에 온 거야."

"……그렇군요. 학생치고는 배짱이 너무 두둑하지 않나 생각하고 있었지만요. 뭐, 가즈 군, 그 얘기는 우선 접어두고, 이 공장에는 지난 5월에도 운영자금을 800만 쯤 융자해 줬거든요. 그것도 변제하기 전에 공장을 닫으면 어떻게 합니까. 저는 상식적인 얘기를 하고 있는 것뿐입니다."

"여기 사사쿠라는 800만을 융자해 줄 때 살인청부업자를 부록으로 붙여 줬어. 탈출 루트를 확보할 때까지 맡아 달라면서 말이야. 이게 상식적인 얘기야?"

"부록보다 이자가 높은 게 더 좋았나요? 금융기관에서 제대로 된 융자도 받지 못하는 사업장은, 원래대로였다면 벌써 망했을 겁니다. 당신은 옛날부터 거래처와 가격 교섭 하나 제대로 못해서, 아무리 일해도 이익을 내지 못하는 경영을 해 왔지 않습니까. 누구 덕분에 오늘까지 공장이 있었다고 생각하십니까?"

이 모리야마 제작소가 금융기관에서 융자도 받지 못하는 경영이었다면 사사쿠라의 말에는 일리가 있고, 도산보다는 부록이 붙은 융자를 받은 점은 모리야마 본인의 선택이었던 것이 된다. 그래도 두 사람 모두 상식적인 얘기라고는 할 수 없었다. 가즈아키는 "그렇게 말씀하신다면, 경찰 덕분이지요. 공안이 고의로 눈감아 주었기 때문에, 사사쿠라 씨도 모리야마 씨도 여기에 있을 수 있는 겁니다"라고 끼어들었고, 사사쿠라는 즉시 엷은 웃음으로 대답했다.

"다마루가 그러던가요? 후학을 위해 말해 두겠는데,

다마루라는 남자는 경찰본부에서는 주류에서 벗어난, 영원히 볕을 볼 날이 없는 두더지 같은 놈입니다. 그 두더지가 멋대로 구멍을 파기라도 했다간, 단숨에 경찰 내부에서 제거당할걸요. 그런데 바로 내가 도와주어서 목이 붙어 있는 겁니다. 이게 진상이랍니다."

"좌냐 우냐 하는, 정치적인 정보교환 말입니까?"

"뭐, 여러 가지가 있지요……. 그건 그렇고 가즈 군, 상당히 깊이 발을 들여놓고 있군요."

"당신이 바에 나타났기 때문이지요. 그렇지 않았다면, 저는 지금 여기에 없을 겁니다. 모리야마 씨와도 만나지 않았을 테고, 스즈키와도 만나지 않았겠지요. 스즈키의 정체도 끝까지 몰랐을 거예요."

"스즈키의 정체라는 건 뭡니까?"

"다마루가 국제지명수배서를 보여 주었습니다. 앙레이니 팡페이야오니 하는 가명으로, 중국 정부와 관련이 있다고 들었습니다."

"바보같군요……" 하고 사사쿠라는 손을 한 번 흔들어 일축했다. "그 녀석은 홍콩의 신디케이트에서 위조지폐 인쇄공장의 행동대원이었던 놈입니다. 그러다가 작년 말에 공장에서 지폐 원판을 훔쳐내서 50만 달러에 팔며 조직을 위협했지요. 뭐, 스무 살 정도밖에 안 된 것치고는 그릇이 터무니없이 크다는 생각들도 있었지만, 어쨌든 다른 조직이 중개로 나서서 그 목숨을 빼내 주면서, 원판의 반환과 일본에서의 청부를 교환으로 일을 마무리지었습니다. 그렇게 된 겁니다."

"적어도 일본 경찰은, 그런 배경으로 보고 있지 않습니다."

"다마루가 무슨 말을 했는지 모르겠지만, 경찰이 그놈을 취조할 수 없는 이유는 단 하나. 사건에 관해서는 증거가 없기 때문입니다. 권총에서 지문은 나오지 않았고, 현장에서 그는 사이즈가 다른 신발을 신고 있었죠. 권총은 물론 새것입니다. 입고 있던 옷은 직후에 처리했고, 클럽 종업원이 아무리 스즈키를 닮았다고 증언해도 그 스즈키라는 남자는 이 세상에 존재하지 않고요. 앙레이인가 하는 지명수배범이 스즈키라는 건 다마루가 멋대로 짖어 대는 소리입니다."

"경찰이 마음만 먹으면 입관법 위반이든 뭐든 용의는 있을 것 같은데요."

"여권 말인가요? 이 아시아에서는 사람 하나쯤 누구로든 만들 수 있습니다. 그 증거로, 그는 진짜 일본 여권도 면허증도 갖고 있지요. 물론 다른 사람의 것이지만요."

가즈아키는 리오우의 정체를 탐색할 생각은 없었지만, 일본 여권이라는 한 마디에는 조금 혼란스러워졌다.

"그 녀석은 분명히 홍콩에 있었을지도 모르지만, 본토에서 온 놈이야. 말투가 달라." 그렇게 말한 것은 모리야마였다. "그런 건 사사쿠라, 당신이야말로 알고 있을 거야. 그 녀석도 본토에서 도망쳐 왔지?"

"그게 어쨌다는 겁니까? 지난 10년간 본토는 문화혁명을 겪고 있으니, 홍콩에는 산더미처럼 많은 사람들이 도망쳐 왔는데요."

"도망쳐 오는 데에는 나름대로 이유가 있을 테지."

"이유라고요……? 홍위병, 하방청년下放青年[†], 축출된 당 간부, 인민해방군의 탈주병. 그리고 노동이 성미에 맞지 않아 탈출한 사람들도 부지기수고, 도둑이나 살인자도 있죠. 사상학습보다 돈 버는 게 더 중요한 장사꾼도 있습니다. 원래 몇 백 년이나 국가를 이루지 못했던 그렇게 넓은 대륙에서, 모두가 계급투쟁을 할 거라고 생각한다면 큰 잘못입니다. ≪마오쩌둥毛澤東 주석 어록≫으로 배가 부르는 것도 아니고. 도대체가 하나같이 '马马虎虎(뭐, 적당히).' 게다가, 예예 하고 머리를 숙이고는, 한 걸음만 밖으로 나가면 '没关系(상관없어)'하고 혀를 내미는 게 중국인 아닙니까? 본토에서 도망쳐 왔다고 해도, 이유 따윈 있으나 없으나 마찬가지라는 게 정답입니다."

[†] 중국이 당·정부·군 간부들의 관료주의·종파주의·주관주의를 방지하고 지식분자들을 개조하며 국가기구를 간소화한다는 명분으로, 간부들을 농촌이나 공장으로 보내 노동에 종사하게 하고 군의 고급 간부들을 사병들과 같은 내무반에서 기거하며 생활하게 하는 간부정책을 하방운동이라 하는데, 1957년 3월부터 시작되었다. 당시 '하방'된 중앙 및 성급(省級) 지방 간부는 300만 명에 달하였으며, 여기에 학생들과 군 간부들을 합치면 1,000만 명에 달했다.

268

"그 청년, 생계가 어려워서 도망쳐 온 바보로는 보이지 않아."

"만일 그에게 정치적인 배경이 있다면, 돼지에게도 오리에게도 있을 겁니다. 백보 양보해서 설령 배경이 있다 해도, 지금의 중국은 오늘의 동포가 내일의 반역자. 누가 누구를 타도할지 아무도 모르는 상황이니 배경이 이렇다 저렇다 해 봤자 소용없는 일입니다."

"그, 이렇다 저렇다 해 봤자 소용없는 배경 때문에, 당신은 자오원리 암살을 청부한 거 아닌가? 나는 그 놈만은 용서할 수 없다는 생각 때문에 가담했지만, 당신은 달라."

모리야마는 반나절 이상 절어 있는 술기운도 투과할 수 없는 암반에 부딪친 듯한, 허무하고 완고한 얼굴을 하고 있었다. "당신은 달라"라는 한 마디로, 모리야마는 사사쿠라가 정치적인 세력의 앞잡이라는 것을 지적한 것이겠지만, 그러나 가즈아키에게는 사사쿠라의 정체보다도 오히려, 모리야마가 분명히 자신은 자오원리 살해에 가담했다고 자백한 것이 더 깊이 귀를 파고들었다. 처음부터 알고 있었지만, 15년 전에 이 작업장에 있던 모리야마의 얼굴, '퍄오퍄오량량'의 얼굴, 그리고 어머니의 얼굴이 다시금 뒤섞이게 된 탓인지도 몰랐다.

"어디가 어떻게 다르죠? 살인은 살인입니다"라고, 사사쿠라는 무표정하게 대답했을 뿐이었다. "자오원리를 나이트게이트의 그 자리에 앉히기 위해서, 당신은 15년 전의 은인 얼굴을 하고 나가지 않았습니까?"

비참하다기보다 허무하다는 기분이 들어, 가즈아키는 그 말을 가로막았다.

"두 분 다, 공장을 닫네 마네 하는 얘기는 어떻게 된 겁니까……?"

"아아, 그렇죠. 하지만 가즈 군, 저도 이 모리야마도 대륙에서 자랐기 때문에 성격은 느긋하답니다." 사사쿠라는 느긋하게 말하며 웃었고, 모리야마도 소주를 홀짝홀짝 마시기 시작했다. 이 두 어른의 인생의 리듬과 논리는, 분명히 자신과는 꽤 다르다고 가즈아키는 인정할 수밖에 없었다.

"이 모리야마의 대답은, 조업을 계속할 생각이 없다. 그리고 공장을 팔 생각도 없다는 겁니다."

"애초에, 갑자기 임대료를 정산하겠다는 얘기가 나온 이유는 뭡니까?"

"이 녀석에게는 이제 정나미가 떨어졌어"라고 모리야마가 말하자, "정나미가 떨어지는 건 좋은데, 돈은 어떻게 할 겁니까? 조업을 계속할 건지, 공장을 팔 건지. 정나미가 떨어졌다면, 어느 쪽인지를 정해 주시죠"라고 사사쿠라는 말했다. 가즈아키의 귀에는 거의 만담처럼 들리는 대화였다.

"모리야마 씨. 융자를 받았다면 사사쿠라 씨 쪽이 할

말이 있겠네요."

"할 말이고 뭐고 다 필요 없어. 사사쿠라는, 스즈키인
지 하는 놈을 여기에 맡긴 지 2개월 반이나 됐는데도 아
직 그대로야. 뭐가 어떻게 됐는지 경찰은 여기에 스즈키
가 있다는 걸 알면서도 가만히 있고, 이제 질색이란 말
이야."

"살인청부업자가 부록으로 딸린 돈을 빌린 건 모리야
마 씨잖아요. 사사쿠라 씨, 탈출 얘기는 어떻게 된 겁니
까?"

"그건 23일에 배가 수배되어 있습니다. 지난주에 본인
에게도 모리야마 씨에게도 전했어요. 이걸로 문제는 없
을 테니, 멋대로 공장을 닫는다는 건 납득할 수 없습니
다. 이대로 가면 이달 전기세도 내지 못할 텐데, 술이나
마시고 있을 때입니까?"

거기까지 듣고, 가즈아키는 작업용 책상을 주먹으로
한 번 탁 쳤다.

"두 분 다, 23일에 스즈키가 실제로 여기에서 나간 후
에 다시 한 번 이야기를 하는 게 어떨까요?"

"저는 그래도 좋습니다. 그때 확실히 대답을 받는다
는 조건으로"라고 사사쿠라는 대답했다. 한편 모리야마
의 대답은 "스즈키가 틀림없이 출국했다는 게 확인되
면, 공장을 팔겠어"였다.

사사쿠라는 일어서서, "가즈 군 덕분에 얘기가 빨리

끝났군요"라는 겉치레 인사를 남기고 모습을 감추었다. 가즈아키는 그것을 지켜보다가, 그러고 보니 암거래 얘기를 묻는다는 걸 깜박 잊었다고 생각했다.

작업장에 남겨진 모리야마는 전구 밑에서 계속 술을 마시고 있었다. 그 표정을 보면 갑작스럽게 '공장을 팔겠다'는 말을 내뱉은 것도, 어디까지가 진심이었는지 짐작이 가지 않았다. 가즈아키 자신도 의심이라고도 할 수 없는 의심이 머릿속을 천천히 돌 뿐, 반 시간 전과는 전혀 다른 어색한 분위기였다. 23일에 리오우가 출국한다는 얘기는 사실일까. 대체 누구로 나가는 것일까. 그러나 다마루는 사사쿠라가 리오우 살해를 노리고 있다고 하지 않았던가. 아니면 다마루가 한 말은 대부분 거짓이었던 걸까. 그리고 리오우는 대체 갱인 걸까, 아닌 걸까.

니시마이즈루에서 화물선 입항을 기다리던 3일간은 포기할 수도 있었지만, 리오우의 태도나 아직도 알 수 없는 사사쿠라의 의도 등을 생각하면, 가즈아키는 앞이 보이지 않는 무명無明의 심경으로 되돌아가는 것을 멈출 수 없었다. 리오우는 어떻게 될까. 공장과 모리야마는 어떻게 될까. 나는 어떻게 될까.

"얘야" 하고 말을 걸며, 모리야마가 가즈아키를 보고 있었다.

"나는 그 클럽에 네가 있었다는 말을 들었을 때, 정말로 내 인생을 걸고 너에게는 보상을 해야 한다고 생각했단다. 그때부터 공장을 팔기로 결심했어. 임대료 얘기는 사사쿠라가 신용할 수 없는 남자라서 마지막까지 끌기 위해 꺼냈을 뿐이야. 그리고 공장은 팔 거다."

"팔 생각인 공장을 위해, 왜 돈을 빌리신 거예요 ……."

"우선 조업을 계속하고 있어야 경찰의 눈을 끌지 않을 수 있을 것 같아서. 설마 경찰과 사사쿠라의 경쟁일 거라고는 생각도 하지 않았거든. 내가 바보인 건 알고 있어……. 내가 어째서 이런 놈인지, 너한테는 설명할 수 없단다. 전쟁에 나갔다가 살아서 돌아온 사람들은 모두 남에게는 말할 수 없는 경험을 했지. 다들, 지금도 떠올리면 머리가 이상해질 것 같은 경험을 한 거야……. 그래서 나는 아시아나 대륙의 사람들을 만나면 그게 누구든 내쫓지 않을 수 없었어. 부록하고는 달라. 그 스즈키가 여기에 있는 건 내 의지야."

그래서 어떻다는 걸까. 전쟁 체험이 어떤 것이었든, 공장의 늙은 선반공의 고백치고는 여전히 기묘하다고, 가즈아키는 생각했다. 이렇게 경찰 사태를 되풀이하고, 결국에는 자오원리 살해에 가담하기까지 한 모리야마의 인생도, 지금 다시 다섯 명을 살해한 살인청부업자를 자택에 숨겨 주게 된 경위도, 인괴니 운명 이선의 이야기라고 생각했지만, 확실한 것은 황요우파나 자오원리를

리오우 273

숨겨주었던 무렵과는 달리, 모리야마는 이제 결정적으로 늙었다는 것이었다. 더욱더 앞뒤 판단력을 잃고, 조정능력을 잃고, 브레이크가 헐거워진 고물차 같다고 가즈아키는 생각했고, 약간 쓸쓸함도 느낀 것은 그 때문이었다.

어떻게 하면 좋을지 알 수 없는 사태를 또 하나 목격한 기분으로, 가즈아키는 우선 배낭을 뒤집어, 담아 온 아홉 개의 낡은 꾸러미를 작업용 책상에 비웠다.

"이게 전부입니다."

"15년 동안 무거웠지?"라고 모리야마는 말하고, 꾸러미 중 하나를 풀어 작은 쇳덩어리 하나를 집어 들고 안경을 쓴 눈앞에 갖다 댔다. 일전에 첫 번째 꾸러미를 건넸을 때는 나름대로 충격을 받은 것 같았지만, 지금은 15년 전에 자신이 깎은 부품의 완성도를 확인하는 듯한, 어떤 색깔도 띠지 않은 선반공의 눈이었다.

"그러고 보니, 요전의 꾸러미는 조립되어 있더구나. 네가 한 거니?"

"저 외에 누가 있겠어요."

"'플라모델'이라고 생각한 건 아니겠지……."

"권총이라는 건 어릴 때도 알고 있었어요. 그래서 계속 감춰 온 겁니다. 그런데 이 권총도, 사사쿠라의 융자의 부록이었나요?"

"라이선스 생산된 권총을 대량으로 운반할 루트가 없

었던 시절의 얘기야. 사사쿠라가 이 공장에서 만들 수 있을 거라더군. 스프링만 외국에서 조달하면 다른 부품은 분명히 간단하게 깎을 수 있었지만, 수작업으로는 장사가 될 만한 수량은 만들 수 없고, 밀조품은 비싸게 팔수 없으니까. 결국 시작품을 몇 개 만들었을 뿐이야."

"지금은요?"

"사사쿠라가 이러니저러니 말을 하겠지만, 나는 공장을 팔기로 결심했어. 이제 손대지 않을 거다."

모리야마는 그렇게 중얼거리고, 작업용 책상 서랍에서 기름종이에 싸인 꾸러미 하나를 꺼내 책상에 놓았다. 모리야마는 자신의 손으로 꾸러미를 풀고, "봐라. 이게 진짜야"라고 말했다. 꾸러미 속에서 나타난 것은 리오우가 갖고 있던 것과 똑같이 광택을 없앤 아름다운 정품 브라우닝이었다.

"사사쿠라의 물건인가요?"

"그래. 시어 부분의 맞물림이 나빠서, 내가 다시 깎았어. 판매 가격이 200만은 되는 상품商品이니까, 불량이 있으면 신용이 깎인다고 해서."

"밀조나 수리나 마찬가지 아닌가요?"

"공장을 닫으면 그것도 끝이야."

정말로 그럴까 생각하면서, 가즈아키는 손에 든 권총의 총구를 전구 불빛에 비추어 보았나. 총신 내부에는 가와시마 매니저의 토카레프와 똑같이 완만하게 꼬인 여섯 개의 홈이 빛나고 있고, 눈을 가까이 하자 화약 냄새가 코를 찔렀다. 새것이 아닌, 사용된 적이 있는 총이었다.

"이 나선의 리드는?"

"250밀리미터."

"홈이 여섯 개니까, 피치는 6분의 1인가……"라는 혼잣말이 나온 것은 무의식중의 일이었고, 이어서 가즈아키는 어떤 생각이 떠오름과 동시에 작업용 책상에서 공구선반으로 달려갔다. 그리고 갖가지 절삭공구며 드릴이며 호브가 놓여 있는 선반의 한쪽 구석에서, 일전에 모리야마가 만능연삭반으로 갈고 있는 것을 보았던 가늘고 긴 리머를 찾아내자, 그것을 작업용 책상으로 가지고 돌아와 다시 앉았다.

모리야마의 눈앞에서, 가즈아키는 한 손에 리머, 다른 한 손에 권총을 들어 보였다. 리머는 일전에 보았을 때 몹시 가늘고 길다고 생각한 대로, 지름은 겨우 0.8이나 0.9밀리미터 정도였다. 나사칼날 끝의 물림각도는 1도 미만이어서, 이 각도로는 깎을 것이 거의 없는 구멍에밖에 쓸 수 없다. 게다가 홈이 1.5밀리미터 정도로 얇은 칼날이 여섯 개, 리드의 긴 나선을 그리며 꼬여 있고, 보기에도 정말 250밀리미터 정도였다.

"너라는 아이는……."

모리야마는 어깨를 떨며 소리도 없이 웃기 시작했지

만, 그 주름진 눈가에는 눈물이 배어 있었다. 가즈아키는 다만 유혹에 저항할 수 없었을 뿐이었다. 오직 자신을 위해 리머를 총신 안에 밀어 넣었다. 2센티미터 정도되는 끝부분이 안에 들어갈 때, 리머의 바깥지름과 총신의 안쪽지름이 딱 맞는, 느슨하지도 빡빡하지도 않은 감촉이 있었다. 그 감촉이 손가락에서 손바닥으로, 손목으로, 팔로, 내장으로 파문처럼 퍼지는 쾌감에 가즈아키는 몸을 떨며, 일순 모리야마가 있다는 것도 잊고 있었다. 어린 시절 자신은 분명히 이 감각을 알고 있었다, 몸 전체가 기억하고 있다고도 생각했다.

"아아, 여섯 살 때랑 똑같은 얼굴을 하고 있구나……" 하고 모리야마가 신음하는 듯한 한숨을 쉬는 것을 들으면서, 가즈아키는 몇 초간 총신 안에서 나선홈의 산과 계곡이 정확하게 맞물려 돌아가는 감촉을 몸 전체로 맛보고, 그것만으로도 섹스를 한 번 한 것처럼 충족되었던 것이다.

가즈아키는 리머를 빼내 공구선반에 갖다 놓으러 갔고, 모리야마는 권총을 도로 쌌다.

"지금도 기계를 좋아한다면, 오사카 동부에 정밀금형을 만드는 좋은 공장이 있단다. 거기 공장장을 아니까 언제든지 소개해 주마. 보상이라 해도, 나는 그 정도밖에 못 해 주니까……."

가즈아키는 그 말에는 대답하지 않았다. 기계는 좋아

하지만, 자신이 집착하는 것이 기계인지 이 공장인지, 스스로도 아직 확실치 않다고 생각했기 때문이었다. 게다가 리오우의 앞날, 사사쿠라의 물건, 자기 자신의 앞날 등등, 앞이 보이지 않는 것이 지금은 너무나 많이 겹쳐져 있었다.

"저녁 때 사키코 씨를 만났어요"라고, 가즈아키는 그 자리를 얼버무리며 화제를 돌렸다. "밝은 사람이더군요. 16년 만에 만났는데도 제 얼굴을 기억하고 있었습니다."

"교토에 있는 고등학교에서 국어를 가르치고 있나 봐. 잘 모르겠지만, 프랑스 사람이랑 결혼했대. 찢어진 청바지를 입고 수염을 기르고, 금발을 허리까지 길게 기른 히피 같은……."

"흐음, 사키코 씨도 대단하네요……."

"벌써 3년이나 됐는데 아이가 안 생긴다면서, 산부인과에 다니고 있어. ……아아, 벌써 7시군. 오랜만에 장어라도 먹을까?"라고 모리야마는 말했고, 가즈아키는 저도 모르게 쓴웃음을 지었다.

"전기세도 못 내신다면서요? 저한테 너무 신경 쓰지 마세요."

"공장을 팔면 돈이야 생기지. 어차피 외상이야."

그렇게 말하고 모리야마는 재빨리 작업용 책상의 불을 껐다. 그때, 갑자기 일어서서 전등으로 손을 뻗은 모리야마가 조금 앞으로 쓰러진 것처럼 보여서, 가즈아키

278

는 순간적으로 손을 뻗어야만 했다.

그리고 손을 뻗으면서 가즈아키는 애매한 위화감을 느끼고 새삼 당혹스러워졌다. 모리야마는 그저 늙기만 한 것은 아니었다. 여러 가지 상황을 연결하는 길목에서 많은 부분이 누락되고, 비약해서, 오랜만에 장어라도 먹자고 말한다. 많은 말을 생략하고 도달한 결론만 말하는 모리야마의 말투는 외조부모님의 말투와도 겹쳐져, 어딘가 육친이 아니면 느낄 수 없는, 불투명한 정에 의해서만 메워질 수 있는 것처럼 느껴졌던 것이다. 육친이 아닌데도 갑자기 육친인 것 같다고 생각한 것은, 저녁때 만난 사키코도 마찬가지였다.

모리야마와 함께 안채 부엌으로 돌아가자 목욕탕에서 물을 쓰는 소리가 들리고, 모리야마는 "아아, 돌아왔나 보구나"라고 말했다. 가즈아키는 리오우에게 전해야 할 말이 있었기 때문에, 모리야마가 장어집에 전화를 거는 동안에 목욕탕을 들여다보았다.

"나 요시다야. 문 연다"라고 말을 걸고 목욕탕의 유리문을 열자, 욕조의 뜨거운 물에서 머리만 내놓은 리오우는 입을 열자마자 대뜸 "배는 들어왔어?"라고 말했다. "오늘 아침에 확인했어"라고 가즈아키가 대답하자, 2초도 되지 않아 "좋아, 22일에 결행한다. 나중에 자세히 이야기하자고"라는 대답이 돌아왔다.

"하지만 당신, 23일에 출국하잖아……."

"그게 뭘? 우선은 한탕 해야지. 아아! 드디어 한탕 하는 거야, 기대해. 갱의 장사를 보여줄 테니까."

리오우는 증기 때문에 분홍색으로 물든 얼굴 가득히 웃음을 지으며, 욕조에서 젖은 한쪽 팔을 내밀었다. 그 손을 맞잡았을 때에는, 가즈아키는 어느새 모든 것이 원래의 상황으로 돌아간 듯한 기분이 들어, 뭐가 뭔지 모르는 채로 이유도 없이 행복해졌다. 좀더 냉정하게 생각하면 펼쳐진 낙하산에는 구멍이 뚫려 있었던 게 틀림없지만, 그래도 펼쳐졌다는 것에는 변함이 없었다. 가즈아키는 지금, 펼쳐지기만 하면 그걸로 충분했다.

부엌으로 돌아가자, 모리야마는 풍로에 냄비를 얹고 싱크대에서 풋콩을 꼬투리에서 까고 있는 참이었다. 가즈아키는 그것을 도왔다.

"그는 정말로 23일에 출국하는 건가요?" 하고 슬쩍 물어보았지만, 모리야마는 미묘하게 말을 돌리며 "글쎄, 어떨까?"라고 대답했을 뿐이었다. 리오우는 아무래도, 사사쿠라가 말하는 것처럼 움직이지는 않을 것 같다. 가즈아키는 그렇게 추측하자, 약간의 안도와, 그렇다면 이제부터 어떻게 할 건가 하는 약간의 불안을 동시에 느꼈지만, 그래도 여전히 다리가 둥실둥실 떠 있는 듯한 행복감은 사라지지 않았다.

그 후, 모리야마와 리오우와 가즈아키 셋이서 한 식탁

에 앉아, 맥주와 콩을 놓고 건배를 하고, 장어도시락을 먹었다. "나중에 장기 두던 거 마저 하자고"라고 모리야마가 말하자, 리오우가 "그래, 하지"라고 대답했다. 대화는 그것뿐이었다. 지난 2개월 남짓한 밤을 두 사람은 장기를 두며 지내 온 걸까. 리오우와 모리야마가 같이 있어 봐야 그리 할 얘기도 없긴 하겠다고, 가즈아키는 생각했다. 그러나 그 생활도 이제 곧 끝난다.

가즈아키는 세 사람이 얼굴을 마주하는 것은 이것이 마지막일 거라고 생각하고, 리오우에게 "춤 좀 춰 봐"라고 말했다. 쾌히 응한 리오우는 그날 밤에는 노래까지 붙여서 크게 서비스를 했고, 부채 하나를 들고 "홍후, 스이야아, 랑야미, 랑타, 랑아" 하고 노래하면서 천천히 춤을 추었다. 가즈아키는 처음 듣는 노래였지만, 높게 낮게 너울거리는 달콤한 선율에 맞춰 춤추는 리오우는, 다시 봐도 별세계別世界의 생물처럼 아름다웠다.

처음으로 본 듯한 모리야마는 처음부터 끝까지 입을 다물지 못하고 있었지만, 마지막에 "이 노래, 들은 적이 있어……" 하고 흥분한 듯이 중얼거린 것도 역시 모리야마였다. "벌써 10년쯤 전이지만, 단파 라디오에서 들었어. 영화 주제가야. 그렇지?"

리오우는 휘익 하고 감탄의 휘파람으로 대답하고, 모리야마는 "洪潮水呀, 浪呀么浪打浪啊, 洪潮岸边是呀么是家乡啊(호수에 물이 넘쳐, 파도가 치고 또 친다. 그 호숫가가 고향

……)" 하고, 조금 음정을 틀리면서, 리오우가 방금 전에 불렀던 소절을 되짚어 보였다.

이번에는 가즈아키가 휘익 하고 감탄의 휘파람을 불고, 리오우는 "졌어"라고 속삭이며 모리야마의 뺨에 쪽 하고 키스했다. 모리야마는 깜짝 놀라 몸을 뺐고, 가즈아키의 목에서는 아하하 하고 커다란 웃음소리가 튀어나왔다.

리오우는 바로 2년 전까지 갱 노릇을 하면서 동시에 홍콩의 관광객을 상대하는 클럽에서 춤을 추었다고 했는데, 그것만은 거짓말 같지 않았다. 화려한 의상을 입고 머리장식을 달고, 화장을 하고 춤추는 리오우의 모습은, 실로 선명하게 눈에 떠올랐다.

식사를 끝낸 후 모리야마에게 목욕을 할 때, 가즈아키와 리오우는 22일에 할 일을 재빨리 결정했다. 할 일이라 해도 리오우가 지시한 가즈아키의 역할은 그저, 그날 렌터카를 빌려서 이미 준비한 등산용 자일과 튜브, 나뭇조각 한 개, 수중안경, 슈뇌르켈, 커터나이프, 비닐 시트를 그 차에 싣고, 오사카 시 미나토 구區 후쿠자키 2번가에 있는 수도국 배수장 앞에서 기다리는 것뿐이었다. 미나토 구 후쿠자키는 사사쿠라의 물건이 있다는 스미노에 구의 히라바야시와는 조금 떨어져 있었지만, 왜 후쿠자키인지 리오우는 말하지 않았고, 가즈아키도 묻지 않았다.

지시받은 시각은 오후 9시. "현장에 접근하면 라이트는 꺼" 하고 리오우는 못을 박았다.

7월 22일 목요일에는, 장마철인데도 비가 오지 않는 날씨가 이어지고 있던 하늘이 오랜만에 흐려지고, 오후부터 비가 왔다. 가즈아키는 전날까지 아파트를 정리하고, 그날 아침 마지막으로 이불을 이삿짐 쓰레기로 내놓고, 방을 텅 비웠다. 3년 동안 사용하던 자전거도 쓰레기장에 내놓았다. 마지막으로 방을 청소하고 있을 때, 밖에 차가 멈추고 곧이어 문을 쿵쿵 두드리는 소리가 나서 내다보니, 창백한 얼굴을 경련시키며 다마루가 서 있었다.

다마루는 새벽에 모리야마 공장에서 스즈키가 모습을 감추었다고 했다. 늘 하던 외출이 아니라 실종되었을 가능성이 높다며, 가즈아키에게 무슨 얘기를 듣지 못했느냐고 힐문했지만, 대답할 것은 아무것도 없었다. 그저께 리오우의 말을 듣고, 사사쿠라가 수배해 준 대로 움직이지는 않을 거라고 추측했던 것이, 보다 현실에 가까워졌다고 생각했을 뿐이었다.

그래도 다마루는 이렇게까지 될 필요가 있을까 하고 놀랐을 정도로 심하게 초조해하고 있었다. 이른 아침, 홍콩에서 중국본토의 무선교신을 듣고 있던 미국 대사관에서 통보가 들어왔다나 해서, 중국 측도 지금 오사카의

'고양이'가 사라졌다고 소동을 부리고 있는 것 같다. 홍콩 신디케이트의 행동대원이었다가, 중국의 '고양이'였다가, 여장한 무용수였다가, 정말 주변이 소란스러운 친구라는 것이 가즈아키의 감상이었다.

다마루는 어지간히 당황했던지, 첫눈에 이사한다는 것을 알 수 있는 방의 모습을 눈치 챈 기색도 없이, 겨우 1분 정도 만에 모습을 감추어 버렸다. 그 후 가즈아키는 갈아입을 옷 약간과 세면도구, 준비한 자일 등을 담은 배낭 하나를 메고, 저녁때 아파트를 뒤로 했다.

경찰의 미행을 경계하며, 가즈아키는 전철을 갈아타고 일단 신오사카 역으로 가서 신칸센을 탔다. 렌터카를 빌린 것은 교토 역으로, 그곳에서 시간을 조정하면서 천천히 오사카 시내로 돌아갔다. 딱 한 장 갖고 있던 무늬 있는 셔츠를 입고 선글라스를 썼다. 차는 비록 카로라의 세단이었지만, 차림만큼은 지금부터 여자를 꾀러 나가는 듯한 모양새였다.

오후 9시쯤, 가즈아키의 세단은 오사카 시내를 지나 만을 향해 내려가고 있었다. 오사카라는 도시는 기본적으로 강만 하나 넘으면 풍경이 바다로 바뀌고, 바다로 가까이 가고, 한신 공업지대로 다가간다. 니시요도가와의 공장지대와, 요도가와 강 맞은편에 있는 후쿠시마를 오랫동안 보며 지내온 가즈아키에게도, 요도가와 강 다음으로 안지가와 강을 지난 순간 단숨에 모습을 나타내는 공장가의 풍경과 연기에 덮인 하늘 색깔은 언제 보아도 압권이었다. 매립지는 중유 냄새를 풍기고, 무수한 운하는 하수구 냄새를 풍긴다. 거기에 희미하게 바다 향기가 섞여, 간신히 바다가 가깝다는 것을 알 수 있다.

안지가와 강을 지난 세단은 기즈가와 강을 지나, 항구를 따라 달리는 산업도로인 국도 172호선으로 들어섰다. 그곳은 이미 미나토 구區로, 북쪽에 있는 안지가와 강 맞은편의 고노하나 구, 남쪽에 있는 시리나시 강 맞은편의 다이쇼 구와 함께, 크고 작은 공장과 해안절벽과 창고와 컨테이너 기지가 펼쳐져 있는 매립지 일대였다. 낮에는 공장의 자재나 제품을 나르는 트럭의 왕래밖에 없고, 밤에는 해안절벽의 희미한 불빛과, 매립지에 세워져 있는 시영주택의 불빛 외에는 소리 하나 없는, 어디까지 이어져 있는지 알 수 없는 캄캄한 창고들밖에 없는 곳이었다.

신호등만 혼자 점멸하는 아무도 없는 도로를, 강해진 빗발이 두드리고 있었다. 후쿠자키 방면은 좌회전이라는 도로표지판을 따라 국도에서 골목으로 들어서자, 사라진 가로등 대신 갑자기 바다 향기가 진해졌다. 가즈아키가 향하고 있는 후쿠자키라는 장소는 오사카 만에 가까운 매립지 중 하나로, 가즈아키가 확인한 지도로는 시리나시 강과 산지쓰켄보리 강과 덴포잔 운하로 사방이

둘러싸여 있고, 역시나 있는 것은 공장과 창고와 공터로, 그 막다른 곳에 화물역이 하나, 그리고 항구 배수장이 있는 것으로 되어 있었다.

주민의 기척도 없는 쓸쓸한 폐점 가게와 창고가 차례차례 바뀌는 골목을 지나자, 작은 운하가 나왔다. 앞쪽에 있는 다리와 나란히 왼쪽에 화물용 기차철교가 있고, 철로가 뻗어가는 쪽을 보고 섰을 때 오른쪽이 후쿠자키 2번가, 왼쪽이 3번가였다. 리오우가 지정한 배수장은 오른쪽에 있겠지만, 운하 맞은편은 도로와 철로가 흐릿하게 빗속에서 빛나고 있는 것 외에는 틀림없이 있을 공장의 불빛조차 보이지 않는, 한층 더 어두운 곳이었다.

겨우 30미터 남짓 되는 다리 앞에서, 차를 일단 정지한 가즈아키는 리오우가 지시한 대로 헤드라이트부터 껐다. 설령 사전 지시가 없었더라도, 혼자 라이트를 켜고 달리는 것이 자살행위라는 사실은 전방의 어둠이 가르쳐 주고 있었다. 가즈아키는 어둠 속에서 눈에 힘을 주면서 다시 차를 출발시켜, 다리를 건넜다. 도로는 화물용 철로와 평행으로 그저 똑바로 뻗어 있고, 그 앞은 비가 내리는 어둠에 빨려 들어가 배수장의 그림자도 없었다. 가즈아키는 철로에 방치된 화차나 도금공장의 탱크가 흐릿하게 떠올라 보이는 비의 장막을 찢고, 창고나 함석담장 사이에 숨어 있는 골목길을 찬찬히 살피면서 천천히 전진했다. 리오우의 요술이 효과를 나타내고 있는 것인지, 불안이나 공포는 한 번도 찾아오지 않고, 오히려 '리오우 가까이까지 왔다' '이제 곧이다'라는 기대에 몸이 오싹거리고 있었다.

7, 800미터 나아가니, 이번에는 전방에 덴포잔 운하가 누워 있고, 도로 앞 다리 맞은편에는 희미하게 흙이 빛나 보이는 매립지와 칠흑 같은 오사카 만이 있었다. 그것을 보면서 가즈아키가 호안護岸을 따라 좌회전하고, 운하를 따라 잠시 달리다가 다시 호안을 따라 우회전하자, 새로운 수로는 산지쓰켄보리 강이 되었다. 철로를 따라 있는 공장이나 창고 뒤로 나온 것이다. 빗속에서 웅성거리는 수면에는 거룻배나 목재운반선이 몇 척 누워 있고, 그 앞에는 수문이 있고, 그 맞은편은 저목장으로, 폐유 냄새에 섞여 원목의 껍질 냄새가 났다. 그리고 문득 오른쪽을 보니 배수장인 듯한 울타리와 캄캄한 부지가 있고, 그 울타리 앞에 소형트럭을 한 대 세우고 우산을 쓴 리오우가 서 있었다.

"그런 셔츠를 입으니까 다른 사람 같아" 하고 웃은 것이 리오우의 첫 번째 말이었다. 이어서 "자, 도구를 이쪽으로 옮겨. 차는 여기에 두고, 히라바야시에는 이걸로 간다"라고 리오우는 말하고, 무슨 공사업체의 가게 이름이 붙어 있는 二톤트럭을 탁 샀다.

가즈아키는 렌터카에 싣고 온 배낭에서 자일이며 튜

브 등의 도구를 소형트럭으로 옮겼다. 시동을 걸고 운전석에서 기다리고 있는 리오우 옆에 올라타자, "아이야" 하는 리오우의 경쾌한 목소리와 함께, 차는 기세 좋게 달리기 시작했다.

"오늘 아침에 경찰이 왔어. 당신이 사라졌다고, 여러 곳에서 소동이 벌어졌대."

"20만 엔밖에 안 준 녀석들이야. 멋대로 소란 떨라지."

"그것도 그렇군. 애초에 당신을 풀어놓은 게 잘못된 거야."

아하하 하고 리오우는 소리 높여 웃고, 휘파람을 불기 시작했다.

리오우는 불빛 하나 없는 데도 경쾌하게 달렸다. 운전에도 부근 지리에도 익숙한 게 틀림없었다. 순식간에 후쿠자키의 매립지를 벗어나자 라이트를 켜고, 가즈아키가 달려온 것과는 다른 국도 43호선으로 나가 시리나시 강을 건너자, 그곳은 이미 더욱더 어두워져 가는 다이쇼구의 간선도로였다. 크고 작은 부두나 운하가 새겨져 있는 매립지에는, 창고나 폐점된 가게들이 달라붙듯이 누워 있는 어둠속에 비가 반짝이고, 전방 맞은편에는 제철소의 용광로인 듯한 불꽃이 흐릿하게 하늘을 물들이고 있었다. 그 불빛도 차의 앞유리를 격렬하게 때리며 흘러 떨어지는 비로 차례차례 씻겨 나간다. 전방의 도로에는 공장과 점멸하는 신호등 외에는 움직이는 것이 없고, 들리는 것은 젖은 노면을 달리는 타이어 소리와 하늘을 덮으며 울기 시작한 빗소리뿐이었다. 장마의 마지막을 장식하는 호우가 되고 있었다.

그 비를 보며 "좋은 비야……"라고 리오우는 노래하듯이 중얼거렸다.

소형트럭은 다이쇼 구 한가운데를 가로지르는 다이쇼 거리를 거의 끝까지 가서, 거의 직각으로 좌회전했다. 눈앞까지 다가와 있던 제철소의 불빛이 방향을 바꾼 소형트럭과 함께 앞유리에서 오른쪽 창으로 흘러가 지워졌나 싶자, 앞쪽에는 센본마쓰오하시 다리의 루프선이 있었다. 그 루프선을 맹렬한 스피드로 달려 끝까지 올라가자, 다리는 기즈가와 강 위의 상공을 건너 뻗어 있고, 차창 뒤에는 방금 전까지 보이던 바닷가 제철소의 광대한 야경과 칠흑 같은 오사카 만이 있었다.

그러나 그 다리도 순식간에 건너 버리고 다시 루프선을 내려가자, 풍경은 또 변했다. 거기에서 기즈가와 강을 따라 내려가기 시작한 도로 사방에는 매립지의 어둠과 흐릿한 창고의 그림자밖에 보이지 않게 되어, 목표로하는 스미노에 구 히라바야시의 저목장으로 다가가고 있다는 것을 느꼈다. "你怕不怕(무섭지 않아)?"라고 리오우가 말하기에, 가즈아키는 "没有(아니)"라고 대답했다. 두근거린다고 말하고 싶을 정도였다.

소형트럭이 다시 라이트를 끄자 어두워진 앞유리 전
방에 희미하게 빛나는 수면이 보이기 시작하고, 젖은 원
목 껍질이 빛나는 것이 보임과 동시에 그것은 단숨에
넓어져 저목장이 되었다. 기즈가와 강, 스미요시 강, 야
마토 강, 세 개의 하천이 흘러드는 주위 1킬로미터 하구
전부가 거대한 풀장처럼 바둑판 모양으로 나뉘어 있고,
눈에 들어오는 어느 풀장이나 수면의 절반 정도가 원목
으로 덮여 있는 것이다. 그것을 격렬한 소나기가 두드리
고, 나무껍질이 튕겨 내는 물보라가 무수히 뛰어올라,
물안개가 되어 주위 전체를 덮고 있었다.

가즈아키가 오른쪽으로 왼쪽으로 시선을 보내고 있는
사이에, 소형트럭은 스미요시 강가의 저목장 끝까지 와
서 멈췄다. 그곳은 제재소인 듯한 건물과 원목이 한데
쌓여 있는 공터로, 손을 뻗으면 닿을 정도로 가까운 곳
에 원목으로 된 풀장이 있고, 뒤는 하구의 바다였다.
"물건이 있는 건, 저 제일 끝이야" 하며, 리오우가 앞유
리 정면을 가리켰다.

와이퍼가 비를 씻어냄에 따라 눈앞에 있는 저목장의,
한 변이 수백 미터나 되는 장방형 풀장의 윤곽이 흐릿
하게 떠오르고, 다시 비에 씻겼다가 다시 떠올랐다. '제
일 끝'에 있는 호안 절벽까지는 적어도 300미터는 되어
서, 원목을 두드리는 비가 거품을 내고 있는 것이 희미
하게 보일 뿐이었다. 리오우가 말하기를, 저 근처에 있

는 원목 하나에 로프가 감겨 있는데, 그것이 표식이라고 한다. 가즈아키는 와이퍼가 닦아 내는 비의 맞은편을 응시했지만, 역시 아무것도 보이지 않았다.

"감시하는 놈이 대략 한 시간 간격으로 와. 녀석들은 헤드라이트를 켠 차로 오니까 금방 알 수 있어. 감시꾼이 한 번 지나가면 그때 천천히 움직이자"라고 리오우는 말하며, 와이퍼를 끄고 운전석 등받이에 유유히 몸을 맡겼다.

가즈아키의 손목시계는 오후 9시 40분을 가리키고 있었다. 소형트럭의 얇은 지붕을 두드리는 빗소리 외에는 아무것도 들리지 않았다. 와이퍼가 멈춘 앞유리에는 비가 폭포를 이루어, 바로 눈앞의 저목장도 지워져 버리고, 흐릿한 기즈가 강 맞은편의 제철소 불빛이 가물가물하게 새어들 뿐이었다. 그 불빛을 받은 리오우의 옆얼굴은 긴장한 기색도 없고, 하지만 온화하지도 않은, 공백상태에 빠져 일순 넋이 나간 사람처럼 보였나 싶더니, 가즈아키와 눈이 마주치자 변명하듯이 생생하고 달콤한 웃음을 보였다.

"你倒怕不怕(무섭지 않아)?"하고 가즈아키는 말을 걸어 보았다.

"没哪. 一切人丧命, 是一眨眼儿的工夫. 我疑心我倒不理会我死了(사람이 죽는 건 한순간이니까. 나는 내가 죽는 것도 깨닫지 못할 거야)."

"你路事儿你经多了吗(이런 일을 계속 해 온 거야)?"

"我惯了. 或我把人家顶下来, 或我被他顶下来(벌써 익숙해졌어. 먹히느냐 먹히느냐)."

짧게 그렇게 대답하고, 리오우는 주머니에서 꺼낸 껌을 하나 씹기 시작했다.

어디에선가 훔쳐 온 소형트럭의 좁은 공간은, 시간이 멈춘 것 같았다. 지붕을 때리는 비가 가끔 찢어진 북에서 나는 것과 비슷한 소리를 냈고, 리오우와 둘이서 위를 올려다보았다가 다시 눈이 마주치면, 누구부터라고 할 것도 없이 웃음이 새어 나왔다. 곧 시작될 커다란 연극의 내용을 가즈아키는 상상할 수 없었지만, 자신이 이런 곳까지 와 있다는 감개가 웃음이 되어 밖으로 넘쳐 나오는 것을 멈출 수 없었다.

"어때, 이쯤에서 어느 쪽이 연상인지 확실히 하자"라고 리오우는 갑자기 말을 꺼냈다.

"22세 하고 3개월이야"라고 가즈아키가 당황하면서도 대답하자, "그럼, 당신이 2개월 연상이야. 좋아, 심심하니까 뭔가 얘기를 하자. 연장자부터 희망을 말해 봐"라고 리오우는 말한다. 늘 그렇지만, 터무니없는 논리를 갖다 붙이는 것이 우스웠다.

"그럼, 리오우의 얘기를 듣고 싶어"라고 가즈아키는 말해 보았다.

"아아, 그거라면 웃기는 얘기야."

리오우는 즉시 그렇게 대답하고, 조금 긴장한 가즈아키를 옆에 둔 채 갑자기, 자신은 도쿄의 동대부속병원에서 태어났다는 말로 이야기를 시작했다.

"부모님은 홍콩에서 영국 국적으로 도쿄 대학 이학부에 유학을 와 있던 사람들이었는데, 일본에 온 지 1년째에 피임에 실패해서 태어난 게 나야. 나는 예정하지 않았던 아이였던 데다가, 거꾸로 들어서서 난산이었대. 어머니에게는 제왕절개의 상처가 남았고, 아버지는 그것 때문에 서지 않게 되었지. 이건 나중에 숙모님한테 들은 얘기야. 얼마 후에 아버지는 일본 여자랑 바람이 났어. 참다못한 어머니가 아버지를 끌고 돌아갈 결심을 한 게, 1960년의 일이야."

"나도 60년까지 도쿄 세타가야에 있었어. 그럼, 어딘가에서 너를 만났을지도 모르겠군……. 고라쿠엔이나, 우에노 동물원 같은 데서."

"우에노 동물원은 기린이 마음에 들었지."

"나도 그래. 아아, 믿을 수가 없어……."

"그럼, 나와 당신은 분명히 기린 우리 근처에서 만났을 거야. ……자, 이야기를 계속하지. 나는 부모님과 함께 하네다에서 비행기를 탔지만, 도착한 건 빈이었어. 거기에서 차를 타고 체코 국경을 넘어서 다시 비행기를 탔고, 내려 보니 베이징이있지. 이거 믿을 수 있겠어? 부모님의 얼굴이 요괴로 보였다니까. 거리가 온통 찹쌀

떡 같은 얼굴을 한 남자의 사진투성이, 홍기紅旗투성이고, 새 아파트에 도착했더니 본 적도 없는 할아버지 할머니랑 친척들이 줄줄이 나타나는데, 벽에는 또 그 아랫볼이 통통한 얼굴사진이 붙어 있었어. 다음날 들어간 학교도 마찬가지. 내 새로운 인생은 이렇게 시작되었지. 상황은 상상해 줘."

리오우의 웅변에 그저 귀를 빼앗기면서, 가즈아키는 "응" 하고 고개를 끄덕였다.

"그런데 아버지는 베이징의 외무국 관리가 된 건 좋았는데, 거기에서 또 여자에게 손을 댔어. 어머니는 아버지와 큰 싸움을 벌였지. 그 기세로 집 어딘가에 있던 사오싱주紹興酒[†] 단지를 꺼내서 마시기 시작했는데 이게 엄청나게 취해 버린 거야. 마지막에는 공안이 달려왔어. 1966년 여름, 문화대혁명이 시작된 지 얼마 안 되었을 무렵의 얘기야. 베이징 전체에서 홍위병이 '마오주석, 만수무강'을 외치며 몰려다니던 때에, 우리 집은 그 모양이었지……. 역시, 집에 오래된 사오싱주를 감추고 있었다고 규탄하는 것도 바보 같다고 생각한 홍위병이 있었던 모양이야. 결국 부모님은 런던과 일본에서 부르주아의 고등교육을 받았기 때문에, 반혁명수정주의분자라는 걸로 되었어. 부모님은 집에 들이닥친 홍위병들에게

[†] 중국 8대 명주 중 하나. 찹쌀과 보리로 만든 누룩을 발효시켜 만든 중국 사오싱 지방의 발효주.

끌려가고, 나는 그날 중에 후베이[湖北] 성 농촌에 있는 당 간부 집에 양자로 보내졌지. 그 후에는 부모님 모두 행방불명이야. 그렇게 해서 나는 양자로 보내진 집에서 이름이 바뀌었고, 리오우는 겨우 12년 만에 이 세상에서 사라져 버렸어."

가즈아키는 연초에 저우언라이[周恩來]가 죽은 것을 떠올리면서, 리오우의 입에서 나오는 10년 전의 문화혁명 초기 이야기에 귀를 기울이고 있었다. 벌써 10년이 다 되는 혁명도, 실체는 공산당 지도부의 권력투쟁에 지나지 않았다는 것을 오늘 알게 되었다. 4월 초쯤에는, 몇 년 전에 주도권을 쥔 '4인조'와 대립하고 있던 저우언라이의 죽음을 애도하며, 학생들이 천안문 광장에서 대집회를 열었다는 뉴스도 전해졌었다. 그때 아쓰코는, "획기적인 일이야. 문화혁명은 이제 곧 끝나겠어" 하고 감개무량한 듯이 말했지만, 10년 전에 중국에서 무슨 일이 일어났고, 지금 또 무엇이 끝나려고 하는지는 아직 실감도 나지 않아서, 가즈아키는 그저 리오우가 말려들게 된 역사에 대해 멍하니 생각했을 뿐이었다.

그렇긴 해도 리오우의 말투는 아쓰코와는 상당히 다른 느긋한 것이었고, 올라갔다 내려갔다 하는 노래하는 듯한 리듬이 붙으며 여전히 이어졌다.

"……그런데, 내가 보내진 촌락은 사양[沙洋]이라는 마을에서 20킬로나 떨어진 곳에 있었어. 글씨를 읽을 줄 아는 사람은 아무도 없고, 수도도 없고, 화장실도 없고, 학교도 없었지. 인민공사는 간판뿐이고, 가장 중요한 농기구도 비료도 없고, 볍씨도 없었어. 황폐한 밭에는, 배추 정도밖에 심어져 있지 않았어. 보이는 곳이라고는 온통 풀도 제대로 나지 않는 거친 땅이었지. 어디에 서도 보이는 것은 구름과 황토색 지평선뿐이었는데, 그건 풍경도 아니었어. 나는 양자라고는 하지만 돼지를 보살피면서 간신히 밥을 얻어먹고 있었을 뿐이니까, 날이면 날마다 돼지랑 같이 그 근처를 어슬렁거리든지, 자던지 했지. 태어나서 처음으로, 돼지나 오리로 태어나는 편이 더 낫다고 진심으로 생각했어. 돼지라면 풀을 먹을 수 있으니까.

그래도 내가 실망했느냐 하면, 그건 아니야. 아침부터 밤까지 돼지털을 뽑으면서 나는 계속 대륙을 바라보고 있었어. 지구는 둥그니까, 지평선 끝은 히말라야다, 태평양이다, 북극해다, 하고 상상하기 시작하면 질릴 리가 없잖아. 게다가, 하늘과 흙밖에 없다는 건, 좌우간 장대長大했어…….

어쨌든 우선은 사는 게 먼저였지. 여름 동안에 키가 자라니까 신발이나 옷은 크기가 맞지 않게 되었어. 물론 그것들은 이미 오래 전에 해지고 닳았지. 이제는 신을 신발도 없고 입을 셔츠도 바지도 없었어. 나는 양부모에게 말했어. 당신들이 나이를 먹으면 보살피게 되는 건

296

나니까, 신발과 입을 것 정도는 달라고. 그러지 않으면 헛간에 감춰 둔 쌀이나 기름을 사람들에게 전부 나눠줘 버리겠다고 위협했더니, 양부모는 그제야 낡은 옷을 어디서 가지고 왔어.

1967년 여름쯤에는, 내가 살던 마을에도 하방下放으로 보내진 학생이 네 명 왔어. 이 네 명은, 사상학습에 열심인 사람도 하나 있긴 했지만, 나머지 세 명은 사회의 낙오자였어. 그 열심인 녀석이 마을 사람들을 모두 모아 놓고 길가에 서서 ≪마오쩌둥 주석 어록≫을 읽어 주었는데, 일단 듣는 척이라도 하는 사람은 양아버지뿐이고, 나머지는 시작하면 다들 일제히 사라져 버리는 거야. 원래 양아버지도 의욕이 없으니까, 그러다가 이러니저러니 이유를 붙여서 그 녀석을 다른 마을에 '선물'해 버렸어.

그리고 나는 남은 세 명과 사이가 좋아졌어. 도시에서 오자마자 당장 밭을 일굴 수 있을 리가 없고, 야채가 나지 않으면 밥을 못 먹잖아. 나는 양부모님 밭에서 배추나 토마토를 훔쳐서 그들에게 나눠 주고, 대신 책을 받았어. 어차피 심심했으니까 조금씩 읽었지. 숄로호프라든지, 루쉰이라든지, 펄 벅이라든지……. 내게 영어를 가르쳐 준 학생은, 한 장 한 장씩 뜯어 낸 셰익스피어의 ≪맥베스≫ 원서를, 기름종이로 싸서 상의 안에 바느질해 넣고 있는데, 글쎄 걸어 다닐 때마다 바스락바스락

소리가 나는 거야. 너무 눈에 띄니까, 책은 헛간 항아리 밑에 감춰 두었어.

베이징에 있는 예술대학에서 무용을 배우던 학생도 있었어. 그 녀석은 부모가 모스크바 대사관원이어서, 어릴 때 볼쇼이 단의 발레나 가극을 봤었대. 차이콥스키가 좋다는 둥, 베르디가 좋다는 둥, 풀도 나지 않는 밭에서 그런 소리를 했어. 춤이나 추고 있는 편이 그나마 나았지. 그 녀석이 여러 가지 춤을 보여 주었는데, 나도 정신을 차려 보니까 흉내를 내고 있었어. 밭 한가운데에서, 미뉴에트니, 왈츠니, 부레†니……. 지금 생각해도 꽤 굉장한 광경이야.

어느 날 마을에 또 하방된 학생들이 왔는데, 이게 모두 홍위병이었어. 굶주려서 살기가 등등했고, 우선은 죽이라도 먹으면 좋을 텐데 갑자기 마을 사람들을 전부 모아 놓고 마을 일을 총괄하기 시작하는 거야. 원래 촌장이었던 인민공사도, 생산보고 같은 건 엉망진창이었으니까. 양부모님이 밤중에 짐을 싸고 있는 걸 봤을 때, 나도 갑자기 결심이 섰어. 이 마을은 이제 없던 걸로 하자, 양부모님도 없던 걸로 하자. 내가 죽든지, 마오쩌둥이 죽든지 둘 중 하나다, 그렇게 생각했어.

반 시간 후에는, 나는 작은 수레에 돼지 한 마리를 싣고 학생들 세 명과 같이 마을을 도망쳐 나가고 있었어.

---

† 17세기 무렵 프랑스의 오베르뉴 지방에서 생겨난 춤곡.

갈 곳은 홍콩밖에 없었지만, 지도도 없었고, 거리가 어느 정도나 되는지도 몰랐고, 돈도 없었어. 그때 내 보따리에 들어 있던 건 칫솔 하나와 비누 한 개. 면도칼 하나. 수건 한 장. 그것뿐이었어. 1970년 여름의 일이었지…….

홍콩에 도착한 것은 정말 기적이었다고 생각해. 1,000킬로미터는 족히 도망쳤으니까. 여름이라 밭에 야채가 있어서 살아남을 수 있었던 거야. 낮에는 숨어 있다가 밤에 산이나 초원을 걸었어. 돼지는 중간에 먹었지. 광저우[廣州]에 들어섰을 때, 농촌의 작업을 감시하고 있던 홍위병에게 들켜서 도망친 적이 있는데, 그들이 도망치던 우리에게 총을 쐈어. 함께 있던 학생 중 한 명이 총에 맞았고 나를 포함한 나머지 세 명은 간신히 도망쳤어. 하지만 그 와중에 셰익스피어와도 헤어지고 결국 나와 예술대학 학생만 남게 되었어. 그리고 또 한 번은, 어느 마을의 밭에서 양배추를 훔치다가 한 남자에게 들킨 적도 있어. 봐 달라고 부탁하는데, 상대는 달리기 시작한 거야. 이 남자를 놓치면 마을에서 추격대가 올 거라는 생각에, 나는 순간 돌을 던졌어. 그게 머리에 맞아서, 남자는 큰 소리를 질렀지…….”

캄캄한 앞유리 끝에 작은 불빛 하나가 흐릿하게 새어 들었다. 그것은 오른쪽에서 위쪽으로 움직이다가, 한가운데쯤까지 와서 멈췄다. 감시차임이 틀림없었다. 그 불빛이 사라지자, 이번에는 더 작은 불빛 세 개가 반딧불처럼 움직이기 시작했다. 시각은 밤 10시 15분이었다.

리오우의 눈은 그것을 뚫어져라 보고 있었지만, 입은 여전히 담담하게 이야기하고 있었다. 가즈아키도 가만히 듣고 있었다. 결코 웃을 수 있는 이야기가 아니었지만, 비참한가 하면 그렇지도 않다. 차례차례 바뀌어 가는 상황도, 그 속에서 인간의 생사도, 리오우에게는 구름 한 조각이 대륙의 바람에 유유히 흘러가는 듯한 허무와 조용함이 떠도는 이야기에 지나지 않는다는 것이 가즈아키의 일관된 인상이었다.

"나는 그 남자를 때려 죽였지만, 아무것도 느껴지지 않았어. 양배추 하나를 안고 도망쳤지. 어쨌든 도망치는 것이 먼저, 먹는 것이 먼저였으니까. 그렇게 해서, 나와 예술대학 학생은 간신히 주장 강[珠江]으로 나왔어. 강가에 서니, 홍콩의 거리는 보이지 않았지만 맞은편의 하늘이 희끄무레하게 밝았지. 중국에서는 본 적이 없을 만큼 밝았어. 그때 나는 도쿄의 야경을 떠올렸어……

강을 헤엄쳐서 건널 때, 물이 차가워서 익사할 뻔했어. 나중에 정신을 차리고 보니, 벌써 12월이었던 거야. 홍콩은 크리스마스였어……. 자, 이걸로 리오우가 나라를 떠난 이야기는 끝이야. 중국인의 7억 5천만분의 1, 먼지 같은 얘기지."

마치 그림연극을 덮듯이, 리오우는 자신의 신상 얘기

를 덮었다. 가즈아키는 상대에게 감상을 전할 말이 없어서, 대신 자신의 팔을 뻗어 리오우의 어깨를 안았다. 리오우는 하얀 이를 드러내며 소리 없이 한 번 웃었을 뿐이었다.

손전등의 불빛 세 개는 아직도 저목장 쪽에서 움직이고 있었다. 이렇게 비가 오니까 그리 오래 있지는 않을 것 같았다. 감시하는 사람들이 떠나면 드디어 시작된다.

"그 예술대학 학생은 지금은 뭘 하고 지내? 춤추고 있는 거야……?"

"그는 홍콩에 온 지 반 년째가 되던 무렵에 죽었어. 같이 클럽에서 일하고 있었는데, 헤로인을 너무 많이 맞아서 급성중독을 일으킨 거야. 나는 태어나서 처음으로 울었어. ……그와 나는 이미 가족이었으니까."

리오우의 입에서 새어나온 '가족'이라는 한 마디는, 신상 얘기의 유유한 어조와는 조금 다른 울림을 갖고 가즈아키의 귀와 배에 스며들었다. 일족은 물론, 가족이라는 단위가 중국인에게는 현대 일본인보다 훨씬 무거운 의미를 갖는다는 것은 이전에 아쓰코에게 배운 적이 있었지만, 문화혁명에 의해 가족도 일족도 잃은 리오우가 함께 나라를 탈출한 학생 한 명과 '가족'이 되었다는 것은, 그만큼 몹시 절실한 느낌이 들었다. 동시에, 똑같이 친척이 없는 자신은 그러고 보니 가족 따윈 의식한 적도 없었다고 생각하니, 리오우는 그 분방한 어조와는

반대로 사실 자신보다 훨씬 순수하다는 결론에도 도달
했다.

저목장에서 움직이던 세 개의 불빛이 사라졌다. 곧 차
의 헤드라이트 불빛으로 바뀌고, 그것이 움직이기 시작
했다. 이번에는 앞유리 중앙에서 오른쪽 끝으로 불빛의
얼룩이 이동해 간다.

"일본 신문에서는, 문화혁명은 슬슬 끝날 거라고들
하고 있어……."

"끝나도 아무것도 바뀌지 않는 게 중국이야. 원래 대
개의 사람들은 위에 있는 사람들이 하는 말 따윈 듣지
않아. 그리고 농촌은 너무 가난하지. 공산당의 요괴 소
굴은 그대로 살아남을 거야. 중국을 구할 수 있는 유일
한 것은 경제야. 돈의 힘. 그래서 나는 돈을 버는 거야.
수단은 뭐든지 좋아. 세탁하면 합법적인 자금이니까."

막상 돈 얘기가 나오자, 리오우는 또 가즈아키의 상
상이 미치지 않는 누군가로 훌쩍 변신했다. 아니면 온
세상에 흩어진 화교들이 여전히 완고하게, 몇 세대나
중국인으로 존재하는 것처럼, 리오우도 세상 어디에 있
어도 중국인이기를 멈추지 않는다는 것일까. 아니면,
그게 아니라 더 장대한 금융 비즈니스 얘기일까. 어느
쪽이라 해도 자신과는 동떨어진 이야기라고 생각하자,
가즈아키는 오히려 시시각각 냉정해지면서, '리오우를
만난 것은 정말 기적이었다, 최고의 꿈이었다'고 기분

을 정리해 보기도 했다. 지금은 이 리오우와 함께 마지막 욕망을 맛볼 시간만이 남아 있었지만, 섹스와 마찬가지로 막상 시작해 보면 눈 깜짝할 사이에 끝날 것이 틀림없다.

감시하던 차의 불빛은 앞유리에서 사라지고, 격렬한 빗소리만이 지붕을 계속 두들기고 있었다. 가즈아키는 지갑에서 마이즈루에서 찍은 폴라로이드 사진 한 장을 꺼내, 그 뒤에 볼펜으로 유장경劉長卿의 7언절구를 하나 적었다.

원제객산모강두猿啼客散暮江頭[†]
인자상심수자류人自傷心水自流[††]
동작축신군갱원同作逐臣君更遠[†††]
청산만리일고주靑山萬里一孤舟[††††]

아쓰코에게 배운 몇 개의 고시 중에서 그때 떠오른 한 구절은, 해질녘 강가에서 먼 곳으로 떠나는 친구의 배를 배웅한다는 내용의 서정적인 것이었다.[†††††] 가즈아키

[†] 원숭이는 울고 객은 떠나는 저무는 강머리에서.

[††] 사람은 스스로 상심한데 물은 저절로 흐르네.

[†††] 똑같이 쫓겨난 신하인데 그대는 더 멀리 떠나가니.

[††††] 청산은 먼리에 있는데 외로운 뱃길을 언제 가려나.

[†††††] 시의 제목은 〈중송배랑중폄길주(重送裴郎中貶吉州)〉이다.

는 조금 수줍어하면서 사진을 리오우에게 건네고, "오늘밤에는 내가 너를 배웅해 주지"라고 말했다.

리오우는 바보처럼 명랑한 가즈아키의 스냅 사진을 보고, 뒷면에 적힌 고시古詩를 물끄러미 바라보고 있었나 싶더니, 가즈아키의 손에서 받은 볼펜으로 직접 두 개의 구를 고쳤다. '상심傷心'을 '느긋한 기분'이라는 의미의 '서심舒心'으로, 쫓겨난 신하인 '축신逐臣'을 '대신大臣'으로.

그렇게 단 두 자의 한자를 고친 것만으로 쓸쓸한 공기가 단번에 바뀌어, 왠지 웅대한 여로의 분위기로 변신해 버린 시를 다시 가즈아키에게 보여 주고, 리오우는 "이게 더 낫지?"라고 말했다. 가즈아키는 감탄하면서, 물론이라고 대답했다.

리오우는 다시 한 번 만족스러운 듯이 자신이 고친 시를 바라보고, 뒤집어서 가즈아키의 스냅 사진을 바라본 후, 운전석에서 몸을 내밀어 가즈아키를 포옹했다. 물론 "몇 년 후에, 나와 당신은 거물이 되어 있는 거야. 약속하자"라는, 어느 모로 보나 리오우다운 말을 덧붙이면서.

이봐이봐, 또 멋대로 그런 소리를. 나는 그런 약속은 못 해.

가즈아키는 그렇게 생각했지만, 어쨌든 리오우는 이런 남자니까 말해 봤자 소용없다고 고쳐 생각하고, 그 말에는 대답하지 않았다. 그래도 여전히 가즈아키는 막연한 행복감에 감싸여, 어디에서 솟아나는 건지 알 수 없는 흥분에 사로잡히면서, 어쩌면 요괴일지도 모르는 팔에 실컷 안긴 후 몸을 뗐다. 혼자로 돌아온 가즈아키의 몸은 떨어져 간 다른 몸을 아쉬워하듯이 부르르 떨고, 동시에 가즈아키의 목에서는 웃음이 터져 나왔다.

리오우는 "소중히 간직할게"라는 한 마디를 덧붙이고, 사진을 자신의 배낭에 넣었다. 그 직후, 마치 얼굴을 바꿔 붙인 것처럼 선명한 기력으로 가득 찬 표정을 보이며, "자, 준비하자"라고 말했다. 시각은 10시 30분이었다.

가즈아키는 준비를 위해 셔츠를 벗고 일단 밖으로 나갔다. 순식간에 온몸을 때리는 비를 맞으며 하늘을 올려다보니, 비를 쏟는 커다란 장독 바닥에 혼자 서 있는 듯한 착각을 느꼈다.

비가 그대로 쏟아지는 소형트럭의 짐칸에 올라가 작업을 한 것은, 대형 튜브가 작은 좌석에는 잘 들어가지 않았기 때문이다. 가즈아키는 리오우가 지시하는 대로 튜브에 길이 10미터의 자일 세 개를 단단히 묶고, 그중 하나의 끝에는 미리 준비해 온 커다란 무 정도 크기의 폐자재 나뭇조각을 붙들어 맸다.

겨우 5분 남짓 만에 작업을 마치고 몸 전체가 흠뻑 젖은 채 차 안으로 돌아가자, 검은 티셔츠, 검은 타이즈 차림으로 갈아입은 리오우가 즉시 소형트럭을 출발시켰다. 움직이기 시작한 와이퍼가 물의 커튼을 걷어갈 때마다 호우 속에서 물안개를 피워 올리는 원목떼가 생생한 모습을 드러내고, 저목장의 직선 호안이 흐릿하게 빛나면서 가까워진다. 소형트럭은 비 외에는 시야를 가로막는 것도 전혀 없는 저목장 한가운데로 달려 들어가, 눈 깜짝할 사이에 물건이 있다는 끝 쪽에 도착했다.

소형트럭을 호안 가장자리에 아슬아슬하게 세운 리오우는 와이퍼 너머로 약 3초 동안 정면에 있는 원목의 바다를 노려보고 있었나 싶더니, "좋아, 로프가 있어"라고 말했다. 리오우는 어지간히 밤눈이 좋은 것임이 틀림없다. 가즈아키에게는 물안개로 희뿌연 어둠밖에 보이지 않았다. 리오우는 반할 만큼 빠른 결단력으로, 그렇게 말한 직후에는 맹렬한 스피드로 후진시킨 소형트럭을, 공터에서 비를 맞고 있는 원목 옆에 바싹 붙여 세우고 있었다. 바다 쪽을 달리지 않으면 감시자들에게는 보이지 않는 위치였다.

리오우는 계기반에서 끄집어낸 브라우닝 한 자루를 가즈아키의 손에 밀어붙이자마자, 재빨리 운전석에서 밖으로 뛰어내렸다. 가즈아키도 뒤를 따랐다. 리오우는 우선 짐칸에서 로프가 매인 튜브를 내리고 재빨리 수중안경을 쓰고는, 슈뇌르켈과 커터나이프와 튜브를 손에 들고 재빨리 호안 가장자리에 섰다.

"로프를 던지면 잡아당겨 줘. 그리고 감시하는 놈들의 불빛이 보이면 당장 도망쳐."

가즈아키의 눈앞에서 리오우는 순식간에 호안에서 뛰어내려, 1미터 정도 아래의 원목 위에 착지함과 동시에 천천히 회전하기 시작한 통나무와 함께 그 모습은 바다로 빨려들어 갔다. 그리고 다시 시커먼 수면에 리오우의 검은 머리가 떠오르더니, 그것은 뒤쪽에 튜브를 달고 천천히 절벽에서 멀어지기 시작했다. 리오우가 이 위치에서 바다로 들어간 것은, 그곳에 폭이 2미터 정도 되는 수면이 수로처럼 뚫려 있기 때문이라고 가즈아키는 이해했다. 상당히 무거울 물건을 나르려면, 그 물건에 튜브를 달고 바다 속에서 끌어당길 수밖에 없었다.

수면에 뚫린 수로를 따라 멀어지는 리오우의 머리는 20미터쯤 떨어지자 보이지 않게 되었고, 가즈아키는 혼자 호안에 남겨졌다. 감시자들의 차가 언제 나타날지 모른다는 긴장감은 있었지만, 그것이 또 신경을 은밀하고 미묘하게 부추기는 것 같아서, 가즈아키에게는 조금의 공포도 없었다. 리오우를 기다리는 시간의 일각일각이 바작바작 속을 태우고, 오히려 지나가는 것이 아깝다고 느꼈다.

리오우가 사라진 칠흑 같은 수면은 격렬한 비로 떠들썩할 뿐이었고, 수백, 수천 개의 원목은 서로 삐걱거리면서 오른쪽으로 왼쪽으로 조금씩 흔들려, 지금 당장이라도 일제히 떠내려갈 것 같았다. 가즈아키는 시야를 확보하기 위해 얼굴에 내리는 비를 손으로 닦으면서, 그저 정신없이 응시하고 있었다. 비는 가즈아키의 몸에 쏟아져 내리고 서서히 몸에 흘러들어와 내장이나 뼈를 씻어내고 있었는데, 마치 더러움이 떨어지고 가벼워지는 듯한 불가사의한 환희였다. 게다가 어느새 기쁜 듯이 심장이 고동치기 시작하고, 빗소리와 하나가 되어 쉬지 않고 저목장의 어둠 속으로 퍼지는 것이다. 비와 바다와 하늘이 일제히 공명하며 울기 시작하고, '아아, 내 심장 하나를 완전히 감싸고 있구나' 하고 가즈아키는 생각했다.

곧이어 요란하게 떠들어 대던 바다가 일순 흐릿하게 밝아졌나 싶더니 다시 어둠에 가라앉았고, 몇 초 후에는 상당히 먼 곳에서 천둥이 울려 퍼졌다. 다시 한 번 하늘이 빛났을 때, 50미터나 떨어진 앞쪽의 수면에서 희미하게 움직이는 것이 떠올랐다. 밀집되어 있는 원목의 나무껍질이 빛나고, 비의 물보라가 반짝이는 가운데 아주 잠깐, 파도치는 수면에 부자연스럽게 떠올랐다 가라앉았다 하는 뭔가가 보였다는, 그것뿐이었다. 곧 다시 어둠이 내리고, 이번에는 조금 가까워진 듯한 땅울림 같은 천둥소리가 울려 퍼졌다.

가즈아키의 손목시계 바늘은 밤 10시 55분을 가리키

308

고 있었다. 리오우가 바다에 들어간 지 거의 15분. 아까 감시자들이 나타난 시각을 생각하면 이제 그렇게 여유는 많지 않았지만, 가즈아키는 그때, 자신이 뭔가 할 수 있는 일은 없을까 하고 기민하게 머리를 굴리기 시작했을 뿐이었다. 시간이 걸리고 있는 것은 자일이 뭔가에 얽혔든지, 튜브에 비해 물건이 너무 무겁든지, 아니면 지친 리오우가 잠시 쉬고 있든지. 가즈아키는 눈앞에 뚫려 있는 폭 2미터 정도 되는 바다의 수로를 바라보고, 양쪽을 메우고 있는 원목떼를 바라보고, 만일 원목 위를 걸을 수 있다면 헤엄쳐서 돌아오는 것보다 빠르겠다고 침착하게 생각했다. 그때, 세 번째 번개 아래에서, 이번에는 50미터 앞에 있는 수면에 사람의 머리가 또렷이 떠올랐다. 머리는 이미 원목에서 떨어져 수로로 나와 있었다. 리오우는 절벽으로 돌아올 준비가 된 것이다.

가즈아키는 생각하기도 전에 운동화를 벗어던지고, 권총을 그 자리에 놓고, 눈 밑에 있는 원목 위로 뛰어내리고 있었다. 수로에 인접한 가장 끝에 있는 원목이 아니면, 발치가 다소 흔들려도 좌우의 원목이 받쳐 주기 때문에 바다에 떨어질 일은 없었다. 그때는 이미 아무것도 머리에 없었다. 길이 10미터 정도 되는 원목 하나를 건너 다음 원목으로 옮겨 가고, 그 다음 원목으로 다시 옮겨 가며 계속 나아가자, 어두운 바다의 수로 쪽에서 "어이!" 하는 리오우의 목소리가 났다. 그와 함께 자일이 달린 나뭇조각이 휙 날아왔다. 가즈아키는 우선은 그것을 움켜쥐었다.

"당겨, 당겨" 하는 목소리만이 들리고, 가즈아키는 나뭇조각을 안고 자일을 당기면서 천천히 원목 위로 되돌아가기 시작했다. 튜브가 연결되어 있을 자일은, 도저히 혼자 헤엄쳐서 끌고 올 수 있을 만한 무게가 아니었다. 그것을 알자 기가 막혀서 돌아보니, 짐으로 반쯤 가라앉아 버린 튜브가 수면에 있고, 가까이에서 리오우의 젖은 하얀 얼굴이 빛나고 있었다.

"어때, 솜씨 좋지?" 하고 웃는 목소리가 날아왔다.

가즈아키는 무거운 자일을 손에 들고 정신없이 원목을 건너면서, 돌연 몸 전체에서 웃음보따리가 찢어질 것 같았다. 너무 우스웠고, 유쾌했다. 나름대로 계획을 세우고 실행에 옮긴 이 대도둑의 모든 것. 실은 여러 가지 사정으로 실패할 가능성도 컸음이 틀림없다. 그래도 어쨌든 바다에 뛰어들어 어떻게든 물건을 운반해 내는 데에 성공했나 싶었는데, 그것이 이번에는 예상 이상으로 무거워서 우왕좌왕하고 말았다니, 이 얼마나 무책임한가! 그러나 무모한 것도 덜렁대는 것도, 기가 막힐 정도로 유유하다.

이 경우는, 리오우의 호언장담과 덜렁댐의 승리. 속아도 즐겁다는 것은 이런 거라고 생각하면서, 가즈아키는 나뭇조각을 호안에 힘껏 던져 올리고 자신도 기어올라

310

갔다.

그리고 이번에는 호안에서 자일을 당기기 시작했는데, 이게 꼼짝도 하지 않았다. 콘크리트 덩어리라도 달려 있는 게 아닐까 싶을 정도로 무거웠다. 곧이어 바다에서 올라온 리오우가 합세해, 함께 당기기 시작했다. "그러니까 두 명은 필요하다고 했잖아" 하고, 리오우는 숨을 헐떡이며 웃었다.

간신히 튜브가 올라오고, 물건 꾸러미가 매달려 있는 두 개의 자일이 모습을 나타냈다. 절벽을 주룩주룩 스치면서 올라오는 물체의 감촉이 몇 초 동안 이어지고, "하나, 둘, 셋!" 하는 리오우의 기합 소리에, 가즈아키는 힘을 쥐어짜냈다. 단숨에 올라온 검은 꾸러미 두 개가 호안 절벽을 넘어 굴러떨어졌다. 남자의 팔로 한 아름이나 될 듯한 크기였다.

곧, "차를 가져와!" 하는 리오우의 목소리가 날아오고, 가즈아키는 이번에는 정신없이 달려가, 소형트럭을 몰아 호안으로 돌아왔다. 리오우는 이미 꾸러미 두 개에 달려 있던 자일을 커터나이프로 잘라 내고, 튜브나 잘린 자일을 아무렇게나 원목의 바다에 던져 넣고 있는 중이었다.

"이렇게 해 두면 녀석들의 눈에도 띄겠지. 그러면 그쪽에서 나올 거야 이런 쪽 얘기는 싱내가 써내게 해야 하는 법이거든."

당초부터 물건은 사사쿠라가 사게 만드는 게 현실적이라고 가즈아키도 생각하고 있었기 때문에, 이의는 전혀 없었다. 한껏 호를 그리며 휘둘러 올라간 리오우의 손에서, 수중안경이며 슈뇌르켈도 기세 좋게 빗속의 어둠으로 날아갔다.

즉시 둘이서 꾸러미를 소형트럭 짐칸에 실었다. 둘이서 하나를 안는 것이 고작인 무게는, 리오우의 말에 따르면, 한 꾸러미가 약 50자루, 두 개면 100자루. 일본 시장에서의 가격은 토카레프라면 1억. 스미스앤드웨슨s&w의 성능 좋은 리볼버나 브라우닝이라면 1억 5천만에서 2억 정도라고 한다. 그러나 가장 중요한 돈 얘기는 가즈아키의 귀에는 제대로 들어오지 않았다. "서둘러!" 하는 리오우의 목소리에 쫓겨 소형트럭에 올라타자, 리오우도 곧 운전석에 올라타고, 시동이 걸렸다. 좁은 차 안 가득히 원목의 나무껍질과 바닷물 냄새가 피어오른다고 생각했더니, 그것은 리오우의 냄새였다.

저목장을 빠져나왔을 때, 시각은 밤 11시 12분이 되고 있었다. 운이 좋으면 이대로 도망칠 수 있을 테고, 운이 나쁘면 슬슬 나타날 감시자들의 차에 발각될지도 모르는 시각이었다. 그러나 원래 계획의 앞뒤도 그렇고 시간 배분도 그렇고, 처음부터 두루뭉술했기 때문에 마지막에도 두루뭉술하게 '是, 天然律(모든 게 하늘의 뜻대로). 후에 어떻게 되든 沒关系(상관없어). 아아, 즐겁다' 하고 가즈아키의 몸은 계속 웃었다.

퍼붓는 호우의 커튼을 찢고, 어둠을 찢고, 소형트럭 한 대가 저목장을 빠져나가는 데에는 몇 분도 걸리지 않았다. 기즈가와 강 맞은편의 제철소 불빛을 받으면서 작은 운하를 건너 원래 온 길을 돌아가기 시작했을 때에는, 등 뒤에도 전방에도 이미 불빛 하나 없었다. 왠지 쉽고 간단하게, 도망칠 수 있을 거라는 확신이 들었다.

그리고 어느새 리오우는 휘파람을 불고 있었고, 가즈아키는 그 가락에 맞춰 "자이나, 야오유앙티, 티팡, 요우웨이, 하오쿠냥" 하고 노래했다. 옛날에 황요우파가 불렀고, 모리야마가 불렀고, 여섯 살의 자신도 불렀던 〈초원정가草原情歌〉였다.

그러자 리오우도 함께 노래하기 시작해, 시원스럽게 좋은 목소리를 뽑아냈다. 센본마쓰오하시 다리를 빠져나가 기즈가와 강을 넘어가는 소형트럭 안은, 얼마 동안 두 남자의 노랫소리로 터질 것 같았다. "렌멩, 쩌쿼랴오 타티쩡팡, 토야오후이토, 류랑티짜앙양……. 타아나아, 펑훙티, 샤오량……."

차창 밖은 퍼붓는 비가 흘러내리고, 가끔 번쩍이는 번개가 아무도 없는 매립지를 비춘다. 계속해서 쏟아져 내리는 어둠은 주위를 온통 덧칠해 소형트럭 한 대를 삼키고, 빗소리가 없으면 여기가 지상이라는 감각도 문득 사라진다. 일순, 세상에서는 시간이 멈추어 있고, 살아서 움직이는 것은 자신들 두 명뿐인 듯한 기분이 들기 시작하자, 가즈아키는 노래하면서 조금씩 냉정해져 갔고, 어느새 목소리는 끊어져 있었다. 끝날 것이 끝났다고 생각했지만, 파도가 밀려나가듯이 조용했다.

"너는 이제부터 어떻게 할 거야?"

"배로 탈출할 거야."

"어디로?"

"글쎄, 어디까지 갈 수 있을까. 필리핀이나, 보르네오나……."

"그 배, 어디에 있어?"

"후쿠자키. 아까 봤잖아."

"못 봤어."

정말로 마지막까지 리오우에게 놀랐다. "뭐야, 그럼 보고 가"라고 리오우는 즐거운 듯이 말했다.

"오사카는 물의 도시라고 듣긴 했지만, 정말로 온통 강과 운하더군. 나는 오사카에 오자마자 전부 보고 다녔어. 계류되어 있는 폐선도 몇 척이나 발견했지. 엔진도 부서지지 않았고, 구멍도 뚫려 있지 않은 훌륭한 배를 실컷 골라잡을 수 있어. 꿈인가 했다구……!"

운하나 하천에 계류되어 있는 크고 작은 배는 가즈아키도 옛날부터 보아 왔지만, 어느 것이나 녹슬어 낡아 보였고, 그리 마음이 끌리는 대상은 아니었다. 그것을 리오우는 꿈만 같았다고 말한다.

게다가 리오우는, 티셔츠 밑에 감추고 있던 펜던트를 목에서 끌러 보여 주었다. 줄 끝에 매달려 있는 것은 깎은 지 얼마 안 되는 검은 색의 새 엔진 키였다. 가즈아키는, 즉시 그것을 깎은 인물의 얼굴이 눈에 떠올렸다.

"그래도, 배는 조종할 줄 아는 거야……?"

"홍콩에서 살다 보면, 국경에서 총에 맞든지, 바다에서 빠져 죽든지, 배로 도망치든지 셋 중 하나야."

"연료는 어떻게 해?"

"공장 헛간에, 옛날에 쓰던 발동기 중유가 드럼통 단위로 남아 있었어. 모리야마가 옮겨 주었지. 물도 식료품도 일용품도, 모리야마에게 신세를 졌어. 해도는 나카노시마 도서관에서 찾아 복사했고, 컴퍼스는 스포츠용품점에서 샀지. 당신이 마이즈루에 있는 동안, 나와 모리야마는 그런 준비로 바빴던 거야."

모리야마가 공장을 닫은 이유는 이것이었던 건가 하고 가즈아키는 생각했지만, 지난 3개월 동안 모리야마 공장을 둘러싼 나날과 사건들도 이제 지나간 일이라는 생각이, 그때는 가장 컸다. 리오우는 할 일을 하고, 거의 자력으로 출구를 확보하고, 이제 곧 떠난다. 스쳐 지나간 것은 가즈아키였을까, 리오우였을까. 어느 쪽이든 가즈아키 자신도 이미 마음에 정한 출구를 향해 나가야 할 때가 다가오고 있었다.

다시 라이트를 끈 소형트럭은, 운하를 건너 후쿠자키

매립지로 똑바로 돌입해 갔다. 직선도로는 두 시간 전보다 더욱 한산해, 소형트럭을 맞이한 것은 늘어져 있는 비의 장막뿐이었다. 순식간에 그곳을 지나 호안으로 나가 산지쓰켄보리 강으로 돌아가자, 옛 배수장 울타리가 호리호리하게 뻗어 있었다. 두고 온 렌터카도 있었다.

하지만 배는? 가즈아키는 소형트럭에서 내리자마자 제일 먼저 산지쓰켄보리 강의 수면을 들여다보았다. 빗속에 비닐시트가 씌워진 거룻배가 네 척, 목조로 된 노 젓는 배가 두 척. 거룻배 정도 크기의 동력선이 두 척. "저거야" 하고 리오우가 가리킨 동력선 한 척은, 갑판에 해치가 늘어서 있는 소형 유조선이었는데, 선체 외판도 조타실 벽도, 밤눈으로 보기에도 녹이 슬고 도장은 거의 벗겨져 있었다. 아무리 엔진이 괜찮아도, 이걸로 정말 먼 바다까지 나갈 셈인가 하는 생각이 들었다.

그러나 여기까지 오고서야 가즈아키도 알게 되었지만, 일단 결심을 한 리오우를 말릴 수 있는 것은 이 세상에 없었다. 해도를 복사했다고는 하지만 바다도 육지도 리오우가 나아간 것이 길이 되고, 리오우의 체내시계가 시간을 새기면 세상의 시간이 어떻게 지나가든 상관없다. '자, 간다' 하면, 리오우는 정말로 가는 것이다.

그렇게 생각하며 작은 유조선을 바라보니, 지금은 야음 속에서 김을 내고 있는 선체 하나가 며칠 후에는 남쪽 바다에서 반짝이는 모습이 보이는 것 같았다. 가즈아

316

키가 "10일만 지나면 필리핀이겠네……"라고 말하자, "그럴 계획이야" 하고 리오우는 만족스러운 듯이 미소를 지었다.

두 사람은 소형트럭 짐칸에서 물건을 내려, 하나는 비닐시트로 싸서 렌터카 트렁크에 넣었다. 리오우는 사사쿠라에게 최하 5천만 엔으로 사들이게 하라고 못을 박았다. 또 하나는 호안으로 날라, 둘이서 안고 배의 갑판에 던져 떨어뜨렸다. 외국에서 권총은 일본만큼 비싼 가격이 붙지 않겠지만, 리오우는 아무래도 지금부터 가게 될 새로운 땅에서 어떤 발판을 만들기 위한 재료로 삼을 생각인 듯했다.

리오우는 자신의 배낭을 손에 들고 배 갑판으로 뛰어 내리고는, "자, 이리 와" 하고 손을 내밀었다. 가즈아키는 고개를 가로저으며, 타지 않겠다고 대답했다. "타면, 내리고 싶지 않을 것 같은 기분이 들어"라고 이유를 설명했다.

리오우는 조금 당황한 듯이 쓴웃음을 짓고, "그럼 배웅해 줘"라고 말했다.

"그래, 배웅해 줄 테니 얼른 시동이나 걸어"라고 가즈아키는 대답했다.

리오우는 배낭을 조타실에 던져 넣자, 재빨리 해치 하나를 열고 잠시 동안 그 안으로 사라졌다. 해치 밑은 기관실인 것 같았다. 거기에서 나오자 곧 조타실로 들어갔

고, 가즈아키가 겨우 10초 정도 기다리고 있는 사이에
두두두 하고 낮은 신음 소리가 나며 시동이 걸렸다. 아
아, 정말로 움직이는구나 하고 묘하게 감동하고, 동시에
정말 이걸로 끝이라는 생각이 엔진 소리와 함께 밀려올
라왔다.

리오우는 다시 기관실로 들어갔다가 나와, 해치 뚜껑
을 닫고 닻의 밧줄을 감아올리기 시작했다. 기민하게 회
전 드럼을 손으로 돌려 로프를 감아올리는 손놀림은, 분
명히 꽤 익숙한 것처럼 보였다. 가즈아키는 계속 그 모
습을 응시하고 있었다. 이윽고 리오우는 다시 가즈아키
쪽을 향해 서서, 빗속에서 돌연 "你下来吧(내려와)!" 하고
소리를 질렀다. 그것은 조금 떨리듯이 울렸다.

"你别说啦(이제 말하지 마)"라고 가즈아키는 대답하고, 리
오우를 향해 손짓을 했다. 리오우는 배 가장자리로 올라
와, 목을 한껏 뻗고 호안을 올려다보았다. 가즈아키도
호안에서 몸을 한껏 내밀었다.

"리오우. 언젠가 대륙으로 데려가 줘. 약속해 줘."

"그건 벌써 약속했잖아. 当下你下来吧! 你为什么不下
来哪(어쨌든 내려와, 어째서 내려오지 않는 거야)!"

쳐들고 있는 얼굴 가득 비를 맞고 눈을 깜박이면서,
리오우는 갑자기 지금까지 보인 적이 없는 격정을 드러
내고, 가즈아키의 눈 밑에서 뭔가 소리를 쥐어짜내고 있
었다. 그러나 이미 그 눈이나 입가나 목소리의 표정을

318

받아들일 시간은 없었고, 가즈아키는 "반했어?"라는 한 마디로 모든 것을 흘려버렸다.

당했다고 생각했는지 어떤 건지, 리오우는 아주 잠깐 동안 새하얀 이를 드러내고 웃었다. 그리고 서로 한껏 뻗은 팔로 목을 껴안고 나서, 떨어졌다. 어느 쪽도 이미 흠뻑 젖어 있었기 때문에, 마치 풀장 안에서 껴안은 듯 한 느낌이 들었다.

리오우는 폭풍우 아래에서 호안의 부표에 걸려 있던 이물과 고물의 동아줄을 벗기자마자, 장대 같은 긴 막대 기로 배를 호안에서 밀어 떨어뜨렸다. 그리고 조타실로 사라진 직후에는, 몇 년이나 버려져 있던 작은 폐선의 좌우에 불이 켜졌다. 분명히 새 전구임이 틀림없는 선명 한 빨간색과 초록색과 흰색 불빛이었다.

가즈아키가 눈을 크게 뜨고 지켜보는 가운데 계속 공 회전하고 있던 엔진의 신음 소리가 단숨에 높아졌나 싶 더니, 배는 크게 흔들리듯이 이물을 호안에서 떼어 놓았 다. 이어서, 반동에 의해 이물은 다시 한 번 호안 쪽으 로 약간 흔들렸다가, 수로 쪽을 향해 뱃머리를 돌리고 전진하기 시작했다. 가즈아키의 다리는 몇 걸음 그것을 쫓아가다가, 멈추어 섰다. 리오우도 두 번 다시 조타실 에서 얼굴을 내밀지 않았다.

배는 사람이 걷는 정도의 속도로 덴포진 운하보 나가, 천천히 선회해서 시리나시 강 방향으로 뱃머리를 향했다. 늘어뜨려진 비의 장막 속에서 등불만이 움직여 갔다. 잠시 동안 가즈아키의 귀에는 빗속에서 "你下来吧! (내려와)"라고 고함치던 리오우의 목소리가 남아 있었지만, 그것도 조금씩 격렬한 빗소리에 빨려들어 가고, 곧 뇌 전체가 비 일색이 되었다.

가즈아키가 모리야마 공장으로 돌아갔을 때, 이미 자정이 지난 공장 사무실에 불이 보이고, 문밖에는 벤츠가 한 대 서 있었다. 중요한 상품이 도둑맞았다는 것을 안 사사쿠라의 빠른 대응은, 리오우가 말한 대로였다. 또, 차 소리를 듣고 밖으로 뛰어나온 모리야마의 당황한 모습도 오는 길에 예상한 대로였다.

모리야마는 가즈아키를 문 안으로 끌어들이자마자, 소리 아닌 소리를 지르며 "너는 무슨 짓을 한 거냐! 사사쿠라의 물건을 훔쳤다는 게 사실이니?" 하며 멱살을 잡았다. "너는 내가 아는 그 꼬마가 아니야, 이런 짓을 해서 어쩔 셈이었는지 말해 봐! 얼마나 무모한 짓을 해야 기분이 풀리겠니!"

그런 고함 소리를 들으면서, 가즈아키는 주먹으로 얻어맞고 쓰러졌다. 그러나 힘으로는 이미 가즈아키 쪽이 이기고 있었고, 서로 엉켜 싸우면서 모리야마를 어떻게든 안채까지 끌고 가서, 가즈아키는 "여기에서 기다려 주세요, 얘기는 제가 할 테니까"라는 말을 남기고, 뒷문을 담았다.

　모리야마는 물론 곧 뒤를 쫓아왔지만, 가즈아키는 "이건 내 얘기예요"라고 일갈하고 사무실로 들어가, 작업장의 책상을 사이에 두고 거기에서 기다리던 사사쿠라 분지와 마주했다. 변함없는 풍채에 샌들을 신고 앉아 있던 사사쿠라가 전구 밑에서 가즈아키를 바라보며 한 첫 번째 말은 "심하게 젖었군요"였다. 역시 한 조각의 감정도 엿볼 수 없었다.

　"그런데, 히라바야시의 바다는 어땠던가요?"

　"우선 용건을 말씀하십시오."

　"히라바야시 얘기는 누구한테 들었습니까?"

　"나이트게이트의 가와시마 하루오입니다. 그는 신품 토카레프도 보여 주었습니다."

　"그 녀석의 성벽은 알고 있었지만, 설마 젊은 남자에게 고백을 하면서 흥분하는 취미가 있다는 것까지는 상상도 못 했습니다. 어느 순간 혹시나 하는 생각이 들어서 없애 버렸는데, 조금 늦었다는 거로군요."

　"지금은 가와시마에게 감사하고 있습니다."

　"그렇겠지요. 자, 가즈 군, 얼마를 달라고 할 겁니까?"

　"4,800만 엔."

　사사쿠라는 구체적인 금액 제시에는 전혀 반응하지 않았다. 그저 물끄러미 가즈아키를 응시한 후, 그 눈은 작업장을 한 번 둘러보고, 우뚝 서 있는 모리야마를 통과해 가즈아키 쪽으로 돌아왔다. 그리고 나서 천천히 "한 가지 말해 두겠습니다"라고 사사쿠라는 말했다.

"가즈 군. 당신이 지금 이 사사쿠라에게 이렇게 말을 할 수 있는 것은, 제가 우연히 15년 전에 이 공장에서 놀던 아이를 알고 있기 때문입니다. 이게 무슨 뜻인지 아시겠지요? 이런 잔재주는 두 번 다시 통용되지 않는다는 걸 잘 기억해 두세요."

사사쿠라는 가즈아키가 사무실에서 가져온 편지지에, 자신의 만년필로 몇 자 적은 후 도장을 찍었다.

나 사사쿠라 분지는 모리야마 제작소에 대한 이하의 채권을 포기한다.
1. 계약 임대료 전액.
2. 5월 10일자 융자금 800만 엔.

이라고 되어 있었다.

가즈아키는 사사쿠라가 건넨 계약서를 받아들고, 그것을 작업용 책상에 놓고 자리에서 일어섰다. 밖으로 나가, 렌터카에 싣고 온 꾸러미 하나를 사사쿠라의 도움을 받으며 벤츠 트렁크로 옮겼다.

당연히 "또 하나는 어떻게 했습니까?"라고 사사쿠라는 물었다. 가즈아키는 "저는 하나밖에 훔치지 않았습니다"라고 대답했고, 사사쿠라는 어마어마한 눈으로 잠시 가즈아키를 노려보았지만 그것에 대해서는 아무 말도 하지 않았다.

"스즈키, 도망쳤죠?"

"저는 못 만났습니다."

사사쿠라와 나눈 말은 그것이 마지막이었다.

사사쿠라가 떠난 후 작업장으로 돌아가니 모리야마는 바닥에 주저앉아서 울고 있었다. 이마를 바닥에 대고 "미안하다, 미안해" 하고 사과하는 모리야마는, 역시 늙었다는 인상이었다.

"이 일을 한 건 스즈키예요. 감사는 그에게 해 주세요. 그는 잘 떠났습니다. 제가 배웅하고 왔어요. ……이제 늦었으니까, 그만 돌아갈게요. 쉬세요."

간신히 그런 말을 남기고, 가즈아키는 밖으로 나갔다. 뭔가 그가 남긴 말은 없는지 생각해 보았지만, 아무것도 떠오르지 않았다.

가즈아키는 그 후, 렌터카를 몰고 공립병원으로 갔다. 야간 출입구로 들어가 간호사에게 들키지 않도록 후사코의 병실로 숨어들었을 때, 후사코는 베갯맡의 불을 켜고 문고본을 읽고 있었다. 돌아보고, 활짝 웃으며 책을 내던지고 팔을 뻗었다.

"이런 시간에 바보같이……!"

"기분은 어때요?"

"가즈 덕분에 살쪘어, 이거 봐……." 후사코는 몹시 기분 좋은 듯이 웃었다.

"후사코 씨 얼굴이 좀 보고 싶었을 뿐이에요. 또 올게요."

가즈아키는 후사코의 머리카락을 가볍게 쓰다듬고, 손을 흔들고 곧 병실을 빠져나갔다. 여자의 얼굴을 보러 왔는데, 자신이 본 것이 어떤 얼굴이고, 어떤 머리카락이고, 어떤 이목구비고, 그리고 누구였는지 무엇 하나 확실치 않았다.

가즈아키는 이어서, 길옆의 공중전화로 다치바나 아쓰코의 자택에 전화를 걸었다. 계속 망설이던 것치고는 번호를 돌리는 사이에 벌써 몸이 약간 떨리기 시작해서, 스스로도 놀랐다. 호출음은 귓속에서 작은 불꽃을 피워 올렸다. 가즈아키는 이미 그다지 제대로 된 생각은 할 수 없었지만, "네, 다치바나입니다. 누구세요?" 하고 대답하는 아쓰코의 목소리를, 예상했던 것보다는 냉정하게 들었다.

"가즈아키입니다. 밤중에 죄송합니다. 아쓰코 씨의 목소리를 듣고 싶었을 뿐이에요."

"지금 어디……? 가즈아키?"

"시내에 있어요. 언젠가 또 만나고 싶어."

"지금이야! 지금 만나고 싶어……!"

전화 맞은편에서 갑자기 그렇게 외친 아쓰코는, 이전

324

과 전혀 다르지 않은 바로 그 아쓰코였다. 가즈아키의
귓속에서 그 목소리는, 배 위에서 갑자기 "내려와!"라고
외치던 리오우의 목소리와 겹쳐지고 서로 울려, 한 덩어
리의 유별난 몽상이 되었다. 리오우를 보내고 나서 몇
시간 동안, 조금씩 둔해져 가는 것 같았던 진흙 같은 몸
에 작은 불빛이 켜지는 것을 느끼면서 가즈아키는 수화
기를 놓았다.

오전 3시였다. 미명의 골목길에서는 빗소리가 끊어지
고, 아직 꺼지지 않은 네온사인이 갑자기 눈이 아플 정
도로 선명한 색깔을 드러내고 가즈아키의 머리 위를 덮
쳤다. 일순 눈을 깜박인 가즈아키는, 주소 역 앞에서 만
났던 아쓰코의 새하얀 블라우스를 보고, 리오우의 눈꺼
풀 밑에서 움직이는 하얗고 까만 안구를 보았다. 어느
쪽도 또렷하고 농염해서, 가즈아키의 몸의 불꽃은 또다
시 은밀하게 한 번 흔들렸다.

반 시간 후, 가즈아키는 오사카 성이 보이는 오사카
경찰본부 앞에 렌터카를 세우고, 배낭 하나를 짊어지고
정면 현관에 서 있었다. 며칠 전에 자수를 결심했을 때
에는 나름대로 있었을 정숙한 기분은 이미 없고, 우선
달리 선택지가 없는 것처럼 생각되어서였다. 몸은 어느
새, 봄부터 깊은 수렁이 진흙에 가라앉아 있었고, 그 불
꽃은 어디 있을까, 사라지지는 않았겠지, 하고 마지막까

지 자신에게 묻고 또 물으면서, 눈이 마주친 보초 경관에게 "요시다 가즈아키입니다. 다마루 경부를 불러 주십시오"라고 말했다.

8월 17일, 가즈아키는 대만 국적의 천하오의 살인을 방조한 혐의로 기소되었다. 금융업을 하는 랴오다이주 및 성명미상의 동반자에게 사건 당일 지시를 받았을 때, '쓸데없이 사망자를 내고 싶지 않다'는 동반자의 말을 가즈아키가 들었고, 일이 천하오의 살해와 관련 있음을 충분히 예측했으면서도 지시에 응한 행위가, 고의적인 종범從犯으로 인정된 것이었다.

기소장에는 피고가 랴오다이주들의 지시에 따른 이유는, 가즈아키의 진술대로 나이트게이트의 매니저였던 고故 가와시마 하루오와의 개인적인 관계를 폭로하겠다는 협박을 받았기 때문이라고 기재되었다. 훗날 공판에서, 가즈아키의 어머니가 1961년에 실종된 것을 검찰과 변호사측 양쪽이 지적했지만, 당사자인 피해자와 도망쳤다는 사실은 마지막까지 덮어졌다.

사사쿠라 분지와 모리야마 고조의 이름도, 반 년에 걸친 공판기간 내내, 사건 당일 밤 피해자의 동석자로서 등장했을 뿐이었다. 그것도 가즈아키의 진술대로였다.

다음해인 1977년 봄, 행방불명인 랴오다이주를 제외하면 진범이 한 명도 특정되지 않은 채, 하룻밤에 다섯 명이 사살된 '나이트게이트 사건'에 관여된 전직 보이 한 명의 재판은 종결되고, 여름에는 징역 4년의 유죄판결이 확정되었다. 국선변호인은 항소를 권했지만, 가즈아키 본인이 "4년으로 개심할 수 있다면 감지덕지지요"라고 고집했기 때문이었다.

가즈아키가 그렇게 말했을 때, 변호인은 조금 놀란 듯이 가즈아키의 얼굴을 바라보았다. 자신이 변호해 온 피고는 대체 누구였을까 하는 표정을 보이며 뭔가 웅얼거리고, 마지막에는 혐오의 눈빛을 보였다.

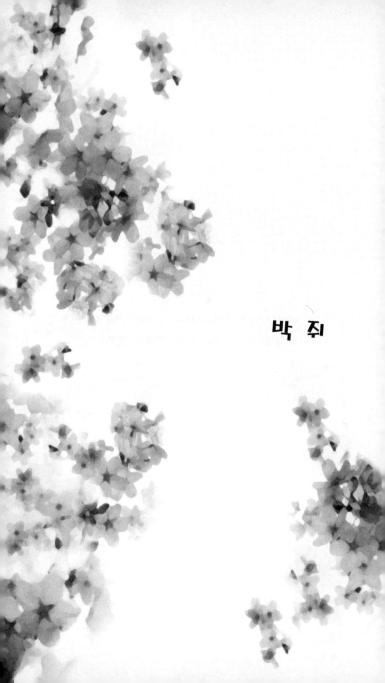

박 쥐

"왠지 이상한 기분이 드네....... 가즈가 어른이 되어서
이 궁장을 물려받다니, 꿈에도 생각 못 했어......."

모리야마 고조의 임종은 조용했다. 아침에 체온을 쟀을 때 모리야마는 "공장의 벚꽃은 피었니?"라고 물었고, 가즈아키가 "아아, 피었어요"라고 대답하자 한참 후, "얘야. 꽃놀이 하자……" 하는 한 마디 중얼거림이 돌아왔다. 그것이 마지막 말이 되었다. 그리고 곧 체온이나 혈압이 내려가기 시작하며 혼수상태가 되었고, 오후 6시가 지나서 한 번 탄식하듯이 긴 숨을 쉬고는 호흡이 멈추었다. 1981년 3월 초순, 아직 벚꽃이 활짝 피려면 먼 쌀쌀한 어느 날의 일이었다.

일요일이었기 때문에, 공장에서 멀지 않은 주소 병원이었기만 종업원들이 불러오시는 않았다. 모리야마를 간병한 것은 가즈아키와 딸 사키코뿐이었다. 사키코는 2

년쯤 전에 프랑스인 남편과 이혼하고 홀몸이었지만, 모리야마가 입원하고 있던 무렵에는, 근무처인 교토의 고등학교가 마침 기말시험이나 수험시즌이라 바빠서, 병원에는 1주일에 한 번 오는 것이 고작이었다. 대신 가즈아키가 매일 밤 공장 일을 마친 후 그 길로 병원에 가서 아침까지 곁에 붙어 있곤 했는데, 기말 결산이나 공장의 앞날을 생각하면 힘이 부치기도 했다. 가즈아키가 4년의 형기를 마치고 오사카 형무소를 나와 그 길로 모리야마 공장을 찾아간 날에서부터, 겨우 7개월밖에 지나지 않았다.

모리야마가 작업장에서 토혈한 것은 연초였고, 구급차로 병원에 실려 간 그날, 가즈아키는 의사에게 위암 말기라 손을 쓸 수가 없다는 말을 들었다. 어째서 이렇게 될 때까지 내버려 둔 거냐고 의사에게 야단을 맞았고 사키코에게도 뭐라고 사과할 말이 없었지만, 어쨌든 납기는 괜찮냐, 어음은 괜찮냐며 거래처 업자가 벌써부터 달려오거나 결산기가 닥쳐오거나 해서, 가즈아키는 곤혹스러워할 새도 없었다.

모리야마는 가즈아키가 복역하고 있던 4년간, 매주 일요일에 빠짐없이 면회를 와서 공장의 사정을 자세히 가즈아키에게 이야기했고, 돌아갈 때는 언제나 "몸조심해라. 빨리 돌아와"라는 말을 남겼다. 언젠가 공장을 가즈아키에게 물려주고 싶다고도 했다. 그의 말에 가즈아키는 대답하지 않았지만, 공장의 경영을 하루라도 빨리 궤도에 올려놓고 싶다는 모리야마의 의지만은 형무소 담장 안에 있어도 잘 알 수 있었고, 실제로 약 2년 만에 모리야마 제작소는 큰 기계 제작회사의 하청을 맡게 되어 수주는 일단 안정되었다. 모리야마는 면회 때마다 수주전표나 장부를 가즈아키에게 보여주고, 2개월 후, 3개월 후까지 자고 있어도 일이 들어올 거라고 기쁜 듯이 이야기했던 것이다. 게다가, 중장기적인 경영기반의 안정을 위해서는 한 회사에만 의존하지 않는 다각적인 수주를 가능하게 할 기술력이 필요하다고 하면서, 3년째에는 수주처도 몇 개 회사로 늘렸다. 가공하는 부품도 종래의 엔진 부품의 기어 외에, 베어링 외륜, 플라스틱 완구의 금형 등으로 다양해졌다.

하지만 담장 안에서 매달 장부를 보고 있던 가즈아키는 수주액에 비해서 이익이 나지 않는다는 것을 벌써부터 눈치 채고 있었고, 다른 회사와의 경쟁 때문에 지나치게 낮게 책정한 수주단가 때문이라는 것도 알고 있다. 그것은 그것대로 당장은 비용이 늘어나더라도 생산을 늘림으로써 메울 수밖에 없었지만, 가즈아키는 인건비를 삭감하거나 가공품목을 재고할 필요가 있다고 되풀이해서 모리야마에게 이야기했다. 그러나 모리야마는, 이것도 당초부터 가즈아키가 짐작 정도로 알고 있었던 일이지만, 곧 출소할 가즈아키에게 어떻게 해서라도 번성한 공장을 보여주고 싶었기 때문이다.

4년째 되던 해, 모리야마는 신용금고에서 6천만 엔을 빌려 대량생산을 위한 최신 기계를 도입했다. 몇 종류의 가공을 단번에 자동적으로 행하는 자동선반과, 금형가공에 사용하는 최신형 만능 프레이즈반이었다. 자동선반의 도입으로 비게 된 일손을 프레이즈 가공으로 돌려 본격적으로 금형 수주를 늘리겠다는 모리야마의 계산이었지만, 가즈아키가 걱정한 대로 장부상으로는 차입금의 변제가 서서히 이익을 좀먹기 시작했다. 작년 여름, 가즈아키가 4년 만에 재회한 모리야마 공장은, 그렇게 해서 가즈아키가 예전에 정산하고 간 것과 거의 같은 액수의 부채를 다시 떠안은 채 자전거조업†을 하고 있었다.

그러나 가즈아키는 실망하지 않았다. 공장은 하루에 열한 시간 움직이고 있고, 아침저녁으로는 납품이나 매입 트럭이 출입하고, 무엇보다도 밝은 모터 소리와 금속음과 쇠 냄새가 가즈아키를 감동시켰다. 하청으로 기계제작회사에 납품하고 있는 기어는 '하이포이드hypoid 기어'라는 엇갈린 톱니바퀴의 일종이었는데, 하나를 손에 얹어 본 순간 새겨진 피치, 톱니의 두께, 톱니의 폭, 톱의 내륜과 외륜의 길이 등, 정밀하게 가공된 그 완성도

---

† 자기 자본이 부족해 다른 자본을 계속해서 끌어들여 가까스로 조업을 계속하는 것을 비유적으로 일컫는 말.

에 몸이 솔직하게 흥분했다. 4년 동안 자신의 의지로 닫고 지내던 몸의 문이, 바람 한 번에 헐거워져 조금씩 열려 가는 것을 느꼈다. 그것만으로도 가즈아키는 더 생각할 것이 뭐가 있나, 지금의 자신에게는 이걸로 충분하다고 생각했다.

네 명의 종업원은 모두 온후한 50대의 숙련공이었고, 가즈아키는 견습공으로서 모리야마의 '조카'로서, 나아가 공장의 후계자로서 아주 자연스럽게 맞아들여졌다. 처음 한 달은 심부름을 하면서 작업의 흐름을 배웠고, 두 달째에 보르반, 세 달째에 호브반, 네 달째에 프레이즈반의 취급을 배우고, 다섯 달째에는 보통선반을 움직이기 시작했다. 일을 마친 후에도 모리야마가 기계 조작을 계속 가르쳐 주기도 했지만, 원래 손재주가 좋았던 가즈아키의 습득 속도는 무시무시하게 빨랐다. 게다가 오직 열심히 일만 했고, 연장자인 종업원들을 대하는 예의도 부족함이 없었기 때문에, 공장에 녹아드는 데에 걸린 시간도 극히 짧았다.

아침에는 오전 6시에 일어나 마당이나 대문 주변을 쓸고, 모리야마와 함께 공장을 열 준비를 한 뒤, 오전 8시에 일을 시작한다. 점심시간과 오후 4시에 있는 휴식시간에는 사람들에게 차를 끓여주고, 오후 8시가 되기 전에 기계를 끈 후에는 작업장을 청소한다. 그리고 모리야마가 전표나 장부를 정리하고 있는 동안에 가즈아키는 목욕물을 데우고, 간단한 저녁식사 준비를 하고, 작업복을 빤다. 그런 일을 모두 마친 오후 10시쯤에야 비로소 안채 부엌의 저녁 식탁에 앉는다. 그 후에도 한밤중까지 기계를 만지며, 숙련공이 깎은 제품을 하나하나 배우는 것이 일과였다.

모리야마는 이전처럼 술을 마시지는 않았지만, 지금 생각하면 술을 마실 만한 몸 상태가 아니었을지도 모른다. 그러나 이렇다 할 이유도 없는 듯한데 모리야마는 늘 기분이 좋았고, 월말의 자금 변통을 위해 신용금고에 다니면서도 마지막까지 공장의 미래에 추호도 의심하지 않는 것처럼 명랑했다.

자금조달 실태를 알고 있는 가즈아키는 처음부터 월급을 사양했지만, 모리야마는 "나이도 먹을 만큼 먹었으니 용돈도 필요하잖아"라고 말하며 매달 10만 엔을 계좌에 입금해 주고 있었다. 모리야마는 또 일분일초를 아까워하며, 거래처를 돌 때 가즈아키를 데리고 가서는 "얘가 제 조카랍니다" 하고 소개하고 다녔고, 지방 상공회 모임에도 얼굴을 내밀게 했다. 필수품이라면서 가즈아키를 위해 겨울용과 봄용 정장이며 예복을 갖춰 주기도 했다. 자기 자신은 별로 먹지도 않으면서 가즈아키를 시장에 보낼 때는 늘 제철생선이나 고기를 사 오게 해서 가즈아키에게 먹이고, 자신은 약간의 소주만을 홀짝홀짝 마시는 것이었다.

모리야마는 아마 가장 가깝고 편리하다는 이유였음이
틀림없지만, 가즈아키가 복역하는 동안에 옆에 있는 성
당에서 세례를 받고 '요셉'이라는 세례명까지 얻었다.
일요일이면 아침 미사에 가는 것이 습관이었다. 오후에
는 텔레비전을 보면서 누워 있는 날이 많았지만, 마음이
내키면 가즈아키를 교토로 데리고 가서 사키코를 불러
내 아라시야마 산[†]이나 구라마[††], 다카오[†††]에 갔고, 돌
아오는 길에는 셋이서 식사를 했다. 비와 호[††††]까지 간
적도 있었다. 정월에는 요릿집에서 주문한 정월요리를
둘러싸고 앉아, 친딸 사키코와 후계자 가즈아키를 양쪽
에 안고 기념사진도 찍었다.

모리야마는, 그렇다고 뭘 어쩌겠다는 말은 한 번도 입
에 담지 않았다. 그리고 구치소나 오사카 형무소에 다니
던 4년간도, 그 후의 7개월 동안에도 자신이 만들어 낸
꿈을 계속 꾸었고, 인생의 마지막에 찾아온 행복을 계속
믿으며 죽은 것처럼 보였다. 가즈아키는 종종 도대체 지
금까지 며칠을 모리야마와 함께 있었는지 계산해 보았지
만, 20년 전에 어머니와 함께 공장 뒤에 있는 아파트로
이사를 왔을 때부터 세어서, 4년간의 면회 회수를 더해

[†] 교토 시 니시쿄 구에 있는 산.

[††] 구라마데라(鞍馬寺)라는 유명한 절이 있는 교토의 지명.

[†††] 교토 시 서북단에 있는 단풍의 명소.

[††††] 시가 현 중앙부에 있는 일본 최대의 호수.

도 고작해야 1,000일 남짓이었다. 죽음을 맞은 한 남자의 뇌 속에, 겨우 1,000일도 안 되는 인연인 가즈아키나 딸 사키코, 선대부터 물려온 모리야마 제작소의 미래 등은 대체 어떤 형태로 들어 있었을까. 모든 것이 수수께끼로 남겨졌고, 가즈아키 자신도 중요한 얘기는 무엇 하나 하지 못한 채 영원히 그 기회를 잃어버린 것이었다.

"임종하셨습니다"라는 의사의 한 마디를 들었을 때, 가즈아키는 모리야마와 자신 사이에 떠돌던 보이지 않는 점막 같은 것이 안개가 되어 사라지는 듯한 기분이 들었다. 그리고 야위고 시든 육체 하나와 자신 사이에 있던 모든 것이 사라지자, 갑자기 피부 한 장만 남은 듯한 쌀쌀한 느낌이 덮쳐와, 말이 나오는 대신에 뼈가 삐걱거렸다.

사키코는 왠지 안도한 듯이 모리야마를 바라보았고, 그 입에서는 "정말 행복했을 거야. 가즈 씨를 만나고, 가즈 씨가 잘해 줘서"라는 말이 나왔을 뿐이었다. 지난 7개월 동안 사키코는 이전보다 자주 모리야마와 만나긴 했지만, 그 시간은 잃어버린 21년을 메우기에는 역시 너무 짧았는지도 몰랐다.

그런 사키코를 충분히 배려할 새도 없이, 가즈아키는 모리야마가 숨을 거둔 지 10분 후에는 병원에서 장의사와 생명보험회사에 전화를 했다. 그 후에는 유체를 인수하거나, 종업원이며 주민자치단체에 연락을 하거나, 성당에 장례 준비를 부탁할 필요가 있어서, 공장으로 자전거를 달렸다. 복역 중에 면허효력이 상실된 후, 새로 면허를 딸 시간이 없어서 지난 7개월간은 어디에 가든 자전거였다.

요도가와 거리를 달리면서, 가즈아키는 우선 장례식 비용을 얼마쯤 낼 수 있을지 머리를 굴렸다. 모리야마에게는 말하지 않았지만, 연초부터 경영부진 소문이 떠돌고 있던 기계 제작회사의 하청업체인 야마우치 공업에서 납품대금으로 발행된 900만 엔의 약속어음이, 결제일인 그저께 부도가 난 것이었다. 가즈아키는 곧 그 회사로 달려갔지만, 같은 사정의 채권자들이 몰려와 있었고, 잠시 기다려 달라는 대답밖에 얻을 수 없었다. 모리야마 제작소도 대금 지불이나 차입금 변제를 위한 지불어음 지급기한이 닥쳤기 때문에, 회사의 당좌예금에서 지금 당장 인출할 수 있는 여분의 현금은 거의 없다는 결론이 나왔다. 모리야마의 개인예금은 상속 수속이 완료될 때까지 찾을 수 없고, 조만간 생명보험으로 조달한다 해도 오늘내일의 장례식 비용은 결국 가즈아키의 얼마 되지 않는 저금에 의지할 수밖에 없었다. 그래봐야 50만 엔 정도였으니까, 어쨌든 훌륭한 장례식은 바랄 수 없었다.

밤이 되어 추워진 히메사토의 골목길에 희미한 벗나

무 향이 떠돌고 있었다. 내년 봄에는 벚꽃 밑에서 가즈아키와 술을 마실 수 있다며, 모리야마가 작년 여름부터 계속 꽃이 피기를 기다리고 있던 벚나무였다. 아직 단단한 꽃망울을 단 그 헐벗은 가지가, 성당 부지에서 크게 튀어나와 한풍에 휘어지며 공장 건물의 지붕을 탁탁 두드리고 있었다.

월요일이 경야經夜†, 장례식이 화요일. 수요일부터 공장을 열고, 지불어음이 목요일, 납기가 금요일. 머릿속에서 그렇게 일정을 짜면서, 가즈아키는 문을 열고 자전거를 안에 들였다. 지난 며칠간 청소를 할 새가 없었던 공장 마당에는, 며칠 전에 내린 눈이 남아서 쓰레기와 함께 얼어 있었다. 그것을 보자 왠지 자신의 몸도 얼어붙을 것 같아서, 가즈아키는 시선을 돌렸다. 부도가 난 900만 엔을 어떻게 할지, 단기 운영자금을 빌릴지 말지 하는 생각은 내일부터 하기로 했다.

자전거를 놓고 안채로 향하려고 했을 때, 성당 울타리 맞은편에서 "가즈 씨" 하고 부르는 소리가 났다. 2년 전에 성당에 부임한 아일랜드 인 사제가 울타리에서 얼굴을 내밀고 있었다. 지난 7개월 동안 모습은 자주 보았지만, 가즈아키 자신은 성당에는 다니지 않았기 때문에 지금까지 거의 말도 나눈 적이 없던 사람이었다. 그런데

---

† 죽은 사람을 장례지내기 전에 친지, 지인들이 모여 죽은 사람을 추모하며 밤을 지내는 일.

모리야마가 입원한 이후, 사제는 매주 일요일마다 미사를 끝낸 후 병원을 찾아와 모리야마에게 성체배령을 해주었고, 그래서 '키산'인가 하는 그의 이름도 알게 되었다. 오늘 아침에도 모리야마의 병상까지 와 주었는데, 그때 사제에게 "오래 버티지 못하실 것 같아요"라고 일단 이야기해 둔 참이었다.

가즈아키는 울타리를 사이에 두고 사제와 이야기하게 되었다.

"모리야마 씨가 아까 돌아가셨습니다"라고 가즈아키가 말하자, 사제는 우선은 허공을 올려다보며 십자를 그었다. 이어서 파란 눈으로 물끄러미 가즈아키의 얼굴을 바라보더니, "숨을 거두신 게 6시쯤 아니었습니까?"라고 물었다.

가즈아키가 그렇다고 대답하자, 사제는 이번에는 혼자 몇 번인가 고개를 끄덕이고, "그런 것 같았어요"라고 말했다. "6시쯤 제가 사제관에 있는데, 이 벚나무가 바스락바스락 흔들리는 소리를 들었습니다. 그래서 밖에 나가 보니 벚나무 가지가 전부 밝게 빛나고 있고, 수많은 박쥐들이 날아오르는 것이 보였거든요……."

가즈아키는 달빛을 받아 흐릿하게 빛나는 벚나무를 올려다보고, 사제의 얼굴을 바라보았다. 이전에 모리야마에게서 "달밤에 좀 이상한 맛을 히디리고"라고 늘은 적이 있었기 때문에, '아아, 이걸 말하는 거였나?' 하고 생각했지만, 아직 서른 전후인 듯한 젊은 얼굴을 한 눈 앞의 남자는 조용히 미소하고 있을 뿐이었다.

"빛을 가로막고 있던 박쥐가 없어지니까, 보세요, 이렇게 밝아요…… 언제나 벚꽃을 보고 계셨던 모리야마 씨가 신의 나라로 불려 가신 걸까 하고, 순간 그런 기분이 들었습니다."

이 사람에게 고별식 미사를 맡겨도 괜찮을까 하고 가즈아키가 잠깐 망설이고 있는 사이에, 사제는 "아, 맞다, 그럼 경야 준비를 해야겠네요"라는 말을 꺼냈다.

"그걸 부탁드리려던 참입니다."

"경야는 사제관을 쓰시겠습니까, 아니면 자택에서 하시겠습니까?"

"자택에서 하는 편이, 종업원들이 오기 쉬울 것 같은데요."

"그럼 도와드리지요. 준비를 하고 곧 가겠습니다."

이것저것 말할 새도 없이, 가즈아키는 감사인사를 하고 사제와 헤어져 서둘러 안채로 갔다. 우선은 모리야마가 입원하면서 계속 닫혀 있던 현관 옆방을 열고 환기를 시켰다. 20년 전에도 새것은 아니었던 안채는, 이제 언제 무너져도 이상하지 않을 정도로 낡아 있었지만, 가즈아키가 꼼꼼하게 청소를 시작하면서 이전보다는 훨씬 깨끗해졌다. 떨어진 벽의 흙을 다시 바르고 장지를 새로 갈고, 밝은 초록색 커튼을 늘어뜨린 집을 보고, 모리야마는 자주 "우리 집이 아닌 것 같아" 하며 웃곤 했다.

가즈아키가 방에 이불을 깔고 있자니, 양팔에 작은 책상과 촛대와 하얀 천을 안은 사제가 찾아왔다. 뒷일은 사제에게 맡기고, 가즈아키는 공장 사무실에서 네 명의 종업원과, 주민자치단체와 상공회 간사에게 전화를 했다. 옛날 종업원 중에서 딱 한 명 지금까지 교류가 있는 다쓰미의 정종헌에게도, 일단 전화를 했다. 정은 전화 맞은편에서 "아이구!" 하고 비통한 소리를 지르며, 내일 있을 경야에는 꼭 오겠다고 말했다.

그러는 동안 사키코가 병원에서 돌아오고, 이어서 유체를 실은 장의사의 밴이 도착했다. 모리야마를 이불에 눕혔을 때는, 성당과 공장을 몇 번 왕복한 사제가 방을 깨끗이 정돈한 뒤였다. 베갯맡의 책상에는 은실 자수가 새겨져 있는 하얀 천이 깔려 있고, 진주 촛대에 촛불이 켜져 있고, 십자가와 성서 옆에 놓여 있는 꽃병에는 벚나무 가지가 장식되어 있었다. 그것은 유치원 마당에 피어 있는 벚나무였는데, 벚꽃을 보고 싶어 했던 모리야마를 위해 벚꽃을 꺾어 온 사제의 배려에는 가즈아키도 머리를 숙이고 싶은 기분이었다.

그 후 사키코, 사제와 함께 장의사와 비용을 의논했는데, 결국 고별식 때 성당 제단을 장식할 꽃과, 관이나 영구차나 사진, 접수 테트 하나 등의 비용을 합쳐서 25만 엔이 채 되지 않는 금액이 되었다. 무엇이 필요하냐

고 장의사가 물었을 때 사제가 "관과 꽃 조금"이라고
대답한 것이 가장 큰 이유였다.

　모리야마에게 사키코가 정장을 입히고, 넥타이를 매
주었다. 생전에 거의 입은 적이 없던 정장으로 몸을 감
싼 모리야마는 허무할 정도로 당당해 보였고, 그 모습에
"아버지도 참, 정말이지……" 하고 사키코는 쓴웃음을
지었다.

　그리고 나서 사제가 모리야마를 위해 짧은 기도를 한
뒤, "그럼 내일 뵙지요" 하고 물러가자, 가즈아키와 사
키코, 모리야마 셋만 남았다. 정월에 바로 이 방에서 정
월요리를 늘어놓고 셋이 사진을 찍은 이후 처음이었다.
가즈아키는 문득 그때의 일을 떠올렸고, 사키코도 같은
생각을 했는지도 모른다. "뭔가 부족하다 했더니, 아버
지에게 술을 드리는 걸 잊고 있었어"라고 중얼거리며
사키코는 일어서서, 술병과 컵 세 개를 손에 들고 돌아
왔다.

　컵에 따른 술 한 잔을 책상에 장식하고, 가즈아키와
사키코도 모리야마의 이불을 사이에 두고 한 잔씩 술을
마셨다. 얼굴을 들자, 모리야마가 쓰러진 이후 서로 제
대로 볼 일도 없었던 상대의 얼굴이 있었고, 둘 다 적당
한 말이 나오지 않아 다시 시선을 떨어뜨렸다.

　먼저 입을 연 것은, 막 서른이 지난 사키코였다. 변함
없이 짧은 머리에, 화장기 없는 작고 둥근 얼굴은 지금

도 나이보다 어려 보였다. 스웨터 밑에서 탄력 있는 산을 만들고 있는 유방은 솔직히 가끔 가즈아키의 눈을 끌었고, 그때마다 만지고 싶다는 작은 욱신거림이 일어나곤 했는데, 모리야마가 죽은 지 몇 시간밖에 되지 않았는데도 의지와는 상관없이 그때도 거의 자동적으로 그런 기분이 들었다.

"공장, 힘들지? 나도 어릴 때부터 아버지를 봐 왔잖아. 철이 들었을 때부터 계속 자전거조업을 했다는 거 기억하고 있어. 아버지에게는 경영능력이 없다고, 엄마가 자주 말했지."

"편하지는 않지만, 하청 공장은 어디나 똑같으니까요."

가즈아키는 그렇게 말을 흐렸다. 예전에 있었던 사사쿠라 분지와의 경위 하나만 보아도 모리야마에게는 경영자로서 최소한의 자질도 갖추어져 있지 않았음이 분명하지만, 막상 자신이 작은 공장 하나를 맡고 보니 개인의 능력 이전에 경기나 산업구조 자체의 무게를 뼈저리게 느낄 수 있었다. 무엇을 해도 순조로울 때는 순조롭고, 안 될 때는 안 되는 것이 하청이라는 사실을, 지난 며칠간 더욱 실감하고 있는 참이기도 했다.

"어떻게든 해 나갈 생각이에요. 빚이 남아 있는 동안에는 공장을 없앨 수도 없고."

"왠지 이상한 기분이 드네……. 가즈가 어른이 되어서

이 공장을 물려받다니, 꿈에도 생각 못 했어……. 그럴 줄 알았다면, 나도 이 공장에 남아 있었을 텐데."

그렇게 말하고 사키코는 조금 웅얼거리는 웃음소리를 냈다. 별 뜻 없는 것처럼도, 의미심장하게도 들리는 말투였다. 가즈아키는 당혹스러워져서, 또 작은 욱신거림을 느끼면서 웃어넘겼다.

"그랬으면, 모리야마 씨는 분명히 사키코 씨한테 너무 의지하게 됐을 거예요……."

사키코는 내일도 낮에는 채점을 해야 하는데다가 경야 때 입을 상복도 필요하다는 이유로 밤 10시 무렵 돌아갔다. 가즈아키는 요도가와 거리까지 사키코를 배웅하고 택시를 잡아 주었다. 모리야마를 혼자 두고 왔기 때문에 사키코에게는 느긋하게 말을 걸 새도 없이 택시를 전송하자마자 곧 발길을 돌렸지만, 그때 버스가 다니는 큰길에 있는 공중전화에 저도 모르게 눈길이 향했다.

가즈아키는 한 여자의 얼굴을 떠올리면서 발을 멈추었다. 복역 중에 가끔 편지를 주고받았던 아쓰코는 2년 전에 이혼하고 베이징 대학으로 유학을 갔고, 예정대로라면 연초에 귀국했을 터였다. 가즈아키는 출소 후의 주소를 알려주지 않았고, 자기 쪽에서 연락을 하려고 했을 때 모리야마가 쓰러져서 그 후 연락을 하지 못했음을 지금 다시 떠올렸지만, 당장은 서두르고 있던 다리가 더 앞섰기 때문에 가즈아키는 빠른 걸음으로 공장으로 돌아갔다.

모리야마는 옅은 분홍색 벚꽃이 내려다보는 가운데 잠들어 있었다. 꽃을 볼 수 있도록, 장의사가 얼굴에 덮고 간 하얀 천은 치워 두었다.

안채는 어디로 눈을 돌려도 모리야마의 그림자가 배어 있었다. 손때가 묻어서 색깔이 변한 문짝도, 몇 십 년이나 매일 같은 곳이 밟혀서 희미하게 발 모양으로 패인 계단도, 언제나 베갯맡에서 듣던 단파 라디오도, 쓰러지기 전날 압축기가 고장 난 냉장고도 말없이 주인의 몸을 바라보고 있는 것 같았다. 그 옆에 혼자 앉자, 가즈아키는 다시 숨 막힐 정도인 죽음의 공기에 감싸여, 머리와 몸이 한 남자의 몸을 앞에 두고 서로 싸우기 시작하는 것을 느꼈다.

병상에 붙어 있던 60일 동안, 날이면 날마다 두터워지는 정을 심신의 대부분은 거절하지 않았지만, 한편으로 이성의 일부는 여전히 과거의 여러 가지 경위를 집요하게 주워 올리고 있었고, 마음의 문도 마지막까지 완전히 열리지는 않았다. 이것은 이미 갖추어진 나의 성격이라고 인정하면서도, 모리야마가 숨을 거둔 지 몇 시간이 지난 지금, 가즈아키는 자신의 몸 안에 이미 죽은 모리야마가 아버지라는 덩어리가 되어 숨어드는 것을 느끼고 있었다. 머리로 생각한 것이 아니었으므로, 억누를 수도 없었다. 다만 머리도 몸도 각각 위화감을 호소하며 서로를 책망하고, 그와 동시에 걷잡을 수 없는 허무함에 빠져들었으며, 거기에 또 형언하기 힘든 비통 같은 것도 끼어들어 왔다.

분리된 머리와 몸 사이에서 가즈아키는, '20년 전의 아이는 틀림없이 모리야마를 좋아했다. 그리고 모리야마는 나쁜 아이를 만났'라는 결론을 내려 보았다. 말년의 모리야마가 무척 느긋하고 명랑했던 것은 두 사람 모두에게 다행이었다고 생각하니, 간신히 기분이 조금 진정되었다.

가즈아키는 할 일이 없다는 사실에 몸을 떨며 전화라도 울리지 않을까 하고 귀를 기울였지만, 기다리는 전화가 걸려올 만한 곳은 없었다. 복역 중에 몇 번인가 면회 왔던 후사코는 1978년 겨울에 심장마비로 사망했고, 베이징에 가고 나서는 편지가 끊어진 아쓰코에 대해서도 사실 이미 기대는 하지 않았다. 하물며 리오우에 이르러서는 지금쯤 어디에서 뭘 하고 있는지도 알 수 없었다. 살아 있을까, 죽었을까.

귀를 기울이자, 공장 지붕을 두드리며 계속 울던 벚나무 가지 저편에서 지금도 한순간 리오우의 목소리가 들렸다.

형무소라는 곳은 거기에 수감되어 있는 동안에는 세월이 멈추는 장소였다. 담장 밖에서 흘러가는 시간에서

격리되어 있던 4년간, 자신의 기억과 시계는 4년 전 그
대로 멈춰 있었기 때문에, 현실에서는 이미 멀어진 사람
이나 물건이나 사실들 전부를 자신은 아직도 적절히 파
악하지 못하고 있다. 가즈아키는 가끔 자신을 그렇게 분
석하고는 세월이 지나기만을 그저 가만히 기다려 왔지
만, 그래도 겨우 7개월이었다. 가즈아키에게는 리오우가
배 위에서 "내려와!" 하고 외치던 것도, "지금이야, 지
금 만나고 싶어!"라고 아쓰코가 수화기 너머에서 외치
던 것도, 모리야마가 작업장 바닥에 주저앉아 울던 것
도, 모든 것이 겨우 7개월 전의 일이었고, 모든 목소리
들이 여전히 선명했다. 리오우와 함께 존재하던 환희도,
마지막으로 들었던 아쓰코의 목소리에 휘저어지던 몸의
열기도, 역시 실감은 사라졌지만 지워지지 않는 얼룩처
럼 남아 있는 것을 느꼈다.

　모리야마도 죽은 지금은 그것들도 조금씩 멀어져 갈
것이 틀림없었지만, 정말로 그렇게 될까, 지나간 사람들
의 흔적을 자신은 무엇으로 메워 가는 걸까 자문하면서,
가즈아키는 잠시 동안 바깥에서 울고 있는 벚나무 소리
에 귀를 기울였다. 또 리오우의 목소리가 들렸다. 이번
에는 '훙후, 스이야아, 랑야미, 랑타, 랑아' 하고 노래하
고 있었다.

　"맞다, 모리야마 씨. 당신에게 깜빡 잊고 말하시 않은
게 있어요. 그 남자의 이름은 리오우랍니다……. 재미있

었죠, 셋이서 장어를 먹었던 날 밤은."

가즈아키는 이제는 희미한 핏기조차도 남아 있지 않은 모리야마의 얼굴을 바라보며 그렇게 말한 후, 눈앞의 몸은 이미 모리야마가 아닌 다른 무엇이라고 새삼 생각했다. 이렇게 죽음에 의해 어찌됐든 모리야마가 생전의 인생과 결별한 것에 비해, 지금 살아 있는 자신은 어떤가. 지난 4년 7개월 동안 무엇이 바뀌었는가. 아무것도 바뀌지 않았다. 시간이 그저 4년 늦어졌을 뿐이다.

이제는 모리야마가 아닌 몸뚱이를 향해, 가즈아키는 다시 한 번 자신만을 위해 중얼거렸다. "지금까지의 인생 중에서, 지금이 제일 불안정한 것 같아……" 하고.

다음날인 월요일과 화요일에 열린 경야와 고별식은 처음부터 끝까지 별다른 일 없이 진행되었다. 이틀 모두 주민자치단체 여성들이 도와주러 왔다. 안채에는 하루 종일 사람들이 삼삼오오 출입했고, 상주인 가즈아키와 사키코는 문상객들에게 인사하느라 바빴다. 거래처 관계자가 대부분이었지만, 사키코에게 소식을 전해 들었다는 모리야마의 먼 친척들도 몇 명 모습을 보였다. 그들은 모리야마에게서 공장과 토지, 건물을 전부 양도받은 낯선 남자의 얼굴을 당혹스러운 듯이 바라보고 갔다. 다쓰미의 정종헌은 경야와 고별식에 모두 참석했는데, 관에 들어 있는 모리야마를 보고 손을 맞잡으며 울고,

가즈아키와 마주하자 또 울었다.

고별식은 쉰 명만 들어가도 꽉 차는 작은 예배당에 백 명 가까운 문상객을 우겨 넣고, 북적북적한 가운데 진행되었다. 제단 앞에 놓여 있는 관은 하얀 튤립으로만 장식한 간소한 것이었지만, 검은 사제복에 의식용 백의를 겹쳐 입은 키난 사제의 유창한 일본어로 읽는 시편이나 복음 말씀도, 행동거지도 꽤 훌륭하고 엄숙했다.

마지막에 문상객이 한 명씩 꽃을 바치고, 상주인 가즈아키가 한 사람 한 사람에게 머리를 숙이며 전송할 차례가 되었을 때, 가즈아키는 갑자기 눈앞에 선 다마루를 보고 놀랐다. 여전히 시간이 멈춰 있는 것 같은 남자의 고무 같은 표정과 잠시 멀어져 있던 세계의 공기에, 가즈아키의 온몸의 신경이 민감하게 반응한 것이었다.

평복에 검은 넥타이를 맨 다마루는 다른 문상객들과 똑같이 가즈아키에게 목례했지만, 얼굴을 들었을 때에는 한 번 노려보면서 "지금 좀 보자"라고 말하고 나갔다. 헌화가 끝난 후에는 곧 출관을 하고, 관을 영구차에 싣게 되어 있었다. 시간에 신경을 쓰면서, 가즈아키는 "곧 돌아올게요"라고 사키코에게 말하고 예배당을 나가, 출관을 기다리는 사람들의 행렬에서 조금 떨어진 곳에 서 있던 다마루에게 다가갔다. "이런 날 하고 싶은 말은 아니지만, 하라구치 주지이 젊은 녀석들이 와 있잖아."

다마루는 그렇게 속삭였고, 가즈아키는 더욱 놀라 다마루의 어깨 너머로 사람들 쪽을 쳐다보았다.

"몰랐다는 거야?"

"예……."

"자네, 형무소에서 하라구치 다쓰로와 같이 있었지. 사사쿠라의 장사를 물려받은 게 바로 그 하라구치야. 이상한 짓을 했다간, 이번에야말로 용서하지 않을 테니 그렇게 알라고."

다마루는 낮게 내뱉고는 떠났다. 가즈아키는 곧 다시 안으로 돌아갔지만, 귀에 꽂힌 다마루의 한 마디 때문에 마지막에 모리야마의 관을 닫을 때도 얼마쯤 건성일 수밖에 없었다.

가즈아키와 종업원 네 명이 관을 메고 성당을 나서서 운구차에 실었다. 그런 뒤 가즈아키는 사키코와 함께 운구차에 탔지만, 차가 출발할 때까지 전송하는 사람들에게서 눈을 뗄 수가 없었다. 와 있다는 조직 사람들의 모습은, 그때는 결국 찾을 수 없었다.

가즈아키와 사키코는 시에서 운영하는 화장터에서 모리야마를 화장한 뒤, 한 줌의 유골을 안고 정오에는 모리야마 공장으로 돌아왔다. 그 후에는 종업원의 아내들이 준비한 간단한 술자리가 열려, 배달시킨 요리와 맥주를 둘러싸고 한 시간쯤 먹고 마셨다. 가즈아키는 새 주인으로서 종업원들의 노고를 치하하고 앞으로도 잘 부탁드린다고 머리를 숙인 후, 한 사람 한 사람에게 맥주를 따라주었다.

부도를 낸 야마우치 공업에 대해서는 종업원들도 알고 있었지만, 주력인 기어 부품 수주가 위험해지고 나니 아이러니하게도 모리야마가 생전에 도입한 프레이즈반 덕분에 금형가공을 할 수 있는 모리야마 공장은 강하다는 얘기도 나와, 당장 불안을 호소하는 종업원은 없었다. 경영면으로는 그렇게 느긋하게 있을 여유는 없다는 것이 가즈아키의 본심이었지만, 우선은 잠자코 있었다.

가즈아키는 시종 정신이 산만해, 누구의 이야기도 제대로 들리지 않았다. 맥주를 따르거나 차를 끓이느라고 돌아다니던 사키코가 가끔 그를 보곤 했지만, 제대로 말도 걸지 못한 채 "자, 마셔요, 마셔" 하고 종업원들에게 맥주를 따라주고 자신도 마시며, 간신히 한 시간을 버텨냈다.

종업원들이 돌아간 후, 사키코도 재빨리 옷을 갈아입고 돌아갈 준비를 했다.

"우리 반에 이대로 가다가는 졸업 못할 애가 두 명이나 있거든. 내일은 또 직원회의인데, 낙제시켜 봤자 어차피 공부도 안 할 테니까 졸업시키는 편이 애들을 위해서도 나을 것 같지 않아?" 그런 말을 하면서, 사키코는 어쩌면 가즈아키가 붙잡아 주기를 기다리고 있었는지도 모른다. 그러나 가즈아키는 그 말에는 대답하지 않고, "벚꽃이 피면 느긋하게 놀러오세요"라고 대답하는 것이 고작이었다.

"그러고 보니, 가즈랑 같이 꽃놀이 한 적이 없었네 ...."

"저도 생각해 보니까 1961년 봄 이후 처음이에요. 꼭 작년에도 본 것 같은데."

"그럼, 20년 만의 꽃놀이구나."

가즈아키는 사키코를 히메지마 역까지 바래다주었다. 사키코는 꽃놀이를 하러 오겠다는 약속을 하고 돌아갔다. 플랫폼 계단을 올라가는 사키코의 스커트나 통통한 허리를 바라보는 동안 다시 아쓰코의 얼굴이 잠시 떠올랐지만, 그때 약간이나마 강한 감정으로 직결된 것은 하라구치 조직의 누군가가 고별식에 와 있었다는 다마루의 목소리였다. 그것이 다시 귀 안쪽에서 지끈지끈 울리기 시작했다.

가즈아키는 공장에 돌아가자마자 제일 먼저 문상객 기록부와 부조금 봉투를 뒤져 '하라구치 다쓰로'라고 쓰인 봉투를 찾아냈다. 다마루가 말한 대로 조직원 중 누군가가 두고 간 듯한 봉투에는, 10만 엔의 현금이 들어 있었다. 그것을 손에 들고, 가즈아키는 잠시 만나지 않았던 남자의 얼굴을 천천히 떠올렸고, 동시에 그 얼굴에 겹쳐지는 수십 일 밤의 불쾌감과 흥분이 뒤섞인 진흙 같은 시간이 돌아왔다.

하라구치 다쓰로라는 남자는 복역 중에 오사카 형무소 제2구에서 만나, 겨우 한 달 남짓 같은 방에서 지낸 사이였다. 다른 수감자들은 그를 '하라구치 씨'라고 부르며 한수 접어주고 있었다. 나이는 30대 중반에, 헤비급 복서 같은 체격도 그렇지만, 엄격하게 관리되는 형무소 안에서도 한눈에 그쪽 계열임을 알 수 있는 풍모를 드러내고 있었다. 가즈아키가 그를 만났을 때에는 살인미수인지로 받은 징역형도 앞으로 3개월이 남아 있을 뿐이었고, 그와 함께 하라구치 조직 500명을 이끌 후계자로 결정되었다는 소문이 떠돌고 있었다. 어느 날 운동 시간에 야구를 하고 있을 때, 타자석에 선 가즈아키에게 포수가 뒤에서 "이봐" 하고 말을 걸었다. 그것이 하라구치 다쓰로였다. 하라구치는 미트를 주먹으로 가볍게 두드리면서 "사사쿠라의 물건을 훔쳤다는 얼굴, 오늘밤에 한 번 봐야겠어"라고 말했다.

그것은 가즈아키가 복역한 지 3년째 되던 여름의 일이었다. 낯선 남자의 입에서 사사쿠라의 물건 얘기가 나오자 가즈아키는 식은땀이 났지만, 예상과 반대로 하라구치는 그 후 사사쿠라의 이름은 두 번 다시 꺼내지 않았다. 대신 하라구치가 보인 것은, 엄청난 권총 매니아의 얼굴이었다.

"이봐, 총 얘기 좀 하자……."

첫날 밤, 가즈아키에게 위로 삼아 자신의 물건을 물게한 후에 그렇게 속삭이던 하라구치의 목소리는, 지금도확실히 귀에 남아 있었다. 하라구치는 미국에서 손에 넣었다는 콜트 파이슨의 4인치 357매그넘이 가장 마음에든다고 했다. 싱글 액션 때 부딪치는 해머의 둥그스름한감촉. 한편, 더블 액션으로 방아쇠를 당길 때의 묵직한무게감. 실린더가 철컥 하며 잠길 때의 감촉. 그리고 최대한으로 당겨진 해머가 튕기며 총알이 발사되는 순간이 어떤지. "대포라도 쏜 것 같다니까……" 하고, 하라구치는 노래하듯이 속삭였기 때문이다. "분진이 눈부셔서 눈을 뜨고 있을 수 없어. 방아쇠에 댄 손가락에서 손목까지 충격이 오고 말이지, 총신이 걷어차기라도 한 것처럼 튀어 오르는 거야. 그것만으로도 흥분이 돼서……."

가즈아키는 리볼버의 실물은 본 적이 없었지만, 하라구치의 이야기를 듣는 동안 그 메커니즘이나 각 부품들의 모양을 저도 모르게 그려 보고 있었다. 예를 들어 프레임에서 어떤 구조로 실린더가 스윙아웃되는 것인지상상하기 시작하면, 우선 지점이 되는 이음새 같은 것이있고, 중심에 로드가 있고, 그 로드가 축방향으로 전후해서 잠기거나 풀리거나 하는 장치가 있고, 하며 한없이시간을 죽일 수가 있었다.

가즈아키는 불면증이 쌓이면 권총을 머릿속에서 조립

했고, 하라구치의 유혹을 두려워하면서도 한편으로는 머리나 몸 어느 쪽인가가 하라구치를 기다리고 있는 상태로 매일 밤을 보냈다. 1976년에 있었던 사사쿠라의 물건 얘기가 그쪽 세계에 널리 알려져 있다는 사실은 질릴 정도로 마음에 무겁게 얹혀 있었지만, 그 무게 밑에서도 여전히 배어 나오는 충동이 불안을 어두운 흥분으로 바꾸고, 진동시키고, 마지막에는 불안도 흥분도 모두 진흙 속에 가라앉듯이 하나가 되어 간다. 그렇게 자신의 것이 아닌 것 같은 몸과 머리에, 가즈아키는 유황이라도 붓듯이 권총 이야기를 부어 넣고, 달군 부지깽이라도 만지듯이 환상의 쇳덩어리를 만지고 또 만지며 손가락으로 더듬었던 것이다.

"총 좋아해?"라고 하라구치의 물음에, 가즈아키는 "좋아해요"라고 대답했다. 여섯 살 때, 처음 권총 부품을 손에 든 이후 18년이 걸려 입 밖에 나온 한 마디에 깊은 의미는 없었지만, 하라구치는 그것을 어떻게 받아들였는지 "밖에 나오면 실컷 만지게 해 주지"라는 말을 남기고, 가을에 형무소를 나갔다.

가즈아키는 300일을 더, 시간이 멈춘 형무소 안에서 쇳덩어리에 대한 몽상을 펼치다가 출소를 했지만, 모리야마 공장과 재회하면서 쇳덩어리의 감촉은 권총이 아니라 손바닥에 올려놓은 기어 부품 하나로 재빨리 수렴되었다. 긴 꿈에서 깨어나듯이 다가온 그 선명한 실감은 그렇게 격렬했던 권총에 대한 망집을 단숨에 씻어 냈고, 그 이후로는 거의 떠올리지도 않았던 것이다. 그런데 지금 그것이 하라구치 다쓰로라는 이름 하나와 함께 홀연히 돌아온 데다가, 그 속도 역시 무서울 정도였다.

거기에는 또, 복역 중에는 면제되었던 각종 현실의 문제가 빈틈없이 달라붙어 있기도 했다. 우선, 하라구치가 지금은 간사이 굴지의 폭력단을 이끌고 있는 남자라는 것. 가즈아키가 체포된 후 사사쿠라 분지가 싱가포르로 사업 거점을 옮겼다는 것은 다마루에게서 들었다. 사사쿠라가 갖고 있던 이권을 물려받은 것이 하라구치 조직이라는 것. 1976년에 가즈아키가 리오우와 함께 훔친 물건 중에서, 어쩌면 리오우가 가지고 간 50자루가 여전히 해결되지 않았을 가능성도 있다는 것. 만일 그렇다면, 앞으로 기다리고 있는 것은 무엇일까.

마치 모리야마가 죽기를 기다리고 있었다는 듯이 공장에 숨어드는 인연의 기척을 느끼면서, 가즈아키는 갑자기 운명론자가 되었다. 76년의 전말도 원래는 20년 전부터 모리야마 공장에 있던 권총이 발단이었지만, 그것을 알면서도 공장에 돌아온 자신은 처음부터 어딘가에서 이런 사태도 받아들였던 것이 아닐까, 하고도 생각해 보았다. 그러나 아무리 운명이라 해도, 모리야마의 장례식을 끝내고 공장의 재산 일체를 물려받은 바로 그날 자신 안에 있는 파괴적인 원망願望을 깨닫게 되었다는 것에는, 역시 의혹을 호소하고 싶은 기분이 들었다.

가즈아키는 모리야마의 유골을 향해 "괜찮아요. 공장은 망하게 하지 않을 테니까"라고 짧게 말을 건 후, 재킷만 걸치고 공장을 나갔다. 바깥 공기를 쐬고 싶다는 이유만으로 갈 곳도 없이 큰길로 나가자, 마침 버스가 왔기 때문에 그것을 탔다.

버스는 주소 역 앞 동쪽 출구에 도착했고, 거기에서 내리자 역사 지붕 너머로 서쪽 출구 쪽에 늘어서 있는 호텔가의 간판이 보였다. 5년 전 종종 아쓰코와 함께 지나던 그 아케이드를 따라 걸려 있는 간판을 올려다보면서, 일단 상점가를 벗어나 요도가와 강의 제방에 올라가 보았다. 이른 봄의 풀은 아직 갈색이었고, 불어닥치는 바람은 그저 차가울 뿐이었다. 몇 년이 지나도 변함이 없는 강가와 철교의 풍경은 자신의 인생이 어디로도 빠져나가지 못했다는 기분과 겹쳐져, 가즈아키는 뼛속까지 스며드는 추위를 느끼면서 얼른 강가를 뒤로 했다. 역으로 돌아가는 도중에 다시 한 번 호텔가의 간판들이 눈에 들어오자, 가즈아키의 다리는 자연스럽게 움직여 이번에는 한큐 전철을 탔고, 몇 분 후 다카라즈카 선線의 이시바시 역에서 내렸다.

오사카 대학 문학부 건물까지 도보로 10분 정도 걸렸지만, 가즈아키는 문학부까지 가지는 않았다. 역 앞을 오가는 젊은 학생들을 본 순간, 예전에 퇴학신청을 하러 왔을 때 맛보았던 위화감이 되살아난 데다, 아쓰코가 지금도 오사카 대학에 있는지 어떤지 알 수 없다고 고쳐 생각했기 때문이었다.

주소 역과 똑같이 상점가 한가운데에 있는 역은, 학생들의 왕래가 끊이지 않아 시끌벅적했다. 가즈아키는 역 밖에 서서, 뻔뻔스러울 정도로 밝은 학생들이 오가는 모습을 잠시 동안 바라보았다. 어느 얼굴이나, 요령 좋게 사회에 순응하는 기술을 몸에 익힌 듯 무난하고 평탄한 느낌이 들었고, 머리를 좀 정돈하고 양복을 입으면 그대로 샐러리맨이 될 것 같았다. 풍요로운 건지 공허한 건지, 확실한 이미지가 떠오르지 않는 얼굴이 많았다.

학생뿐 아니라 오가는 어른이나 아이들 전부가 자신과는 연결되어 있지 않은 것처럼 느끼면서, 가즈아키는 돌연 자신은 대체 몇 살이 되었을까 하고 나이를 꼽아 보고 있었다. 나이를 먹었다는 감각은 없었지만, 학생이었던 시절의 감각은 조금도 남아 있지 않았고, 그렇다고 그 대신 무엇이 갖추어진 것도 아니다. 4월이면 27세가 되는 자신이, 여전히 그 누구도 아니라는 것을 새삼스럽게 생각했다.

가즈아키는 아쓰코를 만날 수 있을 거라는 기대는 하지 않았기 때문에, 오가는 사람들의 무리 속에서 갑자기 하얀 코트가 멈춰 섰을 때도 얼마쯤 멍해 있었다. 자신 쪽을 보고 있는 여자의 얼굴이 있어서, 가즈아키는 몇 번 눈을 깜박였다. 여자의 얼굴은 아직도 같은 위치에 있었고, 오른쪽으로 왼쪽으로 흘러가는 사람들의 머리 너머로, 천천히 옆으로 벌어져 가는 옅은 붉은색 입술이 보였다.

그것은 검은 바지와 검은 스웨터에 하얀 반코트를 입은, 옛날과 똑같이 씩씩한 여자였다. 굵은 웨이브의 짧은 머리카락으로 둘러싸인 얼굴은 방금 웃은 탓인지 기억에 있던 얼굴보다는 훨씬 농염한 느낌이 들어, 가즈아키는 온몸의 혈관이 팽창하는 것을 느꼈다. 오랫동안 머릿속으로 이것저것 생각하던 것들은 흔적도 없이 사라지고, 그저 눈앞에 있는 여자에게 시선이 박혔다. 그러나 동시에 자신의 눈에 들어온 것은 아쓰코라는 개인도, 그리고 아마 아쓰코를 닮은 누군가도 아니라는 것을 어딘가에서 알고 있었던 듯한, 반쯤 꿈속에서 발기한 듯한, 그런 느낌이었다.

어느 쪽이 먼저랄 것도 없이 몇 걸음 내딛고, 가즈아키가 먼저 "시간 있어?" 하고 말을 걸었다.

몇 초를 두고 "유감이지만 없는데"라는 대답이 돌아왔다.

"차라도 마시자."

"나, 4월에는 쓰쿠바 대학으로 옮길 거야."

가즈아키는 귀는 들리고 있었기만, 순간 알아늘은 것은 '4월'이라는 한 마디뿐이었다.

"아직 3월이야"라고 가즈아키는 말했고, 아쓰코는 "그렇네" 하고 다시 농염하게 웃었다.

"금방 당신인 줄 알았어……. 말을 걸까 말까 망설였지만, 다리가 먼저 멈춰 버리는 거 있지."

그래, 말을 걸까 말까 망설였어? 실로 태연한 여자의 얼굴을 가까이서 바라보면서, 머리 어딘가에서 움직이고 있는 남자의 직관이 '아아, 끝났구나' 하고 알리고 사라졌다. 이상하게도 이렇다 할 감정도 생겨나지 않았지만, 그런 한편으로는 눈앞에 있는 여자의 뺨을 힘껏 갈겨 주고 싶은 일순의 격앙도 지나갔다. 그러나 그것도 여자 앞에서 몸 둘 바를 모르겠다는 기분이 들었기 때문이었다. 여기가 번화한 역 앞이라서 다행이라고 진심으로 생각하면서, 가즈아키는 있는 힘을 다해 쓴웃음을 짓고 대꾸했다.

"변함없이 아쓰코 씨답네."

"벌써 마흔이야."

아쓰코는 떠나갔다. 몸을 돌린 아쓰코와 함께, 웨이브 진 머리카락이 가볍게 휘날렸다. 그 머리카락과 함께 떠나간 눈초리에, 어렴풋이 옛날의 교정交情을 아쉬워하는 듯한 표정이 떠오른 것처럼 보였지만, 그것도 아마 자신의 이기적인 상상일 거라고 가즈아키는 고쳐 생각했다. 개찰구를 지나가는 아쓰코 뒤로는, 바로 뒤에서 온 낯선 남자가 바싹 따라붙었고, 두 사람은 어깨를 나란히 하고 홈으로 사라졌다. 그것이 어떤 남자였는지, 제대로 눈에 들어오지도 않았다.

처음에 그랬던 것처럼, 마지막에도 특별히 감정은 없었다. 여전히 꿈을 꾸는 것 같다고 느끼는 한편으로는, 자신이 잃은 것은 아쓰코라는 살아 있는 인간이 아니라 4년간 담장 안에서 희롱해 온 몽상 또는 추억, 그런 것일 거라는 냉정한 판단도 작용했다. 아니면 자신의 마음속에서 타고난 방어 장치가 작용해, 또다시 상처를 최소한으로 억누르는 형태로 스스로를 납득시킨 건지도 몰랐다.

가즈아키는 아쓰코가 지나간 개찰구와는 반대 방향에 있는, 저녁의 상점가로 걸어 나갔다. 길가에 있는 전자제품 상점 앞에서 냉장고를 새로 사야 한다는 것을 떠올린 후, 빵집에서 식빵 한 덩어리를, 야채 가게에서 양배추 하나를 산 뒤, 그것들이 담긴 비닐봉지 두 개를 손에 들고 국도로 나가 택시를 잡았다. 기분 문제일 뿐이었지만, 아쓰코와 같은 전철을 탈 기분이 나지 않았기 때문이다.

가즈아키는 히메사토까지 돌아가는 택시 안에서 기억 속에 있는 아쓰코, 또는 방금 만난 아쓰코를 되풀이해서 죽이고 있었다. 보이지 않는 둔기로 원형을 알아볼 수 없을 정도로 짓이기면서, 동시에 복역 중에도 잊지 않았던 몇 백 개의 한시를 차례차례 뇌리에 늘어놓고는, 그것도 하나하나 집어던졌다. 그렇게 함으로써 돌연, 뒤처져 있던 체내시계가 단숨에 세상을 쫓아가기 시작하는 것을 느꼈다.

우선 내일 아침에는 빵과 양배추를 먹고, 공장을 열고 늦어진 작업을 시작하고, 이 달 자금을 어떻게 조달할지 생각해야 한다. 막상 세상을 쫓아가 보니, 당장 해야 할 일이라고는 그것뿐인 자신의 윤곽은 지나치게 단순하고 선명할 정도였다. 하라구치 조직이라는 눈앞에 닥친 현안을 또 하나 덧붙여 보아도, 그것을 받아들이는 자신은 이제 지금까지 그랬던 것보다도 더 돌처럼 완고하고 난폭하다고도 생각했다. 그리고 그제야 숨을 한 번 쉬고, 가즈아키의 머리는 내일부터 공장을 어떻게 꾸려나갈지를 생각하기 시작했던 것이다.

공장 앞에 택시를 세우고 내렸을 때, 어스름이 내린 공장 마당의 울타리 너머로 흙을 밟는 신발 소리가 울리고 있었다. 밤의 어두움 속에 키난 사제의 금발머리가 천천히 움직이고 있는 것이 보였다. 머리 위에는 다시 차기 시작한 달이 있고, 뿌옇게 빛나는 벚나무 가지가 한 덩어리의 성운처럼 하늘을 덮고 있었다. 사제는 가즈아키가 입구의 철문을 여닫는 소리에도 돌아보지 않고 성당 마당을 왔다 갔다 하고 있었는데, 그 광경은 이웃 주민들이 말하는 대로 조금 기분 나쁜 것 같기도 하고, 몽환 같기도 했다.

또 박쥐인지 뭔지를 본 걸까 하고 생각하면서, 가즈아키는 아주 잠깐 동안 공장 마당에서 사제의 모습을 바라보았다. 고별식에 대한 감사 인사 한 마디라도 할 순간을 찾았지만 왠지 안 하는 편이 좋을 것 같은 상황이라서, 결국 말은 걸지 않고 안채로 올라갔다. 모리야마는 생전에 달밤에 배회하는 사제를 불러다가 종종 함께 술을 마신 것 같다. 그것은 형무소 면회실에서 들은 얘기였지만 당시의 자신이 얼마나 건성이었는지, 지금은 이미 자세한 내용까지는 떠오르지 않았다. 가즈아키는 생각나지 않는다는 그 사실에, 그리고 이제 다시 물어볼 수도 없다는 사실에 몸을 떨고, 이때에 이르러서야 비로소 '모리야마 고조는 정말 죽었구나' 하는 생각이 다시 들었다.

그 후, 보름은 정신없이 지나갔다. 그달의 지불어음은 생명보험을 담보로 돈을 빌려서 막았지만, 야마우치 공업에서의 지불은 모회사인 기계 제작회사의 경영부진이 전해지는 가운데, 다음 달 어음도 부도가 날 것 같은 기색이 짙었다. 고작해야 900만 엔 정도가 입금되지 않았을 뿐이라도, 그달의 수입을 그달의 변제로 돌리고 있는 자전거조업 상태에서는 바로 운영자금 부족으로 이어진다. 운영자금을 융자받기 위해 신용금고 창구에 다니는 한편, 야마우치 공업을 대신할 새로운 거래처를 찾기 위해 가공품 견본을 손에 들고 교토, 오사카, 고베 일대의 기계 제작회사들에도 계속 발을 옮겼다. 상공회의 동업 자들은 경험이 적은 가즈아키에게 경비를 줄이는 게 먼 저라고 충고했지만, 종업원을 해고하기 전에 아직 좀더 노력해 보자는 생각이었다. 기계 제작회사에 매일 드나 드는 것도 싫지 않았던 것은 오직 젊고 체력이 있었기 때문이었다.

그러나 가즈아키는, 선대 사장에게 물려받은 공장을 위해 바삐 돌아다니는 성실하고 열성적인 젊은 사장이 라는 주위의 평판을 처음부터 배반하고 있기도 했다. 이 른 아침부터 밤늦게까지 더는 일할 수 없을 정도로 일 하고 있긴 했지만, 사실 마음속에는 공장 운영도 삼켜 버릴 듯한 텅 빈 구멍이 있음을 알고 있었고, 심야에 혼 자 선반을 움직여 모처럼 고생해서 깎은 시제품을 다음 순간에는 조각조각으로 절단하며 이상한 쾌감에 잠길 때도 있었다.

성실하게 일하면 일할수록 그 반동처럼 머리를 드는 파괴적 충동에는 스스로도 위험을 느꼈다. 기분전환을 좀 해야겠다고 스스로 결정한 결과, 쉬는 날에는 되도록 성당이나 주민자치단체의 봉사활동에 참가해, 요도가와 강 주변을 청소하거나 유치원에서 풀을 깎곤 했다. 공장 의 철문도 밝은 파란색으로 직접 다시 칠했지만, 깨끗해 진 공장의 모습과는 반대로 자신의 모순된 기분만 자극하는 결과가 되었다.

한편 조마조마하게 기다리던 하라구치 다쓰로의 접촉은 춘분이 지나서야 왔다. 장소와 일시를 지정하며 "꼭 와 줘"라고 적힌 엽서 한 장이 도착한 다음날, 이걸로 기분을 정리하자는 급한 마음에, 가즈아키는 하라구치가 지정한 미나미의 고급 중국음식점을 찾아갔다.

그러나 가게 접수계에서 하라구치의 이름을 대고 개인실로 안내되었을 때, 가즈아키는 자신의 상상이 조금 낙관적이었다는 것을 즉시 알게 되었다. 원탁에는 형무소에서 알게 된 하라구치 다쓰로 외에, 양복으로 몸을 감싼 낯선 남자 두 명이 동석하고 있었다. 그 두 남자의 무거운 눈꺼풀 밑에서, 우선은 어두운 안광이 가즈아키에게 날아들었다. 한 명이 무표정하게 "佢俊生(이렇게 젊은 놈인가)?" 하고 광둥 어로 중얼거렸다.

이어서 "잘 왔어" 하고 하라구치 다쓰로가 입을 열었다. 이렇게 대면하고 보니, 자신을 향해 한 손을 내민 그 남자가 부동산이나 건설관련, 운송, 금융업 등 수십 개의 프런트 기업[†]을 갖고 있는 하라구치 조직의 보스라는 실감은, 금방 느껴지지는 않았다. 그저 대립하던 조직의 간부를 일본도로 베는 것도 주저하지 않는 남자의 피비린내나, 권총과 정욕이 뒤섞여 있는 인상이나,

---

[†] 폭력단을 배경으로 한 기업 활동을 행하며, 그 이익을 폭력단에게 제공하는 기업 또는 그 경영자.

함께 보냈던 밤의 생생한 열기 등이 맥락도 없이 겹쳐져, 평온한 생활에 익숙해지고 있던 내장이 흠칫 떨린 것에 그쳤다. 그래도 아직 하라구치가 압도적으로 우위에 서 있긴 했지만, 그 안에 있는 것은 어차피 자신과 상관없는 세계의 흥정이라고 생각하자, 가즈아키는 처음부터 김이 새기도 했던 것이다.

하라구치는 가즈아키에게 빈 의자를 권하며 "이 두 분은 홍콩의 우리 거래처 간부야. 오사카에 온 김에 꼭 요시다 씨의 얼굴을 보고 싶다고 해서 말이야" 하고, 두 손님을 소개했다.

가즈아키는 이번에는, 자신의 얼굴을 보러 왔다는 두 남자의 얼굴을 다시 한 번 바라보았다. 감정이 없는 평탄한 외모와 잔혹한 눈초리가 폭력적으로 뒤섞여 있는 모습이 왠지 뒷세계의 냄새를 느끼게 해, '아아, 이게 홍콩 신디케이트구나' 하고 생각했다. 이어서 피가 얼어붙는다는 진부한 한 마디가 떠올랐지만, 5년 전에도 그랬던 것처럼 가즈아키는 여전히 자신과는 상관도 없고, 관심도 없는 세계라고 결론을 내렸다. 그러는 한편으로는 어디에 그런 여유가 있었는지 문득 또다시 리오우의 얼굴을 떠올리고는, 그 리오우가 예전에 위조지폐공장의 원판을 훔쳐서 몇 십만 달러를 우려냈다던가 하던 그 세계의 공기는 이런 느낌이었던 건가, 그는 이런 공기를 마시고 있었던 건가, 하는 뜬금없는 생각을 했다.

"두세 가지 당신에게 묻고 싶은 게 있어" 하고, 한 사람이 일본어로 이야기하기 시작했다. 말은 매끄럽지만, 무표정한 얼굴에 담겨 있는 위력은 아무것도 모르는 가즈아키도 충분히 느낄 수 있었다.

"우선 1976년 여름, 당국에 자수한 이유를 들려줬으면 하네"라고 남자는 말했다. "나이트게이트에서 있은 천하오의 죽음은, 우리들의 장사에는 유리했어. 그 사건에 대해서도, 당국에는 입건할 만한 물증이 없다는 말을 듣고 안심하고 있었지. 그런데 요시다 씨, 당신이 자수를 한 거야. 우리들로서는 도저히 이해할 수 없는 사태였고, 경우에 따라서는 조직이 큰 피해를 입을 가능성도 있었어."

신디케이트의 관심이 어디에 있는지는 명백했다. 가즈아키는 빠져나갈 여지가 없는 이야기가 들이밀어져, 조금 오한을 느끼면서 신중하게 대답을 했다.

"사건 직후부터 언제나 경찰의 감시를 받고 있었기 때문입니다. 이래서는 취업도 제대로 할 수 없겠다고 체념하고 자수했습니다. 저는 그쪽 조직에 대해서는 몰랐고, 피해가 어떠니 저떠니 하셔도 대답할 수 없습니다."

가즈아키의 대답을 듣고, 남자는 몹시 놀란 표정을 지으며 과장되게 목을 움츠리는 동작을 했다.

"하라구치 씨, 이 청년은 지금 손을 씻기 위해 자수했다고 말한 것처럼 들리는데, 제가 잘못 들은 걸까요?"

"뭐, 우리들의 세계에서는 자수는 배반과 마찬가지라고 일반인에게 말해 봤자 못 알아듣겠지요. 처음에 그렇게 가르쳐 주지 않았던 놈의 실수였겠지."

하라구치는 여유 있는 어조로 그렇게 말했고, 신디케이트의 남자는 다시 목을 움츠리며 대답했다.

"일부 실수가 있었던 건 인정합니다. 하지만 우리들은 실수를 방치한 적은 없어요."

그렇게 말하고 남자는, 품에서 꺼낸 사진 한 장을 원탁에 던지듯 놓았다. 먼저 하라구치가 그것을 손에 들더니 얼굴을 찌푸리고, 이어서 가즈아키에게 건넸다. 전신에서 시커먼 피를 흘리며 목에 정육점용 쇠갈고리가 걸린 채 매달려 있는 남자의 모습이 찍혀 있었다. 조금 아래를 향하고 있는 밀랍 같은 시체의 얼굴은, 랴오다이주의 것이었다.

가즈아키는 피가 얼어붙는다는 애매한 한 마디를 다시 떠올렸지만, 그것이 실감보다는 생리적인 혐오와 이어진 순간, 하라구치의 손이 재빨리 사진을 도로 가져갔다. "상대는 일반인 아닙니까. 이제 충분하겠지요"라고 말하며, 하라구치는 사진을 원탁 너머로 던졌다.

"그 일반인이, 사사쿠라의 권총을 대량으로 훔쳤지"라고 신디케이트 남자는 말했고, 하라구치는 "그것도 도둑맞은 쪽이 잘못 아닙니까?" 하고 받아넘겼다.

"도둑맞은 권총의 절반은 소유자에게 돌아왔지만, 절

반은 여전히 행방불명이야" 하고 반론이 이어졌다.

"그 일은 요시다 씨, 어떻게 된 거야?" 하고 반론을 이어받으며, 하라구치의 눈은 가즈아키를 향했다. "나는 한 꾸러미를 훔쳤고, 그 한 꾸러미를 사사쿠라에게 돌려 줬습니다. 그것 이외에는 모릅니다"라고 가즈아키는 전에 사사쿠라에게 했던 변명을 그대로 되풀이했다.

잠시 침묵이 흘렀다.

두 남자의 무거워 보이는 눈꺼풀은 조금도 움직이지 않고, 안광만이 하라구치와 가즈아키 사이를 천천히 오 갔다. 사사쿠라가 그랬던 것처럼, 신디케이트 쪽도 물건 의 절반을 가져간 것이 자신들이 고용한 킬러였다는 것 은 당연히 알고 있을 터였다. 그 공범자의 존재를 가즈 아키가 말할 것인가 말하지 않을 것인가. 남자들이 기다 리고 있는 것이 그거라는 것 정도는, 가즈아키도 판단할 수 있었다. 말을 했다가는 그 순간 변상 운운하는 새로 운 협박거리가 생길 거라는 이유로 가즈아키는 시치미 를 뗄 수밖에 없었고, 남자들도 조직 내의 배반자 얘기 인 이상 자신들의 입으로는 지적할 수 없는, 속이 빤히 들여다보이는 연극이었다.

하라구치는 침묵 속에서 적당한 기회를 살피듯이 자 신의 손끝에서 짧아져 가는 담배를 바라보다가, 이윽고 그것을 재떨이에 비벼 끄고 "네들이 손해를 입은 얘기 는 없던 걸로 합시다. 본인이 이렇게 말하고 있으니, 그

런 걸로 해 두면 되지 않겠습니까?" 하고 결론을 재촉
했다.

신디케이트의 두 사람은 서로 눈짓을 교환한 후, 연극
같은 엷고 차가운 웃음을 지었다.

"그럼, 이번에는 하라구치 씨의 체면을 세워 드리도
록 할까요. 뒷일은 맡기겠습니다."

"자, 그럼 요시다 가즈아키는 이 하라구치가 맡지요."

양쪽은 가즈아키를 사이에 두고 과장된 악수를 나누
었다. 가즈아키는 자신의 내장이 꼭 드라이아이스 같다
고 느끼면서, 냉정한 머리로 그것을 바라보았을 뿐이었
다. 자칫 잘못했으면 자신도 랴오다이주처럼 쇠갈고리
에 걸렸을까 하는 생각도 했지만, 맡기네 맡네 하는 이
야기와 똑같이, 밀려온 공포와 혐오도 몹시 애매한 것으
로 끝났다. 가즈아키는 감각이 느껴지지 않을 정도로 차
디차게 식은 자신의 몸 구석구석에는, 무관심이라는 피
막이 덮여 있다고 생각했다. 자기 자신도, 내일부터의
생활도, 공장의 장래도 그 피막을 통해서 보면 더욱 흐
릿하게 윤곽이 사라지는 것이었다. 가즈아키는 그 자리
에서 몇 초 동안이나마 스물두 살 때의 막대기 같은, 뼈
와 살밖에 없는 쓸데없는 덩어리로 돌아가 있었다.

하라구치는 신디케이트의 두 남자를 전송하기 위해
일단 자리를 비웠다가 몇 분 후에 샴페인 한 병과 잔 두

개를 손에 들고 돌아와, "출소를 축하해"라고 말했다.

둘만 남은 원탁에서, 하라구치가 손수 따른 샴페인 잔을 각각 비웠다. 잔을 놓고 눈이 마주치면 몇 초 동안 서로 보이지 않는 줄다리기를 한다. 가즈아키가 먼저 피하려고 한 시선을 하라구치는 도로 끌어당겨, 기다리고 있었다는 듯이 갖가지 미칠 듯한 폭발이 배어 있는 웃음을 터뜨렸다.

"담장 안에서는 나한테 잘해 줬었지."

"오늘 그만큼 돌려받았습니다."

"그런 건 의식이야, 요시다 씨. 오늘은 당신을 보면서 뱀이 생각나더군. 풀숲에 가만히 웅크리고 있는, 아름다운 독사 말이야. 만지면 싸늘하니 차갑지. 얌전하지만, 애교를 부리지도 않아. 마지막에는 물기도 하고. 멋지지 않아……? 새삼 반했다고."

"피리를 불어 주시면 춤을 출까요?"

"그것도 스릴 만점이지. 손님들에게 그렇게 말한 체면도 있지만, 당신은 이 하라구치가 접수했어. 조직은 상관없어. 내가 키우다 죽이든지, 당신이 날 물든지 둘 중 하나야."

가즈아키는 원래부터 자신이 뿌린 씨를 후회하는 것은 시간 낭비라고 냉정하게 생각하고 있었기 때문에, 하라구치의 말에 동요하지는 않았다. 고작해야 신만공에 불과한 자신을 뱀 길나고 비유하는 하라구치의 진의는 알 수 없었지만, 어쩌면 자신이 리오우와 공모한 것을 은연중에 가리키고 있는 건지도 모른다고 생각했다. 그렇다면 그런 남자를 키우겠다고 말하는 하라구치는 자신보다 더 파괴적인 성격의 소유자라는 상상도 해 보았다. 하지만 거기에서도 마지막에는, 그렇다 해도 자신과는 상관없는 일이라는 차가운 결론이 나왔을 뿐이었다.

그렇게 가즈아키는, 또 한 걸음 다가온 것만은 틀림없는 폭력의 세계를 앞에 두고도, 여전히 냉정하게 내일부터의 생활이라는 현실문제와, 아직 형태를 이루지 못한 자신의 파괴적인 몽상 사이를 오갔던 것이다. 하라구치의 유혹과는 다른 차원에서 이런 비현실적인 시간은 두 번 다시 오지 않을지도 모른다고 생각하고, 그것이 1초 1초 지나가는 것을 아까워하기조차 했다.

"왜 웃지?"

"뱀도 나쁘지 않다 싶어서요."

"말 한 번 잘했어. 자, 뱀 먹이."

하라구치는 재킷 안에서 꺼낸 2인치 리볼버를 아무렇게나 가즈아키 쪽으로 밀어주었다. 손 가까이까지 미끄러져 온 그것은 블루 메탈의 총신에 'SMITH&WESSON'이라는 문자가 새겨져 있고, 목제 그립 상부에도 'S&W'의 상표를 새긴 금속판이 끼워져 있었다. 프레임에 쏙 들어가는 둥근 실린더의 돌출부분에서, 거기에 들어 있는 실탄의 헤드가 엿보이는 진짜 리볼버였다.

가즈아키는 손을 뻗어, 우선은 그 총신이나 실린더의 윤이 나게 갈린 곡면을 손끝으로 더듬었다. 그리고 손가락에 전해지는, 거울처럼 닦인 쇠의 감촉이 자연스럽게 온몸의 신경을 일깨우는 것을 만끽하고, 그 자극이 잔물결처럼 머리 꼭대기에 전해지는 것을 만끽했다.

가즈아키는 태어나서 처음으로 보는 리볼버 한 자루를 손에 들고, 그 구조를 구석구석까지 자신의 열 손가락과 손바닥으로 확인했다. 형무소 안에서 하라구치의 이야기를 들으면서 '이렇지 않을까' '저렇지 않을까' 하고 상상해 온 메커니즘은 아직 프레임에 덮여 보이지 않았지만, 가즈아키는 우선 외견을 살펴보고, 나사의 조임이나 용접 유무를 확인하자, 곧 한 자루의 권총이 어떻게 각 파트로 나뉘는지를 알 수 있었다.

그 다음은 실린더였다. 가즈아키는 총신과 똑같이 거울처럼 닦여 있는 실린더의, 둥근 쇳덩어리로 깎은 바깥쪽 홈 여섯 개의 곡면을 손가락으로 더듬어 보고, 그 둥그스레한 감촉과 양쪽 끝에 있는 헤지의 날카로운 감촉의 대비를 맛보면서, 동시에 눈은 그 실린더를 프레임에 고정하고 있는 메커니즘을 재빨리 찾아보고 있었다. 회전하는 실린더를 프레임에서 분리할 수 있다면, 그것을 고정하고 있는 지점은 두루마리 휴지와 휴지걸이처럼 실린더의 중심에 잠금장치가 있은 것이다. 형부소 담장 인에서 상상하던 대로, 손 안에 있는 리볼버에는 그립을

박쥐 375

쥐었을 때 엄지손가락을 조금 뻗으면 닿는 위치에 그 엄지손가락으로 조작할 수 있을 듯한 버튼이 있었다. 토카레프나 브라우닝 등의 자동식 권총도 탄창을 넣고 빼는 버튼은 똑같은 위치에 있기 때문에 '아아, 이거구나' 하고 직감했다.

엄지손가락이 닿는 위치에 있는 버튼은, 약간 단단한 감촉과 함께 총신 방향으로 미끄러졌다. 동시에 실린더의 중심을 관통하며 드러나 있는 로드가 같은 방향으로 미끄러지더니, 실린더는 프레임에서 분리되고, 또 하나 다른 구조로 프레임 본체와 실린더를 연결하고 있는 이음새를 지점으로 빙글 회전하면서 거의 점프하듯이 튀어나왔다.

여섯 발의 실탄을 채운 채 프레임에서 튀어나온 실린더는, 38구경용 구멍 여섯 개가 뚫려 있는데도 아직 충분한 두께가 느껴지는 쇳덩어리였다. 그 감촉을 어루만지듯 확인하면서, 지점이 되고 있는 이음새의 구조를 들여다보고, 나아가서는 텅 빈 프레임 본체의, 실린더가 들어 있던 부분의 구조를 꼼꼼히 들여다보고, 발사할 때마다 실린더를 회전시키는 갈고리나 실린더를 잠그는 갈고리, 그리고 해머의 격침이 탄약통 바닥을 두드리기 위한 핀홀 등을 확인했다.

그쯤이 되자 하라구치는 어깨를 떨며 웃기 시작했지만, 리볼버 한 자루를 손에 든 가즈아키는 무심無心의 경

376

지에 있었다. 실린더의 로드를 눌러 여섯 발의 실탄을 꺼내 탄환만을 하라구치에게 돌려주고, 가즈아키는 실린더를 도로 넣은 리볼버의 방아쇠를 당겨 보았다. 손끝의 감촉과 해머가 격철擊鐵하는 감촉이 쇠를 통해 전해지고, 실린더가 철컥 소리를 내며 반시계방향으로 6분의 1 회전했다. 한 단계 더 해머가 격철하고, 방아쇠를 더 한껏 당기자, 해머가 철컥 떨어졌다.

그것을 여섯 번 되풀이하여 실린더를 1회전시킨 후, 다시 한 번 실린더를 풀고 프레임 안쪽이나 실린더의 앞뒷면을 뒤집기 시작한 가즈아키에게, "어때?" 하고 하라구치가 말을 걸었다.

가즈아키는 "글쎄요, 좀……"이라고만 대답했다. 방아쇠를 당겼을 때에 걸리는 듯한 느낌이 있다고 생각한 것은, 사용자와는 다른 기계공의 감각이었기 때문이다. 총알이 없는 상태로 쏜 권총은 가즈아키에게는 물리적인 메커니즘으로 맞물리거나 회전하는 기계부품이었고, 매일 1,000분의 1밀리미터 단위로 기계를 가공하는 손가락이 직관적으로 잘 맞지 않는 점을 느꼈을 뿐이었다.

결국 실린더의 매끄러운 회전을 방해하고 있는 것은 프레임 안쪽에 약간 남아 있는 깔쭉깔쭉한 부분과, 방아쇠에 연결된 부품이 맞물린 부분일 거라 짧은 결론을 내리고, 가즈아키는 리볼버를 하라구치의 손에 놀려주었다.

"걸리는 느낌이 들었지?"

하라구치는 그렇게 가즈아키의 생각을 알아맞히고, 턱을 한 번 까딱해서 가즈아키를 의자에서 일어서게 하더니 가즈아키의 재킷 앞을 자신의 손으로 열어젖히고, 바지 벨트 옆구리에 리볼버를 꽂아 넣었다.

그리고 먹이를 준 뱀을 귀여워하듯이 "다시 깎아 봐. 흥분시켜 줄 거야"라고 하라구치는 속삭였다. 가즈아키도 의지와는 상관없이 떨리는 몸과 함께 허리에 매달려 있는 권총 한 자루의 중량을 맛보았다. 그러나 하라구치가 말하는 흥분과는 꽤 거리가 있다는 걸 자각하고 있었고, 권총에 대한 충동만은 꾸밈이 없었지만, 이제는 거기에조차 무관심의 엷은 피막이 씌어 있는 것 같았다.

가게에서 돌아갈 때는 근처까지 바래다주겠다며 하라구치가 내 준, 검게 선팅이 되어 있는 벤츠를 탔다. 차 안에서 하라구치는 편안한 자세로 대수롭지 않은 잡담을 늘어놓았고, 가즈아키는 대부분을 한 귀로 듣고 한 귀로 흘렸다.

"이전의 보스는 앞으로는 비즈니스에서 일하는 자가 이긴다고 입버릇처럼 말했지만, 야쿠자가 샐러리맨이 되면 뭐해? 돈은 생길지 모르겠지. 하지만 품에는 총 한 자루라도 넣고 딱 버텨야지. 그게 야쿠자의 긍지야. 돈은 한 푼도 안 생기지만. 적어도 긍지라는 말을 하려면 겉만 번지르르한 게 아니라 최고로 잘 만든 총이 있어

야 하지 않겠어?"라고 하라구치는 말했다. 그 입에서는
이어서 "오토매틱이라면 브라우닝 HP, 베레타의 M92,
콜트 가버먼트 45구경, Cz75. 리볼버라면 실용적인 면에
서는 스넙노즈snubnose(단총신)의 콜트 로만이나, 오늘 당신
에게 맡긴 S&W의 M36……" 하고 권총의 이름들이 흘러
나왔다.

가즈아키가 구체적인 모습을 떠올릴 수 있었던 것은
브라우닝뿐이었다. 모리야마가 사사쿠라에게 수리를 위
해 맡았다는 한 자루를 공장의 작업용 책상에서 본 것
이 한 번. 리오우가 가지고 있던 것을 본 것이 몇 번. 실
탄이 들어 있는 리오우의 브라우닝을 히라바야시의 저
목장에서 자신의 손에 쥐었던 것을 떠올리자, 그 감촉이
어땠는지 생각하기 전에 또 내장이 조금 조여들듯 웅성
거렸다.

"어릴 때부터 난 가늘고 긴 걸 좋아했어" 하며 하라
구치는 웃고 있었다. "연필, 죽도, 목검, 배트, 낚싯대.
권총은 배럴(총열)에 반했지. 달은 초승달. 대나무는 청
죽. 그리고 뱀."

청죽에 뱀이라는 말에 가즈아키는 떠올렸다. 형무소
시절, 하라구치는 가즈아키의 젊고 단단한 손가락이 청
죽 같다며, 편지지를 찢어서 만든 종이끈을 그것에 미끄
러뜨리면서 '청죽에 뱀'이라고 우었던 짓이나. 그리고
종이끈 끝이 지나갈 때마다 가즈아키가 몸을 떨면, 하라

구치는 "뱀이 물었나……?" 하고 속삭였다.

그러나 그런 하라구치의 미치광이 같은 행동도 지금은 아주 조금 가즈아키의 귀를 곤두서게 했을 뿐, 가즈아키는 건성으로 한 번 웃고 차가 주소 대교大橋를 건너가는 것을 차창으로 확인했다.

하라구치는 또 갑자기 "비즈니스는 지루해"라고 말하고, 가즈아키 옆에서 껄껄 웃었다. 그의 말에 따르면 "애들을 먹여 살려야 하니까 죽어라 장사는 하고 있지만, 마지막에는 꼭 몸싸움이 벌어진다니까"였다.

그런 얘기를 들으면, 확실히 그럴 거라는 생각이 들었다. 하라구치라는 남자는 미친 것처럼 보여도 사실은 고풍스러운 무궤도無軌道의 피가 진한 것이 틀림없었다. 죽어라 하고 있는 본인의 말대로 시대를 예측한 경제 진출을 진행하고, 해외와 제휴를 진행하고 있는 하라구치 조직의 세력은 현재 절대적이지만, 가장 중요한 하라구치는 본인의 말대로 최종적으로는 비즈니스의 세계에 몸을 묻지 않을 것이 틀림없다고 생각했다. 아마 바다 건너 갱과 성미도 맞지 않을 것이다. 조만간 어떤 사건을 일으켜, 먹느냐 먹히느냐가 될 것이다. 말없이 이야기를 들으면서, 가즈아키는 그런 아득한 예감도 가졌다.

하지만, 그때 자신이 휘말릴 위험성에 대해서는 예나 지금이나 뚜렷한 공포도 없었고, 지금 당장 거절해야 한다는 목소리도 들려오지 않았다. 자신이 적극적으로 그

런 파멸을 바라고 있다고는 생각하지 않았지만, 그것은
아무리 열심히 일을 해도 어딘가에 무관심의 피막이 덮
여 있다는 뜻이었고, 자신과 하라구치는 동류라고 냉정
하게 인정한 탓인지도 몰랐다.

"그렇긴 해도, 우선은 비즈니스야. 기분 전환으로 권
총과 뱀과, 밀고 당기기. 고작해야 그 정도의 스릴을 즐
기는 거지"라고 하라구치는 말했다.

"밀고 당기기라니……."

"내가 키우다 죽이느냐, 당신이 무느냐라고 했잖아.
그런 거야."

'과연, 그런 거로군' 하고 가즈아키는 스스로에게 들
려주었다. 자신과 함께 사사쿠라의 권총 백 자루를 훔친
장본인인 킬러는 지금은 틀림없이 하라구치의 적일 테
고, 그 남자와의 관계를 여전히 인정하지 않고 있는 가
즈아키는, 하라구치 식으로 말하자면 분명 독사임에는
틀림없다. 하지만 실제로는 물려도 지장이 없을 정도로
작은 뱀이라는 것을 알고 놀아주겠다는 것일까. 하라구
치의 진의는 알 수 없었지만, 어떤 형태로든 리오우와
기이한 인연이 이렇게 이어지고 있다고 생각하니 가즈
아키는 오히려 자신만을 위한 감개를 느꼈다.

"그런데 요시다 씨네, 야마우치 공업하고 거래 있지?
주거래은행이 벌써 채권 보전을 시킥했나는 얘길 들었
어. 혹시 필요하면 말해 줘. 1천만 엔 정도라면 언제든

지 빌려 줄 테니까."

"먹이는 권총이면 됐습니다. 마음만 고맙게 받아 두지요."

"요시다 씨다운 대답이야. 그럼, 먹이를 한 자루 더 주지."

하라구치는 서류가방에서 대형 오토매틱 한 자루를 꺼내 가즈아키에게 건넸다. 마치 금형에 사용하는 검은 쇠 그 자체 같은, 광택을 지운 새까만 프레임을 가진 그것은, 슬라이드에 새겨진 'COLT'S'라는 글자는 지워지고 있었고, 총구 주변은 시커멓게 그을어 있다. "이건 부품이 일부 망가졌어. 기왕 하는 김에 라이플링(강선)도 고쳐 줘. 급한 건 아니니까 천천히 해도 돼."

가즈아키는 그 한 자루도 자신의 상의 밑 벨트에 꽂았다. 두 자루분의 중량은 벨트가 미끄러져 떨어질 것처럼 무거웠지만, 드디어 권총이 자신의 인생에 끼어들었다는 실감은 역시 맥이 빠질 정도로 흐릿한 것이었다.

"이 하라구치가 당신의 풀숲은 안전하게 지켜줄 테니까, 내가 찾아가면 애교라도 한 번 떨어 달라고."

"애교라고요……?"

"애교지, 그럼. 그럴 때마다 주인이 누군가를 떠올리지 않겠어?"

하라구치는 그렇게 말하며 웃었다. 가즈아키는 노자토 사거리에서 내렸고, 차는 곧바로 요도가와 거리를 떠났다. 익숙한 거리에 선 순간 뱀이니 주인이니 하는 기괴한 대화는 순식간에 빛이 바래고, 지난 몇 시간 동안의 자신에게 위화감을 느끼면서, 가즈아키는 공장으로 돌아가는 길을 서둘렀다. 무관심의 피막도 공장이라는 일상 앞에서는 약간 빛을 잃는 걸까 하고 생각했다.

새로 칠한 공장 앞문은 밤눈으로 보아도 선명한 파란색으로 빛났고, 건물과 마당의 절반을 덮고 있는 벚나무는 앞으로 일주일만 지나면 피어날 봉오리를 가득 달고 무거운 듯이 밤바람에 휘어져 있었다. 공장에 도착하자 그 벚나무 밑을 왔다 갔다 하는 키난 사제의 모습이 보여, '아아, 오늘밤도 달밤인가?' 하고 가즈아키는 하늘을 올려다보았다. 그때였다. 사제는 갑자기 벚나무 가지에 뛰어오르더니, 손을 뻗어 나무를 타고 올라가기 시작했다. 가즈아키가 눈을 크게 뜨는 동안에 사제는 순식간에 예배당 지붕 높이까지 올라가 버렸고, 적당한 가지에 손발을 올려놓자 움직임을 멈추었다.

가즈아키는 공장 정문을 열고 마당에서 잠시 더 나무 위에 있는 사제를 올려다보았다. 사제는 움직이는 기척도 없이, 그저 가만히 가지 너머의 밤하늘을 올려다보고 있을 뿐이었다. 가즈아키는 그를 내버려두고 일단 안채로 올라갔지만, 옷을 갈아입으면서 2층 창으로 바라보니 사제는 더 높은 가지로 이동해 있어서 깜짝 놀랐다.

서둘러 마당으로 나가 나무 밑에서 "이봐요!" 하고 사제를 불렀다.

사제의 머리는 천천히 아래를 돌아봤지만, 가즈아키를 본 건지 못 본 건지 이내 위쪽을 다시 올려다보았다. 가지에 매달려 목을 길게 뻗은 남자의 모습은 일순 나무와 하나가 된 것처럼 보였고, 그 손발에서 뻗어 나온 가지가 밤하늘을 움켜쥐고 있는 듯한 착각마저 일으켰다. 아폴론에게 쫓긴 다프네는 월계수가 되고, 박쥐에게 쫓긴 사제는 벚나무가 되는 건가? 문득 그런 시시한 농담을 떠올리면서, 가즈아키는 다시 한 번 "이봐요!" 하고 소리를 질렀다.

사제의 얼굴은 아래로 향했다. 제정신으로 돌아왔는지 아닌지도 알 수 없는 멍하고 무표정한 얼굴로 눈 밑에 있는 사람의 얼굴을 내려다보고, "박쥐가 있어……"라고 말한다. 가즈아키는 사제의 모습에 그런 건 없다는 말도 하지 못하고 "이 벚나무는 벌써 늙은 나무라 가지가 부러지기 쉬워요. 위험합니다" 하고 말을 걸었다. 정말로 가지가 삐걱거리는 소리가 나서, "거봐요!" 하고 가즈아키는 고함쳤다.

사제는 하늘을 올려다보고, 또 올려다보면서 간신히 내려왔지만, 그래도 여전히 어딘가 풀죽은 얼굴로 머리 위를 우러러보고 있었다.

"조금 전에 날개 소리가 나서……"

"까마귀가 가끔 오곤 하니까요."

"까마귀가 아니라 박쥐입니다. 하늘이 보이지 않을 정도로 가지 가득 매달려 있는데, 어느 순간 일제히 날아오르면 하늘이 깨지는 것처럼 보여요······."

사제의 연푸른 눈동자는 아무것도 없는 허공에서 뭔가를 보고 있는 듯하다가, 방금 전에 꿈에서 깨어났다는 듯이 주위를 두리번거렸다. 가즈아키가 잠시 기다린 후에야 비로소 그의 눈동자 초점이 천천히 맞기 시작했다.

"밤중에 놀라게 해서 죄송합니다" 하고 사제는 거북한 듯이 미소지었다. "저는 4년쯤 전에 필리핀에서 머리에 큰 상처를 입고 그 전후의 기억을 완전히 잃고 말았는데, 오사카에 온 후로 가끔 박쥐만이 떠올라요. 박쥐 날개 소리가 들리면 머리가 깨질 것 같아요."

"가지가 우리 지붕을 두드리는 소리가 그렇게 들리는 거라면, 가지를 좀 칠까요?"

"아아, 그건 안 됩니다. 우리나라에서는 커다란 나무에는 정령이 살고 있다고 하거든요. 모처럼 자란 가지를 자르는 건 안 돼요."

"앞으로 일주일 정도만 지나면 꽃이 필 테니까, 그러면 기분도 바뀌겠지요."

"그렇군요."

울타리 너머로 그런 이야기를 한 후 가즈아키는 "안녕히 주무십시오" 하고 인사를 했다. 그러나 사제는, 또

갑자기 조금 기이한 느낌이 드는 눈을 하고 가즈아키의
얼굴을 들여다보았다. 그 입에서 새어 나온 것은 "역시
당신이야……"라는 기괴한 중얼거림이었다.

사제는 한두 걸음 울타리로 다가와, 누구를 향해 이야
기하는 건지도 모를 혼잣말을 하기 시작했다. "……작
년 여름에 당신을 만났을 때, 뭔가 떠오를 것 같은 기분
이 들었습니다. 그 후 계속 생각했지만, 역시 맞아요.
저는 당신의 얼굴을 알고 있어요……."

사제의 말에 가즈아키는 '이것도 있지도 않은 박쥐의
날개 소리가 들린다는 착란의 연장일까?' 하고 생각했
지만 한편으로는 반쯤 몸을 빼면서도 기묘한 예감에 이
끌리듯이 울타리로 다가가고 있었다.

50센티미터 정도의 거리에서, 사제는 가즈아키의 얼
굴을 구석구석까지 응시하면서 "맞아요, 전 당신의 얼
굴을 알고 있어요……" 하고 되풀이했다. "어두운 땅 어
딘가에서…… Somewhere in the bush near to a dark dreary
swamp…… 전 당신을 봤어요……."

어느 어두운 늪지 근처의 풀숲 속에서.

있을 수 없는 이야기를 들으면서, 가즈아키는 그저 귀
를 곤두세우고 눈을 크게 뜰 수밖에 없었다. 사제는 이
윽고 기억이 더욱 선명해졌는지, 돌연 뚜렷한 표정을 지
으며 계속해서 말을 늘어놓기 시작했다. 당신은 하얀 티
셔츠를 입고 있었어, 파란 등산용 배낭을 들고 있었어,

머리에 모자를 쓰고 있었어, 뒤에 석비와 바다가 보였어, 당신은 웃고 있었어, 오른손으로 피스 사인을 짓고 있었어…… 하고.

듣고 있는 동안 가즈아키의 심장은 쥐어짜이듯 떨리고, 격렬하게 고동치기 시작했다. 근거도 확신도 가질 수 없는 뜬구름을 잡는 듯한 사제의 혼잣말이었는데도, 일단 흥분한 몸과 마음을 멈출 수 있는 것은 아무것도 없었다. 사제는 이런 식이었다는 듯이 자신의 오른손으로 피스 사인을 만들어 보였고, 가즈아키는 순간 울타리 너머로 그 손목을 움켜쥐며 "사진이야" 하고 낮게 고함치고 있었다.

"당신이 본 건 제 사진입니다. 아시겠습니까? You saw a photograph, my photograph!"

사제의 파란 눈동자에 다시 안개가 끼는 것이 보이는 것 같았다. 되돌아오기 직전이었는지도 모를 기억이, 지금 또다시 사태를 일으키듯이 무너져 가는 것이 가즈아키에게도 손에 잡힐 듯 전해졌다. 그러나 그 앞에서 당황한 것도 잠시, 가즈아키는 정신없이 덤벼들었다.

"1976년에 제 친구가 필리핀에 갔어요. 그가 일본을 떠나기 전에, 전 그에게 사진을 주었죠. 듣고 있습니까? You saw my photograph! 사진입니다. 사진은 제 친구가 갖고 있어요. 당신은 그 사진을 본 거야. 당신은 필리핀에서 제 친구를 만났고, 그가 당신에게 사진을 보여준 겁니다!"

그렇게 사제에게 바싹 다가들면서, 가즈아키의 상상은 밑도 끝도 없이 앞으로 치달아 이성을, 누르고 찢어대고 있었다. 눈앞의 아일랜드 인 사제가 리오우를 만났다고 생각하기보다, 더 있을 법한 이야기도 상상했다. '리오우는 죽고, 갖고 있던 사진이 어딘가로 흘러간 것은 아닐까. 아니면 사제는 어느 늪지에서 떨어져 있던 사진을 주운 건 아닐까' 하고.

"당신은 사진을 본 거예요, 그건 아시겠습니까?"

"당신이 그렇게 말씀하신다면, 그럴지도 모르지요 ……"라고, 사제는 자신 없게 대답했다.

"당신에게 사진을 보여준 남자가 있었다는 건 기억나세요?"

사제는 고개를 가로저었다. 사제의 캄캄한 머리에 비친 한 줄기 빛은 한 장의 사진과 어두운 늪지를 비추었을 뿐, 그 주변은 여전히 어둠 속에 있는 것일까? 그 어둠 속에 박쥐의 날개 소리가 울려 퍼지는 걸까 하고 생각하면서, 가즈아키도 한 마디 한 마디 할 때마다 절망했다.

"아시겠어요? 당신에게 사진을 보여준 남자가 있었어요. 그 남자는 저와 같은 나이의 중국인입니다. 키는 저랑 비슷하고, 피부가 하얗고, 눈이 커요. 베이징 어, 일본어, 영어를 할 줄 알아요. 명랑하고 잘 웃어요. 춤을

잘 추죠. 노래도 잘 불러요. 돈 되는 얘기를 아주 좋아
해요. 그런 남자를 모르세요……? 맞아, 이 노래 모르세
요? 자이나, 야오유앙티, 티팡, 요우웨이, 하오쿠냥
……."

사제의 눈 속에서 가늘게 진동하는 파란 눈동자는, 보
이지 않는 것을 보려고 하는 허무한 구멍 같았다. 거기
에서 막연하고 형태를 이루지 못하는 기억을 탄식하듯
이 눈물까지 흘러나오자, 가즈아키는 추궁을 포기할 수
밖에 없었다.

긴 대화를 접으려고 했을 때, 사제의 입에서는 간신히
"지금 그 노래, 알아요"라는 한 마디가 돌아왔다. 가즈
아키는 즉시 "남자의 목소리입니까, 여자의 목소리입니
까? 어디에서 들으셨어요?" 하고 캐물었지만, 사제는
곤란한 듯이 고개를 가로저을 뿐이었다.

"하지만, 이렇게 조금씩 생각이 날지도 모릅니다. 요
시다 씨 덕분입니다. 오늘밤에 희망이 생겼어요. 만약을
위해, 당신 친구의 이름과 직업을 가르쳐 주십시오."

"이름은 리오우입니다. 하지만 필리핀에서 그 이름을
사용했을지 어떨지는 모르겠어요. 문화혁명 때 대륙에
서 도망쳐 온 사람이어서, 1976년 당시에는 일은 하고
있지 않았어요. 지금은 모르겠습니다."

올다리 니너토 가스아키는 사제와 악수를 했다. 뭔가
생각에 잠긴 듯한 사제의 뒷모습을 전송하고, 가즈아키

도 안채로 돌아갔다. 옷을 갈아입는 중이었기 때문에 와이셔츠 한 장 차림이었던 몸은, 완전히 차갑게 식어 있었다.

뱀 이야기도 그렇고, 사진 이야기도 그렇고, 딱히 뭐가 어떻다는 것은 아니었다. 자기 자신에게 그렇게 들려주었다. 어쨌든 내일은 또 늘 하던 일과 자금 조달을 해야 한다. 가즈아키는 손발이 움직이는 대로 늘 그렇듯이 사무실에서 장부를 적고, 작업장을 점검하고, 목욕을 했다. 그 후 위스키를 한 잔 하기 위해 잠깐 부엌 식탁에 앉았다.

옛날과 똑같이 도장이 벗겨진 낡은 식탁 위에 하라구치에게서 받은 검은 콜트 가버먼트 한 자루를 놓아 보니, 언젠가 거기에 앉아 있던 남자의 모습이 어제 일처럼 떠올랐다. 그것은 이유도 없이 감미로울 뿐 현실과는 이미 먼 환상의 부류이긴 했지만, 우선 당장은 기분이 좋았다.

틈만 나면 되돌아오는 과거 중에서도, 리오우와의 관계만은 확실한 끝을 보지 못했다. 오히려 오늘도 하라구치와 그 일행이 은근히 암시했을 정도로 여전히 가까운 곳에 있는 셈이었다. 거기에 또 기적처럼 돌연히 이웃에 사는 아일랜드 인 사제의 입에서 생생한 리오우의 잔물결이 전해져 온다. 구체적인 것은 아무것도 없는 꿈같은 진동이지만, 그것에 이끌려 그저 몸만이 바보처럼 호응

하고, 떨리기 시작한다.

위스키 탓도 조금은 있었지만, 몸을 덮고 있는 두터운 무관심의 피막을 어려움 없이 투과해, 리오우는 지금도 저기에 앉아 있는 것처럼 가즈아키를 뒤흔들고 있었다. 자잘한 사건이나 주변의 자질구레한 일들을 전부 떨쳐 낸 후에 넘쳐나는 환희나 고양의 흐릿한 안개가 끼기 시작하면, 그 안개 저편에는 훨씬 더 흐릿한 대륙의 냄새가 떠돌고, 그 냄새는 이 일본에서 데리고 나가 주겠다고, 몇 천 킬로미터라도 대륙을 함께 가 주겠다고 속삭이는 리오우의 목소리와 공명했다.

만일 그때 리오우의 배를 탔다면, 자신도 지금쯤은 필리핀에 있었을까? 어째서 나는 타지 않았을까, 나는 뭘 하러 형무소에 간 걸까 하고 생각해 보았지만, 처음부터 대답이 없는 자문자답은 곧 막다른 곳에 이르렀고, 가즈아키는 자기 자신에 대한 의혹을 일찌감치 포기했다.

그리고 이번에는, 더욱 집요하게 하라구치의 거래처라는 홍콩 신디케이트의 말을 떠올리고는, 사람 하나를 정육점용 쇠갈고리에 매다는 폭력의 공기를 상상했다. 그것은 구체적인 실감과는 거리가 먼, 단순한 생리적인 감각의 영역을 벗어나지 못하는 것이었지만, 젊은 리오우가 아마 태연하게 호흡하고 몸에 두르고 있었을 그 공기를, 스물두 살 때의 자신은 거의 보지 못하고 있었다. 그렇게 생각하자, 가즈아키는 새삼 미칠 듯이 후회스럽고 초조해졌다. 그저 명랑하게만 보였던 한 남자의 웃는 얼굴이나 행동거지 어디에, 어떤 형태로 그것은 감추어져 있었을까. 자신의 눈에 보이지 않았던 그 폭력은 어떤 모습을 하고 있었을까. 어떤 냄새가 났고, 어떤 감촉이었을까. 이미 상상도 미치지 않는 안개 속에서, 가즈아키는 온몸의 피부를 찢고 튀어나오는 욕망에 사로잡혔다. 미칠 듯이, 리오우를 만나고 싶다고 생각했다.

나이트게이트에서 다섯 명을 단번에 사살한 남자의 폭력이나 잔인함이 어떤 모습을 하고 있든 상관없었다. 고작해야 평범한 기계부품의 평범한 결함에 지나지 않는 것처럼 느껴지는 자신의 파괴적인 충동도, 리오우 앞에서는 좀더 다른 모습으로 바뀔 수 있다. 뼈나 근육이나 내장을 떨리게 하는 무언가로 바꿀 수 있다. 예전에 경험한 것처럼, 갖가지 충동이 모두 생명의 일부가 되어 폭력과 함께 공명하고, 증식하고, 환희의 폭발을 일으킬 수 있다. 그런 몽상을 하며, 등골이 떨리기 시작하는 기분과 함께 가즈아키는 식탁 맞은편의 보이지 않는 리오우의 모습을 계속해서 응시했다. 그것이 누구였든, 다시 한 번 만나고 싶다, 그저 만나고 싶다고 생각했다.

그러나 리오우는 이제 없다.

가즈아키는 딱히 할 일도 없어서, 콜트 가버먼트 옆에 또 한 자루의 리볼버를 나란히 놓아 보았다. 일단 몽상을 떨쳐 내자 거기에 남은 쇳덩어리 두 개는 파괴적인

392

유혹도 열망도 아닌, 단순히 자신 앞에 뚫려 있는 깊은 구멍 같았다. 여섯 살 때와 똑같이 거의 무조건적으로 빨려들어 가는 쇠의 감촉은 있었지만, 스물일곱 살인 자신은 이미 거기에서 환희나 반짝임을 찾아내지는 못하고 그저 깊은 진흙구멍에 가라앉을 뿐이라는 기분이 들었다. 이미 대부분은 진흙에 가라앉은 데다 여전히 계속 가라앉고 있다고 생각하면서, 너무나도 리오우를 만나고 싶다고 생각했던 충동도 곧 진흙에 삼켜져 뭐가 뭔지 알 수 없게 되었다.

그러나 베개 밑에 권총 두 자루를 넣고 잠든 그날 밤, 가즈아키는 타닥타닥, 타닥타닥 울리는 박쥐의 날개 소리를 들었다. 그리고 어딘지도 알 수 없는 어두운 물가에 울리는 〈초원정가〉의 아득한 노랫소리를 듣고, '저건 리오우야, 리오우를 찾아야 해' 하고 정신없이 방황하는 꿈을 꾸었는데, 캄캄한 늪지를 기어 다니는 자신은 놀랍게도, 가늘고 작은 뱀의 모습을 하고 있었다.

그 후 2주일 동안, 가즈아키는 우선 야마우치 공업을 대신할 거래처를 확보하기 위해 필사적이었다. 먼저, 하라구치를 만난 다음날에는 야마우치 수주분의 가공을 멈추고, 이전부터 몇 번이나 찾아갔던 제작회사들의 하청회사와 교섭을 하러 뛰어다녔다. 그중 하나는 플라모델이나 플라스틱 조립완구부품을 완구 메이커에 납품하고 있는 회사였다. 모리야마 공장이 납품하는 것은 부품의 형태를 찍어 내는 금형인데, 제품의 사이클이 짧고 한 번에 생산하는 양이 적어서 효율이 나쁜 일거리였다. 또 하나는 베어링 제작회사의 하청으로 고속주행용 타이어의 내륜과 외륜의 궤도홈을 파는 것인데, 이쪽도 가공의 품과 단가가 맞지 않아서 생각을 좀 하게 해 달라고 했더니, 상대는 그럼 다른 곳으로 발주를 돌리겠다고 했다. 그래서 가즈아키는 일단은 급한 불을 꺼야겠다는 결단을 내리고, 우선 양쪽 회사에서 일을 받기로 약속을 했던 것이다.

그리고 "어떻게든 해 나갈 수 있을 거예요"라고 종업원들을 안심시키는 한편, 그래도 매달 부족한 200만 엔 정도를 메우기 위한 새로운 일거리를 찾아, 가즈아키는 더욱 열심히 돌아다녔다. 어쨌든 도입한 지 얼마 안 된 자동선반으로 대량가공을 할 수 있는 일을 구하지 못하면, 일손이 남을 뿐 아니라 기계 임대료도 낼 수 없다. 상공회의 소개를 의지해 고베나 센난⁺까지 갔고, 간신히 담당자를 만날 수 있었던 사카이의 기계부품 제작회사에서 요청받은 것은, 강관鋼管을 연결하는 리벳의 이음매에 나사골을 내는 일이었다. 배부른 소리를 할 생각은 없었지만 한 개에 15엔이라는 가공비로는 종업원의 월급도 되지 않아, 이것은 역시 대답을 할 수 없었다.

---

† 오사카 남서부, 오사카 만에 면해 있는 시.

돌아오는 길에는 한 명을 해고하면 해결할 수 있는 문제라는 생각도 하다가, 아직 한두 달이라면 어떻게든 될 거라고 고쳐 생각하기도 하다가, 내일부터 또 새로운 마음으로 열심히 하자고 자신을 격려하며 저녁때 공장으로 돌아가자, 작업장 안에서 종업원이 "보세요, 피었어요!" 하고 느긋한 한 마디를 던졌다. 올려다보니 공장 마당을 덮고 있는 벚나무에 옅은 분홍색 꽃이 드문드문 흩어져 있어, 그 한순간만은 돈 문제도 잊고 눈을 가늘게 뜨고 바라보았다. 이제나저제나 하며 올려다보던 벚나무지만, 가즈아키가 꽃이 피는 것을 보는 것은 실로 19년 만이었다. 그것이 3월말의 일이었다.

　그날 밤, 가즈아키는 문득 생각이 나서 교토에 있는 사키코에게 전화를 걸어 벚꽃이 피었다고 알렸다. 사키코의 목소리를 듣는 것도 장례식 이후 거의 3주 만이었다. 지난 몇 달 동안 그랬던 것처럼, 사키코는 어색하고 딱딱한 목소리로 "알려줄 줄은 몰랐다"며 웃었다.

　그러나 장례식을 마치고 교토로 돌아가던 날, 벚꽃이 피면 공장에 오겠다는 말을 남긴 것은 사키코다. '그래서 알려준 건데' 하고 가즈아키는 조금 흥이 식었지만, 동시에 사키코의 한 마디가 내포한 여러 가지 의미를 알아채고 애매한 당혹감을 느꼈다.

　출소한 후에 재회한 사키코는, 이미 붙임이니 이혼 같은 인생의 쓴맛을 경험한 탓인지 이전처럼 스스럼없이 농담을 할 수 있는 상대는 아니었다. 거기에서 세월도 느꼈지만, 한편으로는 조금 경계하는 듯한 그 눈빛이 남자를 의식하고 있는 여자의 것이라는 점은 가즈아키도 당연히 눈치 채고 있었다. 게다가 여자의 유방이나 둥그스레한 허리를 가까이 할 때마다 몸이 자연스럽게 반응하기도 했다. 그러나 출소 직후의 생활로 정신이 없었던 데다가 모리야마의 존재가 가로막고 있었다는 점을 제외하고도, 가즈아키에게 사키코라는 여자가 그 이상의 특별한 감정으로 연결되지 않은 것도 또한 사실이었다. 아무래도 어린 시절의 친근함이 방해가 되었고, 아쓰코나 후사코에 비해 사키코에게는 보다 살림에 찌든 현실감이나 깊은 정이 있어서, 그것이 스물일곱 살 남자에게는 불편하게 느껴졌던 것이다.

사키코는 방금 한 말과는 반대로 남자의 전화를 기다리고 있었음이 틀림없었다. 가즈아키는 그대로 진의가 상대에게 전해지는 말밖에 할 수 없는 사키코의 서툰 구석이나 솔직함을 나름대로 귀엽다고 생각했지만, 그런 식으로 여자의 말을 이것저것 억측하고 있는 자신을 경멸하는 마음도 있어, 결국은 어떻게 되든 상관없다는 무난한 응대로 일관했다.

사키코의 말에 따르면, 모리야마 공장에서는 매년 봄 벚꽃이 활짝 피면 정문을 열어젖히고 마당에 돗자리를 깔았고, 근처에 사는 사람이면 누구 할 것 없이 맥주나 술을 마당으로 가지고 와서 꽃놀이를 했다고 한다. 그 말을 들으면, 모리야마가 그렇게 기대하고 있었으니 올해도 하지 않을 수는 없었다.

꽃놀이를 하는 날이면 모리야마 공장은 100인분의 어묵을 준비했다며, 그날은 준비나 뒷정리 할 것도 있으니 자고 가도 되겠느냐고 사키코는 말했다. 사키코 씨 집이니까 그렇게 신경 쓰지 말아 달라고 가즈아키는 대답했지만, 그렇게 대답하면서 사키코와의 관계도 슬슬 빼도 박도 못할 것이 되는 건가 하고 생각한 것은, 남자의 천박한 직감이었다.

그런 전화를 마친 후, 가즈아키는 사키코의 목소리를 뇌리에서 떨쳐 내고 평소처럼 장부를 썼다. 낮에 처음 갔던 기계 제작회사에서 제시한 기어 부품의 샘플을 손에 들고, 인원수나 한 번에 생산할 양을 이것저것 계산하다 보니 어느새 밤 11시가 지났다. 결국 그날은 그 일을 할 수 있을지 어떨지에 대한 결론은 내리지 못했다.

가즈아키는 사무실 불을 끄고 옆에 있는 작업장으로 나가, 지난주부터 시작한 권총 수리를 위해 작업용 책상의 전등을 켰다. 오전 1시까지로 정하고 시작한 작업을 할 때면, 늘 위스키를 지참했다. 하루 종일 일한 후면 맨 정신으로는 작업용 책상에 앉을 기력도 남아 있지 않았고, 그러면서도 혼자 지내는 밤은 길게 느껴져서, 결국 술에 손이 가는 것을 멈출 수 없다. 그래도 막상

쇠 부품을 만지기 시작하면, 적어도 피로는 잊을 수 있
는 경우가 많았다.

　하라구치에게 받은 두 자루 중 리볼버는, 실린더의 프
레임 안쪽을 연마해서 깔쭉깔쭉한 부분을 없앴더니 그
것만으로도 발사 준비를 했을 때 걸리는 느낌은 없어졌
지만, 그래도 기계공의 손가락 감촉으로는 뭔가 아직 충
분하지 않다고 느꼈다. 몇 번이나 빈 총의 방아쇠를 당
겨 보고 실린더를 돌려 본 결과, 가즈아키는 기계공의
직감에만 의지해, 방아쇠를 당길 때마다 조금씩 밀려올
라가 실린더를 회전시키는 미늘톱니장치와, 방아쇠를
연결해서 그 미늘을 치는 가늘고 긴 핸드 끝이 미묘하
게 잘못 물려 있다는 결론을 내렸다. 그래서 직경 3밀리
미터 정도의 미늘 부분이나, 그것과 맞물리는 핸드 끝부
분을 줄로 조금씩 갈아 보니, 미세한 걸림은 완전히 없
어졌다. 기름 위를 미끄러지듯이 돌아가는 실린더의 회
전은, 기계공의 감각을 그럭저럭 만족시켰다.

　한편 다음으로 시작한 오토매틱은 그렇게 간단한 작
업으로는 끝나지 않았다. 우선 간단히 분해해서 부품 하
나하나의 작동을 확인하는 데에 하룻밤이 걸렸고, 이어
서 완전히 분해해서 눈에 보이는 파손이나 마모 부분을
확인하는 데에 하룻밤. 거기에 그을음이나 녹을 닦는 데
에 하룻밤. 그런 뒤 작은 볼트까지 포함하면 44개나 되
는 부품을 하나하나 관찰하고, 재질이나 절삭 방법을 생

각하는 데에도 하룻밤이 걸렸다.

가즈아키는 부품 하나하나의 이름은 몰랐지만, 모든 것이 기계적인 구조로 되어 있는 부품 상호 간의 메커니즘을 알아보는 것은 쉬웠다. 하나가 움직이면, 태엽장치처럼 그 움직임이 차례차례 연동한다. 그 메커니즘을 알고 나자 어디가 안 좋은지 알 수 있었고, 정확하고 매끄러운 본래의 동작도 그려볼 수 있었다.

받아온 콜트 가버먼트도 우선은 방아쇠를 당기면 해머가 떨어지는, 그 가장 중요한 메커니즘에 작동불량이 있다는 것은 금방 알았다. 방아쇠와 직접 연동하는 가늘고 긴 부품과, 다시 그 부품과 연동해서 해머를 떨어뜨리는 부품의 맞물림이 덜걱거리고, 그리고 각 부품의 마모가 원인인 것 같았다. 그 외에도 슬라이드가 가끔 완전히 전진하지 못하고 멈춘다든지, 슬라이드와 총신의 맞물림이 어딘지 모르게 덜걱거린다는 것 등, 기계공의 감각에 걸리는 것은 여러 개가 있었지만, 우선 원인이 확실한 방아쇠 부품의 교체부터 손을 대기로 했다.

어젯밤에는 마이크로미터로 세밀하게 계측한 물건의 치수를 근거로 도면을 그리고, 그것을 토대로 원형을 깎았다. 공장에서 정밀가공하는 부품의 절삭과 비교하면 권총 부품은 거의 어린애 장난 같은 것이었지만, 어디까지나 단품일 뿐인 공장의 가공품과 달리, 기신의 손으로 깎고 있는 길이 2센티미터도 되지 않는 작은 부품은 정밀도보다도 다른 부품과의 맞물림 상태가 문제라는 점에서 지금까지 맛본 적이 없는 재미도 있었다.

원래의 부품과 완전히 동일한 것을 만들어 실제로 조립해 보고 동작을 확인하고, 다시 조금 더 깎고 다시 확인한다. 그것은 하기 시작하면 끝이 없는 작업으로, 어디가 완벽한 건지도 모르고 계속 손으로 더듬고 있자니, 그날 밤도 눈 깜짝할 사이에 오전 1시가 지났다. 그리고 불을 끄고 작업장에서 물러난 후에도, 가즈아키의 뇌는 겨우 한 줌밖에 안 되는 작은 부품과 술로 가득 차, 내일은 어디를 어떻게 깎을까 하고 이것저것 생각하며 잠드는 것이었다.

벚꽃은 피기 시작하면 속도가 빠르다. 하룻밤 만에 30퍼센트가 핀 꽃은 날마다 온 가지에 분홍색 구름을 흩뿌리고 있어, 4월 첫째 주 토요일로 정한 꽃놀이 날에는 활짝 필 것 같았다. 가즈아키는 변함없이 신용금고에 드나들고 기계 제작회사들을 도느라 매일 바빴지만, 문을 열어둔 작업장에서 아침저녁으로 바라보는 벚꽃은 20년 만이라는 흥분까지 겹쳐 몇 번을 보아도 질리지 않았다. 종업원들도 "가즈 씨는 벚꽃이 피면 마음이 뒤숭숭해지는 점까지 모리야마 사장님이랑 똑같아요"라고 말했다. 자신은 깨닫지 못했지만, 절삭이나 연삭 때의 여러 가지 버릇, 사람에 따라 다른 조립순서, 작업 전체의 리듬 등이 왠지 모르게 모리야마를 닮았나 보다. 일은 모리야마에게 배웠으니 닮은 것이 당연했지만, 그것만이 아니라 더 큰 인생의 냄새가 닮은 건지도 모른다. 가즈아키는 그런 생각도 했다.

1년에 한 번 벚꽃이 피는 계절이 되면 모리야마의 얼굴에는 온통 웃음이 가득했다는 말을 듣고, 가즈아키는 모리야마가 늘 의자 대신 앉아 있던 귤 상자를 매일 마당에 내놓고 그 위에 술과 컵을 놓았다. 덕분에 공장은 더욱더 꽃놀이 기분이 고조되고, 그 기분은 부지를 넘어 이웃에도 전염되어 그 주 중반쯤에는 부인들이 기쁜 듯이 꽃놀이를 위한 분담표 같은 것을 놓고 갔다. 거기에는 모리야마 공장은 '어묵', 옆의 성당은 '큰 냄비 두 개, 가스풍로 두 개'라고 적혀 있었다. 같은 무렵, 잠시 얼굴을 보지 못했던 키난 사제도 울타리에서 불쑥 얼굴을 내밀고 싱글벙글 웃으면서 "토요일에는 도와드리겠습니다"라고 말하고 갔다.

토요일, 봄방학 중인 사키코는 이른 아침부터 도와주러 왔다. 일을 해야 하기 때문이라며 청바지 차림으로 나타난 사키코는, 한 달 전의 장례식 전후에 비하면 역시 봄이 온 것처럼 생생했고, 무엇보다 전화를 했을 때의 미묘한 느낌은 엿볼 수도 없었다. 가즈아키는 그날도 아침부터 제작회사를 돌기 위해 외출했기 때문에 거의 스쳐 지나갔을 뿐이었지만, 오후에 돌아와 보니 이웃 부인들 세 명과 사키코가 성당에서 빌린 바자회용 풍로와 큰 냄비를 공장 마당에 늘어놓고, 부지런히 국물을 만들고 있었다. 야마우치 공업을 대신할 새로운 수주를 처리하기 시작한 공장은 익숙하지 않은 공정 때문에 아무래도 작업이 늦어지는 기미가 있어, 꽃놀이가 시작되기 직전까지 일은 해야만 했다. 그렇게 으르렁거리고 있는 기계 바로 앞에, 무나 참마상자 가득히 든 두부튀김이나 곤약, 동그랑땡, 다시마조림, 문어, 고기 등이 산더미처럼 쌓여 있었다.

조금 아연해지는 광경이었지만, 가즈아키는 그 산더미처럼 쌓여 있는 재료들을 대체 얼마에 샀을지는 한 번도 떠올리지 않았다. '이 바쁜 때에'라는 특별한 위화감도 없었다. 그런 대범함도 생전의 모리야마와 닮았다고 한다면, 분명히 그 말이 맞았다. 기계를 움직이면서 "가즈 씨, 처음이시죠? 여기 어묵, 교토식이어서 간이 심심한데 진짜 맛있어요. 특히 무가" "문어도 맛있어요. 근처에서도 평판이 좋다니까요" 하는 종업원들의 잡담이 오가고 있었다. 가다랑어 국물 냄새가 연삭제나 기계기름 냄새를 누르고 마당 가득 퍼지고, 바쁘게 돌아다니는 사키코들의 명랑한 목소리가 울리고, 그 위에 벚꽃잎이 하나, 또 하나 떨어진다.

거기에 여대 영어강사 아르바이트를 끝낸 키난 사제도 와서, 2년째라서 요령은 안다는 듯 곧 여자들 틈에 끼어 일하기 시작했다. 주민자치단체 사람들 중에서 성당에 다니는 신자는 별로 없었지만, 금발의 젊은 사제는 평소에는 좌우간 명랑해서, 나름대로 근처의 인기인이었다.

이어서 이웃 전파상 주인이 밤을 대비해 벚나무 가지에 매달 전구를 설치하러 오고, 마찬가지로 이웃 철물점에서 콘크리트에 깔 비닐시트를 가져왔으며, 매년 이 날에는 김초밥을 갖다 준다는 세탁소 주인이나 술과 맥주를 가져오는 사람들이 출입하고, 그러다가 "언제까지 댁만 일할 거야, 그만둬요, 그만둬" 하는 재촉에, 오후 4시가 지나서는 공장의 기계도 멈추었다.

오후 5시, 벚나무 가지에 매단 전구가 켜지고, 활짝 핀 벚꽃에 저물어가는 햇빛이 비치자, 드디어 꽃놀이가 시작되었다. 공장의 100평짜리 마당에는 순식간에 많은 사람들이 모여 시끌벅적하게 빙 둘러앉고, 주인인 가즈아키도 맥주를 따라주며 돌아다녔다. 만나는 얼굴마다 모두 머리 위를 올려다보며, 여기 벚꽃은 정말 예쁘다고들 했다. 정말 예쁘다는 감탄, 또 감탄이었다. 머리 위에 걸려 있는 우아한 옅은 분홍색 안개 맞은편에는 으스름달이 빛나고 있다. 너무 오래 쳐다보고 있으면 사제가 아니더라도 미칠 것 같은 느낌이 들어, 손에 들고 있던 술로 잠시 제정신으로 돌아왔다가는, 다시 머리 위를 올려다본다.

이 계절이면 주위에서 흔히 볼 수 있는 꽃놀이 광경과 이곳의 꽃놀이는 매년 어딘가 다르다고 말하는 사람이 있었다. "아무리 술이 들어가도, 다들 벚꽃에 홀려버려서 마시고 노래하게 되지는 않는 거야. 인간은 너무 아름다운 걸 보면 말이 나오지 않게 되잖아요."

평소에는 남들보다 배는 명랑한 사람이 그럴듯하게 말한 대로, 모여 앉은 사람들의 이야기소리나 웃음소리는 낮게 웅얼거리는 것 같았다. 하지만 어묵을 먹으러 온 아이들은 활기차게 뛰어다니고 있었고, 부인들은 잡담에 여념이 없었으며, 남자들의 손에서는 차례차례 술이 비워지고, 온화한 이야기소리는 끊이지 않았다.

몇몇 남자들 사이에서는 마침, 이 벚나무는 언제부터 있던 걸까 하는 이야기가 나왔는데, 60대 남자가 전쟁 중에는 이미 심어져 있던 것 같다고 했다. 그 당시에는 아직 그렇게 큰 나무가 아니었기 때문에 땔감이 되지 않고 살아남았고, 그 후 시간이 지나 "그게 아마 52, 3년이었을까, 모리야마 씨가 공장을 새로 지을 때에, 벚나무 가지가 뻗어나와도 되도록 이 마당을 텅 비워두고 작업장을 지어서 부인과 싸움이 났지. 분명히, 부인은 임대용 주택을 지을 생각이어서 건축사와 얘기까지 해두었다고 들었어" "그 무렵에는 고작해야 벚나무 한 그루 아니냐, 모리야마 씨는 머리가 이상하다고 생각했는데"라는 이야기로 흘러갔다.

"아니, 나는 모리야마 씨의 마음을 잘 알아. 인양선을 타고 마이즈루에 도착했을 때 벚꽃이 피어 있었는데 말이지, 그걸 봤을 땐 정말……." 60대 남자와 비슷한 나이 대의 누군가가 그렇게 말하자, 옆에서 "당신, 마누라 얼굴을 보고 운 게 아니었어?" 하고 또 다른 동년배의 남자가 끼어들며 웃었다.

"그러고 보니 요시다 씨, 모리야마 씨가 살아 있을 때, 이렇게 넓은 정원도 아까우니까 뭔가 짓지 않겠느냐고 부동산이나 은행에서 늘 말했지요? 작년 봄쯤에는, 모리야마 씨는 저기 있는 울타리에 '부동산업자 사절'이라는 간판을 내걸었지요. 그래서 우리들은 사장님이 바뀌면 혹시 이 마당은 없어질지도 모른다고 생각했는데 말이에요."

"우리 사장님은 벚꽃이 피면 점심 도시락도 안 먹고, 멍하니 마당만 보고 있다니까요. 그 점은 모리야마 씨보다 더하니까, 걱정할 필요는 없어요." 그렇게 말한 것은 종업원이었다.

그러자 조금 떨어진 곳에서 뭘 듣고 있었는지, "벚나무를 자르는 건 안 됩니다, 안 돼요" 하고 키난 사제가 소리를 질렀고, "안 자를 거예요!" 하고 가즈아키는 대답을 던졌다. 근처에서는 "오늘밤에도 달이 떴으니까……" 하는 남자들의 소리 죽인 웃음소리가 일어나고,

가즈아키도 어쩔 수 없이 쓴웃음으로 분위기를 맞췄다.

"그래요? 그럼, 앞으로도 공장은 계속되는 겁니까? 그거 기쁜 얘기네요"라고 남자들은 말했고, "네, 열심히 하겠습니다. 나이는 어리지만, 앞으로도 잘 부탁드립니다"라고 대답하며 가즈아키는 남자들에게 맥주를 따라 주고, 또 다음 무리로 이동했다. 그렇게 약 한 시간쯤 사람들 사이를 골고루 돌아다니면서 가끔 사키코의 모습을 눈으로 쫓으니, 사키코는 사람들 뒤쪽에서 어묵 냄비를 지키고 있을 때가 많았다. 사람들의 접시에 차례차례로 어묵을 담아주며 생글생글 웃고 있었지만, 조금 건성인 것처럼도 보였다. 모리야마를 위해 매년 연회를 벌이긴 했지만, 원래는 사람들 틈에 섞이는 것을 어려워하는 타입인지도 모른다고 생각했다.

가즈아키가 사키코를 바라보면, 세 번에 한 번은 눈이 마주쳤다. 그렇게 되니 내버려둘 수 없는 기분이 들어서, 가즈아키 자신도 아직 맥주밖에 마시지 않았고, 배를 채운다는 구실로 간신히 어묵 냄비로 다가갔다. "뭘 먹을래?" 하고 사키코가 물었다.

"무"라고 가즈아키가 대답하자, "문어도 먹어 봐"라며 사키코는 종이접시에 무와 문어를 담아 주었다.

대신 가즈아키는 사키코에게 종이컵을 건네고 차가운 술을 따랐다. 사키코는 꽤 술을 잘 마시는데도, 가즈아키가 보기로는 연회 시중을 드느라 바빠서 안 마시고 있는 듯했기 때문이었다. 사키코는 종이컵에 찰랑찰랑하게 따른 술을 손에 들고, "아하하" 하고 작게 웃으며 컵을 크게 기울였다.

가즈아키의 접시에 있는 무는 희미하게 색깔을 띨 듯 말 듯한 아름다운 하얀색으로, 가즈아키도 이미 완전히 익숙해진 간사이 지방의 맛이었다. 문어도 거의 데치기만 했는지 선명한 색깔을 유지하고 있었고, 술을 넣어 데쳤기 때문에 부드러운 데다가 다시마나 가다랑어 국물이 잘 배어 있었다. 두말할 수 없을 정도로 맛있었다.

가즈아키는 다음번에는 곤약과 두부튀김도 받아다가 다 먹어치웠다. 사키코의 요리 실력은 전부터 알고 있었지만, 남에게 대접할 수 있을 만한 것을 만든다는 것은 주부의 요리와는 또 다른 차원의 이야기다. 가즈아키는 솔직히 더욱 존경하는 마음이 들어, 술을 들이키는 사키코의 옆모습을 바라보고, 그 손가락을 바라보았다. 반지하나 없는 노동자 같은 소박한 손이었지만 아쓰코나 후사코와는 다른, 아이처럼 무구하고 생생한 청결함을 느낀 순간, 만지고 싶다는 생각이 뿜어져 나오고 있었다.

가즈아키는 일단 눈을 돌려 벚꽃을 올려다보았다. 꽃은 하얗게 빛을 내고 있었고, 당장이라도 그 빛의 구름이 폭발해서 밤하늘 가득히 날아가 흩어질 것 같았다. 1년에 한 번 벚나무가 그 꽃의 정기를 발산하는 밤이라면, 인간도 오늘밤만은 미쳐도 되지 않을까 하고, 반쯤 진심으로 그런 생각까지 했을 정도로 요사스러웠다.

"가즈, 위스키가 더 좋지? 안채에서 가져오지 그래
......?"

사키코의 무심한 한 마디는 마침 남자 안에 일어나고
있던 잔물결을 타듯이 다가왔다. 가즈아키는 그 한순간
에 아주 조금 비약해 사키코의 손을 만지고, 그것을 잡
았다.

서로 겹쳐진 손을 통해 여자의 몸이 경직되고, 긴장했
다가, 천천히 용해되는 것을 알 수 있었다. 사키코의 손
가락은 밤바람 때문만이 아니라 원래 손이 찬 편인 듯
차가웠고, 손을 맞잡는다기보다는 몸을 맡기듯이 하며
가만히 숨을 죽이고 있는 것 같았다. '아아, 안아도 이런
느낌일까?' 하고 가즈아키는 상상했고, 옛날에 알던 여
자들과는 또 다른 음란함을 자동적으로 떠올리는 동안
몸과 머리에도 약간 안개가 끼고 있었다.

그리고 모든 것이 벚꽃 탓이라는 이기적인 결론을 서
두르며 머리 위를 올려다보자, 빛을 내뿜는 벚꽃잎은 여
전히 끊임없이 한 잎, 한 잎 떨어지고 있었다.

"잠깐 괜찮아……?"라고 가즈아키는 말한 후, 사키코
가 커다랗게 뜬 눈으로 이쪽을 돌아봄과 동시에 그 손
을 잡고 냄비 앞을 떠났다. 안채 뒷문까지 데리고 간 사
키코를, 제대로 얼굴도 보지 않고 정면에서 자신의 팔
안에 끌어안고, 가즈아키는 힘을 주었다. 사키코는 가볍

게 저항하며, "가즈, 난폭해……" 하고 작게 비명을 질렀다.

"좋잖아."

"왠지 영화 같아……."

"영화처럼 강간하고 싶네."

"싫어, 그런 거. 부드럽게 하는 게 좋아, 나는……."

두 사람 모두 그런 농담을 나누며 서로 자극할 수 있을 정도로 어른이었다. 그러나 동시에, 두 사람 다 여유가 있는 것도 같고 없는 것도 같은 그 미묘한 부분에서 은밀하게 줄다리기를 하고 있었다. 그래도 활짝 핀 벚꽃 아래에서는 분명히 모든 것이 충분히 영화 같았다. 마당 쪽에서는 박수 소리에 쫓겨 키난 사제가 스코틀랜드 민요인 〈애니 로리Annie Laurie〉를 부르기 시작했고, "어묵 남았어!" "무 있어?" "먹자, 먹자!" 하는 아이들의 목소리가 시끄럽게 울리고 있었다.

다음날인 일요일 오후, 가즈아키는 사키코를 우메다 터미널까지 바래다준 뒤, 점심을 같이 먹고 헤어졌다. 어젯밤에는 사키코가 생리 중이어서 끝까지 가지는 않았지만, 대신 사키코는 청바지를 약간 내리고 그날 전용이라는 속옷을 보여 주었다. 특별할 것도 없는 평범한 속옷인데도 굉장히 선정적으로 보여서, 가즈아키는 제법 흥분했다. 그런 속옷 하나가 자극적이었던 까닭은 벌써 5년 가까이 여자와 인연이 없었던 탓이 아니라, 사키코라는 육체에서 온 무엇이었다. 가즈아키는 자신과 사키코 사이에 욕정이 뿌리를 내리고 앞으로 얼마 동안 은근히 지속되어 갈 듯한 예감을 느꼈는데, 스무 살 때에는 없었던 성性의 어둡고 깊은 예감은 그것만으로도 하룻밤 내내 가즈아키의 몸을 완만하게 자극했다.

공장의 벚꽃은 하룻밤이 지나자 단숨에 지기 시작해, 마당은 꽃눈이 내리는 것 같았다. 가즈아키가 돌아왔을 때는, 오랜만에 다마루가 문밖에 서서 한 손으로 이마를 가리고 하늘에서 춤추는 벚꽃을 바라보고 있었다. 가즈아키가 다가가자 다마루는 그제야 돌아보고, "이 벚꽃만은 언제 봐도 일품이야"라고 말했다.

"옛날에는 벚꽃 따윈 눈에 들어오지 않으시는 것 같았는데요."

"나이 탓이지. 나도 앞으로 2년만 지나면 쉰이라고."

"벚꽃을 보러 오신 겁니까?"

"기왕이면 지기 전에 보려고 온 거지만, 물론 용건도 있어."

가즈아키는 다마루를 공장 사무실로 안내했다. 다마루는 거기에서도 그립다는 듯이 주위를 둘러보고, "깨끗하게 정리되어 있군. 청소를 좋아하나?"라고 물은 후 가즈아키의 얼굴을 바라보았다. 바깥의 꽃눈을 본 후라서 그런지 한층 더 어둡게 느껴지는 눈이었다.

"우선 하라구치 다쓰로 얘기부터 묻지. 일전에 미나미의 중국음식점에서 만났지? 무슨 용건이었나?"

"출소 축하기념으로 샴페인을 얻어마셨을 뿐입니다."

"상대는 하라구치 조직의 보스야. 형무소에서 같이 있었다는 이유만으로, 작은 공장의 기계공을 일부러 불러서 샴페인을 마셨다고?"

"안 됩니까?"

"가게에는 홍콩 신디케이트의 녀석들이 와 있었어. 자네는 거기에 간 거지?"

"제가 만난 건 하라구치뿐입니다."

"그렇다면 부조금을 받고 출소 축하까지 해 주는 사이에 대해, 여기에서 자세히 설명해 봐."

그렇게 꽂히고 있는 다마루의 눈을 보고 있으면, 최근에야 겨우 시간을 따라잡았다고 생각하던 가즈아키도 일시적으로 시계가 되감기고, 개점 전 후사코의 바에서 이 남자에게 맥주를 따라준 것이 어제 일처럼 생각되었다. 이 다마루 앞에서는 항상 과거가 되돌아오고, 세월이 흐르는 일이 없다고 생각하자, 가장 먼저 나온 것은 한숨이었다.

그러나 가즈아키도 옛날과 비슷하거나 그 이상으로 불성실했고, 나이를 먹은 만큼 더욱 냉정해졌기 때문에 피차일반이라고 할 수도 있었다

"삼방에서 남자끼리 서로를 알게 되었다고 하면, 그

걸로 눈치 채 주시죠. 일전에 만났던 건 출소 축하 외에
는 아무것도 없습니다."

"또 그거냐……"라고 다마루는 말했지만, 가즈아키를
들여다보는 눈이 더욱 날카로워졌을 뿐 특별히 감정은
엿보이지 않았다.

"사사쿠라 분지가 갖고 있던 동남아시아와 소비에트
의 목재 루트를 이어받은 게 하라구치라는 건, 자네에게
가르쳐 줬을 거야. 물론 마약이나 권총과 세트로 거래되
고 있는 목재지. 자네는 그걸 잊었다는 건가?"

"저는 친해진 남자가 하라구치라는 것을 나중에야 알
았습니다. 내심으로는 분명 곤란하다고 생각했지만, 그
걸 알고 나니 더욱 거절할 수가 없었습니다."

다마루는 조금 사이를 두고 나서 이렇게 말했다. "자
네가 4년의 복역으로 어떻게 될 만한 놈이 아니라는 건
알고 있어. 그렇기 때문에 더더욱 말하는 거야. 요시다,
잘 들어. 자네와 하라구치의 관계가 내 눈을 끄는 이유
는 두 가지다. 하나는 하라구치가, 권총이나 마약 중개
를 하고 있는 홍콩 신디케이트도 같이 물려받았기 때문
이야. 중국은 나이트게이트의 그 킬러를 펑랑방[風浪幇]이
라는 신디케이트로 보냈지. 거기 간부가 그 가게에 와
있던 그날, 자네는 거기에 갔어."

"제가 만난 건 하라구치뿐입니다."

"두 번째 이유는, 여기에 숨어 있던 그 킬러. 2, 3년

412

전까지 필리핀과 인도네시아에서 공산 게릴라를 조직화하고 기술을 지도하던 젊은 중국인이 있었지. 당시, 그게 아무래도 1976년에 오사카에서 사라진 '고양이'인 것 같다는 얘기는 미국 쪽에서 들어와 있었어. 그 후 모습을 감추었나 했더니 작년에 싱가포르 국적의 '호우광서우后光壽'라는 남자로 세 번째 부활했어……."

가즈아키는 순간 숨이 멈출 정도로 온몸을 곤두세우고 한 마디도 놓치지 않으려고 했다. 듣고 있는 것은 바로 리오우의 이야기였다. 공산 게릴라 운운하는 쓸데없는 소리는 무슨 뜻인지 몰랐지만, 어쨌든 리오우가 분명히 살아 있다는 이야기였다.

"호우광서우는 작년 여름에 3천만 달러로 싱가포르 제2의 선박회사를 인수하면서 실업 무대에 이름이 알려졌어. 인수자금의 결제는 스위스 은행을 통했기 때문에 자세한 것은 알 수 없지만, 전혀 다른 이름의 젊은 중국계 미국인이 1979년부터 2년간 시카고의 채권선물 거래소 회원이 되어, 자기자금을 오직 혼자서 매매해서 시장의 신화가 될 정도로 벌었던 모양이야. CIA에서는 그게 호우광서우였다고 보고 있어. 매매의 순간적인 판단이라는 의미로는 천재적이었다고 하더군. 그런 남자가 갑자기 싱가포르에 나타나서 그렇게 실적이 좋지 않은 선박회사를 사들인 이유는, 회사가 소유하고 있는 부동산일 거라고들 하지만, 진상은 알 수 없어. ……자, 문제

는 여기서부터야. 올해 초부터 홍콩의 지하회사에 신흥
세력이 진출했는데, 그 배후에 '앙레이龍磊'의 이름이 간
간이 나오기 시작했어. ICPO의 수배서에 있던 그 '앙레
이' 말이야. 기억나지?"

그리운 이름이었다. 옛날에 다마루가 가즈아키에게
보여준 수배서에는 '앙레이' 외에 또 하나의 이름도 있
었지만, 지금 생각하면 편안하고 유유하다는 뜻의 '앙
[龍]'과, 자잘한 것을 신경 쓰지 않는 대범한 크기라는 뜻
의 '레이磊'는 리오우에게 딱 맞는 이름이었다. 그러고
보니, 그 수배서를 본 것이 후사코의 바에서 이 다마루
에게 맥주를 따라주던 밤의 일이다.

"호우광서우의 사진은 있습니까……?"

"우리한테는 오지 않았어. 싱가포르에 나타났다고 해
도, 매수 얘기가 공식적으로 나왔을 때에는 그는 이미
모습을 감추었으니까. 얼굴을 드러내는 걸 원하지 않는
다기보다, 드러낼 수 없는 거겠지. ICPO의 수배서는 살
아 있으니까. 가짜를 내세운 거라는 얘기도 있어. 표면
에 나서는 호우광서우와 앙레이도 가짜라더군."

아무도 진짜 얼굴을 본 적이 없다는 것도 실로 리오
우답다. 그렇게 생각하면서 가즈아키는 시카고의 선물
시장 이야기도, 싱가포르의 선박회사 이야기도, '앙레
이'라는 이름도 재빨리 흘려버렸다. 가즈아키는 어떨 때
는 갱, 어떨 때는 공산 게릴라, 어떨 때는 실업가가 되

어 차례차례 모습을 바꾸고 이름을 바꾸며 유유히 아시아를 돌아다니는 남자의 이야기를 들었을 뿐이었다. 정치의 그림자를 드리우고 있는 것은 리오우가 아니라 아시아고, 누구냐고 묻는다면 리오우는 리오우라고 대답할 수밖에 없다. 그 리오우가 살아 있고, 옛날에 스스로 말했던 대로 지금은 아시아 어딘가에서 돈을 움직이고 있는 것이다. 상상하는 것만으로도 튀어오를 듯 가슴이 뛰었다.

아아, 리오우가 살아 있다.

"'앙레이'가 이끄는 세력은 꿩량방宏亮帮이라고 하더군."

"한자가 어떻게 됩니까?"

"갓머리가 있는 넓을 꿩宏 자에, 돼지해머리 밑에 입 구 자를 쓰고, 민갓머리에, 다리 두 개인……. 중국어로는 뭐라고 발음하나?"

"'홍량宏亮'입니다."

퍄오퍄오량량飄飄亮亮의, 눈길을 끄는 선명하고 밝은 '량亮'이란, 또 얼마나 리오우와 어울리는 글자인가. 그런 생각을 하며 가즈아키는 마음속으로 갈채를 보냈다.

"3천만 달러의 자금을 투자해 실업 무대에 모습을 나타낸 남자가, 한편으로는 그 홍량방이라는 걸 이끌면서 마약거래에 손을 뻗고 있는 거야. 원래 미국에서 돈을 벌었을 때 자금이 된 돈도 헤로인으로 벌었다는 얘기가 있어. 실제로 그가 시카고에 모습을 나타내기 전에 태국에서는 그와 관련된 것으로 짐작되는 몇 건의 세력다툼으로 사람이 죽었어. 어쨌든 호우광서우 또는 앙레이의 신흥세력과, 홍콩의 구세력은 조만간 서로 다투게 되겠지. 그때는 하라구치 조직도 말려들 거야. 이봐, 요시다, 듣고 있나? 폭력단 담당반은, 펑랑방의 간부가 일본에 온 것은 그런 사정도 있는 게 아닌가 생각하고 있어."

"저는, 신디케이트 같은 건 모릅니다."

"자네가 몰라도, 그쪽은 자네를 알고 있어. 나이트게이트에 관여했고, 사사쿠라 분지나 앙레이와 면식이 있고, 모리야마 고조의 후계자고, 지금은 하라구치 다쓰로와 아는 사이고. 그게 요시다 가즈아키, 자네야. 무슨 일이 일어나기라도 하면, 싫어도 벌레들이 날아들걸. 말했잖아, 자네는 수은등이라고."

"저더러 어쩌라는 겁니까……."

"스스로 생각해 봐. 하라구치의 동향은 폭력단 담당반이 항상 감시하고 있고, 호우광서우 또는 앙레이는 입국하는 일이 있으면 우리가 따라붙을 거야. 그런 자리에서 두 번 다시 자네의 얼굴을 보고 싶지 않아. 오늘 여기에서 확실히 말해 두겠네."

하라구치는 어떨지 몰라도 자신과 리오우가 다시 어딘가에서 만나는 일은 있을 리가 없다고 생각하면서, 가즈아키는 귀에 담아두기만 하고 대답은 하지 않았다.

"맞다, 마지막으로 하나 더. 다치바나 아쓰코와는 지금도 사귀고 있나?"

이 말에는 허를 찔렸다기보다, 순간 무슨 말을 들은 건지도 알 수 없었다.

"오사카 대학 문학부의 다치바나 아쓰코 말이야. 자네, 체포되기 전에 사귀고 있었잖아."

"지금은 사귀지 않습니다. 역에서 한 번 만났지만, 그게 마지막입니다."

"만난 게 언제지?"

"모리야마 씨의 장례식을 마친 후였는데, 그게 뭐 잘못 됐습니까……?"

"다치바나 아쓰코와 베이징에서 애인 사이였던 중국인 사업가가, 주재하고 있던 보스턴에서 2월에 FBI에게 체포되어 국외로 추방되었어. 남자의 유령회사가 달러를 해외로 부정반출했다나 해서. 우리도 바로 지난주에, 다치바나 아쓰코가 이사하기 전에 임의로 사정청취를 한 참이야."

"도대체 무슨 용의로……."

"남자에게는 연방의회의 로비 활동 명목으로 정치공작을 했다는 혐의가 있어. 자주 있는 얘기지만, 그런 남자랑 사귄 이상 일단 사정을 묻는 게 경찰의 일이지. 옛날에 자네 어머니에게 사정을 물은 것도 마찬가지야. ……이거야말로 인과라는 거겠지."

그런 이야기를 들으면서, 가즈아키는 이시바시 역에서 만난 아쓰코의 세련된 하얀 코트를 일순 선명하게 떠올렸고, 그때 얼마쯤 매정하게 보였던 아쓰코의 태도 속에는 그런 사정도 포함되어 있던 걸까 하고 생각했다.

하지만 가즈아키에게는 그저, 오랜만에 여자와 재회했더니 다른 남자가 있었다는 이야기일 뿐이었고, 그걸로 충분했다. 하물며 인과라는 말을 듣는 것도 자신이 원한 것은 아니었다. 다마루의 상상과는 달리 20년 전의 어머니와 어린 아들 사이에도, 5년 전의 교사와 학생 사이에도, 인과라고 부를 수 있을 만큼 농밀한 관계는 존재하지 않았다. 어머니와의 사이에는 시간이 없었고, 아쓰코와의 사이에는 성애性愛밖에 없었던 것이다. 다마루의 말은 오히려 가즈아키에게 두 여자의 존재가 얼마나 희박했는지를 새삼 깨닫게 했을 뿐이었다.

"멋진 여자였죠?"

"어머니가? 아니면 다치바나 아쓰코가?"

"둘 다요."

"적어도, 가정에는 맞지 않았지. 자네도 많이 닮았어……."

가즈아키는 어디가 닮았다는 건지 되묻는 것은 생략하고, 차갑게 웃어 넘겼다.

다마루는 그럼 돌아가겠다며 일어서서, 마당의 벚꽃을 다시 한 번 바라보며 떠났다. 그것을 전송한 후, 가즈아키는 우선 빗자루와 쓰레받기를 가져와 문 앞에 다마루가 남기고 간 담배꽁초를 청소했다. 그 김에 쓸어도 쓸어도 계속 떨어지는 꽃을 쓸어 한데 모으면서, 다마루에게서 들은 이야기를 하나하나 반추했다가는 버리는 작업을 했다.

예를 들어 하라구치 다쓰로는, 뱀과 주인이라는 개인적인 게임을 빼더라도 사사쿠라의 물건 문제가 꼬리를 끌고 있는 이상, 홍콩의 지하회사와의 완충지대로 가즈아키에게는 없어서는 안 될 인물이고, 따라서 교제를 그만둘 수는 없었다. 지금은 호우광서우, 또는 앙레이라는 이름을 쓰고 있는 리오우 쪽은 장래에도 다시 만날 일은 없을 남자이고, 아쓰코도 가즈아키 자신의 기분상 분명히 이제 다시 불타오를 일은 없을 거라는 생각이 드는 과거의 여자였다. 그리고 마지막으로, 가즈아키는 오랜만에 본 다마루의 얼굴 자체도 던져 버렸다.

떨어지는 꽃을 쓸고 있자니 끝이 없어, 가즈아키는 쓰레기봉투 하나가 가득해졌을 때 청소를 접었다. 그때, 이웃 사제관의 창문 안을 가로지르는 키난 사제의 모습이 보여, 가즈아키는 안으로 들어가려던 발을 잠시 멈추었다.

사제는 기분 탓인지 머리를 약간 들고, 먼눈으로 보아도 알 수 있는 딱딱한 얼굴로 천천히 상가를 왔다 갔다 하고 있었다. 어젯밤의 꽃놀이 때는 더없이 명랑했는데,

하룻밤이 지난 오늘은 갑자기 섣불리 말을 걸지 않는 게 좋을 듯한 분위기였다. 가즈아키는 빌린 풍로나 냄비에 대해 감사 인사를 하는 것은 후일로 돌리기로 하고, 빠르게 공장 마당으로 물러났다.

저녁때부터 가즈아키는 계속 작업장에 틀어박혀 콜트 가버먼트 수리에 전념했다. 3일 전에는 방아쇠와 연결해서 해머로 이어지는 부품의 교환을 마쳤고, 그저께는 슬라이드가 가끔 끝까지 전진하지 못하고 멈춰 버리는 원인을 알아냈다. 물리적인 동작으로만 보면, 우선은 슬라이드 끝에 끼어 있는 작은 원통형 부싱(이음새)이 있고, 슬라이드가 앞뒤로 움직임과 함께 그 통 안을 미끄러지게 되는 배럴과 통의 맞물림에 문제가 있을 거라는 결론이 나왔지만, 그 부싱 자체는 기계공의 눈으로 보아도 문제가 없을 정도로 치수가 딱 맞았기 때문에, 지난 이틀간 생각에 잠겨 있는 중이었다.

기계의 매끄러운 동작에는 정밀한 '맞물림'이 필요한 경우와 적당한 '여유'가 필요한 경우가 있는데, 자동식 권총의 슬라이드와 배럴의 동작은 어느 쪽일까. 슬라이드와 배럴의 동작에 '여유'가 있으면, 총알을 정확하게 날리는 명중률에 문제가 있을 것이다. 한편 실제로 하라구치에게 받은 처음의 실물을 보면, 슬라이드와 부싱 사이에는 발사를 되풀이한 끝에 생긴 그을음이 묻어 있고,

그것이 결과적으로 슬라이드의 운동에 문제를 발생시켰던 것을 보면, 지나치게 딱 맞기 때문에 막히기 쉽다는 견해도 가능할 것이다.

그러면, 명중률과 기계적 동작의 확실성 중에서 어느 쪽을 중시할 것인가 하는 문제가 되는 걸까, 아니면 두 가지 문제를 모두 해결할 수도 있는 걸까. 슬라이드의 동작불량은 사전에 부싱이나 슬라이드 본체를 청소해서 그을음을 제거했더니 우선 개선되었으니까, 그 정도면 될 듯한 기분도 들었지만, 조만간 또 그을음은 쌓이고 불량은 일어난다. 엄지손톱만 한 크기의 부싱 하나를 뒤집고 또 뒤집으면서, 마지막에는 결국 새로 깎아 볼까 하는 기분이 들었다.

좀더 빡빡한 것과 느슨한 것 두 종류를 만들어 보기로 하고 가즈아키는 재빨리 도면을 그렸고, 해가 질 무렵에는 고속선반의 전원을 넣고 쇠를 깎기 시작했다. 낮에는 기계 제작회사들을 돌아다니느라 바빠서 좀처럼 기계를 만지지 못하는 요즘, 종업원이 돌아간 후에 혼자서 작업을 계속하는 경우도 많은 것은, 손가락이 뭔가 부족하다고 호소한다기보다는, 쇠를 만지고 기계의 진동을 만지는 생리적인 흥분의 맛을 알게 된 몸의 은밀한 요구였다. 지금도 아주 작은 쇳덩어리 하나에 눈과 귀와 손끝의 신경을 집중하기 시작하자, 쇠의 히전과 기계의 신농 이외의 세계는 사라지고, 진동을 느끼는 가즈아키의 피부와 뼈도 훨씬 더 예민해졌다.

회전이나 절삭의 미세한 진동은 가즈아키의 피부나 근육을 투과해 뼈에 전해지고, 마지막에는 몸의 가장 깊은 곳에 깃들어 은밀하게 울리기 시작한다. 그 울림은 곧 다시 새어나와, 반대로 온몸으로 퍼져 스며들고, 피부까지 도착하면 온 피부에 소름이 돋는 것이다. 그러면 가즈아키는 가끔 성적인 몽상을 펼치는데, 그날 밤에는 평소와 달리 낮에 들은 리오우의 이야기 언저리에서 어두운 흥분이 부풀었다 줄어들었다 하고 있었다.

리오우의 이야기라고 해도, 구체적인 하나하나의 사실 따윈 이미 형태도 없었다. 그때 리오우의 배를 탔더라면……. 몽상은 항상 거기에서 시작되고 거기에서 끝났으며, 한 걸음 앞은 혼돈이었다. 밝은 건지 어두운 건지도 알 수 없는, 남태평양의 밀림인 듯한 청록색으로 뇌리가 물들었나 싶더니 돌연 박쥐의 날개 소리가 들리고, 갑자기 고요한 칠흑이 펼쳐지더니 넓게 부는 바람 소리가 들린다. '아아, 대륙을 건너는 바람이다' 하고 가즈아키는 전신을 곤두세우고, 내장이 가볍게 조여드는 것을 느끼면서 리오우의 모습을 찾지만, 그것은 이미 확실히 알 수는 없는 것이었다. 어둠 속에서 가끔 우아하게 너울거리고 휘어지는 어떤 것의 기척 외에는.

그러나 리오우는 이미 예리하지도 선명하지도 않은, 흐릿한 그림자처럼 흔들리면서 여전히 주위를 온통 진동시키고 있었다. 그 진동이 기계의 진동과 겹치고, 쇠의 감촉에 숨어들고, 가즈아키의 피부로, 뼈로 역류하고, 서로 울리고, 스며들어 내장을 떨리게 한다. 대륙에 가고 싶다는 생각이 거기에서 주문처럼 터져 나왔다가, 형체도 없이 사라져 간다. 그러나 대륙이라는 몽상에는 이미 구체적인 의미도 없었고, 그저 생리적인 리듬처럼, 충동이나 초조감처럼 찾아온다고 하는 편이 옳았다.

가즈아키는 실제로는 한 번도 절삭하던 손을 멈추지 않았고, 몇 시간에 걸쳐 평소보다 한층 집중하고 있었을 정도였다. 조금 깎고는 치수나 각도를 재고, 손가락 안쪽으로 절삭면의 상태를 확인하고는 다시 절삭을 진행하는 동안, 선반의 진동도 절삭면의 감촉도, 서서히 형태가 나타나는 부싱의 형상도 자신의 심신이나 그 안을 흐르는 시간과 아무 문제도 없이 어울렸고, 은밀한 흥분을 동반하고 리오우를 둘러싸고 있는 진동도 그랬다. 낮에 들은 이야기 때문에, 그 진동이 평소보다 아주 조금 생생했다는 것뿐이었다.

그렇게 저녁도 먹지 않고, 시간이 지나는 것도 잊고 작업장에 있던 일요일 밤, 밖에서는 이웃을 온통 들썩거리게 할 정도로 신기한 일이 일어났다. 가즈아키는 작업장 밖에서 나는 "우와아!" 하는 남자의 고한 소리를 듣고 손을 멈췄다. 고함 소리가 멈추지 않아 얼른 선반 스위치를 끄고 작업장에서 뛰쳐나갔더니, 마당을 덮고 있는 벚나무 가지가 크게 흔들리고, 떨어지는 꽃잎 속에서 포효가 울리고 있었다. 모습은 보이지 않았지만 이웃 성당의 사제임이 틀림없었다. 오늘은 또 어디까지 올라간 걸까 하고 자세히 쳐다보면서, 가즈아키는 "신부님!" 하고 고함쳤다.

영어가 섞인 절규는 밤하늘을 찢고 계속해서 울려 퍼져, 이웃 주민들도 밖으로 뛰어나왔다.

"신부님! 내려오세요, 위험합니다!" 하고 가즈아키는 잠시 동안 불렀지만, 사제는 박쥐가 있다는 뜻의 말을 계속해서 외칠 뿐이었다. 그 동안 가지는 부러질 듯한 소리를 내기 시작했다. 구급차를 불러 달라고 주민들에게 부탁한 가즈아키가 사다리를 가지러 창고로 달려가려던 그때, 사제의 모습은 갑자기 허공에서 점프해 땅에 떨어졌다.

박쥐도 아니고.

콘크리트 바닥에 다리부터 떨어진 사제는 그대로 뻗어 버렸고, 주위는 또 한바탕 웅성거렸다. 가즈아키가 들여다보니 사제는 심상치 않은 눈으로 허공을 노려보고 있고, "괜찮으세요?" 하고 말을 걸어도 굳어진 얼굴로 반응도 하지 않았다. 그것을 보니 왜 소란을 피우냐고 화를 낼 기력도 사라지고 불쌍하다는 생각이 들어, 가즈아키는 다시 머리 위의 벚나무를 올려다보면서 꿈을 꾸고 있는 것은 이 사제일까, 아니면 자신일까 하고 문득 자문해 보았다.

그 후, 가즈아키는 어쩔 수 없이 주소 병원까지 사제를 데리고 가서, 전화번호부에서 찾은 오사카 교구 번호로 전화를 걸어 누군가 와 달라고 부탁했다. 사제는 오른쪽 다리의 골절과 양 발목의 염좌로 얼마 동안 걸을 수 없는 상태였지만, 그보다는 정신적으로 심각한 상황인 것 같았다. 나무에서 떨어진 순간 일본말을 잊어버린 것 같으니, 영어를 아는 사람이면 좋겠다고 가즈아키는 전화로 못을 박았다.

한 시간 후에는 유럽인과 일본인 관계자가 응급실에 왔다. 가즈아키는 그들에게 간단한 인사를 하고 물러났지만, 관계자들은 조속히 귀국을 고려해야겠다며 하나같이 침통한 표정을 지었다.

다음날인 월요일부터 주말까지는 공장이 바빠서, 가즈아키는 사제의 문병을 갈 여유가 없었다. 성당에는 교구 사람들이 출입하고 있었는데, 사제의 용태는 그럭저럭 안정되었다는 이야기가 들렸다. 그리고 토요일, 오늘은 낮에 문병을 가려고 결심하고 있던 날 아침, 교구의 일본인 사제가 과자를 들고 공장을 찾아와, 키난 사제 본인의 희망으로 오늘 하네다를 경유해 아일랜드로 돌아가게 되었다고 말했다. 갑작스러운 일이라 놀란 것도 잠시, 사제는 싱글벙글 웃으면서 파란 잎이 달린 커다란 벗나무를 올려다보고는, "이것은 정말 기적의 나무로군요"라고 말했다.

놀랍게도 키난 사제는 나무에서 떨어진 쇼크로 처음에는 뭐가 뭔지 알 수 없게 되었지만, 약을 투여해 진정되었나 싶더니 잃었던 기억을 회복했다는 것이다. 게다가 가즈아키에게 전해 달라면서 두꺼운 서류봉투를 일본인 사제에게 맡겼는데, 거기에는 겉봉에 또렷한 한자로 '요시다 가즈아키 귀하'라고 쓰여 있었다.

"키난 사제는 꼭 당신에게 전해야 할 용건이 있다면서 이걸 썼다고 합니다. 필리핀에서 만났던 남자의 이야기라고 들었습니다."

사제가 돌아간 후에도, 가즈아키는 곧바로 봉투를 뜯지 않았다. 어떤 내용이든 만일 리오우의 이야기라면, 그리고 읽어 버리면 그날 하루 종일 자신은 일이 손에 잡히지 않게 될 거라고 생각했기 때문이었다. 그래서 봉투는 일단 안채의 식기선반 서랍에 넣고, 가즈아키는 그날 일을 시작해서 오후 8시에 기계를 끌 때까지 평소보다도 더 열심히 정력적으로 일했다.

결국, 작업장 청소나 장부 정리로 하루의 일을 마친 후, 목욕을 한 뒤 봉투를 꺼낸 것은 오후 10시가 지났을 때의 일이었다. 가즈아키는 그것을 손에 들고 부엌 식탁에 앉아, 가위로 깨끗하게 개봉한 봉투에서 두꺼운 편지지를 꺼내 펼쳤다.

　요시다 가즈아키 귀하.

　이런 식으로 갑자기 제 이야기를 들려드리는 것을 부디
용서해 주십시오.

　오늘 저는 사제가 아니라, 한 사람의 미숙한 인간으로
당신에게 이 글을 씁니다. 사실은 성당에도 고백을 하고
속죄를 받아야 하겠지만, 저는 아직 그러기 위한 마음의
준비가 되지 않았습니다. 그러나 어쨌든 당신에게는 꼭
알려드려야 한다는 생각에 급히 펜을 들었습니다.

　아시다시피 저는 긴 방황을 계속해 왔습니다만, 당신을
만났을 때부터 조금씩 어둠에 빛이 비치기 시작했고, 그저
께는 결국 무명無明에서 빠져나올 수 있었습니다. 그리고
저는 오늘, 당신이 찾고 계시는 인물을 필리핀에서 만났다
고 확신하기에 이르렀습니다.

　그러나 그 인물에 대해서 이야기하는 것은, 제게는 몹시
곤란한 작업입니다. 이렇게 서면으로 말씀드리는 것도, 지
금 이 순간에도 어떻게 말씀드리면 좋을지 알 수 없기 때문
이며, 동시에 그 이야기를 하려고 할 때 저는 자신의 영혼
과 육체가 악마에게 매료되었음을 뼈저리게 느끼게 되기
때문입니다.

　우선, 경위부터 말씀드리지요.

　1978년 여름, 저는 필리핀의 마닐라에서 북쪽으로 100킬

로미터쯤 떨어진 곳에 있는 앙헬레스라는 마을의 성당에 있었습니다. 그곳에서의 임기는 얼마 남지 않았으며, 다음은 일본이나 마카오로 부임할 예정도 이미 정해져 있던 때의 일이었습니다. 어느 날 다구판이라는 마을에 볼일이 있어 직접 차를 운전해 그리로 가는 도중, 인적이 드문 도로에서 3인조 강도를 만났습니다.

그날의 저는 평복이라, 멀리서 보기에는 사제라는 걸 몰랐던 거겠지요. 붙잡고 보니 묵주와 교구의 사무서류, 약간의 현금밖에 갖고 있지 않은 외국인 사제라 그런지, 그들은 결국 제 차만 빼앗고 사라져 버렸습니다. 남겨진 저는 어쩔 수 없이 걷기 시작했지만, 그날따라 한 대의 차도 만나지 못했고, 해가 질 무렵이 되어 간신히 작은 촌락에 도착했습니다. 어쨌든 전화도 없는 마을이었기 때문에, 가장 가까운 마을로 가는 차를 내줄 수 없겠냐고 마을 사람에게 부탁했더니 이에 한 남자가 응해 주어, 저는 그 남자의 트럭을 타고 가게 되었습니다.

하지만 트럭은 잠시 달리다가 국도를 벗어나 점점 산길로 들어갔습니다. 저도 뭔가 이상하다고 느끼고, 어디로 가는 거냐고 물었더니 남자는 "우리는 인민을 제국주의의 착취에서 해방하기 위해 싸우고 있다. 너를 인질로 삼아, 형무소에 있는 동료를 석방시킬 생각이다"라고 했습니다. 그제야 저도 겨우, 그 남자가 신新인민군의 패거리라는 걸 알았습니다. 저의 불운을 한탄하기보다, 오랫동안 현지에 있으면서도 그곳의 내정 사정을 평소 가까이 느끼고 있지 않았던 자신의 어리석음을, 그때 처음으로 통감했습니다.

트럭은 약 세 시간 가까이 달린 후 저를 내려놓았습니다. 주변은 캄캄했지만, 온통 풀과 진흙 냄새가 났으니까 늪지 같은 장소였는지도 모릅니다. 이것은 나중에 안 일입니다만 제가 트럭에서 내린 곳도, 그 후 끌려간 곳도, 코르디에라 센트럴이라는 산악지대의 산록이었다고 합니다.

트럭에서 내렸더니 M14 라이플을 휴대한 신인민군의 게릴라 병사 세 명이 저를 기다리고 있었습니다. 마을에는 전화가 없었지만, 저를 데리고 온 남자는 무선으로 연락을 취했겠지요. '포로' 인도는 금세 끝나고, 트럭이 떠난 후 저는 게릴라 병사들에게 이끌려, 한 시간 이상을 더 걷게 되었습니다. 우기雨期의 산중은 습도가 높고, 밤에도 모기나 등에 등이 덮치기 때문에, 그 한 시간 동안에 셔츠와 재킷만 입은 가벼운 차림이었던 저는 목덜미, 얼굴, 손 할 것 없이 벌레들에 물려 심한 꼴이 되었습니다. 그렇게 해서, 간신히 그들의 진지에 도착했던 것입니다.

진지라고는 해도 코코야자 잎을 얽은 작은 집이나 되면 나은 편이고, 대개는 적당한 나뭇가지에 비닐시트를 걸쳤을 뿐인 간이텐트가 고작이었습니다. 신인민군의 본거지는 남부 쪽에 있었고, 북부인 그곳에서는 촌락의 동조자도 적어서 게릴라들은 야영지를 찾아 항상 이동하고 있었기 때문입니다. 포로가 된 저도 당연히 그 다음날부터 그들과 함께 밀림 속을 하루 종일 걷는 나날이 시작되었습니다.

저를 데리고 있던 게릴라들의 부대에는 항상 2, 30명의 젊은이가 참가하고 있었습니다. 이동하던 도중에 새로 들어오는 사람이 있는가 하면, 정부군에게 붙잡히거나 도망치는 사람이 있는 상황이라, 마르코스가 반정부세력이라고 선전하기에는 너무 엉성한 조직으로 보였다는 것이 제 첫인상이었습니다. 젊은이들은 모두 가난했고, 식량도 적었고, 라이플이나 경기관총 등의 장비도 임시변통이었던 데다가, 당연히 있을 거라고 예상했던 사상학습 같은 것도 없었습니다. 그래도 놀랄 정도로 순종적이고 참을성이 강하고 금욕적이었던 그들의 심정에 대해서는, 당시도 지금도 외국인인 저로서는 끝까지 이해할 수 없었다는 것을, 여기에서 처음으로 고백해 두어야겠습니다.

신인민군은, 물론 공산주의를 표방한 반정부군이지만, 가난한 농촌 출신의 젊은이들에게는 공산혁명을 목표로 한다기보다 오히려, 단순히 반反마르코스 감정 쪽이 강했던 것이 아닐까 하는 기분이 듭니다. 그야 이런 세력을 조직하려면 나름대로 사상적인 선동과 학습이나 자금 원조, 군사면의 지도는 있었을 테지만, 당시의 필리핀 정부가 말하는 것처럼 자국 내의 중국계 주민이 그 중심적 역할을 하고 있었던 것은 아닙니다. 제가 말할 수 있는 것은, 현지에서 그들 게릴라 병사들의 실태가 몹시 엉성했고 가혹했다는 사실과, 산발적인 전투 외에는 아무것도 없었고,

그리 큰 성과를 올린 것처럼 보이지는 않았다는 것, 그것 뿐입니다.

그런데 제가 포로가 된 지 10일쯤 지났을 무렵, 남부 비콜 반도에서 부대 증강을 위해 1개 소대가 와서 우리들과 합류했습니다. 그중에 한 젊은 중국인이 있었습니다. 남자는 외모도 표정도 말투도 태도도 다른 게릴라들과는 전혀 달라서, 싫어도 제 눈을 끌었습니다.

남자는 중국 북부 출신인지, 피부가 하얘서 바이미엔[白面]이라는 별명으로 불렸습니다. 본명은 지금도 모릅니다. 키가 크고, 그 장신에 정부군의 두꺼운 군복을 입고 튼튼한 부츠를 신고, 손에는 가죽장갑, 목 위로는 까만 천으로 터번처럼 둘둘 감싸고 있어서, 밖에 나와 있는 것은 눈뿐인 모습이었습니다. 낮에는 30도를 넘는 무더운 밀림 속에서 그런 차림을 하고 있었던 이유는 그저, 벌레에 물리는 게 싫었기 때문이라는 것을 나중에야 알았습니다.

바이미엔이라는 중국어에는 창백한 엘리트라는 뜻도 포함되어 있는데, 그 이름대로 그는 소위 말하는 엘리트였습니다. 소대를 이끌고 합류한 바로 그날, 그는 우선 부대의 대장과 함께 저를 어떻게 할까 하는 이야기를 시작했습니다. 그들은 영어를 쓰고 있었기 때문에, 저도 내용은 알수 있었습니다. 대장은 필리핀 정부에 인질교환을 요구한 참이라 했고, 바이미엔은 교섭이 성립될 가능성은 없으니 지금 곧 죽이라고 했습니다. 결국 대장의 주장이 통했습니

다만, 그때 바이미엔은 어쨌든 협상 과정에서 부대의 소재
가 이미 정부군에게 파악되었을 가능성이 있으니 지금 곧
진지를 30킬로미터 이동시키는 게 좋겠다고 했습니다. 그
래서 우리는 또 만 이틀간 행군을 하게 되었습니다.

새 진지를 설치하자, 바이미엔은 훈련을 받지 않은 젊은
이들에게 군사훈련을 실시하기 시작했습니다. 총기 취급
이나 포복전진, 격투술 등의 기본적인 것들 외에 수제 지
뢰나 수류탄을 만드는 법, 폭탄 설치방법 등을 훈련시켰습
니다. 그의 소대가 가져온 물자 중에는, 그런 폭발물이나
기폭장치를 만들기 위한 케이블이나 전기부품이 있었던
모양입니다. 어쨌든 가난한 신인민군이 용병을 고용할 리
는 없으니, 바이미엔은 아마 특수부대의 훈련을 받고 지원
국에서 보내진 인물이었겠지요.

그는 또, 글씨를 읽지 못하는 젊은이들에게 알파벳을
가르치라고 제게 명령했습니다. 실제로 저는 걸을 때 이외
에는 할 일이 없었기 때문에, 땅에 글씨를 쓰며 수업을
시작했습니다. 갖고 있던 성서를 한 장씩 찢어 그들에게
주었고, 그것이 교과서였습니다.

여기에 밀림에서의 생활이 어떠한 것이었는지를 전부
적을 수는 없습니다. 스콜이 오면 밀림은 폭포 밑에 가라
앉은 것 같았고, 그때 마다 우리들은 비닐텐트 밑에서 숨
을 죽이며 비의 굉음을 듣고 있을 수밖에 없었습니다. 생
명이 끊어지고, 시간이 끊어져 가는 듯한 비였습니다.

그러나 그러고 보니, 그 바이미엔은 특별했습니다. 마치 기다리고 있었다는 듯이 몸에 걸치고 있던 것을 전부 벗어던지고, 그렇게 실오라기 하나 걸치지 않은 모습으로 빗속에 서서 유유히 몸을 씻기 시작하는 것이었습니다. 끝을 알 수 없는 초록색 속에 인간의 하얀 나신이 하나 있다는 것은, 악마의 유혹이 아닌가 생각될 정도의 광경이었습니다. 그게 만일 여성이었다면, 저는 분명히 욕정에 삼켜져 버렸을 것이 틀림없습니다. 그는 그만큼 아름다운 모습을 하고 있었지만, 무섭게도 그는 제가 보고 있다는 것을 알고 있었고, 가끔 도발하듯이 제 쪽을 돌아보고는 시원스럽게 웃어 보일 때도 있었습니다.

스콜이 지나면 대량의 수분이 일제히 증발하기 시작해, 밀림은 사우나처럼 무더운 안개에 감싸입니다. 새나 원숭이가 울고, 지표 가까이에서는 모기나 등에의 날개 소리가 여기저기에서 나기 시작하고, 얼굴을 들면 이슬을 매단 나무들 사이에서는 거머리가 떨어집니다. 그렇게 돌아오는 생명의 기적도 제게는 무서운 것이었습니다.

제가 움직이지 못하고 있으면 바이미엔은 "수업시간이야"라고 말하며 저를 텐트에서 끌어냈습니다. 바이미엔은 제게 수업을 시키는 동안, 벌레에게 물리지 않도록 몸에 걸친 옷에서 손과 눈만을 내놓고, 언제나 책을 읽었습니다. 해가 높이 떠 있는 동안밖에 독서를 할 수 없는 환경이긴 했지만, 그가 열심히 읽고 있던 것은 케인스나 새뮤얼슨, 국제경제나 채권선물시장의 원리 같은 것, 그리고 일주일에 한 번 어딘가에서 가져오는 며칠분의 ≪파이낸셜 타임스≫였습니다. 공산 게릴라와 케인스의 믿을 수 없는 조합도 바이미엔의 수수께끼입니다.

그러고 보니, 그는 늘 진지에 있었던 건 아니었습니다. 가끔 이틀이나 3일 동안 모습을 감출 때가 있었는데, 단독 행동이었으니까, 그가 어디에 갔다 왔는지는 알 수 없었습니다.

산악지대에서 밀림의 태양은 평야보다 훨씬 빨리 집니다. 어둠이 내리면 그 칠흑은 눈에 압력이 가해지는 것처럼 생각될 정도로 짙었습니다. 실제로 눈을 크게 떠도 아무것도 보이지 않습니다. 달이 뜨면 이번에는 주위가 온통 둔하게 빛나기 시작하고, 몇 십 미터 높이까지 자란 열대 우림의 나무 그림자 사이를, 서리처럼 날카롭고 하얀 달이 빛의 꼬리를 끌며 천천히 움직여 갑니다. 그리고 잠시 보고 있으면, 나무 그림자라고 생각한 것이 거대한 박쥐 떼라는 것을 깨닫게 되는 것입니다. 박쥐가 벌레를 찾아 일제히 날아오르는 모습은, 마치 밀림이 깨져 흩어지는 듯한 느낌이었습니다.

그런 밤이면 바이미엔은 가끔 중국 노래를 불렀는데, 남자의 목소리로 부를 때는 테너고, 여자의 목소리일 때는 알토였습니다. 양쪽 모두 머리 한가운데가 마비될 것 같을 정도로 좋은 목소리였는데, 눈을 감고 듣고 있으면 문득 남자가 있는 건지 여자가 있는 건지 알 수 없어져, 당황해서 눈을 뜨면 거기에 있는 것은 바이미엔이었습니다.

또, 중국의 오래된 극곡劇曲을 가성으로 부르면서 춤을 출 때도 있었습니다. 평소에 머리에 감고 있는 천을 손에 들고, 그것을 부드럽게 휘두르면서 춤추는 바이미엔의 모습은, 제 눈에는 여자처럼 보였습니다. 부대의 병사들도 그가 노래하기 시작하면 몸도 마음도 빼앗기는 것 같았고, 그 순간만큼은 이미 여흥이라기보다는 일종의 마술 같은 느낌도 들었습니다.

물론, 그렇게 느긋한 광경만 있었던 것은 아닙니다.

그들은 매일 몇 명씩 나뉘어 정찰을 나가곤 했는데, 돌아오지 않는 사람이 매일 한두 명은 있었습니다. 부상자도 적지 않았는데, 치료는 해 주지만, 자력으로 걸을 수 없게 된 중상자가 사살되어 땅에 묻히는 것을 저는 두 번 보았습니다. 그럴 때 병사들은 모두 엄숙하고, 아무도 소리를 내는 사람은 없습니다. 그리고 희생자가 한 명 나오면 정부군을 한 명 죽이러 가고, 두 명이 살해당하면 두 명을 죽이러 가는 소모전이었습니다.

제가 있는 동안에 네 명의 젊은이가 탈주했지만, 그중두 명은 곧 붙잡혀 진지로 도로 끌려오자마자 눈가리개도 없이 사살되었습니다. 처형을 맡은 사람은 물론 바이미엔이었는데, 이미 공포 때문에 이를 딱딱 부딪치는 동료를 앞에 두고 그 머리에 망설임 없이 총구를 들이댈 수 있는 자는 많지 않습니다. 바이미엔이라는 남자는, 적어도 반역자에 대한 자비는 전혀 없었던 것 같습니다.

그러나 처형에 의해 부대에 공포라는 규율을 심는 한편, 동료를 처형하는 무거운 짐을 스스로 떠맡음으로써 다른 멤버의 심리적 부담을 가볍게 한다는 것은, 조직의 효율적인 통솔이라는 면에서는 교묘한 수법이었겠지요. 바이미엔은 천성적으로 리더의 자질을 갖춘 남자였는지도 모릅니다. 그렇긴 해도, 뛰어난 야전 능력과 통솔력을 갖고 있고, ≪파이낸셜 타임스≫를 읽고, 세이렌처럼 노래하고, 춤추면 여자처럼 보이는 바이미엔은, 도대체 어떤 자였던 걸까요…….

그건 그렇고, 우기가 끝나는 11월이 되어도 제 인질교환 이야기는 진전이 없었습니다. 부대는 교섭기한을 두고 있었지만, 필리핀 정부는 사교협의회司教協議會와 아일랜드 정부에 강경책은 취하지 않겠다고 약속은 했어도, 원래부터 신인민군계열 정치범의 석방에 응할 의사는 없던 것 같았습니다. 상황은 처음에 바이미엔이 주장한 대로 전개되고 있었고, 게릴라 부대에는 전멸이, 포로인 제게는 죽음이 목전까지 와 있었습니다.

어느 날, 심상치 않은 분위기로 진지가 웅성거리기 시작하고, 병사들이 차분하지 못한 모습으로 얼굴을 마주보는 가운데 대장이나 참모들이 서둘러 모인 적이 있었습니다.

그때 이미, 그렇게 멀지 않은 장소에서는 남자의 무시무시한 비명 소리가 나고 있었습니다. 무슨 일인가 하고 가까이 있던 젊은이에게 물어 보니, 그는 침통한 얼굴로 "미겔이 스파이였어"라고 했습니다.

미겔이라는 사람은 제가 포로가 되었을 때부터 부대에 있던 전직 교사인 병사로, 척후를 나가는 틈틈이 제 수업의 조수를 해 주기도 하던 남자였습니다. 저는 그 자리에 있도록 명령받았고, 동료 병사들도 움직이려고 하지는 않았습니다. 이윽고 비명이 들려온 방향에서 바이미엔이 혼자서 돌아오자, 그는 병사들의 눈앞에 피 묻은 나이프를 내던졌습니다.

그때, "입을 찢었지만 살아는 있어"라고 바이미엔은 말했습니다. 이어서 대장이 "5분 후에 출발한다"라고 말하고, 그 소리에 병사들은 묵묵히 흩어졌습니다. 미겔이 정부군에게 부대의 위치를 알렸다는 사실을 알고, 서둘러 이동해야만 했던 것입니다.

임전태세로 진지를 서둘러 출발했을 때, 우리들은 조금 떨어진 공터의 맹그로브 나뭇가지에 양손목이 비끄러매인 채 매달려 있는 미겔을 보았습니다. 안구가 뽑힌 눈과 입, 귀에서 피를 흘리며, 버둥거리듯이 하반신을 약간 움직이고 있었습니다. 우리들은 그 옆을 말없이 지나갔는데, 그때의 불가사의한 심경은 지금도 생각납니다.

우리늘에게 닥쳐오는 죽음과 그리 오래 살지는 못할 미

겔에게 닥쳐오는 죽음 사이에는 기묘한 정적이 있었습니다. 아니면 무감각이. 미겔의 현재의 고통과 우리들의 죽음에 대한 공포는 정확하게는 다른 것이었고, 조만간 찾아올 종말 때에야 간신히 하나가 되는 것이었습니다만, 그런 심판은 이성이 있는 사람들에게 맡길 수밖에 없습니다.

저도 병사들도, 피를 흘리며 버둥거리는 남자를 바라보면서 그저 조용히 지나갔던 것입니다. '살아는 있다'고 했던 바이미엔의 잔인함이 아무리 두드러진 것이라 해도, 바로 눈앞에 죽음이 닥쳐 있는 상황에서는 많은 잔학함 중 하나로밖에 느껴지지 않아, 그리 큰 감개는 없었습니다. 우리들은 그저, 하나의 죽음을 보았을 뿐이었습니다.

게다가 밀림에서 생활한 지도 3개월이 된 저는, 벌레나 초목에 쏘인 손발에 고름이 생기고 부어올라 걷는 것조차도 곤란할 정도의 고통에 시달리고 있었습니다. 육체의 고통 역시 말을 무력하게 합니다. 그렇게 시련을 받고 있었던 것은 기도의 말이었고, 이성이나 감정이나 육체의 모든 말에 대한 신뢰였습니다. 그 무렵, 제 신앙이 가장 근원적인 부분에서 위기에 처해 있었다는 것은 부정할 수 없습니다.

어쨌든, 우리들은 서둘러 이동을 시작했지만 몇 킬로미터도 채 나아가기 전에 정부군의 헬리콥터가 머리 위를 날기 시작했습니다. 많은 인원수로는 이동할 수 없게 되어, 두 패로 나뉘어 도망치게 되었습니다. 저를 데리고 있던 무리를 이끈 것은 바이미엔입니다.

나중에 들은 바로는, 그때 정부군은 산악지대의 신인민군 소탕작전을 개시하여, 몇 백 명 규모의 부대가 산록에서 포위망을 좁히고 있었다고 합니다. 물론 밀림은 깊고, 길도 없는 산록에서는 총공격으로 전개되지는 않습니다. 정부군은 몇 패로 나뉘어 사방에서 조금씩 조이고 있었고 우리들 쪽은 조금씩 몰려, 조만간 어딘가에서 그들과 조우했을 때가 우리의 마지막이라는 것을 알고 있었을 뿐이었습니다.

우리들은 처음 하루는 하루 종일 걸었지만, 이틀째부터는 낮에는 공터나 사면의 구멍에 몸을 숨기고, 밤에 이동하게 되었습니다. 식료는 비스킷밖에 없었고, 수분은 맹그로브의 어린 나무를 갉아서 보충할 수밖에 없었습니다. 정부군의 무선교신이 들렸기 때문에, 먼저 나뉜 그룹은 이미 사방으로 흩어졌고 다섯 명이 사망했다는 것도 알고 있었습니다. 바이미엔은 낮이면 등고선이 들어 있는 지형도로 저습지나 산등성이나 능선을 조사해 퇴로를 신중하게 검토했는데, 3일째 밤부터 그는 그 퇴로를 사용해 젊은 이들을 몇 명씩 도망시키기 시작했습니다. 젊은이들은 바이미엔에게서 몇 십 달러를 건네받고, 무기나 증거가 될 만한 소지품을 흙에 묻은 다음 거의 몸뚱이 하나만으로 산을 내려갔습니다. 하지만 이것도 지비라기보다는 바이미엔 특유의 합리적인 상황판단이었는지도 모릅니다. 사람수는 적으면 적을수록 도망치기 쉽고, 적에게 발견될 위험도 줄어들기 때문입니다.

그렇게 해서, 열여섯 명이었던 부대는 5일째가 되자 바이미엔과 고참 게릴라 두 명과 저, 그렇게 네 명이 되어 있었습니다. 그들은 처음에 소탕작전은 거의 1주일이면 끝날 거라고 생각하고, 앞으로 며칠만 버티다가 남부로 이동할 생각이었던 것 같습니다. 하지만 그 무렵 이미, 무선이 들리는 상태로 보아 정부군이 가까운 곳에 있다는 것을 알고 있었습니다. 그동안 정부군은 가짜 위치정보를 이쪽에 들려주고 있었던 것입니다. 그래서 그날 밤 우리들은 다시 두 패로 나뉘게 되었고, 저는 바이미엔에게 이끌려 도망쳤습니다.

걷기 힘든 밤의 밀림을 기듯이 나아가면서, "아일랜드의 특산품은 뭐야?"라고 바이미엔은 물었습니다. 생각나는 대로 제가 "비. 소. 기네스 맥주. 리넨. 문학"이라고 대답하자, 그는 "돈이 될 만한 건 없군" 하고 웃었습니다. 죽음이 코앞까지 와 있는 그런 때에, 대체 무슨 대화였던 것일까요.

그날 밤, 찰박찰박 물소리가 들리는 저습지로 나왔을 때의 일입니다. 저습지는 정부군이 지나갈 가능성이 높았기 때문에, 바이미엔은 저습지의 물이 배어 나오고 있는 늪지 쪽으로 나아가, 그곳에 약간 고여 있던 물로 얼굴을 씻었습니다. 그뿐이 아니라 손거울을 꺼내 비누를 묻혀서 수염을 깎고, 그 후에는 로션까지 발랐습니다.

그는 제게 비누와 면도칼을 내밀었지만, 저는 고개를 가로저었습니다. 새삼 수염을 깎을 기력도 없었고, 부어오른 제 손은 이미 면도칼을 쥘 수가 없었기 때문입니다. 그러자 그는 자신의 손으로 제 얼굴에 비누를 바르고 이가 득시글거리는 수염을 깨끗하게 깎은 후, 똑같이 로션을 발라 주었습니다. 저도 모르게 콧구멍이 벌름거리고, 뇌수가 떨릴 것 같은 그리운 로션 향기였습니다.

늪지 수풀 속에서 잠시 휴식하는 사이, 바이미엔은 갑자기 "일본에 간다는 얘기가 사실이야?" 하고 물었습니다. "붙잡히기 전에는, 그럴 예정이었어"라고 저는 대답했습니다. 그러자 그는, 일본에 친구가 있다면서 지갑에서 꺼낸 사진 한 장을 제게 보여 주었습니다. 요시다 씨가 말씀하신 그 사진 말입니다.

달빛 아래에서 본 사진에 찍혀 있던 것이 당신이었다는 사실을, 저는 지금 확실히 떠올릴 수 있습니다. 뒤에 바다가 보이는 높은 건물에서, 무슨 기념비를 앞에 두고 피스 사인을 지으며 웃고 있던 눈부실 정도로 젊은 청년의 모습은, 그때의 제게는 뭐라 의미를 붙일 수조차 없는 머나먼 세계였습니다. 그래서 오히려 제 뇌리에 또렷이 새겨진 건지도 모릅니다. 참, 그 사진 뒤에는 당신이 썼다는 유장경의 〈중송배랑중폄길주〉가 있었습니다. 멀어져 가는 친구의 배를 전송하는 노래입니다. 그 칠언절구는 저도 알고 있었기 때문에 똑똑히 기억하고 있습니다.

당신의 사진을 제게 보여준 바이미엔은, 일본에 가면 이 남자를 만나 달라고 했습니다. 그리고 바이미엔은 자신의 사진을 또 한 장 꺼내 그 뒷면에 그 자리에서 뭔가 갈겨 쓴 후, 제게 건네주었습니다. 그러나 아시다시피 그 후의 사정에 의해 저는 그 사실이 생각나지 않는 상황에 빠졌고, 그가 맡긴 사진은 제 성서의 뒤표지 사이에 감추어진 채, 오랫동안 햇빛을 보지 못하고 있었습니다. 오늘 드디어 그 사진을 떠올릴 수 있었던 것도, 페이지가 빠진 너덜너덜한 성서를 다행히 버리지 않고 보관하고 있었던 것도, 모든 것은 주 예수 그리스도의 뜻이라고밖에 생각할 수 없습니다.

바이미엔이 제게 맡긴 사진은 이 편지에 동봉했으니, 부디 받아 주십시오. 그저께 저도 오랜만에 사진 속의 바이미엔과 재회하고, 여러 가지 생각으로 가슴이 떨렸습니다. 당신과는 작년 여름에 이미 만났는데, 이렇게 긴 시간이 지난 것에 대해서는 그저 사과드릴 뿐입니다.

그건 그렇고, 늪지의 수풀 속에서 그런 바이미엔의 개인적인 얼굴을 보고, 평소와는 다른 편안한 목소리를 들은 것도 잠시였습니다. 우리들에게는 시간이 없었고, 저습지 근처는 위험하다고 해서 서둘러 다시 걸음을 옮겨야만 했기 때문입니다. 그러나 그러고 보니, 그렇게 갈 곳도 없이 도망치면서 바이미엔이 속으로 무엇을 생각하고 있었는지, 사실은 지금도 제게는 수수께끼입니다.

그의 모습만 보면, 북부의 조직을 잃은 실의나 무력감은 느껴지지 않았고, 한치 앞도 내다볼 수 없는 상황에 동요하고 있는 표정도 아니었습니다. 비누와 지형도를 손에 들고 그날 밤에도 침착한 발걸음으로 나아가고 있었던 것은, 그 나름의 계산이 있었다는 뜻이겠지요. 하지만 지금 이렇게 냉정하게 되돌아보아도 현실적인 사태의 호전을 바랄 수 있는 상황이 아니었음은 확실합니다. 하지만 그가 마지막까지 태연했던 것을 생각하면, 바이미엔이라는 남자는 보통이 넘는 그릇이었든지, 아니면 주어진 임무와는 동떨어진 목적이나 생각을 그 안에 감추고 있었든지 둘 중 하나입니다. 그런 상상조차 하게 합니다.

여기에서, 마지막 순간이 어떻게 찾아왔는지를 이야기해야만 하겠군요.

새벽이 되기 전, 우리들은 산기슭 근처의 낮은 등성이까지 내려왔습니다. 나무의 식생이 변화하고, 키 작은 나무들의 그림자가 흐릿하게 겹쳐져 있는 사면이 완만하게 펼쳐져 있었습니다. 그 끝에는 검은 강줄기가 있었는데, 그 맞은편에 몇 채의 민가인 듯한 그림자와 도로가 보였습니다. 아니, 민가로 보인 것은 실은 정부군의 트럭이나 텐트였지만, 어쨌든 3개월 반 만에 본 한 줄기 도로는 거의 기적 같았습니다. 불가능하게 생각되었던 탈출이 들현 현실이 된 것처럼 보였던 것입니다.

바이미엔은 쌍안경으로 야영지의 모습을 확인한 후, "중간까지 데려다 줄 테니까, 그 후에는 혼자서 가"라고 말했습니다. 하늘이 밝을 때까지는 시간이 얼마 남지 않아, 서둘러 등성이를 내려가기 시작했을 때, 제 가슴은 이미 일변하여 다가오는 해방의 기쁨에 춤추었고, 지금까지 그렇게 숨을 죽여 온 것도 거짓말인 것처럼 잊고 있었습니다. 한편, 적진으로 다가가는 바이미엔은 정반대의 긴장 속에서 걸음을 옮기고 있었을 것입니다. 그러다가 그는 갑자기 걸음을 멈추더니 저를 밀어 누르고 풀숲에 몸을 굽혔습니다.

다음 순간 돌연 찾아온 정적 속에서 흙을 밟는 신발 소리가 들렸습니다. 아직 어두운 나무들 맞은편에서, 신발 소리는 땅 밑바닥에서 솟아나오듯이 다가왔습니다. 실제로는 어느 정도의 거리였는지 지금은 생각나지 않지만, 그 소리의 주인은 야영지에서 정찰을 나온 정부군의 소대였습니다. 제 귓가에서 바이미엔의 거친 숨소리가 들리고 있었습니다. 신발 소리는 차례차례 흙을 밟고, 풀을 밟으며 울려 퍼졌습니다. 그때 바이미엔은 그대로 정찰대를 지나쳐 보내려고 했을 것입니다. 지금 생각하면 그의 판단이 완전히 옳았다는 것은 분명합니다.

그러나 바로 앞에 강을 앞두고, 강 맞은편의 도로를 앞두고, 해방을 목전에 두고 있던 제 심신이, 어리석게도 최후의 순간에 자제심을 잃었던 것입니다. 저는 뛰어나가 달리기 시작했습니다. 제가 입고 있던 하얀 천의 재킷과 바지는, 어둠 속에서 정부군 병사들의 눈에 어떻게 비쳤을까요.

다음 순간 온통 주위를 찢는 총소리를 들은 것을 기억하고 있습니다만, 다음에 의식이 돌아왔을 때, 저는 머리에 총탄 파편을 맞고 마닐라 시내의 병원에 있었습니다. 그 후의 정부군의 사정청취에서 저는 아마 여러 가지 질문을 받았겠지만, 그때 저는 이미 기억을 잃었기 때문에 청취 내용은 생각이 나지 않습니다.

그저께 바이미엔의 사진을 낡은 성서 뒤표지 속에서 꺼냈을 때, 저는 무엇보다도 그의 생사를 모른다는 사실을 깨닫고, 깊이 충격을 받았습니다. 오늘 당신에게 이렇게 바이미엔의 이야기를 전했지만, 마지막은 생사조차 모른다는 무책임한 결론으로 맺을 수밖에 없습니다.

만일 그가 그때의 조우로 사망했다면, 당신의 친구를 죽인 것은 접니다. 그 사실도 여기에 반드시 적어야 한다고 생각했습니다. 그러나 만일 그가 살아 있다 해도, 어딘가에 있을 그의 부모님이나 형제, 그리고 당신을 포함한 친한 사람들 모두에 대해서 제가 사죄해야 한다는 사실에 변함은 없습니다. 하긴 말은 그렇게 하지만, 지금도 여전히 본명조차 모르는 인물의 일입니다. 이렇게 우연히도 그를 아는 당신을 만나서 그의 이야기를 전할 수 있었던 것은, 제게는 그나마 구원이 되었습니다.

저는 바이미엔과 당신의 관계가 어떤 것이었는지, 결국 알 기회가 없었습니다. 그러나 중국에서 사진은 가족의 연결을 상징하는 특별히 소중한 의미를 갖는다고 들은 적이 있습니다. 바이미엔에게 당신은 가족이었던 것이 아닐까 하고, 지금의 저는 그저 허무하게 생각해 볼 뿐입니다만, 그가 제게 당신 앞으로 사진을 맡겼을 때 한 말을 마지막으로 여기에 덧붙이겠습니다.

그는 이렇게 말했습니다. "히메사토의 공장 옆에는 작은 가톨릭 성당이 있고, 거기에는 큰 벚나무가 있어. 4월 초에 꽃이 피지. 이 세상의 것이라고는 생각할 수 없을 정도로 아름다워"라고.

기억을 대부분 잃은 후에도, 제 머리에는 '공장', '작은 성당', '큰 벚나무'라는 말의 단편은 남아 있었습니다. 일본에 부임했을 때, 몇 가지 선택지 중에서 히메사토의 성당을 고른 것은 바로 그런 이유였습니다. 그 모리야마 공장의 마당에 늘어져 있는 벚나무가, 그가 말한 대로 정말로 말을 잃을 정도로 아름다웠다는 것은 말할 것까지도 없습니다. 그가 당신의 이름도 주소도 적지 않은 것은 만일의 경우에 제 입이 화근이 될 것을 경계한 것이겠지만, 이름이나 주소 대신 그가 한 짧은 말은 실로 적절하고 확실했던 것입니다.

또 바이미엔은 이런 말도 했습니다. "만일 그를 만나면, 그렇게 멀지 않은 장래에 반드시 데리러 가겠다고 전해

쥐"라고. 그는 '반드시 데리러 가겠다'는 말을, 두 번 반복 했습니다.

저는 그의 전언이 무슨 뜻인지 탐색할 입장이 아니었기 때문에, 어쨌든 바이미엔의 말을 떠올릴 수 있는 한 그대로 전해 둡니다.

제가 히메사토에 머무른 2년간, 지금은 돌아가신 모리야마 씨에게도, 당신에게도 분명히 큰 폐를 끼쳤음이 틀림없습니다. 그래도 두 분 모두 한 번도 싫은 얼굴을 하지 않고 항상 변함없는 예의와 성의와 자비를 가지고 저를 대해 주신 것에, 지금은 그저 감사할 따름입니다.

부디 바이미엔과 필리핀에서 만났던 모든 젊은이들에게 주 예수 그리스도의 마음이 함께 하기를. 평화가 오기를. 당신과, 어쩌면 살아 있을지도 모를 바이미엔, 두 분께 주 예수 그리스도의 축복이 있기를 빕니다.

그리고 부디 이 보잘것없는 저를 불쌍히 여기고, 용서해 주시기를 빕니다.

1981년 4월 12일
카힐 키난

키난 사제의 편지에 동봉되어 있던 한 장의 스냅 사진에는, 남쪽 바다의 햇살에 빛나는 마닐라 시내의 길옆에 야자나무 가루수를 등지고 서 있는 괴소우가 찍혀 있었다. 아마 일본을 탈출한 지 얼마 되지 않은 무렵에 찍었을 것이다. 하얀 셔츠 소매를 걷어 올리고, 바이미엔이라는 이름에 어울리는 하얀 피부를 햇살에 드러내고, 언젠가의 가즈아키와 똑같이 가볍게 들어 올린 오른손으로 피스 사인을 지으며 시원스럽게 웃어 보이고 있는 리오우였다. 가즈아키의 기억에 있는 22세의 리오우 그대로의 얼굴, 그대로의 몸이어서, 약간 세월이 날아가 버린 듯한 착각을 느꼈다.

그러나 리오우가 마지막에 밀림의 습지에서 갈겨썼다는 사진 뒷면의 글자는, 달필인 글씨체가 조금 흐트러져 있어, 피스 사인을 짓고 있던 시절로부터 약간의 세월이 지나 인생의 국면이 극적으로 바뀐 것을 알리고 있는 것 같기도 했다.

리오우는 두보의 유명한 시 〈반조返照(석양빛 바라보며)〉의 한 구절을 골랐다.

불가구류시호란不可久留豺虎亂[†]

남방실유미초혼南方實有未招魂[††]

춘추전국 시대, 동란이 이어지는 남방 변경 땅에 있으면서, '이런 곳에는 더 오래 머물고 싶지 않다, 여기에 있는 것은 고향에서 아직 부름을 받지 못한 내 혼이다'

[†] 승냥이와 호랑이가 들끓어 오래 머물 수 없는 곳이니.

[††] 남쪽에 버려진 채 아직 부름 받지 못한 혼이 있다.

라고 말하는 시인의 영탄詠嘆은, 그대로 어느 한 시기의 리오우의 영탄이었음이 틀림없다. 그러나 키난 사제는 모르겠지만 리오우는 결국은 과감하게 살아남아 남태평양에서 탈출하여, 지금은 실업가, 또는 신디케이트의 두령인 것이다. 게다가 바이미엔에 '儿'를 덧붙인 바이미얼[白面儿]은 중국어로 헤로인이라는 뜻이 된다.

먼 일본에 있으면서 새삼 바이미엔의 이야기를 다시 읽어 보니, 수많은 수수께끼를 품고 있고 구석구석까지 리오우 그 자체인, 가슴이 뛸 듯한 모험담이었다. 사제에게 아일랜드의 특산물을 물어봐 놓고, "돈이 될 만한 건 없군"이라고 말하는 부분 등은, 지금이라도 목소리가 들려올 듯한 기분이었다.

또 리오우의 잔인함에 대해서도, 서구인인 사제에게는 어떻게 비쳤는지 모르겠지만, 가즈아키의 눈에는 남쪽 나라들의 정치나 사회의 불모와 혼돈 속에 있으면서 그것을 멋지게 빠져나가는 통쾌한 해답처럼도 느껴졌다. 이성의 말 따윈 처음부터 소용없는, 죽느냐 죽이느냐의 광기에 가득 찬 밀림의 게릴라전 속에서도, 리오우의 잔인함에는 오히려 총명함이나 투철함이라는 말이 어울린다고 가즈아키는 생각했다. 거기에 있었던 것은 살아남기 위한 선명한 잔인함과, 죽을 때는 죽는다는 냉정한 투철함뿐이라고.

물론 모든 것은 2년 반이나 지난 이야기이고, 가즈아

키는 2년 반 늦게 리오우의 발자취를 더듬은 것에 지나
지 않았다. 지나간 세월만큼 대륙은 더욱 멀어지고 몽상
은 갈 곳을 잃어, 리오우가 언젠가 자신을 만나러 올 거
라는 상상도 왠지 구체적인 형태는 되지 않았다.

　리오우를 만나서 어떻게 할 것인가. 옛날의 이야기를
하며 그리워하고, 그럼 다음에 또 보자고 말하며 헤어지
는 걸까. 아니면, 공장도 일도 전부 버리고 대륙으로 따
라갈 것인가.

　편지를 2층 장롱 서랍에 넣고, 리오우의 사진은 모리
야마의 사진이 들어 있는 액자 구석에 같이 넣은 후, 가
즈아키는 갑자기 할 일이 없어진 것 같은 기분을 느끼
면서 위스키를 손에 들고 작업장으로 나갔다. 뭔가를 하
면서 시간을 잊고 머리를 비우지 않으면, 멀리 리오우에
게서 전해져 오는 파동에 눌려 다시 잠들 수 없게 될 것
같았기 때문이다.

　지난 1주일 동안 콜트 가버먼트의 부싱은 열 개나 새
로 깎았지만, 최종적으로 어떤 조합이 가장 좋을지는 실
제로 쏴 보지 않으면 알 수 없는 것이어서, 일단 그것은
놔두기로 했다. 가즈아키가 그날 밤 다시 손에 든 것은
총신이었다. 처음에 하라구치가 권총을 맡겼을 때 총신
안쪽은 강선의 홈도 확실하지 않을 정도로 검댕으로 막
혀 있었지만, 금속 브러시와 녹을 제거하는 용액으로 철

저하게 청소한 결과, 일단은 반짝반짝하는 상태로 돌아와 있었다. 가즈아키는 그 총신을 다시 손에 들고 전등불빛에 비춰 보고, 6조우선6/right의 나선을 그리는 미세한 홈을 들여다보면서, 기계공의 눈으로 보아 좀더 손을 댈 여지가 있다고 생각했다. 탄도에 영향이 있을지 없을지는 알 수 없었지만 손을 봐야만 하겠다는 충동이 앞선 것은, 어쨌든 뭔가를 해야 한다는 초조감과 겹쳐진 탓일 것이다.

가즈아키는 즉시 강선의 나선홈을 새로 깎을 방법을 생각하기 시작했고, 같은 피치, 같은 리드를 가진 리머를 통과시키면 어떨까 하는 생각을 떠올리자마자, 공구선반에서 적당한 길이의 쇳덩어리 하나를 손에 들었다. 옛날에 모리야마가 보여준 리머의 형상을 떠올리면서 그 자리에서 총신의 안쪽 지름이나 피치를 재고, 리드를 계산하고, 나선홈을 세밀하게 계측한 뒤, 책상 위에서 치수를 우선 정해 나갔다. 리머의 날 끝은 여섯 개. 강선은 같은 간격으로 오른쪽 회전하고, 리드는 250밀리미터. 2단의 이음새를 만들기로 하고, 1단째의 각도는 30도, 2단째가 1도. 총신 안의 각 홈에 닿는 각각의 날에 닿는 부분의 각도는 5도.

거기까지 정해지자, 가즈아키는 재빨리 쇳덩어리를 고속선반에 고정시킨 뒤 45구경의 안쪽 지름에 맞춘 원주를 깎는 작업을 시작했다. 그러나 일단 절삭을 시작하자, 늘 그렇듯이 단조롭고 미세한 기계의 진동은 오히려 몽상을 부르는 결과가 되었다. 몽상은 눈앞의 공작물에서 빠져나가고, 뇌리에는 조만간 깎게 될 강선 홈의, 손이 베일 정도로 선명하게 깎여 있는 각각의 날의 모습이 달라붙었다. 몽상 속의 그것은 구체적인 형상보다도 그 날카로움에서, 밀림에 걸린 달빛 같기도 했고, 커다란 박쥐의 날개 소리 같기도 했으며, 또는 스파이의 안구를 도려내는 리오우의 잔인함 같기도 했다. 그것은 선정적인 진폭을 갖고 가즈아키의 살과 뼈에 파고들었다.

그리고 진동의 잔물결은 계속해서 망상의 가장자리를 씻고 생리를 자극하면서 가즈아키를 억지로 남쪽 바다로 데려갔고, 얼마 동안이나 그러고 있었는지, 가즈아키는 생명도 시간도 죽어 끊어져 가는 것 같다고 사제가 적었던 밀림의 호우나 그 후에 온다는 무더운 안개를, 지금 눈앞에 있는 것처럼 맛보았다.

그리고 자기도 모르는 사이에 끌려간 시공은 리오우의 자력磁力으로 가득 차 가즈아키의 온몸을 미치게 하고, 손에 익은 절삭 작업을 하고 있는 손까지 흐트러지게 하며, 가즈아키를 한 걸음, 또 한 걸음 미지의 거만한 기분으로 유혹했다. 이제 어디에도 자신을 억누르는 것은 없는 듯. 열대우림이든 대륙이든, 지금이라면 어디에도 갈 수 있을 듯한. 이 자력에 몸을 맡기고, 단숨에 하늘이라도 날 수 있을 듯한.

만일 지금 리오우를 만난다면, 그 눈의 깜박임 하나로
이 생활 전부를 버릴 수 있을 듯한.

가즈아키는 선반을 멈추고, 깎다가 실패한 쇳덩어리
를 기계에서 꺼내 집어던졌다.

그리고 나서 자신의 주위에 있는 공작기계와, 기름이
밴 검은 천장과 벽, 발치의 콘크리트 등을 천천히 둘러
보았다. 하지만 앞으로 몇 십 년은 지금과 같은 모습을
하고 있을 공장의 모습이나, 거기에 있는 자신의 모습은
상상할 수 있을 것도 같고, 없을 것도 같았다. 앞으로
여기에 있는 것은 아무 일도 일어나지 않고, 아무것도
변하지 않고, 큰 곤란함도 불만도 없는, 할 말을 잃을
정도의 범용凡庸과 평화라는 건 틀림없었다. 그러나 그렇
게 매일 늘어가는 안정 대신, 환희나 정열이나 흥분이
죽어 가는 걸까 생각하니, 몸 안쪽에서 뼈가 약간 삐걱
거리며 떨렸다.

출소한 지 9개월. 일반 사람들에 비하면 운 좋은 형태
로 생활기반을 얻고 기술도 익히고, 분수에 어울리지 않
는 부동산까지 손에 넣고도, 처음부터 생활 전체 위에
덮여 있던 무관심의 피막 맞은편에, 지금 흐릿하게 떠올
라 보이는 것은 대륙일까. 귀 안쪽에서 희미하게 울고
있는 것은 황사를 가져오는 바람일까. "在那遙远的地方,
有位好姑娘(아득히 먼 지방에 아름나운 아가씨가 있었대요)……"라
고 노래하는, 그 머나먼 초원은 어디에 있을까.

끝도 없이 펼쳐지는 몽상 어딘가에, 그날 밤은 장대한 기분과 절망 양쪽이 뿌리를 내리고 있는 것을 느끼면서, 가즈아키는 평소에는 좀처럼 하지 않지만, 오랜만에 소리 내어 리오우의 이름을 불러 보았다. 목소리는 한껏 떨리며 쉬어 있어서, 마치 처음으로 연인의 이름을 부른 것 같아 스스로도 우스웠다.

"李歐, 你从此准成覇王的大陆吧, 我梦見随你去(리오우, 너는 대륙의 패자가 돼라. 나는 너를 따라가는 꿈을 꿀 테니까)……."

유 령

왜인지는 모르겠지만, 리오우는 몸을 빠져나온 영혼이 되어 간신히 모리야마 궁장을 찾아온 거라는 데에 생각이 미친 몇 십 초 동안, 가즈아키도 숨을 쉬고 있지 않았다.

가즈아키는 안채 2층의 창을 한껏 열고, 유치원 마당에
피어 있는 만개한 복숭아꽃 냄새를 방에 들인 후, 이제
곧 목욕을 하고 나올 사키코가 감기에 걸리지 않도록
창을 닫았다. 그러나 커튼은 닫지 않고, 불을 끈 다다미
에 달빛이 비치도록 해 둔 것은, 좀 있다 사키코의 얼굴
이나 몸을 충분히 바라보고, 둘이서 창 너머의 벚꽃을
바라보기 위해서였다.

사키코가 주말마다 본가에 오게 된 지 5년째 되는 봄
이, 바로 코앞까지 와 있었다. 밤에는 아직 춥기 때문에
사키코가 자고 가는 날 밤만은 석유스토브를 켜곤 했지
만, 가즈아키에게는 지금 지나치게 더워, 겨울용의 두꺼
운 파자마를 얇은 것으로 갈아입고 싶다고 생각하면서

다다미에 편 신문지 위에서 손톱을 깎고, 옆에 둔 맥주를 들이켰다. 손톱은 오늘밤이나 내일은 사키코가 줄로 갈아 형태를 정돈하고, 열 손가락의 손톱 하나하나를 사슴가죽으로 윤기가 날 정도로 닦아줄 것이다.

가즈아키가 경영을 물려받은 지 5년째를 맞은 모리야마 공장은 산업계 전체의 경기가 좋아진 탓도 있어서, 지금은 차입도 없고, 3월의 연말정산 때는 세금대책을 위해 임시상여를 했을 정도였다. 그래도 근처 사업장들 어디나 설비 확충에 열을 올리고 있는 가운데, 가즈아키는 최신식 NC선반을 도입한 것 외에는 전혀 움직이지 않았다. 종업원도 늘지 않았다. 재작년에 정년으로 퇴직한 종업원 대신 경리를 맡을 파트타임 여직원을 한 명 들였을 뿐이다. 그런 이유로 요즘은 좋게 말하면 똑똑하다, 나쁘게 말하면 허리가 무겁다는 말을 듣는 가즈아키였다. 그러나 한편으로 종래의 단골 거래처 주문을 확실하게 처리하면서, 한편으로는 모리야마 공장만이 할 수 있는 특수가공의 기술개발에는 열심이었다. 주위 사람들에게는 한 푼의 이득도 되지 않는다는 말을 들으면서도 모든 분야의 공업제품을 견학하러 가고, 전문지를 읽고, 견본시장이 있으면 도쿄에도 간다.

본래 공학도였기 때문에, 앞으로 산업의 주류가 될 것이 틀림없는 반도체 제조공장에 가서 뭔가 자신의 공장에서 깎을 수 있을 만한 것은 없을까 하고 자세히 쳐다본다든지, 자동차 산업과는 끊을래야 끊을 수 없는 베어링 제작회사와 거래가 있는데다가, 사무자동화기기나 비디오테이프레코더의 보급으로, 수요가 늘고 있는 수 밀리미터 단위의 정밀한 극소축수極小軸受 분야에서 뭔가 새로운 것을 만들 수 없을까 머리를 굴리기도 했다.

그중에서도 지금은 여러 가지 공업용이나 의료용 로봇과 위성을 쏘아 올리는 로켓이 머리에 틀어박혀 있어서, 어쩔 수 없이 로봇팔의 관절 부분에 시선이 가곤 했다. 기본적으로 오차를 허용하지 않는 컴퓨터 제어가 앞으로 모든 분야의 주류가 될 때, 그 컴퓨터가 요구하는 동작의 정확함을 전달하는 데 가장 중요해지는 것은 관절이나 나사나 베어링이고, 조만간 지금과는 단위가 다른 10분의 1미크론 단위의 정밀도를 갖는 물건이 필요해질 거라고 예상하며, 그런 정밀도의 가공기술을 갖고 싶다고 생각했다. 상황에 재빠르게 대처할 수 있는 작은 공장이기 때문에 개개의 주문에 응해 가공을 할 수 있는 그 이점을 충분히 살릴 수 있는 기술을 갖고 싶다고.

그래서 가즈아키는 큰 주문은 늘리지 않고, 최근에는 어느 사업소나 싫어하는 단발 시작품이나 금형가공 특주를 적극적으로 받으며, 아직 형태도 이루지 못한 미래의 거래처와의 교류를 부지런히 늘리고 있었다. 밤에는 그런 회사의 기술자들과 술을 마시면서 세라믹이나 형상기억합금 같은 새로운 소재의 이야기에 귀를 기울이고, 발전소의 터빈에 사용된다는 직경이 수십 센티미터나 되는 특수한 용수철의 가공기술 이야기에 가슴을 설레고, 또는 전자계산기 등의 액정화면을 컬러로 만드는 가전제품 회사의 기술개발 이야기에 흥분하기도 했다. 거기에서 일단 재미있다고 생각하면, 시작품에 사용할 신형 나사 하나, 금구 하나, 이음새 하나 등의 제작을 공짜로 떠맡는 경우도 일상다반사였다.

게다가 부정기적이기는 하지만 하라구치 다쓰로와의 연결도, 가즈아키 자신에게 현재 상태를 바꿀 의사가 없는 관계로 여전히 이어졌고, 이중생활도 고정화되어 그것이 일상이 되었다.

어느 날 사키코에게 "손 좀 내놔 봐"라는 말을 들은 것은, 그렇게 현실적으로 종업원의 머릿수가 한 명 준 이래, 수주분의 주문을 해내기 위해 한밤중까지 혼자서 쇠를 깎는 나날이 이어지고 있었을 때였다.

사키코는 세간에는 담백하고 총명하며 유능한 여교사로 보이는 것 같지만, 남들이 모르는 맨얼굴은 오히려 화를 내면 격렬했고, 신경질을 부려 가끔 가즈아키를 당혹스럽게 했으며, 독점욕도 강했다. 자주 만나지 않으면 남자의 마음이 멀어질 거라고 생각하는지, 주말에는 반드시 찾아와 가즈아키와 함께 지냈다. 자신의 것이라는 듯이 가즈아키에게 손을 내밀게 하고, 발을 내밀게 했다. 가끔 가즈아키가 싫다고 하면 눈에는 미묘하게 불안인지 불신인지 모를 그늘이 드리워진다. 그러면 가즈아키는 자신이 뭔가 말을 잘못한 걸까 생각하게 되어, 심리적으로는 이미 사키코의 페이스에 휘말리게 되는 것이었다.

가즈아키가 사키코의 말대로 자신의 손을 맡기면, 사키코는 꼼꼼하게 마사지를 해 주고, 손톱을 정돈하고 닦아 준다. 대신 사키코의 손에도 똑같은 일을 해 주고, 매니큐어를 발라 준다. 서른여섯이 되는 여자와, 이제 곧 서른둘이 되는 남자의 대단치 않은 행위는 모두 얼마쯤은, 5년이나 사귀게 되면 피할 수 없는 권태를 얼버무리기 위한 여흥이었다. 둘이서 상당히 음란한 짓도 하는데도, 어느 쪽이나 긴장이 조금씩 엷어져 가는 것을 두려워하며, 그만큼 서로 미묘한 배려를 하면서도 여전히 맨살을 맞대는 것에 질리지는 않는다. 어떻게 보면 그뿐이기도 했지만, 가즈아키는 지금도 사키코의 몸에 닿아 있으면 왠지 기분이 누그러지는 것 같았다. 더불어 사키코는 좀더 강하게 온몸으로 가즈아키의 몸을 원하고 있는 듯한 느낌을 받았다.

이제 별로 할 이야기도 없는 밤, 가즈아키는 이제 꽤 길어진 사키코의 머리카락을 종종 사키코의 말대로 거울 앞에서 여러 가지 스타일로 묶어 주고, 사키코는 가즈아키를 목욕탕에 데리고 가 이발소에서 하는 것처럼 가즈아키의 머리를 감기고, 뜨거운 수건을 대고 수염을 깎는다. 바로 30분 전에도 그렇게 사키코가 감겨준 머리는 지금, 모처럼 방에 들인 복숭아꽃 향이나 맥주 냄새를 지워 버릴 정도로 린스 냄새를 풀풀 풍기고 있었다.

그래도 손톱을 깎으면서 마신 작은 맥주병은 금세 비어 버렸고, 신문지를 정리한 후 새 맥주를 가지러 가기 위해 1층으로 내려가자, 목욕탕에서 발소리를 들은 듯한 사키코 쪽에서 "금방 갈게" 하는 목소리가 났다.

사키코는 2층으로 올라와, 파자마 단추를 두 개 풀어 헤친 옷깃에 한 손으로 바람을 보내면서, "복숭아꽃 냄새네……. 벌써 봄이구나"라고 말하고, 가즈아키가 따른 맥주를 맛있다는 듯 들이킨 후 크게 숨을 내쉬었다. 가즈아키도 사키코가 따라 준 맥주를 또 한 잔 들이켰다.

"사키코 씨. 당나라 때 사람인 장위張謂의 시 중에 이런 게 있어. 풍광약차인불취風光若此人不醉, 참차고부동원화參差辜負東園花……."[†]

가즈아키는 베이징 어 음절에 해당하는 한자를 맥주병 라벨에 적었고, 그것을 바라보며 국어 교사인 사키코는 "이 좋은 풍경을 보면서 취하지 않는다면, 동쪽 정원에 피어 있는 꽃과 어울리지 않아…… 고부辜負…… 배반하게 된다……" 하고 정확하게 의미를 더듬은 후에, "그런 소릴 하는 가즈는 몇 잔째야?" 하며 웃었다.

---

† 〈호상대주행(湖上對酒行)〉 중 일부이다.

"상관없잖아. 봐, 벚나무에 봉오리가 맺혀 있어" 하고 가즈아키는 웃으며 얼버무리고, 사키코의 어깨를 끌어안으며 "자, 봐……" 하고 재촉했다. 커튼을 닫지 않고 둔 창밖에는 꽃망울로 무거운 듯 늘어진 벚나무 가지가 또렷이 떠올라 있고, 일주일 전에는 보이지 않았던 옅은 분홍색 꽃망울이 야음夜陰을 화려하게 만들고 있었다.

"가즈, 정말로 벚꽃을 좋아하는구나."

그렇게 말하는 사키코의 목소리에는, 벚꽃의 계절이 다가오면 가즈아키의 마음도 뒤숭숭하다는 희미한 비난과 체념이 담겨 있었다. 작년에도 같은 불평을 들었던 것을 떠올리면서, 가즈아키는 머리 절반으로는 오늘밤에도 애를 만들기 위해 노력해야 하나 하고 조금 마음이 무거워졌고, 나머지 절반으로는 그렇게 몰아세우지 말아 달라고 웃음지으며 팔 안의 사키코를 가볍게 흔들었다. 일주일에 한 번인 밤에 가즈아키 쪽이 열중하지 않으면 사키코가 곤란해 한다는 것은 알고 있었지만, 가즈아키도 수도꼭지처럼 마음대로 될 수는 없었다.

"처음으로 사키코 씨랑 맺어진 것도 벚꽃이 피는 계절이었지."

"벚꽃이 진 후였어."

"꽃놀이 하던 날 밤이었잖아."

"꽃놀이 하던 날 밤에는 슈오을 보어졌을 뿐이야."

"그랬나……?"

"그래."

"알았어. 이제 안 마실게."

"취해 버리면 아깝잖아, 이런 밤에……."

사키코는 가즈아키와 자기 자신을 작은 가시로 찌르듯이 말하고, 안타까운 듯이 눈을 피했다. 이 정도 되었으면 가즈아키로서는 이미 자신의 능력을 뛰어넘었다고 생각했고, 사키코로서도 아이를 만드는 것은 현재 상태를 바꿀 수 없는 것에 대한 구실이 아닌가 싶어 흥이 깨졌지만, 그렇다고 밀쳐낼 정도로 이기적으로 굴 수도 없어 늘 어떤 타개책을 찾아 머리를 굴리게 된다.

그래서 그날 밤은 적당한 말을 찾지 못한 채, 뒤에서 안은 사키코의 파자마 단추를 풀어 밖으로 넘쳐난 유방 두 개를 달빛에 드러내고, "복숭아 같아"라고 말해 보기도 했다. 처음에는, 거기에 담겨 있는 것은 젤 상태가 되어 지방과 녹아 있는 욕정이라는 상상을 했지만, 최근에는 아이를 낳는 장치가 자아내는 정념이 담긴 폭탄 같다고 느낀다. 사키코는 "만져 줘"라고 말했고, 뒤에서 두른 손으로 묵직한 두 개의 유방을 감싸자, 그것은 부드럽게 꿈틀거리며 저절로 가즈아키의 손가락을 물듯이 부르르 떨렸다. 마치 빨리 하라고 재촉하는 것 같았다.

2년 전 사키코는, 직접 피임구를 하려고 한 가즈아키의 손을 갑자기 밀어내더니, 가즈아키의 드러난 물건을 움켜쥐고 "임신하면 결혼해"라고 말했다. 아래쪽에서 터져 나온 그 목소리는 가즈아키의 귀에는 단말마의 비명처럼도 들렸지만, 이어서 여자의 손에 유도되어 밀어 넣은 자궁 주변이 꼭 이렇게 떨렸던 것이다. '아아, 그랬지' 하고 떠올리며 가즈아키는 새삼 작은 감개를 느끼고, 사키코의 유방을 문지르는 손에 조금 힘을 주었다.

"싫어, 왜 웃는 거야……."

"안 웃었어. 사키코 씨야말로 웃고 있잖아."

"기분 좋아서 그래……."

그때 사키코는 후에 변명하듯이, 자궁근종이 있어서 임신하기 힘들다고 얘기했다. 그래서 그런가 하고 잘 이해하지 못한 채로 들었지만, 가즈아키로서는 아이가 생기든 생기지 않든 결혼이라는 두 글자는 급속하게 가까워졌고, 스스로도 잘 알 수 없는 이유로 한때는 나름대로 신변이나 마음의 정리를 생각한 적도 있었다. 그러나 현실은 여러 가지 의미로 남자가 생각하던 것보다 훨씬 미묘했고, 결혼하자고 말할 때마다 사키코는 좀더 기다리라며 피했다. 게다가 사키코는 가끔, 조금씩 초산의 한계에 가까워져 가는 자신의 나이밖에 염두에 없는 것 같았고, 그렇게까지 되면 남자는 이미 공포를 느낄 뿐이었다. 게다가 그렇게 자신에게 남겨진 세월을 일주일마다 꼽고 있을 때의 사키코의 눈 속에, 이미 남자는 들어 있지 않은 것이다. 구석으로 그런 시기가 찾아오는데,

지금이 딱 그 시기였다.

그런데 사키코는 아까부터 왜 웃고 있는 걸까.

가즈아키는 잠시 동안 생각하다가, 몇 개나 되는 미묘
한 이론을 하나로 뭉뚱그려 그도 그렇겠다고 납득한 후
에 자신도 웃었다. 사키코가 독점욕을 보이며 가즈아키
를 당혹하게 하는 것도, 이제 물러설 수 없다며 가즈아
키에게 애 만들기를 강요하는 것도, 그것들이 글자 그대
로의 의미를 갖고 있었던 것은 작년쯤까지의 이야기였
다. 지금은 쌍방이 맨살을 맞대는 것 외에는 의미가 없
고, 일주일에 한 번 낡은 안채 2층의 방에 남몰래 들어
가 지난 일주일이라는 시간을 되감고, 각자에게 자극을
불러일으키려고 한다. 두 사람 다 그때마다 이미 의미를
잃은 집착을 떠올리고, 제정신으로 돌아와 우스워진다.
자신에게 화가 나고, 상대에게 화가 난다. 사키코도 자
신도, 그래서 웃는 거라고 생각했다.

조금 충혈된 유두를 어루만지면서 "핥아 줄까?" 하고
말을 걸자, 반대로 "가즈는 아직 안 되겠어……?" 하고
사키코가 물었다.

"좀더 기다려 줘. 서두르면 아깝잖아." 가즈아키는 그
렇게 얼버무리며 쓸데없는 말은 하지 말라는 뜻으로 사
키코의 사타구니에 한 손을 밀어 넣었지만, 그것은 긁어
부스럼이었다. 사키코는 몸이 흥분하면서, 자기 자신과
상대를 애태우듯이 이야기를 시작하는 버릇이 있다. 아

466

차 했을 때는 이미 늦었다.

"가즈, 피곤하지? 어제도 늦게까지 밖에서 술을 마셨잖아. 밤에 1시 지나서 전화했는데, 아직 안 돌아왔더라……."

"그럴 때도 있어."

"아까 머리를 감을 때 바다 냄새가 났어. 바다 쪽에 갔었던 거야?"

"낮에 사카이 매립지에 있는 회사까지 납품을 하러 갔다 와서 그런가……?"

"햇볕에 타면 피부에 안 좋대. 바다나 산은 자외선이 강하니까 조심해."

"나 탔어?"

"아니."

이야기는 그 정도면 되었을 것이다. 사키코의 허벅지를 어루만지고 있던 손을 안으로 밀어 넣자, 유방을 감싸고 있던 손가락을 사키코가 꽉 깨물었다.

햇볕에 탔을 리가 없었다. 바다에 가 있었다는 것은 사실이지만, 나머지는 거짓말이었다. 금요일인 어제는 오후 6시에 공장을 닫은 후, 전철로 스마 해안 끝에 있는 시오야까지 가서 하라구치 다쓰로의 크루저를 탔다. 하라구치는 히로시마 현 앞바다에 있는 게이요 제도 외곽에 무인도를 소유하고 있고, 거기에는 전용 선창과자가발전설비가 딸린 호화로운 별장이 있다. 주위 5킬로미터에 걸쳐 펼쳐진 원생림 산밖에 없는 섬은, 가장 가까운 유게 섬까지도 5킬로미터 정도 떨어져 있고, 섬들을 오가는 정기선의 항로에서도 벗어나 있으며, 섬 남쪽 30킬로미터의 먼 바다에는 아이치 현의 해안선이 보인다. 하라구치는 평소에는 거기에 손님을 데리고 가는 것 같지만, 거의 두 달 만에 가즈아키를 불러낸 것은 섬 산중에 판 와인쿨러용 갱도 안에서 권총을 실제로 쏴 보기 위해서였다. 그런 호출이 1년에 일고여덟 번은 있다.

처음으로 섬에 간 것은 5년 전으로, 그때도 밤이었다. 하라구치의 부름을 받고 처음에 수리를 맡은 권총 두 자루를 지참하고 시마노우치에 있는 요정에 갔을 때의 일이다. 가즈아키는 콜트 가버먼트의 슬라이드만은 조정할 수 없었다고 사과하고, 조금씩 사이즈나 형상을 바꿔 새로 깎은 배럴 부싱 열 개를 탁자에 늘어놓았다. 하라구치는 그것을 하나하나 손에 들고 바라보면서 몇 분 동안이나 배를 안고 웃더니, 돌연 "어이, 바다에 가자"라는 말을 꺼냈던 것이다. "이걸 쏘면서 놀자구. 당신이 너무 나를 흥분시켜서 그래. 자, 가자" 하고.

그 자리에서 탁자에 늘어놓은 권총 두 자루와 부싱 열 개를 냅킨으로 싸고, 주문한 요리를 나무도시락에 싸게 했다. 그 후 도시락과 술과 권총을 들고 평범한 벤츠도 아닌 고급 전세차로, 하라구치는 가즈아키를 시오야에 있는 요트항으로 안내했다. 거기에는 새로 산 지 얼마 안 됐다는 대형 크루저가 있었다. 가즈아키는 태어나서 처음으로 배를 타고 밤의 세토 내해內海로 나갔다. 그리고 해안의 등대 불빛이나 무수한 섬 그림자에 눈을 빼앗기며 한 시간 정도 걸려 도착한 곳이, 하라구치의 소유라는 섬이었다. 하라구치와 둘이서 아무도 없는 캄캄한 선창에 내려서자, 이성적인 사고는 사라지고 보물섬에 도착한 것 같은 기분만이 들었다.

그곳에서, 당시에는 아직 공사 중이었던 갱도 안에서 귀마개를 하고, 가즈아키는 태어나서 처음으로 실탄이 들어 있는 권총을 쏘았다. 하라구치에게 손목이나 팔꿈치나 다리의 자세를 배우면서, 자신의 손으로 조정한 S&W의 리볼버와 콜트 가버먼트를 실제로 쏘아 보고, 비교를 해 보기 위해 조정하지 않은 같은 종류의 권총도 시험해 보았다. 그때는 물론 명중률 이전의 단계였기 때문에 테스트용 표적도 쓰지 않고, 굴삭 도중인 직경 3미터 정도 되는 갱도의 드러난 흙벽을 향해 아무렇게나 쏘았을 뿐이다.

그래도 우선은 리볼버와 오토매틱의 최소한의 차이, 38구경과 45구경의 차이를 손가락이나 손목과 팔 근육에 배어들게 하기에는 충분했고, 작업장에서 만지작거려 온 삭은 부품 하나하나가 물리적인 기구로 작동하여 초속 몇 백 미터로 총알을 튕겨 내는 힘이 되는, 그런 흔치 않은 행복의 감각을 몸으로 느꼈다. 자신이 깎은 기계부품이 설령 자동차 샤프트 조인트의 일부가 되어도, 그 부품이 실제로 움직이고 작동하는 모습을 이 눈으로 보는 일도 없을 뿐더러 만질 일도 없는 하청공장의 기계공에게, 권총은 직접 부품 하나하나의 맞물림을 손가락으로 느낄 수 있다는 의미에서, 머리에도 몸에도 미칠 정도의 흥분을 주는 물건이기는 했다.

한편 하라구치는, 가즈아키가 깎은 부싱을 하나하나 시험하기 시작했더니 말리지 않고, 손목의 감각이 없다고 웃으면서 미친 듯이 콜트 가버먼트를 쏘아 댔다. 나중에 세어 보니 가즈아키가 쏜 몫도 합해서, 50발씩 들어 있는 카트리지 상자가 새벽에는 열 상자나 비어 있었다. 고가의 밀수실탄을 하룻밤에 500발이나 써 버리는 광기는, 사격 이상으로 하라구치를 취하게 했음이 틀림없다.

그날 밤 하라구치는, 어느 정도 사격을 한 후에는 3중의 동심원이 그려져 있는 테스트용 표적을 쓰기 시작했고, 최종적으로 가즈아키가 깎은 부싱 중에서 두 개를 고르더니, "이게 실용에 맞아"라고 말했다. 그때는 몰랐지만, 지금은 물론 하라구치의 당시의 선택이 정확했던 이유를 알고 있다. 1981년 당시 콜트 가버먼트의 부싱은 개량된 지 얼마 되지 않았고, 그것이 이전의 것과 비교해 약간 **빡빡**하게 만들어져 있었기 때문에 작동불량을 일으키곤 했는데, 구형과 개량형을 비교하면 명중률은 그다지 차이가 없었다. 하라구치는 그날 밤 개량형보다는 조금 느슨하게, 구형보다는 조금 **빡빡**하게 깎인 두 개를 골랐던 것이다.

그렇게 하룻밤 내내 흥분한 후에 갱도에서 나와 보니, 숲 너머로 보이는 세토 내해는 새벽의 군청색으로 잔잔하게 가라앉아 있었다. 가즈아키는 그 바다가 내려다보이는 별장 정원의 야외목욕탕에 하라구치와 둘이서 들어가 저린 팔을 쉬면서 술을 마시고, 일출을 바라보았다. 하라구치가 설마 자신을 놀이 동료라고 생각하고 있었을 리는 없고, 고작해야 새끼 뱀을 길들일 생각이었겠지만, 가즈아키 쪽은 어쨌든 조용히 밝아 가는 내해의 아름다움에 넋이 나가, 앞날의 문제는 전부 나중으로 돌렸다. 그 후 종종 초대받게 된 섬 크루징에 응한 것도, 새벽 바다가 하나의 이유가 되었음은 틀림없다.

어제도 사실은 일을 오후 6시에 마칠 만한 여유는 없었지만, 세토 내해도 두 달 만이라고 생각하니, 초대에 들러붙어 있는 번잡한 사정을 헤아리면서도 몸이 먼저 움직이고 있었다.

최근의 하라구치는, 본인의 본래 자질과는 반대로 더욱더 확대되는 사업을 처리하느라 바빠서, 해가 갈수록 시정 한쪽 구석에서 바라볼 수 있을 만한 인물이 아니게 되었지만, 권총이라는 한 점을 통해 여전히 각종 연결은 농후하다고 할 수 있었다. 1월에 만났을 때도 하라구치는 다음날부터 상업시설 건설을 위한 부동산 밑조사를 하기 위해 홍콩에 간다는 얘기를 했다. 몇 년 동안 추진해 오던 홍콩진출계획이 슬슬 움직이기 시작하는 거라면 이제 하라구치도 잠시 동안은 권총에 신경 쓸 시간이 없을 거라 생각하고 있었는데, 일전에 전화가 와서 "어이, 섬에 가자"란다.

그리고 가즈아키는 "아아, 좋지요"라고 대답했다.

하라구치는 처음부터 일본에서는 권총이 장사가 되지 않는다고 보았지만 바다 너머는 달라서, 홍콩의 펑랑방이 남미에서 만드는 밀조권총이나 조악한 모조품의 유통에 그가 손을 빌려주고 있다는 것은, 가즈아키도 알고 있었다. 이는 해외에서의 본업인 부동산 투자나 각성제 거래를 원활하게 진행하기 위한, 하라구치만의 비즈니스 방법이었다. 그와 관련해 가즈아키가 섬의 갱도에서 만지는 권총의 수는 급격하게 늘어났고, 최근에는 그 대부분이 신디케이트와 얽히게 되었지만, 한자루 한 자루의 권총에 이미 옛날 같은 흥분은 없었다. 실탄을 쏘아서 기분전환이 되는 것도 아니고, 물론 남자의 맨살이 그리운 것도 아니었다. 그런데도 하라구치의 권유가 있으면 일상을 내던지고 섬에 가는 자신이 있다. 어젯밤에도, 하라구치의 크루저에 탄 것은 또 한 사람의 요시다 가즈아키였다.

　어쨌든 어젯밤 하라구치가 가져온 권총은 두 자루로, 섬으로 향하는 도중에 크루저 안에서 가즈아키는 그것을 보았다. 한 자루는 총신과 그립을 줄여 소형화한 토카레프. 다른 한 자루는 우는 애도 조용해진다는 Cz75의 이탈리아제 카피였다. 가즈아키가 우선 22구경급으로 작아진 토카레프를 대충 분해한 후 "심하군요"라고 감상을 말하자, "못 쓰게 됐으니까 가즈 씨에게 봐 달라는 거잖아" 하고, 하라구치가 되받아쳤다.

　다른 한 자루는 외관은 괜찮게 만들어져 있었지만 강선이 조잡해, 이것도 보기만큼 그럴듯하지는 않은 물건일 거라고 예상했다. 그래서 섬에 도착하자마자 와인 따위 넣은 적도 없는 텅 빈 갱도에서 실제 사격 테스트를 했더니, 결과는 역시였다.

　15미터 거리에서 행하는 테스트에서, 최소한 10포인트 권내에 집탄集彈되지 않으면 그 총은 실제로 사용할 수는 없다. 소형으로 만든 토카레프 쪽은 처음 일곱 발을 쏜 것만으로 곧 결과가 나왔다. 쏠 때마다 탄피를 배출하는 구멍에서 불꽃이 튀고, 세 발만에 손목이 저릴 정도로 반동이 컸으며, 일곱 발 중 두 발은 빈 탄피가 꽉 차서 잼을 일으켰다. 착탄 지점은 어느 곳이나 15센티미터 전후로 빗나가 있었다.

가즈아키는 슬라이드와 프레임 사이에서 배어 나온 기름을 닦고, 작게 줄인 슬라이드를 뗀 뒤 마찬가지로 짧게 절단된 리코일 스프링을 꺼내 보였다. 일일이 설명은 하지 않았다. 스프링의 힘이 약해진 것이 원인이 되어 장약이 충분히 타기 전에 슬라이드가 후퇴해 탄환이 튀어나가고 초속初速이 떨어져 집탄이 나빠진다는 것 정도는, 하라구치도 이미 잘 알고 있을 터였기 때문이다.

이어서, 작게 줄여진 매거진(탄창) 스프링도 하라구치에게 보여 주었다. 마찬가지로 약해진 스프링 때문에 다음 총알이 확실히 밀려 올라가지 않아, 빈 탄피가 가득 차게 되는 것도 일목요연했다. 그러나 설령 스프링을 바꾼다 해도 총신을 작게 줄인 것에 의한 반동은 치명적이어서, 이런 개조는 의미가 없다는 것이 가즈아키의 결론이었다. 그러나 그것도 입 밖에 내어 말하지는 않고, 말없이 하라구치에게 총을 돌려주었다. 하라구치는 처음부터 알고 있었다는 듯이 아무 말도 하지 않았다.

계속해서 Cz75의 이탈리아제 카피를 테스트했다. 더블컬럼의 매거진을 열다섯 발의 9밀리 파라블럼 탄으로 가득 채우고, 먼저 더블액션으로 일곱 발을 쏘아 보았다. 방아쇠의 무게도, 발사했을 때의 감촉도 진짜와 그다지 차이는 없는 것처럼 느껴졌지만, 집탄은 어느 것이나 20센티미터 정도 빗나갔다. 이번에는 조금 신중하게 싱글액션으로 나머지 여덟 발을 쏘아 보았지만, 결과는 더블액션 때와 비슷했다.

　이번에는 "가늠쇠로군"이라는 한 마디가 하라구치 쪽에서 들렸다.

　"그렇군요. 근거리용 조정이 되어 있지 않아. 고정식이니까 앞이랑 뒤도 갈아 끼울 필요가 있겠어요. 아니면 강선을 처음부터 다시 깎든지, 총신을 바꾸든지." 그렇게 대답하고, 가즈아키는 그 총도 하라구치의 손에 돌려주었다. 그 무렵에는 그날 밤의 목적이 권총이 아니었다는 것은 이미 알고 있었지만, 지난 5년간 처음 있는 일이라서 가즈아키는 나쁜 예감을 느꼈다. 그러나 원래 무슨 일이 있어도 뱀 쪽에서는 일절 탐색하는 말은 토해 내지 않기로 정하고 있었기 때문에, 굳이 모르는 척하는 얼굴을 했다.

　그리고 나서 하라구치와 가즈아키는 일찌감치 갱도에서 나와 별장으로 옮겼고, 야외목욕탕에 뜨거운 물을 받는 동안, 가즈아키는 유리가 쳐진 벽면을 통해 세토 내해를 한눈에 내려다볼 수 있는 넓은 거실의 소파에 앉게 되었다. 이어 한 손에는 위스키 잔이 건네졌고, 무릎 위에는 넷으로 접은 두 장의 컬러 사진이 놓였다. 어느 쪽이나 스냅 사진을 크게 확대한 것으로, 한 장에는 중국음식점에서 회식을 하고 있는 정장 차림의 남자 네 명의 얼굴이나 머리, 다른 한 장에는 근대적인 빌딩이 줄줄이 서 있는 거리를 걷고 있는 정장 차림의 남자 한 명의 전신이 찍혀 있었다.

"오른손에 잔을 들고 비스듬히 옆을 보고 있는 남자가 있지? 이름은 앙레이. 지난달 우리가 홍콩에서 사업용으로 매입할 예정이었던 땅을, 그 놈의 그룹이 낙찰했어"라고 하라구치는 말했고, 이에 가즈아키는 홍콩 신디케이트의 항쟁 얘기라고 이해했다. 사업용지의 입찰 때는 펑랑방이 홍콩 정부의 관리를 매수했을 텐데 그것을 뒤집은 세력이 있다면, 그것은 언젠가 다마루에게 들은 신흥세력 홍량방일 거라는 직관도 작용했다. 그러나 앙레이라는 남자는 가즈아키의 기억에 있는 그 남자가 아니었기 때문에, 이전에 다마루가 말한 대로 이것은 가짜라는 결론도 즉시 나왔다.

그러나 한편으로는, 하라구치가 일부러 가즈아키를 섬으로 불러 '앙레이'의 사진을 보여준 이유가 순간 의심스러웠기 때문에, 강요된 긴장은 마찬가지였다.

"물론, 잠자코 물러설 수는 없지. 이 사진은 물건을 낙찰한 3일 후에 앙레이가 중국계 재벌에게 물건을 전매한 전후에 찍은 것인데, 이 사진을 찍히고 나서 5분 후에 앙레이는 죽었어."

가즈아키는 일단 놀란 척을 하며 하라구치의 얼굴을 보았지만 하라구치는 표정도 바꾸지 않아, 결과적으로 더욱 조심하면서 가즈아키는 시선을 떨어뜨렸다.

하라구치는 가즈아키의 무릎 위에서 아래에 있던 사

진을 위로 갖다놓았다. "이 쪽은 호우광서우라는 싱가
포르의 투자가야. 앙레이가 사망한 일주일 후에, 뉴욕에
서 찍은 사진이지."

빌딩가의 보도를 걸어가는 남자는 조금 고개를 숙이
고 있었고, 선글라스를 쓴 얼굴의 표정은 확실하지 않지
만, 가즈아키는 한눈에 이것도 가짜라는 것을 알아챘다.
바람이 강한 날이었는지, 도보를 걸어가는 남자의 다리
에 달라붙은 바지가 오 다리 기미가 있는 뼈 모양을 드
러내고 있었다. 예전에 가즈아키의 눈을 끌었던, 부러울
정도로 곧게 뻗은 리오우의 두 다리와는 달랐다.

리오우의 다리. 벌써 10년이나 지났지만, 처음으로 기
타신치의 골목길에서 만났던 남자가 춤을 추기 시작했
을 때, 마술처럼 휘어지는 몸을 받치고 있던 다리와 무
릎. 그 아름다운 움직임을 받치고 있던 하나의 기둥이
허리에서부터 아래로 뻗은 곧은 뼈였다는 것을, 사실은
이 자리에서 처음으로 납득하면서, 가즈아키는 자신의
직관에 한 치의 의심도 품지 않았다.

"이 두 사람, 닮았지?"라고 하라구치는 말했고, 가즈
아키는 두 장의 사진을 비교해 보는 척하며 고개를 끄
덕였다.

"홍콩에서 죽은 남자가 일주일 후에 뉴욕의 거리를
걷고 있으니, 물론 같은 인물은 아니야 이 두 사람, 이
전에는 동일인물이라는 얘기도 있었지만 적어도 이 사

진의 두 사람은 다른 사람이지. 그런데 이 두 얼굴이 나이트게이트의 킬러와 닮았다는 얘기도 있어……."

이것이 본론임이 틀림없었다. 핵심은, 홍콩 신디케이트도 하라구치도, 어쩌면 각국의 수사당국도 살해당한 앙레이의 정체를 특정하지 못하고, 그 일주일 후에 뉴욕에 있었다는 호우광서우의 정체도 특정하지 못했으며, 앙레이나 호우광서우라는 이름을 쓰는 누군가가 어딘가에 있다는 것은 확신하고 있어도, 그 얼굴도 소재지도 거의 파악하지 못했다는 것일까. 그래도 펑량방으로서는, 어쨌든 신흥세력인 홍량방을 이끌고 있는 인물을 특정해서 말살하고 싶다는 것일까.

"나이트게이트의 킬러라면 제가 얼굴을 알고 있을 거라는 뜻입니까……? 이 뉴욕의 사진은 닮은 것 같은 기분도 들지만, 10년 전의 얼굴밖에 모르니까 확실히는 모르겠는데요."

"10년 전에 나이트게이트의 도박장에서 딜러를 하고 있었을 때 녀석을 만났던 손님들을 통해 확인해 봤는데, 거의 전원이 이 뉴욕의 남자라고 했어." 거기에서 하라구치는 한 호흡을 두고, "단, 이 남자도 지난주에 죽었어"라고 말했다. "이 남자도 분명히 죽었지만, 호우광서우는 살아 있어. 앙레이도 살아 있어. 나이트게이트의 킬러도 살아 있어."

시오야에서 만났을 때부터 뭔가를 속에 품고 있는 듯

478

한 표정이었던 하라구치는, "그런 거야"라고 못을 박았지만, 그래서 뭐가 어떻다는 가장 중요한 속셈은 말하지 않은 채 "목욕물 다 받아졌다. 목욕하자" 하며 먼저 베란다로 나갔다.

알몸이 되어 밤바람을 맞자 문득, 대체 리오우라는 남자는 정말로 존재하는 걸까 하는 생각이 바람과 함께 등을 어루만지고 갔다. 신흥세력을 이끄는 남자나 투자가가 된 남자는 어딘가에 있겠지만, 과연, 아무도 얼굴을 그려내지 못하는 듯한 리오우는 어디에 있는 걸까. 아니면, 사실은 없는 걸까?

현실에는 1978년에 필리핀의 밀림에 있던 바이미엔이야말로, 이 세상에 리오우가 확실히 존재한 그 마지막 모습이었다. 그 이후 종종 귀에 들어온 바다 맞은편의 앙레이니, 호우광서우니 하는 것은 모두 대체 누구의 이야기였던 것일까. 갑자기 쌀쌀함이 덮쳐오는 것을 느끼면서, 리오우는 이미 이 세상에는 없는 것이 아닐까 하고 가즈아키는 순간 생각해 보았다. 바이미엔이 반드시 데리러 가겠다고 아일랜드 인 사제에게 전언한 지도 벌써 몇 년이 지났다.

그런 생각을 하면서 따뜻한 물속에서 하라구치의 어깨를 안마하고 있자, "가즈 씨는 아무것도 묻지 않아?" 하고 하라구치가 물었다.

"저는, 조직 일은 일절 묻지 않겠다고 했잖습니까."

"조직이 아니야. 가즈 씨와 상관있는 얘기니까 한 거잖아."

"글쎄요."

"예를 들어 가즈 씨가 죽는다면, 나이트게이트의 킬러는 화를 내겠지. 어때……?"

이게 무슨 비약인가 하고 놀라면서, "어째서 또 그런 얘기를?" 하고 가즈아키는 시치미를 뗐다.

"펑랑방 녀석들이 그렇게 말했어."

"10년 전에 그가 모리야마 공장에서 한때 신세를 졌기 때문입니까?"

"그건 당신이 제일 잘 알잖아."

"아니까 하는 말입니다. 예를 들어 하라구치 씨라면 옛날에 기르던 뱀한테 10년 후에 무슨 일이 있다면 화낼 겁니까?"

"바보 같은 소리를 하는군" 하며 하라구치는 쓴웃음을 짓고, "마사지는 이제 됐어. 어깨가 식겠다"라며 가즈아키를 탕에 가라앉혔다.

"홍콩 사람들은 무슨 근거로 그런 말을 하는 걸까요……. 제정신이 아닌 것 같아요."

"신기한 일이군, 뱀이 화를 내다니" 하고 하라구치는 웃었고, 분명히 드문 일이라고 가즈아키 자신도 인정했다. 지금은 정말로 살아 있는지 죽었는지도 모르는 남자에 대해 이렇게 계속 아쉬워하고 있을 뿐인 자신도 이미 충분히 바보 같은데, 옆에서 빗나간 참견을 해 대니 감정이 곤두서는 것 같아서 도저히 참을 수가 없었다.

"제정신이라고는 나도 생각하지 않아. 펑량방이 킬러 하나를 없애고 싶어 하는 이유도 사실은 확실치 않아. 나이트게이트도 정치 냄새가 사라지지 않는 사건이었지만, 이번 홍량방 말살에도 어쩌면 귀찮은 사정이 숨겨져 있을지도 모르겠다고 생각해. 그래서 우리로서는 이 건은 조용히 지켜보겠다고, 그쪽에는 대답을 해 뒀어……. 듣고 있나?"

"네."

"내 품은 안전해."

"네."

어젯밤에 먼 바다에 있는 아이치 현 해안선의 등대불빛을 바라보면서 한 목욕은, 지금까지 없었던 허실이 서로의 몸에서 녹아나와 미묘한 느낌을 주었다. 바다 맞은편의 싸움에 어떤 곤란을 느끼고 있는 듯한 하라구치는 시종 약간 건성이었고, 자신의 품은 안전하다고 굳이 입 밖에 내어 말하는 것을 보면 현실이 그렇게 간단하지는 않을 거라고 가즈아키는 생각했다. 한편 그런 가즈아키 자신은, 어떤 사태가 일어날 것인지는 여전히 상상도 못한 채, 태연하게 거짓말을 해서 작은 독사 나름의 체면을 지키면서, 맥주 거품 같은 작은 기포가 튀어 오르는 듯한 보살것없는 흥분과 함께, 일어날 리 없는 일을 상상해 보았을 뿐이다.

　홍콩 신디케이트가 앙레이인지 리오우인지를 화나게 하기 위해 먼 일본에 있는 기계공 하나를 죽이는 일이 만일 정말로 일어난다면, 마치 드라마 같겠다고. 리오우가 만일 정말로 살아 있다 해도, 10년 전에 만난 것이 전부인 일본인이 한 명 죽었다는 얘기를 듣고 무슨 생각을 할지는 어차피 죽은 자신은 알 수 없을 거라고. 그러니 깊이 고민할 것까지도 없이, 이것은 먼저 꿈을 꾸는 채로 죽는 쪽이 이기는 거라고.

　또 어쩌면, 만일 반대로 리오우가 죽었다는 것을 안 날에는, 적어도 이 손으로 이 하라구치를 죽이겠다고. 그리고 화물선에 숨어서라도 대륙으로 건너가겠다고.

　"무슨 꿈을 꾸고 있었어?"

　그렇게 말하는 사키코의 목소리에 제정신으로 돌아왔을 때, 가즈아키는 문득 큰대자로 누운 온몸이 다다미에 빨려드는 듯한 중력을 느끼고, 일순 기타센리의 대학 근처에 있던 세 평짜리 아파트 방에서 잠을 깬 건가 싶어 놀랐다. 물론 이어서 잠들어 버렸다는 것을 깨달았지만, 날마다 중력밖에 없다고 느끼던 10년 전의, 왠지 막연하고 느긋했던 몸의 감촉이 되살아난 듯한 느낌이 들어 조금 위로를 받았다.

　이어서 벌어진 사타구니에 바람이 통하고, 그 언저리

를 미끄러지는 사키코의 손가락을 느꼈다. 사키코는 겨울 보너스로 산 손톱손질용 작은 가위로, 가즈아키의 치모 길이를 가지런히 다듬고 있는 참이었다. 먼 옛날, 손으로 짠 모자 끝에 다는 털실 방울의 털 길이를 다듬느라고 어머니가 왠지 즐거운 듯이 짤깍짤깍 가위를 움직이던 그 기세였다. 어머니는 "이거, 재미있어"라고 말했고, 가즈아키도 어머니가 여분으로 하나 더 만들어 준 방울을 어깨 너머로 배운 대로 짤깍짤깍 하고 잘라 예쁜 공모양으로 만들었다. 그래서 세타가야의 집에 있을 때 겨울에 가즈아키가 쓰던 모자에는 방울이 두 개 달려 있었지만, 집을 나올 때 어머니가 싼 얼마 안 되는 짐에 그 모자는 들어가지 않았다.

"너무 짧게 하지 마" 하고 가즈아키는 부탁했고, 사키코는 우후후 하고 웃으며 대답하지 않았다.

다다미에 누운 가즈아키의 눈앞에는, 가즈아키가 여섯 살 때부터 본 오동나무 장롱 하나가 똑같은 방에 똑같은 모습으로 앉아 있고, 그 위에서 액자에 담긴 모리야마 고조가 전라의 가즈아키와 사키코를 내려다보고 있었다. 새삼스럽다는 기분도 들었지만, "모리야마 씨가 보고 있어" 하고 가즈아키가 웃자 사키코는 들리지 않았는지, "아, 움직이지 마" 하며 당황해서 허벅지를 눌렀다.

장롱 위의 사진에서 눈을 떼려고 했을 때, 같은 액자

구석에 들어 있는 리오우가 '헤이!' 하고 말을 걸어와, 가즈아키는 도로 시선을 돌리고 '여어' 하고 대답했다. 사키코는 1976년 당시 가끔 모리야마 공장에 왔었지만, 안채에 숨어 있던 리오우와는 얼굴을 마주한 적이 없는 것 같았다. 5년 전 처음으로 낯선 남자의 사진을 발견했을 때도, 가즈아키가 "모리야마 씨의 중국 은인의 손자라고 들었어"라고 적당한 설명을 한 탓인지, "아버지는 정말로 아무 얘기도 해 주지 않는 사람이었다니까"라는 원망의 말로 끝났을 뿐이다.

가즈아키는 한 마디라도 더 리오우의 목소리가 들리지 않을까 싶어 숨을 죽였지만, 사진 속의 젊은 리오우는 말없이 웃고만 있었다. 어젯밤 하라구치의 말투를 냉정하게 떠올리면서 사진 속의 남자는 분명히 지금은 환상이나 다름없다고 생각하고, 들릴 리가 없는 목소리를 포기하고 시선을 돌리자, 창 밖에는 밤이 지나 벚나무 가지가 더욱 맑게 비치고 있었다. 그 외에 존재하는 것은 몸을 눕히고 있는 낡은 다다미와, "조금만 더 가만히 있어 봐" 하고 속삭이는 명랑한 사키코의 목소리.

모리야마 공장의 꽃놀이는 올해도 성황리에 끝났다. 꽃놀이의 주역인 수령이 60년도 더 넘은 벚나무는 어디에 그런 힘이 있는 건지 놀랄 정도로 올해에도 가지를 뻗었고, 꽃은 매년 더욱더 멋있어졌다. 지상의 연회는 늘 그랬듯이 어묵과 김밥에, 최근에는 젊은 주부들이 만드는 프라이드치킨이나 갈비가 더해져 화려해졌지만, 밤 벚꽃 밑에 모인 사람들은 여전히 엄숙하고 조용했으며, 누구나 이것은 벚꽃이 발하는 영기 때문이라고들 했다.

밤 11시, 꽃놀이가 끝난 후에는 참가자들이 조금씩 쓰레기를 갖고 돌아가기 때문에, 30분만 지나면 마당에는 빈 냄비와 풍로가 남는 정도가 되고, 마지막 뒷정리는 주인인 가즈아키와 사키코가 한다. 가즈아키가 어묵을 끓인 커다란 냄비 두 개를 밖에 있는 수도에서 씻는 동안, 사키코는 먼저 안채로 돌아가 목욕물을 데웠고, 아침부터 준비하느라 바빴던 꽃놀이 끝에는 둘이서 조금 더 술을 마시는 것이 습관이었다.

냄비와 풍로를 정리한 가즈아키가 안채로 돌아갔을 때 사키코는 부엌에서 낮에 못한 설거지를 하던 중이었는데, 문득 그 손을 멈추고, 식기 선반 구석에 있는 텔레비전이 내보내고 있는 심야 뉴스에 시선을 주면서, "저거 봐" 하고 가즈아키를 불렀다.

"2층에 있는 사진 속의 사람이야, 이거……"라고 사키코는 말했다. 가즈아키가 본 화면에는, 리오우의 그림자가 없다고는 할 수 없는 남자의 얼굴이 비치고 있었다. 그 남자는 주름 하나 없는 세련된 정장 차림으로 어느 컨벤션 홀 같은 분위기의 인파 속을 상쾌하게 걸어가면서, 사신에게 내밀어진 카메라와 마이크에 싱글싱글 웃음을 가득 띤 얼굴을 하고 매끄러운 영어로 이야기하고 있었다. 화면 밑에 나온 자막에 따르면, '아시아 시장에 대해서는 단기적인 기민한 대응과, 중장기적인 전망 모두가 필요합니다. 리스크 회피 기술을 구사하는 것은 모든 투자의 기본이니까요. 그것만 확실히 이행하면, 아시아의 산업과 시장은 장래의 성장을 보고 도박을 하는 투자 본래의 재미에 응해 줄 투자장소라고 믿고 있습니다'인가 하는 것이었다.

거기에서 화면은 스튜디오의 뉴스 캐스터에게 돌아갔다. 그리고 이어진 캐스터의 말을 듣고 최근, 발전이 현저한 싱가포르의 금융시장에 유럽과 미국의 자금을 더욱 불러들이기 위한 대규모 투자 세미나가 개최되었다는 뉴스였음을 알았다.

"큰 선박회사를 인수하고, 그 자산을 담보로 투자회사를 설립해서 성공한 사람이래……. 그 사진 속의 사람이랑 닮지 않았어?"라고 사키코는 말했고, "그런가?" 하고 가즈아키는 적당히 받아넘겼다.

"얼핏 본 인상이었지만……. 하긴, 아버지랑 아는 사람 중에 그런 사람이 있을 리 없지." 그렇게 말하며 사키코는 혼자 웃고, 설거지를 하러 돌아갔다. 그 손에서 그릇을 빼앗으며 가끔은 먼저 목욕을 하라고 가즈아키가 상냥하게 말하자, 사키코는 방금 본 뉴스 따위는 잊어버린 얼굴로 기쁜 듯이 웃고, 그럼 그 김에 세탁기를 돌리겠다며 목욕탕으로 사라졌다.

텔레비전에 비치던 호우광서우는 리오우가 아니었다. 우선 목소리가 달랐고, 얼굴의 뼈 모양이 달랐고, 무엇보다 눈이 달랐다. 가즈아키는 한눈에 알았지만, 가짜 중 누군가의 모습에 재촉당한 듯이 또다시 머나먼 기억 속에 있는 그의 얼굴이 뇌리에 밀어닥쳐와, 가즈아키는 '이제 됐어' 하고 마음속으로 속삭였다. 가짜는 이제 됐어, 진짜 얼굴을 보여 줘, 하고.

씻은 식기를 하나하나 행주로 닦아 식탁에 놓고 그것을 식기선반에 정리하는데, 낮에 사키코와 함께 먹은 된장국 그릇 두 개째를 닦다 말고 손이 멈추었다. 10년 전 리오우가 여기에서 밥이나 야채를 뒤섞은 된장국을, 싫어한다면서도 입으로 가져가던 그릇은, 눈앞에 있는 두 개의 그릇이나, 식기 선반에 남아 있는 세 개 중 하나라고 생각하니, 새삼스럽게 감상적인 기분이 되었다. 생각해 보면 당시부터 식기도 냄비도 하나도 바뀌지 않았고, 부엌의 모습도 냉장고가 새것으로 바뀐 것 외에는 전혀 변하지 않았다.

젊은 리오우와 생전의 모리야마 고조가 앉아 있던 식탁은 합판이 입혀진 널빤지가 갈라져 옅은 복숭아색 도장塗裝이 간신히 남아 있을 정도로 초라했고, 세 개의 의자도 싸구려 합성피혁으로 된 앉는 부분이 비느질 틈에서부터 찢어지기 시작하고 있어, 어떻게 보아도 이미 버려도 될 상태였다. 심하다고 머리 일부에서 기막혀 하면 서, 머리의 다른 부분에서는 왜 버리지 못하는 거냐고 자문한 후, 원래 자신이 산 것이 아니기 때문이라는 식 의, 아무래도 좋은 변명을 찾아보았다.

게다가 또 다른 부분에서는 식탁 테이블 한 세트를 새로 살 필요가 있을까 없을까를 집요하게 자문했고, 자 신을 위해서라면 필요 없다는 작은 결론에 이르는 데에 꽤 긴 시간이 걸렸다. 모리야마 공장의 사업에서부터 토 지건물, 밥그릇 하나에 이르기까지 '내가 쌓은 것이 아 니다, 내 것은 하나도 없다, 내게 있는 것은 상속한 자 의 의무뿐이다'라는 생각은 원래부터 의식 밑바닥에 있 었지만, 오늘내일의 자금 조달에 분주하던 시절에는 그 것이 파괴적 충동이 되어 나타났고, 경영이 안정되어 여 유가 생긴 지금은 '내 것이 아니다'라고 모르는 척하는 목소리가 되어 들려온다.

자신의 불성실함에는 기가 막혔지만 그렇다면 더더 욱, 벗겨지고 낡은 선대의 식탁 하나는 자신을 위해 놓 아두어야만 했다. 낡은 국그릇도 리오우를 기다리기를 그만두었을 때 버리기로 결심하고, 꼼꼼하게 닦아 식기 선반에 넣었다. 자신 외에는 아무도 모르는 불성실함과 비밀을 그렇게 집어넣고 나자, '그걸로 됐어' 하고 또 시 치미 떼는 목소리가 들렸다. 언제까지 이 이중생활이 이 어질까? 한쪽 구석에서는 앞으로 1년이 한계라고 냉정하게 판단하고 있지만, 오늘밤은 아직 괜찮아, 내일도 아직 괜찮아, 하고 현재의 상태를 연장했다.

가즈아키는 그렇게 식기를 정리한 뒤 마지막에 개수대를 닦고 식탁을 닦은 후, 옛날에 리오우가 앉아 있던 자리 근처에 의자를 놓고 걸터앉아, 방금 전까지 실컷 바라보았던 밤벚꽃을 되새기면서 크게 숨을 내쉬었다.

그리고 발 소리에 정신을 차려 보니, 어느새 목욕을 마치고 온 사키코가 냉장고를 열고 맥주를 꺼내면서 웃고 있었다.

"아버지도 자주 여기에서 그렇게 졸곤 하셨지. 왠지 즐거워 보이는 얼굴을 하고. 어지간히 좋은 꿈을 꾸셨나 보지."

"즐거운 얼굴을 하고 계셨어?"

"복권이라도 당첨된 것 같았어."

사키코는 그렇게 말했지만 졸음에서 깬 직후의 가즈아키에게는 가볍게 가슴이 조여드는 듯한 아픔이 남아 있어, '아아, 리오우의 꿈을 꾸고 있었구나' 하고 생각했다.

그로부터 이틀 후인 월요일 밤, 강한 바람이 불어, 아직 3일 정도는 갈 거라고 생각했던 벚꽃이 빠르게 지기 시작했다. 그날 밤에도 10시 가까이 혼자서 베어링 유지기의 바깥홈을 깎는 작업을 계속했지만, 날아들어 오는 꽃잎 때문에, 평소 같으면 열어 두는 작업장의 문을 닫아야만 했다.

작업을 마친 후에도 안채로 들어가기 전에 사무실 유리창으로 바깥마당을 내다보고, 1년에 한 번뿐인 벚꽃의 계절이 올해는 이렇게 빨리 끝나는 건가 싶어 아쉬운 기분이 들었다. 그 후, 지난 주말에 사키코가 직접 만든 요리를 실컷 먹었기 때문에, 저녁식사도 하지 않고 목욕만 한 후 위스키를 마시고 일찌감치 자리에 누웠지만, 잠든 것은 겨우 한 시간 정도였다. 잠에서 깨자, 천공을 가르는 바람의 굉음과 벚나무 가지의 신음 소리가 횡횡, 타닥타닥 울리고 있었다. 베갯맡에서 그것을 들으면서 문득, 벚꽃은 벌써 졌을까 하는 생각이 들어 일어나서 창의 커튼을 열자, 바깥에서는 온통 벚꽃 폭풍이 소용돌이를 그리고 있었다.

잠시 그것을 바라본 후, 자야 한다고 생각하고 또 위스키를 조금 마시고 이불을 다시 덮었지만, 잠시 꾸벅꾸벅 졸았나 싶다가 다시 깨어 베갯맡에 횡횡 울리는 바람이나 가지 소리를 들었다. 이제 곧 멈출 거라고 생각하며 눈을 다시 감아도 바람과 가지는 계속 울어 댔다. 새벽이 되어 가즈아키는 사키코가 산부인과에서 처방받은 신경안정제가 있던 것을 떠올리고 두 알을 실례해서 위스키로 삼킨 후, 어떻게든 자려고 했다.

그러는 중에 바깥의 바람은 조금 가라앉은 것 같았다. 돌아온 새벽의 조용함 속에서 가즈아키는 이번에는 다른 소리를 들었다. 계단 밑에서 들렸다고 꿈속에서 잠시 생각한 후, 이불에서 일어나 방을 나갔다. 계단 밑에 있는 부엌 부근은 자기 전에 불을 껐을 텐데 어슴푸레하게 밝았다. 가즈아키는 어떻게 된 건가 하고 눈을 크게 뜨면서 아래까지 내려가 부엌을 들여다보았다.

그러자 흐릿하게 광채를 내면서 흔들리는 둔한 빛 덩어리가 있고, 그것은 가즈아키의 눈 속에서 식기선반을 등지고 의자에 앉아, 식탁을 향해 이 쪽을 바라보고 있는 누군가의 모습과 순식간에 겹쳐졌다.

"你几儿来的(언제 온 거야)……"하고 가즈아키는 저도 모르게 목소리를 냈고, 빛의 아지랑이에서는 낭랑한 목소리로 "櫻花儿谢前, 我来看看(벚꽃이 지기 전에 보러 왔어)" 하고, 우아한 베이징 어가 돌아왔다.

"原来(그래)……?"

벚꽃을 보러 왔다면, 가즈아키로서는 자신이 나타낼 수 있는 한의 감개를 담아, 그러냐고 대답할 수밖에 없었다.

"올해는 빨리 져 버릴 것 같아."

"그런 것 같군. 오늘밤에 오길 잘했어."

"마당의 벚나무 봤어?"

"봤고말고. 보고나서야 여기로 왔지. 그랬더니 옛날하고 똑같잖아. 내가 앉아 있던 테이블이 있어 의자가 있고. 너가 있고……. 너는 정말 옛날 그대로야."

빛의 아지랑이가 대답하는 목소리와 베이징 어의 울림은 구석구석까지 기쁨으로 떨리듯이 울렸다. 그것은 가즈아키의 귀에 닿아 가즈아키의 온몸을 똑같이 공명시키고, 떨리게 했다.

빛의 아지랑이는 "앉아" 하고 재촉했고, 가즈아키는 "그렇군"이라고 대답하고 식탁을 사이에 두고 걸터앉았다. 가즈아키가 식탁 너머로 바라본 빛 덩어리에는 눈도 코도 입도, 팔다리도 있었다. 22세 시절의 얼굴과 거의 차이는 없지만 거기에 10년 전에는 없었던 풍격이 더해져, 두려움을 느낄 정도로 뚜렷한 남자의 얼굴이 확실히 보였던 것이다. 벚꽃이 아니라, 극도로 얇은 진홍색 꽃잎이 느릿느릿 펼쳐져 가는 7할쯤 핀 모란 같은 화려함이 있었다.

"올 줄은 몰랐어……." 가즈아키는, 어쨌든 온몸에 가득한 환희를 전하고 싶어 몸부림치면서 웃었다. 그러자 즉각 "어째서? 데리러 오겠다고 약속했잖아"라고 리오우는 대답하고, "믿지 않았던 거야?" 하고 따진다.

"10년이나 기다렸으니까"라고 가즈아키가 대답하자, 리오우는 "겨우 10년이야"라고 말했다.

그렇게 이야기할 때마다, 완만하게 벌어지는 입가에서는 황금색의 농후한 꿀 같은 10년분의 웃음이 배어 나와 가즈아키와의 1미터 남짓한 거리를 천천히 채워 갔고, 가즈아키는 일분일초를 아까워하면서, 뼈에까지 그것이 스며들었으면 좋겠다고 생각했다.

"세월 따윈 세지 마. 이 리오우가 시계야. 당신의 심장에 들어 있어."

"심장에?"

"움직이지?"

"아아……, 심장이 임신한 것 같은 기분이야."

"그거 기쁘군. 오싹오싹한데…….."

빛의 아지랑이는 그 말대로 웅성거리듯이 떨리고 몸부림치듯이 광휘를 터뜨려, 리오우가 정말로 일순 온몸으로 기쁨의 소리를 지른 것 같았다. 그러자 순식간에 흥분은 가즈아키에게도 전해지고, 심장이 자궁이 되어 꿈틀거리는 미지의 쾌감에 꿰뚫리는 것을 느끼면서 온몸에서 웃음소리가 터져 나왔다. 한 번 웃자 아지랑이가 한 번 흔들리고, 공진하면서 서로에게 다가가 손을 뻗으면 서로 닿을 정도의 거리까지 오자, 이번에는 "자, 들어 봐" 하는 리오우의 기쁜 듯한 목소리가 들려왔다.

"헤이룽장[黑龍江] 성에 땅을 준비했어. 동서 100킬로미터, 백만 헥타르의 넓이야. 하얼빈과 치치하얼 사이에 있는, 아무것도 없는 초원과 사막이지. 남쪽 끝에는 쑹화 강[松花江]의 지류인 넌장 강[嫩江]이 흐르고 있어. 작년에 강가 습지에 천 그루의 벚나무 묘목을 심었어. 올해도 천 그루를 심은 생각이야. 내년에도 천 그루. 내후년에도 천 그루. 벚나무는 전부 당신에게 바치려고. 그 근처에 집도 짓자. 대륙을 여행하다가, 벚꽃이 피는 계절에만 돌아올 집이야……"라고.

가즈아키는 그저 귀를 빼앗기면서 상상도 가지 않는 이야기에 점점 혼란스러워졌다. 그러다 갑자기 어디에선가 밀려오는 불온한 기척을 느끼고, 가까이에서 계속 흔들리고 있는 빛의 아지랑이를 응시했다.

"리오우. 네가 무슨 말을 하는 건지 모르겠어. 리오우, 들려……?"

무심코 손을 뻗자, 식탁 맞은편의 빛은 뒤로 슥 물러나 손은 닿지 않았다.

"아아, 하고 싶은 얘기가 산더미처럼 많아……!"라고 리오우는 말한다. 그 목소리는 틀림없이 환희로 채색되어 있었지만 지금은 조금씩 그 목소리도 멀어져 가고, 광채도 엷어지고 있었다. 그때, 다시 리오우의 목소리가 들렸다. "많이 얘기하고 싶지만, 다음에 다시 하지. 잊지 말아 줘. 우선은 5천 그루의 벚나무로 당신을 대륙에 맞이하고 싶어. 오늘밤에 분명히 약속했어. 이렇게, 여기서 약속했어"하고.

가지 말아 줘, 더 얘기를 해 줘, 그런 설명으로는 모르겠어, 하고 목구멍까지 나오려던 목소리는 어디에선가 찾아온 직관에 막혀, 가즈아키는 간신히 한 마디 "신허깐[心和肝]……!"하고 부를 수 있었을 뿐이었다. 10년 전에 자신이 토해낸 말은 리오우에게 닿은 듯, 이제 거의 사라져 가는 잔광殘光 속에서 만족스러운 듯이 다시 한 번 기쁨으로 몸을 떠는 희미한 기척이 돌아왔다.

그 후, 새벽의 추위로 잠에서 깬 가즈아키는, 부엌 의자에 앉은 채 몸이 차디차게 식어 있는 자신을 발견했다. 어슴푸레하게 밝아진 식탁에는 자신 외에는 아무도 없고, 온통 갈라진 널빤지가 팔꿈치 밑에 차갑게 식어 있었다.

가즈아키는 머리를 가득 채우고 있는 둔통 속에서 '하얼빈', '치치하얼', '넌장 강'이라는 말을 하나하나 주워 내고, 환각을 본 것치고는 어째서 모르는 지명이 몇 개나 기억에 남아 있는 걸까 하고 이상하게 생각했다. 중국 잔류고아가 일본을 찾았다는 뉴스에서 자주 듣던 구舊만주의 지명이 머리 어딘가에 어렴풋이 남아 있던 것일까. 그렇다 해도 5천 그루의 벚나무라니, 또 무슨 몽상을 한 건가 싶어 스스로도 우스웠다. 10년 만에 본 리오우가 황금색 꿀을 흘리는 홍모란의 꽃이라니.

리오우의 모습을 보았다고 생각했지만, 그러고 보니 무엇을 입고 있었는지도 기억나지 않았다. 재킷이었는지, 셔츠였는지. 팔다리는 있는 것처럼 보였지만, 그것도 확실하지 않다고 다시 생각했다.

자신의 정신상태에 이변은 없었고, 조금 술을 자제하는 게 좋겠다고 자신에게 들려주며 가즈아키는 이기에서 일어섰다. 그때, 판자로 된 바닥에 점점이 흩어진 벚꽃 꽃잎을 보고 놀라서 둘러보니, 개수대 쪽 창이 조금 열려 있었다. 그러고 보니 어젯밤에는 닫은 기억이 없다는 것을 떠올렸지만, 가즈아키는 한편으로 중력에 끌리듯이 다시 의자에 주저앉으며 아무도 없는 식탁을 다시 바라보았던 것이다. 그리고 '설마, 정말로 리오우가 찾아온 것은 아니겠지' 하고 자신에게 확인했다. 그런 가능성은 만에 하나라도 없다고.

그렇게 생각하는 한편, 그렇다면 헤이룽장 성의 백만 헥타르의 땅이라는 것은 뭔가, 하고 다시 자문했다. 쑹화 강은 들은 적이 있지만, 넌장 강이라는 지류는 알지도 못한다. 5천 그루의 벚나무를 심은 땅에 집을 짓자는 것도, 상상도 한 적이 없다. 그런 이야기를 자신이 만들어 냈을 리는 없었다. 그렇게 생각하자 일단은 냉정하게 판단한 일의 순서를 스스로 부정하고, 그것을 다시 부정하며 혼란스러워하다가, 마지막에는 이상한 것은 자신의 정신상태라고 억지 결론을 끌어내 보고는, 그것도 부정했던 것이다.

가즈아키는, 자신은 환각을 본 것이 아니었다고 갑자기 확신했다. 자신은 분명히 리오우를 보고 그 목소리를 들었지만, 그 리오우 자신이 환상의 형태를 하고 있던 거라고 확신한 그 다음 순간, 공기란 공기가 모두 고체화된 듯한, 동시에 공기를 잃은 폐도 멈춘 듯한, 세계와 시간 전부가 멈춘 듯한 경악 속에서, 리오우는 죽은 거라고 생각했다.

이어서 제정신이냐고 일축해 보았지만, 거기에는 거의 힘이 들어가지 않았다. 왜인지는 모르겠지만, 리오우는 몸을 빠져나온 영혼이 되어 간신히 모리야마 공장을 찾아온 거라는 데에 생각이 미친 몇 십 초 동안, 가즈아키도 숨을 쉬고 있지 않았다.

그날 아침, 오전 7시 반이 지나서 경리 여직원이 출근했을 때, 가즈아키는 사무실 의자에 주저앉아 있었지만 턱이 덜덜 떨려서 "안녕하세요"라는 한 마디를 할 수가 없었다. 무조건 밝은 사람을 쓰고 싶어서 고용한 세 아이의 어머니는 모습을 나타내자마자, "그러니까 어제도 말했잖아요, 감기 기운이 있을 때에는 젊은 사람이라도 몸조심해야죠" 하고 잔소리를 하면서, 고용주의 이마에 차가운 물에 적신 수건을 얹고 근처 병원에 전화를 걸었다. 그것을 들으면서, '맞아, 어제부터 감기에 걸려 있었어' 하고 겨우 생각해 냈다.

바로 곁에서 전화를 걸고 있는 여성의 허리는, 40세 전의 한창 때 여자답게 껴안고 싶을 정도로 풍만했다. 오늘 아침에도 남편과 아이들 4인분의 도시락을 부지런히 만들어 집에서 내보냈을 거라고 생각하면서, 가즈아키는 "다카노 씨" 하고 여성의 이름을 불렀고, 수화기를 놓고 돌아본 다카노는 "아하하, 그렇게 한심한 얼굴 하지 마세요……" 하고 부드럽게 소리 내어 웃었다.

"남자는 여자보다 열에 약하다고들 하지만, 주사 한 대만 맞으면 열 따윈 금방 내려갈 거예요. 자, 선생님이 기다리고 계시니까 얼른 가야죠. 다른 분들께는 잘 말해 둘 테니까, 진찰 잘 받고 오세요."

공장 마당은, 어젯밤에는 도대체 얼마나 져 버린 걸까 싶을 만큼 꽃잎의 잔해가 쌓여 있었다. 가즈아키는 벚나무를 올려다보지도 않고, 일이 시작되기 전의 공장에서 다카노에게 떠밀리듯이 나가 100미터쯤 떨어진 내과의원으로 갔다.

병원에서는 혈액검사 후에 해열제 주사와 링거를 맞고, 감기는 대단치 않지만 영양부족이라는 말을 들었다. 사키코가 오는 주말 외에는 무엇을 먹었냐고 물어도 생각나지 않는 식생활을 했던 것은 확실하지만, 체중이 60킬로그램도 되지 않는다는 것을 알고, 하룻밤 만에 3킬로그램이나 줄었나 하고 감개를 느꼈다. 줄어든 것은 몸 어딘가에 차 있던 10년분의 꿈 이야기의 무게일 거라고 생각했다. 그리고 "하얼빈, 치치하얼, 넌장 강……" 하고 하나하나 열과 함께 몸에서 쫓아내면서, 한 시간쯤 병원 침대에서 꾸벅꾸벅 졸았다.

39도였던 열이 평균체온으로 내려가 공장으로 돌아가자, 마당을 쓸고 있던 다카노에게도, 작업장의 종업원들에게도 오늘은 그만 쉬라는 말을 들었다. 가즈아키도 일을 할 기력은 없었지만, 열이 내려가 머리가 조금 움직이기 시작하자 쫓아냈던 하얼빈이나 치치하얼의 이름이 다시 소용돌이치기 시작하고, 리오우는 정말로 죽은 걸까 하는 의심이 찾아와, 확인해야 한다고 마음만 서두르고 있었다. 그래서 단골 거래처에 간다고 거짓말을 한 30분 후에는 버스를 타고 있었는데, 그 무렵 머리는 거의 '하얼빈, 치치하얼, 넌장 강……'의 홍수였다.

오사카 경찰본부로 다마루를 찾아가자, 그는 지금 경비부장의 경시정[†]이라나 해서, 가즈아키는 한 시간이나 접수계에서 기다려야 했다. 그 후, 10년을 하루같이 전혀 변함없는 모습의 다마루 그가 불쑥 나타나 "공원으로 가지" 하고 가즈아키를 재촉하면서 밖으로 나갔다. 다마루는 확실히 말하지는 않았지만, 공안에서 가즈아키는 지금도 요주의인물이라, 청사 내에서 면담을 하게 되면 기록을 해야 한다는 것 같았다.

"다마루 씨의 지위가 해마다 높아진다는 것을 완전히 잊고 있었습니다. 이상하죠……."

"그러고 보니 올해는 아직 공장의 벚꽃을 보러 가지 못했군. 어때, 올해는?"

"어제 강풍이 불어서 꽤 졌습니다."

[†] 일본 경찰관의 계급 중 하나로 경시보다는 높고 경시장보다는 낮다.

경찰본부 맞은편에 있는 오사카 성 공원도, 해자를 덮고 있는 벚꽃의 아지랑이는 이미 색깔이 빠지고 있었다. 다마루와 가즈아키는 벤치에 앉았다. 조금 떨어진 다른 벤치에는 경호인 듯한 두 명이 진을 쳤지만, 다마루는 신경 쓰는 기색도 없이 남자들에게 등을 돌리고 가즈아키를 보았다.

"용건은 대충 짐작이 가네만."

"토요일 밤에, 언젠가 말씀하셨던 호우광서우라는 남자를 텔레비전에서 봤습니다……."

"아아, 나도 봤어."

"오늘 새벽에 그 호우광서우가 공장을 찾아와서, 옛날 여기에서 신세를 졌다는 이야기를 하고 갔어요……. 어슴푸레한 아지랑이의 형태였습니다만, 공장에 숨어 있던 킬러라는 걸 금방 알았습니다. 갑자기 이런 일이 생기면 누구나 머리가 이상해지겠지요."

다마루는 제정신이냐는 말은 하지 않았다. 잠시 침묵하다가, 냉철하게 하나하나 되물었다.

"우선 확인하지. 자네는, 그 킬러와는 1976년 이래 만나지 않았다고 말해 왔어."

"그렇습니다."

"그럼 자네가 새벽에 본 것은 10년 전의 남자의 얼굴인가, 아니면 텔레비전에 비치던 얼굴인가?"

"텔레비전 쪽입니다."

"자네의 머리가 정상이라 치고, 자네가 본 아지랑이라는 건 정확하게는 뭔가?"

"유령입니다. 그 외에는 떠오르지 않습니다."

쉰을 넘은 다마루는, 이전 같은 강압적인 기세는 그림자를 감추었지만 고무 가면은 더욱 단단하고 깊어져서, 그 속에 뭐가 들어 있는 것인지 이미 밖에서는 전혀 들여다볼 수 없어졌다. 그래도 어릴 때부터 보아 온 얼굴의 인상은, 지위가 높아진 지금도 가즈아키의 눈에는 무서울 정도로 변함이 없어, 다마루와 상대하고 있으면 자신이 몇 살이 된 건지 문득 알 수 없게 될 때도 있었다. 지금 만일 이 다마루의 취조를 받아야 할 상황이 된다면 자신에게는 이미 스물두 살 때 같은 강도는 없을 거라고 생각하자, 다마루가 현장에 얼굴을 내밀 일이 없는 지위로 올라가 버린 것을 은밀하게 감사하기도 했다.

유령이라고 대답하고 나서, 가즈아키는 조금 후회했다. 그러나 다마루는 유령이라는 말을 듣고도 아무 반응도 보이지 않고 다시 잠시 침묵에 잠겼다. 이윽고 "그러고 보니 옛날에 그런 책을 읽었어. 유령이 되어 돌아오는 남자의 이야기였지. 이름이 우에다 아키나리였던가……"라고 말했다.

"그래서 자네는 내게 호우광서우의 생사를 확인하러 온 건가?"

"네."

"하라구치 다쓰로도 지금은 그 정보를 얻으려고 열심이겠지. 자네, 그에게서 듣지 못했나?"

"하라구치와는, 그런 이야기는 일절 하지 않습니다."

다마루의 눈이 쏘아보는 것을 느꼈지만, 가즈아키는 마주보지 않았다. 간사이 폭력단과 홍콩 신디케이트의 움직임에 대해서는 형사부 쪽에서 나름대로 최신 정보가 들어오고 있기 때문에, 다마루도 굳이 넌지시 그런 얘기를 비춘 것이 틀림없었다. 나이트게이트의 킬러를 둘러싼 움직임은, 경찰이 파악한 범위에서 보아도 분명히 급박해진 거라고 새삼 생각했다.

"폭력단 담당반에서도, 요시다 가즈아키란 누구냐고 고개를 갸웃거리고 있어. 나도 모른다고 말해 뒀지."

그렇게 말하고, 다마루는 희미하게 웃은 것 같았다.

"최소한, 개인의 이데올로기나 돈의 이해는 상관없어. 아마 남자를 좋아하는 것도 아닐 거야. 하라구치는 대학 시절부터 스포츠 사격을 했었고 지금도 자주 해외에 가서는 트라이얼에 참가하고 있는 것 같으니까, 어쩌면 공통사항은 권총이 아닐까 하는 추측도 형사부에는 있지만, 나는 그것도 진짜 목적은 아니라고 생각하고, 그렇게 말도 했어. 그러니 수수께끼라고 말이야……."

이것도 다마루의 공격방법이라는 것은 알고 있었다. 본론에서 벗어난 것처럼 보여도, 다마루는 실은 용의주도하게 가즈아키와 하라구치의 접점에 나이트게이트의 킬러가 있다는 것을 암시하며, 핵심을 언뜻 비춰 보인 것이다. 한편 가즈아키는 초조해하며 열심히 평정을 지키고, 이번에는 자신이 반응을 보이지 않는다는 방법으로 나가는 것이 고작이었다.

그러자 다마루는 한 번 더 찌를 생각인지, "금요일 밤에 하라구치의 배를 타고 섬에 갔지?" 하고 캐물었다.

그런 것이다. 감시가 그렇게까지 엄격해졌다는 것은, 이 역시 사태가 절박하다는 증거다. 가즈아키는 다시 불안의 근거를 겹쳐 쌓으면서, 한편으로는 마음을 단단히 먹었다. "가끔 배는 탑니다"라고만 대답하고 그 이상은 말하지 않자, 다마루는 우선 쓸데없는 절차를 생략하기로 한듯 그제야 본론으로 돌아왔다.

"그런데, 자네는 호우광서우의 생사를 확인해서 어쩔 셈이야?"

"만일 사망한 거라면, 공양이라도 한 번 해 줘야 또 공장에 나타나지 않을 테니까요."

"지난 10년간 자네는 온몸이 거짓말덩어리였지만, 지금도 유령이 무서운 얼굴은 아닌걸."

"어떤 얼굴을 하면 좋을까요……? 호우광서우가 살아 있는지 죽었는지만 가르쳐 주십시오."

"오늘 아침 증권신문에, 그의 투자회사가 어제부로 영국의 무슨 증권회사를 인수했다는 얘기가 실려 있었어. 사장이 죽었다는 얘기는 어디에도 나오지 않았지."

"텔레비전에 비치던 호우광서우는 나이트게이트의 킬러와는 다른 사람이었습니다."

"그래? 자네는 진짜 얼굴을 알고 있었지……. 목소리는 어때? 새벽에 찾아왔다는 유령의 목소리는? 10년 전에 들은 본인의 목소리였나?"

"네."

"그런 얘기를 진지하게 듣는 건 아니지만……."

다마루의 목소리가 문득 끊어져, 가즈아키는 다마루를 보았다. 다마루의 눈은 어느새 완전히 바뀌어 더욱 어두워진 채, 한산한 보도를 오가고 있었다. 떨어진 벤치에 있는 경호역 형사들의 눈의 움직임도 그것에 겹쳐져, 가즈아키도 근처에 뭔가 이변이 있었다는 것만은 눈치챘다.

다마루의 목소리는 돌아왔다.

"미국의 감시자가 있어"라고 말하며 다마루는 웃었고, 봄하늘로 팔을 뻗어 느긋하게 기지개를 켠 것은 연기임이 틀림없었다.

"지금 무슨 일이 일어나고 있는지, 자세한 이야기를 자네에게 할 수는 없어. 옛날에 말한 대로 아주 정치적인 얘기야. 그리고 자네 질문 말인데, 지난주 금요일에 제네바에서 베이징의 '고양이'를 확인했다는 정보는 들어왔네. 나이트게이트의 킬러와 동일인물인지 어떤지는 알 수 없지만."

"확인되었을 뿐입니까……?"

"사람을 찾고 있는 게 아니잖아. 자네, 유령을 봤다면서?"

다마루는 거기까지 말하고 일어서더니, "이제 오지 마"라는 말을 남기고 떠났다.

가즈아키의 호흡은 다시 잠시 동안 멈춰 있었다. 잠깐이지만 순간 터져 나오려던 비애 덩어리도 목 안쪽에서 딱 정지하고, 눈앞에 끼어 있는 꽃아지랑이만이 망막 가득 퍼져 가고 있었다. 하지만 다시 호흡을 시작하자, 리오우는 살아 있다는 확신이 불가사의한 회로를 통해 홀연히 내려왔다.

어디에서 온 건지 알 수 없었던 것은 새벽의 빛 아지랑이와 마찬가지였다. 부엌 식탁에 앉은 그것을 맞이했을 때에 한 치의 놀라움도 의심도 없었던 것처럼, 지금도 엉뚱한 확신에 대한 의심은 스치지도 않았다. 아니, 조금 생각해 보면, 엉뚱하기는커녕 당연한 확신이라고 새로이 확신하기까지 했다. 사람을 통해 전해져 오는 소식은 가지가지지만, 무엇보다도 자신의 눈으로 본 것도 아닌 죽음을 그렇게 선선히 인정하고 끝낼 수 있을 만한 인간을, 내가 그동안 기다려 온 것은 아니라고 생각했다. 자신이 만난 것은, 운명의 무상이나 허무함과는 가장 인연이 먼 오라aura를 발하는 누군가였다고.

처음에는 빛의 아지랑이가 사라진 후에 순간 리오우

의 죽음을 상상했지만, 그것도 지금은 이 확신에 이르는 과정이었던 거라고 가즈아키는 생각했고, 리오우는 살아 있다고, 지금까지 없었던 회로로 한 치의 의심도 없이 강하게 믿었다. 이런 생각을 하는 것이 혹시 리오우의 죽음을 인정하고 싶지 않은 마음 때문이 아닌지 몇 번이나 자문했지만, 그때마다 직관이 그렇지 않다고 대답했다. 10년 전과는 조금 다른 감촉이었지만, 일체의 말을 집어삼키는 듯한 리오우의 자력은 지금 또다시 주위에 온통 가득 차 있다.

나는 제정신일까?

새삼 자문한 순간, 그것이 뭐 어떠냐는 웃음소리가 들리고, 그도 그렇다고 생각하면서 가즈아키는 햇살을 향해 눈을 깜박였다. 그러자 옅은 색 벚꽃의 띠도 다시 미소하듯이 깜박거리고 봄 햇살은 부풀어 올라, 가즈아키는 왠지 갑자기 온몸이 봄에 감싸이는 것을 느꼈다. 그것은 부드럽고 화려한 감촉이었지만, 피부를 통해 스며듦과 동시에 가벼운 욱신거림을 일으키는 것이었다. 그뿐 아니라, 가려운 데를 긁으면 열을 띠게 되듯이, 몸 안쪽의 불씨가 다시 조금 불타기 시작하려고 한다. '아아, 나는 반한 거구나. 숨이 멈출 정도로 반한 거야' 하고 생각하자, 몸 구석구석이 환희의 목소리를 지를 것 같았다.

그래서 가즈아키는 스스로도 놀랄 정도로 평온하게 공장의 일상으로 돌아갔고, 감기는 좀처럼 낫지 않았지만 다음날인 수요일에는 거래처 중 베어링 제작회사의 담당자와 함께 히로시마에 있는 자동차 회사의 공장에 갔다. 로터리 엔진에 장착할 새 터보과급기의 개발 현장으로, 그곳에서 베어링 제작회사는 터빈의 축받이를, 모리야마 제작소는 공기를 보내는 날개 부분의 금형과, 축받이에 부수되는 부품 몇 개를 시험 삼아 만들어 보라는 말을 들었다. 개발단계의 시작품은 처음부터 십중팔구 실제 사용은 할 수 없을 거라 생각하고 시작하지 않으면 할 수 없지만, 만에 하나라도 햇빛을 보게 되는 일이 있으면 모리야마 제작소에서 가공의 일부를 수주할 수 있을지도 모른다는, 그 정도의 이야기였다.

그렇게 여분의 일을 가지고 돌아오면 종업원들은 일단 싫은 얼굴을 해 보이지만, 내심은 그리 싫어하지도 않는다. 그래서 히로시마에서 돌아온 다음날인 목요일에는, 가즈아키는 자동차 회사에서 받은 설계도를 숙련공에게 건네며 "한 턱 낼게요" 하고 머리를 숙이고, 자신은 그만큼 납기에 쫓기게 되는 일을 대신 받아다가 하루 종일 작업장에 서 있었다.

그리고 금요일에는 금형 등의 수주품을 베어링 제작회사에 맡기러 갔다. 간 김에 기술개발실을 들여다보고 마이크로컴퓨터용 자기디스크에 사용하는 최신형 극소

축받이도 구경한 후 단골 거래처를 몇 군데 더 돌고 오후에 공장으로 돌아가자, 경리직원인 다카노가 전보가 와 있다고 했다.

그 전보를 본 순간, "친척이 교통사고를 당했대요"라고 거짓말을 하고 다시 공장을 뛰쳐나간 것은, 도를 잃었음이 틀림없는 자신의 모습을 종업원에게는 보일 수 없었기 때문이었다. 전보에는 "신한큐 호텔 750호실에서 기다리겠습니다. 사사쿠라"라고 되어 있었다. 본문의 내용이야 어쨌든, '사사쿠라'라는 이름은 10년의 세월 저편에서 낙하해 온 운석 같은 충격을 주었다. 그 얼굴도 풍채도 목소리도, 전보용지 위에서 어제 만난 듯이 튀어나오자마자 캄캄한 구멍에 빨려들어 사라지고, 그 후에는 아무것도 보이지 않는 어둠이 되었다.

가즈아키는 어떤 생각도 상황판단도 하지 못한 채, 피할 수 없는 인력에 이끌리듯이 전철을 탔다. 그러나 자신이 어디로 향하고 있는 건지를 자각하고 있었던 것은 아니어서, 우메다 터미널에서 혼잡한 홈으로 토해 내어진 후에는 발이 갈 곳을 잃고, 사람들로 심하게 붐비는 지하통로를 잠시 헤맸다. 잠시 후 떠밀리는 대로 한큐 백화점 안으로 들어가, 이번에는 지하식품매장에서 사람들의 소용돌이에 삼켜져 또 잠시 돌아다녔다. 그러다가 자신이 작업복을 입은 채 나온 것을 그제야 깨달았지만, 곤혹스러운 것도 아니었다. 대신 돌아온 희미한 이성이, 정말로 사사쿠라 분지인 걸까, 누군가의 덫은 아닐까 하고 불안을 호소했지만, 한편으로는 어디에선가 오는 인력이 만나러 가야 한다고 계속 등을 떠밀었다.

결국 한 시간 가까이 인파 속에서 머뭇거린 후, 가즈아키는 지하통로에서 호텔 로비로 올라가, 눈치 빠르게 돌아본 보이에게 750호실로 안내해 달라고 말했다.

먼저 넓은 스위트룸의 응접실이 있고, 거기에서 가즈아키가 본 것은 기억 속의 남자보다 훨씬 작아진 노인의 모습이었다. 머리숱도 적어지고, 자그마한 체구에 지금은 단정하게 정장을 입고 넥타이를 맨 그 남자가 사사쿠라 분지인지 어떤지, 한눈에는 알아볼 수 없었다.

남자는 팔걸이의자에서 일어서서, 가늘게 뜬 눈을 이쪽으로 향했다. 이어서 그 입매가 좌우로 벌어지고 느릿한 웃음이 새어 나온 그때, 가즈아키는 간신히 '맞아, 이 얼굴이야' 하고 멍하니 생각했다.

"아아……, 완전히 어엿한 남자가 되었군요. 옛날보다 훨씬 남자답고 멋집니다. 작업복도 잘 어울리세요."

그것이 첫마디였다. 그러나 그 목소리도 그의 기억에 있는 목소리보다는 부드러운 느낌이 들어, 가즈아키는 다시 한 번 정말로 사사쿠라인지 눈을 의심하시 않을 수 없었다. 남자가 무슨 말을 했는지는 귀에도 들어오지 않았다.

"오늘은 하루 종일 기다릴 생각이었습니다. 갑작스런 이야기라 놀라셨겠지만, 제가 요시다 씨의 공장에 전화를 걸면 나중에 쓸데없는 혐의를 살 가능성도 있기 때문에 전보를 쳤습니다. 나이트게이트의 시효까지 앞으로 5년은 남았으니까요."

"싱가포르에 계신다고 들었습니다……."

"일 때문에 지금은 싱가포르와 미국과 스위스를 왔다 갔다 하고 있습니다만, 오늘은 요시다 씨를 만나기 위해 일본에 들렀습니다. 10년 만에 와 보니 오사카 역도 모습이 크게 달라져 버려서, 우라시마 타로[†]가 된 기분이었습니다. 그러고 보니 모리야마 씨도 돌아가신 지 5년이 지났던가요……? 이거, 이 남자는 요시다 씨를 아들이라고 생각하고 있구나 하고 느낀 것이 10년 전이었습니다만, 역시 그대로 되었군요."

옛날과는 꽤 느낌이 다른 온화한 말투 구석구석에 언뜻언뜻 예전의 뻔뻔스러움이 엿보인다고 생각했지만, 순식간에 그것도 알 수 없어졌다. 옛날부터 밝은 오사카 사투리로 이야기하는 남자였지만, 지금은 듣고 있으면 문득 시간이 사라져 가는 듯한 느긋한 여유가 있어, 최

---

† 18세기에 간행된 《오토기조시》라는 일본설화집에 나오는 젊은이의 이름으로, 아이들에게 괴롭힘을 당하던 거북이를 도와주고 용궁에 가서 성대한 접대를 받은 뒤, 돌아와 보니 용궁에 가 있던 잠깐 동안에 물 위에서는 수십 년이 흘러 있더라는 이야기의 주인공.

면술에 걸리는 게 아닌가 생각할 정도였다.

"용건을 말씀해 주십시오……."

"먼저 말씀드리겠는데, 오늘은 과거 이야기는 하지 맙시다. 그 얘기를 하기 시작하면, 요시다 씨는 오늘 여기에서 이 사사쿠라와 상대할 이유가 없지 않겠습니까. 인생은 긴 것이고, 여러 가지 변화도 있습니다. 그 작은 꼬마가 참 여러 가지로 고생도 했지만 지금은 이렇게 훌륭한 남자가 된 것처럼, 저도 여러 가지 길을 걸어 왔고, 지금은 어쨌든 이렇게 여기에 있는 것입니다. 자, 우선은 앉으시지요."

그렇게 재촉하는 대로 의자에 앉자, 테이블에는 룸서비스로 시킨 잔과 쿨러에 담긴 샴페인이 있었다. 순간 하라구치 다쓰로가 "출소 기념이야"라며 열던 샴페인이 뇌리를 스쳐 얼굴을 들자, 사사쿠라 분지가 웃고 있었다. 문득 세월을 뛰어넘어, 악업이 뼈에까지 스며든 남자의 악취의 편린이 스친 듯한 기분이 들었지만, 그것도 곧 알 수 없게 되었다. 들리는 말은 어디까지나 온화했기 때문이다.

"잘 와 주셨습니다……. 요시다 씨를 만날 수 있을 때까지 돌아오지 말라고, 호우광서우 씨가 말씀하셨거든요. 아아, 그렇게 놀란 얼굴은 하지 않으셔도 됩니다."

"지금, 뭐라고 말씀하셨습니까……?"

"호우광서우라고요. 아시겠지만, 모리야마 공장에 있

던 그 남자입니다. 지금은 제 고용주입니다. ……아아, 그러니까 말했잖아요, 옛날 얘기는 하지 말자고요. 요시다 씨가 놀라는 것도 무리는 아니겠지만, 10년이라는 세월은 한 사람 인생의 방향을 바꾸기에는 충분한 기간입니다."

"세월 문제가 아니에요."

가즈아키는 우선 그런 말을 내뱉었다.

세월 문제가 아니었다. 나이트게이트의 전말을 보면 사사쿠라 분지는 분명히 자오원리를 살해한 측의 인물이었으며, 킬러를 보낸 홍콩의 펑랑방과 연결되어 있었다. 그러나 사건 후 모리야마 공장에 킬러를 맡긴 사사쿠라는, 가즈아키나 모리야마 고조가 아는 범위에서 보아도 분명히 변절을 저질렀다. 사사쿠라가 정확하게 무엇을 노리고 있었는지는, 결과가 나오기 전에 모리야마가 킬러를 놓아줌으로써 결국 명백해지지 않았지만, 사사쿠라가 가즈아키에게 거짓 전언을 부탁한 것은 사실이었다.

공안의 다마루도 당시 사사쿠라에 대해서는 우파인지 좌파인지 모른다는 식으로 말했다. 게다가 모리야마 고조에게 빚의 변제를 재촉하던 날 밤에, 모리야마에게 맡긴 킬러에 대해 사사쿠라는 뭐라고 말했던가. 문화혁명에 의해 본토에서 도망쳐 나온 수많은 사람들 중 한 명이라고, 별 것도 아니라는 말투로 이야기했었다. 그런 사사쿠라가, 지금은 그 킬러를 고용주라고 한다.

"세월 문제가 아닙니다. 저는 이해가 안 됩니다"라고 가즈아키는 되풀이했다.

"요시다 씨가 보기에는 분명히 그렇겠지요……." 그렇게 대답하면서, 사사쿠라의 얼굴에는 여전히 시간이 끊어져 가는 듯한 느릿한 호흡 그대로, 엷은 미소인지 영원한 뻔뻔스러움인지 모를 웃음이 끊이지 않았다. 그 가느다란 눈 안쪽을 직시하는 것은 아직 무서워서 눈을 피했고, 시선을 피하고 있자니 무심코 그 입가에 어린 기괴하고도 온화한 웃음을 만나게 되었다.

"요시다 가즈아키는 분명히 이해가 안 간다고 말할 테니까, 그때는 바로 내가 모든 말을 동원해서 이야기할 필요가 있다고, 호우광서우 씨도 말했습니다. 그러나 이것은 호우광서우 씨에게도 한 말입니다만, 제 나이가 되면 변절에 각별한 이유는 필요 없답니다. 어제까지 읽던 소설의 뒷부분을 오늘은 읽고 싶지 않아진다. 어제까지 기대하던 연극도, 아침 해가 밝으니 어쩐 셈인지 가고 싶지 않아진다. 그래도 '아아, 그런가?' 할 뿐이지, 일일이 이유를 생각할 필요는 느끼지 않습니다. 이유를 생각할 시간도 아깝고, 생각해 봤자, 그럼 원래의 길로 되돌아갈 것인가 하면, 그럴 필요가 어디에 있냐고 이 몸이 말하는 것입니다. 나는 히고 싶은 일을 한다, 이제 어디 들렀다 갈 시간도 체력도 기력도

없다고 생각하는 거겠지요……. 아참, 설탕과자 같은
건 벌써 몇 십 년이나 먹고 싶다는 생각도 하지 않았는
데, 요즘 갑자기 먹고 싶다는 생각이 들어서 말이에요.
어릴 때 만주에서 축하할 일이 있는 날이면 부모님이
사 주시던, 설탕을 듬뿍 입힌 산사나무 열매 말입니다.
모리야마도 먹었을 텐데, 생전에 그런 얘기는 하지 않
던가요?"

가즈아키는 고개를 가로저었다. 산사나무 얘기는 기
억에 없지만, 출소 후에 만난 모리야마가 이전처럼 술을
마시지 않게 된 대신 보리엿이나 설탕에 절인 살구나
콩과자를 밤에 혼자 씹던 모습을 떠올리면서도, 여전히
사사쿠라의 이야기에는 동의하지 않았다.

"산사나무 열매를 설탕에 절인 것과 사람의 목숨을
좌우하는 변절은 다른 이야기입니다."

"그게 똑같이 생각된다……고 해 봐야, 젊은 사람에
게 늙은이의 느낌은 이런 거라고 이해시키는 것도 무리
겠지요. 논의하기 전에 우선은 샴페인을 딸까요? 무엇
을 위한 샴페인이냐고는 묻지 마십시오. 그야말로 쓸데
없는 것이니까요. 저는 보시다시피 왼손이 좀 불편하니
까, 마개 뽑는 것을 부탁드립니다."

정장 소매에서 엿보이는 사사쿠라의 왼손은 핏기 없
는 밀랍세공 같았지만, 의수로는 보이지 않았다. 가즈아
키는 샴페인 마개를 뽑은 후 병을 놓았고, 사사쿠라는

그것을 오른손으로 들어 올려 잔에 따랐다.

"손은 어떻게 되신 겁니까?"

"한 번 잘린 걸 다시 붙였지요. 그 얘기를 지금부터 들려드리겠습니다. 하지만 우선은 건배. 요시다 씨와 호우광서우 씨의 건강을 위해."

"호우광서우는 지금 어디에 있는 겁니까……?"

"이건 요시다 씨의 가슴에 묻어 두겠다고 약속해 주십시오. 제네바의 병원에 있습니다."

다마루에게 제네바에서 소재를 확인했다고 들은 후, 무슨 일이 일어났는지는 상상하고 있었다. 병원에 있다는 사사쿠라의 한 마디는 샴페인의 황금색 거품과 함께 튀어 오르듯이 울렸다. 그것을 한 모금 들이키자 이번에는 목에 스며드는 방향芳香과 함께 퍼졌고, 가즈아키는 그것이 무엇보다도 맛있다고 생각했다.

리오우가 살아 있다. 계속 믿어오긴 했지만, 남의 입으로 확실히 그렇다고 듣는 것이 이렇게나 행복한 일인가 하고 놀라면서, 가즈아키는 우선 사사쿠라가 누구인가 하는 의심은 접어두고 리오우의 이야기를 듣고 싶다는 생각을 부풀렸다.

사사쿠라는 편안한 자세로 팔걸이의자에 몸을 맡기고, "자, 제가 호우광서우 씨를 만났을 때의 이야기부터 시작할까요?" 하고 말을 꺼냈다.

"저는 나이트게이트 시절, 사실을 말하면 호우광서우

본인과는 한 번도 만난 적이 없었습니다. 흐릿한 사진 한 장을 보고, 이렇게 젊은 놈인가 하고 놀랐을 뿐입니다. 하긴 마지막에 히라바야시 저목장에서 엄청난 일을 해 주었을 때에, 이건 미래의 거물이라고 생각하긴 했지만요.

그 후, 저는 회사를 청산하고 싱가포르에서 전부터 알고 지내던 화교에게서 중고 방직기 수입판매와 밀가루 공장 장사를 물려받았습니다. 10년 전에는 아직 혈기도 남아 있었으니까요. 곡물상장으로 번 돈을 자본으로 장사를 넓히려고, 중국을 겨냥한 방직기를 사들이러 시카고에 갔습니다. 1980년 초의 일입니다.

거기에서 오랜 화교 친구들과 이야기를 하고 있는데, 채권선물 거래소에서 중국계의 젊은 트레이더 하나가 엄청나게 벌고 있다는 얘기가 나왔지요. 재미있는 녀석이니 만나 보겠느냐고 하기에 거래소에 갔더니, 몇 백 명이나 되는 남자들이 밀치락달치락 하며 장기국채를 사고파는 가운데 그가 있었습니다. 한눈에 나이트게이트의 그 녀석 사진과 닮았다는 것을 눈치 챘습니다.

그쪽도 금세 저라는 것을 눈치 챈 것 같았지만, 물론 그 자리에서는 둘 다 처음 대면한다는 얼굴을 했습니다. 그 후 다 같이 잠깐 식사를 했는데, 저는 처음으로 그 남자를 실제로 보고, 뭔가 이렇게 후광이 비치는 듯한 기분이 들어서요……. 60년 이상 살아오면서 몇 천 명이나 되는 사람들을 만나 왔지만 이런 남자를 만난 것은 처음이라고, 정말로 그렇게 생각했던 것입니다. 분명히 엄청나게 아름다운 얼굴을 하고 있었지만, 제 심안心眼에 비친 것은 외모가 아닙니다. 눈의 힘이었습니다……

그렇게 해서, 저도 상당히 배짱은 두둑한 놈인지라 그날 밤 안에, 방직기는 그만두겠다, 당신에게 그 몫의 자금을 맡길 테니까 운용해 달라고 말했습니다. 그는 웃으면서 '수수료는 2할'이라고 대답했고, 그렇게 계약은 성립되었습니다. 자, 그가 제 500만 달러를 얼마로 만들었다고 생각하십니까? 일주일 만에 700만 달러입니다! 실제로 그 일주일은 가격변동이 컸다는 이유도 있지만, 생각해 보면 그 정도의 액수가 되려면 연일 그날의 최저가격으로 사서 최고가격으로 팔아치우는 것에 성공해야만 했습니다. 어쨌든 그의 덕분에 멋지게 방직기를 사들여 일을 마칠 수 있었던 저는 그에게 2할의 수수료를 지불하러 갔습니다.

그는 당시 거래소에서 가까운 싸구려 호텔에 살고 있었는데, 정말로 소박한 생활이었습니다. 오전과 오후에 세 시간 정도 거래소에 있는 것 외에는, 히터도 없는 호텔방에서 오로지 공부를 하고 있었지요. 자신에게는 시간이 없다. 배우고 싶은 것은 산더미처럼 많은데 시간이 없다. 그것이 당시 그가 했던 말입니다. 밖에서 보이는 얼굴과 달리 엄격한 얼굴을 하고 있었습니다.

그래서 제 나름대로 여러 가지 느끼는 것도 있었기 때문에, 중국 정부와의 관계는 어떻게 된 거냐고 우선 물었습니다. 그는 나이트게이트 사건 당시에는 중국의 국가안전부에 고용된 킬러였고, 그때도 어떤 지시는 받고 있을 거라고 짐작은 하고 있었으니까요. 그렇지 않다면, 이름을 차례차례 바꾸면서 그렇게 살아남을 수 있을 리가 없지 않겠습니까?

그는, 자신은 지금도 베이징의 '고양이'지만, 여기에서 움직이는 돈은 자기자금이라고 했습니다. 요시다 씨, 오늘 처음으로 이런 이야기를 하는 건데요, 이건 요시다 씨에게만 이야기하는 거라고 생각해 주십시오.

어쨌든 저도 나중에 안 일이지만 그는 일본을 떠난 후 2년간, 역시 베이징의 지시로 필리핀과 인도네시아에서 공산 게릴라를 지원했다고 합니다. 하지만 이런 투쟁에는 미래가 없다, 앞으로는 경제를 제패하는 쪽이 이긴다며, 불쑥 전선을 포기했지요. 정말이지 호우광서우다운 이야기입니다. 물론 계획적인 행동이었지만, 당연하지 않습니까? 그 남자가 2년 동안이나 공짜로 정글을 기어 다녔을 리가 없지요. 그는 2년간, 윈난 성[雲南省]에서 오는 헤로인을 필리핀이나 인도네시아로 운반해 일부는 게릴라의 활동자금으로 돌렸지만, 마지막에는 물건을 홍콩으로 빼돌려 튀어 버렸습니다.

하지만 베이징의 끈을 그렇게 간단히 자를 수는 없었

습니다. 그때까지도 계속 자신의 목숨을 돈으로 사든지, 살 수 없을 때는 손을 더럽히며 살아온 남자였지만, 미국으로 건너갔을 때도 그랬습니다. 미국에서 투자를 배우고 2년 후에는 싱가포르에 거점을 만든다는 조건으로, 그는 2년 치 목숨을 산 것입니다.

그리고 1980년 여름에는, 약속대로 호우광서우라는 이름이 되어 싱가포르의 선박회사를 인수해서 현지에 진출했습니다. 그때의 인수극도 사느냐 죽느냐 하는 도박이었답니다. 지금 생각해도 떨릴 정도입니다. 베이징은 정치공작이나 정보수집을 강화하기 위해 아시아의 거점을 늘리려는 생각으로, 호우광서우에게 인수를 시킬 때에는 자금을 원조할 속셈이었지요. 그것이 2년 전의 약속입니다. 그러나 호우광서우는 인수공작을 앞당겨 예정보다 3개월 일찍, 전액 자기자금으로 인수를 성공시켰으니 큰일이 난 것입니다.

호우광서우는 먼저, 이건 자신의 회사라고 말했습니다. 거점으로서의 협력은 하겠지만, 이것이 안정된 거점이기 위해서는 회사의 안정과 성장이 반드시 필요하다고 베이징에 말한 것입니다. 또 이런 말도 했습니다. 아시아 화교의 돈을 높은 이자로 운용해서 이익을 올리면 그것은 어지간한 공작보다 훨씬 중국을 위해 도움이 되니까, 잔소리하지 말라고요.

저도 동원할 수 있는 모든 인맥을 사용해서 호우광서

우를 밀어 주었지만, 이 남자가 죽으면 아깝다는 그 마음뿐이었습니다. 이게 무슨 뜻인지 아시려나요…….

호우광서우는 실로 정론을 말했지만, 어찌 보면 그에게는 정론을 관철하는 것밖에 살 길이 없었던 것이지요. 만일 베이징이 말한 과정대로 일을 진행했다면, 지금쯤 호우광서우는 살아 있지 않았을 겁니다. 벌써 옛날에 같은 이름의 다른 사람이 되어 있었겠지요. 쓰고 버리는 용병의 목숨 따위야, 그 정도의 것이니까요.

그가 시카고에서 자신에게는 시간이 없다고 했던 말의 진정한 의미는 그런 것입니다. 열여섯 살 때 조국을 떠나고 나서 거의 10년간, 계속 내일의 목숨은 없다고 생각하며 살아 왔겠지만, 제가 보기에 당시부터도 그에게서는 생에 대한 강렬한 의지가 느껴졌습니다. 아까 제가 눈의 힘이라고 했는데, 결국 살아갈 의지라는 것 말입니다."

사사쿠라는 '살아갈 의지'라고 힘주어 되풀이했다. 벌써 일흔을 몇 살 넘었을 남자가 잠시 자신의 연령을 잊은 것 같았다. 그때 희미하게 얼굴에 붉은 기가 돈 것 같기도 했다.

"그래서 사사쿠라 씨는, 언제쯤 호우광서우와 손을 잡으신 겁니까……?"

"아참, 그 얘기를 해야죠……. 1980년 1월에 시카고에서 만난 후, 저는 그를 잊을 수 없었습니다. 이건 머리로 생각하는 게 아닙니다. 지금은 일단 제 나이 문제라고 말해 두지요. 2월에 위가 좀 망가져서 입원하게 되었는데, 병원 침대에 누워 곰곰이 생각했습니다. 좀 빠르지만, 여생을 어떻게 보낼까 하는 것이었습니다. 나이가 들면 자리에 누운 순간에 그런 생각을 하기 시작하는 법이지요. 제가 대륙에서 태어나고 자랐다는 이야기는 모리야마에게서 들으셨습니까?"

"10년 전, 사사쿠라 씨가 제게 대륙에서 자랐다고 말씀하셨습니다. 그래서 성격은 느긋하다고."

"아아, 그랬지요. 제가 모리야마에게 빚을 갚으라고 말하러 갔던 날 밤이었지요……."

"그렇습니다."

"제 부모님은 펑톈[奉天]에서 일본음식점을 했는데, 가게가 바빠서 아이에게 신경을 쓸 수 없었기 때문에 저는 거의 학교에도 가지 않고 놀러만 다녔습니다. 일본인 아이들이 학교에 가 있는 시간에 놀았기 때문에, 놀이 상대는 중국인 아이들이었지요. 그러다가 집에도 돌아가지 않게 되었습니다. 10대가 되자 저는 도박이나 암거래, 아편 장사로 돈을 벌고 있었습니다. 그런 쪽의 재능은 타고 났거든요.

그런데 어느 날 여자한테 반해서 말이에요. 징병 호출이 코앞에 닥쳐 있을 무렵이라 이대로 중국인 여자와 가정을 가질 수도 없는 상황이라서, 저는 결국 중국인으로 변장하고 여자를 데리고 도망쳤습니다. 1931년 늦가을이었지요. 마침 만주에 관동군이 침공했던 그 무렵입니다. 제가 여자와 도망치던 날 아침, 마잔산馬占山†의 군대가 패하고 하얼빈이 함락된 것 같다고, 여자가 제게 말했습니다. 당신, 나랑 도망쳐도 되는 거냐고…… . 정말 성품이 곱고 빼어난 아가씨였습니다. 웃어 주세요. 저는 당시 대륙을 공격해 들어오는 일본군이 바보라고 진심으로 생각하고 있었지만, 나라보다도 부모보다도, 우선은 여자가 소중했습니다. 제 청춘이었지요."

"여자의 이름은?"

"이름요……?"

"죄송합니다. 이름을 알고 싶은 기분이 들었어요. 그뿐입니다."

"아뇨. 제게 여자의 이름을 이렇게 물어봐 준 것은, 사실 긴 인생에서 모리야마와 요시다 씨와 호우광서우 세 명뿐입니다. 우선은 감사인사를 해야겠군요."

가즈아키는 그저, 만주사변이 한창 중일 때 자신을 데리고 도망치려는 일본 남자를 향해 '당신 그래도 되는 거냐'고 물었던 중국 여성은 분명히 멋진 여자일 거라는 기분이 들어서, 별로 깊은 뜻도 없이 이름을 물었을 뿐이었다.

---

† 중국의 군인(1884~1950). 만주사변이 일어나자 일본군에 항복, 만주국 군정 부총장이 된다. 그러나 곧 일본군에 반항해 한때 소련에 망명했다가, 중일전쟁 때는 반만항일군을 조직하여 일본군과 싸웠다.

"여자의 이름은 푸탄傳丹입니다. 고생을 너무 많이 해서 아이를 쉽게 낳지 못하고, 일본이 전쟁에 패하던 해에 자카르타에서 병으로 죽었습니다. 저는 시내에서 잡화점을 했는데, 포로수용소에서 중국어 통역을 하던 모리야마를 만난 것은 바로 그 무렵입니다.

아아…… 얘기가 빗나갔군요. 어쨌든 저는 인생의 절반 이상을 중국인으로 변장하고 나름대로 일도 하며 아시아에서 살아왔지만, 병원에서 누워 있는 동안에 문득 이제 그만 되지 않았느냐는 생각이 들었습니다. 하지만 실컷 마음대로 살아왔다고 생각해도, 꼽아 보니 아무것도 남아 있지 않다는 기분이 들더군요. 슬프지만 이것이 '인간'이라는 겁니다.

그럼 지금부터는 이 노인이 무슨 일을 할 수 있을까. 그렇게 생각하는 동안에 호우광서우의 얼굴이 몇 번이나 떠올랐습니다. 오늘도 혼자 거래소에 서 있을까. 오늘은 얼마나 벌었을까. 그 싸구려 호텔방에서 오늘도 책을 읽고 있을까. 그런 것을 끊임없이 떠올리다 보니, 왠지 좀이 쑤시기 시작하더군요. 그래, 내게 여력이 남아 있다면 젊은 세대의 밑거름이 되는 것도 좋지 않은가 하는 생각이 들었습니다. 그런 생각은 일흔이 다 되어 처음으로 찾아온 것입니다. 하지만 노인이란, 나름대로 젊은 사람은 할 수 없는 결단을 할 수 있는 법이시요.

그래서 저는 퇴원하자마자 시카고로 가서, 자산도 사업도 전부 정리하고 당신에게 투자하겠다고 그에게 말했습니다. 그러자 그가 어떤 대답을 했다고 생각하십니까……? 잊히지도 않습니다, 그는 정확하게 이렇게 말했습니다. '전과가 있으니, 당신의 자금은 담보야. 그 외에 당신의 인맥을 투자해 줘. 5년 후에 성과가 있으면 담보의 3분의 1을 돌려주지. 10년 후에 또 3분의 1. 어때, 오래 살 수 있겠어?'라고.

전과라는 것은 10년 전에 제가, 나이트게이트의 킬러를 최종적으로는 존재하지 않았던 것으로 만들려는 중국 국가안전부의 계획에 협력한 경위를 말하는 것이었는데, 어쨌든 호우광서우의 대답은 꽤 똑똑한 것이었습니다. 하긴, 그는 더 엄격한 조건을 내놓을 수도 있었으니까, 그때는 호우광서우가 베풀겠다는 은혜를 입을 수밖에 없었습니다.

그러나 그도 중국 남자입니다. 과거는 사라지지 않는다면서, '손을 내놔'라고 했습니다. 이 손 말입니다.

저와 호우광서우는 그 길로 아는 사람이 경영하는 슈퍼마켓의 작업장으로 갔습니다. 식료품을 가공하거나 팩에 넣는 일을 하는 작업장이었습니다. 거기에는 종업원도 몇 명 있었지만, 어쨌든 육류용 도마에 저는 이 왼손을 놓았고, 호우광서우는 그것을 부엌칼로 툭 잘랐습니다. 잘 드는 칼이라서 다행이었지요.

저는 다행인지 불행인지, 손목 하나를 잃은 정도로 기겁을 할 만큼 편한 인생을 살아온 것은 아닙니다만, 그때는 제 팔에서 떨어진 손목보다도 칼을 손에 든 호우광서우의 얼굴을 바라보고 있었습니다. 호우광서우는 한 점의 얼룩도 없는, 홀딱 반할 만큼 냉철한 눈을 하고 있었습니다. 아아, 이 번데기는 이제 곧 탈피하겠구나, 이 나비에게 여생을 거는 건 정답이었어, 하고 세삼 제 선택에 반했다고나 할까요.

그리고, 떨어진 손목은 곧 병원에서 붙였습니다. 남의 눈을 속이는 것이 최우선인 이 바닥에서는, 한 손이 없으면 그것만으로도 쓸데없이 시선을 끌게 되니까요. 그렇게 해서 한 달 만에 퇴원하자, 저는 곧 싱가포르로 돌아가 여러 가지 준비를 시작했습니다. 어쨌든 호우광서우라는 이름의 젊은 실업가를 몇 달 후에 싱가포르에서 탄생시키기 위해서는, 적당한 주소도 필요하고 고향이나 가족도 필요하고, 과거의 역사도 필요했으니까요. 존재하지 않는 인간 하나를 존재하게 한다는 것은 그런 것입니다. 그때는 제 화교 인맥이 나설 차례였기 때문에, 국가안전부의 공작을 대행하는 형태로 동분서주했습니다. 일처리는 아주 잘했다고 지금도 자부하고 있습니다. 하지만 조금 전 이야기한 대로 호우광서우가 베이징의 속셈을 앞지르는 형태로 인수를 해낸 것이니, 마음멀 때는 상당히 스릴이 넘쳤지만요. ……어떻습니까, 이게 저와 호우광서우의 시작입니다."

　그의 이야기를 들으면서 가즈아키는 10년 전 공장 안채 부엌에서 마주했을 때 보았던 리오우의, 눈이 돌아갈 정도로 선명한 몸놀림을 떠올리고 있었다. 당시 상황에서 분명히 적의 덫이라고 판단한 남자를 향해, 뭐가 뭔지 헷갈리는 어법을 구사해 눈 깜짝할 사이에 적을 자신의 품에 끌어넣던 그런 느낌의 수법을, 대륙에서 자란 두 남자는 시카고에서 서로 펼쳤을 거라는 상상을 했다. 그러나 가즈아키는 원래 적이 아니었지만, 진짜 적이었던 남자에게 그의 여생을 걸게 한다는 것은 이 사사쿠라가 리오우에게 그만큼 유용한 존재였다는 뜻이기도 해서, 비록 이렇게 어색하고 낯선 지금의 상황이지만 홀연히 질투도 느꼈다.

　이것은 결국 각자의 운명의 직관이라는 것인지, 아니면 교묘한 이해의 일치인 것인지 집요하게 자문하면서, "지금 문득, 사마천이 생각났습니다"라고 가즈아키는 말했다.

　"그건 또……."

　"옥중에서 사형을 기다리던 남자가 살기 위해 환관이 되어, 어느 날 갑자기 햇살이 비치는 장소로 끌려나와 무제武帝를 모시는 몸이 되었다. 두 분의 이야기는 왠지 그런 갑작스런 전환과 비슷한 느낌이 들었습니다만 ……. 저는 학생시절, 그렇게 살아남은 인간이 대체 어떤 눈으로 인간세상을 바라보며 ≪사기≫를 썼을지, 이해할 수 없었습니다."

"중국인은 제행무상諸行無常[†]은 되지 않습니다. 아마도 사마천만큼은 아니겠지만 저와 호우광서우도 상당히 냉정한 눈으로 세상을 보고 있기 때문에, 이런 형태의 이합집산은 아무것도 아니에요. 이해관계는 중요한 게 아니고, 뭐가 맞았느냐 하면 아마 세계관일 겁니다. …… 하지만 요시다 씨. 꽤 좋은 눈을 하고 계시는군요."

사사쿠라는 웃었다. 그때 입가에 띤 그의 옅은 웃음은 순간, 옛날의 그림자를 방불케 하는 버거움을 느끼게 했다.

"하지만 어찌 되었든, 전 올해로 일흔셋이 됩니다. 아까도 머리로 생각하는 게 아니라고 했지만, 저는 지금은 대개 제 기분이나 직관이 움직이는 대로 행동한답니다. 그러면 된다고 생각하고 있어요. 제가 그렇게 말하면 호우광서우는 '老輩儿子是这样儿(늙은이는 언제나 이렇다니까)' 하면서 웃지만요……. 그러고 보니 요시다 씨, 그의 베이징 어를 들은 적은?"

"있습니다."

"멋지지요? 저는 언젠가 그가 낭독하는 ≪홍루몽≫을 들으면서 낮잠을 자고 싶다고 생각을 했습니다만, ≪사기≫도 좋겠군요. 오랫동안 실컷 잘 수 있겠어요."

[†] 우주의 모든 사물은 늘 돌고 변해 하나의 모양으로 머물러 있지 않는다는 뜻.

사사쿠라의 이야기는 그렇게 이어졌다.

"과거의 경위는 이 정도로 하고, 슬슬 현재 이야기를 해 볼까요? 현재의 호우광서우는 이미 충분히 바깥 무대에서 입지를 굳혔지만 반대로 그만큼 위험도 늘어나서, 본인은 지금은 거의 다른 이름으로 살고 있고, 싱가포르에는 좀처럼 나타나지 않습니다. 이것은 제가 그렇게 시킨 것입니다.

홍콩에 진출해 있는 신흥세력 홍량방을, 앙레이라는 남자가 이끌고 있다는 이야기는 들으셨습니까? 그 앙레이는 CIA가 만들어 낸 가공의 남자고, 홍량방을 그늘에서 후원하고 있는 것도 미국입니다. 구세력 펑량방은 옛날부터 중국의 공작거점 중 하나였지만, 서방측은 1997년에 있을 홍콩 반환에 대비해 지난 몇 년간 거점 만들기에 혈안이 되어 있기 때문에 신흥세력을 키워서 홍콩에 침투를 꾀하고 있습니다. 하지만 일부러 앙레이의 이름을 사용하고, 게다가 그것이 '파이스턴십핑Far-Eastern Shipping'의 호우광서우와 동일인물이라는 소문을 퍼뜨리다니, 꽤나 공을 들였지요.

지금은 미국도 개혁개방이 진행되고 있는 중국 시장을 죽도록 탐내고 있고, 의회에 강경파는 있지만 뭐라해도 경제가 우선입니다. 그런 때에 베이징의 '고양이'를 없애는 것은 어려운 이야기지만, 신디케이트끼리 전쟁을 하게 해 두면, 설령 호우광서우를 장사지내도 이것은 앙레이라고 우겨 빠져나갈 수 있습니다. 그런 계략입니다.

미국은 지금 홍량방을 진심으로 후원해서 재벌의 영역까지 침투시켰기 때문에 베이징도 평랑방을 방어하느라 필사적이지만, 현재 '앙레이'라는 장치만은 내부 이야기인데도 평랑방에는 전해지지 않았는지, 녀석들은 어떻게든 '앙레이'를 없애려고 분주한 상태입니다. 이게 중국 내정의 어려운 부분이라고 할까요……. 요시다 씨도 하라구치 다쓰로에게서 그런 사정은 들으셨을 것 같습니다만."

"하라구치는, 정치 냄새가 나니까 조직으로서 상관할 생각은 없다고 했습니다."

"그런가요……? 그게 사실이라면 아주 현명한 판단이라고 생각합니다. 한 마디로 개혁개방이라고 표현해도 베이징은 결속이 단단하지 못하고, 내부의 권력투쟁은 엄청나거든요. '고양이' 한 마리의 취급도, 물론 상당한 액수의 뇌물이 얽혀 있는 이야기이니 진정한 저변에서는 매일 투쟁의 작은 도구는 되고 있겠지요. 어지간히 눈치가 빠르지 않으면 하루도 살아남을 수 없는 것이 중국 공산당의 이매망량들입니다."

"호우광서우의 평가가 베이징에는 알려져 있다는 겁니까……?"

"그런 건 아무래도 좋은 일입니다."

사사쿠라는 엷은 웃음을 띠며, 한층 더 가늘어진 눈 안쪽에서 예리한 의지 덩어리를 엿보였지만, 이 한 마디를 하고 싶었다는 듯이 의기양양한 얼굴은 조금 더 상기되어 있었다.

　"말씀드리지 않았습니까. 호우광서우도 저도, 5년 전의 인수극을 해낸 장사꾼입니다. 장사꾼은 자유인입니다. 베이징의 투쟁극은 질릴 정도로 몸에 배어 있지만, 눈치를 살피는 것은 장사꾼 쪽이 한 수 위니까요. 정치에 희롱된다 해도, 최종적으로는 돈을 움직이는 쪽이 이기는 거지요. 그 현실을 이해하지 못하는 늙은 곰들이 베이징에 남아 있는 동안에는, 호우광서우와 그 자금을 어떻게 해서라도 지켜내는 것이 제 일이라고 생각하고 있습니다. 그래서 저는 바로 코앞까지 와 있는 저승사자의 마중을 계속 거절하고 있지요. 아직 얼마 동안은 죽을 수 없습니다."

　그렇게 말하고 사사쿠라는 어깨를 흔들며 소리 내어 웃었다. 가즈아키는 아직 얼마 동안은 죽을 수 없다는 사사쿠라를 바라보며, 분명히 나이에 맞게 야위고 작아지기는 했지만 안색은 나쁘지 않고, 어조도 약해지지 않았다고 생각했다. 부드러워진 말씨 구석구석을 돌이켜 보아도, 10년 전보다 오히려 더 버거워졌다는 것은 확실했다.

　"충분히 건강해 보이십니다."

"오늘은 요시다 씨를 뵈어서 더 기운이 나는군요. 이렇게 이야기를 하면, 제 안에 고여 있는 쓸데없는 부하負荷도 꽤 방출할 수 있습니다. 아무리 침묵과 거짓말은 습성이라 해도, 때로는 제방을 넘을 정도의 해일도 찾아오니까요……."

"해일이 왔나요……?"

"글쎄요. 해일이라고 해도 좋을 것 같습니다……. 지난 일주일 동안 호우광서우도 저도, 정말 이걸로 끝이겠지 싶을 정도의 전환을 맛보았지만, 지금도 저는 이 머리를 충분히 정리할 수가 없을 정도로 흥분해 있답니다. 일흔셋이나 되어서도 자신이 아직 이렇게 극적인 인생을 살고 있다고 생각하면, 정말로 할 말을 잃게 됩니다. 저는 이 얘기를 요시다 씨에게 들려주고 싶어서 일본으로 날아온 것과도 같으니까, 잘 들어 주십시오. 결론을 먼저 말하자면, 죽은 사람이 살아 돌아왔다는 이야기입니다.

호우광서우의 생명이 결코 안전한 상황이 아니라는 얘기는 했지요? 대역을 마련하는 것부터 시작해서, 저는 최대한 수비를 굳건히 해 왔다고 생각합니다. 하지만 무엇보다 인간을 상대로 하는 이야기이다 보니 예상외의 일도 일어납니다.

지난주 금요일, 호우광서우는 제네바에 있었습니다. 뭘 하러 그곳까지 간 건지 본인은 말하지 않았지만, 저는 대충 짐작은 하고 있습니다. 실은 1월에 그의 아들과 그 아이의 모친이 자동차 사고로 죽었거든요. 아들은 이제 다섯 살이었을까요…….”

“처자가 있었나요……?”

“호우광서우도 젊고 건강한 남자입니다. 여자 한두 명한테 반하는 게 뭐 어떻습니까? 호우광서우는 시카고에 오기 전에 자카르타에서 서로 좋아하게 된 아가씨가 있었다는데, 저는 싱가포르에 진출한 후에야 그 이야기를 들었습니다. 어쨌든 회교국가인 인도네시아에서는 허용되지 않는 이야기라 호우광서우가 시카고로 간 후에 아가씨는 혼자 타이로 도망쳐서, 남자아이를 낳았던 것입니다. 이후 호우광서우는 그 여자와 아이를 찾아내서 얼마 동안 돈을 건네주었던 모양입니다만, 어느 날, 더 좋은 생활을 하게 해 주고 싶으니까 살 집을 찾아봐 달라고 했습니다. 만나고 싶다고는 하지 않았습니다. 더 좋은 생활을 하게 해 주고 싶다고, 그렇게 말했을 뿐입니다.

저는 두 사람의 주소는 가르쳐 주지 않는다, 찾아가지 않는다, 절대로 만나지 않는다는 조건으로, 적어도 좋은 생활을 하게 해 주려는 그의 마음에 따라 정성을 다했다고 생각합니다. 처자니 애인이니 하는 것은, 이 바닥에서는 어쨌든 존재 그 자체가 위험을 부를지도 모르니까요. 그리고 3년 전, 화교 가족을 신원인수인으로 내세

532

워서 여자와 아이를 스위스로 옮겼지요. 아시아에서는 중국계 주민의 눈이 복잡하게 얽혀 있어서, 좋은 생활을 하게 해 주려고 해도 눈에 띄거든요. 어쨌든 그들을 스위스로 옮긴 뒤 제가 매달 생활비를 입금했습니다. 아마 호우광서우도 입금처가 제네바라는 것만은 알고 있었겠지요.

저는 1월에 모자가 죽었다는 소식을 들었지만, 호우광서우에게는 알리지 않았습니다. 사고 상황에 수상한 점이 있다는 얘기도 들었으니까요. 하지만 이 달 초에 호우광서우는 신원인수인에게서 전화가 왔다면서, 2월부터 입금이 중지되었다고 하는데 대체 어떻게 된 거냐고 물었고, 저는 우선 그럴 리 없다고 대답했습니다.

그 후의 일입니다. 모자의 사고사를 알고 있을 신원인수인이 그런 전화를 건다는 것 자체가 이상해서, 저는 서둘러 제네바의 상황을 조사하게 했는데, 그 사이에 지난주 갑자기 그가 모습을 감추었지 뭡니까. 이쪽이 한창 찾고 있을 때 제네바에서 소식이 왔습니다. 호우광서우가 시내 공원에서 총에 맞아 병원에 입원했지만 의식불명의 중태라고.

시민들이 산책하던 한낮의 공원이었다고 합니다. 호우광서우가 무슨 생각으로 그런 곳에 있었는지는 모르겠습니다.

결국 제가 모자를 스위스로 옮기던 과정에서 정보가

새었든지, 아니면 역시나 베이징 투쟁의 여파로 정보가 서방에 새어나갔든지. 모자를 죽게 한 것은 그 둘 중 하나라고 생각합니다. 하지만 호우광서우가 입금 운운하는 말을 꺼낸 시점에서 일어날 수 있는 사태를 예측하고 호우광서우에게 경고를 하지 않았던 것은, 분명히 제 판단착오였습니다. 호우광서우는 호우광서우대로 이유도 없이 제가 입금을 중지할 리가 없다는 것을 눈치 챘겠지만, 그 후의 행동은 목숨을 잃어도 당연할 정도로 경솔했습니다. 이렇게 인생은, 정말 한순간의 판단착오나 한순간의 감정으로 굴러가는 거겠지요……."

"그는 살았겠지요?"

"기적적으로."

그렇게 리오우가 살아 있다는 것을 다시 확인하고 나서, 가즈아키는 새삼 리오우에게 여자와 아들이 있었다는 이야기를 생각해 보았다. 게릴라 시절에 자카르타에서 만났다면, 그것은 스쳐 지나가는 하룻밤의 정교로 시작한 것일 거라고 우선 상상해 보았다. 그러나 그 후에도 몇 번 만남을 되풀이하고 아이까지 배게 했다면, 리오우는 사랑을 한 것이 된다.

사랑이라 해도, 담담한 호의가 친밀함으로 바뀐 것인지, 아니면 격렬한 욕정이 한없이 깊어진 결과인 것인지, 아니면 쓸쓸함이 만들어 낸 꿈이었을지. 자신과 사키코의 5년간을 겹쳐보면서, 가즈아키는 리오우가 어떤 사랑을 했을지 자신의 일처럼 가슴 설레며, 대체 어떤 얼굴의 여자였을까, 구체적으로 어떤 만남의 나날이었을까, 상상도 하지 못한 채 허무하게 속을 태웠다. 리오우는 여자에게 어떤 말을 속삭였을까, 어떻게 안았을까, 여자는 어떻게 리오우를 받아들였을까, 둘이서 어떤 환희의 소리를 냈을까…….

리오우가 어떤 여자를 사랑했다. 어떤 여자가 리오우를 사랑했다. 두 사람 사이에 아들이 태어났다. 가즈아키는 그냥 그렇다는 사실을 알았을 뿐이었지만, 리오우와 인도네시아 여자의 농염한 숨결이 콧구멍을 간질이고, 서로 얽혀 있는 리오우의 하얀 피부와 여자의 갈색 피부의 뜨거움이 당장이라도 자신의 맨살에 달라붙을 것 같았다. 두 사람이 자신을 잊었음이 틀림없는 몇 초 동안의 열파熱波나 황홀감이 그 두 사람의 몸에서 발산되어 지구를 돈 끝에 몇 년이나 늦게 자신의 몸에 닿아, 이 하반신을 꿰뚫고 있다고 느꼈다. 그렇게 몸에 찾아온 감각과 함께 막연하고 따뜻한 아지랑이에 감싸이면서, 가즈아키는 잠시 동안 마치 자신이 리오우가 되어 여자를 사랑한 듯한, 아니면 자신이 여자가 되어 리오우를 사랑한 듯한, 그런 환각 속에 있었다.

그러나 반면에 아이에 대한 상상은 결국 형태를 이루지 못했다. 이미지가 되었다는 리오우와 자신 사이에 뭔가 결정적인 지평地平의 차가 생겼다고 느낀 순간, 일종의 두려움과 함께 얼어붙었다.

사사쿠라의 이야기에 따르면 리오우는 고작해야 두 살쯤 되었을 때 아들의 모습을 본 것이 마지막이고 그 후에는 만나지도 않았으며, 생활을 보장해 줄 뿐 아버지다운 일은 아무것도 하지 않았던 셈이 된다. 진짜 가족을 만들고 싶었던 거라 해도, 애초에 평범한 가정생활은 원래부터 바랄 수 없는 남자가 시정의 여자에게 아이를 낳게 했다가 결국 죽게 한 것은, 무엇보다도 남자의 에고와 무책임과 무모함을 그대로 나타내는 것 같아서, 같은 성性으로서 몹시 전율을 느꼈다. 그래도 막상 태어났을 때는 나름대로 집착도 있었을 것이다. 리오우가 자신의 아들을 안고, 무슨 생각에서였든지 활짝 웃었을 모습은, 떠올리자마자 지워져 가는 무참한 모래 그림 같았다.

"아참, 호우광서우는 여자의 립스틱을 소중히 간직하지 않던가요?"

"잘 알고 계시는군요."

"10년 전에도 어떤 여자에게 받았다는 립스틱 하나를 주머니에 넣고 다녔죠. 지금 문득 생각났습니다……."

"그랬습니까? 하지만 고작해야 그 정도 취미밖에 없는 것 같고, 호우광서우의 사생활은 정말 성실합니다. 세계의 시장은 거의 휴일 없이 열려 있기 때문에 싱가포르 본사와의 온라인은 스물네 시간 연결되어 있고, 하루 종일 일을 합니다. 밤에는 소파에서 자고, 식사는 한 손으로 먹을 수 있는 샌드위치라든지, 오이라든지…….

그렇게 머리에 든 거라고는 일밖에 없는 남자지만, 병원에서 의식이 돌아왔을 때 맨 처음 그가 한 말은 일 얘기가 아니었습니다……. 그 얘기를 좀 할까요?

제네바에서 전해진 소식을 듣고 저는 당장 현지로 날아갔지만, 어쨌든 폐에 두 발, 기관지를 관통한 것이 한 발이라, 의사는 죽는 것이 시간문제라고 말했습니다. 그래서 저도 나름대로 각오를 했지만, 한편으로는 어쩐 셈인지 호우광서우가 죽는다는 것이 믿어지지 않았습니다. 이건 이성적인 생각이 아닙니다. 그렇다고 단순한 희망적 관측도 아닌, 이상한 감각이었다고밖에 말할 수 없습니다. 시카고에서 만났을 때 제 안에 비쳐 들었던 직관이라는 것이 그때도, 이 남자는 죽지 않는다고 계속해서 속삭이고 있었다고 할까요…….

의식불명인 채, 월요일 저녁에는 한 번 심장이 멈췄습니다. 곧 전기 쇼크를 주어 어떻게든 다시 움직이기 시작했지만, 의사는 지금까지 버틴 게 이상할 정도라고 했습니다. 그날은 분명히 이제 끝이라는 기분이 들어서 저는 계속 곁에 있었는데, 새벽이 되어 문득 보니 심전도의 파형이 변해 있지 않겠습니까……!

정밀 기적이 일어난 것입니다. 그리고 만나질 후에는 의식이 돌아왔습니다. 눈을 뜬 호우광서우가 제일 먼저

한 말은 '잉화[櫻花]'라는 한 마디였습니다.

　그리고는 다시 잠들었다가, 다음에 정신을 차렸을 때
에는 "요시다 가즈아키를 만나 줘"라더군요."

　"제네바와 일본의 시차는 어느 정도입니까?"

　"여덟 시간 정도입니다만."

　"그렇습니까……. 그렇게 계산하면 호우광서우의 심
장이 멈췄을 무렵, 저는 마침 그의 꿈을 꾸었습니다. 그
는 모리야마 공장에 나타나서, 벚꽃을 보러 왔다고 했지
요."

　"세상에!"

　사사쿠라는 고목[枯木]을 쥐어짜는 듯한 목소리를 내며
웃기 시작했고, 가즈아키도 저도 모르게 웃기 시작해,
잠시 두 사람의 목소리가 겹쳐졌다. 사사쿠라와 자신의
한없이 기괴한 감성이 기괴한 몽상을 굴리며, 그리고 한
없이 거짓말 같은 인생을 굴리며 웃고 있다고 생각하면
서, 내장은 뛰어오를 정도로 기뻐하고 있었고 가슴은 벅
차올랐다.

　"그래서 호우광서우는, 제게 무슨 말을 하던가요?"

　"아직 이야기할 힘도 거의 없었기 때문에, '세월을 세
지 마'라는 말과 '벚꽃 사진을 봐 줘'라는 두 마디뿐이었
습니다. 저는 무슨 얘기인지 모르겠던데, 요시다 씨는
아시겠습니까……?"

　그렇게 말하며 사사쿠라는 두 장의 컬러사진을 테이

538

블에 놓았다. 제법 큰 사이즈의 그것은, 두 장 모두에 광대한 초지와 커다란 강이 찍혀 있고, 강가에는 한 줄로 심어진 어린 벚나무가 눈이 닿는 곳마다 늘어서 있었다. 한 장에는 괭이를 손에 든 몇 명의 남자가 찍혀 있었는데, 그 키로 보아 벚나무는 모두 3미터 정도의 높이로 생각되었다.

"이 땅은 하얼빈과 치치하얼의 딱 중간쯤에 있습니다. 인민공사의 개척이 1930년 이후 멈춰 있던 곳을, 작년에 호우광서우가 사들여서 민영기업을 만들었습니다. 땅은 제가 물색했지요. 백만 헥타르 정도 됩니다. 거기에 우선 벚나무를 천 그루 심었는데, 그게 이 사진입니다. 여기에 보이는 강은 넌장 강이지요."

눈이 닿는 곳마다 펼쳐져 있는 평원에 털이 난 듯이 가늘게 서 있는 나무가 있고, 그 외에는 하늘밖에 없다. 바람이 울고, 풀 냄새가 피어오르고, 인부들의 느긋한 이야기소리가 바람 사이사이로 들려온다. '아아, 대륙이다, 대륙이 있어'라고 생각하면서, 가즈아키는 그저 물끄러미 사진을 응시했다.

유령이 되어서도 우선 이 땅에 대해 이야기해 두고 싶었던 남자의 마음과, 그 마음이 전해진 것이 분명히 자신이라는 사실은, 조금이라도 그것에 대해 생각했다가는 심신이 견딜 수 없을 기미는 본능적인 식상이 서둘러 그것을 물리쳤다. 행복에도 한도가 있고, 너무 크면 공포가 되기도 한다.

"아아……, 뭔지 모르겠지만, 요시다 씨는 아시는군요. 그렇다면 다행입니다.

저는 호우광서우의 지시대로 벚나무를 심었습니다. 일본에서 기술자를 부르고, 묘목을 수입하고, 토양 개량도 하니, 벚나무 천 그루에 5억이 들었습니다. 올해는 새로 천 그루. 내년에도 천 그루. 호우광서우는 5천 그루를 심겠다고 그러더군요. 정말, 대체 이건 뭘까요?"

사사쿠라는 태연히 웃으며 말을 이었다.

"저는 지금 운용에 대해서는 100퍼센트 파악하고 있지만, 호우광서우라는 남자의 머리에는 돈벌이뿐이 아닌, 뭔가 장대한 것이 들어 있는 것을 느낍니다. 그것이 무엇인지 타인에게는 수수께끼지만, 저뿐 아니라 '파이스턴'을 떠받치고 있는 젊고 우수한 사람들이 호우광서우에게 끌리는 진정한 이유는 그거라고 생각한답니다.

저는 이 낡은 머리의 상상력이 미치지 않는 이야기라 해도, 어쨌든 호우광서우라는 커다란 그릇을 한 치도 의심한 적은 없기 때문에 이렇게 요시다 씨도 만나러 왔고, 벚나무를 심어 달라고 하면 심는 것입니다.

물론 벚나무는 어쩌면 별난 취미인지도 모르겠지만, 그것도 좋지 않습니까? 백만 헥타르의 땅을 이용한 사업은 착실하게 진행되고 있고요. 지금은 경지를 만드는 관개공사를 시작했는데, 거기에서 고용이 생겨나고 사람이 모이고, 마을이 생기지요. 수로가 생긴 땅에 우선 콩과 사과도 심기 시작했으니까, 내년 콩 수확고에 따라서는 종업원의 급료 정도는 벌 수 있겠지요. 내후년에는 좀더 경지가 넓어지고, 그만큼 수입도 조금은 늘어날 겁니다. 그렇게 해서 우선은 10년 동안, 농산물을 수송하기 위한 주변의 교통망 정비를 기다릴 생각입니다. 아니, 20년이 걸리려나요.

운송루트를 확보할 수 있다는 전망만 생기면, 대규모 수경재배 야채공장과 가공공장을 만들 겁니다. 그때에는 변경의 대지가, 1년 내내 생산과 출하를 할 수 있는 풍요로운 땅으로 바뀔 거예요. ……아아, 이해가 안 가시나요, 이런 얘기는?"

"금융시장이 호우광서우의 밭이라고 생각하고 있었으니까요."

"시장에서 움직이는 것은 어차피 숫자입니다. 번 자금을 최종적으로 무엇에 사용하느냐로 그 사람의 진가가 결정되지요. 제가 옛날에 방직기 장사를 확대했던 것처럼, 호우광서우는 백만 헥타르의 농지를 만들려고 하는 겁니다."

"그런데, 어째서 농지입니까……?"

"물을 다스리는 자는 땅을 다스린다. 풍요로운 경지와 나무는 천 년의 재산이라고, 호우광서우는 말했습니다. 앞으로 수십 년 동안 전자기술이 얼마나 진보할지는 모르겠지만, 인간은 기계를 먹고 살아갈 수는 없잖아요. 호우광서우는 21세기의 인류를 떠받치는 것은 경지라고 하더군요. 하긴, 이 북동의 대지에 서면, 오늘내일이 아니라 백 년 천 년 후의 대지를 위해 씨를 뿌린다는 발상도 생겨날 법합니다. 정말로 이것이 대륙이라고, 저 자신도 새삼 생각했으니까요. ……그렇긴 하지만 물론, 이 땅에 대한 투자 때문에 본체의 경영이 기울 정도의 일은, 제가 시키지 않을 겁니다. 그것을 위해 이 사사쿠라가 있는 거라고 생각하거든요.

아참, 호우광서우가 그러더군요. 일본에 있던 짧은 동안에 마음에 남은 것 중 한 가지는 모리야마 공장의 벚꽃이었다고. 아주 약간의 차이로, 그는 결국 그 벚꽃이 피어 있는 모습은 보지 못했지만요. 그럼, 벚꽃 외에 그의 마음에 남은 것은 무엇이었을까요……?"

사사쿠라는 바늘처럼 가늘게 뜬 눈으로 웃었고, 가즈아키는 쓴웃음을 되돌렸을 뿐 대답하지 않았다.

이렇게 현재에 이르는 발자취를 들은 지금도 여전히, 백 년 천 년 후의 대지를 위해 씨를 뿌린다는 리오우는, 자신이 설령 다시 태어난다 해도 손이 닿지 않을 정도로 먼 곳에 있는 사람이라고 느꼈다. 자신의 오랜 상상을 보기 좋게 배반하고, 지금도 붙잡을 수 없을 정도로 모호하고 커다란, 아무리 꿈을 꾸어도 부족한 누군가라는 것이, 진심으로 즐겁고 통쾌했다.

가즈아키는 마지막에 벚나무 사진 두 장 대신 자신의 싸구려 손목시계를 풀어, 그것을 호우광서우에게 전해 달라고 사사쿠라에게 건넸다. 그리고 호우광서우에게 두 가지 전언을 부탁했다.

하나는 '세월은 세지 않겠다'는 것. 또 하나는, '벚나무는 천 그루면 충분하다'는 것. 모리야마 공장의 벚나무 한 그루로도 매년 봄이면 정기가 몽땅 빨릴 정도인데, 천 그루나 있으면 그야말로 천 개의 목숨이 있어도 부족하지 않겠느냐고.

사사쿠라와 헤어져 호텔을 나선 것은 이미 저녁때였고 당장이라도 공장으로 돌아가야 했지만, 온몸이 둥실둥실 뜬 채 지하철 인파에 떠밀리듯이, 가즈아키는 또다시 백화점 지하식품매장으로 들어가 버렸다. 저녁때의 그곳은 서 있을 수도 없을 정도로 혼잡했지만, 낮과 달리 이번에는 '좋아, 도미든 광어든 다 사 주마'라는 기분이 되어, 생선매장에 가서 이세에서 직송된 도미 한 마리를, 8천 엔을 지불하고 샀다.

그 도미 한 마리를 들고 서둘러 공장으로 돌아가, 아직 작업을 하고 있던 종업원들을 위해 재빨리 도미회를 만들었다. 사고를 당한 친척이 목숨은 건졌기 때문이라는 적당한 변명을 하고, 하루 동안 바쁘게 만들었다는 이유로, 커다란 접시에 담은 회와 맥주를 기입장 색상에 놓고 다 같이 가볍게 한 잔 했다. 돌아가려던 경리직원 다카노도 맥주 한 잔을 마시고 갔고, "사장님, 좋은 사람이 생긴 것 같은 얼굴이시네요. 왓, 빨개졌다!"하며 웃었다.

종업원들이 돌아간 후 가즈아키는 혼자서 밤 10시 넘어서까지 작업을 계속했고, 작업을 마친 뒤에는 목욕을 하고 나서 자리에 누웠지만, 눈이 말똥말똥해서 새벽까지 잠들 수 없었다. 뇌리에 벚나무가 심어진 평원의 광경이 계속 펼쳐지는 한편, 언젠가 대륙에 간다는 꿈은 공장을 버리는 날이 온다는 미래와 한 쌍이 되어, 전에 없이 현실미를 띠면서 가즈아키를 각성시켰다. 그런가 하면 이렇게 공장을 지키면서 혼자서 여기에 누워 있는 자신은, 실은 조금씩 현실에 대한 적응능력을 잃어가고 있을 뿐이고, 사실은 정신이 이상해진 것은 아닐까 하고, 늘 그렇듯이 자문도 되풀이했다.

'세월은 세지 않기'는커녕, 이제 하루도 기다릴 수 없다고 신음하는 몸과 마음은 하룻밤 내내 자신의 것이 아닌 듯 멍한 느낌이었다. 각성해 있는 자신으로부터 또 한 명의 자신이 빠져나와, 당장이라도 바다 맞은편으로 날아갈 것 같았다. 이 머리가 제정신인지 그렇지 않은지는 이제 아무래도 좋은 일이라고 그 누군가는 말했고, 한편 남겨진 또 한 명의 자신은 여전히 스스로의 중력을 느끼면서 신중하게 정정을 해 보였다. 사실은 미쳐서 대륙으로 가든지, 정상이라면 대륙을 버리든지 둘 중 하나라고.

그리고 새벽에 가즈아키는 잠들지 못한 채 창문을 열고, 하룻밤 사이에 뭔가 큰 변화를 겪은 후 맞이한 새벽의 대기를 바라보았다. 이미 리오우의 10년은 거의 윤곽을 드러냈고, 대륙도 구체적인 토지의 풍경이 되어 나타난 지금, 한 남자와 하나의 대지는 몽상이 아닌 새로운 생생함으로 대기를 온통 누르고 있었다. 평원의 바람을 맞으며 서 있는 벚나무 한 그루 한 그루는 수천 킬로미터 저편에서 손짓하듯이 가즈아키를 유혹하고, 어딘가의 베개 위에서 지금은 조용히 닫혀 있을 남자의 입술은, 천천히 립스틱을 발라주고 싶은 욕망을 불러일으키고 있었다. 그런 한편으로는, 미치지 않는 한 자신은 대륙에 갈 수 없고, 리오우의 모습을 다시 보는 일도 없을 거라는 갑작스런 결론도 확실히 찾아와, 지금 여기에 있는 것이었다.

가즈아키는 자신이 차라리 미쳐 버렸으면 좋겠다고 생각하며 눈이 아파질 때까지 파란 잎을 단 벚나무를 계속 바라본 후, 자신은 살아서 대륙을 볼 일은 없을 거라는 결론을 내려 보았다. 그러나 그 직후, 리오우를 만나고 싶다는 생각은 반대로 거세어지고, 방금 내린 결론을 젖혀둔 채, 가즈아키는 자신의 심장을 끄집어낼 수밖에 없을 듯한 괴로움에 온몸이 조어드는 것을 느끼고 있었다.

그날 오후, 늘 그렇듯이 사키코가 왔다. 일하던 작업
장에서 가즈아키는 문을 열고 들어온 사키코의 모습을
보았고, 이어서 "안녕하세요! 다들 수고하시네요! 인절
미를 사 왔어요!" 하는 사키코의 목소리가 났다. 얼마
안 되어 사무실에서는 "이야아, 맛있을 것 같네요! 그
럼, 차를 마실까요?" 하고 다카노의 목소리가 대답했다.
봄 같은 날씨였지만, 그래도 토요일마다 나타나는 사
키코의 목소리가 평소보다 활기차다는 것을 알아들은
가즈아키는, 아마 평생에 한 번일 직감이 작용해 '설마'
하고 생각했던 것이다. 그 후 다 같이 간식시간인 세 시
에 떡을 먹고 차를 마셨지만, 가즈아키는 평소와 다름없
는 것 같기도 한 사키코의 모습에서 눈을 뗄 수 없었고,
아니나 다를까, 눈치 빠른 다카노는 "우후후" 하고 의미
심장한 웃음을 건넸다.
본인이 신경을 많이 쓰는 경우, 남자 쪽에서 섣불리
묻는 것은 삼가야 한다고 들었기 때문에, 가즈아키는 자
신 쪽에서는 그 비슷한 화제를 꺼낼 수 없었다. 하지만
평소대로 7시 지나서까지 기계를 움직이는 동안, 온몸
은 공기압이 부족한 타이어처럼 조금 묵직하고 불안정
한 공 같았다. 예상할 수 있는 사태에 대해서 뭔가 구체
적인 시뮬레이션을 한 것은 아니었다. 새벽까지 자신을

채우고 있던 세계와의 괴리에 당혹해하며, 이제 대륙도 더욱 멀어질 것이 틀림없는 생업의 승리에 말을 잃고, 어떤 현실이 몸에 배어들었다. 문제의 사키코는 토요일 오후에는 우선 청소를 하는데, 그날은 안채 1층과 2층의 창문을 닦고 있었다.

종업원들이 돌아간 후 작업장을 닫고 안채로 돌아갔을 때, 사키코는 부엌 식탁에 도미소금구이며 전복찜이며, 교토의 유명한 가게에서 사 온 값비싼 고등어회 등을 늘어놓고, 풍로에 올린 냄비에서는 또 뭔가를 삶고 있는 참이었다. 그 냄비에서 얼굴을 들고 돌아보더니 "가즈가 좋아하는 유채야"라고 사키코는 말했고, "조린 게 좋아? 간장이랑 겨자에 무친 게 좋아?"라고 한 마디 더 물었을 때에는, 그 머리는 다시 냄비 위로 기울어져 있었다.

사키코는 언제나 제철 야채는 얼마나 데치느냐가 가장 중요하다고 한다. 먹는 쪽은 그런 섬세한 것은 모르는데도, 긴 나무젓가락을 한 손에 들고 냄비의 끓는 물을 바라보는 사키코의 진지한 옆모습은, 늘 귀엽다고 생각했다.

"그냥 데치기만 해도 돼"라고 가즈아키는 대답했고, "그렇구나, 그게 제일 맛있지"라고 말하면서 사키코가 냄비를 불에서 내려놓고 내용물을 단숨에 소쿠리에 쏟자, 확 피어오른 김 속에서 가볍게 데쳐진 유채가 선명한 연둣빛으로 반짝이고 있었다.

그리고 물기를 빼기 위해 개수대에서 탁탁 소쿠리를 터는 사키코를, 가즈아키는 그제야 뒤에서 팔 안으로 끌어안았고, 사키코는 벌써 몇 시간이나 기다리고 있었다는 듯이 즉시 몸을 떨었다. "눈치챘어……?"라고 사키코는 말했고, 가즈아키는 "응"이라고 대답했다.

"가즈, 아빠가 된 거야……."

그렇게 속삭인 사키코의 목소리는, 우선은 여러 가지 일이 있었던 5년간의 만남의 기복을 단숨에 지우듯이 부드러웠다. 그러나 동시에, 뼈에까지 닿았다고 느꼈던 그 목소리에서 가즈아키는 전에 없는 두께나 강도를 느꼈고, 임신한 여자는 갑자기 지금까지와는 다른 생명이 되는 거라는 상상을 하며 조금 망연해졌다.

가즈아키는, 우선 다른 어느 여자도 아님을 팔의 감촉만으로 알 수 있는 누군가를 안고, 새삼 그 골격이나 둥근 지방을 확인하듯이 어루만지고, 안은 팔에 한껏 힘을 주어 보았다. 그렇게라도 하지 않으면 무엇보다도 곤혹이 앞서 버릴 것 같았고, 여기에서 조금이라도 곤혹을 얼씬거리게 했다간, 앞으로 수십 년의 방대한 곤혹으로 이어질 거라고 남자의 직감이 말했기 때문이었다.

"놀랐어……?"

"놀랐어……."

"어머, 가즈, 떨고 있잖아."

"여기에 아이가 들어 있나 생각하니까……."

"아직 10주야, 요만해." 사키코는 자신의 한 손으로 작은 주먹을 만들며 웃었다.

가즈아키는 귤만 한 크기의 생물이 이미 자라고 있다는 말을 듣고 그저 생리적으로 흠칫 놀랐으며, 그런 것을 배고 있는 여자의 자궁은 지금 어떻게 되어 있을까 생각하니, 상상이 가지 않은 탓인지 일종의 거북함을 느꼈을 뿐이었다. 그리고 우선 아이에 대한 상상을 포기하고, 오랜 바람을 이룬 사키코의 기쁜 듯한 목소리만을 들으면서, 가즈아키는 "잘됐어……"라고 애써 말해 주었다. 스스로도 참 뜬금없다고 생각하긴 했지만, 어쨌든 본심이기는 했다.

사키코는 "응" 하고 한 마디로 대답했다. 그 목소리에도 들은 적이 없는 깊은 울림이 있었다.

그날 밤, 가즈아키는 사키코가 해 달라는 대로 뒤에서 안은 사키코의 벗은 유방을 문지르고, 허벅지에서 사타구니 사이를 끊임없이 어루만졌다. 가즈아키는 그렇게 출렁이는 유방이나 점점 붉은 기가 돌며 떨리기 시작하는 맨살에서, 그 몸에 가득 차 있는 듯한 터무니없는 감각의 일부라도 자신의 손가락에 전해져 오지 않을까 하여 숨을 죽였고, 사키코는 그것을 눈치 채고는 "무슨 말좀 해 봐" 하고 졸랐다.

"왜?"

"너무 행복해서 불안하잖아……."

"어째서? 불안하다고 하지 마. 아기가 듣고 있어
……."

"그렇구나. 아이가 듣고 있지……."

아이를 밴 사키코는, 무서운 동물적 직감에 의해 아버
지가 될 남자의 미래에 불안을 느낀 것일까. 일순 그런
의심이 스쳤지만, 그럴 리는 없다고 곧 스스로 부정했
다. 그것보다도 가즈아키는, 지금은 어쨌든 팔 안의 사
키코에게 마음을 집중하고 싶었다. 팔 안의 생물에게서
그 환희의 일부라도 이 몸으로 느끼지 않으면 이 앞에
는 어둠밖에 없을 거라는 두려움에 쫓겼고, 한편으로는
5년이나 맨살을 맞대 온 이 몸은 분명히 이미 자신의 몸
의 일부인 것 같아, 어쨌든 지금은 그저 사키코를 자신
의 팔로 안고 싶었을 뿐이었다.

그리고 사키코는 이윽고 잔물결처럼 몸을 떨며 쾌감
을 호소하고, 늘 하던 버릇대로 "남자애일까, 여자애일
까……?" "이름, 어떻게 하지?" "나, 오사카에 있는 학
교로 옮겨야겠다……" 하고 헛소리처럼 중얼거리면서
가즈아키의 팔 안에서 한 번, 두 번, 세 번 절정에 달했
다. 기분 탓인지 그 리듬마저 지금까지와는 다르게 느껴
져, 사키코 안에서 뭔가 새로운 환희의 파도가 일어나는
것이 아주 조금 느껴진 듯한 기분도 들었다.

"가즈도……" 하고 사키코가 뻗어 온 손을 누르고, 가

즈아키는 "조금만 더" 하고 그 귓가에 속삭이며, 땀이 밴 사키코의 몸을 계속 안았다. 가즈아키는 실제로 평소처럼 자기 자신이 흥분되지는 않았지만, 아이를 밴 순간 사키코가 다른 누군가가 된 것처럼, 남자 쪽도 어떤 변화가 일어났는지도 몰랐다. 그것도 이상한 일이라고 생각하면서, 가즈아키는 팔 안의 사키코를 확인하고 또 확인하며 "잘 됐어……"라고 몇 번이나 말을 걸고는, 자신에게 튕겨 돌아오는 그 말에 귀를 기울이고, 그때마다 이건 분명히 진심이라고 자신에게 대답했다.

아이에 대해서는 태어나 보지 않으면 알 수 없다고 회피했지만, 적어도 아이가 생겼다고 기뻐하는 사키코 만은 진심으로 축복해 주고 싶다고 생각했다. 이상하게 욕망은 끓어오르지 않았지만, 전에 없이 소중히 대해 주고 싶은 기분이었다. 유두를 꼿꼿이 세우고 유방을 부풀리고, 자신이 얼마나 대담한 모습을 하고 있는지도 잠시 잊고 행복한 듯이 양다리를 크게 벌리고 있는 사키코. 그리고 목을 한껏 뒤로 젖혀 가즈아키를 올려다보고, "가즈" 하고 남자의 이름을 부르며 눈을 감는 사키코.

그 후 가즈아키는 사키코에게 팔베개를 해 주고, 다른 쪽 팔로 그 몸을 안은 채 한숨도 자지 않고 하룻밤을 지새웠다. 스스로도 이유를 알 수 없는 두 번째 철야였다. 미명의 몇 시간 동안온 니름대로 앞으로의 일 등을 생각하고 있었지만, 그 이후에는 이대로 계속 자지 않으면 앞으로 며칠 만에 죽을까 하는 망상에 빠졌고, 대륙의 평원에 서 있는 벚나무의 모습도 계속 바라보았다. 거기에는 이미 사키코나 아이는 그림자도 형체도 없고, 자신의 모습도 없다. 리오우도 없는, 꿈의 흔적 같았다.

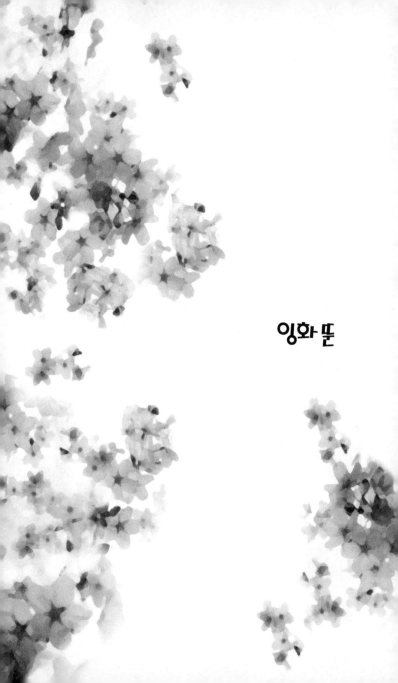

잉화 뜬

지난 반나절 동안 자신이 봉해 넣은 산더미처럼 많은 감정을,
리오오는 지금 하나하나 그 손으로 끄집어내어,
가즈아키 대신 비탄과 분노의 소리를 지르며 울고 있었다.

"이제 잘 시간이야."

"조금만 더."

"그 페이지만 보고 자야 된다."

네 살 난 아들은 대답을 하는 것도 아깝다는 듯이 고개를 한 번 끄덕여 답했다. 베개 위에 펼친 그림책 페이지를 작은 양손으로 누른 채 아들 고타가 열심히 바라보고 있는 것은, 페이지 가득 그려진 거대한 떡갈나무 그림이었다. 가는 펜화에 투명한 수채의 옅은 색깔이 칠해진 그것은, 바람을 맞아 요란하게 울어 대는 가지나 잎 하나하나가 당장이라도 움직이고, 바람이나 잎이 스치는 소리가 들릴 것 같았다. 하지만 단순한 떡갈나무 한 그루가 어디가 그렇게 마음에 들었는지, 적당한 시간

에 그림책을 빼앗지 않으면 아들은 언제까지나 들여다
보고 있다.

언젠가 마당의 벚나무랑 이 떡갈나무랑 어떤 게 더
크냐고 고타가 물은 적이 있는데, 가즈아키가 떡갈나무
가 더 크다고 대답한 것 때문에 그런지도 몰랐다. 두 살
때부터 매일 밤 여러 가지 그림책을 읽어주었지만, 요즘
은 아직 글씨도 못 읽으면서 아들은 "이게 좋아" 하고
스스로 '다람쥐와 떡갈나무 열매'를 고르고, 가즈아키는
매일 밤마다 같은 이야기를 계속 읽었다. 다람쥐가 떨어
뜨린 도토리에 잎이 나고, 이윽고 거대한 나무가 되어
산더미처럼 많은 열매를 맺는다는, 그저 그것뿐인 이야
기인데도.

고타가 태어났을 때 사키코는 전후로 1년간 휴직했지
만, 아이가 기저귀를 떼기도 전에 오사카 시내에 있는
야간고등학교로 복직했다. 그 이후 밤에는 가즈아키가
보살피고 있는데, 스스로도 의외였을 정도로 육아일에
는 저항감이 없었다. 기저귀를 갈고, 빨래를 하고, 사키
코가 준비해 두고 간 밥을 먹이고, 목욕을 시키고, 칭얼
거릴 때는 몇 시간이든 안아 주었다. 자장가 대신 〈초원
정가〉를 불러 주는 동안 반드시 아이에 대해서만 생각
한 것은 아니었지만, 아이가 울면 곧 제정신으로 돌아왔
고, 아이가 웃으면 같이 웃었다.

사키코가 가정교육에 엄하기 때문에, 사키코가 없는

동안 어리광을 받아주는 것은 가즈아키였다. 지금은 얌전한 것도 그림책을 읽고 있을 때뿐이고, 너무 활발해서 낮에는 완전히 포기할 때도 있다.

아장아장 걸을 수 있게 되었을 무렵부터 고타는 엄마가 눈을 떼기만 하면 마당으로 나갔고, 그때마다 작업장의 가즈아키는 안절부절 못했다. 그래서 마당의 콘크리트를 벗기고 작은 모래밭을 만들어 주었더니 얼마 동안은 거기에서 놀았다. 하지만 세 살이 되었을 무렵부터는 문득 정신을 차려 보면 작업장 옆까지 와 있을 때가 있어, 가즈아키는 작업장은 위험하니까 들어오지 말라고 호되게 꾸짖었다.

그러면 아이는 일단 모래밭으로 물러나지만, 다시 온다. 어쩔 수 없이, 깎는 과정에서 나오는 쇳가루를 양동이 하나 가득 마당 한가운데에 놓아 주고, 이걸 줄 테니까 작업장에는 들어오지 말라고 타일렀다. 하지만 아이는 아는지 모르는지, 쇳가루를 흐트러뜨리며 얌전히 놀고 있나 싶으면, 가끔 물끄러미 작업장 쪽을 보고 있었다. 그리고 가즈아키와 눈이 마주치면 고타는 슥 눈을 피하고, 다시 한 번 노려보면 어딘가로 마구 뛰어가 버린다. 얼마 후에는 사키코가 "고타 어디 있어!" 하며 소란을 떠는데, 언젠가는 옆 유치원까지 출장을 나가 있던 적도 있었다.

지난 1월에 네 살이 된 고타는 여전히 떡길나무 그림

을 열심히 바라보고 있었다. 안채 2층의 그 베갯맡에는 꽃봉오리가 부풀어 오르기 시작한 무거운 벚나무 가지가 밤바람에 휘어지는 소리가 울리고, 그것은 가끔 오싹할 정도로 큰 소리를 내지만, 고타는 전혀 무서워하는 기색이 없었다.

이 꼬마의 작은 머리는 지금쯤 떡갈나무로 가득할 것이다. 베갯맡에 울리는 벚나무 소리도 바람에 웅성거리는 떡갈나무의 잎 스치는 소리와 겹쳐 있을 거라고 생각하면서, 가즈아키 쪽이 오히려 창문을 두드리는 가지 소리에 깜짝 놀라 무심코 귀를 기울였다.

바람의 방향에 따라 사각사각, 버석버석 울어 대는 벚나무 가지 맞은편의 골목길을, 누군가의 구두 소리가 지나가고 있었다. 그 보조나 구두 소리의 이동방향을 순간 알아듣고 저건 근방에 사는 모某 씨라고 결론을 내린 후, 가즈아키는 베갯맡에 둔 시계를 보았다.

"자, 약속했지? 이제 잘 시간이야."

그렇게 말하며 가즈아키는 그림책을 덮게 하고, 아들의 손에서 그것을 집어 들었다. 베개 위치를 고쳐 주고, 이불을 다시 덮어 주면서 "안 추워?" 하고 묻자, "안 추워"라고 아이는 말한다. "혼자 잘 수 있지?"라고 물으니 이번에는 대답이 없다.

고타는 당분간 감길 것 같지도 않은 눈을 크게 뜬 채, 방금 고쳐 덮은 이불에서 파자마를 입은 팔을 뻗어와 안아 달라고 졸랐다.

1년 전 세 번째 생일날에, 작은 생일 케이크에 촛불 세 개를 켜고 가족들 셋이서 그것을 불어 껐을 때, 사키코는 자꾸 안아 달라고 하는 버릇을 고쳐야 한다며 가즈아키에게 이제 가능하면 안아주지 않겠다는 약속을 하게 했다. 그래도 아들이 조르면 '오늘만' 하고 자신에게 변명을 해 온 지, 벌써 1년이 된다.

"잠깐만이다"라고 타이르고, 가즈아키는 그날 밤에도 아들을 안아 올렸다. 그러자 아들은 얼굴을 가즈아키의 목덜미에 갖다 대고, 도마뱀처럼 답삭 달라붙어 죽은 척을 했다. 숨을 죽이고 있기에 이 녀석이 뭔가 노리고 있구나 생각했지만, 아들은 목덜미 언저리에서 쿡쿡 웃었을 뿐 곧 규칙적인 숨소리를 내기 시작했다.

바깥에는 막 시작한 비가 내리고 있었다. 사키코는 우산이 있을까 생각하면서 시계를 보니, 시각은 겨우 오후 8시를 지나고 있었다. 사키코가 돌아올 때까지는 아직 세 시간 가까이 남아 있었다. 그러고 보니 아까도 시계를 봤다는 것을 떠올리고 기묘한 일이라고 생각했다. 이제 이혼도 시간문제인 여자가 우산을 가지고 갔는지 어떤지가, 지금까지와 똑같이 신경이 쓰인다는 것이.

더는 몽상이 아닌 진짜 리오우가 사사쿠라 분지를 통해 숭국에 건너오지 않겠느냐고 타진한 때는 1987년 초였다. 시대는 변했다. 밀항이 아니라 정규 루트라는 말을 듣고 격세지감을 느꼈지만, 그때는, 가즈아키는 망설이지도 않고, 아내와 태어난 지 얼마 되지 않은 아들을 두고는 갈 수 없다고 대답했다.

다음해인 1988년 봄에 리오우는, 가즈아키의 결의가 그렇게 굳다면, 처자식과 함께 영주할 수 있는 집과 '잉화뚠 유한공사櫻花屯有限公司'의 자리와 중국 정부의 비자를 준비하겠다, 몇 년이든 기다리겠다고 전해 왔다. 헤이룽장 성에 있는 백만 헥타르의 땅에서는 '잉화뚠 유한공사'의 이름으로 콩이 생산되기 시작했고, 그해 봄에는 최신 수경재배 공장과, 공장의 전기를 공급할 풍력발전설비가 완성되었다는 것이었다. 그러나 그것도 아들은 마침 풍진으로 열이 나고, 공장은 전에 없던 호경기로 잠잘 새도 없을 정도로 바쁜 와중이었기 때문에, 지금은 도저히 움직일 수 없다는 무정한 대답을 할 수밖에 없었다.

다음해인 1989년 여름, 가즈아키는 사사쿠라를 만났지만 그때의 이야기에 따르면, 리오우는 6월에 베이징에서 천안문 사건이 일어나기 직전에 보수파에 대한 견제의 의미로 홍콩에서 50억 달러의 자금을 회수해 결과적으로 크게 돈을 벌었지만, 앞으로 잠시 동안은 정치적으로는 몹시 어려운 상황이라는 것이었다. 생각해 보면 1986년 후반부터 89년까지, 베이징 공산당 중앙정치국은 포스트 덩샤오핑鄧小平을 견제하던 개혁노선추진파와 보수파의 격렬한 정치투쟁 시대였다. 그러니 외국에서 투기자금을 움직이는 한 남자 역시, 베이징의 후야오방胡耀邦이나 자오쯔양趙紫陽과 마찬가지로 하루하루 눈치를 살펴야 하는 위험한 세월을 보내고 있었음이 틀림없다.

그래도 사사쿠라는 아무도 개혁개방의 흐름을 멈출 수는 없다는 사실, '벚나무 마을'이라는 이름 그대로인 '잉화뚠'은, 보수파도 뭐라고 할 수 없을 정도로 농지개량의 모델 사업이 되고 있다는 사실을 전하고, 언제든지 오라는 리오우의 전언을 다시 한 번 반복하고 갔다. 게다가 앞으로의 연락처라면서, 오사카 시내국번의 전화번호도 하나 남기고 갔다. 싱가포르의 파이스턴십핑은 물론, 국내외의 중국 대사관이나 영사관의 통신망도 모두 안심하고 사적인 얘기를 할 수 있는 상황이 아니기 때문이라는 것 같았다.

그때 리오우가 가즈아키의 가족사진을 갖고 싶어 한다는 말을 들었기에, 가즈아키는 얼마 지나지 않아 리오우가 지정한 런던의 사서함으로 사진을 보냈다. 그러자 그해 크리스마스에, 리오우는 런던의 해로즈 백화점에서 '고타'라는 금색문자가 들어간 아이용 목마를 보냈다. 목마에는 리오우가 직접 쓴 카드가 달려 있었다. 그 카드에는 이렇게 쓰여 있었다.

11월 9일, 나는 베를린의 벽이 무너지는 것을 이 눈으로 보았어. 너무 멋진 광경이었기 때문에, 이 흥분을 너와 네 가족에게도 전하고 싶어. 내 환희가 목마를 타고 일본에 닿기를.

하얀 목마는 파란 눈을 하고 있었고, 붉은 가죽안장과 금색 술이 달려 있는 꿈결처럼 아름다운 것으로, 얼마나 비싼 물건일지 짐작도 가지 않았다. 두 살 난 아이는 물론 아무것도 몰랐지만, 보낸 사람에 대해 수상하게 여기는 사키코에게는 그 사진 속의 남자라고 말해 두었다. 그리고 가즈아키 자신은, 리오우가 이제는 기다리는 쪽으로 돌아섰음을 통감한 순간 가슴이 저미는 듯한 아픔을 느끼면서, 아들의 탄생 후 계속 리오우를 기다리게 한 채 자신의 주위에서 정신없이 지나 온 세월을 무심코 꼽아 보았던 것이다.

비교해서 뭐가 어떻다는 것은 아니었다. 가즈아키는 아침부터 밤까지 기름투성이가 되어 쇠를 깎아 파는 한편으로 아이의 기저귀를 갈았고, 리오우는 안주할 땅이 없는 자유로운 방랑 속에서, 아마 오직 홀로 베를린에 있으면서 역사의 한 페이지를 목격했다. 각자 전혀 다른 시공에서 호흡하고 있어도, 한쪽은 자신의 흥분을 전하고 싶다고 하고, 다른 한쪽은 그것을 확실히 자신의 가슴으로 받아들이며 자신도 마치 베를린을 가득 메운 군

562

중 속에 있었던 듯한 환희를 맛본다. 지난 십수 년 속에서도 리오우는 이미 이심전심으로 마음이 통하는 가족 같았고, 가즈아키에게도 이야기하고 싶은 것은 산더미처럼 있었으며, 상대의 이야기도 산더미처럼 듣고 싶다고 생각했다. 그런 기분이 지금까지보다도 훨씬 더 쌓여가는 것을 느끼면서, 가즈아키는 런던의 사서함을 통해 리오우 앞으로 목마를 둘러싸고 찍은 가족사진을 보냈고, 같이 덧붙인 신년 카드에 "나는 세월을 세기로 했어. 너와 헤어진 지, 4,540일이 지났어. 5,000일이 되기전에 나는 대륙으로 가기로 결심했어"라고 썼다. 가족은 이제부터 설득해야 했지만, 형무소를 나온 이후 8년 반이 지난 끝의 결심이었다.

그 후 얼마 되지 않은 1990년 봄, 오랜 교제가 열매를 맺어, 베어링 제작회사와 전자기기 제작회사에서 시디롬용 정밀 베어링 가공을 일괄수주할 절호의 기회가 찾아왔다. 그러나 새로운 설비투자와 인원증가가 필요해진다는 이유로 가즈아키는 두 번 다시 오지 않을 제의를 거절했다. 제작회사들에서는 그를 몹시 의아하게 여겼다.

이어서 같은 시기에 히로시마의 자동차 회사에서 들어온 엔진 부품 가공 이야기도, 마찬가지로 거절했다. 주가가 3만 포인트로 올라선 지 오래인 데다가, 땅은 모조리 가격이 치솟고, 제조업은 어느 곳이나 생산이 늘고 그에 따른 설비투자로 바쁜 이 시기에, 모리야마 공장은 어떻게 된 거 아니냐는 평판도 있었다. 하긴 가즈아키가 사업을 굳이 확장하지 않은 것은 옛날부터 그랬고, 그것은 가즈아키 개인의 가슴속을 계속 차지해 온 대륙에 대한 마음을 차치하더라도, 원래가 경기에 좌우되는 작은 공장이기 때문에 경기를 탄 사업 확대는 하지 않는다는, 가즈아키 나름의 견실한 판단도 있었던 것이다. 대신 모리야마 공장이 아니면 할 수 없는 특수가공 기술을 목표로 해 온 지난 5년이었지만, 간신히 찾아온 그 기회를 두 번 모두 내동댕이친 마당이니 가족의 설득도 이제는 뒤로 미룰 수는 없었다.

중국에 가고 싶다고 사키코에게 고백한 것은 여름이었다. 사키코는 처음에는 그냥 생각나서 하는 말이라 생각한 것 같았지만, 가즈아키가 진심이라는 것을 눈치 채자 갑자기 침묵에 잠겼다. 중국에서 태어나고 자란 아버지의 이기심 때문에 어린 시절에 고생을 했다. 그 아버지의 공장을 물려받은 남자와 겨우 가정을 갖고 안주했다고 생각했는데, 이번에는 그 남자가 중국에 가고 싶다는 말을 꺼낸다. 사키코의 입장에서 보면, 당혹을 뛰어넘어 할 말을 잃을 수밖에 없었을 것이다. 그러나 가즈아키 자신도 상당한 각오를 하고 꺼낸 얘기여서, 매년 보내져 오는 '잉화뚠'의 사진을 사키코에게 보여 주며 이런 땅이다, 여기에서 농사를 지으면서 살자, 생활은 불편하게 하지 않겠다고 열심히 설득을 했다. 학생 시절부터 계속 가고 싶었다, 언젠가 가려고 계속 생각했다, 나이를 생각하면 새롭게 시작하는 것은 앞으로 1, 2년이 한계라고, 최대한 성의를 다해 애원했다.

그러나 사키코에게는 지평선까지 이어지는 콩밭이나, 평원에 점점이 서 있는 풍력발전을 위한 거대한 풍차가 과연 무엇으로 보였을까. 평생의 반려로 정한 남자가 제정신인지에 대해 불신을 쌓게 만들 뿐인, 기괴한 풍경이었을까. 이미 돌아가신 지 10년이나 되는 아버지에 대한 복잡한 마음과 겹쳐질 뿐이었을까. 아니면 갑자기 불확실해진 장래에 대한 불안 그 자체였을까. 가즈아키 자신도, 일본에서 나름대로 생활을 쌓아 오며 마흔이 된 여자를 향해 이런 얘기를 꺼내는 게 무리라는 것은 잘 알고 있었고, 시간을 들여 대화할 생각이었지만, 사키코의 대답은 오직 한 마디, "가고 싶으면 혼자 가"였다.

그래도 여름까지는, 가즈아키는 아직 대륙도 처자식도 포기하지 않고 있었다. 하지만 지난 36년의 인생에서 이렇게 자신의 의사가 굳었던 적은 없었고, 지금 행동하지 않으면 영원히 대륙에 갈 수 없다는 생각에 강하게 쫓겨, 춘분 이후에는 정말로 공장의 폐쇄를 향해 움직이기 시작했다.

먼저 종업원들에게 연말에 공장을 폐업할 거라고 말했다. 그리고 가능한 좋은 조건에 재취식할 수 있는 곳을 알선해 주기로 하고 이해를 구했다. 봄부터 가즈아키가 큰 수주를 거절해 온 것은 이미 종업원들도 알고 있었기 때문에, 예상은 했다는 반응이었다. 시기상, 모리야마 공장의 400평 부지를 팔면 지금은 20억은 받을 수 있다는 말을 들었고, 사업을 계속하기보다도 부동산 처분을 선택하는 중소사업주도 적지 않은 가운데 "아아, 모리야마 공장도 드디어 팔리는구나" 하고 이웃에서는 수군거렸다. 덕분에, 소규모 공장 하나를 폐업하려는 움직임은 사람들이 보기에도 특별히 기이한 일은 아니었고, 종업원 세 명과 경리과 여직원은 그해 안에 떠났다. 형태뿐인 송별회 자리에는 보고를 겸해 모리야마의 친척도 불렀지만, 3대에 걸쳐 70년 동안 이어진 공장을 부동산에 눈이 어두워 매각하는 것처럼 보이는 공장주에 대한 시선은, 시샘하는 마음도 있어 차가웠다. 원래 공장 경영에는 적극적이지 않았던 사키코도, 철이 들었을 때부터 있던 모리야마 공장의 종말을 목격하고 아무 생각도 하지 않았을 리는 없다.

사키코는 그래도, 이런 것은 남편의 한때의 변덕이라고 매일 고쳐 생각해 보는 건지, 부부가 싸움을 하고 있으면 아이가 불쌍하다며 적어도 표면상으로는 계속 태연하게 행동했고, 그것이 반대로 가즈아키에게는 통렬한 역습이 되었다. 사키코가 아무 일도 없었다는 듯이 행동하면, 가즈아키는 말을 꺼낼 실마리를 잃는다. 사키코는 사키코대로 남편의 머리에서 쓸데없는 꿈을 쫓아 내려고 필사적으로 손을 썼고, 평소보다 빈번하게 가족 외출을 조르거나 부부 생활을 적극적으로 요구해 오곤 했다.

종업원들이 떠난 것과 전후하여, 그 무렵 가즈아키에 게는 또 하나 결말을 지어야 하는 상대에게서 전화가 왔다. 지난 몇 년 동안, 반 년에 한 번 연락이 오면 자주 오는 편이었던 하라구치 다쓰로와는 여름에 만난 것이 마지막이었다. 하라구치는 3년쯤 전에 해외의 권총 비즈니스에서 손을 뗐고, 그 이후로는 거의 권총을 만지지 도 않았다. 만나면 세토 내해의 별장에서 느긋하게 지낼 뿐이었는데, 그때의 전화도 특별히 용건이 있었던 것은 아니었다.

"공장 닫는다면서? 무슨 문제가 있었어?"라고 하라 구치는 물었고, 이에 가즈아키가 걱정할 필요는 없다고 대답하자, "그래? 이쪽은 연초부터 대만에 출장을 가야 돼. 돌아오면 또 바다에 가자. 새해 복 많이 받아"라고 말했다. 이야기는 그것뿐이었다.

하라구치가 누구의 목소리를 듣기 위한 목적만으로 전화를 걸 정도로 한가할 리는 없었고, 모리야마 공장의 폐쇄 얘기를 듣고 나름대로 여러 가지 추측을 했다 해 도, 그 어조는 생각 탓인지 건성이었으며, 그 답지 않게 침착하지 못했다. 그러나 가즈아키 자신도 너무 깊이 생각하고 있을 새는 없었고, 한 통의 전화를 끝으로 하라 구치와의 관계 청산이라는 과제도 해를 넘기게 되었다.

그리고 해는 바뀌어, 얼마 전 고타의 네 번째 생일에는 늘 그렇듯이 사키코가 직접 만든 케이크에 네 개의 촛불이 켜졌다. 1년에 한 번밖에 만들지 않는 진짜 유백색 버터크림을 스펀지케이크에 두툼하게 발랐을 뿐인 그것은, 직경이 10센티미터 정도 되는 정말 작은 것이었다. 1년에 딱 한 번, 달콤한 버터의 진한 맛은 매년 어린 아이를 열중시켰는데, 올해도 고타는 포크로 부순 케이크를 입으로 가져갈 때마다 온 입의 근육을 동원해 버터크림을 핥아 댔고, 아버지와 어머니를 향해 얼굴 전체로 기쁜 듯이 웃었다.

그날 밤에도 가즈아키는 연초에 이어 사키코에게 중국행 얘기를 꺼냈지만, 대뜸 들이밀어진 것은 이혼서류로, 다음날부터는 결국 가정 내 별거 상태가 되었다. 가즈아키는 낮에는 작업장에서 남은 일을 했고, 사키코가 학교에 간 후에 아들과 지내는 시간은 지금까지와 똑같았지만, 밤늦게 사키코가 돌아오면 가즈아키는 작업장으로 돌아가 거기에서 이불을 깔고 잤다. 그런 생활이 시작된 이래 가즈아키는 조금 마음이 약해져, 사키코의 불신과 분노는 이제 회복이 불가능할 정도로 깊어진 것처럼 느껴졌고, 지난 반 개월 동안은 역시 이혼밖에 길이 없는 건가 하는 생각이 들고 있었다.

막 잠든 아들을 깨우지 않도록 조심해서 눕히고 이불을 다시 덮어 주면서, 가즈아키는 내일이야말로 더는 안아 주지 않겠다고 스스로에게 맹세했다. 아들은 아버지의 몸이 어떤 감촉이었는지, 아버지는 어떤 남자였는지, 어떤 목소리였는지 따위는 아마 기억에 남지 않을 아슬아슬한 연령이었다. 아버지와 어머니의 싸움도 지금은 이해하지 못하고, 기억하지도 못하겠지만, 다섯 살이 되면 또 알 수 없다. 이혼이 현실이 되려는 지금, 아들이 네 살이라는 어린 나이라서 다행이라고 냉정하게 생각해 보기도 했지만, 동시에 이제는 아들의 기억에 남아서는 안 될 존재가 된 자신은, 몸 둘 곳 하나 없는 듯한 느낌이었다. 아들이 두 살이 된 이후로 처자식을 만나지 않았다는 리오우도 남자로서 부조리한 자신을 얼마나 부담스러워했을지, 지금은 알 듯한 기분이 들었다.

요즘 가즈아키는 매일 밤마다 아들의 잠든 얼굴을 바라보고 눈코입 구석구석까지 기억에 새기면서, 마음속으로 '미안하다' '미안하다' 하고 계속 사과한 후, 이렇게 아들의 잠든 얼굴을 앞으로 며칠 동안이나 더 볼 수 있을지 남은 날짜를 센다.

종업원들은 떠났지만 다른 곳으로 미처 돌릴 수 없었던 일은 2월 내내 남아 있었고, 가즈아키는 그것만은 끝낼 생각이었다. 그 후 남아 있는 기계를 매각하고, 세무 신고를 마치고 회사를 해산하는 수속을 무사히 끝내면,

현재 회사의 자산 3천만 엔 정도를 우선 현금으로 사키코의 손에 남길 수 있다는 계산이 나왔다. 토지의 절반은 결혼한 시점에서 사키코의 명의로 해 두었고, 자신의 명의로 되어 있는 몫을 사키코의 명의로 바꾸면, 최소한 생활이 곤란하지 않을 자산은 만들 수 있다. 그리고 자신은 벚꽃이 피기 전에 공장을 나갈 생각이었다. 자신에게 남겨진 시간은 이제 많지 않았다.

베갯맡의 불은 켠 채로 내버려 두고, 가즈아키는 안채를 나와 작업장으로 돌아갔다. 낮에 하다 남은 일이 갓없는 전구 밑에서 주인을 기다리고 있었다. 대형 NC선반과 프레이즈반과 호브반은 1월에 기계임대회사에 매각하고 지금은 고속선반과 만능연삭반이 한 대씩 남아있을 뿐인 작업장은, 넓어져서 썰렁했다. 재료를 두는 공구선반도 거의 비고, 바닥에는 정밀축받이의 외륜이 들어 있는 바구니 세 개와, 한쪽 구석에 이불이 한 채 놓여 있을 뿐이었다. 작업용 책상에는 위스키 한 병과 안채에서 가지고 나온 액자가 하나. 작년 가을 사키코가 집어던져서 유리가 깨진 그 액자에는, 변함없이 모리야마 고조와 리오우의 사진이 들어 있었다. 그리고 역시 사키코가 집어던져서 금이 간 목마가 하나.

그러나 가즈아키는 작업용 책상에 등을 돌리고, 곧 선반일을 시작했다. 마지막 납품은 다음 주말이라 아직 시간 여유는 있었지만, 어쨌든 손만이라도 움직이고 있지 않으면 이제 와서 왠지 마음이 약해질 듯한 기분이 들었다. 이제 무슨 일이 있어도 대륙으로 건너가겠다고 결심한 반면, 그것이 자기 자신과 가족의 10년과 맞바꿀 만한 것인가 하는 의심도 찾아온다. 그 후에는 곧 지금은 아시아 시장의 패자覇者가 된 리오우의 얼굴과, 해마다 벚나무가 성장해 숲이 우거지는 '잉화뚠'의 모습을 떠올리며 의심을 쫓아내지만, 미묘한 가감 하나로 저쪽으로 기울고 때로는 이쪽으로 기우는 확신은, 전복될 것 같으면서도 되지 않는 요트 같았다. 하라구치의 크루저를 타고 세토 내해로 나갈 때마다 요트를 만났는데, 바람이 강한 날이면 45도 이상으로 기울어 해면을 질주하는 요트는 언제 보아도 신기하게 보였던 것이다.

아무것도 생각하지 않으려고 노력한 탓인지, 가즈아키는 잠시 세토 내해의 거울 같은 바다를 달리는 크루저 위에서 바다의 향기나 바람을 콧구멍에 느끼면서, 저도 모르게 손가에 있는 쇠에 집중해 갔다. 연초부터 혼자 3천 개를 깎아 온 것은, 최고급 비디오테이프레코더에 사용하는 특수한 회전 드럼 스핀들이라는 극소축받이의 외륜인데, 절삭장치가 달린 고속선반이 자동으로 축 2밀리미터의 궤도홈을 깎아 간다. 그 후 하나하나를 연삭반에 걸고, 홈을 1,000분의 1밀리미터의 정밀도까지 깎는 것이 수작업인데, 가즈아키는 그날 밤 안에 반제품

중 나머지 200개 절삭을 먼저 끝낼 생각이었다. 그렇게 하면 나머지 6일은, 정말로 마지막 일이 될 연삭작업에 여유를 갖고 몰두할 수 있다.

선반이 거의 10초 만에 한 개를 깎아 냄과 동시에 정지하면, 가즈아키는 그것을 즉시 척_{chuck}†에서 내리고 다시 새로운 공작물을 물려 스위치를 넣기만 하면 되는 단순작업이었다. 가즈아키는 기계 옆에서 안개처럼 흩어지는 절삭기름을 뒤집어쓰고, 회전하는 모터의 가느다란 금속성 소리를 뒤집어쓰면서, 10년간이나 심신에 스며든 그 냄새며 진동이며 소리에 둘러싸여 잠시 동안이기는 했지만 일체의 잡념을 잊었다. 그 시공은 지금까지도 걸핏하면 자신을 여섯 살 때로 데리고 돌아갈 때가 있어서, 기계가 내는 진동이나 모터 소리를 통해, 지금은 닫혀 있는 작업장 문 맞은편에서 마당을 걸어오는 경쾌한 어머니의 모습이나 모리야마 고조의 모습이 보이곤 했지만, 지금 보이는 것은 흐릿하게 빛나는 어둠뿐이고, 들리는 것은 마당을 때리는 빗소리뿐이었다.

결국, 스물두 살 때에 발견했다고 생각한 대륙도, 짧은 시간 동안 그 모습을 보았던 젊은 날의 리오우도, 정처 없는 자신의 인생이 도달한 모리야마 공장에 비쳐든 한 줄기 빛이었던 걸까. 그것이 아직 빛나는 어둠일 뿐이라는 것은, 자신이 지금도 여전히, 확실한 것은 아무

---

† 공작기계인 선반의 주축(主軸) 끝에 장치해 공작물을 유지하는 부속장치이다.

것도 붙잡지 못했다는 뜻일 거라고 가즈아키는 생각했다. 어머니와 모리야마 고조는 이미 죽고 대륙과 리오우가 남았고, 지금은 거기에 처자식이 더해졌지만, 이 작업장이야말로 30년 동안 자신을 감싸고, 있는 그대로 살게 해 준 장소였다는 것을 새삼스럽게 깨달았다. 그렇다면, 공장을 청산하고 나가는 것이야말로 진정한 출발이고, 인생은 지금부터 시작이라는 뜻이라고.

자신과는 그릇이 다르다 해도 리오우도 한 인간인 이상, 그 안에 얼마나 쓸데없는 부분을 많이 안고 있을지는 알 수 없었다. 그러나 대륙의 황야를 녹색 경지로 바꾸는 사업을 시작한 시점에서 리오우가 한발 먼저 미래를 찾은 거라면, 지금은 어쨌든 이 눈으로 확인하고 싶다, 함께 기뻐하고, 칭찬하고 싶다고 생각했다. 자신이 지금 가장 하고 싶은 일이라면 아마 그것일 거라고 가즈아키는 자신에게 대답해 보았다. 생각해 보면 처자식을 버리는 것은 파렴치한 일이었지만, 그 피는 어머니에게서 물려받은 것이었다.

가즈아키는 가끔 시계를 보았고, 한 시간마다 안채에 있는 아들이 잘 자고 있는지 살펴보면서 선반을 돌렸다. 오후 11시 직전, 바구니 밑의 반제품이 셀 수 있을 정도로 남았을 무렵 바깥 대문을 여는 소리가 들려, 가즈아키는 얼굴을 내밀까 말까 잠깐 망설였다.

그러나 얼마 지나지 않아 사키코의 구두 소리는 비

내리는 마당을 뛰어왔고, 우산을 안 가지고 있나 하고 문득 생각한 순간, 가즈아키는 자기도 모르게 사무실로 나가 창문으로 밖을 내다보고 있었다. 그러자 열려 있는 대문 앞에는 불이 켜진 택시가 서 있고, 안채로 달려가는 사키코의 모습이 창문을 스쳐 간다.

생각할 새도 없이 안채 쪽으로 달려가자 마침 사키코와 딱 마주쳤지만, 머리카락도 옷도 흠뻑 젖은 사키코는 돌아보지도 않고 "내버려 둬!"라고 한 마디 한 뒤 현관으로 뛰어들어 가려고 했다. 순간 그 손을 잡고 가즈아키는 "왜 그래? 뭘 하려고?" 하고 물었다. 그러자 사키코는 돌아보고, 비에 젖은 건지 우는 건지 알 수 없는 얼굴을 일그러뜨리고 술 냄새를 약간 풍기면서 "화가 나서, 화가 나서 못 참겠어……!"라고 외쳤다.

"고타를 데리고 일요일까지 호텔에 묵을 거야. 어차 피 집을 나갈 사람은 이제 할 말도 없잖아!"

"목욕물 데워 놨어. 옷 갈아입고, 몸 좀 따뜻하게 한 다음에 가……."

"애도 버릴 수 있는 사람이, 새삼스럽게 무슨 소릴 하 는 거야."

사키코는 신발을 벗어던지고 2층으로 뛰어올라 갔고, 가즈아키는 현관 시멘트 바닥에 서 있었다. 아주 잠깐, 힘으로라도 붙들고 싶은 충동이 달렸지만, 사키코의 말 대로 새삼스럽다는 생각이 그것을 떨어낸 후에는 자신의 몸 하나도 버거운 기분이 들었다.

사키코는 고타의 옷을 갈아입히고 있는지, 2층에서 고타의 졸린 듯한 목소리가 났다. 이윽고 바삐 돌아다니는 기척이 끊어졌나 싶더니, 아들을 안은 사키코가 계단을 뛰어내려 왔다. 사키코는 가즈아키 쪽은 보려고도 하지 않고 아이의 작은 신발을 자신의 핸드백에 찔러 넣더니, 비 내리는 마당으로 뛰어나갔다. 고타는 사키코의 어깨 위에서 다시 잠들어 있었다.

택시가 떠난 후, 가즈아키는 대문을 닫으면서 그제야 우산 정도는 들려 보냈으면 좋았을 걸 그랬다고 생각했다. 이후 딱히 할 일도 없어 2층의 아이 이불이나 파자마를 정리하다가 남겨져 있는 '다람쥐와 떡갈나무 열매'의 그림책을 보고, 내일부터 잠시 동안 고타도 떡갈나무와는 이별이라고 생각했다.

가즈아키는 다시 작업장으로 돌아가 남은 절삭작업을 시작했지만, 사키코에 대한 생각을 지울 수 없었다. 평소 밖에서는 술을 마시지 않는 사키코가 여자 혼자 대체 어디에서 마시고 온 걸까 생각하니 가엾은 기분이 들었고, 스스로가 한심해졌다. 자기가 먼저 이혼서류를 들이밀어 놓고, 혼자 생각하기 시작했더니 화가 치밀어서 견딜 수 없어졌다는 사키코의 토로를 들으니, 원인을 만든 남편 쪽이 먼저 상황을 이해하고 체념해서는 안 된다는 기분도 들었다.

자신에게 사키코는 어떤 사람인지를 '새삼스럽게' 생각하면서, 가즈아키의 손은 계속 움직이고 있었다. 선반의 척에 바깥지름 8밀리미터의 외륜을 고정하고 스위치를 넣고, 기계가 멈추면 고정기를 풀고 새 반제품을 고정하고, 다시 스위치를 넣는다.

10초간의 가느다란 금속음에 촉발되어, 가즈아키는 생각했다. 사키코는 10년의 세월을 거쳐, 매일매일 함께 있는 것이 당연해진 사람이라고. 언제나 한 지붕 아래에 있기 때문에, 기침이라도 하면 걱정이 된다. 늦게 돌아오면 밤길이 걱정되어 역까지 데리러 간다. 기분이 좋으면 자신도 기쁘다. 기분이 나쁘면 불안해진다. 그리고 모습이 보이지 않게 되면 뭔가 부족한 기분이 든다. 그런 사람이었다고.

그야말로 반려라고 할 수 있을 텐데, 그런 여자를 어째서 버리려는 건지 자신에게 물으면서, 가즈아키는 외륜을 갈아 끼우고 다시 스위치를 넣었다. 선반이 신음소리를 내기 시작했다.

회전하는 미세한 공작물은 가즈아키의 눈 속에서 말없이 둔한 빛을 내면서, 금속음과 함께 이런저런 자문을 공허하게 만들었고, 그 맞은편에는 조금 탁해진 대륙의 풍경이 여전히 펼쳐지고 있었다. 거기에는 사키코도 고타도 없지만, 자문을 그만둔 후에는 왠지 모르게 리오우를 만나고 싶다, 머리도 몸도 텅 비우고 지금은 그저 리

576

오우를 만나고 싶다는 생각이 다시 자리 잡았다. 리오우를 만나 15년의 마음을 정리한 후에 어떻게 할 건지는 자기 자신도 알 수 없다. 당신을 버리고 어떻게 할지는 나도 모른다고 사키코를 향해 말한 그때, 멍하니 보고 있던 풍경에 갑자기 새빨간 비가 내렸다.

정신을 차려 보니 정지한 기계의 면판이나 심압대에 피가 흩어져 있고, 피는 계속해서 베드에 뚝뚝 떨어지고 있었다. 회전하는 외륜 가장자리에 닿은 듯한 왼손 중지 끝이 찢어져 뼈가 보이고 있었다. 가즈아키는 별다른 동요도 없이 몇 초 동안 그것을 바라보았다. 지금 하던 생각의 연장으로 일요일에 사키코가 돌아오면 다시 한 번 얘기를 해 봐야겠다는 결론을 내리고서야 비로소 기계 전원을 꺼야 한다는 생각을 했다.

그 후, 구급상자에 비치해 둔 소독약을 상처에 뿌려 두고, 비닐봉지에 넣은 냉장고 얼음으로 상처를 식히면서 직접 공장 트럭을 운전해 주소 병원의 응급실로 갔다. 뼈까지 끊어질 뻔했다는 말을 듣고 곧 수술을 받았지만, 부분마취를 했기 때문에 수술 도중에 잠들어 버렸다. 의사가 깨웠을 때에는 중지를 사이에 두고 손가락 세 개가 붕대 때문에 경단처럼 부풀어 있었다.

그리고 새벽에는 다시 자신의 트럭으로 공장에 돌아왔지만, 생각하는 것은 여전히 처자식 일이었다. 어느 호텔에 묵었는지 모르지만, 이젯밤에 술을 너무 많이 마신 사키코는 제대로 잤을까. 고타는 오줌을 싸지 않았을까. 토요일인 오늘은 둘이서 뭘 하며 지낼까 하고.

가즈아키는 토요일에도 붕대를 갈러 병원에 한 번 갔을 뿐, 식사도 냉장고에 남아 있던 것으로 때우고 하루 종일 일을 계속했다.

다음날인 일요일 아침에는, 오전 8시에 작업장 셔터를 열자 마당 너머 대문 앞에 낯선 남자 두 명이 서 있었다. 그 모습으로 보아 경찰이라는 것을 알 수 있었다. 대문 맞은편에서 남자들은 손짓을 하고, 가즈아키가 나가자 수첩을 보이며 "하라구치 다쓰로 얘기입니다"라고 말했다.

이어서 그 턱짓 한 번으로 가즈아키는 방금 연 작업장 셔터를 다시 닫게 되었고, 남자들의 차를 타고 경찰 본부로 가 회의실인 듯한 어느 방의 파이프의자에 앉혀졌다.

폭력단을 담당하는 수사4과 형사들은 공안과는 전혀 종류가 다른 성급한 기세여서, 무슨 일이 일어났다는 것이 손에 잡힐 듯 느껴졌다. 가즈아키에게는 나이트게이트 이후 처음 맛보는 형사과의 공기였고, 그것만으로도 상당한 위화감과 긴장을 느꼈다. 공안의 다마루는 너무 지위가 높아져서 2년 전에 도쿄 경시청으로 옮겼기 때문에 이제 이 건물에는 없을 거라고 생각하니, 기묘한 고독도 거기에 더해졌다.

가즈아키는 권총 이야기일까, 아니면 하라구치가 무슨 용의로 체포된 것일까를 허무하게 상상하면서 몸을 긴장시켰다. 연말에 전화로 들은 하라구치 본인의 목소리가 귓가에 되살아났다. 그러고 보니 연초에 바다에 가자고 했었는데 벌써 2월도 끝나가고 있다는 사실이 떠올라, 하라구치의 이름은 불온하게 진동했다.

형사는 테이블 너머로 몸을 내밀며, "마지막으로 하라구치 다쓰로를 만난 건 언제입니까?" 하고, 우선 물었다.

"작년 8월입니다."

"어디에서 만나서, 무슨 얘기를 하셨죠?"

"세토 내해에 있는 별장에서 만났습니다. 별로 특별한 얘기도 하지 않았습니다."

"무슨 얘기를 했냐고 물었습니다만."

"내연의 여자가 낳은 고등학생 아들이 요트 스쿨에 다니고 있다든지……. 본인은 어깨가 심하게 결려서 병원에 갔더니, 칼슘이 뼈에 침전되어 신경을 압박하고 있다면서 수술을 권유받았다고 했습니다. 그 외에는……, 애가 있는 부하가 교통사고를 당해서 가해자의 집에 갔더니, 월세 2만 엔짜리 아파트에 일가족 네 명이 살고 있어서 돈을 뜯어낼 수가 없었다든지……."

실제로 그렇게 늘어놓은 말은 거짓이 아니었다.

여름에 만난 하라구치는 한의원에 가도 낫지 않는 어깨 때문에 고민하고 있었고, 적어도 휴양이라도 해야겠다며 가즈아키를 불러내, 늘 그렇듯이 별장의 야외목욕탕에 몸을 담그고 차가운 맥주를 마시면서 새벽을 맞았다. 더 정확하게 말하면, 하라구치는 "뱀이 애아버지가 되어서 독기가 빠지나 했는데, 가즈 씨는 이상하게 변함이 없군" 하며 웃었고, 가즈아키는 어깨가 심하게 결린다는 하라구치의 목덜미에서 등까지 꼼꼼하게 마사지를 해 주었다. 하지만 8월의 그날 밤에는 분명히 그것뿐이었다.

최근의 하라구치는 10년 전보다 훨씬 무거워진 자신의 입장과, 타고난 제멋대로의 성격을 타협시키며 가즈아키를 기르고 있는 것처럼 보였지만, 10년분의 나이를 같이 먹다 보니 정착해야 할 곳에 정착한 감도 있었다. 하라구치는 지난 몇 년간, 아무도 없는 섬에서 남자 둘이 아무것도 하지 않고 함께 목욕이나 하는 게 최고의 풍류라고 했고, 실제로 30대 중반이 된 가즈아키도 왠지 그 감각은 이해할 것 같았다. 분명히 이런 형태의 향락도 있는 것이라고. 키우다 죽인다느니, 물어 죽인다느니 하는 농담은, 어쨌든 10년이 지나 그렇게 바뀐 것이다.

그러나 물론 형사들에게는 상관없는 이야기였다. 테이블 너머로 향해 오는 두 개의 얼굴은, 하나는 전날 밤에 마신 술이 덜 깬 듯 불쾌함을 풍기고 있고, 또 하나는 출근 전에 이를 닦고 올 새도 없었는지 담배에 찌든 입 냄새를 풍기고 있었다.

가즈아키는 사키코와 고타가 오후에라도 돌아올 거라고 생각하고, 무심코 시계를 보았다.

"8월은 하라구치의 계열 조직이 도쿄에서 큰 싸움을 벌이던 시기입니다. 조직 이야기는 뭔가 듣지 못했습니까?"

"조직 얘기는 한 적이 없습니다."

"홍콩 얘기는?"

"3월에 만났을 때 홍콩의 상업빌딩에 부실공사가 있어서, 출자비율 때문에 그쪽 출자자와 다툼이 있다는 얘기를 했습니다. 작년에 들은 것은 그것뿐입니다."

"그 후의 이야기는 들었습니까?"

"못 들었습니다."

형사들이 '홍콩 이야기'라고 빙 돌려 말한 것은, 물론 신디케이트 얘기다. 가즈아키는 그 상업빌딩 건도 포함해서, 하라구치의 조직과 홍콩 펑랑방의 관계가 미묘해지고 있다는 것을 나름대로 눈치 채고 있었다. 하지만 적어도 8월에는, 커다란 구도는 10년 전과 변함이 없었다. 미국의 덫으로 인한 5년간의 신구세력 다툼도 여전히 이어지고 있었다. 국내에서는 그것이 그대로 폭력단끼리의 세력다툼으로 이어져, 하라구치의 계열 조직도 작년에는 연초부터 도쿄나 오사카에서 빈번하게 사건을 일으켰는데, 형사가 말하는 8월에는 특별히 다툼이 격렬했던 것이다. 그래도 어쨌든 하라구치에게는, 그 시기에 별장에서 지낼 정도의 여유는 있었다는 뜻이다.

그러나 그 후 또 다른 전개가 있었다면, 연말에 전화를 한 하라구치가 조금 건성이었던 이유도 이해가 갔다. 가즈아키는 서서히 등줄기가 얼어붙는 것을 느끼면서, 자기 쪽에서 서두르지 않을 수 없었다.

"하라구치가 어떻게 되기라도 했습니까……?"

"일단 행방불명으로 되어 있는데, 하라구치에게는 실종될 동기가 없어요."

행방불명. 그 한 마디는 어딘가 멀리에서 들려온 계시 같아서, 현실의 목소리였는지 어떤지도 순간 알 수 없었다.

"대만 경찰은 현지 마피아가 연관되었다고 보는 것 같지만, 유체가 나오지 않은 걸 봐서 조직끼리의 다툼이 아닐 가능성도 있습니다. 그래서 요시다 씨, 당신에게 묻는 겁니다."

"어째서 제가……."

"공안 녀석들이 그러더군요. 요시다 가즈아키는 뭔가 알고 있지 않겠느냐고."

가즈아키는 무의식중에 고개를 가로젓고, 순간 의자에서 일어섰지만 곧 도로 앉혀졌다. "거울을 보겠습니까? 얼굴이 새파래……." 그런 비슷한 말을 들었다.

이런 때에 안색이라니. 경찰은 무슨 말을 하는 거냐고 생각했다. 가즈아키는 다만, 하라구치라는 방패를 잃었다는 사태를 이해하자마자 뼛속까지 얼어붙는 듯한 하나의 예측을 끌어냈을 뿐이었다. 하라구치 다쓰로를 없애면 요시다 가즈아키는 들판에 내동댕이쳐지고, 요시다 가즈아키를 없애면 나이트게이트의 킬러가 움직인다. 5년쯤 전에 하라구치 자신이 슬쩍 풍긴 거짓말 같은 줄거리가 갑자기 현실이 되었음을 알았을 뿐이었다.

"제게 물어볼 시간이 있으면 미국 대사관에 물어보시죠. 존재하지 않는 인간을 내세운 홍량방을 앞세워서 펑랑방과 싸우도록 꾸민 것은 녀석들입니다. 유체가 나오지 않는 것은 그쪽의 방식이에요. 미국 대사관에 전화를 걸어서, 하라구치 다쓰로가 어디 있는지 모르냐고 물어보세요."

"……요시다 씨. 당신 아까, 홍콩 얘기는 3월에 들은 게 마지막이라고 했잖아요."

"몇 년이나 전부터 알고 있던 얘기입니다. 공안도 알고 있었을 겁니다."

가즈아키는 다시 한 번 고개를 가로젓고, 형사들을 밀어내고 다시 의자에서 일어서자마자 방을 뛰쳐나갔다. 형사들의 목소리가 뒤에서 날아왔지만, 가즈아키는 그대로 현관을 나가 택시를 타고 히메사토의 번지수를 말하며 운전사를 재촉했다.

차 안에서 슬쩍 본 손목시계의 시각은 오전 10시가 되기 직전이었다. 사키코가 언제쯤 공장으로 돌아올지는 몰랐지만 어쨌든 얼른 공장으로 돌아가고 싶다고 말한 것은, 분명히 이성과는 다른 무명無明의 목소리였다.

　자신이 뿌린 씨앗이 언젠가 이런 형태로 싹을 틔울 것을, 자신은 알고 있었을까, 모르고 있었을까. 그것조차도 알 수 없었지만, 사태를 냉정하게 판단하면 할수록 이성과는 다른 무언가가 있을 수 없는 일이라고 부정했다. 어쩌면 가족을 끌어들일지도 모르는 사태 따윈 상상도 할 수 없었고, 생각하려고 하면 모든 신경이 히스테릭하게 거절했다. 생각하지 마, 생각하지 마, 하는 주문의 목소리는 이윽고 괜찮아, 괜찮아, 하는 확신으로 바뀌었다. 어떤 회로를 사용한 것인지 교활한 뇌는 어떻게든 도망칠 길을 찾아내어, 대신 생전의 하라구치 다쓰로의 얼굴을 몇 개나 떠올려 보았다. 오사카 형무소의 운동장에서 모자 밑으로 하얀 이를 보이며 "이봐" 하고 부르던 얼굴. "청죽에 뱀" 하고 속삭이며 젊은 남자의 손가락을 물던 얼굴. 늘 즐거운 듯이 권총 얘기를 하던 얼굴. 처음으로 가즈아키가 손을 본 콜트 가버먼트를 들고, 갑자기 "바다에 가자"는 말을 꺼내던 얼굴.

　가즈아키는 몇 분 동안 저도 모르게 어딘가로 실려가 미소하고 있었지만, 그것도 급격하게 현실로 도로 끌려옴과 동시에 보이는 것 들리는 것 모두에서 실감이 빠져나가고, 마지막에는 온통 아지랑이만이 남았다. 주소 대교를 건너 니시요도가와로 향하는 차 안에서, 가즈아키는 아지랑이 속을 나아가면서 삼십 몇 년의 무명의 세월을 거슬러 올라간다. 시작은 어디였을까, 자신은 어디에서 온 걸까 하고 찬찬히 바라보고 있자, 이윽고 멀리 칙칙한 색깔의 노자토 버스정류장에 지금 막 내려선, 키가 큰 여자와 작은 아이의 모습이 보였다. 즐거운 것도 같고, 쓸쓸한 것도 같은 기묘한 모자였다. 여자는 "새 집은 바로 저기야" 하고 초록색 원피스를 펄럭이며 성큼성큼 걸어간다. 그 뒤를, 거의 뛰듯이 쫓아가는 아이가 있다.

공장 앞에서 택시를 내렸을 때, 마당에서 "아빠!" 하고 부르는 새된 아들의 목소리가 울렸다. 아들은 파란색 새 세발자전거로 콘크리트 마당을 빙글빙글 돌면서, "이거 봐요!" 하고 소리를 질렀다.

가즈아키의 눈 속에서 네 살 난 아들의 모습은 일순 방금 전까지 보고 있던 자신의 어린 시절의 모습과 겹쳐져, 저건 누굴까 하고 기괴한 위화감에 사로잡혔다. 눈앞에서 자전거를 타고 있는 작은 생물이 다시 "아빠!" 하고 부른다. 가즈아키가 제정신으로 돌아와 쫓아가는 척을 하자, 아들은 꺄아 하고 웃으며 몸을 앞으로 굽히고 페달을 밟는 스피드를 올려 도망다녔다. 그것에 가즈아키는 "너무 빨라, 너무 빨라" 하고 흥을 돋워 주었다. "위이잉, 위이잉" 하고 사이렌 흉내를 내면서 도망치는 아들을 덥석 잡아 안아 올리자, 아들은 "잡혔다아!" 하고 환성을 지르며 기분 좋게 웃음을 터뜨렸다.

"어제는 엄마랑 어디에 갔었니?"

"동물원. 기린한테 먹이 줬어. 얼룩말한테도 먹이 줬어. 그리고 있잖아, 백화점에 가서 밥 먹었어."

"아이구, 좋았겠네. 뭐 먹었어?"

"오므라이스. 크림소다도 마셨어. 내 세발자전거랑 그림책이랑, 아빠 옷이랑 엄마 옷이랑, 슬리퍼랑, 다른 것도 많이 사서, 무거웠어."

아들은 이야기하는 시간도 아까운 듯 가즈아키의 손에서 달아나, 곧 다시 세발자전거에 올라탔다. 페달을 밟는 아들의 뒷모습에 대고 "조심해라. 부딪치면 다친다"라고 말했지만, 아들은 벌써 "위이잉" 하고 사이렌 소리를 내고 있었다.

안채 현관에는 사키코의 신발이 놓여 있고, 입구에는 커다란 백화점 쇼핑백이 서너 개 있었다. 사키코는 원래 근검한 성격이라, 홧김에 사들여 봐야 특별세일하는 의류나 슬리퍼나, 고작해야 그런 것이었다. 더 비싼 것을 사라고 해도, 늘 아깝다고 한다.

그런 여자라서, 작년 생일에 가즈아키는 서서 일하는 교사에게는 제일 필요할 거라고 생각하고 이탈리아제

페라가모 구두를 사 주었는데, 현관에 놓여 있는 것은 아끼느라 평소에는 신지 않는 그 검은 구두였다. 비가 오던 그저께 밤에는 몰랐다고 생각하면서, 가즈아키는 현관 바닥에 있는 사키코의 구두를 잠시 바라보았다. 230밀리미터의 날씬한 구두 한 켤레가 왠지 애처로워 보였다.

사키코는 금요일 밤에 나갈 때 입었던 정장을 입고 부엌 식탁에 앉아 있다가, 가즈아키가 들어가자 우선 어설프게 쓴웃음을 지으며 한숨을 쉬었다. 그리고 "손이 왜 그래?"라고 말을 꺼냈다.

"기계를 만지니까 딴 생각하면 위험할 텐테 싶어서, 신경쓰이더라……."

가즈아키도 쓴웃음과 한숨으로 대답했다. "별 거 아니야. 그보다 고타, 세발자전거가 좋은가 봐."

"어제 아침에 호텔에서 아침을 먹이려고 했더니 고타가 그러잖아. 아빠가 만든 낫토비빔밥이 좋다고. 점심때 한큐 백화점 안에 있는 식당에서 오므라이스를 먹였더니 스푼으로 밥을 막 비비고. 화가 나더라. 완구매장으로 끌고 가서 세발자전거랑 낫토비빔밥이랑 어떤 게 좋냐고 물었더니, 애가 그제야 세발자전거라고 하잖아. 아하하……."

사키코는 화장기 없는 창백한 얼굴에 살짝 눈주름을 지었다. 지친 것 같기도 하고, 안심한 것 같기도 한 표정이었다. 지금까지의 어느 사키코와도 다르다. 이렇게 부드러운 얼굴이었던가 생각하면서, 가즈아키는 아내의 얼굴을 바라보았다.

"동물원에 갔는데, 온 아이들은 전부 아빠랑 엄마랑 같이 있는 거야. 이건 안 되겠다고 생각했어……. 왠지 너무 한심해져서, 가즈에게 전화를 걸자고 생각했을 정도야. 진짜야……. 진짜, 가끔은 헤어져 봐야 하는 건가 봐."

"응……."

"가즈가 없으면 나, 왠지 불안해져. 지금까지 열심히 일해 왔으니까, 가즈도 자신의 꿈을 이루는 게 좋을지도 모르지. 중국에 대해서 나도 생각해 볼게."

그리고 나서 사키코는 또 무슨 말을 했을까. 정신을 차려 보니 눈앞에 내밀어진 티슈상자가 있고, 그 상자 맞은편에는 돌연 어린 시절의 그리운 사키코의 얼굴이 있었다. 유치원에도 가지 않는 남의 집 꼬마에게 급식에서 남은 푸딩을 주던 여자아이가, 실은 얼마나 미묘하게 어른스러웠던가. 약간의 동정과, 호의와 의심이 뒤섞인, 그래도 신경 쓰인다고 말하고 싶은 듯한 눈을 하고.

"가즈, 우니까 애 같아……."

"우는 거 처음이지……."

"그렇네."

가즈아키는 분명히 울었지만, 그것은 온몸의 뼈나 내

장이나 근육이 하나하나 녹아 무너져 가는 듯한 환희였고, 환희와 같은 양의 후회나 절망을 포함한, 온몸이 찢어질 듯한 고통이었다. 한 치 앞도 보이지 않는 불안에 짓눌려 찌부러질 듯 괴로웠고, 너무 행복해서 역시 괴로웠다. 지난 15년 동안 자신이 무엇을 생각해 왔는지, 무엇을 해 왔는지, 지금 무슨 일이 일어나고 있는지 전혀 모르는 여자를 앞에 둔 자신의 존재는 구석구석까지 구역질이 날 것 같았지만, 그런 자신이 지금 또 평생 이 여자를 떼어 놓지 않겠다고 생각한다. 실로 행복과 궁지가 멋지게 이웃하고, 성실과 불성실이 기적적으로 어우러져 있는, 이 한순간이 아쉬운 여흥이었다.

그래도 30년 만에 흘린 눈물이 어떤 실마리가 된 것만은 틀림없었다. 가즈아키는 티슈 속에 눈물과 콧물을 토해 내면서, 남겨진 유일한 길을 기계적으로 확인했다. 어쨌든 이제 공장은 됐다. 부동산도 저금도 필요 없다. 사키코에게 설명하는 것도 나중으로 돌려도 된다. 조속한 출국이 가능한지 어떤지를 확인하는 것이 먼저다. 만일 시간이 걸린다면 영화처럼 가족 셋이서 잠시 도피생활을 하자.

그렇게 결심한 것과 동시에, 갑자기 몸이 뜨는 듯이 가벼워지고, 안도인지 방심인지 또 잠시 눈물샘이 느슨해졌다. 눈물샘의 신경이 망가졌든지, 인간으로서의 제어장치가 망가졌든지 둘 중 하나였다.

"이상한 사람⋯⋯."

사키코는 그렇게 말했고, 가즈아키는 "그래"라는 맞장구를 겨우 쥐어짜냈다.

"점심, 우동이면 되겠어? 역 앞에서 갓 튀긴 튀김을 사 왔거든."

"응. 우동이 먹고 싶어."

"중국어로 우동은 뭐라고 해?"

"미엔티아얼[面条儿]."

"옛날에 아버지가 그 비슷한 느낌이 드는 말을 했었지⋯⋯."

"나도 아버지한테 배웠어."

"언제쯤?"

"30년 전에. 공장 점심시간에 다 같이 우동을 먹었지."

"나도 어머니도, 그때는 없었겠지⋯⋯."

가즈아키는 식탁 너머로 손을 뻗어 사키코의 머리를 어루만졌고, 사키코는 "오랜만이네" 하고 속삭였다. 오랜만에 이 작은 몸을 자신의 팔 안에 안고 싶은 기분이 들어, "오늘밤에" 하고 가즈아키도 속삭였다. 그때, 언제 나타난 건지 반쯤 우는 아들이 뒷문으로 얼굴을 들이밀고 "아빠, 망가졌어"라고 말했다. 순간 사키코는 "벌써 망가뜨렸어!" 하고 눈을 치켜뜨고, 가즈아키는 "좋아, 봐 주마" 하고 일어섰다.

샌들을 끌고 뒷문으로 나가면서 보니, 사키코는 식탁 위에 있던 택배 꾸러미를 가까이 끌어당기고 있었다. "아까 왔더라. 다카다 제작소에서. 무김치래. 점심 때 먹으면 딱 좋겠다." 밖으로 나가는데 등 뒤에서 사키코가 그렇게 말하는 소리를 들었다. 아들은 손을 잡아끌며 "저기야, 저기" 하고 재촉했고, 가즈아키는 "응? 어디?" 하고 아들에게 되물으면서 문득, 완구 회사에서 왜 무김치를 보냈을까 하고 생각했다.

아들의 세발자전거는 앞바퀴의 바퀴살이 벽돌에 부딪쳐 휘어진 채, 마당 구석의 모래밭에 처박혀 있었다. 가즈아키는 그것을 들어올리며, 한번 야단을 쳐 주려고 옆에 있는 아들의 손목을 붙잡았다. 바로 그때, 자신 쪽이 아닌 뒤쪽 안채 쪽을 향해 동그랗게 뜨여진 아들의 눈을 보았다.

그리고 몇 초 동안, 소리가 사라졌다. 등을 세게 얻어맞은 듯한 기분이 든 순간 아들을 끌어안고 모래밭에 웅크렸더니, 어느새 입 안 가득히 모래를 씹고 있었다. 배 밑에서 아들이 버둥거렸다. 그 동그란 두 눈을 다시 한 번 보고 나서 돌아보니, 안채가 사라진 흙먼지 맞은 편에 이웃 맨션이 서 있었다.

가즈아키는, 자신이 아들을 뿌리치고 무너진 안채로 달려간 것은 기억하고 있었다. 손에 잡히는 대로 벽돌을 파헤치고 있을 때 다가온 아들을 향해 "오지 마! 오지 마!" 하고 절규한 것도 기억하고 있었다. 부엌이 있던 곳 주위의 벽돌 밑에서 빨간 법랑냄비 하나와, 슬리퍼 한 짝과, 찢어진 사키코의 스커트를 보았다. 거기에서 기억은 끊어지고, 그 후에 보인 것은 골목을 가득 메운 소방차나 경찰차의 붉은 등과, 모래투성이가 되어 눈을 크게 뜨고 있는 아들의 얼굴과, 눈을 스친 파란 세발자 전거 등이 뒤섞인 그림이었다.

만 하루 동안, 가즈아키는 아들과 함께 요도가와 경찰서에서 지냈다. 경찰은 즉시 폭발물로 보고 현장검증에 들어갔고, 가즈아키에게는 전후 사정을 자세히 물었다. 그러나 오전 중에 택배로 배달된 물건에 대해서는, 사키코가 열려고 하는 것을 뒷문에서 본 것이 처음이자 마지막이었고, 몇 번 질문을 받아도 둥근 모양이었다는 것 이외에는 아무것도 기억나지 않았다.

집 한 채를 날려 버릴 만한 폭발물을 보낸 사람에 대해서 짐작 가는 데가 없다고 말한 것은, 오사카 경찰본부에서 온 공안 형사들이었다. 가즈아키는 하라구치 다쓰로를 죽인 것과 같은 수법이라고 생각한다고 대답했지만, 이유는 말하지 않았다. 이런 때마저도 한 남자의 이름만은 말하지 않는 자신에 대해서 이것저것 생각할 정도로 머리가 돌아가지도 않았다.

그 후, 피해자의 남편을 젖혀둔 채 경찰 내부의 은밀

한 실랑이가 이어지고, 밤중이 되어서야 전날 만난 경찰 본부의 4과 형사로부터 이 사건은 공안이 취급하게 되었다는 말만 들었다. 수사본부는 세우지 않지만 수사는 계속한다는 것이었다. 그러나 그렇게 하는 게 옳은지 그른지를 진지하게 따질 정신도 없어서, 죽은 사람이 알면 뭐라고 할까 생각하다가, 처음부터 알고 있었던 일이라고 고쳐 생각하는 데에 그쳤다.

일단 대학병원으로 옮겨진 사키코의 유체는 밤늦게 경찰서로 돌아왔다. 아무것도 모르는 아들은 도마뱀처럼 아버지의 목에 바싹 달라붙은 채, 내려놓으려고 하면 울었지만, 시체안치실에만은 가즈아키 혼자서 들어갔다. 손상이 심하다고 미리 들은 대로, 관 안에서 하얀 천에 덮여 머리만 내놓은 사키코는, 머리카락이 없었다면 인간의 머리인 줄도 모를 정도의 모습이었다. 가즈아키는 그때 아주 잠시 시간 감각을 잃고, 제정신도 잃고, 겨우 반나절 전에 어루만졌던 사키코의 머리를 어루만지며 "아가는 거의 얘기도 못했지……. 자, 다음에는 무슨 얘기를 할까?" 하고 말을 걸고 있었다.

그러나 자기 입으로 그렇게 말한 직후에는, 자신과 사키코 사이에 이어질 말은 이제 없다는 것을 깨달았다. 자신과 사키코 사이에는 낮에 부엌에서 나눈 두 사람만의 쓴웃음이나 한숨과, 두 사람의 호흡만이 한없이 이어질 뿐이라는 것을. '점심은 우동이야'라고. 이 모든 경위에도, 남자의 모든 불성실함에도, 앞일이야 어쨌든 그것 뿐이라고. 어디에선가 찾아와 그렇게 알려준 직감은, 그 야말로 구하기 힘든 것을 구하려는 본능의 끈질긴 교활 함이었지만, 살아 있는 자의 의지를 뛰어넘어 한발 먼저 시간이 끊어진 사키코의 시체가 '이제 됐어'라고 말한 것 같은 기분도 들었다.

내 인생은 여기까지니까, 같이 살았던 시간에 대해서 만 생각해 줘.

그렇게 말하며, 시체가 된 사키코는 생전의 모든 경위 를 떠나 그저 압도적인 힘으로 마치 매달리듯이, 살아 있는 가즈아키의 시간마저도 끊어내려고 했고, 가즈아 키는 '그래, 그래' 하고 맞장구를 쳤다. 남보다 훨씬 독 점욕이 강했던 사키코인데, 혼자 먼저 죽었으니 참 분할 것이다. 남편에게 하고 싶은 말도 아직 산더미처럼 많았 을 텐데.

전부 알지만, 우선 당신이 하고 싶은 말은 전부 살아 있는 내가 짊어질 테니까 다시 같이 있게 될 때까지 기 다려 줘. 그렇게 말할 수밖에 없었다. "그럼 갈게. 고타 를 재워야 하니까." 그런 말을 남기고, 가즈아키는 사키 코에게 이별을 고했다.

그날 밤에는 경찰서의 넓은 체육관에 이불을 깔고, 아 들을 안고 누웠다. 그림책이 없어서 '다람쥐와 떡갈나무 열매' 이야기를 해 주었지만, 슬슬 잠들었나 했더니 "엄

594

마는?" 하며 고타가 눈을 뜬다. "고타, 오늘 집이 부서진 걸 봤지? 엄마는 그 집이랑 같이 부서진 거야" 하고 가즈아키는 들려주었다. 그랬더니 "부서졌으면 고쳐 주자"라고 아들은 말했다. "이제 고칠 수 없어. 너무 많이 부서져 버려서, 집도 엄마도 고칠 수 없단다"라고 말하자, 아들은 잠시 침묵한 후 "내가 세발자전거를 망가뜨려서 그래?" 하고 물었다. "아니야. 괜찮아. 세발자전거는 곧 나을 거야. 이제 자자." 그렇게 대답하고, 가즈아키는 낮고 느리게 '자이나, 야오유앙티, 티팡, 요우웨이, 하오쿠냥……' 하고 노래해 주었다. 노래하면서, 아무것도 모르는 아들이 원망스러운 건지 불쌍한 건지, 정말 모르게 될 것 같았다.

그러나 곧 아들도 잠들고, 혼자가 되어서도 가즈아키의 마음은 여전히 자신의 노래보다 훨씬 아름답고 낭랑한 〈초원정가〉를 듣고 있었다. 그 목소리의 주인은 지금 어디에 있을까. 언젠가 '이 리오우가 시계다, 당신의 심장에 들어 있어'라고 했던 남자의 생명의 시계가 지금 어딘가에서 격렬한 시간을 새기고 있는 것을, 가즈아키는 자신의 심장 속에 느꼈다. 사키코의 죽음은 당장이라도 리오우의 귀에 들어갈 테고, 자신의 처자식 때는 어떻게든 참았던 리오우도 이번만큼은 그렇지 않을 것이다. 그 모습이 가즈아키에게는 자신의 일처럼 눈에 떠올랐다. '도발에는 응하지 마, 움직이면 끝장이야' 하고 가

즈아키는 간절히 말했지만, 일단 화가 나기 시작한 리오
우의 귀에는 이미 닿지 않을 것 같았다.

지난 몇 년 동안, 가즈아키는 자신의 심장과 하나인
것처럼 리오우의 심장을 느꼈다. 지난 반나절 동안 자신
이 봉해 넣은 산더미처럼 많은 감정을, 리오우는 지금
하나하나 그 손으로 끄집어내어, 가즈아키 대신 비탄과
분노의 소리를 지르며 울고 있었다. 한 번 울음소리를
낼 때마다 리오우의 분노는 쌓여 가고, 아무도 말릴 수
없는 그 포효가 바다를 건너 여기까지 울려오는 것을
느꼈다. 사키코의 죽음에서 자신의 처자식의 죽음으로,
친구나 지인들의 죽음으로, 문화혁명 시절의 부모님의
죽음으로 몇 번이나 거슬러 올라가고, 나아가 거기에 자
신의 손으로 죽여 온 인간들 전부를 채워, 리오우는 자
신이 살아온 시대를, 적어도 그 옷자락이라도 잡아당기
며 더없는 원한과 증오의 불을 토해 내고 있었다. 그리
고 당장이라도 굽이쳐 나가려는 가열(苛烈)한 영혼 하나를,
가즈아키는 자신의 심장 속에서 느꼈다. 미친 듯이 나아
가는 리오우의 한 걸음 한 걸음을, 그때마다 깨질 것 같
은 자신의 심장 고동 하나하나로 느꼈다.

그렇게 한 시간 정도를 생각하다가, 가즈아키는 이불
에서 일어나 곧바로 주머니의 지갑을 확인하고, 아들을
두고 체육관을 나섰다. 1층으로 내려가 접수계가 있는
현관홀의 공중전화에서 한 통의 전화를 걸었다. 벌써 4

년 전에 가즈아키는 사사쿠라 분지에게서, 공공기관과
는 전혀 상관없는 오사카 시내의 개인주택 같은 전화번
호를 하나 받았다. 그 번호는 반 년마다 바뀌고 응답하
는 사람도 바뀌었지만, 지금까지는 그것이 영화 같은 스
파이 전쟁의 일부라는 의식도 별로 없었다. 바로 한 달
전에도 가즈아키는 그 번호로 전화를 걸어 3월 말이면
적어도 자신은 출국한다, 여권은 준비했다, 처자식은 아
직 어떻게 될지 모르겠다고 알렸던 것이다. 그리고 다음
날 가즈아키가 다시 한 번 같은 번호로 전화를 하자, 낯
모르는 상대는 "알겠습니다. 걱정 마십시오"라고만 대
답했다. 그런 일방통행의 전화였다.

　호출음은 마치 기다리고 있었던 듯이 겨우 두 번 만
에 끊기고, 지난번과 같은 남자의 목소리가 "오카노입
니다" 하고 대답했다. 지난번과 똑같이, 일체의 잡음이
없는 진공 같은 전화였다. 가즈아키는 "요시다입니다"
라고 말하면서, 어디에서부턴가 끓어 넘치는 떨림과 함
께 이 바닥에 이미 널리 퍼져 있는 무수한 눈짓을 느꼈
고, 더는 영화 같은 얘기가 아니라는, 주저앉고 싶을 만
큼의 공포도 맛보았다. 오카노라는 남자는 우선 "지금
어디십니까?" 하고 지난번에는 묻지도 않았던 것을 물
었다. 가즈아키가 "요도가와 서쪽입니다"라고 대답하자
즉시 "누군가가 보고 있다면, 친한 친척에게 전화하고
있는 척하십시오. 하실 수 있겠습니까?" 하고 물었다.

그 말을 듣고 비로소 가즈아키는 접수계에 있는 당직
직원의 시선을 아플 정도로 느꼈지만, 할 수 있었던 것
은 목소리를 낮추는 것 정도였다.

　"지금으로 추이린崔琳과 얘기하고 싶어요"라고 가즈아
키는 말했다. 추이린은 현재 사사쿠라 분지가 사용하는
이름이었다.

　"우선 이 전화를 끊고, 다른 전화를 두세 통 걸어 주
십시오. 친척, 친구, 상대는 누구든 상관없습니다. 5분
후에 다시 한 번 이 번호로 걸어 주세요. 추이린과 연결
될 겁니다."

　그런 응답이 있고, 전화는 끊겼다. 가즈아키는 오전 0
시 5분이라는 시각을 기계적으로 확인하고, 그 자리에
서 전화번호부를 펼쳤다. 우선 장의사를 찾아 거기에 전
화를 걸고, 저녁때 유체를 인수할 것과 히메사토 성당의
고별식 수배를 부탁했다. 이어서 시내에 살고 있는 사키
코의 외삼촌댁에 전화를 걸었다. 친척 중에서 유일하게
사키코와 친했던 사람이었지만, 본인은 입원 중이어서
전화는 그의 부인이 받았다. 사키코가 죽었습니다, 집에
서 폭발이 일어나서, 저와 아들은 지금 경찰서에 있습니
다. 그렇게 말했지만 상대는 시종 제대로 말도 하지 못
했고, 가즈아키도 말을 흐리며 서둘러 전화를 끝냈다.

　시각은 0시 20분이 되었고, 가즈아키는 다시 한 번 연
락원의 번호로 전화를 걸었다. 같은 목소리가 "오카노

입니다. 추이린과 연결되었습니다. 이대로 얘기하십시
오"라고 대답했다. 그 직후에 해외와 연결된 듯 전화는
가벼운 통신잡음 같은 소리로 가득해지고, 그 맞은편에
서 사사쿠라 분지의 목소리가 들렸다. "요시다 씨, 전화
를 기다리고 있었습니다. 하고 싶은 말은 많지만 우선
은, 괜찮으십니까……?"

　별로 그립지도 않았던 그 목소리에, 가즈아키는 갑자
기 억누를 수 없는 혼돈에 삼켜질 뻔했다. 큰 소리를 내
며 울 뻔하다가, 간신히 "네"라는 대답을 쥐어짜냈다.

　"저도 어릴 때의 사키코 씨를 잘 알고 있습니다. 어느
날, 저와 모리야마가 사무실에 있는데 마당 쪽에서 '팬
티 보인다!' 하고 요시다 씨가 소리치기에 창문으로 밖
을 봤더니, 그 애가 벚나무에 올라가고 있지 않겠습니
까. 거기에서 모리야마가 한 말이, '체육 점수도 나쁜 주
제에'였습니다. 정말, 그 후로 벌써 30년이 되었군요
……."

　"네……."

　"요시다 씨의 비분은 호우광서우와 저의 비분입니다.
지금으로부터 네 시간 전, 호우광서우는 회사의 경영권
을 위임하는 수속을 끝내고 자유로워졌습니다. 그도 남
자니까, 할 때는 하지요. 하지만 요시다 씨는 아무것도
걱정하실 필요는 없습니다. 호우광서우에게는 이 사사
쿠라가 붙어 있습니다. 저도 이게 마지막 승부라고 생각

합니다."

구체적인 내용은 몰라도, 리오우가 내딛은 한 걸음은 이미 각오한 것이었다. 지금 다시 한 번, 분명히 그렇다는 것을 확인함으로써, 반대로 기묘하게 차분해진 듯한 기분이 들었다.

"저는 아들에게 그의 모습을 보여주고 싶습니다. 그의 큰 뜻을 우러러보며 자랐으면 좋겠습니다. 제가 할 수 있는 일이 있다면 뭐든지 하겠습니다. 지금은 부디, 그에게 그렇게만 전해 주셨으면 하고 전화했습니다 ......"

"정말 최고의 전언이군요. 꼭 전해 드리겠습니다. 요시다 씨는 하루라도 빨리 '잉화뚠'으로 와 주십시오. 여기서만 하는 얘기지만, 이번에야말로 벚나무 밑에서 당신을 맞이하겠다면서 호우광서우는 네 시간 전에 전화를 끊었으니까요."

"그를 만날 수 있는 거지요?"

"만날 수 있습니다. 이 사사쿠라가 분명히 약속했습니다. 이틀 안에, 영사관 사람이 도항 수속을 위해 공장으로 갈 겁니다. 어쨌든 지금은 요시다 씨도 지쳐 있을 테니까 건강에 유의하십시오. 호우광서우를 대신해서, 꼬마에게 안부 전해 주세요."

"사사쿠라 씨도 건강하십시오. 다음에는 중국에서 뵙겠습니다."

그리고 가즈아키는 있는 힘을 다해 리오우의 절대적인 행운과 미래를 믿었다. 하지만 마지막까지 리오우를 기다리겠다고 결심한 마음이 도달한 곳은, 겨우 반나절 만에 꽤 멀리까지 왔다는 느낌을 주었다.

사키코를 죽게 했는데도, 자신의 심신은 아직 충분히 형태를 유지한 채 여기에 있다. 그것은 이상한 느낌이었다. 자신에게 아직 리오우를 기다릴 의지와 기력이 있다는 것도, 설령 만에 하나 무슨 일이 있다 해도 리오우를 간절히 기다리던 세월이 줄어들지는 않는다고 생각하는 이 마음의 상태도 이상했다. 하나하나 도로 파내면 나오는 것은 그저 그립다, 그립다, 그립다는 약 5,000일의 두서없는 한숨뿐이었다. 그것이 겹쳐 쌓여 여기까지 온, 지난 15년의 모든 것이 이상했다.

이상하지 않은 것은, 자신의 마음의 저울에 항상 대륙과 함께 올려지면서도 마지막까지 이길 수 없었던 사키코 단 한 명이었다. 하지만 대신 목숨을 잃고서야 겨우 사키코가 남편의 인생에 새길 수 있었던 균열도, 이 인생을 더욱 이상하게 만들었을 뿐인가 하는 생각도 했다.

그러나 가즈아키는, 멀리까지 왔다고 생각한 자신의 현재를 더는 증오하지는 않았다. 어머니에게 이끌려 31년 전에 노자토 버스정류장에 내려선 아이는, 그 후 많은 거짓말과 불성실함을 덧칠하며 여기까지 왔고 오늘은 드디어 아내까지 죽게 했지만, 이제 더는 자신을 증오할 여지도 없었다. 아무리 이상해도 여기에 있는 자신은 이제 다른 존재는 될 수 없고, 리오우를 기다리는 이 몸과 마음은 이제는 증오의 대상도 되지 않는 누군가라고 할 수밖에 없었다. 그러니 이제 상관없지 않은가. 자신은 그리울 뿐이다. 그립고, 또 그립다. 리오우가 무사하다면 이 심장이 멈춰도 좋다고, 가즈아키는 생각했던 것이다.

다음날인 월요일 오후, 가즈아키는 아들과 함께 공장으로 돌아가, 이웃 성당 사제관에 장의사가 마련한 조촐한 경야장에서 그날 밤을 지냈다. 안채가 무너지고 남은 벽돌의 산에는 이웃 철물점 주인이 비닐시트를 덮어 주었지만, 장롱을 파낼 여유는 없었기 때문에 사키코의 관에 넣어 줄 핸드백과 구두와, 아이가 갈아입을 옷만을 간신히 찾은 후, 자신은 빌린 옷으로 대충 때웠다. 그날 아침 신문에는 〈마을 공장에서 폭발사고, 한 명 사망〉이라는 제목으로 보도되었다. 이웃에서 온 조문객은 제대로 할 말도 없다는 듯이 얼굴을 보이고는 물러갔고, 신문을 보고 달려온 모리야마의 친척도 일찌감치 모습을 감추어, 나중에는 아들과 단둘이 남았다.

아들은 심심한지 가만히 있지를 못했고, 가끔 생각난 듯이 "엄마는?" 하고 물었다. 가즈아키는 저 상자 속에 부서진 엄마가 있다고 얘기했지만 아들은 주위의 누군가가 이야기하는 것을 들었는지, "엄마는 죽은 거야"라고 뜻도 모르면서 말하고, "세발자전거를 망가뜨려서 화가 난 거야" 하고 자신에게 들려주거나, 그런가 하면 관 뚜껑을 열려고 하곤 했다. 차마 야단칠 수도 없어서 가까이 끌어당겨 잠시 상대해 주자, 아들은 갑자기 "배고파"라고 말했다. 장의사가 준비했지만 조문객이 손대지 않은 주먹밥을 먹이자, 조용해졌나 싶더니 무릎 위에서 잠들었다.

다음날인 화요일은 고별식이었다. 낯익은 일본인 사제가 세례를 받지 않은 사키코를 위해 제의祭儀를 집행해 주었다. 장소도, 관을 장식한 꽃도, 모여든 사람들의 얼굴도, 낭독된 복음서도, 10년 전에 모리야마 고조를 보냈을 때와 거의 같았다. 문득 착각을 느끼고 옆에 상복을 입은 사키코가 있는 듯한 기분이 들어, 그때마다 관을 바라보았다. 고별식이 시작되었을 때 가즈아키는 아들의 손을 꽉 잡고 있었지만, 나중에 가서는 바지에 달라붙어 훌쩍훌쩍 울기 시작한 아들을 안아 주어야만 했다.

화장터에서 가즈아키는 아들에게도 새하얘진 어머니의 뼈를 줍게 했다. 이것이 엄마의 손, 이것이 배, 이것이 다리라고 하나하나 들려준 것이 잘못이었는지, 아들은 뒤로 물러나며 "싫어"라고 말하고는 더는 가까이 오려고 하지 않았다. 한편 가즈아키에게도 아이를 달랠 만한 마음의 여유가 없어서, 결국 혼자 뼈를 주웠다. 그때도 지금 줍고 있는 것은 모리야마의 뼈고, 옆에 사키코가 있는 듯한 기분이 들었다. 그러나 있는 것은 자신과, 화장터 밖의 옥돌을 울리면서 한쪽 발로 깡충깡충 뛰고 있는 아들뿐이었고, 거기에 비가 내리기 시작해 마지막에는 뼈를 줍는 손까지 바빠졌다.

그날 밤에는, 분골分骨을 할 생각으로 세 개의 항아리에 나누어 담은 사키코의 유골을 공장의 작업장 책상에 놓고 촛불을 밝힌 뒤, 한 이불에서 아들을 안고 잤다. 머리 위에서는 함석지붕을 두드리는 벚나무 가지 소리가 내려오고, 벽 밖에서는 비닐시트가 비바람을 맞으며 버스럭버스럭 울고 있었다. 하지만 그 소리들은 지금까지도 그랬던 것처럼, 아들의 귀에는 어느 산의 떡갈나무와 하나가 된 것이 틀림없었다. 지친 탓도 있었겠지만 아들은 잘 잤고, 가즈아키도 3일째가 되어서야 겨우 몇 시간쯤 잤다.

다음날인 수요일 아침, 가즈아키는 아들과 함께 히메지마 역 근처의 커피숍에서 아침을 먹은 후, 제일 먼저 세발자전거를 수리했다. 오전 중에 구부러진 앞바퀴 살을 망치로 두드려 고치고 타이어에 공기를 다시 넣어 주었고, 그 동안에 NTT(일본전신주식회사)에 전화선을 수리하게 했다. 공장주 입장에서는 깎지 못한 3천 개의 축받이 부품의 가공을 위탁할 곳을 찾을 의무가 있었기 때문에, 오후의 절반은 공장 사무실에서 계속 전화를 걸었다. 도중에 중국 영사관의 서기관이라는 남자 두 명이 비자 신청서를 들고 찾아왔다. 남자들이 단순한 심부름꾼이었을 리는 없지만, 비닐시트가 덮인 벽돌산을 바라보고, 남은 공장의 건물을 바라보고, 머리 위에 뻗어 있는 벚나무를 올려다본 후, "넓은 마당이네요. 이건 벚꽃인가요?" 하고 느긋한 소리를 했을 뿐이었다.

가즈아키는 중국으로 가는 목적을 적는 란에 '거주'라고 기재된 서류에 이름을 기입하고, 날짜가 지정되어 있지 않은 베이징 행 항공권 두 장을 건네받았다. 남자들은, 뒷일은 오카노가 알아서 해 줄 거라는 말을 남기고 떠나갔다. 그날 저녁 간신히 부품의 최종가공을 맡아줄 곳이 나타나, 가즈아키는 공장 트럭에 3천 개의 축받이 반제품과 아들을 싣고 사카이 시에 있는 그 공장까지 달려갔고, 돌아오는 길에는 국도변에 있는 패밀리 레스토랑에서 햄버그를 먹었다.

또 밤이 왔다. 캄캄한 공장 부지에 트럭을 세웠을 때 아들은 벌써 자고 있었다. 바깥 수도에서 이를 닦게 하기에는 너무 추워서 그대로 이불에 눕혔다. 가즈아키는 기나긴 밤 동안 부조에 답례인사를 하기 위해 장례식 참가자의 명부나 조전弔電을 정리했다. 조전 속에서 다마루가 보낸 것 하나, 런던에서 발신된 이름 없는 국제전보 하나를 발견했다.

다음날인 목요일부터 겨우 안채 정리를 시작했다. 불이 나지 않았기 때문에 가재도구의 대부분은 원래의 모습을 떠올릴 수 있을 정도로는 형태가 남아 있어, 마음을 단단히 먹지 않으면 손을 대는 것도 괴로웠다. 아들이 엄마를 떠올렸다 잊어버렸다 하며 기분 좋게 놀아주는 것은 고마웠지만, 가즈아키는 문득 하루하루 사키코가 멀어져 가는 것처럼 느껴져, 사키코의 기억을 고타의 머리에서 지워지게 놔두어서는 안 된다는 생각에 초조해졌던 것이다. 아버지의 기억은 필요 없다고 생각했는데 왜 어머니의 기억은 그게 아니라고 생각했는지는, 가즈아키 자신도 알 수 없었다. 가즈아키는 아들에게 돕게 해, 제일 먼저 현관이 있던 곳에서 뜯지도 않은 백화점 쇼핑백을 같이 끌어냈다. 망가지고 찢어진 꾸러미를 마당에서 아들이 직접 열게 하고, 엄마랑 같이 백화점에서 무엇을 샀는지 하나하나 이야기하게 했다.

다음으로 앨범을 찾아내어, 엄마가 찍혀 있는 사진을 전부 꺼내 보따리에 넣게 하기도 했다. 첫날은 그렇게 사키코의 옷이나 구두나 소지품을 모으는 것으로 끝나고, 이틀째에는 마당으로 가지고 나온 드럼통에다 폐자재와 함께 그것을 태웠다. 발견한 상자 중 하나에는, 31년 전에 가즈아키의 어머니가 사키코의 피아노 발표회를 위해 만든 분홍색 시폰 드레스가 들어 있어, 사키코가 이런 것도 보관하고 있었던가 하고 놀랐다. 그것도

태웠다. 남겨둔 것은 안경과 립스틱 하나, 회양목으로
된 빗 하나, 아직 쓸 수 있는 고타의 털모자와 장갑, 그
리고 사진뿐이었다.

3일째에는 통장이나 토지 권리서나 보험증서 같은 것
들과, 아이의 그림책과 장난감 상자, 자신과 아들의 옷
과 신발 등을 끄집어냈고, 4일째에는 해체업자의 트럭
과 굴삭기가 왔다. 50년 동안 서 있던 안채와 10년간의
자신의 생활이 흔적도 없이 사라지는 데에 이틀이 걸렸
고, 사키코가 죽은 지 1주일이 지나 3월이 되었다.

3월 첫째 주는 세무신고나 회사 해산수속으로 바빠,
아이를 데리고 세무서나 법무국에 다녔다. 돌아오는 길
에는 백화점이나 동물원에 갔고, 조금 시간에 여유가 있
을 때는 여름에 가족끼리 자주 갔던 스마 해안에도 갔
다. 가즈아키는 그때마다 공연히 초조해져, 아들의 안색
을 살피면서 되풀이해서 사키코의 이야기를 들려주었
다. 하지만 아들은 그저 엄마는 부서졌다고 납득하고 있
는 듯, 쓸쓸하다는 말도 쓸쓸하지 않다는 말도 하지 않
았다.

그리고 날씨가 따뜻했던 주말에는 사키코의 유골을
모리야마 家에 대대로 내려오고 모리야마 역시 묻혀
있는 무덤과, 이혼한 그녀의 어머니의 무덤에 각각 하나
씩 묻었다. 모리야마 가의 무덤에는 공장 문기둥에 박혀

있던 '모리야마 제작소'의 동판도 함께 묻었다.

모리야마 고조의 뼈가 묻혀 있는 무덤 앞에 섰을 때, 가즈아키는 어느새 10년 전에 모리야마가 죽었을 때와 거의 같은 위치까지 되돌아가 있었다. 당신은 나 같은 아이를 만난 게 운이 나빴던 거라고 혼잣말을 하자, 나빴다는 말로 끝날 문제가 아니라는 모리야마의 그리운 목소리가 들려왔다. 가즈아키는 저도 모르게 발끈해서 당신에게 그런 말 듣고 싶지 않다고 반론했지만, 모리야마도 사키코도, 죽은 사람은 항상 이기는 것이다. 가즈아키는, 이런 말로 끝낼 수 있다고는 생각하지 않지만 이것이 최선이었다고 묘석을 향해 사과하고, 앞으로 당분간 올 일이 없을 무덤을 꼼꼼하게 청소한 후, 이것은 분명히 살아 있는 자의 일시적인 위안일 거라는 냉정한 생각에 휩싸였다.

둘째 주 초, 남아 있던 공장의 기계가 실려 나가고, 공구선반과 작업용 책상만 남은 100평짜리 작업장은 아들의 운동장이 되었다. 가즈아키는 은행이 소개해 준 부동산업자와 토지 매각에 대해 쭉 이야기해 왔지만, 자신이 아닌 모리야마 고조의 인생과 하나였던 땅을 자신이 팔아치우는 것에는 처음부터 주저해서, 최종적으로는 공장과 앞마당을 남겨둔 200평을 9억 엔에 매각하는 서류에 도장을 찍었다. 공장과 마당 쪽은 벚나무를 남겨둔다는 조건으로 이웃 성당에 기부하기로 결정하고 나니, 겨우 조금 마음이 편해졌다. 그런 번잡한 사무수속이 있어서 그 주에도 은행과 법무국을 왔다 갔다 하며 보냈지만, 밤에는 더는 할 일도 없어서, 아들을 이불에 눕힌 후에는 망가진 목마 수리를 시작했다. 우선 갈라진 부분에 접착제를 채워 숫돌로 갈고, 새로 칠을 하기 위해 낡은 도료를 벗겨 내는 것만으로도 3일 밤이 걸렸다.

그 주 주말도 따뜻했다. 아침 일찍 작업장 문을 열고 아들을 깨워 같이 세수를 하고, 전열기에 냄비를 올려 데친 시금치와 달걀로 간단한 아침식사를 했다.

그 후 아들은 일찌감치 마당으로 뛰어나가 버리고, 가즈아키는 봄답게 햇살이 들어오는 작업장에 신문지를 깔고 목마에 하얀 수지도료를 칠하기 시작했다. 그 작업을 위해 사 온 붓과 롤러를 사용해 손끝에 신경을 집중하고 작업을 시작하면, 가즈아키는 타고난 자질로 일체의 세계를 잊고, 눈 속에서 넓게 퍼져 가는 도료에만 집중했다. 쇠든 도료든 물건을 만드는 작업에 몰두하기 시작하면, 가즈아키는 여섯 살 어린아이였다. 자신의 손가락과 물건이 맞닿는 동안, 몸은 물건과 하나가 되고 일체의 감정이 사라진다. 그 편안하고 기분 좋은 느낌은, 철이 든 이래 삼십 몇 년 동안 항상 마지막에는 가즈아키의 인생을 구해주던 것이었다.

가즈아키는 한 시간을 들여 첫 번째 칠을 끝내고, 그

것을 말리는 동안 밖에 나가 아들의 화물열차놀이에 어
울려 주었다. 아들은 며칠 새 공터가 된 안채와 창고 자
리의 땅바닥에 작은 돌을 늘어놓아 선로를 만들고, 돌을
쌓아 역을 만들었다. 땅바닥에 찔러 넣은 폐자재 막대는
신호기인 것 같았다. 아들이 세발자전거 뒤에 끈으로 묶
은 각목 조각을 매달고 역에서 역으로 화물열차를 달리
고, 역에 도착하면 가즈아키는 삐 하고 호각을 불어 준
다. 삐삐 하면 발차.

　신호가 빨간색입니다, 삐.

　네, 파란색입니다, 삐삐.

　큰일이다, 탈선이다, 삐.

　30분쯤 어울려 준 후, 가즈아키는 작업장으로 돌아가
두 번째 칠을 시작했다. 그리고 다시 시간을 잊고 약간
두께가 늘어나는 하얀 도료에 몰두했다. 두 번째 칠을
끝냈을 무렵, 마당에서 울려오는 아들의 목소리는 "위
이잉" 하는 사이렌으로 바뀌고, 화물열차는 경찰차로
바뀌었다. "위이잉, 경찰이다, 움직이면 쏜다, 빵, 빵!"
하고 아들의 목소리가 나고, 이어서 그 소리에 "어, 꼬
마도 경찰이니? 아저씨도 경찰인데" 하는 남자의 목소
리가 겹쳐졌다. 놀라서 밖을 보니 다마루가 대문 맞은편
에서 허리를 굽히고 아들에게 말을 걸고 있었다.

　"순간 30년 전의 자네를 본 줄 알았어⋯⋯. 많이 닮았

군. 귀여운 것도, 기가 센 것도. 애들은 빨리 크지……."

다마루는 기저귀를 차고 있던 무렵의 고타와는 만났는데, 그때도 아버지를 닮았다고 했다. 거의 3년 만에 본 아이의 모습에 나름대로 감개도 느낀 듯, 다마루는 고개를 가로젓고 발치에 한숨을 흘리며 그렇게 말했다.

가즈아키는 먼저 다마루에게 조전을 보내준 것에 대해 감사 인사를 하고, "진짜 경찰이야. 붙잡힌다. 자, 도망쳐" 하고 아들을 위협해 쫓아냈다.

다마루는 하얀 튤립 꽃다발을 한 아름 안고 있었다. "도쿄에서는 회의가 많아서 좀처럼 시간이 나지 않았지만, 이번만은 인사라도 하지 않으면 내 마음이 편하지 않을 것 같아서. 이 뜻, 자네는 알 거라고 생각하는데……."

경찰로서가 아닌 자기 자신의 마음이 편하지 않았다는 한 마디에, 가즈아키는 다마루가 하려는 말에 함축된 여러 가지 의미를 충분히 이해했다고 생각했다.

하라구치 다쓰로를 죽이고 사키코를 죽인 폭력의 배후를 알면서도 좌시한 것은, 다마루나 가즈아키나 마찬가지였다. 자신들은 최소한 국가의 치안유지를 이유로 사람이 죽지는 않는 행복한 나라에 태어났지만, 바다 건너는 그렇지 않았다. 그래도 그 아시아의 한 구석에 자신들은 각각 연관을 갖고, 아무것도 모르는 시민의 목숨이 사라질 수도 있는 시대를 두 사람 모두 이렇게 살아

온 것이다. 그리고 말은 그렇게 하지만, 30년이라는 세월은 역시 개인의 정신력의 한계에 가깝다고 말하고 싶은 듯한, 그런 표정도 다마루에게서는 엿보였다.

그런 모든 것들을 얼기설기 엮어 "자네는 알겠지"라고 말한 것 같아서, 가즈아키는 "아마요"라고 대답했다. 생각해 보면 다마루도 어린 시절의 사키코를 잘 아는 사람 중 하나였다.

다마루는 작업용 책상 위에 남아 있던 뼈항아리와 사진 옆에 꽃을 놓고, 오랫동안 합장했다. 이미 환갑에 가까운 남자의 등은 사회적인 지위와는 상관없이, 가즈아키의 눈 속에는 변함없는 '시골 뚱보'로 보였다. 옆 사무실의 유리창으로 모리야마가 밖을 내다보며 "왔다" 하고 씁쓸한 얼굴을 하면, 곧 '시골 뚱보'가 불쑥 나타나는 것이다.

가즈아키는 전기포트에 물을 끓여 차를 냈다. 둥근 의자에 걸터앉은 다마루는 작업용 책상 위의 액자를 바라보고 있었다.

"이게 나이트게이트의 킬러인가……?" 하고 다마루는 물었다. 가즈아키는 대답을 하지 않음으로써 그렇다고 인정했다.

"몇 년쯤의 사진이야?"

"76, 7년일 겁니다. 남에게 받은 사진입니다."

"이 녀석 절세의 미남자로군……. 이런 놈인 줄은 몰

랐어."

다마루는 차를 홀짝이면서, 자신의 15년을 확인하듯이 사진을 바라보고 있었다. 하지만 곧 가즈아키에게 시선을 돌리며 "반했나?" 하고 말해, 가즈아키는 쓴웃음만 지었다. 그러나 그것도 인정한 것이나 마찬가지였다.

"나이트게이트 때부터 계속 자네는 수수께끼라고 생각해 왔지만, 이 사진을 보니 의외로 간단한 얘기였던게 아닌가 하는 기분도 들어."

"저와 그는 언젠가 다시 만나기로 약속했고, 그 약속을 한 지 15년이 지난 것뿐입니다."

"그것뿐인가?"

"그것뿐입니다."

"역시 수수께끼야"라고 다마루는 다시 말했다. "이건 호우광서우라는 이름으로 중국의 아시아공작 최전선에서 온 남자라고. CIA가 제일 없애고 싶어 하던 놈이야. 언젠가 만나자고 약속했다고 만날 수 있는 상대가 아닐텐데, 자네와 그의 약속이라는 건 결국 여기까지 왔다는건가?"

"그것 때문에 아내가 죽었습니다."

"소식을 들었을 때, 나는 인생에 이런 일이 있을 수도 있나 싶어서 할 말이 없더군. 이런 인생도 있나 싶었지……. 자네 말이야."

"저는 보시다시피 이 공장에서 일해 온 것 이외에는

무엇 하나 한 일이 없지만, 지난 15년 동안 나름대로 그를 지켜왔다고 생각하고 있습니다. 예를 들면 다마루 씨에게 거짓말을 함으로써. 그러니 이것은 제가 선택한 인생입니다. 누구의 탓도 아닙니다."

"나는 자네에게 이 세계에 대해서 많은 얘기를 해 주었다고 생각하는데, 자네만은 말릴 수 없었어……." 그렇게 말하고, 다마루는 다시 젊은 리오우의 사진을 들여다보았다. 그러나 아마 피스 사인을 하고 웃고 있는 명랑한 젊은이의 모습은, 바라보면 바라볼수록 다마루의 머리를 혼란스럽게만 했을 것이다. 이번에도 다마루는 다시 고개를 가로저으면서, "한 번 만나보고 싶군……" 하고 중얼거렸을 뿐이었다.

"이 남자가 어떤 사람이었는지는 분명히 다마루 씨에게 들었지만, 제가 만나기로 약속한 남자의 맨얼굴은 그것과는 다른 것입니다."

가즈아키는 액자 뒤에 끼워져 있던 리오우의 직필 크리스마스카드를 보여 주었다. 베를린 장벽의 붕괴를 자기 눈으로 봤다며 넘칠 듯한 환희를 전해 온 그 짧은 말을, 다마루를 위해 일본어로 번역했다. 다마루는 그것을 들으면서 신문지 위에 놓아둔 목마를 쳐다보고, "저 목마야?" 하고 물었다.

"그가 처음 보냈을 때에는, 꿈결처럼 아름다웠습니다."

"2, 300만은 하겠는데."

"네."

"베를린 장벽이 무너지는 것을 보고 감동한 자유인이 아시아 제일의 투자가고, 억만장자고, 스파이고, 갱이고, 킬러라는 건, 나로서는 도저히 이해가 안 가……."

그렇게 중얼거리며 다마루는 다시 작업용 책상 너머로 가즈아키의 얼굴을 바라보더니, 돌연 "원망한 적은 없나?" 하고 물었다.

"호우광서우를 말입니까?"

"호우광서우만이 아니야. 나는 이번 사건이 호우광서우를 도발하기 위한 공작이었다고 보고 있지만, 자네가 경찰본부에서 말한 대로, 하라구치를 죽이고 자네의 가족을 노리던 녀석들도 있지."

가즈아키는 신중하게 고개를 가로저었다. 사키코가 죽은 후, 가즈아키는 명쾌한 증오를 하나 발견하긴 했다. 그것은 자신과 어머니, 자신의 가족, 사키코와 그 아버지, 황요우파나 자오원리, 그리고 사사쿠라 분지나 하라구치 다쓰로에서 리오우까지, 주위에 있던 사람들을 모조리 희롱하던 이 시대 그 자체에 대한 증오였다. 결코 개개인이 아니었다. 30년이 걸려서야 가즈아키는 그렇게 사람이 아닌, 정치나 역사 전부를 뼛속 깊이 증오하게 되었지만, 그 결과 개개의 죽음이 얼마쯤 막연해지고 하나하나 시대의 흐름에 삼켜진 것은, 과연 필연이

었을까. 그래서 죽은 사람은 구원받는 걸까 하고, 지금
은 문득 생각했다.

"굳이 말하자면, 만약 그를 몰랐다면 그건 그것대로
끝났을지도 모른다고 생각할 때가 있긴 하지만요…….
하지만 죽이거나 죽거나 하는 것을 보아 왔는데도, 그
때마다 희망은 반대로 강해진 것 같은 기분도 듭니다."

바깥 수도를 사용하는 소리가 들렸다.

"고타!" 하고 가즈아키는 불렀다. 아들은 열어둔 작업
장 덧문으로 얼굴을 내밀고, 어깨를 늘어뜨리고 기운 없
이 들어와서는 "피가 났어. 하지만, 자전거는 안 망가뜨
렸어"라고 말했다.

"자전거는 됐어. 피가 나면 당장 아빠한테 오기로 약
속했잖아?" 하고 가즈아키는 타이르고, 고개를 끄덕이
는 아이에게 손을 내밀게 했다. "죄송합니다, 곧 끝날
거예요"라고 다마루에게 양해를 구하고, 가즈아키는 심
하게 벗겨진 아들의 손에 구급상자에 있던 소독약을 뿌
린 후 재빨리 거즈를 대고 반창고를 붙였다.

그 사이 다마루는 가볍게 웃음을 터뜨렸고, 그것은 가
즈아키가 처음 듣는 다마루의 웃음소리였다.

"자네도 옛날에 모리야마에게 그런 말을 들으면서 야
단맞던 게 생각나는군. 다치면 곧바로 오라고 했잖아,
하고 말이지. 옆 사무실에서 내가 모리야마와 이야기를
하고 있을 때였어……. 혹시 그때랑 똑같은 구급상자인

616

가, 그거?"

"좋아! 이제 됐다."

가즈아키가 아들의 엉덩이를 탁 두들겨 주자, 아픈 것을 꾹 참고 있던 아들은 연의 실이 끊어진 것처럼 다시 밖으로 뛰어나갔다. 가즈아키는 구급상자는 그대로 놔두고, 찻주전자에 찻잎과 물을 채워 다마루와 자신의 찻잔에 새 차를 따랐다.

"자네는 희망이라는 말을 갖고 있나……? 지금 그 말을 들으니, 나는 격세지감이 느껴지는군."

그렇게 말하고 다마루는, 다시 시대를 조금 거슬러 올라가는 눈빛이 되었다.

"자네는 옛날에 이 공장에 있던 황요우파를 기억하겠지."

가즈아키는 고개를 끄덕였다. 나이트게이트의 사정청취 때는 기억나지 않는다고 대답했지만, 물론 기억하고 있었다. 황은 사근사근한 웃는 얼굴과 '니하오'라는 한마디로, 어린 가즈아키에게 처음으로 대륙의 공기를 전했던 남자다.

"지금이니까 하는 얘긴데, 공산 중국이 생기고 나서도 당시에는 아직 국민당이 전쟁 전부터 윈난 성의 아편재배 이권을 쥐고 있었어……. 중국과 대만의 사이가 좋지 않다는 것에 주목한 CIA가, 유령회사를 만들어서 사원들에게 아편을 대량으로 사들이게 한 거야. 황요우파와 자오원리는 그런 역할을 하던 남자들이었다는 게, 당시 우리의 정보였어. 사사쿠라 분지도 원래는 그런 일로 자신과 인맥을 만든 놈이었지. 종전 직후 인도네시아에 있던 모리야마 고조도 실은, 그런 아주 미묘한 돈의 흐름을 위해 통역을 했었던 것 같아. ……61년 초 황요우파가 살해되었을 때, 모리야마의 조서에는 그런 진술이 있었어.

그러니까 모리야마는 물론, 자신이 누구를 감춰주었는지를 알고 있는 확신범이었어. 모리야마는 말이지, 황요우파가 죽었을 때 '희망의 부도 수표로군' 하고 한 마디했어. 지금도 똑똑히 기억나……. 전쟁이 끝나도, 식민지가 독립해도, 민주주의니 공산주의니 하면서 얼마나 많은 사람들이 자신의 목숨으로 희망의 전매권을 사왔는가 하는 거야. 그래도 그날은 오지 않아. 아무리 기다려도, 그건 희망의 부도 수표지. 그런 시대였어.

그래도 어느 한 점에서부터 시대는 움직여 가는 거겠지. 문화대혁명도 몇 백만 명이나 죽은 후 어느 날 끝났어. 베트남 전쟁도 끝났어. 베를린 장벽도 붕괴되었지. 누군가가 움직여 가는 거야. 누가 움직이느냐지. 그런 인간이 어느 한 시점에 나오는 법이야."

"제가 희망이라고 말한 건 그런 뜻입니다."

"어쩌면 호우광서우는 그중 한 명일지도 모르지. ……자네는 어떻게 생각하나?"

다마루는 갑자기 그런 말을 꺼내고, 자동적으로 기대에 가슴을 부풀린 가즈아키를 꿰뚫어본 듯이 씩 웃어보였다.

"자네가 만나기로 약속한 남자, 상대가 걸어온 전쟁을 받아들였다는 건 알고 있나?"

"회사 경영권을 위임했다는 소식만은 들었습니다."

"그 후 전 세계의 정보기관이 17일 동안 찾아다녔는데, 지난 목요일에 간신히 확실한 정보가 들어왔어. 그가 지금 어디 있을 것 같나? 칭따오[青島]의 형무소야."

"형무소……!"

"이번에 하라구치 살해 이후의 공작을 꾸민 홍량방 간부 두 명은 행방불명. 호우광서우 쪽은 할 일을 한 후 재빨리 자신의 신병을 중국 측에 확보하게 해서 형무소 안에. 이제 미국은 손을 댈 수 없어. 이 전쟁은 호우광서우의 승리지. 적이지만, 너무 멋있어서 할 말이 없다니까."

형무소라는 말을 듣고 가즈아키의 머릿속은 새하얘졌지만, 이어서 눈부신 폭발이 일어나고, 머리 가득히 화려한 빛이 넘쳐났다. 리오우가 살아 있다. 그것만 있으면 아무것도 바라지 않았다. 자기도 모르게 웃음을 흘리다가, 다마루와 눈이 마주쳐 무심코 얼굴이 빨개졌다.

"……아아. 자네에게는 낭보군. 호우광서우도 오히려 이때를 노리고 있었던 것 같은 느낌이 들어. 수십억 달러의 돈을 버리고 대신 목숨을 취한 것은, 한순간에 내린 결단이 아니야. 계속 생각해 온 거겠지, 틀림없이."

"그럴지도 모릅니다."

다마루는 마지막으로 또 잠시 젊은 리오우의 모습을 바라보고, "엄청나게 자신감이 넘치는 얼굴이야……" 하고 중얼거렸다.

돌아갈 때 다마루는 생각난 듯이 "중국에 갈 건가?" 하고 물었고, 가즈아키는 "네" 하고 대답했다. 다마루는 그 말에는 아무 말도 하지 않고, 꽃봉오리가 부풀기 시작한 벚나무를 올려다본 후 가볍게 한 손을 들어 보이며 떠나갔다.

그로부터 얼마 지나지 않은 3월 20일, 가즈아키는 이웃 사람들도 아직 일어나지 않은 이른 아침에 아들과 함께 모리야마 공장을 뒤로 했다. 데리러 온 오카노의 밴에 실은 짐은 트렁크 두 개와 세발자전거, 깨끗하게 새로 칠한 목마뿐이었다.

아들은 중국에 간다고 해도 이해를 못 하는 것 같았지만, 비행기가 구름 위로 나왔을 때 이 구름 맞은편에 벚나무 마을이 있다고 이야기해 주자, 무엇을 상상했는지 "굉장하다!" 하고 한 마디 환성을 질렀다.

*

리오우는 형무소에 있었다. 리오우의 개인자산을 관리하고 있다는 사사쿠라 분지에게서도 가끔 스위스에서 편지가 올 뿐이다. 하지만 잉화뚠 유한공사에서 보낸 가즈아키의 1년은 정말로 짧았다.

잉화뚠은 상상했던 것보다 훨씬 큰 규모의 농업과 그 관련사업을 경영하는 기업체였다. 종업원의 대부분은 공장에서 일했고, 일부는 관개공사, 일부는 경지의 정비, 일부는 사과를 심는 일에 종사하고 있었다. 넌장 강 가까이에 있는 마을에는 아담한 회사 건물 외에, 종업원 700가구 4천 명이 사는 깔끔한 단지가 갖추어져 있고, 유치원도 학교도 진료소도, 작은 슈퍼마켓도 있었다. 그 마을 변두리에서부터 넌장 강 부근까지는 5천 그루의 벚나무가 이어져 있어, 가즈아키가 마을에 정착한 지 얼마 지나지 않은 5월에는 이 세상의 것이라고 생각할 수 없을 정도의 개화 풍경을 볼 수 있었다.

그러나 사람들이 사는 마을에서 한 걸음만 벗어나면 지평선까지 농로와 수로가 뻗어 있을 뿐, 봄의 경지는 온통 콩꽃으로 하얗다. 여름에는 그것이 녹색으로 바뀌고, 가을에는 금색 보리밭이 되었다. 대규모 집하장과 비료창고나 기계창고는 경비행기의 활주로와 함께 또 한 덩어리의 집락을 만들고 있는데, 그 주변도 역시 하얀색이나 녹색이나 금색의 대지다. 그리고 아득히 북쪽 방향에는 풍력발전용 풍차가 보이고, 그 부근에는 최첨

단 수경재배공장과 통조림 가공공장이 있어, 아침저녁
으로 종업원을 실어가는 버스가 공장과 마을 사이를 왕
래한다. 한바탕 버스나 농경기계가 오간 후 낮 동안은
어디를 보아도 하늘과 땅 사이에는 바람 소리밖에 없고,
밤에도 바람은 계속 분다. 그것은 고막이 찢어질 듯한
압력을 가진 고요함이었는데, 처음에는 가끔 밤중에 잠
이 깨었다.

가즈아키는 사사쿠라의 권유로 제일 먼저 1억 엔의
증자에 응했기 때문에, 마을에 정착했을 때에는 이미
'호우광서우'와 '추이린'의 뒤를 잇는 대주주였다. 넌장
강변의 벚나무가 내려다보이는 고지에는, 주인이 없는
대주주 두 명의 집과 나란히 가즈아키의 집도 준비되어
있었다. 그러나 가즈아키는 종업원들과 함께 단지에 살
면서 경영에는 참가하지 않고, 자신의 의지로 공장의 기
계 정비와 경지 개척에 종사했다.

가즈아키는 새벽이 되기 전에 일어나, 우선은 각 공장
으로 오토바이를 타고 가서 일이 시작되기 전에 기계를
정비하거나 점검하고, 그 후 아파트로 돌아가 아들을 깨
워서 함께 아침을 먹는다. 그리고 오토바이에 아들을 태
워 유치원에 데려다 준 후, 마을에서 50킬로미터 떨어진
경지로 간다.

잉화뚠에서는 종업원들 모두가 주식을 조금씩 갖고
있으며, 사업부마다 이익을 올리면 주주에게 환원되는

명쾌한 경제 시스템이 운영되고 있었고, 급여도 연봉제였다. 그래서 촌장 겸 사장 외 생산본부장, 개발본부장, 각 가공공장의 공장장들은 생산목표를 달성하기 위해 농지에서 농지로, 공장에서 공장으로 하루 종일 오토바이를 타고 돌아다녔는데, 가즈아키의 경지는 그 오토바이로도 1주일에 한 번 정도밖에 볼 수 없는 변두리에 있었다.

유사 이래 사람이 밟은 적도 없었을 대지에 경운기를 몰고 들어가 하루 종일 밭을 갈고 있노라면, 시간의 감각이 없어졌다. 경운기에 돌이 끼지 않도록 주의하다가, 문득 머리를 들면 지평선까지 이어지는 풀과 하늘밖에 없다. 가끔 저편에 다른 경운기가 보였나 하면 바람에 나부끼는 풀에 덮여 사라지고, 그 후에는 천공에서 소용돌이치듯이 바람 소리가 울릴 뿐이다. 동쪽 방향에 있는 비행장 쪽에서 비료를 뿌리기 위해 날아오르는 경비행기가 보이지만, 그 폭음도 가즈아키의 경지에는 닿지 않고, 비행기는 순식간에 저편으로 날아가 버린다. 그 후에 또 바람 소리가 울려 퍼지면, 가즈아키는 미칠 듯한 공허와 환희에 떨며 경운기를 세우고, 특별히 무엇을 생각하는 것도 아니면서 하늘과 지평선을 눈이 아파질 때까지 계속 바라보았다. 그것밖에 쳐다볼 것이 없었다.

그러나 어떨 때는 경운기의 진동과 함께, 자신을 이 대지로 부른 남자의 심장 고동이 한없이 울리는 날도 있었다. 그럴 때면 주위에 아무것도 없는 천공 아래에서 가즈아키는 혼자, 마치 하늘도 풀도 흙도 뛰어 오르는 듯한, 천지 구석구석이 폭발하는 것 같은 흥분을 느끼고, 발밑의 대지를 파내어 그 흙 전부를 껴안고 싶은 발작에 몸부림쳤다. 그리고 눈을 감으면 자신의 몸을 방풍림 삼아 돌아다니는 360도의 바람 속에서, 하나하나의 가락도 분명하지 않은 리오우의 목소리가 때로 환희하듯이, 때로 한탄하듯이, 속삭이듯이 헐떡이듯이 울려 퍼졌다.

꼭 그럴 때면 개발본부장의 오토바이 엔진 소리가 들렸고, 그리고 엔진 소리가 멈추면 그가 농로에서 말을 걸어왔다. 반 년째에는, 가즈아키가 경작한 땅은 야구장이 두세 개 정도 들어갈 만한 넓이가 되어, 농로의 오토바이도 손톱만 하게 보였다. 그러나 반대방향을 돌아보면 백 살까지 살아도 다 갈지 못할 평원이 하늘과 함께 한없이 이어지고 있어서, 가즈아키는 시간의 감각과 함께 면적의 감각도 불확실해졌다.

짧은 가을 수확기가 오면, 농로를 오가는 트럭의 흙먼지와 콤바인이 말아 올리는 보릿짚의 먼지는 황금색 아지랑이가 되어 지평선까지 덮었다. 그 보름 동안 가즈아키는 풀가동되는 집하장의 작업을 도우며 시간을 보냈다. 그 기간은 매일매일이 황금색 분진 속에 있었다. 이윽고 대부분이 검은 흙으로 돌아간 대지에는 다시 정적이 내리고, 가즈아키는 자신의 경지로 돌아갔다. 하지만

11월에는 이미 흙이 얼어붙기 시작해서 경운기의 이가 들어가지 않게 되었다. 그리고 곧 보이지 않는 덩어리 같은 냉기가 싸늘하게 들어차나 싶더니, 겨울이 왔다.

겨울 동안 가즈아키는 대부분을 기계창고에서 지냈다. 선반을 사용할 줄 아는 남자와 둘이서 봄을 대비해 크고 작은 50대 이상의 농기구를 정비하고 수리했는데, 바깥 기온이 영하 30도가 되자 창고에서는 작업을 더는 할 수가 없었다. 마을에서 한 발짝만 나가면 얇게 눈이 달라붙어 있는 대지는, 날카로운 소리를 내며 춤추는 바람의 독무대가 되고, 바람이 그치면 순식간에 얼어붙은 공기가 아지랑이처럼 피어올라, 해가 떴는지 안 떴는지도 알 수 없었다. 그리고 일을 나가지 않는 날이면 가즈아키는 단지 안에 있는 작은 집에서, 몇 켤레가 있어도 모자란 아들의 털장갑이나 양말을 짰다. 아들은 한 달 만에 중국어를 할 줄 알게 되었지만, 유치원에서 노는 것만으로는 모자라는지, 조금만 날씨가 개면 기다렸다는 듯이 방한복을 두툼하게 껴입고 자신보다 나이가 많은 아이들과 함께 밖으로 뛰어나간다. 그해 겨울, 아들은 연날리기에 열중해 있었다.

한편 가즈아키는 창고에서 농기구 부품을 갈면서, 또는 방에서 아들의 장갑을 짜면서 조금 기분이 가라앉았다. 대개는 날씨 탓도 있었지만, 겨울은 괴롭다고 생각했다. 손을 움직이면서 멍하니 사키코에 대해서 생각할 때도 많았다. 아들은 따뜻한 우동을 매우 좋아하지만, 가즈아키는 사키코의 마지막 점심을 떠올리면 아무래도 먹을 수가 없었다. 정월 전에 하얼빈의 시장에서 복수초 福壽草 묘목을 사다가 사키코의 유골 앞에 놓아 둔 것은, 절반은 자신이 쓸쓸했기 때문이었다.

그리고 그해 12월을 마지막으로, 한 달에 한 번은 오던 사사쿠라 분지의 편지가 끊겼다.

리오우가 나타나던 날의 일은 평생 잊을 수 없을 것이다.

그것은 두 번째 봄을 맞은 지 얼마 안 된, 4월 중순의 일이었다. 얼어붙은 흙이 녹았기 때문에, 가즈아키는 다시 경지 개간을 시작했다. 매일 아침, 겨울 내내 기다리던 풀 냄새에 이끌리듯이 경지로 나가, 시간도 잊고 어두워질 때까지 경운기를 움직였다. 잉화뚠 전체에서 묘목 심기나 사과 과수원의 손질이 시작되고, 하늘에는 씨를 뿌리는 경비행기가 날고, 각 사업본부장의 오토바이가 농로를 바삐 돌아다니는 모습이 돌아온 어느 날 오후, 가즈아키의 경지 옆을 지나던 오토바이에서 비행기 정비사가 "어이!" 하고 불렀다. 바람을 타고 들려온 그 큰 목소리는 마을로 돌아오라고 말했고, 오토바이는 곧 달려가 버렸다.

갑자기 마을로 돌아오라니 도대체 무슨 일일까 하고

생각하면서, 가즈아키는 그날의 일을 포기하고, 자신의 오토바이에 올라타 마을로 가는 길을 달리기 시작했다. 잠시 가는 동안에 경지에 나와 있던 남자들의 오토바이가 똑같이 한 대, 또 한 대 농로로 나왔다. "뭐야, 뭐야?" 하고 저마다 서로 묻지만 그 까닭을 아는 사람은 아무도 없었다. 가즈아키는 열 대, 스무 대, 서른 대로 늘어나는 오토바이들과 함께 20킬로미터 정도 더 나아갔다. 그리고 전방에 마을로 통하는 가장 큰 길과 접하는 T자로路가 가까워졌을 때였다.

그때 누가 먼저랄 것도 없이 사람들은 오토바이를 세우고, 전방을 동서로 가로지르는 농로를 동시에 올려다보았다.

기묘한 행렬이, 동쪽 비행장에서부터 이어지는 그 농로를 따라 서쪽에 있는 마을을 향해 나아간다. 선두에 선 남자는 혼자서 수레를 끌고 있고, 그 수레에 실려 끌려가는 검은 관이 있다. 그 뒤에는 가즈아키나 다른 사람들과 똑같이 농사일을 도중에 멈추고 온 남자들이 스무 명쯤, 오토바이를 끌며 줄줄이 따라오고 있었다.

가즈아키는 혼자 제일 먼저 T자로까지 나가, 동쪽에서 다가오는 행렬을 바라보았다. 더는 크게 뜰 수 없을 정도로 눈을 크게 뜨고 있노라니, 행렬이 50미터 정도로 다가왔을 때에는 선두에 선 남자의 모습을 알아볼 수 있었다. 뒤를 따르는 남자들보다 키가 머리 하나쯤 큰 그 남자는, 농지에는 어울리지 않는 검은 재킷과 바지 차림이었다. 좀더 자세히 보니 놀랍게도 맨발이었다.

남자는 등을 곧게 펴고, 양손으로 수레를 끌고 곧게 뻗은 다리로 대지를 밟으며 성큼성큼 나아간다. 그 다리가 20미터 앞으로 다가왔을 때 가즈아키의 눈에는 이미 그 얼굴이 확실히 보였고, 10미터 거리가 되었을 때는 남자도 T자로에 서 있는 가즈아키를 보았다.

가즈아키는 그때, '이건 내가 모르는 남자다'라고 확신하는 것이 고작이었다. 자신의 눈앞에 있는 것은 스물두 살의 리오우 그대로와 똑같은 이목구비와 모습은 하고 있지만, 말이 나오지 않을 정도로 늠름하고, 지금껏 본 적이 없을 정도로 아름다운 남자였다. 이제 한 조각의 군더더기도 없이 잘 닦여진 살과 뼈와 영혼이었다.

리오우는 바로 눈앞까지 다가와 "헤이……!" 하고 한마디 했고, 가즈아키도 간신히 "여어" 하고 대답했다.

"사사쿠라가 죽었어."

리오우는 또렷한 일본어로 말했고, 처음부터 직감했던 가즈아키는 그저 고개를 한 번 끄덕였다.

"호우광서우도 죽었어. 나는 리오우로 돌아왔어."

"잘 돌아왔어. ……어서 와."

"가즈아키야말로 잘 와 주었어. ……자, 가자."

리오우는 깊은 웃음을 한 번 던져 가즈아키를 부르고는, 사사쿠라의 관을 실은 수레를 끌고 다시 걷기 시작했다. 사사쿠라가 죽은 경위는 물론, 리오우가 이렇게 이 땅에 서게 된 경위도, 일단은 전부 접어두고 가즈아키는 그 뒤를 따랐고, 합류한 4, 50명의 남자들이 그 뒤를 따랐다.

남자들은 리오우가 누구인지 몰랐고, 갑자기 어디에선가 세스나기Cessna機로 함께 날아온 관 속의 인물도 몰랐다. 그래도 흡사 보이지 않는 자력에 이끌린 것처럼 엄숙히 그 뒤를 따랐고, 도중에 모든 농지와 모든 공장에서 모여든 사람들도 그 행렬에 참가했다.

마을로 가까이 가면서, 농로 가득 펼쳐진 행렬은 2천 명에 이르렀다. 하지만 그것은 장례 행렬이라기보다는 드디어 영주를 맞은 잉화뚠 구성원들의 축하 행렬이었다. 짐차를 끌고 선두에 선 리오우는 열여섯 살 때 조국을 떠난 이후 22년의 변화를 겪어, 이제는 보통 사람은 도저히 들여다볼 수도 없는 깊이를 등에 새기고, 더욱더 장대해진 강렬한 의지의 빛을 그 온몸에서 발산하고 있었다. 4천 명의 사람들과 1백만 헥타르의 땅과, 5천 그루의 벚나무와 엄청난 부를 가진 그 남자의 발밑에서, 실로 360도의 대지가 엎드려 있는 것 같았다.

행렬이 마을로 들어서고 회사 사무원들이나 학교의 아이들도 뒤를 따라, 고지에 있는 주인의 집을 향해 올라갔다. 그리고 사사쿠라 본인은 1년에 한 번도 돌아오지 않았던 듯한 집의 문을 열고 사사쿠라의 관을 안치한 후, 촌장 겸 사장은 집 앞을 가득 메운 사람들을 향해 리오우의 지시를 큰 소리로 외쳤다.

"오늘과 내일은, 대주주 추이린의 상喪을 맞아 유급휴가입니다! 오너 리오우가 종업원 전원에게 금 1파운드씩 지급합니다!"

그날 밤에는 고지에 있는 집에 밤새도록 불이 켜졌고, 잉화뚠의 모든 사람이 조문을 왔다. 다음날, 리오우는 손수 넌장 강 강변에 장작을 쌓아올리고, 이틀 낮 이틀 밤에 걸쳐 사사쿠라의 유체를 태웠다. 그 동안 리오우는 자지도 않고 불을 지폈고, 밤에는 가즈아키도 모포로 감싼 고타를 옆에 눕히고 함께 했다.

결국, 홍량방의 간부였던 CIA 공작원 두 명이 행방불명된 사건 때문에 미국은 중국 정부에 호우광서우의 신병인도를 요구했고, 최종적으로 사사쿠라 분지가 스스로 공작원 살해에 관해 책임을 지는 형태로 사태를 안정시키려고 했다는 것이었다. 사사쿠라는 베이징에서 총살되고, 칭따오에 있던 호우광서우는 그날 리오우가 되어 석방되었다. 너무나 혹독한 죽음 하나를 경험하고 살아남은 리오우는, 사사쿠라를 보내는 이틀간 결국 눈물도 보이지 않았다.

3일째가 되자 리오우는 그제야 자고 싶다며, 처음으로 자기 집에 들어가 커다란 천개가 달린 침대에서 혼자, 거의 4반세기 만에 편안하게 잠이 들었다. 다음날, 리오우는 가즈아키의 경지를 찾아왔다. 두 사람은 근처 풀밭 위에 앉았지만, 15년분의 이야기는 한번에 하기에는 너무 많았다. 리오우는 그저 가즈아키의 심장에 자신의 귀를 대고 그 소리를 들었고, 가즈아키도 똑같이 한 후, 서로의 심장에 번갈아 입을 맞추었다. 또 그날 밤부터는 가즈아키와 고타도 리오우의 커다란 침대에서 함께 잤다. 고타는 아버지가 두 명 생긴 것이다.

그리고 어느 날 아침, 리오우는 일어나자마자 ≪사이언티픽 아메리칸≫지 최신호를 가즈아키에게 펼쳐 보이며, "어이, 이걸 줄게"라고 말했다. 그것은 유전자 구조를 바꾸는 기술로 만들어진 여러 가지 새로운 품종의 농작물에 관한 기사였는데, 그렇게 빛나기 시작한 리오우의 눈에는 사업에 대한 아이디어나 경영전략과는 별도로, 가즈아키는 상상도 할 수 없는 새로운 꿈 하나가 벌써부터 감추어져 있었던 것이다.

5월, 넌장 강 강변에는 5천 그루의 벗나무에서 꽃이 피었다. 리오우는 꽃의 요기에 이끌린 듯이, 옛날과 똑같이 가성으로 '훙후, 스이야아, 랑야미, 랑타, 랑아' 하고 노래했다. 얇은 천을 파도처럼 흔들면서, 온몸을 봄의 기쁨으로 떨고, 그 손가락과 팔과 다리로 대지와 천공의 모든 빛을 끌어안듯이 춤추었다.

〈끝〉

옮긴이 | 김소연

한국외국어대학교에서 프랑스어를 전공했으며, 현재 출판기획자 겸 번역가
로 활동하고 있다.

옮긴 책으로 교고쿠 나츠히코의 ≪우부메의 여름≫, ≪망량의 상자≫, ≪광
골의 꿈≫, ≪철서의 우리≫와 유메마쿠라 바쿠의 ≪음양사≫ 시리즈, 하타
케나카 메구미의 ≪샤바케≫ 시리즈, 나시키 가호의 ≪집지기가 들려주는
기이한 이야기≫, 미야베 미유키의 ≪마술은 속삭인다≫, ≪외딴집≫, ≪혼
조 후카가와의 기이한 이야기≫, ≪메롱≫, 덴도 아라타의 ≪영원의 아이≫
등이 있다.

리오우

다카무라 가오루 지음 | 김소연 옮김

초　판 1쇄 발행 2003년 2월 15일
개정판 1쇄 인쇄 2010년 8월 2일
개정판 1쇄 발행 2010년 8월 20일

발 행 인 박광운
책임편집 김남철
기획편집 김은경 · 김수진 · 장세연

발행처 도서출판 손안의책
출판등록 2002년 10월 7일(제313-2002-450호)
주소 서울 마포구 동교동 159-6 파라다이스텔 1307호(우편번호 121-898)
전화 02)325-2375 | 팩스 02)325-2376
홈페이지 http://www.bookinhand.co.kr, http://cafe.naver.com/bookinhand

ISBN 978-89-90028-60-0 03830